Voodoo

NICK STONE
Voodoo
THRILLER

Aus dem Englischen von
Heike Steffen

Weltbild

Die englische Originalausgabe erschien 2006 unter dem Titel
Mister Clarinet bei Michael Joseph, Penguin Books Ltd, London.

Besuchen Sie uns im Internet:
www.weltbild.de

Genehmigte Lizenzausgabe für Verlagsgruppe Weltbild GmbH,
Steinerne Furt, 86167 Augsburg
Copyright der Originalausgabe © 2006 by Nick Stone
Copyright der deutschsprachigen Ausgabe © 2007 by
Wilhelm Goldmann Verlag, München,
in der Verlagsgruppe Random House GmbH
Übersetzung: Heike Steffen
Umschlaggestaltung: Johannes Frick, Augsburg
Umschlagmotiv: Getty Images, München (© Daniel Sambraus)
Gesamtherstellung: CPI Moravia Books, s.r.o., Pohorelice
Printed in the EU
ISBN 978-3-8289-9501-7

2012 2011 2010 2009
Die letzte Jahreszahl gibt die aktuelle Lizenzausgabe an.

Für Hyacinth und Seb

Und in liebender Erinnerung
an Philomène Paul (Fofo), Ben Cawdry,
Adrian »Skip« Skipsey
und meine Großmutter
Mary Stone

Yo byen konté, Yo mal kalkilé.

Haitianisches Sprichwort

Prolog

New York City, 6. November 1996

Zehn Millionen Dollar, wenn er das Wunder vollbrachte und den Jungen lebend nach Hause holte, fünf Millionen, wenn er nur die Leiche brachte, und noch mal fünf, wenn er die Mörder gleich mitlieferte – ob tot oder lebendig, war egal, solange nur das Blut des Jungen an ihren Händen klebte.

Das waren die Bedingungen, und sollte er sie akzeptieren, war das der Deal.

Max Mingus war Polizist gewesen, bevor er sich als Privatdetektiv selbstständig gemacht hatte. Vermisstenfälle waren sein Spezialgebiet, Menschen aufzuspüren sein Talent. Viele hielten ihn für den Besten in der Branche – zumindest bis zum 17. April 1989. An diesem Tag hatte er auf Rikers Island eine siebenjährige Haftstrafe wegen Totschlags angetreten und seine Lizenz für immer verloren.

Allain Carver war seither sein erster Kunde. Carvers Sohn Charlie wurde vermisst, und man ging davon aus, dass er entführt worden war.

Im besten Fall, wenn alles nach Plan lief und es für alle Beteiligten ein Happy End gab, bot sich Max hier die Aussicht, als zehn- bis fünfzehnfacher Millionär in den Sonnenuntergang zu reiten.

So weit, so gut, aber jetzt der Haken:

Die Familie lebte in Haiti.

»*Haytee*?«, fragte Max, als hätte er nicht richtig gehört.
»Ganz genau«, antwortete Carver.
Scheiße.
Was ihm zu Haiti einfiel: Voodoo, AIDS, Papa Doc, Baby Doc, Bootsflüchtlinge und, neuerdings, die amerikanische Militärintervention namens Operation Restore Democracy, die er im Fernsehen verfolgt hatte.

Er kannte einige Haitianer – oder hatte sie gekannt –, die in Amerika im Exil lebten und mit denen er in seiner Zeit als Bulle bei Ermittlungen zu einem Fall in Little Haiti, einem Stadtviertel Miamis, zu tun gehabt hatte. Sie hatten wenig Gutes über ihre Heimat zu berichten gewusst – »hartes Pflaster« war noch der netteste Kommentar gewesen.

Dabei hatte er die meisten Haitianer in guter Erinnerung. Aufrichtige, redliche, hart arbeitende Menschen, die sich in Amerika an einem Ort wiedergefunden hatten, den ihnen niemand neidete: am untersten Ende der Nahrungskette, südlich der Armutsgrenze, mit reichlich Boden gutzumachen.

Das galt für die *meisten* Haitianer, die er kennengelernt hatte. Doch es gab natürlich Ausnahmen von der Regel. Ihnen hatte er weniger schlechte Erinnerung als vielmehr Wunden zu verdanken, die niemals ganz verheilten und die schon bei der kleinsten Berührung wieder aufgingen.

Also eher keine gute Idee, das Ganze. Er war gerade erst aus einem ziemlich üblen Dreckloch gekommen – warum gleich zum nächsten rennen?

Wegen des Geldes. Darum.

Charlie wurde seit dem 4. September 1994, seinem dritten Geburtstag, vermisst. Seither hatte es kein Lebenszeichen von ihm gegeben. Keine Lösegeldforderungen, keine Zeugen. Die Carvers hatten die Suche nach dem Jungen nach zwei Wochen einstellen müssen, weil die US-Armee ins Land einmarschiert war und die Bevölkerung mit Ausgangssperren und Reisebeschränkungen praktisch unter Arrest gestellt hatte. Erst Ende Oktober war die Suche wieder aufgenommen worden, und da waren sämtliche Spuren, die von Anfang an eher kalt gewesen waren, bereits komplett überfroren.

»Eines sollte ich noch erwähnen«, sagte Carver zum Schluss. »Die Aufgabe ist nicht ganz ungefährlich. Sagen wir – sehr gefährlich.«

»Soll heißen?«, fragte Max.

»Ihre Vorgänger sind... Es ist nicht gut für sie gelaufen.«

»Sie sind tot?«

Carver schwieg einen Augenblick. Sein Gesicht war fahl geworden.

»Nein. Nicht tot«, sagte er schließlich. »Schlimmer. Viel schlimmer.«

Erster Teil

1

Ehrlichkeit und Offenheit waren nicht immer das Mittel der Wahl, aber wenn es ging, zog Max sie dem Reden um den heißen Brei vor.

»Ich kann nicht«, verkündete er Carver.

»Sie können nicht, oder Sie wollen nicht?«

»Ich will es nicht, weil ich nicht kann. Es hat keinen Sinn. Sie erwarten von mir, ein Kind zu finden, das seit zwei Jahren vermisst wird, und das in einem Land, das ungefähr zur selben Zeit in die Steinzeit zurückgefallen ist.«

Carver rang sich ein winziges Lächeln ab, das Max zu verstehen gab, für wie unkultiviert man ihn hielt. Außerdem verriet es, mit welcher Kategorie Reichtum er es hier zu tun hatte. Es war nicht einfach Geld, sondern altes Geld – die schlimmste Sorte, mit den besten Verbindungen in alle Richtungen: mehrgeschossige Banktresore, riesige Aktienvermögen, hochverzinsliche Offshore-Konten, per du mit allen, die irgendwo irgendwas zu sagen hatten, und genug Macht, einen zu zerquetschen wie eine Fliege. Solchen Leuten schlug man keine Bitte ab.

»Sie haben schon sehr viel schwierigere Aufgaben gemeistert. Sie haben ... *Wunder* vollbracht«, sagte Carver.

»Ich habe noch keinen Toten zum Leben erweckt, Mr. Carver. Ich hab sie nur ausgegraben.«

»Ich bin auf das Schlimmste gefasst.«

»Wenn dem so wäre, würden Sie jetzt nicht mit mir reden«, sagte Max. Und bereute seine Unverblümtheit. Sein einstiges

Taktgefühl war im Knast durch Ruppigkeit ersetzt worden. »In gewisser Weise haben Sie recht. Ich habe in meinem Leben einige Höllenlöcher durchkämmt, aber es waren amerikanische Höllenlöcher, und es gab immer einen Bus zurück nach draußen. Aber Ihr Land kenne ich nicht. Ich bin nie da gewesen, und – mit allem Respekt – ich wollte nie hin. Herrgott, die sprechen nicht mal Englisch da.«

Woraufhin Carver ihm von dem Geld erzählte.

Max hatte als Privatdetektiv nicht gerade ein Vermögen gemacht, aber er hatte sich ganz gut geschlagen – hatte genug verdient, um über die Runden zu kommen und sich das eine oder andere Extra leisten zu können. Die finanziellen Dinge des Lebens hatte seine Frau geregelt, die Wirtschaftsprüferin war. Einen ansehnlichen Teil des Geldes hatte sie für schlechte Zeiten auf drei Sparkonten deponiert. Außerdem besaßen sie Anteile an der L-Bar, einem gut laufenden Yuppie-Schuppen in der Innenstadt von Miami, der von Frank Nunez geführt wurde, einem ehemaligen Polizisten und Freund von Max. Das Haus und die beiden Autos gehörten ihnen, sie waren dreimal im Jahr in Urlaub gefahren und einmal im Monat schick essen gegangen.

Max brauchte nur wenig Geld für sich. Seine Kleider – für die Arbeit und besondere Gelegenheiten Anzüge, ansonsten Freizeithose und T-Shirt – waren immer geschmackvoll, aber selten teuer. Sein zweiter Fall war ihm da eine Lehre gewesen: Sein 500-Dollar-Anzug hatte Blutflecken abbekommen, und er hatte ihn der Kriminaltechnik übergeben müssen. Die wiederum hatte ihn an den Staatsanwalt weitergereicht, der ihn dann vor Gericht als Beweismittel D präsentierte.

Max schickte seiner Frau jede Woche Blumen, überschüttete sie zum Geburtstag, zu Weihnachten und zum Hochzeitstag mit Geschenken und war auch seinen besten Freunden und seinem Patenkind gegenüber großzügig. Süchte hatte er keine. Mit dem Rauchen und Kiffen hatte er aufgehört, als er den Polizeidienst an den Nagel gehängt hatte. Nur mit dem Alkohol hatte es etwas länger gedauert. Der einzige Luxus, den er sich gönnte, war Musik. Er besaß fünftausend CDs, Schallplatten und Singles – Jazz, Swing, Doowop, Rock'n'Roll, Soul, Funk und Disco –, und er kannte jede einzelne Note und jeden Text auswendig. Die größte Summe, die er für sein Hobby jemals ausgegeben hatte, waren die vierhundert Dollar gewesen, die er bei einer Auktion für ein handsigniertes Doppelalbum von Frank Sinatras *In The Wee Small Hours Of The Morning* hingeblättert hatte. Er hatte es gerahmt und in seinem Arbeitszimmer gegenüber dem Schreibtisch aufgehängt. Als seine Frau ihn darauf angesprochen hatte, hatte er ihr erzählt, er habe die Scheibe billig auf einem Flohmarkt in Orlando ergattert.

Alles in allem war es ein angenehmes Leben gewesen, das einen glücklich und fett und mit der Zeit immer konservativer machte.

Doch dann hatte er in der Bronx drei Menschen getötet, und sein ganzes Leben war aus der Spur gesprungen und laut und unelegant zum Stehen gekommen.

Sein Leben nach dem Knast: Das Haus in Miami und seinen Wagen hatte er noch, außerdem 9000 Dollar auf dem Sparbuch. Davon konnte er vier oder fünf Monate leben, dann würde er das Haus verkaufen und einen Job finden müssen. Kein leichtes Unterfangen. Wer würde ihm Arbeit geben? Ex-Bulle, Ex-Privatdetektiv, Ex-Knacki – dreimal minus, kein Plus. Er war sechsundvierzig: zu alt, um noch etwas Neues zu lernen, und zu jung, um aufzugeben. Was sollte er tun? In einer Kneipe arbeiten? Als Küchenhilfe? Einkaufstüten packen? Auf dem Bau? Als Kaufhausdetektiv im Einkaufszentrum?

Natürlich hatte er Freunde und auch ein paar Leute, die ihm etwas schuldeten, aber er hatte im Leben noch keinen Gefallen eingefordert und wollte auch jetzt nicht damit anfangen. Er hatte den Leuten geholfen, weil er es damals gekonnt hatte, und nicht, damit sie sich später bei ihm revanchierten. Seine Frau hatte ihn als naiv und butterweich bezeichnet. Vielleicht hatte sie recht gehabt. Vielleicht hätte er seine eigenen Interessen über die der anderen stellen sollen. Sähe sein Leben dann jetzt anders aus? Wahrscheinlich ja.

Er konnte seine Zukunft ziemlich deutlich vor sich sehen. Er würde in einem Einzimmerapartment mit fleckiger Tapete und Horden sich bekriegender Kakerlaken hausen, an der Tür eine handschriftlich in schlechtem Spanisch verfasste Liste mit Regeln und Vorschriften. Er würde die Nachbarn rechts, links, oben und unten streiten, vögeln, palavern und sich prügeln hören. Er würde Lotto spielen und auf einem tragbaren Fernseher mit wackligem Bild zusehen, wie die falschen Zahlen gezogen wurden. Ein langsamer Tod, allmählicher Verfall, eine Körperzelle nach der anderen.

Er musste Carvers Job annehmen oder sein Glück in der Welt der Ex-Knackis versuchen. Eine andere Wahl hatte er nicht.

Zum ersten Mal hatte Max im Gefängnis mit Allain Carver gesprochen, am Telefon. Ein vielversprechender Start war das nicht gewesen. Carver hatte sich ihm vorgestellt, und Max hatte ihm angeraten, ihn gefälligst in Ruhe zu lassen.

In den letzten acht Monaten seiner Haftstrafe hatte Carver ihn praktisch jeden Tag genervt.

Als Erstes war der Brief aus Miami gekommen:

»*Sehr geehrter Mr. Mingus, mein Name ist Allain Carver. Ich bewundere Sie und alles, wofür Sie stehen. Nachdem ich Ihren Fall aufmerksam verfolgt habe*...«

An dieser Stelle hatte Max aufgehört zu lesen und den Brief seinem Zellenkollegen Velasquez überreicht, der sich ein paar Joints draus gedreht hatte. Velasquez hatte sämtliche Briefe an Max aufgeraucht, nur die privaten nicht. Max nannte ihn den »Müllverbrenner«.

Max war ein Promi unter den Häftlingen gewesen. Das Fernsehen und sämtliche Zeitungen hatten über seinen Fall berichtet. Es hatte Zeiten gegeben, in denen das halbe Land eine Meinung zu seiner Tat gehabt hatte. Und es hatte sechzig zu vierzig für ihn gestanden.

In den ersten sechs Monaten hinter Gittern hatte er säckeweise Fanpost gekriegt. Nicht einen Brief hatte er beantwortet. Selbst die aufrichtigsten Sympathiebekundungen ließen ihn kalt. Schon immer hatte er diese Leute verachtet, die irgendwelchen Straftätern Briefe schrieben, die sie im Fernsehen oder in der Zeitung gesehen hatten oder an die sie über eine dieser bescheuerten Brieffreundschaftsvermittlungen für Strafgefangene gekommen waren. Das waren die Ersten, die nach der Todesstrafe schrien, wenn es mal einen ihrer Liebsten traf. Max war elf Jahre Bulle gewesen, und es steckte immer noch viel vom Polizisten in ihm. Viele seiner besten Freunde arbeiteten noch bei der Polizei, und es war ihre Aufgabe, diese Leute vor den Bestien zu beschützen, denen sie Briefe schrieben.

Als der erste Brief von Carver eintraf, beschränkte sich Max' Post nur noch auf Briefe von seiner Frau, den Schwiegereltern und Freunden. Seine Fangemeinde war zu dankbaren Objekten wie O. J. Simpson oder den Brüdern Menendez übergelaufen.

Carver beantwortete Max' Schweigen nach seinem ersten Brief mit einem zweiten zwei Wochen später. Als er auch darauf keine Antwort erhielt, bekam Max in der Woche darauf noch einen Brief, in der Woche danach zwei und sieben

Tage später noch einmal zwei. Velasquez war glücklich. Er schätzte Carvers Briefe, weil das Papier – dickes, cremefarbenes Briefpapier mit Wasserzeichen und Carvers Namen, Adresse und Telefonnummern in sattgrüner Folienprägung oben rechts – irgendetwas enthielt, das ganz fantastisch mit seinem Gras reagierte und ihn noch breiter machte als gewöhnlich.

Carver spielte verschiedene Taktiken durch, um Max' Aufmerksamkeit zu erlangen. Er nahm anderes Briefpapier, schrieb mit der Hand und ließ andere für sich schreiben, doch alle seine Versuche landeten in der Müllverbrennung.

Also verlegte er sich aufs Anrufen. Er musste ein ziemlich hohes Tier bestochen haben, da nur ausgewählte Insassen Anrufe von draußen entgegennehmen durften. Ein Wärter hatte Max aus der Küche geholt und in eine Besuchszelle gebracht, wo eigens für ihn ein Telefon installiert worden war. Das Gespräch dauerte gerade lange genug, dass Carver seinen Namen sagen, Max ihn wegen seines Akzents in die Schublade »Engländer« stecken und ihm sagen konnte, was er von ihm hielt und dass er ihn nie wieder anrufen solle.

Aber Carver gab nicht auf. Bei der Arbeit, beim Hofgang, beim Essen, unter der Dusche, in der Zelle, nach Beginn der Nachtruhe, ständig wurde Max geholt. Dabei lief das Gespräch immer gleich ab. Max sagte »Hallo«, hörte Carvers Namen und legte auf.

Irgendwann beschwerte sich Max beim Gefängnisdirektor, was der wahnsinnig witzig fand. Für gewöhnlich klagten die Insassen über Schikanen von *drinnen*. Er erklärte Max, er solle sich nicht so mädchenhaft anstellen und drohte, ihm ein Telefon in der Zelle installieren zu lassen, wenn er ihn weiter mit solcher Kinderkacke belästigte.

Max erzählte seinem Anwalt Dave Torres von Carvers Anrufen. Torres unterband sie. Er bot ihm auch an, Informationen über Carver einzuholen, aber Max lehnte dankend ab. In Freiheit wäre er höllisch neugierig gewesen, aber im Knast gehörte Neugier zu den Dingen, die man zusammen mit den Zivilklamotten und der Armbanduhr gleich am Eingang abgab.

Am Tag vor seiner Entlassung wollte Carver Max einen Besuch abstatten. Max weigerte sich, ihn zu sehen, und so hinterließ Carver ihm einen letzten Brief, wieder auf dem alten Briefpapier.

Max überreichte ihn Velasquez als Abschiedsgeschenk.

Sobald er draußen war, würde er nach London fliegen, das hatte er fest vor.

Die Idee mit der Weltreise stammte von seiner Frau. Seit jeher war sie fasziniert gewesen von fremden Ländern, von deren Kultur und Geschichte, deren Denkmälern und den Menschen. Ständig ging sie in die neuesten Ausstellungen, besuchte Vorträge und Seminare und las ununterbrochen – Zeitschriften, Zeitungen und ein Buch nach dem anderen. Sie zeigte Max Fotos von Indios, die einen Pizzateller auf der Unterlippe transportieren konnten, und von Afrikanerinnen mit industriell gefertigten Spiralfedern um den giraffenartigen Hals, aber er begriff einfach nicht, was daran so spannend sein sollte. Er war in Mexiko gewesen, auf den Bahamas, in Hawaii und in Kanada, aber seine Welt waren die USA, und die waren groß genug. Hier gab es Wüsten, arktische Schneelandschaften und so ungefähr alles dazwischen. Wozu reisen und sich genau das Gleiche, nur älter, anderswo ansehen?

Seine Frau hieß Sandra. Er hatte sie kennengelernt, als er noch bei der Polizei gewesen war. Sie war halb Kubanerin, halb Afroamerikanerin. Sie war schön, klug, stark und witzig. Er sagte niemals Sandy zu ihr.

Sandra hatte ihren zehnten Hochzeitstag angemessen begehen wollen, wollte um die Welt reisen und alles sehen, was sie bisher nur aus Büchern kannte. Unter anderen Umständen hätte Max sie wahrscheinlich dazu überredet, eine Woche auf die Keys zu fahren und später eine bescheidene Auslandsreise nach Europa oder Australien zu unternehmen. Aber weil er im Knast saß, als sie ihm von ihren Plänen erzählte, konnte er einfach nicht Nein sagen. Und von seiner Zelle aus erschien ihm die Aussicht, ganz weit weg von Amerika zu sein, gar nicht so unattraktiv. Ein Jahr auf Reisen würde ihm Zeit geben, sich Gedanken darüber zu machen, was er mit dem Rest seines Lebens anfangen wollte.

Vier Monate hatte Sandra damit verbracht, die Reise zu planen und zu buchen. Die Route war so ausgeklügelt, dass sie auf den Tag genau ein Jahr nach ihrer Abreise wieder an ihrem Hochzeitstag in Miami ankommen würden.

Je mehr sie Max bei ihren wöchentlichen Besuchen von der Reise erzählt hatte, umso mehr hatte auch er sich darauf gefreut. Er hatte sich sogar in der Gefängnisbibliothek über die Orte informiert, die sie bereisen würden.

Die letzte Rechnung für die Reise hatte sie an dem Tag beglichen, an dem sie bei einem Autounfall auf der US 1 ums Leben kam. Offenbar hatte sie aus unerfindlichen Gründen unvermittelt die Spur gewechselt und war mit voller Geschwindigkeit auf einen Laster aufgefahren. Bei der Autopsie wurde dann das Hirnaneurysma entdeckt, an dem sie am Steuer gestorben war.

Der Gefängnisdirektor hatte ihm die Nachricht überbracht. Max war zu geschockt gewesen, um zu reagieren. Er hatte ohne ein Wort genickt, war aus dem Büro des Direktors gegangen und hatte den Rest des Tages zugebracht, als wäre nichts passiert, hatte die Küche geputzt, das Essen ausgegeben, die Tabletts in die Spülmaschine geräumt, den Fußboden gewischt. Zu Velasquez hatte er kein Wort gesagt. Trauer oder eine andere Gefühlsregung außer Wut zu zeigen war ein Zeichen von Schwäche. So etwas behielt man für sich.

Erst am nächsten Tag, einem Donnerstag, war ihm klar geworden, dass Sandra wirklich tot war. Donnerstag war ihr Besuchstag. Sie hatte nie einen einzigen ausfallen lassen. Sie war immer einen Tag vorher hergeflogen, hatte bei einer Tante in Queens übernachtet und war dann zu ihm gekommen. Gegen vierzehn Uhr, wenn er in der Küche gerade fertig war oder noch mit Henry, dem Koch, quatschte, war er ins Besuchszimmer gerufen worden. Dort hatte sie hinter der Glasscheibe gesessen und auf ihn gewartet. Immer makellos gekleidet, immer frisch geschminkt und ein strahlendes Lächeln im Gesicht.

Henry und Max hatten eine Abmachung. Donnerstags ließ Henry ihn weitgehend in Ruhe und teilte ihm nur Aufgaben zu, die schnell zu erledigen waren, sodass er abhauen konnte, sobald sein Name ausgerufen wurde. Sonntags war dann Max an der Reihe, weil dann Henrys Frau und seine vier Kinder zu Besuch kamen. Die beiden kamen gut miteinander klar, weshalb Max ignorierte, dass Henry fünfzehn Jahre bis lebenslänglich wegen eines bewaffneten Raubüberfalls absaß, bei dem eine Schwangere getötet worden war, und dass er zum Arier-Bund gehörte.

Nach außen hin lief an jenem Donnerstag alles wie immer. Nur dass Max mit einem drückenden Schmerz in der Brust und einem Gefühl der Leere aufgewacht war, das immer unerträglicher wurde. Er wollte Henry sagen, dass seine Frau diese Woche nicht kommen würde, und sich das Warum bis zur nächsten Woche aufsparen. Aber er brachte es nicht fertig, weil er wusste, dass er wahrscheinlich in Tränen ausbrechen würde.

Er hatte in der Küche nicht genug zu tun, um sich abzulenken. Andauernd starrte er auf die Uhr am Herd und beobachtete, wie sich die schwarzen Zeiger ruckweise auf zwei Uhr zubewegten.

Im Kopf ging er Sandras Besuch von letzter Woche noch einmal durch. Hatte sie je von einer Migräne erzählt, von Kopfschmerzen oder Schwindel, von Ohnmachtsanfällen oder Nasenbluten? Er sah ihr Gesicht hinter der kugelsicheren Scheibe vor sich, auf dem Glas die geisterhaften Finger- und Lippenabdrücke von einer Million Häftlingen, die ihre Liebsten so fast berührt und fast geküsst hatten. Sie beide hatten das nie gemacht. Es war ihnen sinnlos und jämmerlich vorgekommen – schließlich würden sie einander irgendwann tatsächlich wieder in die Arme nehmen können. Jetzt wünschte er sich, sie hätten es getan. Immer noch besser als das absolute Nichts, das ihm jetzt blieb.

»Max«, rief Henry, der an der Spüle stand. »Zeit, den Ehemann zu spielen.«

Wenige Ticker vor zwei Uhr. Max band sich die Schürze los, ganz aufs Stichwort, dann hielt er inne.

»Sie kommt heut nicht«, sagte er und ließ die Schnüre der Schürze rechts und links runterhängen. Er spürte, wie heiße Tränen in ihm aufstiegen.

»Wieso nicht?«

Max antwortete nicht. Henry kam auf ihn zu, trocknete sich die Hände an einem Geschirrtuch ab. Er blickte Max ins Gesicht und sah die Tränen in seinen Augen. Überrascht trat er einen Schritt zurück. Wie praktisch jeder in dem Laden hielt er Max für einen ziemlich harten Hund – ein Ex-Bulle im normalen Vollzug, der seinen Mann stand und nicht ein einziges Mal davor zurückgeschreckt war, Gewalt mit Gewalt zu beantworten.

Henry lächelte.

Vielleicht war es ein spöttisches Lächeln, oder es war die

sadistische Freude am Leid anderer, die im Knast mit Glück verwechselt wurde, oder es war einfach Unsicherheit.

Max, der fünfzig Fuß tief in seiner Trauer steckte, las Spott in Henrys Gesicht.

Das Rauschen in seinen Ohren verstummte.

Er schlug Henry mit der Faust auf die Kehle. Ein kurzer, gerader Jab, in den er sein ganzes Gewicht legte und der direkt auf die Luftröhre zielte. Henry klappte die Kinnlade runter. Er schnappte nach Luft. Max landete einen rechten Haken auf seinem Kiefer und brach ihm den Knochen. Henry war ein großer, breiter Kerl, ein begeisterter Gewichtheber, dem auch bei 160 Kilo noch nicht der Schweiß ausbrach. Er schlug mit einem dumpfen Aufprall auf dem Boden auf.

Max rannte aus der Küche.

Eine idiotische Aktion. Henry stand ziemlich weit oben im Bund, und er war deren wichtigste Einnahmequelle. Der Bund dealte die besten Drogen in Rikers, und die wurden von Henrys Kindern in der Arschritze reingeschmuggelt. Die Arier würden Blut sehen wollen, sie würden ihn töten, um ihr Gesicht zu wahren.

Drei Tage lang lag Henry auf der Krankenstation. Max sprang so lange für ihn ein und wartete die ganze Zeit auf die Rache. Die Wärter würden Bescheid wissen. Sie würden einen Hinweis kriegen und Geld, und sie würden wegschauen, genau wie alle anderen auch. Tief drinnen betete Max, sie mögen wenigstens vernünftig zielen und ein lebenswichtiges Organ treffen. Er hatte keine Lust, das Gefängnis im Rollstuhl zu verlassen.

Aber nichts geschah.

Henry behauptete, auf einem Fettfleck auf dem Küchenfußboden ausgerutscht zu sein. Am Sonntag war er – mit verdrahtetem Kiefer – wieder der Chef der Küche. Er hatte von Max' Frau erfahren und schüttelte ihm bei ihrem Wiedersehen als Erstes die Hand und klopfte ihm auf die Schulter. Weshalb Max ein schlechtes Gewissen kriegte, weil er ihn niedergeschlagen hatte.

Sandra wurde eine Woche nach ihrem Tod in Miami beigesetzt. Max bekam die Erlaubnis, bei der Beerdigung dabei zu sein.

Sie war in einem offenen Sarg aufgebahrt. Max küsste ihre kalten, starren Lippen und schob seine Finger zwischen ihre gefalteten Hände. Dann fiel ihm auf, dass Blütenstaub auf den Kragen des dunkelblauen Nadelstreifenanzugs gefallen war, den man ihr angezogen hatte. Er stammte von den weißen Lilien in dem riesigen Gesteck am Kopfende des Sargs. Max wischte ihn weg.

Bei der Begräbnisfeier sang ihr jüngster Bruder Calvin »Let's Stay Together«, ihr Lieblingslied. Das letzte Mal hatte er es bei ihrer Hochzeit gesungen. Calvin hatte eine unglaubliche Stimme, klagend und eindringlich wie die von Roy Orbison. Das gab Max den Rest. Er heulte sich die Seele aus dem Leib. Seit seiner Kindheit hatte er nicht mehr geweint. Er heulte so lange, bis sein Hemdkragen durchnässt war und seine Augen verquollen.

Auf dem Weg zurück nach Rikers beschloss er, die Reise zu machen, mit deren Planung Sandra die letzten Monate ihres Lebens zugebracht hatte. Teils ihr zu Ehren, teils, um all die Orte zu sehen, die sie nun nicht mehr sehen würde, teils, um ihren Traum zu leben, und vor allem, weil er nicht wusste, was er sonst mit sich anfangen sollte.

Sein Anwalt Dave Torres nahm ihn vor den Gefängnistoren in Empfang und fuhr ihn zum Avalon Rex, einem kleinen, billigen Hotel in Brooklyn, wenige Blocks vom Prospect Park entfernt. Das Zimmer war für zwei Tage und zwei Nächte gemietet, danach würde er von JFK aus nach England fliegen.

Torres überreichte ihm die Tickets, seinen Reisepass, dreitausend Dollar in bar und zwei Kreditkarten. Max dankte ihm für alles, und sie gaben sich zum Abschied die Hand.

Als er gegangen war, öffnete Max als Erstes die Tür, trat auf den Flur hinaus, ging wieder zurück ins Zimmer und machte die Tür hinter sich zu. Das gefiel ihm so gut, dass er es gleich noch mal machte, und noch mal, ein halbes Dutzend Mal, bis er sich halbwegs an die neue Freiheit gewöhnt hatte, kommen und gehen zu können, wie er wollte. Danach zog er sich aus und betrachtete sich in dem Spiegel im Kleiderschrank.

Er hatte sich nicht mehr nackt im Spiegel gesehen, mit nichts bekleidet als seinen beiden Tattoos, seit er zuletzt ein freier Mann gewesen war. Acht Jahre waren seither vergangen, und er sah vom Hals an abwärts immer noch ganz gut aus. Breite Schultern und muskulöse Oberarme, dicke Unterarme, der Nacken breit und kurz, Waschbrettbauch, kräftige Oberschenkel. Eingeölt und im Posing-String hätte er locker den Mister-Knast-Pokal gewinnen können. Bodybuilding im Gefängnis war eine Kunst. Es hatte nichts mit Eitelkeit oder Fitness zu tun. Es ging ums Überleben. Wer einen ordentlichen Schatten warf, dem gingen die Leute aus dem Weg. Aber zu sehr sollte man sich auch nicht aufpumpen, um nicht aufzufallen und sich den Neuzugängen, die sich noch einen Ruf zu erwerben hatten, als Zielscheibe anzubieten. Nichts war lächerlicher als ein Knastkoloss, der an einer geschliffenen Zahnbürste verreckte, die man ihm in die Drosselvene gerammt hatte. Max war schon vor seiner Zeit im Knast ziemlich fit gewesen. Als Jugendlicher war er dreimal Golden-Gloves-Champion im Mittelgewicht geworden, und er hatte sich mit Laufen, Schwimmen und Boxtraining in Form gehalten. In Rikers hatte er täglich eine halbe Stunde trainieren dürfen. Sechs Tage die Woche hatte er in die Eisen gegriffen, einen Tag Oberkörper, einen Tag Beine. Außerdem jeden Morgen in der Zelle dreitausend Liegestützen und Sit-ups, fünfhundert pro Satz.

Er sah also immer noch gut aus, auf jene derbe und brutale Art, die unweigerlich Frauen und Schwule mit einem Faible für harten Sex und Kamikaze-Beziehungen anzog. Nur sein Gesicht hatte sich verändert. Die Haut war straff, aber faltig und vom Mangel an Sonnenlicht fast gespenstisch wächsern geworden. Die kleinen Narben um den Mund herum waren verblasst. Da war eine neue Bosheit in seinen blauen Augen, und ein verbitterter Zug um den Mund, den er von seiner Mutter kannte. Genau wie er war sie zu Beginn ihres Lebensherbstes allein gelassen worden. Und genau im gleichen Alter wie bei ihr waren auch seine Haare komplett grau geworden. Den Übergang von dem Dunkelbraun, mit dem er in den Knast gegangen war, hatte er nicht bemerkt, weil er sich dort immer kahlrasiert hatte, um noch einschüchternder auszusehen. Erst in den letzten zwei Wochen vor seiner Entlassung hatte er sich die Haare wachsen lassen – ein Fehler, den er korrigieren würde, bevor er die Stadt verließ.

Am nächsten Morgen ging er nach draußen. Er musste sich einen warmen Wintermantel und ein Jackett kaufen, und wenn er sein Altmännerhaar loswerden wollte, brauchte er eine Mütze. Es war ein strahlend blauer, eisig kalter Tag. Die Luft brannte ihm in den Lungen. Auf den Straßen wimmelte es von Menschen. Und plötzlich kam er sich in dieser morgendlichen Rushhour verloren vor. Eigentlich hätte er darauf gefasst sein müssen, trotzdem fühlte er sich, als wäre er gegen seinen Willen von einem anderen Planeten hierhergebeamt worden. Sieben Jahre stürzten mit Wucht auf ihn ein. Alles hatte sich verändert: die Mode und die Frisuren, der Gang der Leute, ihre Gesichter, die Marken, Preise und Sprachen. Zu viel, um alles aufnehmen und verarbeiten zu können. Zu viel so kurz nach dem Knast, wo alles immer gleich blieb und man alle zumindest vom Sehen kannte. Er war direkt ins tiefe Becken gesprungen und konnte sich gerade einmal über Wasser halten. Er trottete mit der Menge mit, immer zwei Schritte hinter seinem Vordermann und zwei Schritte vor dem Hintermann, wie im Sträflingstrupp. Immer noch gefangen in jahrelanger Gewohnheit.

Irgendwann stahl er sich aus der Menge heraus in ein kleines Café. Es war gerammelt voll mit Leuten, die sich schnell noch eine Dosis Koffein verabreichten, bevor sie ins Büro hetzten. Er bestellte einen Espresso, der in einem Pappbecher mit Papphenkel serviert wurde, darauf die Warnung, das Getränk sei SEHR HEISS. Er probierte. Es war lauwarm.

Was hatte er hier in New York verloren? Das war nicht einmal seine Stadt. Und wie hatte er überhaupt daran denken können, um die Welt zu reisen, ohne vorher zu Hause gewesen zu sein? Ohne sich an das Leben in Freiheit gewöhnt zu haben? Sandra hätte gesagt, wie sinnlos es war, wegzulaufen, wenn man irgendwann doch zurückkommen musste. Und sie hätte recht gehabt. Wovor hatte er Angst? Dass sie nicht mehr da war? Damit würde er sich abfinden müssen.

Scheiß drauf. Er würde das erste Flugzeug nach Miami nehmen.

Zurück im Hotelzimmer, rief Max sämtliche Fluggesellschaften an und bekam einen Platz für Freitagnachmittag.

Auch wenn er keine Ahnung hatte, was er in Miami tun würde, gab es ihm doch ein gutes Gefühl, ein vertrautes Ziel zu haben.

Jetzt wollte er erst einmal duschen, etwas essen und sich die Haare schneiden lassen, wenn er einen Friseur fand.

Das Telefon klingelte.

»Mr. Mingus?«

»Ja?«

»Allain Carver.«

Max schwieg. Wie hatte der ihn hier gefunden?

Dave Torres. Er war der Einzige, der wusste, wo Max war. Wie lange arbeitete er schon für Carver? Wahrscheinlich seit Max ihn gebeten hatte, den Anrufen im Knast ein Ende zu setzen. Statt sich an die Behörden zu wenden, war Torres gleich zu Carver selbst gegangen. Der korrupte Drecksack ließ sich keine Gelegenheit entgehen, noch ein paar Dollar mehr zu machen.

»Hallo? Sind Sie noch da?«

»Was wollen Sie?«, fragte Max.

»Ich habe einen Auftrag, der Sie vielleicht interessieren könnte.«

Max verabredete sich für den nächsten Tag mit ihm. Seine Neugier war wieder da.

Carver nannte ihm einen Treffpunkt in Manhattan.

»Mr. Mingus? Ich bin Allain Carver.«

Erster Eindruck: aufgeblasener Wichser.

Carver war aus seinem Sessel aufgestanden, als Max den Club betreten hatte. Er hatte ein paar Schritte auf ihn zu gemacht, um sich zu erkennen zu geben, und war dann, die Hände hinter dem Rücken, stehen geblieben – ganz im Stile eines Kronprinzen, der den Botschafter einer verarmten, ehemaligen Kolonie empfängt.

Groß und schlank, im maßgeschneiderten marineblauen Wollanzug mit himmelblauem Hemd und passender Seidenkrawatte hätte Carver gut und gern in einem Musical aus den 1920er Jahren einen Passanten in einer Wall-Street-Szene geben können. Das kurze blonde Haar trug er in der Mitte gescheitelt und nach hinten gegelt. Er hatte ein kräftiges Kinn, ein langes, spitzes Gesicht und sonnengebräunte Haut.

Sie gaben einander die Hand. Fester Händedruck, glatte, weiche Haut, noch nie richtig gearbeitet.

Carver führte ihn zu einem schwarzen Clubsessel aus Leder und Mahagoni, vor dem ein runder Tisch stand. Er wartete, bis Max saß, dann setzte er sich ihm gegenüber. Die gewölbte, zu beiden Seiten weit vorgezogene Rückenlehne ragte gut einen halben Meter über Max' Kopf hinaus. Er konnte weder nach links noch nach rechts schauen, ohne sich sehr weit vorzulehnen und den Hals zu recken. Er saß wie in einer kleinen Kabine.

Hinter ihm war die Theke, die sich über die ganze Breite des Raumes erstreckte. Jedes erdenkliche alkoholische Getränk schien dort aufgereiht – die grünen, blauen, gelben, pinkfarbenen, weißen, braunen, klaren und halbklaren Flaschen leuchteten so fröhlich wie die Plastikperlenvorhänge in einem Nobelpuff.

»Was möchten Sie trinken?«

»Kaffee bitte. Mit Sahne, ohne Zucker.«

Carver schaute zum anderen Ende des Raumes hinüber und hob die Hand. Eine Kellnerin kam. Sie war gertenschlank, mit hohen Wangenknochen, vollen Lippen und einem Gang wie auf dem Laufsteg. Tatsächlich sahen alle Angestellten hier aus wie Models: Beide Barmänner hatten einen Dreitagebart und diesen schmelzenden Verführerblick, mit dem sich weiße Hemden und Aftershaves verkaufen ließen. Die Empfangsdame hätte einem Modekatalog entsprungen sein können, und der Sicherheitsmann, der in einem kleinen Büro die Bilder der Überwachungskameras verfolgte, war in einem anderen Leben womöglich der Maurertyp aus der Cola-Light-Werbung.

Max hätte den Club fast nicht gefunden. Er lag in einem anonymen fünfstöckigen Gebäude in einer Seitenstraße der Park Row, einer Sackgasse – so anonym, dass er zweimal daran vorbeigelaufen war, bevor er die 34 entdeckt hatte, die ganz schwach neben der Tür auf die Wand gepinselt war. Der Club lag im dritten Stock, den man in einem komplett verspiegelten Aufzug mit poliertem Messinghandlauf erreichte. Als die Türen aufgegangen waren, wähnte Max sich in der Lobby eines Luxushotels.

Der Raum war riesig und sehr still, wie eine Bibliothek oder ein Mausoleum. Überall wuchsen die schwarzen Clubsessel aus dem dicken Teppichboden wie verkohlte Eichenstämme in einem geschändeten Wald. Sie waren so angeordnet, dass man nur die Rückenlehnen, nicht aber die Gäste sehen konnte. Max hatte geglaubt, sie seien allein, bis er aus einem Sessel Zigarrenrauch aufsteigen sah. Und als er genauer hinschaute, bemerkte er hinter einem anderen Sessel den beigefarbenen Slipper eines Mannes. An der Wand neben ihm hing nur ein einziges gerahmtes Gemälde, es zeigte einen flötespielenden Jungen. Er trug eine Militäruniform aus der Zeit des Bürgerkriegs, die ihm gut zehn Jahre zu groß war.

»Sind Sie hier Mitglied?«, fragte Max, um das Eis zu brechen.

»Uns gehört der Club. Dieser und mehrere ähnliche Einrichtungen auf der ganzen Welt«, antwortete Carver.

»Sie sind also Club-Betreiber?«

»Nicht ganz«, entgegnete Carver mit amüsiertem Lächeln. »Mein Vater Gustav hat diese Clubs Ende der fünfziger Jahre eröffnet, um seine besten Geschäftsfreunde bewirten zu können. Dieser hier war der erste. Es gibt noch weitere in London, Paris, Stockholm, Tokio und Berlin – und andernorts. Sie sind eine Art Gratifikation. Wenn eine Privatperson oder ein Unternehmen einen bestimmten Nettoumsatz mit uns überschreitet, bieten wir die lebenslange Mitgliedschaft in unseren Clubs an. Mitglieder können die Bewerbungen ihrer Freunde und Kollegen unterstützen, die aber natürlich zahlen. Wir haben recht viele Mitglieder und machen einen ganz ordentlichen Profit.«

»Man kann also nicht einfach ein Formular ausfüllen?«

»Nein.« Carver lachte leise.

»Den Pöbel fernhalten, wie?«

»So ist eben unsere Unternehmensphilosophie«, entgegnete Carver trocken. »Und der Erfolg gibt uns recht.«

Da waren Spuren von weißem Ostküstenamerikanisch, die Carvers ansonsten knackig englischen Akzent ruinierten; ein unnatürliches Zügeln mancher Vokale, während andere überbetont wurden. Englische Privatschule, Studium an einer amerikanischen Elite-Uni?

Carver wirkte auf Max wie ein verhinderter Leinwandheld mit erfreulich schwindendem Aussehen. Max schätzte ihn auf sein eigenes Alter, vielleicht ein oder zwei Jahre jünger, ausgewogene Ernährung, gesund. Falten am Hals und Krähenfüße um die kleinen, stechend blauen Augen. Mit seinem goldbraunen Teint hätte er für einen weißen Südamerikaner durchgehen können – Argentinier oder Brasilianer –, dessen Stammbaum bis nach Deutschland reichte. Von einer unnahbaren Attraktivität, bis auf den Mund. Der versaute das Bild. Er ließ unweigerlich an einen Rasiermesserschnitt denken, aus dem das Blut erst langsam herausquoll, ohne bereits zu laufen.

Der Kaffee wurde in einer weißen Porzellankanne serviert. Max schenkte sich selbst ein und gab aus einem kleinen Kännchen Kaffeesahne dazu. Der Kaffee war aromatisch und kräftig, die Sahne bildete keinen Fettfilm auf der Oberfläche: Kaffee für Kenner, frisch gemahlen, keine Billigmischung aus dem Supermarkt.

»Ich habe von Ihrer Frau erfahren«, sagte Carver. »Tut mir sehr leid.«

»Mir auch«, entgegnete Max knapp. »Sie sagten, Sie hätten einen Auftrag, der mich interessieren könnte?«

Carver erzählte ihm von Charlie. Max hörte sich die Fakten an und sagte nein. Carver nannte die Summe, und Max wurde still, eher vor Schock denn aus Gier. Tatsächlich kam Gier gar nicht auf. Während Carver über Zahlen sprach, reichte er Max einen braunen DIN-A4-Umschlag. Darin steckten zwei Hochglanzfotos in Schwarzweiß: eine Portraitaufnahme und ein Ganzkörperbild – von einem kleinen Mädchen.

»Sagten Sie nicht, Ihr *Sohn* würde vermisst?«, fragte Max und hielt das Foto hoch.

»Charlie hatte so einen Tick mit seinen Haaren. Wir haben ihn Samson genannt, weil er niemanden an seine Haare heran ließ. Er ist schon mit vollem Haar geboren worden, was recht ungewöhnlich ist. Er hatte sogar Haare im Gesicht, fast wie eine Glückshaube. Ich vergesse nie, wie er gebrüllt hat, als sie ihm im Krankenhaus die Haare schneiden wollten – es war ohrenbetäubend, ein Geheul wie vor Schmerzen. Beängstigend. Und genauso war es immer, wenn ihm jemand mit einer Schere zu nahe kam. Also haben wir es gelassen. Irgendwann wird sich das von selbst erledigen«, sagte Carver.

»Oder auch nicht«, entgegnete Max platt.

Für einen kurzen Augenblick glaubte er, eine Veränderung in Carvers Gesicht wahrzunehmen, einen Hauch von Menschlichkeit. Nicht genug, dass Max sich für seinen potenziellen Kunden hätte erwärmen können, aber immerhin ein Anfang.

Max betrachtete das Portraitfoto. Charlie sah seinem Vater nicht im Geringsten ähnlich. Seine Augen und sein Haar waren sehr dunkel, und er hatte einen großen Mund mit vollen Lippen. Er lächelte nicht. Er sah genervt aus, wie ein bedeutender Mann, der bei einer hochwichtigen Arbeit gestört worden war. Ein intensiver, erwachsener Blick, ernst und direkt. Auf dem zweiten Foto stand Charlie mit dem gleichen Gesichtsausdruck vor einer Bougainvillea. Sein langes Haar war zu zwei Zöpfen gebunden, die ihm über die Schultern hingen. Er trug ein Kleid mit Blümchenmuster und Rüschenkragen.

Max wurde schlecht.

»Es geht mich ja nichts an, und ich bin auch kein Psychologe, aber das hier scheint mir eine todsichere Methode, einem Jungen das Leben echt schwer zu machen, Carver«, sagte Max mit unverhohlener Feindseligkeit.

»Das hat meine Frau so entschieden.«

»Sie sehen nicht aus wie einer, der unter dem Pantoffel steht.«

Carver lachte kurz. Es klang, als müsste er sich räuspern.

»Die Menschen in Haiti sind ziemlich rückständig. Selbst gebildete, intelligente Menschen glauben an allen möglichen Unsinn und Aberglauben ...«

»Voodoo?«

»Bei uns heißt es *Vodou*. Haitianer sind zu neunzig Prozent katholisch und zu hundert Prozent *Vodouisten*, Mr. Mingus. Da ist gar nichts Schauriges dran – es ist auch nicht schlimmer, als beispielsweise einen halb nackten Mann an einem Kreuz anzubeten, sein Blut zu trinken und sein Fleisch zu essen.«

Er suchte in Max' Gesicht nach einer Reaktion. Max erwiderte seinen Blick mit ausdrucksloser Miene. Seinetwegen durfte Carver auch gern den Einkaufswagen vom Supermarkt anbeten. Er betrachtete noch einmal das Foto von Charlie im Kleid. Armer Junge, dachte er.

»Wir haben überall nach ihm gesucht«, sagte Carver. »Anfang 1995 haben wir eine Kampagne gestartet, Fernsehspots und Zeitungsanzeigen, Reklametafeln mit seinem Foto, Aufrufe im Radio – alles. Wir haben eine namhafte Belohnung für

Hinweise oder im besten Fall für Charlie selbst ausgesetzt. Mit den vorhersehbaren Folgen. Sämtliches Gesindel kam aus seinen Löchern gekrochen und hat behauptet zu wissen, wo ›sie‹ ist. Manche haben sich sogar als ›ihre‹ Entführer ausgegeben und Lösegeldforderungen gestellt, aber das war völlig… die Summen, die da gefordert wurden, waren lächerlich, *viel zu niedrig*. Natürlich war mir gleich klar, dass da nichts dran war. Das Bauernvolk in Haiti sieht nicht weiter als bis zur eigenen Nasenspitze. Und die haben sehr platte Nasen.«

»Ist man allen Hinweisen nachgegangen?«

»Nur, wo es sich lohnte.«

»Erster Fehler. Man muss alles überprüfen. Allen Hinweisen nachgehen.«

»Das haben Ihre Vorgänger auch schon gesagt.«

Billiger Köder, dachte Max. Geh nicht drauf ein. Der will dich bei deinem Ehrgeiz packen. Trotzdem, er war neugierig. Wie viele hatten schon an dem Fall gearbeitet? Woran waren sie gescheitert? Und wie viele waren zurzeit drauf angesetzt?

Dennoch tat er desinteressiert.

»Nur nichts überstürzen. Bis jetzt führen wir nur ein Gespräch«, sagte Max. Auf dem Weg hierher war er zu dreißig Prozent entschlossen gewesen, den Job nicht anzunehmen. Jetzt war er trotz seines geweckten Interesses fast bei fünfzig Prozent.

Carver spürte das und wechselte das Thema, erzählte von Charlie – wann er angefangen hatte zu laufen, von seinem musikalischen Gehör –, danach von Haiti.

Max hörte zu und versuchte interessiert auszusehen, während seine Gedanken abschweiften. Er suchte nach einer Antwort auf die Frage, ob er dem Job überhaupt noch gewachsen war. Er war noch immer unentschlossen. Auf Anhieb sah er zwei Ansatzpunkte in dem Fall: Geld oder irgendeinen Voodoo-Blödsinn. Da niemand Lösegeld gefordert hatte, blieb nur Letzteres, und darüber wusste er etwas mehr, als er Carver auf die Nase binden wollte. Andererseits wusste der vielleicht ohnehin über ihn und Solomon Boukman Bescheid. Genau genommen war er sich ziemlich sicher, dass Carver Bescheid wusste. Natürlich tat er das. Wie sollte es anders sein, wenn er Torres auf seiner Gehaltsliste stehen hatte? Was wusste Carver noch über ihn? Wie weit war er in seine Vergangenheit vorgedrungen? Hatte Carver noch ein As im Ärmel?

Ein schlechter Start, falls es denn überhaupt ein Start werden sollte: Er traute seinem zukünftigen Klienten nicht.

Am Ende des Gesprächs versprach Max, sich die Sache durch den Kopf gehen zu lassen. Carver gab ihm seine Karte und vierundzwanzig Stunden Bedenkzeit.

Max fuhr mit dem Taxi zurück zum Hotel, das Foto von Charlie Carver auf dem Schoß.

Er dachte über die zehn Millionen Dollar nach und was er damit anfangen würde. Er würde das Haus verkaufen und sich eine kleine Wohnung in einer ruhigen Wohngegend zulegen, vielleicht in Kendall. Oder er könnte auf die Keys ziehen. Oder vielleicht ganz weg von Miami.

Dann dachte er darüber nach, nach Haiti zu gehen. Hätte er den Auftrag angenommen, als er noch gut im Geschäft gewesen war, vor der Zeit im Knast? Ja, sicher. Der Fall war eine echte Herausforderung, schon das hätte ihn gereizt. Keine Spurensicherung, auf die man zurückgreifen konnte und die einem das Leben leichter machte, sondern Problemlösung durch reine Hirnarbeit. Sein Grips gegen den eines anderen. Doch im Gefängnis hatten seine Fähigkeiten durch mangelnde Beanspruchung abgenommen. Ein Fall wie der von Charlie Carver wäre wie eine Vollgas-Fahrt bergauf, und zwar rückwärts.

Im Hotelzimmer stellte er die beiden Fotos auf dem Schreibtisch auf und starrte sie an.

Er hatte keine Kinder, hatte sich nie viel aus Kindern gemacht. Nichts ging ihm mehr auf die Nerven, als sich in einem Raum mit einem schreienden Säugling aufhalten zu müssen, dessen Eltern nicht willens oder in der Lage waren, ihr Kind zu beruhigen. Doch komischerweise hatte er als Privatdetektiv viele vermisste Kinder gesucht, auch viele Kleinkinder. Und seine Erfolgsquote lag bei hundert Prozent. Tot oder lebendig, er hatte sie alle nach Hause gebracht. Und das wollte er auch für Charlie tun. Aber er hatte Angst, es nicht zu schaffen, zum ersten Mal jämmerlich zu versagen. Diese Augen, in denen ein frühreifer Zorn funkelte, sahen ihn direkt an, und er hatte das Gefühl, dass sie ihn um Hilfe baten. Magische Augen.

Max verließ das Hotel, um sich eine ruhige Kneipe zu suchen, wo er etwas trinken und über die Sache nachdenken konnte. Aber überall war es voll. Die meisten Gäste waren eine Generation jünger als er und überwiegend fröhlich und laut. Bill Clinton war wiedergewählt worden, und überall wurde gefeiert. Nicht sein Ding. Er beschloss, sich irgendwo eine Flasche Jack Daniels zu kaufen.

Auf der Suche nach einem Spirituosengeschäft stieß er mit einem Typen in weißer Daunenjacke und tief ins Gesicht gezogener Skimütze zusammen. Max entschuldigte sich. Dem Mann war etwas aus der Tasche gefallen und vor seinen Füßen gelandet. Ein wiederverschließbarer Klarsichtbeutel mit fünf dicken, tamponförmigen Joints drin. Max hob sie auf und wollte sie dem Mann geben, aber der war schon weg.

Er steckte sich die Joints in die Jackentasche und ging weiter, bis er einen Laden gefunden hatte. Der Jack war aus. Es gab noch andere Bourbon-Sorten, aber nichts für ihn.

Aber da waren ja noch die Joints.
Er kaufte ein billiges Plastikfeuerzeug.

In den guten alten Zeiten hatten Max Mingus und sein Partner Joe Liston sich gern bei einem kleinen Stickie entspannt. Das Gras hatten sie von einem Informanten und Dealer namens Five Fingers gekriegt. Five versorgte sie mit 1A-Tipps und ein paar Gratisgramm Caribbean Queen – einem ziemlich starken jamaikanischen Gras, das er auch selbst rauchte.

Der beste Shit, den Max kannte, um Längen besser als das uralte Kraut, das er gerade geraucht hatte.

Eine Stunde später saß Max aufrecht im Bett und starrte die Wand an. Das Schlingern im Magen war ihm nur vage bewusst.

Er legte sich hin und schloss die Augen.
Er dachte an Miami.
Home sweet home.
Er wohnte auf Key Biscayne ganz in der Nähe von Hobie Beach, nicht weit vom Rickenbacker Causeway. An schönen Abenden hatten Sandra und er oft auf der Veranda gesessen und die neonerleuchtete Pracht von Miami bewundert. Die kühle Brise hatte den Geruch von der Biscayne Bay zusammen mit einem Hauch von Fisch und Motorenöl herübergeweht. Egal wie oft sie schon da gesessen hatten: Die Aussicht war jedes Mal anders. Manhattan konnte sich mit seiner Heimatstadt an einem schönen Tag nicht messen. In diesen Momenten, wenn das Leben gut war und noch besser zu werden versprach, hatten sie meist über die Zukunft geredet. Und Zukunft bedeutete für Sandra, eine Familie zu gründen.

Max hätte ihr von der Vasektomie erzählen müssen, die er wenige Monate vor ihrer ersten Begegnung hatte vornehmen lassen, aber dazu hatte ihm ... ja, es hatte ihm der Mumm gefehlt.

Wie hätte er Kinder in die Welt setzen sollen, nachdem er gesehen hatte, was von denen übrig geblieben war, die er in seinem Job gesucht und gefunden hatte, die er Stück für Stück wieder hatte zusammensetzen müssen? Unmöglich. Er hätte seine eigenen Kinder nie aus den Augen lassen können. Er hätte sie eingesperrt und den Schlüssel weggeworfen. Er hätte sie nicht zur Schule gehen oder draußen spielen oder Freunde besuchen lassen, damit sie ja nicht irgendeinem Idioten in die Hände fielen. Er hätte alle seine Verwandten überprüfen lassen, um zu sehen, ob nicht doch einer wegen Kindesmissbrauchs vorbestraft war. Was für ein Leben wäre das? Für die Kinder, für seine Frau, für ihn? Gar keins. Also besser keinen Gedanken mehr an Familienplanung verschwenden, den Kreislauf nicht mehr fortsetzen, ihn am besten gleich ganz ausschalten.

Neunzehn-einundachtzig: das war ein übles Jahr für ihn gewesen, eine beschissene Zeit. Neunzehn-einundachtzig: das Jahr von Solomon Boukman, dem Bandenchef aus Little Haiti. Neunzehn-einundachtzig: das Jahr des Königs der Schwerter.

Sandra hätte ihn verstanden, wäre er von Anfang an ehrlich zu ihr gewesen. Aber bei ihren ersten Verabredungen war er noch überzeugter Junggeselle gewesen und hatte jede Frau belogen, die ihm über den Weg gelaufen war, hatte sich als Kandidat für eine Langzeitgeschichte ausgegeben und ihnen erzählt, was sie hören wollten, um sie ins Bett zu kriegen und wieder abzuhauen. Auch danach hätte es zahllose Gelegenheiten gegeben, ihr noch vor der Hochzeit reinen Wein einzuschenken, aber er hatte Angst gehabt, sie damit zu verlieren. Sie kam aus einer großen Familie, und sie liebte Kinder.

Jetzt bereute er es, die Vasektomie nicht rückgängig gemacht zu haben, als er noch die Chance dazu gehabt hätte. Im ersten Jahr ihrer Ehe hatte er darüber nachgedacht, als das Leben mit Sandra ihn verändert hatte, zum Besseren, und damit nach und nach auch seine Einstellung zu Kindern. Heute würde er alles dafür geben, noch etwas von ihr zu haben, einen Teil von ihr, den er lieben und ehren konnte, so wie er sie geliebt und geehrt hatte.

Wieder dachte er an ihr gemeinsames Haus.

Sie hatten eine große Küche mit einem Tresen in der Mitte. Nachts hatte er oft dort gesessen und über einen Fall nachgegrübelt, der ihn um den Schlaf brachte. Manchmal hatte sich Sandra zu ihm gesellt.

Auch jetzt sah er sie vor sich, in T-Shirt und Hausschuhen, die Haare zerzaust, ein Glas Wasser in der einen, das Portraitfoto von Charlie in der anderen Hand.

»Ich finde, du solltest den Fall übernehmen, Max«, sagte sie und sah ihn an, die Augen noch ganz verquollen vom Schlafen.

»Warum?«, hörte er sich fragen.

»Weil du keine andere Wahl hast, Baby«, sagte sie. »Du kennst die Alternativen.«

Er zuckte zusammen und wachte auf. Er lag angezogen auf dem Bett und starrte die kahle Zimmerdecke an. Sein Mund war trocken, und er hatte den Geschmack von verrottetem Rindfleisch auf der Zunge.

Es stank nach altem Joint, was ihn unversehens in die Zelle zurückversetzte, wo Velasquez sich gerade das Guten-Abend-Tütchen gegönnt hatte, bevor er auf Latein seine Gebete sprach.

Max stand auf und taumelte zum Schreibtisch, zwanzig Presslufthämmer im Schädel. Er war noch immer leicht breit. Er riss das Fenster auf, und die eiskalte Luft wehte herein. Er atmete mehrmals tief durch. Der Nebel in seinem Kopf lichtete sich.

Er beschloss, zu duschen und sich umzuziehen.

»Mr. Carver? Hier spricht Max Mingus.«

Es war 9:00 Uhr morgens. Er hatte sich in einem Diner ein riesiges Frühstück einverleibt – Omelette aus vier Eiern, vier Toasts, Orangensaft und zwei große Kaffee –, hatte sich die Sache noch einmal durch den Kopf gehen lassen, die Pros und Contras, das Risiko, das Geld. Dann hatte er eine Telefonzelle gesucht.

Carver klang leicht außer Atem, als er ans Telefon ging, als käme er gerade vom Joggen.

»Ich werde Ihren Sohn finden«, sagte Max.

»Das ist ja wunderbar!« Carver schrie fast.

»Ich will einen schriftlichen Vertrag.«

»Natürlich«, sagte Carver. »Kommen Sie in zwei Stunden in den Club. Dann habe ich den Vertrag fertig.«

»Okay.«

»Wann können Sie anfangen?«

»Wenn ich einen Flug kriege, bin ich am Dienstag in Haiti.«

2

In Miami nahm Max ein Taxi vom Flughafen zu seinem Haus. Er bat den Fahrer, die lange Route über die Le Jeune Road zu nehmen, damit er sich einen Eindruck von Little Havana und Coral Gables verschaffen konnte. Er wollte ein Gefühl dafür bekommen, was sich in den letzten Jahren in seiner Heimatstadt verändert hatte. Er wollte ihr zwischen *barrio* und Milliardärs-Viertel den Puls fühlen.

Max' Schwiegervater hatte sich um das Haus gekümmert und die Rechnungen bezahlt. Max schuldete ihm 3000 Dollar, aber das war kein Problem, weil Carver ihm bei Vertragsabschluss in New York einen Vorschuss von 25 000 Dollar in bar überreicht hatte. Max hatte den Nichtsahnenden gespielt und Dave Torres mitgenommen, damit der den Vertrag prüfte und bei der Unterzeichnung anwesend war. Es hatte ihn amüsiert zu beobachten, wie Torres und Carver so taten, als seien sie einander noch nie begegnet. Rechtsanwälte sind fantastische Schauspieler, übertroffen nur noch von ihren schuldigen Mandanten.

Max starrte aus dem Beifahrerfenster, ohne viel zu sehen. Miami, sieben Jahre später ... eine glitzernde Abfolge von Autos, noch mehr Autos, Palmen und blauem Himmel. Bei der Landung hatte es noch geregnet, einer dieser gewaltigen Sunshine-State-Schauer, bei denen die Regentropfen so heftig auf die Erde prasselten, dass sie gleich wieder hochsprangen. Mittlerweile hatte es aufgehört zu regnen, aber Max konnte die Szenerie dennoch nicht genießen. Ihm ging zu viel durch den Kopf. Er dachte daran, wie es sein würde, wieder nach Hause zu kommen. Hoffentlich hatten seine Schwiegereltern keine Überraschungsparty für ihn organisiert. Sie waren herzensgute, stets wohlmeinende Menschen, und das war genau die Sorte herzensguter, wohlmeinender Scheiß, der zu ihnen passen würde.

Inzwischen war das Taxi durch Little Havana und Coral Gables gefahren, und Max hatte es kaum mitgekriegt. Jetzt waren sie auf der Hauptstraße von Vizcaya, und die Abfahrt zum Rickenbacker Causeway war schon ausgeschildert.

Sandra hatte ihn immer vom Flughafen abgeholt, wenn er wegen eines Falls weg gewesen war, oder um einen möglichen Klienten zu treffen. Sie hatte ihn jedes Mal gefragt, wie es gelaufen war, dabei hatte sie immer behauptet, ihm das schon auf den ersten Blick anzusehen. Wenn alles gut gelaufen war, dann hatte er sich auf dem Heimweg hinters Steuer gesetzt, und am Abend waren sie tanzen oder essen gegangen. Aber bei zwei von drei Malen war Sandra gefahren, weil sie den Misserfolg an seiner Körperhaltung und die resignierte Verzweiflung in seinem Gesicht gesehen hatte. Dann redete sie, während er wortlos vor sich hin brütete und durch die Windschutzscheibe nach draußen starrte.

Sie war immer da gewesen und hatte hinter der Absperrung auf ihn gewartet, das eine Gesicht, das nur seinetwegen da war. Natürlich hatte er auch jetzt nach ihr Ausschau gehalten, als er durch die Türen gekommen war. Hatte in den Gesichtern der Frauen, die vielleicht auf einen Mann warteten, vergeblich nach ihr gesucht.

Er konnte nicht nach Hause fahren. Noch nicht. Er war noch nicht bereit für sein Museum der glücklichen Erinnerungen.

»Fahren Sie weiter, nicht hier runter«, sagte Max, als er den Fahrer den Blinker setzen hörte.

»Wohin?«

»Ins Radisson am North Kendall Drive.«

»Hey, Max Mingus! Wie geht's dir?« Joe Listons Stimme donnerte aus dem Hörer, als Max ihn vom Hotelzimmer aus anrief.

»Schön, deine Stimme zu hören, Joe. Wie geht es dir?«

»Gut, Max, gut. Bist du zu Hause?«

»Nein. Ich wohne ein paar Tage im Radisson in Kendall.«

»Was mit deinem Haus nicht in Ordnung?«

»Sandras Cousins sind da«, log Max. »Ich dachte, ich überlasse ihnen das Haus noch eine Weile.«

»Ach ja?«, sagte Joe lachend. »Hast du dir ihren Ausweis zeigen lassen?«

»Wieso Ausweis?«

»Du bist ein Held für die Leute hier, Mingus, mach das nicht kaputt«, sagte Joe und lachte nicht mehr. »Da ist kein Schwein bei dir zu Hause, Mann. Seit Sandras Tod lasse ich jede Stunde einen Streifenwagen bei euch die Straße hoch und runter fahren.«

Max hätte es wissen müssen. Er kam sich dumm vor.

»Ich werde nicht mehr oder weniger von dir halten, weil du um Sandra trauerst. Aber ich werde mit Sicherheit weniger von dir halten, wenn du anfängst, mich wie einen Volltrottel zu behandeln«, sagte Joe. Er redete mit ihm, wie er vermutlich auch mit seinen Kindern redete: Er schimpfte nicht nur, er machte ihm auch noch ein schlechtes Gewissen.

Max schwieg. Auch Joe sagte nichts. Im Hintergrund hörte Max die üblichen Geräusche des Büroalltags: Stimmen, klingelnde Telefone, piepsende Pager. Joes Kinder würden sich wohl ungefähr an dieser Stelle entschuldigen und anfangen zu weinen. Joe würde sie auf den Arm nehmen, sie drücken und sagen, schon gut, aber dass mir das nicht wieder vorkommt. Dann würde er ihnen einen Kuss auf die Stirn drücken und sie wieder auf den Boden setzen.

»Tut mir leid, Joe«, sagte Max. »War alles ein bisschen viel für mich.«

»*No es nada, mi amigo*«, sagte Joe nach einer kleinen Kunstpause, die Max glauben machen sollte, dass Joe abzuschätzen versuchte, ob er es ernst meinte.

»Aber es wird nicht besser, wenn du versuchst, davor wegzulaufen. Du musst schon zum Berg gehen, sonst kommt der Scheißer zu dir«, sagte Joe.

»Ich weiß«, sagte Max. »Ich arbeite dran. Deswegen rufe ich auch an. Ich wollte dich um Hilfe bitten. Ich brauche ein paar Berichte, alte Akten und so weiter, alles, was du über einen gewissen Allain Carver hast. Er ist Haitianer und …«

»Ich kenne ihn«, sagte Joe. »Sein Sohn ist verschwunden, richtig?«

»Genau.«

»Er war vor einer Weile hier und hat Anzeige erstattet.«

»Ich dachte, der Junge ist in Haiti verschwunden?«

»Irgendjemand hat gemeint, ihn hier in Hialeah gesehen zu haben.«

»Und?«

»Dieser Jemand war eine verrückte alte Dame, die von sich behauptet, Visionen zu haben.«

»Habt ihr das überprüft?«

Joe lachte – ein lautes, herzliches, dabei zugleich trockenes und zynisches Lachen, wie man es nach über zwanzig Jahren im Polizeidienst unweigerlich bekam.

»Max! Wenn wir damit anfangen, suchen wir demnächst kleine grüne Männchen in North Miami Beach. Die alte Dame lebt in Little Haiti. Das Gesicht des Jungen klebt da überall, auf jeder Wand, an jeder Tür, in jedem Geschäft, wahrscheinlich ist es sogar im Wasser, das die da trinken – das Gesicht und die fuffzigtausend Dollar Belohnung für sachdienliche Hinweise.«

Max musste an Carvers erste Kampagne in Haiti denken. Die Zweitauflage in Miami hatte wahrscheinlich ganz ähnliche Ergebnisse erbracht.

»Hast du die Adresse der Frau?«

»Du übernimmst den Fall?« Joe klang besorgt.

»Ja.«

»Eigentlich ist Carver nur zu mir gekommen, weil er an dich ranwollte. Ich habe gehört, du hast dich ziemlich geziert. Wieso hast du deine Meinung so plötzlich geändert?«

»Ich brauche das Geld.«

Joe schwieg. Max hörte, wie er sich etwas aufschrieb.

»Du brauchst eine Waffe«, sagte Joe.

»Das wäre meine zweite Bitte gewesen.«

Max war die Waffenlizenz auf Lebenszeit entzogen worden. Er hatte damit gerechnet, dass Joe Nein sagen würde.

»Und die erste?«

»Ich brauche Kopien von allem, was du über den Carver-Jungen und seine Familie hast.«

Wieder hörte er Joe schreiben.

»Kein Problem«, sagte der. »Wollen wir uns in der L-Bar treffen? Sagen wir so um acht?«

»An einem Freitag? Nicht lieber irgendwo, wo es ruhiger ist?«

»Das L hat eine neue Lounge Bar. Abgetrennt vom Rest. Da ist es so ruhig, dass man die Fliegen furzen hört.«

»Okay«, lachte Max.

»Ich freu mich, dich wiederzusehen, Max. Echt«, sagte Joe.

»Ich mich auch, Großer«, sagte Max.

Joe wollte was sagen und stockte, dann versuchte er es noch mal und stockte wieder. Max hörte es an dem leichten Atemholen. Es war noch da, wie bei einem alten Ehepaar: Er konnte noch immer Joes Gedanken lesen.

Joe machte sich Sorgen.

»Wo drückt der Schuh, Joe?«

»Hast du dir das gut überlegt mit Haiti?«, fragte Joe. »Ist noch nicht zu spät, du kannst da noch raus.«

»Wieso sagst du das, Joe?«

»Ist nicht gerade ein sicheres Pflaster für dich.«

»Ich weiß, was da los ist.«

»Das meine ich nicht«, sagte Joe langsam. »Es geht um Boukman.«

»*Boukman? Solomon* Boukman?«

»Mhhhm.«

»Was ist mit dem?«

»Er ist draußen«, nuschelte Joe in den Hörer.

»*Was?* Der saß in der Todeszelle!«, schrie Max und sprang auf. Seine Reaktion überraschte ihn selbst: In den sieben Jahren im Knast hatte er seine Emotionen die meiste Zeit unter Kontrolle gehabt. Im Gefängnis konnte man es sich nicht leisten zu zeigen, was einen hoch- oder runterbrachte, weil irgendwer es gegen einen verwenden würde. Er gewöhnte sich offenbar schon wieder an das Leben in Freiheit.

»Dieses Arschloch Clinton, der gerade wiedergewählt wurde, hat ihm ein Ticket in die Heimat spendiert«, erklärte Joe. »Wir schicken die Kriminellen jetzt nach Hause. Passiert überall, in Florida und in Washington DC.«

»Wissen die, was er getan hat?«, fragte Max.

»Das interessiert die nicht. Warum das Geld des Steuerzahlers dafür verschwenden, die Leute im Knast durchzufüttern, wenn man sie genauso gut nach Hause schicken kann?«

»Aber der läuft jetzt wieder frei herum!«

»Ja, aber damit können sich die Haitianer herumschlagen. Und jetzt auch du. Wenn du ihm da über den Weg läufst...«

Max setzte sich wieder.

»Wann war das, Joe? Wann ist er rausgekommen?«

»Im März. Dieses Jahr.«

»Dieses Dreckschwein!«

»Das ist noch nicht alles...«, fing Joe an, dann wurde er unterbrochen und redete mit jemand anderem. Er legte den Hörer auf den Schreibtisch. Max hörte, wie die Unterhaltung immer lauter wurde. Er verstand nicht alles, was da gesagt wurde, aber irgendwer hatte irgendwas vergeigt. Aus dem Dialog wurde ein Monolog. Joe war hörbar sauer. Dann riss er den Hörer wieder hoch. »MAX? WIR SEHEN UNS HEUT ABEND. DANN UNTERHALTEN WIR UNS IN RUHE!«, brüllte er und schmiss den Hörer auf die Gabel.

Max lachte, als er sich den armen Untergebenen vorstellte, der gerade die volle Wucht von Joes Zorn abbekam. Aber das Lachen verging ihm, als er wieder an Solomon Boukman dachte. Und an das erste geopferte Kind. An den kleinen Körper auf der Bahre im Leichenschauhaus.

Solomon Boukman, Kindermörder. *In Freiheit*.

Solomon Boukman, Massenmörder. *In Freiheit*.

Solomon Boukman, Polizistenmörder. *In Freiheit*.

Solomon Boukman, Bandenführer, Drogenbaron, Zuhälter, Geldwäscher, Kidnapper, Vergewaltiger. *In Freiheit*.

Solomon Boukman: sein letzter Fall als Bulle, seine letzte Festnahme, die ihn fast das Leben gekostet hätte.

Solomons Worte zu ihm im Gerichtssaal: »Du gibst mir Grund zu leben«, mit einem Lächeln auf den Lippen geflüstert, bei dem Max das Blut in den Adern gefroren war. Diese Worte hatten die Sache zwischen ihnen zu einer persönlichen gemacht.

Max' Antwort: »*Adios, Arschloch*.« Wie sehr er sich doch geirrt hatte.

Boukman war der Kopf einer Gang namens SNBC gewesen – kurz für Saturday Night Barons Club, benannt nach Baron Samedi, dem Gott des Todes im Voodoo. Die Mitglieder schworen, dass ihr Anführer übernatürliche Kräfte habe, dass er Gedanken lesen und die Zukunft vorhersagen könne, dass er an zwei Orten gleichzeitig sein und sich plötzlich in einem Raum materialisieren könne wie die Mannschaft in *Star Trek*. Sie behaupteten, er habe seine Kräfte von einem Dämon, zu dem er betete, einem *méchant loa*. Max und Joe hatten ihn gefasst und die Gang hochgehen lassen.

Max zitterte vor Wut, er hatte die Fäuste geballt, die Hitze stieg ihm ins Gesicht, und die Ader auf seiner Stirn pulsierte. Solomon Boukman war eine der Festnahmen, auf die Max sehr stolz war – und bei der es ihm große Freude bereitet hatte, den Mann vor der Fahrt aufs Revier noch ordentlich mit den Fäusten zu bearbeiten.

Jetzt war Boukman wieder auf freiem Fuß. Er hatte das System geschlagen. Und er hatte Max verhöhnt und ihm ins Gesicht gepisst. Das war zu viel.

3

Max und Joe kannten sich seit fünfundzwanzig Jahren. Sie waren schon zusammen Streife gefahren und dann gemeinsam von Dienstrang zu Dienstrang aufgestiegen.

Bei der Polizei von Miami firmierten die beiden als »Born to Run«. Ihr Boss Eldon Burns hatte ihnen den Spitznamen verpasst, weil er meinte, die beiden nebeneinander zu sehen erinnere ihn an das Cover des Bruce-Springsteen-Albums, auf dem der hagere Sänger sich an Clarence Clemons lehnt, den hünenhaften Saxophonisten mit dem Ludenhut. Kein schlechter Vergleich. Neben Joe sah jeder aus wie ein Zwerg. Er hatte den Körperbau eines Linebackers, der sein Team verschluckt hat, und mit seinen einsfünfundneunzig musste er bei den meisten Türen den Kopf einziehen.

Joe fand den Spitznamen super. Er war ein Fan von Bruce Springsteen. Er besaß alle seine Alben und Singles und hunderte Stunden Livekonzerte auf Kassette. Er hörte praktisch nichts anderes. Wann immer Springsteen auf Tour ging, sicherte sich Joe für sämtliche Konzerte in Florida einen Sitzplatz in der ersten Reihe. Max' größte Angst war es, mit seinem Partner im Auto sitzen zu müssen, nachdem der seinen Helden live erlebt hatte, weil Joe ihm das Ereignis regelmäßig mit quälendem Detailreichtum schilderte, Song für Song, Seufzer für Seufzer. Springsteens Konzerte gingen in der Regel über drei Stunden, Joes Berichte dauerten mindestens sechs. Max konnte Springsteen nicht ausstehen und begriff nicht, was das ganze Theater sollte. Für seine Ohren war die Stimme des so genannten »Boss« irgendwo zwischen Räuspern und Kehlkopfkrebs anzusiedeln – und der perfekte Soundtrack für weiße Jungs, die mit Motorradjacke am Steuer ihres Kombis saßen. Einmal hatte er Joe gefragt, was eigentlich so toll an ihm sei. »Das ist wie mit allem, was den einen kickt und den anderen kalt lässt: Entweder man versteht's oder man versteht's nicht. Es liegt nicht nur an der Musik oder an der Stimme. Es geht um viel mehr. Wenn du weißt, was ich meine.« Max wusste es nicht, aber er hatte es dabei belassen. Schlechter Geschmack hatte noch keinem geschadet.

Trotzdem störte ihn der Spitzname nicht. Immerhin zeigte er, dass man Notiz von ihnen nahm. Nachdem sie beide zum Detective aufgestiegen waren, hatte sich Max das Coverfoto und den Titel des Albums auf die Innenseite des rechten Unterarms tätowieren lassen. Im Jahr darauf war dann auf dem linken Arm ein klassisches Bullentattoo gefolgt: ein Schild mit einem Totenschädel und zwei gekreuzten Revolvern, darüber das Motto »Death is Certain – Life is Not.«

Das L verdankte seinen Namen dem Grundriss des Gebäudes, in dem es sich befand, wobei man es schon von oben sehen musste, um das zu wissen. Detective Frank Nunez hatte es zum ersten Mal gesehen, als er einer Busladung Bankräuber mit dem Polizeihubschrauber durch die Innenstadt von Miami gefolgt war. Er hatte einige Freunde dazu überredet, sich gegen Rendite an der Finanzierung zu beteiligen, unter anderem auch Max und Sandra, die 20 000 Dollar investiert hatten. Bis sie ihren Anteil hatten verkaufen müssen, um Max' Anwaltskosten zu bezahlen, hatte die Bar ihnen Jahr für Jahr das Doppelte ihrer Einlage eingebracht. Bei den Geschäftsleuten und Bankern war der Laden schwer angesagt, und von Montag bis Samstag herrschte Hochbetrieb.

Von außen sah das L aus wie eine ganz normale Bar, breite Fenster mit schwarzen Läden davor und blinkende Bierreklame, die aussah wie mit neonfarbener Zahnpasta geschrieben. Es gab zwei Eingänge. Der rechte führte direkt in die Bar, einen großen, hohen Raum mit Holzfußboden. Steuerräder, Anker und Haifischharpunen, die überall an den Wänden hingen, gaben ihm ein maritimes Flair. Durch den linken gelangte man über eine Treppe hinauf in die L-Lounge, die durch eine getönte Glasscheibe von der Bar abgetrennt war, sodass man das Treiben dort ungesehen von oben verfolgen konnte. Mit den abgetrennten Sitznischen, die von rotgoldenen chinesischen Lampions schummrig beleuchtet wurden, war die Lounge ideal für erste Verabredungen und heimliche Affären. An der Theke wurden mit die besten Cocktails der Stadt serviert.

Als Max hereinkam, sah er Joe in einer Nische am Fenster sitzen. Er trug einen blauen Anzug und Krawatte. Max kam sich in Sweatshirt, Cargohosen und Turnschuhen etwas deplatziert vor.

»Lieutenant Liston?«, sagte Max und ging auf seinen Freund zu.

Joe grinste breit, seine Zähne ein liegender Halbmond in seinem dunklen Gesicht. Er stand auf. Max hatte vergessen, wie riesig er war. Um die Hüften hatte er ein paar Pfund zugelegt, und sein Gesicht war etwas runder geworden, aber noch immer war er der Albtraum eines jeden Verdächtigen.

Joe drückte Max fest an sich. Allem Bodybuilding zum Trotz ragten Max' Schultern nicht über Joes Brustkorb hinaus. Joe klopfte ihm auf beide Arme und trat ein Stück zurück, um ihn von oben bis unten in Augenschein zu nehmen.

»Man sieht, sie haben dir zu essen gegeben«, sagte er.
»Ich habe in der Küche gearbeitet.«
»Nicht beim Friseur?«, entgegnete er und tätschelte Max den kahlen Kopf.

Sie setzten sich. Joe füllte seine Sitzbank nahezu komplett aus. Auf dem Tisch lag ein Aktenordner. Der Kellner kam. Joe bestellte eine Cola Light und einen Bourbon. Max eine normale Cola.

»Du trinkst nicht mehr?«, fragte Joe.
»Ich fahre. Und du?«
»Ich hab's so weit runtergeschraubt, ich könnt im Grunde ganz aufhören. Das Älterwerden macht mich fertig. So einen Kater steck ich nicht mehr so weg wie früher.«
»Und geht's dir besser damit?«
»Kein Stück.«

Im Gesicht war Joe nicht sehr gealtert – soweit man das im Lounge-Licht beurteilen konnte –, aber sein Haaransatz war nach hinten gewandert, und er trug das Haar länger als früher, was Max vermuten ließ, dass es oben langsam ausdünnte.

In der Lounge saßen ein paar Pärchen in Bürokleidung. Aus den Ecklautsprechern tröpfelte nichts sagendes Geklimper., eine Melodie war nicht zu erkennen. Womöglich waren es Pferde, die gegen ein Glockenspiel pissten.

»Wie geht's Lena?«, fragte Max.
»Gut, Mann. Ich soll dich grüßen«, sagte Joe. Er zog ein paar Fotos aus der Innentasche und hielt sie Max hin. »Verbrecherfotos. Schau mal, ob du jemanden erkennst.«

Max sah die Bilder durch. Auf dem ersten war die ganze Familie zu sehen, Lena in der Mitte. Lena wirkte winzig neben ihrem Mann. Joe hatte sie in der Baptistenkirche kennengelernt. Er war nicht sehr religiös gewesen, aber er hatte die Kirche für die billigere und bessere Alternative gehalten, als durch Kneipen und Clubs zu ziehen oder sich mit Kolleginnen zu verabreden – er hatte sie »den besten Single-Schuppen diesseits des Himmels« genannt.

Lena hatte Max nie leiden können. Er konnte es ihr nicht verübeln. Bei ihrer ersten Begegnung hatte er Blut am Kragen gehabt, weil ein Verdächtiger ihn ins Ohrläppchen gebissen hatte. Sie hatte es für Lippenstift gehalten, und seither hatte sie ihn stets angesehen, als hätte er etwas Böses getan. Und so war ihr Verhältnis, Gespräche inklusive, stets höflich, aber distanziert geblieben. Dass er den Dienst quittiert hatte, hatte es nicht besser gemacht. Und dass er Sandra geheiratet hatte, war für sie ein Skandal. In ihrer Welt mischte selbst Gott nicht Schwarz und Weiß.

Als Max Joe das letzte Mal gesehen hatte, hatte er drei Kinder gehabt, alles Jungs – Jethro, den Ältesten, dann Dwayne und Dean, je ein Jahr auseinander. Aber auf dem Bild hatte Lena zwei kleine Mädchen auf dem Schoß.

»Ja, die links ist Ashley, rechts ist Briony«, sagte Joe stolz.

»Zwillinge?«

»Doppelpack, doppelter Ärger. Alles Stereo.«

»Wie alt?«

»Drei. Wir hatten nicht geplant, noch mehr Kinder zu kriegen. Sind einfach passiert.«

»Die Leute sagen, die ungeplanten werden am meisten geliebt.«

»Die Leute reden viel, wenn der Tag lang ist, und meistens nur Scheiße. Meine Kinder werden alle gleich viel geliebt.«

Süße Mädchen, die beiden. Sie kamen nach ihrer Mutter, hatten die gleichen Augen.

»Sandra hat mir gar nichts davon erzählt«, sagte Max.

»Ihr zwei beiden hattet bestimmt Wichtigeres zu bereden«, sagte Joe.

Der Kellner brachte die zwei Cola und den Bourbon. Joe

nahm den Whiskey, schaute sich rasch um und goss ihn auf den Fußboden.

»Für Sandra«, sagte er.

Alkohol vergießen für die Toten, Weingeist für die Geister. Joe tat das immer, wenn aus seiner nächsten Umgebung jemand gestorben war. In diesem Moment drohte Pathos aufzukommen, das Max nicht gebrauchen konnte. Er hatte einiges mit Joe zu besprechen.

»Sandra hat nicht getrunken«, sagte Max.

Joe sah ihn an, erkannte die Reste von Humor auf seinen Lippen und brach in dröhnendes Gelächter aus.

Max betrachtete das Foto seines Patenkindes. Jethro hielt auf gespreizten Fingern einen Basketball in die Luft. Der Junge war zwölf, aber groß und breit genug, um für sechzehn durchzugehen.

»Ganz der Vater«, sagte Max.

»Jet liebt Basketball.«

»Könnte seine Zukunft sein.«

»Könnte, aber Zukunft ist Zukunft, lassen wir's dabei. Außerdem will ich, dass er die Schule gut hinter sich bringt. Der Junge hat was im Kopf.«

»Und er soll nicht in deine Fußstapfen treten?«

»Wie gesagt, der Junge hat was im Kopf.«

Sie stießen an.

Max gab ihm die Fotos zurück und schaute runter in die Bar. Gerammelt voll. Brickell-Avenue-Banker, Geschäftsleute, Büromenschen mit gelockerter Krawatte, Handtaschen neben den Stühlen, die Jacketts nachlässig über die Rückenlehne gehängt, der Saum auf dem Fußboden. Er nahm zwei Managertypen in nahezu identischen hellgrauen Anzügen ins Visier, die je eine Flasche Bud umklammert hielten und auf zwei Frauen einredeten. Sie hatten die beiden gerade erst kennengelernt, hatten die Vornamen ausgetauscht, ein paar allgemeine Floskeln gewechselt und waren jetzt auf der Suche nach dem nächsten Gesprächsthema. All das sah Max an ihrer Körpersprache: steifer Rücken, beide sprungbereit, um sich auf das nächstbeste Stichwort zu stürzen. Die beiden waren an der gleichen Frau interessiert: marineblaues Kostüm, blonde Strähnchen. Ihre Freundin wusste Bescheid und schaute sich schon wieder in der Bar um.

In seinen Junggesellentagen hatte sich Max stets auf die weniger attraktive Freundin spezialisiert, weil die Gutaussehenden dran gewöhnt waren, dass man sie umgarnte, und einen am Ende des Abends mit dem Schwanz in der Hand und einer dicken Rechnung stehen ließen. Bei einer Frau, die nicht damit rechnete, angegraben zu werden, war es sehr viel wahrscheinlicher, dass sie einen ranließ. In neun von zehn Fällen hatte es funktioniert, manchmal sogar mit dem unverhofften Bonus, dass die Gutaussehende mit ihm zu flirten begann. Die meisten Frauen, mit denen er ausgegangen war, hatte er nicht sonderlich gemocht. Sie waren eine Herausforderung gewesen, ein Strich auf der Liste. Nachdem er Sandra kennengelernt hatte, hatte sich seine Einstellung komplett gewandelt. Doch jetzt, wo sie nicht mehr da war, kamen die alten Gedanken wieder.

Seit acht Jahren hatte er keinen Sex mehr gehabt, seit dem Begräbnis nicht mehr daran gedacht. Er hatte sich nicht mal einen runtergeholt. Seine Libido hatte den Laden dichtgemacht, aus Respekt. Er war Sandra treu gewesen, es hatte nur sie gegeben. Im Grunde wollte er keine andere Frau, keine Neue, nicht jetzt. Er konnte sich nicht einmal vorstellen, wie das funktionieren sollte, das ganze elende Geschwätz vorher, um sich als sensiblen Mann auszugeben, wo man doch einzig und allein deshalb auf sie zugegangen war, um sie ins Bett kriegen. Er beobachtete die Szene unter sich mit der Verachtung des Pioniers für den Nachahmer.

Joe schob ihm den Aktenordner rüber.

»Hab ein bisschen was über die Carvers aus Haiti ausgegraben«, sagte er. »Das meiste sind alte Geschichten, nichts Aktuelles. Auf dem Video sind ein paar Aufnahmen aus den Nachrichten über die Invasion. Irgendwo kommt da auch Allain Carver vor.«

»Danke, Joe«, sagte Max, nahm den Ordner und legte ihn neben sich auf die Sitzbank. »Haben wir hier auch was über die?«

»Keine Vorstrafen, aber Gustav Carver, der Vater, hat ein Haus in Coral Gables. Vor sechs Jahren wurde da eingebrochen.«

»Was wurde mitgenommen?«

»Nichts. Irgendwer ist nachts eingestiegen, hat sich einen teuren Porzellanteller geschnappt und draufgeschissen, dann hat er ihn auf dem Esstisch platziert und ist wieder abgehauen, ohne eine Spur zu hinterlassen.«

»Und die Überwachungskameras?«

»*Nada*. Ich hab nicht den Eindruck, dass da allzu viel ermittelt wurde. Der Bericht ist grad mal zwei Seiten lang – hat eher was von einer Beschwerde als von einer Anzeige. Wahrscheinlich ein ehemaliger Angestellter, den sie geärgert hatten.«

Max lachte. Er hatte schon von sehr viel absurderen Fällen gehört, aber der Gedanke, dass Allain Carver zum Frühstück herunterkam und das auf seinem Tisch vorfand, amüsierte ihn. Er lächelte, doch dann dachte er an Boukman, und sein Lächeln erstarb.

»Und was ist jetzt mit Solomon Boukman passiert? Als ich nach New York ging, saß er in der Todeszelle und war nur noch eine letzte Berufung von der Nadel entfernt.«

»Wir sind hier nicht in Texas«, sagte Joe. »Hier in Florida gehen die Uhren etwas langsamer. Hier kann sich ein Anwalt bis zu zwei Jahre Zeit lassen, um Berufung einzulegen, und die wandert dann noch einmal zwei Jahre durchs System. Dann dauert's noch mal zwei Jahre, bis die Sache vor einem Richter landet. Zähl alles zusammen, und plötzlich ist es 1995. Boukmans letzte Berufung wurde abgelehnt, wie nicht anders zu erwarten war, aber ...«

»Aber die haben ihn laufen lassen, Joe!«, sagte Max. Er schrie fast.

»Weißt du, wie teuer ein One-Way-Ticket nach Haiti ist?«, fragte Joe. »Um die hundert Mäuse – plus Steuern. Und weißt du, was es den Staat Florida kostet, jemanden in der Todeszelle sitzen zu haben? Gott, vergiss es. Weißt du, wie viel es den Staat Florida kostet, einen Menschen hinzurichten? Tausende. Siehst du die Logik?«

»Sehen die Familien der Opfer die Logik?«, fragte Max.

Joe antwortete nicht. Max wusste, dass er sich genauso darüber ärgerte, aber ihn beschäftigte noch etwas anderes.

»Erzählst du mir auch den Rest, Joe?«

»Am Tag seiner Entlassung wurde Boukmans Zelle ausgeräumt. Und das hier gefunden«, sagte Joe und reichte Max einen Beweismittelbeutel, in dem ein Blatt Papier aus einem Schulheft steckte.

Boukman hatte ein Foto aus der Zeitung ausgeschnitten, das Max bei seinem Prozess zeigte, und in die Mitte des Blattes geklebt. Darunter hatte er in seiner seltsamen Kinderhandschrift – Großbuchstaben ohne jeden Schnörkel, nur Striche und Punkte und so gerade wie mit dem Lineal gezogen – in Bleistift geschrieben: »DU GIBST MIR GRUND ZU LEBEN«. Darunter hatte er den Umriss von Haiti gezeichnet.

»Was zum Teufel meint er damit?«, fragte Joe.

»Das hat er vor Gericht zu mir gesagt, nachdem ich gegen ihn ausgesagt hatte«, erklärte Max und beließ es dabei. Er hatte nicht vor, Joe die ganze Wahrheit zu sagen. Nicht jetzt. Nie, wenn es nicht unbedingt sein musste.

Vor der Verhaftung hatte er Boukman zweimal von Angesicht zu Angesicht gegenübergestanden. Und nie zuvor hatte er solche Angst vor einem Menschen empfunden.

»Ich weiß nicht, wie's dir geht, aber dieser Boukman hatte echt etwas Beängstigendes an sich«, sagte Joe. »Weißt du noch, wie wir da rein sind, in diesen Zombie-Palast?«

»Er ist auch nur ein Mensch, Joe. Ein kranker, verquerer Typ, aber immer noch ein Mensch. Aus Fleisch und Blut wie du und ich.«

»Er hat nicht einen Ton von sich gegeben, als du ihn zusammengeschlagen hast.«

»Ach ja? Und ist er auf einem Besenstiel davongeflogen?«

»Mir ist egal, wie viel Carver dir zahlt, Mann. Ich finde, du solltest nicht hinfahren. Sag nein«, sagte Joe.

»Wenn ich Boukman in Haiti über den Weg laufe, werd ich ihm einen schönen Gruß von dir bestellen. Und dann knall ich ihn ab«, sagte Max.

»Du kannst es dir nicht leisten, das auf die leichte Schulter zu nehmen«, sagte Joe verärgert.

»Tue ich nicht.«

»Ich habe dir eine Waffe besorgt.« Joe senkte die Stimme und beugte sich vor. »Eine nagelneue Beretta mit zweihundert Schuss, Dumdum und völlig sauber. Gib mir deine Flugdaten, die Waffe wartet dann in der Abflughalle auf dich. Hol sie ab, bevor du an Bord gehst. Und eins ist wichtig: Bring sie nicht wieder mit zurück. Sie bleibt in Haiti.«

»Damit kannst du dir richtig Ärger einhandeln – einem verurteilten Schwerverbrecher eine Waffe zuzuspielen«, witzelte Max und schob sich die Ärmel bis unter die Ellbogen hoch.

»Ich kenne keine Schwerverbrecher, aber ich kenne einen

anständigen Menschen, der mal eine falsche Entscheidung getroffen hat«, grinste Joe. Sie prosteten sich zu.

»Danke, Mann. Danke für alles, was du für mich getan hast, als ich weg war. Ich schulde dir was.«

»Du schuldest mir gar nichts. Du bist Bulle. Wir passen auf einander auf. So war das immer, und so wird es immer bleiben, das weißt du.«

Je nachdem, wofür er verurteilt worden war – unverzeihlich waren nur Vergewaltigungen und Kindesmissbrauch –, war ein Bulle im Knast vom System geschützt. Im ganzen Land existierte ein inoffizielles Netzwerk, und die Polizeibehörden eines Bundesstaates hatten ein Auge auf einen verurteilten Polizisten aus einem anderen Staat. Irgendwann würden die sich revanchieren. Oft wurden verurteilte Kollegen für ein oder zwei Wochen in einem Hochsicherheitsgefängnis gehalten und dann in aller Stille in eine Vollzugsanstalt mit niedriger Sicherheitsstufe und überwiegend Wirtschaftskriminellen verlegt. War das nicht möglich, wurden die gefallenen Bullen von den anderen abgeschirmt in Einzelhaft gehalten, die Wärter brachten ihnen Essen aus ihrer eigenen Kantine und ließen sie allein duschen und Sport treiben. Wenn die Einzelzellen belegt waren – was oft der Fall war –, kamen die Polizisten zur Not auch in den allgemeinen Vollzug, aber dann waren ständig zwei Wärter in der Nähe, um auf sie aufzupassen. Obwohl Max in New York gesessen hatte, hatte Joe ohne Probleme dafür sorgen können, dass man seinem Freund in Rikers eine Fünf-Sterne-Behandlung angedeihen ließ.

»Bevor du fliegst, solltest du mal mit Clyde Beeson reden«, sagte Joe.

»Beeson?« Von allen Privatdetektiven in Florida war Clyde Beeson sein größter Konkurrent gewesen. Max hatte ihn verachtet, spätestens seit dem Boukman-Fall.

»Vor dir hat er für Carver gearbeitet. Ist nicht allzu gut gelaufen, wie ich gehört habe.«

»Was ist passiert?«

»Das soll er dir selbst erzählen.«

»Er wird nicht mit mir reden.«

»Wird er, wenn du ihm sagst, dass du nach Haiti gehst.«

»Gut, ich fahr zu ihm, wenn ich Zeit habe.«

»Nimm dir die Zeit«, sagte Joe.

Es war kurz vor Mitternacht, und unten herrschte Hochbetrieb. Die Gäste waren betrunkener und lockerer, die Schritte beim Gang zur Toilette wurden unsicherer, die Stimmen immer lauter, genau wie die Musik. Max hörte den gedämpften Lärm durch die Glasscheibe.

Er hielt nach den zwei Managern Ausschau, um zu sehen, wie weit sie bei den beiden Frauen gekommen waren. Er sah die Blonde und einen der Männer an einem Tisch ganz hinten sitzen. Die Jacketts hatten sie ausgezogen. Der Mann hatte die Ärmel hochgekrempelt und die Krawatte abgenommen. Die Frau trug ein ärmelloses schwarzes Top. Ihre muskulösen Arme ließen Max vermuten, dass sie Personal Trainerin oder Model für Fitnessmagazine war. Oder eine Geschäftsfrau, die fleißig trainierte. Der Typ startete seinen Angriff, beugte sich über den Tisch und berührte ihre Hand. Und er brachte sie zum Lachen. Wahrscheinlich war er nicht einmal wirklich witzig, aber sie war an ihm interessiert. Ihre Freundin war gegangen, genau wie sein Nebenbuhler – wahrscheinlich getrennt. Verlierer gingen selten gemeinsam nach Hause.

Max und Joe wandten sich anderen Themen zu: wer in Pension gegangen, wer gestorben war (drei: Krebs, Kugeln, besoffen ertrunken), wer geheiratet hatte oder geschieden worden war, was im Job los war, was sich nach Rodney King alles verändert hatte. Sie lachten, lästerten, erzählten von früher. Joe berichtete von den fünfzehn Springsteen-Konzerten, die er in Max' Abwesenheit gesehen hatte, beschränkte sich aber dankenswerterweise auf das grobe Ganze. Sie tranken noch ein paar Cola, beobachteten die Pärchen in der Lounge und redeten übers Älterwerden. Die Zeit verging schnell, und für eine ganze Weile dachte Max nicht an Boukman.

Gegen zwei Uhr war die Bar bis auf ein paar wenige Trinker leer. Das Pärchen, das Max beobachtet hatte, war gegangen.

Joe und Max gingen ebenfalls.

Draußen war es kühl, eine leichte Brise wehte. Max atmete die Luft von Miami tief ein: Seeluft, Sumpf und ein wenig Abgase.

»Wie fühlt es sich an, draußen zu sein?«, fragte Joe.

»Als würde man gehen lernen und feststellen, dass man immer noch rennen kann«, sagte Max. »Aber eins würde ich gern wissen. Wieso hast du mich nie besucht?«

»Hast du mich erwartet?«

»Nein.«

»Dich da drinnen zu sehen hätte meinen moralischen Kompass durcheinander gebracht. Ein Bulle gehört nicht in den Knast«, sagte Joe. »Außerdem habe ich mich irgendwie verantwortlich gefühlt. Ich habe dir keine Selbstbeherrschung beigebracht.«

»Man kann einem Menschen nicht seine Natur vorschreiben, Joe.«

»Sagt man. Aber man kann ihm beibringen, Sinn von Unsinn zu unterscheiden. Und das, was du damals gemacht hast, Mann, das war komplett sinnloser Unsinn.«

Wieder der väterliche Tonfall. Max war fast fünfzig, zwei Drittel seines Lebens so gut wie vorbei. Er konnte gut auf Joes Gardinenpredigten verzichten, der nur drei Jahre älter war als er, aber sich immer aufgeführt hatte, als wären es zehn. Außerdem änderte es jetzt nichts mehr. Was geschehen war, war geschehen. Und Joe war auch kein Heiliger. Als sie noch Partner gewesen waren, hatte es gegen ihn genauso viele Beschwerden wegen Gewaltanwendung gegeben wie gegen Max. Kein Mensch hatte sich darum geschert. Miami war damals Kriegsgebiet gewesen. Die Stadt hatte Gewalt mit Gewalt beantwortet.

»Freunde, Joe?«

»Immer.«

Sie umarmten einander.

»Wir sehen uns, wenn ich wieder da bin.«

»Aber bitte an einem Stück, Mann. Anders will ich dich nicht sehen.«

»Wirst du nicht. Grüß die Kleinen von mir.«

»Pass auf dich auf, Bruder«, sagte Joe.

Sie gingen ihrer getrennten Wege.

Als Max die Tür seines gemieteten Honda aufschloss, wurde ihm bewusst, dass Joe ihn zum ersten Mal in fünfundzwanzig Jahren Bruder genannt hatte. Sie waren beste Freunde, aber bei seinen Zuneigungsbekundungen war Joe Rassist.

In dem Moment schwante Max, dass es heiß werden könnte in Haiti.

Auf dem Weg zurück nach Kendall dachte Max über Solomon Boukman nach, und die Wut kochte wieder in ihm hoch. Er fuhr rechts ran und stellte den Motor ab. Dann atmete er tief durch und ermahnte sich, sich auf Charlie Carver zu konzentrieren und alles andere beiseite zu lassen. Boukman war in Haiti. Er war erst nach Charlies Verschwinden zurückgekehrt, also konnte er nichts damit zu tun haben.

Egal, dachte Max. Wenn er ihn fand, würde er ihn töten. Er musste es tun. Sonst würde Boukman ihn umbringen.

4

Im Hotel stieg Max unter die Dusche und versuchte dann zu schlafen, aber es ging nicht.

Der Gedanke an Boukman ging ihm nicht aus dem Kopf. Boukman, der schon auf freiem Fuß gewesen war, während er noch im Knast gesessen hatte. Boukman, der ihm ins Gesicht lachte, der noch mehr Kinder aufschlitzte. Er wusste nicht, was ihn wütender machte. Er hätte ihn umbringen sollen, als er die Gelegenheit dazu gehabt hatte.

Er stand auf, schaltete das Licht an und nahm sich Joes Akte über die Carvers vor. Er hörte nicht auf zu lesen, bis er sie durch hatte.

Kein Mensch schien genau zu wissen, woher die Carvers stammten oder wann sie zum ersten Mal in Haiti aufgetaucht waren. Einer Version zufolge handelte es sich um Nachfahren polnischer Soldaten, die in den 1790er Jahren en masse aus Napoleons Armee desertiert waren, um sich auf die Seite von Toussaint L'Ouverture und seinen Revolutionären zu schlagen. Dann wieder wurde die Familie mit dem schottischen Clan der MacGarvers in Verbindung gebracht, die im 18. und 19. Jahrhundert auf der Insel gelebt und Mais- und Zuckerrohrplantagen betrieben hatten.

Unstrittig war, dass Fraser Carver, Allains Großvater, 1934 bereits Multimillionär gewesen war und damit nicht nur der reichste Mann Haitis, sondern einer der Wohlhabendsten der ganzen Karibik. Sein Vermögen hatte er mit billigen Grundnahrungsmitteln gemacht, mit denen er die Insel überschwemmt hatte: Reis, Bohnen und Milch (in Form von Milchpulver und Kondensmilch), Maismehl und Bratöl, vom amerikanischen Militär mit riesigem Rabatt für ihn eingekauft und gratis nach Haiti verschifft. Damit hatte er innerhalb kürzester Zeit viele Konkurrenten vom Markt verdrängen können und schließlich das Monopol auf praktisch alle importierten Lebensmittel besessen, die es im Land zu kaufen gab. Ende der 1930er Jahre gründete er die zweite Nationalbank des Landes, die Banque Populaire d'Haïti.

Als Fraser Carver 1947 starb, hinterließ er Allains Vater Gustav ein Wirtschaftsimperium. Gustavs Zwillingsbruder Clifford wurde 1959 tot in einer Schlucht aufgefunden. Offiziell hieß es, er sei bei einem Autounfall ums Leben gekommen. Dabei war in der Nähe des Toten, dem offenbar alle Knochen im Leib gebrochen waren, kein Fahrzeug gefunden worden, weder ein verunfalltes noch ein intaktes. Im CIA-Bericht wurde ein ungenannter Zeuge zitiert, der gesehen haben wollte, wie Angehörige der Miliz – der VSN oder Tontons Macoutes, wie sie im Volksmund hießen – Clifford in einen Wagen gezerrt hatten. Der Bericht kam zu dem Schluss, Gustav Carver habe seinen Bruder mit Hilfe seines Freundes und Geschäftspartners François »Papa Doc« Duvalier, des Präsidenten Haitis, umbringen lassen.

Gustav Carver und François Duvalier hatten sich 1943 in Michigan kennengelernt. Duvalier war einer von zwanzig haitianischen Ärzten gewesen, die an der Universität von Michigan in öffentlicher Gesundheitspflege ausgebildet wurden. Carver war geschäftlich in der Stadt. Ein gemeinsamer Freund hatte die beiden zusammengebracht, nachdem Duvalier – der den Ruf und die Legenden um die Familie Carver kannte –, darauf bestanden hatte, Gustav kennenzulernen. Als Carver später einem Freund von dem Treffen erzählte, brachte er seine Überzeugung zum Ausdruck, dass Duvalier eine große Zukunft vor sich habe und zum Präsidenten Haitis tauge.

Zu jener Zeit litten drei Viertel der Bevölkerung an der Frambösie, einer hochgradig ansteckenden und entstellenden

Tropenkrankheit, die nach und nach Glieder, Nasen und Lippen wegfraß. Opfer der Krankheit wurden unweigerlich die barfuß laufenden Armen, da die Erreger in Form von Spirochäten über die nackten Füße in den Körper eindrangen.

Duvalier wurde in die am schlimmsten betroffene Region Haitis entsandt, ins Landkrankenhaus von Gressier, fünfzehn Meilen südwestlich von Port-au-Prince. Nach kurzer Zeit ging ihm das Penicillin aus, das er zur Heilung der Kranken benötigte. Er orderte Nachschub aus der Hauptstadt, doch es wurde ihm mitgeteilt, dass die Vorräte so gut wie aufgebraucht seien und er eine Woche auf die nächste Lieferung aus den USA würde warten müssen. Also bat er Gustav Carver um Hilfe. Der schickte unverzüglich zehn LKWs mit Penicillin, Betten und Zelten auf die Reise.

Duvalier befreite die gesamte Region von der Frambösie, und sein Ruf breitete sich rasch unter der armen Bevölkerung aus. Viele legten auf ihren verkrüppelten Beinen weite Strecken zurück, um sich von ihm heilen zu lassen. Ihnen verdankte er den Namen »Papa Doc«. Und so wurde »Papa Doc« zum Volkshelden, zum Retter der Armen.

1957 finanzierte Gustav Carver Duvaliers Wahlkampf für das Präsidentenamt und stellte auch einige der Schläger, die jene Wähler, die sich nicht kaufen ließen, doch noch überzeugen sollten, ihre Stimme dem guten Doktor zu geben. Duvalier wurde mit überwältigender Mehrheit gewählt. Und Carver mit einem ansehnlichen Anteil am lukrativen Kaffee- und Kakaogeschäft der Insel entlohnt.

Für Haiti brachen wieder einmal düstere Zeiten an, als sich Papa Doc zum »Präsidenten auf Lebenszeit« ernannte und zum meistgefürchteten und -geschmähten Tyrannen in der Geschichte des Landes aufstieg. Die Armee und die Tontons Macoutes töteten, folterten und vergewaltigten Tausende – entweder auf Befehl der Regierung oder aus persönlichen

Motiven, meist um ein Stück Land oder ein Unternehmen an sich zu bringen.

Gustav Carver wurde immer reicher, da sein Busenfreund Duvalier ihn nicht nur mit weiteren Monopolen ausstattete – unter anderem an Zuckerrohr und Zement –, sondern auch mehrere Konten bei der Banque Populaire d'Haïti unterhielt, auf die er regelmäßig die Dollarmillionen aus der US-Hilfe deponierte, die ihm alle drei Monate überwiesen wurden. Der Großteil des Geldes wanderte still und heimlich auf Schweizer Bankkonten.

Papa Doc starb am 21. April 1971. Im Alter von neunzehn Jahren nahm Jean-Claude den Platz seines Vaters als »Präsident auf Lebenszeit« ein. Doch Baby Doc hatte nicht das geringste Interesse daran, Haiti zu regieren, und überließ die Geschäfte seiner Mutter und später seiner Frau Michèle. Die Hochzeit der beiden schaffte es 1981 als drittteuerste aller Zeiten ins Guinness-Buch der Rekorde, während der IWF-Bericht des gleichen Jahres Haiti als das ärmste Land der westlichen Hemisphäre auswies.

Morgendämmerung in Miami. Max hatte seine Lektüre beendet und trat auf den Balkon. Wie alle erfolgreichen Geschäftsleute waren auch die Carvers skrupellose Opportunisten. Und wie alle erfolgreichen Geschäftsleute hatten sie vermutlich ein ganzes Telefonbuch voller Feinde.

Die meisten Sterne waren im ersten Sonnenlicht noch nicht verblasst, und in der Brise lag noch die Kühle der Nacht, aber er war sicher, dass es ein schöner Tag werden würde.

Jeder Tag außerhalb der Gefängnismauern war ein schöner Tag.

5

Clyde Beeson war tief gefallen. Das Leben hatte ihm nicht nur ins Gesicht getreten, es hatte die Zahnlücken mit Pappmaché aufgefüllt. Er konnte sich nicht einmal mehr eine ordentliche Bleibe leisten und lebte in einer Wohnwagensiedlung in Opa-locka.

Opa-locka war ein Dreckloch, eine der schäbigsten Gegenden im ganzen Dade County, eine kleine graue Warze an Miamis muskulösem, braun gebranntem und hedonistischem Arsch. Es war ein schöner Tag, der Himmel klar und hellblau. Das Sonnenlicht flutete ungebrochen über die Landschaft und ließ die Gegend mit den heruntergekommenen, halb verfallenen, maurisch inspirierten Gebäuden umso trostloser aussehen.

Die Adresse hatte Max vom Portier in der Lobby von Beesons einstigem Zuhause bekommen – einer Luxus-Wohnanlage in Coconut Grove mit Blick auf den Bayside Park mit seinen Joggern und Jacht-Clubs und der Aussicht auf floridatypische Sonnenuntergänge. Der Portier hatte Max für einen Schuldeneintreiber gehalten und ihn gebeten, dem *puta* beide Beine zu brechen.

Je nach Bewohnern und Lage gab es Wohnwagensiedlungen, die sich als ganz normale Vorstadt zu präsentieren versuchten. Sie versteckten ihre wahre Identität hinter weißen Holzzäunen und Rosenbüschen und so anheimelnden Namen wie Lincoln Cottages, Washington Bungalows oder Roosevelt Huts. Die meisten Wohnwagensiedlungen gaben sich allerdings weniger Mühe. Sie hoben resigniert die Hände, zeigten sich als das, was sie waren, und suchten sich ihren Platz auf dem Müllberg links von Not und Elend.

Beesons Viertel sah aus, als hätte jemand Bomben darauf

abgeworfen. Überall Schrott – Herde, Fernseher, ausgeweidete Autos, Kühlschränke – und Müll, der sich schon in die Landschaft eingefügt hatte. Irgendein unternehmerischer Geist hatte den Müll zu kleinen Häufchen zusammengeschoben, die bekannten pfeilförmigen weißen Holzschilder eingepflanzt und in großen, krakeligen Ziffern die Hausnummern draufgepinselt. Die Wohnwagen sahen von außen dermaßen heruntergekommen aus, dass Max sie fälschlicherweise für ausgebrannte und verlassene Wracks hielt, bis er hinter den Fenstern Menschen sah. Weit und breit kein einziges fahrtüchtiges Auto. Keine Hunde, keine Kinder. Wer hier lebte, war vom Radarschirm der Gesellschaft verschwunden: Arbeitslose, die aus der Sozialhilfe gefallen waren, Junkies, Kleinkriminelle und geborene Verlierer.

Beesons Wohnwagen war ein ramponiertes Ding mit abblätternder, ehemals weißer Farbe und zwei Fenstern rechts und links der stabil aussehenden braunen Tür mit drei Schlössern: oben, in der Mitte und unten. Er stand auf Blöcken aus rotem Ziegelstein. Er fuhr nirgends mehr hin. Max rollte bis vor die Tür und stellte den Wagen ab.

Er klopfte und trat ein paar Schritte zurück, damit er vom Fenster aus gesehen werden konnte. Er hörte ein tiefes Bellen, Kratzen an der Tür, dann einen Schlag, dann noch einen. Der gute Beeson hatte sich einen Pitbull zugelegt. Die Jalousie hinter dem linken Fenster ging ein Stück hoch, dann noch etwas höher.

»*Mingus?! Max* Mingus?«, schrie Beeson von drinnen.

»Ja, ich bin's. Mach auf, ich muss mit dir reden.«

»Wer hat dich geschickt?«

»Niemand.«

»Wenn du Arbeit suchst, die Toilette hier müsste mal geleert werden.« Beeson lachte.

»Sicher, aber erst reden wir«, sagte Max. Seine Schadenfreude hatte der verdammte Klugscheißer also noch nicht verloren. Und er sprach immer noch mit der gleichen Stimme, halb Brummen, halb Quieken, als wäre er im Stimmbruch.

Die Jalousie ging hoch, und Max konnte Beesons Gesicht sehen: rund, schwabbelig, kalkweiß. Er blickte nach links und rechts. Kurz darauf hörte Max, wie hinter der Tür ungefähr ein halbes Dutzend Ketten abgenommen wurden, dann rasteten mehrere Riegel aus, und die drei Sicherheitsschlösser sprangen auf. Von innen sah die Tür wahrscheinlich aus wie ein Bondage-Korsett.

Beeson stand im schmalen Türspalt und blinzelte ins Sonnenlicht. Eine dicke Kette hatte er hängen gelassen, ungefähr auf Höhe seiner Kehle. Zu seinen Füßen steckte die Töle ihre sabbernde Schnauze ins Freie und kläffte Max an.

»Was willst du, Mingus?«, fragte Beeson.

»Über Charlie Carver reden«, antwortete Max.

An Beesons Haltung, leicht vorgebeugt, einen Arm halb auf dem Rücken, erkannte Max, dass er eine Waffe in der einen und die Hundeleine in der anderen Hand hielt.

»Haben die Carvers dich geschickt?«

»Nein, nicht zu dir. Ich habe den Fall übernommen.«

»Gehst du nach Haiti?«

»Ja.«

Beeson schloss die Tür, löste die Kette und zog die Tür ganz auf. Mit einer Kopfbewegung winkte er Mingus herein.

Drinnen war es dunkel, erst recht nach dem hellen Sonnenlicht draußen, weshalb der Gestank ihn umso heftiger traf. Eine gewaltige, beißende Wolke festgebackener, nach Fäkalien stinkender Luft, die Max ins Gesicht schlug. Er taumelte ein paar Schritte zurück, Übelkeit stieg ihm die Kehle hoch. Er drückte sich ein Taschentuch auf die Nase und atmete durch den Mund, aber er konnte den üblen Gestank sogar schmecken.

Überall Fliegen. Sie schwirrten ihm ins Gesicht und versuchten, eine Kostprobe zu nehmen, bevor er sie verjagen konnte. Er hörte, wie Beeson den Pitbull in eine Ecke zerrte und irgendwo festband.

»Du solltest auf den Wagen aufpassen«, sagte Beeson. »Die kleinen Scheißer hier kratzen einem noch die Farbe vom Bleistift, wenn man den zu lange unbewacht rumliegen lässt.«

Er zog die linke Jalousie hoch und trat blinzelnd einen Schritt zurück. Sämtliche Fliegen im Raum schossen mit einem lauten Summen auf das helle weiße Licht zu.

Max hatte vergessen, wie klein Beeson war – keine einsfünfzig –, und wie unverhältnismäßig groß dagegen der löffelförmige Kopf.

Anders als viele Privatdetektive des Dade County war Beeson nie Polizist gewesen. Er hatte sein Arbeitsleben als Organisator für die Demokratische Partei Floridas begonnen und im Zuge dessen die Leichen im Keller der Gegner und Freunde gleichermaßen ausgegraben und in politische Währung umgemünzt.

Nach Carters Nominierung 1976 war er aus der Politik ausgestiegen und hatte sich auf die Privatschnüffelei verlegt. Es hieß, er habe Millionen am Ruin anderer Menschen verdient, habe Ehen, Politikerkarrieren und Unternehmen zerstört und alles, worin er seine Nase gesteckt hatte, zum Einsturz gebracht. Die Früchte seines Erfolgs hatte er am Leibe getragen, gefahren, gegessen, gefickt und drin gelebt. Max erinnerte sich noch gut, wie er in seinen besten Zeiten ausgesehen hatte: Designeranzüge, glänzende Lackschuhe mit Troddeln, Hemden, die so weiß waren, dass sie regelrecht leuchteten, Sturmwolken aus Aftershave, manikürte Hände und ein dicker Ring am kleinen Finger. Dennoch hatte Beeson nie die Figur abgegeben, die er sich von einem maßgeschneiderten Anzug im Wert von mehreren tausend Dollar versprochen hatte. Statt an einen klassischen Florida-Lebemann hatte er Max immer an einen übereifrigen Teenager auf dem Weg zur Erstkommunion erinnert, dem die Mama den Sonntagsstaat ausgesucht hatte.

Und jetzt das: eine schmutzige Weste unter einem offenen, billigen schwarzen Hawaiihemd mit orangefarbenen und grünen Palmen drauf.

Max war schockiert.

Was nicht am Hemd lag oder der Weste...

Es lag an der Windel.

Clyde Beeson trug eine Windel, eine dicke graubraune Frotteewindel, an der Hüfte von großen blauen Sicherheitsnadeln zusammengehalten.

Was um alles in der Welt war mit ihm geschehen?

Max schaute sich im Wohnwagen um. Er war so gut wie leer. Zwischen ihm und Beeson lag PVC-Fußboden, darauf stand ein olivgrüner Ledersessel, an den Armlehnen aufgescheuert, sodass die Polsterung hervorquoll, und eine umgedrehte Transportkiste, die als Tisch diente. Auf dem Fußboden eine schmierig aussehende schwarze Schicht. Die ursprüngliche gelbe Farbe war nur noch an den Stellen zu erkennen, wo der Pitbull mit seinen Krallen und Pfoten Spuren hinterlassen hatte. Überall Hundescheiße: frisch, trocken und halbtrocken.

Wie hatte Beeson so tief fallen können?

An der Wand stapelten sich vom Boden bis zur Decke Pappkartons und verdeckten die Fenster zu seiner Rechten. Mehrere Kartons waren feucht geworden und sackten in der Mitte durch. Über kurz oder lang würde sich der Inhalt über den Fußboden ergießen.

Die Sonnenstrahlen, die durch die Jalousie fielen, schnitten durch die von dichtem Zigarettenrauch erfüllte Luft, und die zahllosen Schmeißfliegen flogen an Max vorbei und knallten gegen das Fenster, weil sie glaubten, da die große Freiheit zu finden. Selbst die Fliegen wollten dem Dreckloch entkommen.

Die Töle knurrte in der düsteren Ecke, in die auch die Dunkelheit sich verzogen hatte. Max sah nur ihre Augen, die ihn beobachteten.

Er ging davon aus, dass sich in der Küche hinter ihm dreckiges Geschirr und vergammelte Lebensmittel stapelten, und er dachte lieber nicht darüber nach, wie es in Beesons Schlafzimmer und Bad aussehen mochte.

Es war brütend heiß. Max war der Schweiß ausgebrochen.

»Immer reinspaziert, Mingus.« Beeson winkte ihm mit der Hand, die die Waffe hielt. Eine .44 Magnum aus solidem Metall mit langem Lauf, der gleiche Revolver, den Clint Eastwood in *Dirty Harry* benutzt hatte – ohne Zweifel ein großes Vorbild für den Käufer. Die Waffe war ungefähr so lang wie der Arm, der sie hielt.

Beeson sah, dass Max sich nicht von der Stelle rührte. Er stand reglos da, das Taschentuch auf die Nase gepresst, einen angewiderten Blick in den Augen.

»Ganz wie du willst.« Er zuckte die Schultern und grinste. Seine verklebten braunen Krötenaugen quollen zwischen den aufgedunsenen grauen Lidern hervor. Viel geschlafen hatte er anscheinend nicht in letzter Zeit.

»Vor wem versteckst du dich?«, fragte Max.

»Ich versteck mich einfach«, antwortete er. »Allain Carver hat dich also engagiert, nach seinem Sohn zu suchen?«

Max nickte. Er hätte das Taschentuch gern vom Gesicht genommen, aber die Luft war so dick, dass er zu spüren glaubte, wie sich ihm kleine Geruchspartikel wie feiner Staub auf die Haut legten.

»Was hast du ihm gesagt?«

»Ich sagte, dass der Junge wahrscheinlich tot ist.«

»Das hab ich nie kapiert, wie du mit so einer Einstellung in dieser Stadt je Geld verdient hast«, sagte Beeson.

»Ehrlichkeit zahlt sich aus.«

Beeson musste lachen. Anscheinend rauchte er drei Schachteln pro Tag oder mehr, jedenfalls löste das Lachen einen lauten, heiseren Hustenanfall aus, der ihm einige Stücke Sputum aus der Lunge riss. Er spuckte eine Ladung auf den Fußboden und rieb sie mit dem Fuß in den Dreck. Max fragte sich, ob in dem Schleim auch Tumorblut war.

»Ich hab nicht für dich die Vorarbeit gemacht, Mingus, falls du deswegen hier bist. Außer du zahlst«, sagte Beeson.

»Manche Dinge ändern sich nie.«

»Reine Gewohnheit. Kann mit Geld sowieso nichts mehr anfangen.«

Max hielt es nicht länger aus. Er ging zur Tür und riss sie auf. Licht und frische Luft strömten in den Wohnwagen. Max blieb einen Moment stehen und atmete die reinigende Luft in tiefen Zügen ein.

Der Pitbull kläffte und zerrte an der Kette. Offensichtlich wollte er nichts als raus aus diesem verschissenen Loch. Beeson rührte sich nicht von der Stelle. Es schien ihn nicht zu stören, dass die Tür offen stand. Die Fliegen sausten an Max vorbei Richtung Freiheit.

»Wie bist du bloß hier gelandet?«, fragte Max. Er hatte nie an Schicksal geglaubt, an Karma oder dass Gott – wenn es denn einen gab – sich tatsächlich um einzelne Fälle scherte. Jeder hatte Träume, Ambitionen, Ziele, auf die er hinarbeitete. Manchmal hatte man Erfolg, meistens nicht. So war das Leben. Schlicht und ergreifend. Aber Beeson so zu sehen, brachte Max zum Nachdenken – wenn das hier nicht nach göttlicher Vergeltung aussah, wonach dann?

»Wie? Hast du etwa Mitleid mit mir?«, fragte Beeson.

»Nein.«

Beeson grinste. Er musterte Max von oben bis unten.

»Okay, scheiß drauf. Ich erzähl's dir«, sagte er, ging vom Fenster weg und setzte sich in den Sessel, die Waffe im Schoß. Er zog ein Päckchen filterlose Pall Mall aus der Hemdtasche, schüttelte eine raus und zündete sie an. »September letzten Jahres bin ich nach Haiti geflogen. Ich blieb drei Monate. Klar wusste ich, dass der Fall hoffnungslos war, sobald Carver die Einzelheiten erzählt hatte. Keine Lösegeldforderung, keine Zeugen, keiner was gesehen, keiner was gehört. Aber was soll's. Ich hab mein Honorar verdreifacht, Haiti ist schließlich nicht die Bahamas. Er sagte, gut, kein Problem. Außerdem hat er mir den gleichen Erfolgsbonus versprochen wie dir wahrscheinlich auch.«

»Wie viel?«

»Eine schlappe Million, wenn ich die Leiche ausgrabe, und schlappe fünf, wenn ich den Jungen lebendig finde. Hat er dir das Gleiche geboten?«

Max nickte.

»Ich wusste, der Typ ist Geschäftsmann, und einen solchen Luxus wie die Carvers kriegt man nicht zusammen, wenn man in Hoffnung investiert. Also sagte ich mir, der Junge ist so tot wie ein weißer Bulle in Niggertown, und der Papa will den Leichnam begraben oder verbrennen oder was auch immer die da unten mit ihren Toten anstellen. Ich dachte, das wird eine leicht verdiente Million, und ich häng noch einen kleinen Urlaub dran. Zwei Wochen Arbeit, maximal.«

Beeson rauchte die Zigarette bis zum Aufdruck und zündete sich die nächste an der alten an. Die Kippe ließ er auf den Fußboden fallen und drückte sie mit der nackten Ferse aus. Es schien ihm nicht wehzutun. Max vermutete, dass er Schmerzmittel genommen hatte, die den Körper auf Eis legten, während sich das Hirn bei Kerzenlicht im Schaumbad vergnügte.

Beim Reden starrte er Max gerade in die Augen.

»Ist anders gekommen. In den ersten drei Wochen da unten hab ich das Foto des Jungen rumgezeigt und immer wieder den gleichen Namen gehört: Vincent Paul. Anscheinend der Boss des größten Slums von Haiti. Die Leute sagen, dass im Grunde er die Macht hat im Land. Angeblich hat er eine ganze Stadt gebaut, in der aber nie irgendwer war und von der keiner weiß, wo sie ist. Er lässt die Leute da nackt in seinen Drogenfabriken arbeiten. Sie tragen Masken von Bill und Hillary, ein Stinkefinger in unsere Richtung. Vergiss Aristide, oder welche Marionette Clinton da noch einsetzt. Dieser Paul, der ist eine ganz große Nummer. Neben dem sehen unsere Gangsta-Nigger hier aus wie Bugs Bunny. Und er hasst die Carvers. Warum, hab ich nie rausgekriegt.«

»Du meinst also, er hat den Jungen entführt?«

»Ja, klar wie Kloßbrühe. Er hat ein Motiv und die Mittel.«

»Hast du mit ihm gesprochen?«

»Hab's versucht, aber man redet nicht mit Vincent Paul. Er – redet – mit – dir.« Den letzten Satz hatte Beeson ganz langsam gesagt.

»Und hat er?«

Beeson antwortete nicht. Er senkte die Augen, es folgte der Kopf. Er schwieg. Max betrachtete seine Halbglatze, die bis auf ein paar rötlich braune Haarsträhnen kahl war. Der Rest seines Haarschopfs türmte sich am Hinterkopf wie ein rostfarbener Heiligenschein oder eine altmodische Halskrause. Eine ganze lange Minute verharrte er so, ohne einen Mucks von sich zu geben. Max wollte gerade etwas sagen, als Beeson langsam den Kopf hob. Bis dahin hatte er Max aus seinen kleinen Augen herausfordernd und trotzig angesehen. Dieser Blick war jetzt verschwunden, seine Augen waren groß geworden, die Tränensäcke darunter schlaff. Max sah, wie die Angst in Beesons Blick kroch.

Beeson schaute aus dem Fenster und zog an seiner Pall Mall, bis er wieder husten und spucken musste. Er wartete, bis der Anfall vorüber war. Dann schob er sich zum Sesselrand vor und stützte die Ellbogen auf die Knie.

»Ich hatte nicht das Gefühl, dass ich der Sache irgendwie näher gekommen war. Aber vielleicht täusche ich mich da – oder irgendjemand hat geglaubt, ich hätte eine Spur. Wie auch immer, eines Tages liege ich in meinem Hotelzimmer und schlafe. Am nächsten Morgen wache ich in einem Zimmer mit gelben Wänden auf, keine Ahnung, wie ich da hingekommen bin. Ich bin ans Bett gefesselt, nackt, mit dem Gesicht nach unten. Diese Leute kommen rein. Einer jagt mir eine Spritze in den Arsch, und ich bin weg. Ausgepustet wie eine Kerze.«

»Hast du die Leute gesehen?«

»Nein.«

»Was ist dann passiert?«

»Ich bin wieder aufgewacht. Sieht man ja. Ich hab gedacht, ich träume. Weil ich nämlich im Flugzeug sitze. American Airlines, schon in der Luft. Auf dem Weg zurück nach Miami. Kein Mensch guckt mich an, als wär irgendwas komisch. Ich frag die Stewardess, wie lang ich schon da bin, und die sagt, eine Stunde. Ich frag die Leute hinter mir, ob die mich haben reinkommen sehen, und die sagen nein, ich war schon da und hab geschlafen, als sie an Bord kamen.«

»Du weißt nicht mehr, wie du ins Flugzeug gekommen bist? Oder zum Flughafen? Nichts?«

»Nada. In Miami geh ich durch den Zoll und nehm meine Tasche. Alles da. Erst auf dem Weg nach draußen sehe ich die Weihnachtsdeko. Ich schnapp mir eine Zeitung, und da steht 14. Dezember! Das hat mir eine Scheißangst eingejagt! Zwei Monate, von denen ich nichts mehr weiß! *Zwei volle Monate*, Mingus!«

»Hast du Carver angerufen?«

»Hätte ich, aber ...« Beeson atmete tief durch. Er legte sich eine Hand auf die Brust. »Ich hatte so Schmerzen hier. So ein Ziehen, ein brennendes Ziehen. Also bin ich im Flughafen aufs Klo und hab mein Hemd aufgeknöpft. Und hab das hier gesehen.«

Beeson stand auf, zog sich das Hemd aus und hob die verdreckte Weste hoch. Sein Oberkörper war dicht behaart, dunkelbraunes Kraushaar ungefähr in der Form eines Schmetterlings, der von den Schultern bis zum Bauchnabel reichte. Nur in der Mitte teilte sich das Haar. Dort war eine lange, knapp anderthalb Zentimeter breite, rosafarbene Narbe zu sehen, die von der Kehle über die Brust und den Bauch bis über den Nabel lief.

Max sank der Magen in die Kniekehlen. Natürlich war das *nicht* Boukmans Werk, aber es sah ganz genauso aus wie die Leichen dieser armen Kinder.

»Das haben die mir angetan«, sagte Beeson, als Max ihn voller Entsetzen anstarrte. »Die Schweine.«

Er zog die Weste wieder herunter und ließ sich zurück in den Sessel fallen. Dann vergrub er das Gesicht in den Händen und fing an zu heulen.

Max konnte es nicht ertragen, Männer weinen zu sehen. Er wusste nie, was er tun oder sagen sollte. Also stand er nur da wie ein Idiot und wartete, bis Beeson ausgeheult hatte.

»Ich bin auf direktem Weg ins Krankenhaus«, fuhr der fort, als er seine Stimme wieder unter Kontrolle hatte. »Es fehlt nichts, aber«, er zeigte mit zwei Fingern auf seine Windel, »nach meiner ersten Mahlzeit hab ich's gemerkt. Ist direkt durchgegangen. Diese Haitianer haben mein komplettes Verdauungssystem lahmgelegt. Keiner hier konnte das wieder in Ordnung bringen. Ich kann nichts lange bei mir behalten. Chronische Diarrhö.«

Max verspürte einen Hauch von Mitleid. Beeson erinnerte ihn an die Knastknaben, die er beim Hofgang gesehen hatte und die in Windeln durch die Gegend watschelten, weil ihr Schließmuskel von multiplen Massenvergewaltigungen dauerhaft ausgeleiert war.

»Und du meinst, das war dieser Vincent Paul?«

»Ich *weiß*, dass er es war. Um mich zu warnen.«

Max schüttelte den Kopf.

»Das ist ziemlich viel Aufwand, um jemanden zu warnen. Was die mit dir gemacht haben, braucht Zeit. Außerdem kenne ich dich, Beeson. Du bist leicht ins Bockshorn zu jagen. Wenn die dein Zimmer gestürmt und dir eine Waffe an den Schädel gedrückt hätten, du wärst abgedüst wie ein Furz am Streichholz.«

»Zu liebenswürdig«, sagte Beeson und steckte sich noch eine Zigarette an.

»Wo warst du dran?«

»Was meinst du?«

»Hattest du was über den Jungen ausgegraben? Eine Spur? Einen Verdächtigen?«

»Nichts, nada, niente.«

»Sicher?«, fragte Max und suchte in Beesons Augen nach einem Hinweis darauf, dass er log.

»Nichts, glaub mir.«

Max glaubte ihm nicht, aber mehr würde Beeson ihm wohl nicht verraten.

»Was meinst du denn, warum die das mit mir gemacht haben? Eine Botschaft an Carver?«

»Könnte sein. Dazu müsste ich mehr wissen«, sagte Max. »Was ist danach passiert? Mit dir?«

»Ich war total durch den Wind. Hier oben«, sagte er, völlig sachlich, und tippte sich an die Stirn. »Ich hatte so einen Zusammenbruch, einen Kollaps. Ich konnte nicht mehr arbeiten. Hab's drangegeben. Aufgehört. Ich schuldete mehreren Kunden Geld, weil ich ihre Aufträge nicht zu Ende gebracht hab. Ich musste alles zurückzahlen, ist nicht viel übrig geblieben, aber was soll's? Wenigstens bin ich noch am Leben.«

Max nickte. Er wusste genau, wie tief Beeson im Dreck saß. Und er wusste, dass er selbst nur eine Chance hatte, einer ähnlichen Zukunft zu entgehen: Haiti.

»Geh nicht nach Haiti, Mingus. Da ist was *ganz Übles* am Laufen da unten«, sagte Beeson.

»Ich habe keine andere Wahl«, antwortete Max. Er sah sich ein letztes Mal im Wohnwagen um. »Du weißt, dass ich dich nie leiden konnte, Clyde. Und daran hat sich auch jetzt nichts geändert. Du warst ein mieser kleiner Schnüffler, ein geldgieriger, hinterfotziger Verräter mit moralischem Bypass. Aber nicht einmal du hast es verdient, so zu enden.«

»Heißt das, du willst nicht zum Abendessen bleiben?«

Max wandte sich zum Gehen. Draußen an der frischen Luft und im Sonnenlicht blieb er stehen und atmete tief ein. Er konnte nur hoffen, dass ihm der Gestank nicht in den Kleidern und in den Haaren hängen geblieben war.

»Hey! Mingus!«, rief Beeson von der Tür aus.

Max drehte sich um.

»Haben die dich gefickt im Knast?«

»Was?«

»Warst du 'ne Niggernutte? Hattest du einen Nigger, der dich Mary nannte? War da ein Gangster, der dir seine Knastliebe geschenkt hat, Mingus?«

»Nein.«

»Was ist dann mit dir passiert, dass du mir plötzlich so mitfühlend kommst? Der alte Max Mingus hätte gesagt, ich hab gekriegt, was ich verdient habe, hätte mir in die Fresse getreten und sich den Fuß an meinem Gesicht abgewischt.«

»Pass auf dich auf, Clyde«, sagte Max. »Tut sonst keiner.«

Dann stieg er in den Wagen und fuhr mit einem flauen Gefühl im Magen davon.

6

Max fuhr zurück nach Miami und steuerte auf Little Haiti zu.

Als Teenager, in den 1960ern, hatte er eine Freundin gehabt, die in dieser Gegend lebte, Justine. Damals hieß das Viertel noch Lemon City, war überwiegend weiß und bürgerlich gewesen und super zum Einkaufen. Seine Mutter hatte dort oft ihre Weihnachts- und Geburtstagsgeschenke gekauft.

Zehn Jahre später, als Max Polizist geworden war, waren sämtliche Weiße bis auf die ärmsten weggezogen, die Läden hatten dichtgemacht oder sich woanders niedergelassen, und mit dem einst wohlhabenden Stadtviertel war es bergab gegangen. Zuerst waren die kubanischen Flüchtlinge hergezogen, dann hatten die zahlungskräftigeren Afroamerikaner aus Liberty City die billigen Häuser aufgekauft. In den 1970er Jahren waren dann die Haitianer gekommen, die in Scharen vor dem Regime von Baby Doc flohen.

Es hatte heftige und oft blutige Spannungen zwischen den Afroamerikanern und den Haitianern gegeben, bis sich die frisch eingetroffenen Immigranten in Banden organisiert und gegenseitig geschützt hatten. Die berüchtigtste dieser Banden war der SNBC, der Saturday Night Barons Club, angeführt von Solomon Boukman.

Zum letzten Mal war Max 1981 bei seinen Ermittlungen zu Boukman und dessen Gang in dem Viertel gewesen. Damals war er durch eine vermüllte Straße nach der anderen gefahren, vorbei an verrammelten Geschäften und baufälligen Häusern, ohne eine Menschenseele zu sehen. Dann die Unruhen, in die Joe und er reingeraten waren.

Fünfzehn Jahre später rechnete Max mit dem gleichen Bild, nur noch schlimmer. Aber als er auf die NE 54th Street bog, glaubte er, sich verfahren zu haben. Die Gegend war sauber, die Straßen voller Menschen, rechts und links Geschäfte mit frisch gestrichenen Fassaden in Rosa, Blau, Orange, Gelb und Grün. Es gab kleine Restaurants, Bars, Straßencafés und zahllose Geschäfte und Galerien für Mode, Musik, Kunst und Kunstgewerbe.

Max parkte und lief los. Er war der einzige Weiße weit und breit, trotzdem spürte er nichts von der Anspannung, die ihn in einem schwarzen Ghetto befallen hätte.

Es war später Nachmittag, und die Sonne ging langsam unter. Der Himmel war in ein sanftes Rot getaucht. Max ging in Richtung eines Geschäfts, in dem er als Kind mit seinen Eltern gewesen war – ein Möbelladen auf der 60th Street, wo sie ihren Küchentisch erstanden hatten. Den Laden gab es schon lange nicht mehr. An seiner Stelle stand jetzt der imposante Carribbean Marketplace, ein exakter Nachbau des alten Marché de Fer in Port-au-Prince.

Drinnen lief er an kleinen Ständen vorbei, an denen Lebensmittel, CDs, Kleider und katholischer Krimskrams feilgeboten wurden. Die Leute sprachen Kreolisch in jener haitianischen Variante, die halb aus Französisch, halb aus verschiedenen westafrikanischen Sprachen bestand. Und die stets unterschwellig aggressiv klang, nicht zuletzt, weil Kreolisch nicht gesprochen, sondern praktisch geschrien wurde. Erst als Max auf die Körpersprache der Leute achtete, wurde ihm klar, dass sie wahrscheinlich nichts Bedrohlicheres taten als zu plaudern oder zu feilschen.

Max verließ den Markt und überquerte die Straße zur Kirche Notre Dame d'Haïti neben dem Haitianisch-Katholischen Zentrum Pierre Toussaint. Das Zentrum war geschlossen, also ging er in die Kirche. Für Religion hatte in er seinem Leben nicht allzu viel Zeit gehabt, aber er liebte Kirchen. Wann immer er nachdenken musste, suchte er früher oder später eine auf. Er hatte sich das angewöhnt, als er noch Streife gefahren war. Hier hatte er in Ruhe und nur von seinem Notizbuch begleitet über seine Fälle nachgedacht. Nirgendwo sonst konnte er sich so gut konzentrieren. Er hatte nie jemandem davon erzählt – auch Sandra nicht –, aus Angst, man könnte ihn für einen heimlichen Jesus-Freak halten, oder sein Gegenüber könne sich als solcher zu erkennen geben.

Die Kirche war leer bis auf eine alte Frau, die laut aus einem kreolischen Gebetsbuch las. Als sie Max hereinkommen hörte, drehte sie sich zu ihm um, ohne ihr Gebet zu unterbrechen.

Max betrachtete die Buntglasfenster und das Wandgemälde. Es zeigte die Überfahrt einiger Haitianer aus ihrer Heimat nach Südflorida, vom Himmel aus behütet von Maria und dem Jesuskind. Es roch nach altem Weihrauch, Kerzen und den üppigen rosafarbenen und weißen Lilien in den Vasen zu beiden Seiten des Altars.

Die Frau, die weiter laut rezitierte, folgte Max mit ihren schwarzen Augen, und er spürte ihren Blick wie eine Überwachungskamera. Sie war klein und zerbrechlich, hatte weiße Haare und Leberflecken im runzeligen Gesicht. Max versuchte es mit einem freundlichen Lächeln, das an ihr abprallte wie an einer Mauer. Er fühlte sich unwohl und unerwünscht. Zeit zu gehen.

Beim Hinausgehen fiel sein Blick auf ein Bücherregal neben der Tür. Bibeln auf Kreolisch, Französisch und Englisch und eine Sammlung Heiligenbücher.

Neben dem Regal hing eine große Korkpinnwand, die praktisch die gesamte Wand einnahm und an der kleine Kinderfotos hingen. Unten auf den Fotos klebten gelbe Zettel, auf denen der Name des Kindes, das Alter und ein Datum standen. Es waren Kinder aller Hautfarben, zwischen drei und acht Jahren alt, Jungen und Mädchen, viele in Schuluniform. Rechts in der Ecke entdeckte er das Foto von Charlie Carver. Ein kleinerer Abzug des Bildes, das er besaß – ein Gesicht unter vielen, leicht zu übersehen. Max las die kleinen Druckbuchstaben der Bildunterschrift: »Charles Paul Carver, 3 ans, 9/1994«. Der Monat, in dem er verschwunden war. Er las die Daten unter den anderen Fotos. Keines war älter als aus dem Jahr 1990.

»Sind Sie Polizist?«, fragte eine männliche Stimme hinter ihm. Frankoamerikanischer Akzent, schwarze Intonation.

Max drehte sich um und sah einen Priester vor sich. Er war etwas größer als Max, aber schlank, die Schultern schmal, die Hände hinter dem Rücken. Er trug eine runde Brille mit silbernem Metallrahmen. Die Gläser reflektierten das Licht, sodass seine Augen nicht zu sehen waren. Grau meliertes Haar, grau melierter Ziegenbart. Ende vierzig, Anfang fünfzig.

»Nein, ich bin Privatdetektiv«, sagte Max. In der Kirche wurde nicht gelogen.

»Also noch ein Kopfgeldjäger«, sagte der Priester verächtlich.

»Ist es so offensichtlich?«

»Ich gewöhne mich langsam an Ihren Typ.«

»So viele?«

»Ein oder zwei, vielleicht mehr, ich hab's vergessen. Auf eurem Weg nach Haiti kommt ihr alle hier vorbei. Ihr und die Journalisten.«

»Irgendwo muss man ja anfangen«, sagte Max. Er spürte den bohrenden Blick des Priesters. Er roch nach Schweiß und einer altmodischen Seife, Camay vielleicht. »Die anderen Kinder...?«

»*Les enfants perdus*«, sagte der Priester. »Die verlorenen Kinder.«

»Auch entführt?«

»Das sind nur die, von denen wir wissen. Es gibt noch viele, viele mehr. Die meisten Haitianer können sich keinen Fotoapparat leisten.«

»Wie lange geht das schon so?«

»In Haiti sind seit jeher Kinder verschwunden. Die ersten Fotos habe ich aufgehängt, kurz nachdem ich hier angefangen habe. Das war 1990. In unserer zweiten Religion ist die Seele eines Kindes ein gefragtes Gut. Sie kann viele Türen öffnen.«

»Sie meinen, es geht um Voodoo?«

»Wer weiß das schon?«

Es lag eine Traurigkeit in der Stimme des Priesters, eine Erschöpfung, die vermuten ließ, dass er jede Möglichkeit bereits unzählige Male durchgegangen war, ohne Erfolg.

Max begriff, dass dem Geistlichen die Sache persönlich nahe ging. Er ließ den Blick noch einmal über die Fotos wandern und suchte nach einer Familienähnlichkeit, um das Thema ansprechen zu können. Er fand nichts und versuchte es trotzdem.

»Welches ist Ihres?«

Zunächst war der Priester schockiert, dann lächelte er.

»Sie sind ein überaus hellsichtiger Mensch. Gott muss Sie erwählt haben.«

»Ich hatte nur den richtigen Riecher, Pater«, sagte Max.

Der Priester trat einen Schritt vor und zeigte auf das Foto eines kleinen Mädchens, das direkt neben dem von Charlie hing.

»Claudette, meine Nichte«, sagte er. »Ich gestehe, ich habe sie da aufgehängt, damit die Aura des reichen Jungen ein wenig auf sie abfärbt.«

Max nahm Claudettes Foto von der Wand: »Claudette Thodore, 5 ans, 10/1994«.

»Sie ist einen Monat nach Charlie verschwunden. Thodore – ist das auch Ihr Familienname?«

»Ja. Ich bin Alexandre Thodore. Claudette ist die Tochter meines Bruders Caspar«, sagte der Priester. »Ich gebe Ihnen seine Anschrift und seine Telefonnummer. Er lebt in Port-au-Prince.«

Er zog ein kleines Notizbuch aus der Tasche und schrieb die Adresse seines Bruders auf, dann riss er das Blatt heraus und reichte es Max.

»Hat Ihr Bruder Ihnen erzählt, was passiert ist?«

»Erst war seine Tochter noch bei ihm, am nächsten Tag musste er nach ihr suchen.«

»Ich werde mein Bestes tun, sie zu finden.«

»Daran zweifle ich nicht«, sagte der Priester. »Übrigens, in Haiti haben die Kinder einen Spitznamen für den bösen Mann, der die Kinder klaut. Sie nennen ihn *Tonton Clarinette*, Onkelchen Klarinette.«

»Klarinette? Wie das Instrument? Warum?«

»Weil er die Kinder damit weglockt.«

»Wie der Rattenfänger?«

»Es heißt, Tonton Clarinette arbeitet für Baron Samedi – den *Vodou-Gott* des Todes«, sagte Pater Thodore. »Er stiehlt Kinderseelen, um damit die Toten zu unterhalten. Manche sagen, er ist halb Mensch, halb Vogel, andere beschreiben ihn als Vogel mit nur einem Auge. Und nur Kinder können ihn sehen. Das liegt daran, dass er selbst noch ein Kind war, als er starb.

Der Legende nach gehörte der Junge der französischen Armee an, er war ein Maskottchen – ziemlich üblich damals. Sein Regiment war eines von denen, die im 18. Jahrhundert nach Haiti geschickt wurden. Er war zur Unterhaltung der

Soldaten da, musste ihnen auf der Klarinette vorspielen. Die Sklaven auf den Feldern haben ihn spielen gehört, und es hat sie wütend gemacht. Für sie klang diese Musik nach Gefangenschaft und Unterdrückung.

Als die Sklaven schließlich rebellierten, überwältigten sie das Regiment des Jungen und nahmen viele Gefangene. Sie zwangen den Jungen, seine Klarinette zu spielen, während sie seine Kameraden einen nach dem anderen abschlachteten. Er spielte noch immer, als sie ihn bei lebendigem Leibe begruben.« Thodore sprach in feierlichem Tonfall. Es war nur eine Legende, aber er nahm sie sehr ernst. »Er ist ein relativ neuer Geist, in meiner Kindheit hat man ihn noch nicht gefürchtet. Ich habe die Leute zum ersten Mal vor ungefähr zwanzig Jahren von ihm reden hören. Es heißt, überall, wo er war, hinterlässt er sein Zeichen.«

»Was für ein Zeichen?«

»Ich habe es noch nicht gesehen, aber angeblich soll es aussehen wie ein Kreuz mit zwei Beinen und halbem Querbalken.«

»Sie sagten, in Haiti seien ›seit jeher‹ Kinder verschwunden. Haben Sie eine Ahnung, wie viele das sind pro Jahr?«

»Das kann man nicht sagen.« Thodore drehte die offenen Handflächen nach oben, um anzudeuten, dass jede Schätzung hoffnungslos war. »Die Dinge dort laufen anders als hier. Es gibt dort nichts und niemanden, dem man die Vermissten melden könnte. Und es gibt keinen Weg herauszufinden, wer diese Kinder sind oder waren, weil die Armen weder Geburts- noch Todesurkunden haben – das gibt's nur für die Reichen. Fast alle Kinder, die verschwinden, stammen aus armen Familien. Wenn die weg sind, ist es so, als hätte es sie nie gegeben. Aber jetzt, mit dem Carver-Jungen, ist das anders. Er ist ein Kind aus der reichen Gesellschaft. Auf einmal interessiert sich alle Welt dafür. Das ist genau wie hier in Miami. Wenn ein schwarzes Kind verschwindet, wen kümmert's? Vielleicht ziehen ein oder zwei Lokalpolizisten los und suchen nach ihm. Aber wenn es um ein weißes Kind geht, wird die Nationalgarde gerufen.«

»Mit allem Respekt, Pater, das stimmt nicht ganz, auch wenn es manchmal vielleicht so aussieht«, sagte Max mit möglichst ruhiger Stimme. »Und bei mir war es nie so, als ich hier noch Polizist war. *Nie*.«

Der Priester sah ihm einen Moment lang fest in die Augen, und sein Blick schien Wahrheit von Lüge unterscheiden zu können. Er streckte Max die Hand hin, und sie tauschten einen festen Händedruck. Dann segnete ihn Vater Thodore und wünschte ihm alles Gute.

»Bringen Sie sie zurück«, flüsterte er.

Zweiter Teil

Zweiter Teil

7

Der Flug nach Haiti verzögerte sich um eine Stunde, weil man auf einen abgeschobenen Strafgefangenen und seine beiden US-Marshals warten musste.

Das Flugzeug war so gut wie ausgebucht, überwiegend von Haitianern, fast nur Männern, die mit Taschen voller Lebensmittel, Seife und Kleidern und unzähligen Kartons mit billigen Elektrowaren gen Heimat flogen: Fernseher, Radios, Videorekorder, Ventilatoren, Mikrowellenherde, Computer, Ghettoblaster. Sie hatten ihre Einkäufe mehr schlecht als recht in die Gepäckfächer über ihren Köpfen oder unter die Sitze gestopft oder entgegen allen Sicherheitsvorschriften im Gang deponiert, wenn sie sonst nirgends hinpassten.

Die Stewardessen protestierten nicht. Anscheinend waren sie Kummer gewöhnt. Mit kerzengeradem Rücken und professionellem Lächeln absolvierten sie den Hindernislauf an den verschiedenen Markennamen vorbei, ohne je die Contenance zu verlieren, auch wenn es noch so eng wurde.

Die Ausgewanderten, die zu Besuch nach Hause flogen, waren von den Einheimischen auf Anhieb zu unterscheiden. Erstere hatten sich im üblichen Ghetto-Outfit ausstaffiert: Goldketten, goldene Ohrringe und Armbänder – sie hatten mehr Gold am Körper als Geld auf der Bank. Letztere waren eher konservativ gekleidet, die Männer in billige, aber ordentliche Hosen und kurzärmelige Hemden, die Frauen wie für den Kirchgang am Mittwoch.

Die Stimmung war lebhaft, die Verspätung schien niemanden zu stören. Alles unterhielt sich laut und vernehmlich, die widerstreitenden Rhythmen des Kreolischen sprangen zwischen den Gesprächspartnern hin und her und schallten aus jeder Ecke des Flugzeugs. Jeder schien jeden zu kennen. Mit vereinten Kräften übertönten sie mit ihren tiefen, kehligen Stimmen die übliche Flugzeugbedudelung und alle drei Durchsagen des Piloten.

»Die meisten dieser Leute leben in Häusern ohne Strom«, sagte die Frau auf dem Fensterplatz neben Max. »Sie kaufen das ganze Zeug nur zur Zierde, als Statussymbol – wie wir eine Skulptur oder ein Gemälde kaufen würden.«

Sie hieß Wendy Abbot. Sie lebte seit fünfunddreißig Jahren mit ihrem Mann George in Haiti. Die beiden leiteten in den Bergen über Port-au-Prince eine Grundschule, die Arm und Reich offen stand. Die reichen Eltern zahlten in bar, die armen in Naturalien. Am Ende jedes Jahres hatten sie Gewinn gemacht, weil die wenigsten Armen sich um Bildung scherten oder auch nur eine vage Ahnung hatten, wozu das gut sein sollte. Viele ihrer Schüler gingen danach entweder auf die *Union School*, wo sie nach amerikanischem Lehrplan unterrichtet wurden, oder auf das teurere und renommiertere *Lycée Français*, wo man sie auf das französische Abitur vorbereitete.

Max hatte sich ihr vorgestellt und es beim Namen belassen.

In der Mitte des Flugzeugs saßen etwa fünfzig kanadische Soldaten, Angehörige des UN-Friedenskorps, ein Meer aus verschwitzten roten und weißen Gesichtern mit linksgerichtetem Seitenscheitel und Schnurrbärten à la Village People. Still, verkrampft und kreuzunglücklich hockten sie inmitten der lärmenden Menschen, an deren Unterjochung sie mitgewirkt hatten. Ihrem Gesichtsausdruck nach zu urteilen hätte man schwören können, es sei umgekehrt.

Begleitet von seiner zweiköpfigen Eskorte und dem lauten Klirren dicker Ketten kam der Strafgefangene an Bord. Max musterte ihn: schwere Jeans, kein Gürtel, weites weißes T-Shirt, blauweißes Kopftuch, kein Gold, keine Brillanten – ein Bandenmitglied der unteren Ränge, wahrscheinlich beim Crack-Dealen erwischt oder nach seinem ersten Auftragsmord, noch mit dem frischen Gestank von starkem Haschisch und Schmauch am Körper. Ein ganz kleiner Fisch, der die zweite Stufe der Ghetto-Leiter noch nicht hinter sich gelassen hatte. Er trug noch die Gefängniskleider, weil er durch das Gewichtestemmen im Knast aus seinen Zivilklamotten herausgewachsen war. Er pumpte die Brust auf und setzte sein Knastgesicht auf, aber Max konnte die beginnende Panik in seinen Augen lesen, als er die Leute im Flugzeug in Augenschein nahm und zum ersten Mal die Luft von Freiheit ohne Bewährungshelfer schnupperte. Wahrscheinlich hatte er damit gerechnet, im Knast zu sterben.

Die Haitianer ignorierten ihn, nur die Kanadier merkten allesamt auf und starrten die US-Marshals an, als erwarteten sie, dass einer von beiden zu ihnen kam und erklärte, was da vor sich ging.

Was sie nicht taten. Vielmehr verhandelte einer der beiden, der mit dem Ziegenbart, mit einer Stewardess. Die Marshals wollten die drei Sitze in der ersten Reihe direkt neben der Tür, aber die waren schon besetzt. Die Stewardess zuckte mit den Achseln. Der Marshal zog ein Blatt Papier aus der Tasche und hielt es ihr vor die Nase. Sie nahm es, las und verschwand hinter einem Vorhang.

»Ich frage mich, ob der Junge weiß, was für eine Schande er für seine Vorfahren ist. Nach Haiti zurückzukehren, wie sie damals gekommen sind – in Ketten«, sagte Wendy.

»Ich glaube nicht, dass ihn das sonderlich schert, Mam«, antwortete Max.

Bis zu diesem Zeitpunkt hatte der Häftling angestrengt in eine nicht allzu weite Ferne gestarrt, ohne irgendwen oder irgendwas direkt anzusehen, aber anscheinend hatte er Max' und Wendys Blicke gespürt, denn er sah in ihre Richtung. Wendy schaute sofort weg, als der Gefangene ihr in die Augen sah, aber Max erwiderte seinen Blick. Der Verurteilte erkannte seinesgleichen, lächelte leicht und nickte Max zu. Unwillkürlich erwiderte Max den Gruß, ebenfalls mit einem Nicken.

Im Knast wäre das undenkbar gewesen – Kontaktaufnahme zwischen einem schwarzen und einem weißen Häftling –, außer es gab etwas zu kaufen oder zu verkaufen, meistens Dope oder Sex. Hinter Gittern hielt man sich an die eigenen Leute, da wurde nicht gemischt. So war das nun einmal und nicht anders. Die Stämme befanden sich in einem fortwährenden Krieg. Weiße waren die ersten, die von Schwarzen oder Latinos massenvergewaltigt, verprügelt oder umgebracht wurden; für die waren sie ein Symbol des Rechtssystems, das ihnen vom Tag ihrer Geburt an das Leben schwer gemacht hatte. Wer klug war, trainierte sich sämtliche liberalen Ansichten unverzüglich ab und kramte die alten Vorurteile wieder heraus, sobald die Zellentür hinter ihm ins Schloss fiel. Diese Vorurteile – der Hass und die Angst – konnten helfen, wachsam und am Leben zu bleiben.

Die Stewardess kam zurück und verkündete den drei Fluggästen in der ersten Reihe, dass sie umziehen müssten. Sie weigerten sich, woraufhin die Stewardess erklärte, sie könnten in die erste Klasse umziehen, wo es Gratis-Champagner und mehr Beinfreiheit gab.

Bei diesen Worten sprangen die drei von ihren Sitzen auf und sammelten ihre Sachen zusammen. Es waren Nonnen.

Die US-Marshals nahmen den Häftling in die Mitte und setzten sich.

Zehn Minuten später hob das Flugzeug vom Miami International Airport ab.

Nach dem dichten, üppigen Grün Kubas und all der anderen kleineren Inseln, die sie überflogen hatten, wirkte Haiti – geformt wie eine Hummerzange, der die obere Klinge halb abgekaut worden war – aus der Luft betrachtet reichlich fehl am Platz. Die trockene, rostfarbene Landschaft schien komplett frei von Gras und Blattwerk. Als das Flugzeug einen Bogen über die Küste der benachbarten Dominikanischen Republik flog, war die Grenze zwischen den beiden Ländern deutlich zu erkennen, die Insel so klar unterteilt wie auf einer Landkarte: ein knochentrockenes Ödland mit einer üppigen Oase nebenan.

In der Nacht zuvor hatte Max nicht allzu viel geschlafen. Er war in Joes Büro gewesen, hatte sich erst die alten Akten über Solomon Boukman und den SNBC fotokopiert und dann die ehemaligen Gangmitglieder in der Datenbank aufgerufen.

Boukman hatte den SNBC zwar gegründet, aber sämtliche Aufgaben delegiert. Er hatte zwölf Stellvertreter, die ihm allesamt treu ergeben und nicht weniger skrupellos und kaltblütig waren als er. Sechs dieser zwölf waren inzwischen tot – zwei vom Staat Florida hingerichtet, einer in Texas, zwei von der Polizei erschossen, einer im Gefängnis umgebracht –, einer saß eine Haftstrafe von fünfundzwanzig Jahren bis lebenslänglich in einem Hochsicherheitsgefängnis ab, die übrigen fünf waren zwischen März 1995 und Mai 1996 nach Haiti abgeschoben worden.

Rudy Crèvecoeur, Jean Desgrottes, Salazar Faustin und Don Moïse waren von Boukmans Untergebenen die schlimmsten gewesen. Sie waren für die Disziplin zuständig gewesen, hatten über die Gang gewacht und dafür gesorgt, dass keiner sich etwas in die eigene Tasche steckte, mit den Bullen kooperierte oder am falschen Ort den Mund zu weit aufriss. Moïse, Crèvecoeur und Desgrottes waren außerdem direkt für die Entführung der Kinder verantwortlich, die Boukman bei seinen Zeremonien opferte.

Salazar Faustin war für das Drogengeschäft des SNBC in Florida zuständig gewesen. Zuvor hatte er den Tontons Macoutes angehört, der Privatmiliz der Duvaliers, und mit seinen Kontakten in Haiti ein hocheffizientes Schmugglernetzwerk bis nach Miami aufgebaut. Die Drogen wurden direkt von bolivianischen Herstellern gekauft und mit zweisitzigen Passagierflugzeugen nach Haiti geflogen, wo sie auf einer versteckten Rollbahn im Norden landeten. Dort wurden der Pilot ausgewechselt und das Flugzeug aufgetankt, dann ging es weiter nach Miami. Der US-Zoll machte sich nicht die Mühe, die Flugzeuge zu kontrollieren, weil man davon ausging, dass sie direkt aus Haiti kamen, wo keine Drogen angebaut wurden. Sicher in Miami angelangt, wurde das Kokain ins Sunset Marquee gebracht, ein billiges Hotel in South Beach, das Faustin zusammen mit seiner Mutter Marie-Félize gehörte. Im dortigen Keller wurde es mit Traubenzucker gestreckt und an die Straßendealer des SNBC verteilt, die es in ganz Florida an den Mann brachten.

Salazar und Marie-Félize Faustin waren wegen Drogenhandels zu lebenslangen Freiheitsstrafen verurteilt worden. Beide wurden am gleichen Tag – dem 8. August 1995 – nach einem tränenreichen Wiedersehen am Flughafen abgeschoben.

Das Flugzeug landete um 14:45 Uhr. Flughafenangestellte in marineblauen Overalls rollten eine weiße Treppe vor die Tür. Die Passagiere mussten zu Fuß über die Rollbahn zum Flughafengebäude laufen, einem schmucklosen, dreckigen Bauwerk mit rissigen, weiß gekalkten Wänden, einem Tower zur Rechten, drei leeren Fahnenmasten in der Mitte und dem Schriftzug »Welcome to Port-au-Prince International Airport« in kruden schwarzen Lettern über den Eingangstüren.

Der Pilot forderte die Passagiere auf zu warten, bis der Strafgefangene das Flugzeug verlassen hatte.

Die Tür ging auf. Die US-Marshals, jetzt beide mit Sonnenbrille, standen auf und führten den Häftling aus der Maschine.

Als Max aus dem Flugzeug trat, wurde er von der Hitze überrascht, die ihn wie eine schwere, luftdichte Decke einhüllte und sich nicht einmal von der leichten Brise vertreiben oder mildern ließ. Im Vergleich dazu waren die heißesten Tage in Florida regelrecht kühl.

Die schwere Reisetasche in der Hand, folgte er Wendy die Stufen hinunter und atmete die Luft ein, die ihm wie Dampf vorkam. Der Schweiß strömte ihm aus allen Poren.

Seite an Seite folgten sie den anderen Passagieren zum Terminal. Wendy bemerkte die Röte in Max' Gesicht und den Schweißfilm auf seiner Stirn.

»Sie können von Glück sagen, dass Sie nicht im Sommer hergekommen sind«, bemerkte sie. »Das ist wie ein Spaziergang durch die Hölle im Pelzmantel.«

Dutzende von Soldaten liefen auf dem Rollfeld herum – US-Marines in kurzen Ärmeln, die gemächlich und in aller Ruhe Kisten und Kartons in LKWs verluden. Die Insel gehörte ihnen, solange sie wollten.

Weiter vorn sah Max die Marshals, die ihren Häftling an drei gewehrtragende Haitianer in Zivil übergaben. Einer der Marshals ging in die Hocke und schloss die Fußfesseln des Häftlings auf. Von Max' Standpunkt aus hatte es fast etwas von einer freundlichen Geste, als würde er seinem Schützling die Schnürsenkel binden, bevor er ihn an die anderen aushändigte.

Nachdem sie dem Mann die Ketten und Fesseln abgenommen hatten, stiegen die Marshals in einen wartenden US-Militärjeep und wurden zum Flugzeug zurückgefahren. Derweil redeten die drei Haitianer mit dem Häftling, der sich die Hand- und Fußgelenke massierte. Dann führten sie ihn zu einem Seiteneingang am anderen Ende des Terminals.

Vom Gebäude her kam Musik. Direkt neben dem Eingang spielte eine fünfköpfige Band ein nicht sehr schnelles kreolisches Lied.

Den Text verstand Max nicht, aber er spürte die Traurigkeit in der Melodie, die ihm ansonsten eher süßlich und nichts sagend vorgekommen wäre.

Die Musiker waren alte, gebeugte Männer in identischen Hawaiihemden mit Palmen vor einem Sonnenuntergang, wie es sie in Miami in jedem Billigladen zu kaufen gab. Ein Bongo-Spieler, ein Bassist, ein Keyboarder, ein Gitarrist und der Sänger, alle mit einem eigenen Verstärker, die hinter ihnen an der Wand standen. Max sah, wie sich manche Leute beim Gehen im Rhythmus wiegten, andere sangen mit.

»Das ist ›*Haïti, Ma Chérie*‹, ein Klagelied der Exilhaitianer«, erklärte Wendy, als sie an der Band vorbei zum Eingang gingen, der aus zwei Türen bestand: eine für Haitianer und eine für Ausländer.

»Hier trennen sich unsere Wege, Max«, sagte Wendy. »Ich habe beide Staatsangehörigkeiten. Spart einem jede Menge Schlangestehen und Papierkram.«

Sie gaben sich die Hand.

»Oh – und Vorsicht am Gepäckband«, sagte sie, als sie sich zur Passkontrolle anstellte. »Stammt noch von 1965.«

Max bekam einen roten Stempel in den Pass und ging durch in den Ankunftsbereich, der sich, wie er feststellte, in der gleichen großen Halle befand wie Abflug und Zoll, Ticketkontrolle und -verkauf, Autovermietungen, Touristeninformation und Ein- und Ausgang. Überall waren Menschen – alte und junge, Männer und Frauen –, sie liefen hin und her, schubsten und drängelten und schrien wild durcheinander. Max sah ein Huhn durch die Menge flitzen, es gackerte aufgeregt und lief im Slalom zwischen all den Beinen hindurch, flatterte mit den Flügeln und schiss auf den Fußboden. Ein Mann rannte gebückt hinterher, die Arme vorgestreckt, und lief jeden über den Haufen, der ihm nicht rechtzeitig auswich.

Max hatte Carver angerufen, bevor er an Bord gegangen war, hatte ihm die Flugnummer und die Ankunftszeit durchgegeben. Carver hatte versprochen, ihn am Flughafen abholen zu lassen. Jetzt schaute er sich vergebens nach jemandem um, der ein Stück Pappe mit seinem Namen hochhielt.

Dann bemerkte er einen Tumult zu seiner Linken. Eine große Menschenmenge hatte sich am Ende des Ankunftsbereichs versammelt, alles drängelte und kämpfte sich nach vorn, alles brüllte durcheinander. Max erkannte, worum es ging: das Gepäckband.

Er musste seinen Koffer holen.

Er ging hinüber und versuchte zunächst, den Leuten höflich auszuweichen. Doch als er feststellen musste, dass er seinem Ziel so nicht näher kam, tat er, was die Haitianer taten, und schob und schubste und bahnte sich mit Ellbogen- und Schulterstößen einen Weg nach vorn. Er blieb nur einmal kurz stehen, um nicht auf das Huhn und seinen Besitzer zu treten.

Als er sich vorgekämpft hatte, suchte er sich einen Platz, von dem aus er das ganze Gepäckband im Blick hatte. Es stand still und sah aus, als täte es das seit Jahren. Die verchromten Seitenwände waren mit Nieten befestigt, von denen sich viele ganz oder teilweise verabschiedet hatten, weshalb sich die Bleche jetzt mit gefährlich scharfen Kanten nach außen bogen. Das Band selbst, einst aus schwarzem Gummi, war bis auf die Stahlplatten abgenutzt, und nur hier und da klammerten sich noch ein paar Fetzen Gummi hartnäckig wie versteinerter Kaugummi ans Metall.

Das Gepäckband war die Attraktion des Ankunftsbereichs mit den hohen, schmutzigweißen Wänden, dem dunklen Marmorfußboden und den riesigen, marode aussehenden Ventilatoren, die kaum einen Luftzug erzeugen oder die angestaute Hitze kühlen konnten, dafür aber jeden Augenblick abzustürzen und die Menschen unter sich zu enthaupten drohten.

Bei genauerem Hinsehen stellte Max fest, dass das Gepäckband sich doch bewegte und dass tatsächlich Gepäckstücke herausbefördert wurden, aber so unglaublich langsam, dass die Koffer sich nur ganz heimlich und verstohlen Zentimeter für Zentimeter vorwärtsschlichen.

Viele der Menschen, die sich um das Band drängten, hatten mit ihm im Flugzeug gesessen. Die Mehrheit jedoch war hier, um Koffer zu stehlen. Schnell hatte Max die Diebe von den echten Passagieren aussortiert. Erstere schnappten nach jedem Koffer, der in Reichweite kam, dann stürzten die wahren Besitzer hinzu, packten ihr Eigentum und versuchten es dem anderen zu entreißen. Die Diebe kämpften eine Weile, bis sie schließlich aufgaben und sich wieder zum Gepäckband vordrängten, um noch einmal ihr Glück zu versuchen. Ein reiner Selbstbedienungsladen. Kein Flughafenpersonal weit und breit.

Max beschloss, nicht gleich zu Beginn seines Aufenthalts in Haiti jemanden niederzuschlagen – egal, wie berechtigt das auch sein mochte. Also drängte er sich so dicht wie möglich zu der Stelle vor, wo die Koffer herauskamen.

Nach ungefähr hundert Jahren kam sein schwarzer Samsonite zum Vorschein. Er packte ihn und bahnte sich unsanft einen Weg durch das Gedränge.

Als er sich endlich freigekämpft hatte, sah er das Huhn wieder. Sein Herrchen hatte ihm eine Leine um den Hals gelegt und zerrte es Richtung Ausgang.

»Mr. Mingus?«, fragte eine Frau hinter ihm.

Er drehte sich um. Als Erstes sah er ihren Mund: groß, volle Lippen, weiße Zähne.

»Ich bin Chantale Duplaix. Mr. Carver hat mich geschickt, um Sie abzuholen«, sagte sie und hielt ihm die Hand hin.

»Hallo, ich bin Max«, sagte er und schüttelte ihr die Hand, die klein und zart aussah. Ihre Haut jedoch war rau und hart, ihr Griff fest.

Chantale war ausgesprochen schön, und Max konnte nicht umhin zu lächeln. Hellbraune Haut mit ein paar Sommersprossen auf der Nase und den Wangen, große honigbraune Augen und glattes, schulterlanges schwarzes Haar. Mit ihren hohen Absätzen war sie nur wenig kleiner als Max. Sie trug einen dunkelblauen, knielangen Rock und eine weite, kurzärmelige Bluse. Der obere Knopf war offen und gab den Blick auf eine dünne Goldkette frei. Er schätzte sie auf Mitte zwanzig.

»Entschuldigen Sie das Theater mit dem Gepäck. Wir hätten Ihnen auch geholfen, aber Sie haben sich ganz gut geschlagen«, sagte sie.

»Gibt es hier denn keine Sicherheitskräfte?«, fragte Max.

»Gab es. Aber Ihre Landsleute haben uns die Waffen abgenommen«, sagte sie, und ihre hellen Augen wurden eine Schattierung dunkler, ihre Stimme fester. Max konnte sich lebhaft vorstellen, wie sie alles vor sich plattwalzte, wenn ihr Temperament mit ihr durchging.

»Ihre Armee hat uns entwaffnet«, erklärte sie. »Wobei sie

leider übersehen haben, dass die einzige Autorität, die ein Haitianer anerkennt, eine bewaffnete Autorität ist.«

Max wusste nicht, was er sagen sollte. Er kannte die politische Lage im Land nicht gut genug, um ihr widersprechen oder einen Kommentar abgeben zu können, aber er wusste, dass gewaltige Teile der Menschheit die Amerikaner für ihr Auftreten in Haiti und andernorts hassten. In diesem Moment wurde ihm klar, dass sein Auftrag kein Spaziergang werden würde. Immerhin sollte Chantale doch zumindest theoretisch auf seiner Seite stehen.

»Aber lassen wir das«, sagte Chantale und schenkte ihm ein strahlend weißes Lächeln. Er bemerkte den kleinen ovalen Schönheitsfleck rechts neben ihrem Mund, genau auf der Grenzlinie zwischen Gesicht und Unterlippe. »Willkommen in Haiti.«

Max senkte den Kopf und hoffte, die Geste möge nicht allzu sarkastisch wirken. Er stufte Chantale auf Ende zwanzig hoch. Sie hatte eine Reife und eine Selbstkontrolle an sich, ein glattes diplomatisches Auftreten, die nur aus Erfahrung erwachsen.

Sie führte ihn durch den Zoll, der aus zwei Tischen bestand, an denen alle ihr Gepäck zur Inspektion öffnen mussten. Die ganze Zeit über hatten zwei große Männer hinter ihr gestanden und wortlos alles verfolgt. Schnurrbart, Sonnenbrille und nicht zu übersehende Ausbeulungen unter dem losen Hemd, wo die Pistole hing. Sie folgten Max.

Chantale lächelte den Zollbeamten zu, die ihr Lächeln erwiderten, sie durchwinkten und ihr nachgafften, bis sie außer Sichtweite war. Max konnte nicht widerstehen, er musste ihre Rückansicht in Augenschein nehmen. Und begriff sofort, was die Kerle meinten. Er stieß einen leisen Pfiff aus. Breite Schultern, gerader Rücken, eleganter Hals. Schmale Fußknöchel, äußerst athletisch geformte Waden. Sie gab auf sich acht, wahrscheinlich joggte sie und stemmte Gewichte. Perfekter Hintern: stramm, rund und fest.

Sie traten aus dem Flughafengebäude und gingen über die Straße zu zwei hintereinander geparkten marineblauen Toyota-Landcruisern. Chantale stieg in den ersten und öffnete den Kofferraum, damit Max sein Gepäck einladen konnte. Die beiden Männer stiegen in den zweiten Wagen.

Max setzte sich neben sie auf den Beifahrersitz. Sie drehte die Klimaanlage auf. Ihm brach der Schweiß aus, während sein Körper sich nach der Hitze im Flughafen zu akklimatisieren versuchte.

Durchs Seitenfenster schaute er zum Eingang des Flughafens zurück und sah den Ex-Häftling dort stehen, der mit ihm in der Maschine gesessen hatte, er rieb sich die Handgelenke und betrachtete seine Umgebung. Wie er so nach links und rechts schaute, sah er verloren und verletzlich aus, er vermisste seine Zelle und die Sicherheit des Altbekannten. Eine Frau, die im Schneidersitz vor einem Paar zerrissener, abgelaufener Turnschuhe auf dem Boden saß, sprach ihn an. Er zuckte mit den Achseln und drehte die offenen Handflächen nach oben, ein Zeichen der Hilflosigkeit. Da war Besorgnis in seinem Gesicht, eine erwachende Angst. Wenn nur die Ganoven und die harten Jungs ihn jetzt sehen könnten, in die Ecke getrieben von der freien Welt, sein Bluff aufgedeckt vom echten Leben. Max spielte mit dem Gedanken, den guten Samariter zu spielen und ihn in die Stadt mitzunehmen, aber er ließ es bleiben. Falsche Assoziation. Er war im Knast gewesen, aber er betrachtete sich nicht als Kriminellen.

Anscheinend hatte Chantale seine Gedanken gelesen.

»Er wird abgeholt«, sagte sie. »Die werden einen Wagen für ihn schicken, wie wir für Sie.«

»Wer sind ›die‹?«

»Hängt davon ab, welches Verandagetratsche man gerade

gehört hat. Manche Leute sagen, dass hier ein Kriminellenkollektiv der Heimkehrer operiert, eine Art Syndikat. Jeder, der aus einem US-Gefängnis herkommt, wird abgeholt und in die Gang aufgenommen. Andere Leute meinen, das sei Blödsinn, und dass es in Wirklichkeit Vincent Paul ist.«

»Vincent Paul?«

»*Le Roi de Cité Soleil* – der König von Cité Soleil. Cité Soleil ist der größte Slum des Landes. Liegt direkt neben Port-au-Prince. Es heißt, wer über Cité Soleil herrscht, herrscht über Haiti. Alle Regierungswechsel haben da ihren Anfang genommen – auch der Sturz von Jean-Claude Duvalier.«

»Und da steckte Paul dahinter?«

»Die Leute erzählen alles Mögliche. Es wird *sehr* viel geredet hier. Manche Leute machen nichts anderes. Reden ist so eine Art Nationalsport. Liegt wohl an der wirtschaftlichen Lage: keine Jobs, nicht genug zu tun. Mehr Zeit als Ziele. Sie werden das noch merken«, sagte Chantale und schüttelte den Kopf.

»Wie komme ich an Vincent Paul heran?«

»Wenn, dann kommt er zu Ihnen«, sagte Chantale.

»Meinen Sie, das wird er?«, fragte Max und musste an Beeson denken. Hatte Chantale auch vom Flughafen abgeholt? Wusste sie, was mit ihm passiert war?

»Wer weiß das schon? Vielleicht steckt er dahinter, vielleicht auch nicht. Er ist nicht der Einzige, der die Carvers hasst. Sie haben viele Feinde.«

»Hassen Sie sie auch?«

»Nein«, sagte Chantale lachend und sah Max in die Augen. Schöne Augen hatte sie, Rehaugen, und ein vielversprechendes Lachen: laut und heiser, vulgär und rauchig und unwiderstehlich dreckig. Das Lachen einer Frau, die sich betrank und bekiffte und vollkommen Fremde vögelte.

Sie fuhren los.

8

Die Straße, die vom Flughafen wegführte, war lang, staubig und milchig grau. Risse, Sprünge und Spalten hatten ein grobes Gitternetz über den Belag gelegt, das hier und da in willkürlich verstreuten Schlaglöchern und Kratern unterschiedlichster Größe und Tiefe zusammenlief. Es war ein Wunder, dass der Asphalt sich nicht längst in Wohlgefallen aufgelöst und die Straße sich wieder in einen Schotterweg zurückverwandelt hatte.

Chantale war eine sichere Fahrerin, sie umkurvte die größten Schlaglöcher und ging vom Gas, wenn sie durch die kleineren fahren musste. Die Autos vor ihnen und auf der Gegenspur bewegten sich genauso wie sie, manche waren wie klassische Trunkenheitsfahrer unterwegs, mit noch dramatischeren Schlenkern als die anderen.

»Zum ersten Mal in Haiti?«, fragte sie.

»Ja. Ich hoffe, es ist nicht alles so wie der Flughafen.«

»Es ist schlimmer«, sagte sie und lachte. »Aber wir schlagen uns durch.«

Es gab scheinbar nur zwei Wagentypen in Haiti: Luxuskarosse oder Schrottkarre. Max sah Mercedes, BMW, Lexus und jede Menge Jeeps. Und eine Stretchlimousine. Einen Bentley, gefolgt von einem Rolls Royce. Doch auf jeden Luxuswagen kamen Dutzende verrosteter, qualmender Laster, auf deren Ladeflächen sich die Menschen drängten, manche hingen an den Seiten oder klammerten sich auf dem Dach fest. Und alte, grellbunt bemalte Kombis mit Schriftzügen oder Bildern von Heiligen oder Feldarbeitern auf den Türen. Taxis, erklärte Chantale, *Tap-Taps* genannt. Auch die waren voller Menschen, das Gepäck auf dem Dach festgebunden: voll gestopfte Körbe, Pappkartons und Stoffbündel. Für Max sah es aus, als seien die Leute auf der Flucht vor einer Naturkatastrophe.

»Sie werden in einem Haus der Carvers in Pétionville wohnen, einem Vorort von Port-au-Prince, eine halbe Stunde entfernt. In der Hauptstadt ist es im Moment zu gefährlich«, sagte sie. »Es gibt da ein Hausmädchen namens Ruby. Sie ist sehr nett. Sie wird für Sie kochen und Ihre Wäsche waschen. Sie werden sie nicht zu Gesicht bekommen – außer Sie verbringen den ganzen Tag im Haus. Es gibt Telefon, Fernsehen und eine Dusche. Alles, was man braucht.«

»Danke«, sagte Max. »Ist das Ihr Job bei den Carvers?«

»Chauffeurin?«, fragte sie mit einem Grinsen. »Nein. Das hier ist eine Ausnahme. Ich gehöre zu Allains Team. Er hat mir den Rest des Tages freigegeben, wenn ich Sie abhole.«

Die Straße lief durch eine endlose, ausgedörrte Ebene, eine Staubfläche mit hier und da etwas dünnem, gelbem Gras. Die Landschaft flog vorüber. Er sah die dunklen Berge zu seiner Linken und wie tief die Wolken hingen, so dicht über dem Boden, dass es aussah, als hätten sie ihre Verankerung verloren, als schwebten sie vom Himmel herunter und drohten zu landen. Gelegentlich passierten sie lutscherförmige Straßenschilder – 60, 70, 80, 90 in Schwarz auf Weiß –, aber kein Mensch beachtete sie sonderlich oder blieb auf seiner Seite der Straße, solange nicht etwas Größeres von vorn kam. Chantale fuhr gleichmäßig siebzig.

Am Straßenrand standen Reklametafeln, zehn Meter hoch und zwanzig Meter breit, auf denen für einheimische oder internationale Produkte geworben wurde. Dazwischen kleinere, schmalere Tafeln für die örtlichen Banken, Radiosender und Lotterien. Gelegentlich tauchte auch Charlie Carvers Gesicht auf, seine starren, ernsten Züge vergrößert und in Schwarzweiß, die Augen starrten den Betrachter direkt an. »Belohnung« stand in großen roten Lettern über dem

Bild, »1 000 000 Dollar« darunter. Links davon, in Schwarz, eine Telefonnummer.

»Wie lange hängt das schon da?«, fragte Max, nachdem sie am ersten vorbei waren.

»Seit zwei Jahren«, sagte Chantale. »Sie werden jeden Monat ausgewechselt, weil sie ausbleichen.«

»Es hat wahrscheinlich ziemlich viele Anrufe gegeben.«

»Früher mal, ja. Aber das ist stark zurückgegangen, seit die Leute begriffen haben, dass sie für erfundene Geschichten kein Geld kriegen.«

»Wie war Charlie?«

»Ich habe ihn nur einmal gesehen, bei den Carvers zu Hause, vor der Invasion. Er war noch ein Baby.«

»Ich nehme an, Mr. Carver hält Geschäft und Privatleben getrennt.«

»Das geht gar nicht in Haiti. Aber er versucht es«, antwortete Chantale und sah ihm in die Augen. Er hatte eine Spur Bitterkeit in ihrer Stimme bemerkt. Sie sprach mit französisch-amerikanischem Akzent, eine unharmonische Paarung, bei der das Französische das Amerikanische über den Haufen warf: geboren und aufgewachsen auf der Insel und in den USA oder Kanada zur Uni gegangen. Definitiv Ende zwanzig, alt genug, um eine Stimme verloren und eine neue gefunden zu haben.

Sie war schön. Er wollte ihren großen Mund küssen, ihre vollen, leicht geöffneten Lippen schmecken. Er schaute aus dem Fenster, um sie nicht anzugaffen oder zu viel von sich preiszugeben.

Nur wenige Leute waren zu Fuß unterwegs: Männer mit Strohhüten in zerrissenen Hemden und Hosen, die kleine Herden erbarmungswürdig magerer, verdreckter brauner Ziegen hüteten, andere zogen Esel mit übervollen Strohkörben auf dem Rücken hinter sich her. Männer und Frauen liefen paarweise oder allein mit Wasserkanistern auf der Schulter die Straße entlang oder balancierten riesige Körbe auf dem Kopf. Alle bewegten sich sehr langsam, alle im gleichen trägen, wiegenden Gang. Irgendwann kam die erste Ortschaft, eine Ansammlung quadratischer, orange oder gelb oder grün gestrichener Hütten mit Wellblechdach. Am Straßenrand saßen Frauen und verkauften braune Süßigkeiten, die auf ihren Tischen zerflossen. In der Nähe spielten nackte Kinder. Ein Mann stand an einem Topf, der über einem Feuer hing, dicke weiße Rauchwolken stiegen in den Himmel. Wilde Hunde schnüffelten auf dem Boden herum. Und über all dem das grelle, weiße Sonnenlicht.

Chantale schaltete das Radio ein. Max erwartete mehr von »*Haïti, Ma Chérie*«, aber stattdessen ertönte der altvertraute krude Maschinenbeat, der allen je produzierten Hip-Hop-Scheiben eigen ist. Eine Coverversion von *Ain't Nobody* – ein Lied, das Sandra geliebt hatte –, ruiniert von einem Rapper, der sich haargenau so anhörte wie die Hälfte der Insassen von Rikers.

»Mögen Sie Musik?«, fragte Chantale.

»Ich mag *Musik*«, entgegnete er und sah sie an.

Sie nickte im Rhythmus mit dem Kopf. »Und zwar? Bruce Springsteen?«, fragte sie und nickte in Richtung seines Tattoos.

Max wusste nicht, was er sagen sollte. Die Wahrheit würde zu lange dauern und zu viele Wege in sein Inneres eröffnen.

»Damals wusste ich es noch nicht besser«, sagte er. »Heutzutage mag ich ruhigere Sachen. Musik für alte Männer. *Ol' Blue Eyes* und so.«

»Sinatra? Das ist echt alt«, sagte sie und musterte sein Gesicht und seinen Brustkorb.

Er sah, wie ihre Augen über sein Hemd nach unten wanderten. Es war Ewigkeiten her, dass er zuletzt geflirtet hatte.

Früher einmal hatte er gewusst, wie man mit Situationen wie dieser spielte. Damals hatte er gewusst, was er wollte. Jetzt war er sich da nicht so sicher.

»Die beliebteste Musik hier heißt *Kompas*. Kompakt. Klingt manchmal wie ein einziges, endlos langes Lied, eine halbe Stunde oder länger, aber in Wahrheit sind es ganz viele kurze Lieder hintereinander. Viele Tempowechsel«, sagte Chantale, die Augen auf die Straße geheftet.

»Wie ein Medley?«

»Genau, ein Medley ... aber nicht ganz. Sie müssen es hören, um es zu verstehen. Der beliebteste Sänger in Haiti ist Sweet Micky.«

»Sweet Micky? Klingt wie ein Clown.«

»Michel Martelly. Eine Art Kreuzung zwischen Bob Marley und Gangsta Rap.«

»Klingt interessant, aber ich kenne ihn nicht.«

»Er spielt ziemlich oft in Miami. Sie kommen doch aus Miami, oder?«

»Auch«, sagte Max und musterte ihr Gesicht, um zu sehen, wie viel sie über ihn wusste. Sie zeigte keine Reaktion.

»Und die Fugees. Die kennen Sie doch, oder?«

»Nein«, sagte Max. »Spielen die *Kompas*?«

Sie brach in lautes Gelächter aus – *dieses* Gelächter. Es hallte in seinem Kopf wider. Er stellte sich vor, wie er mit ihr im Bett war. Er konnte nichts dagegen tun. Acht Jahre, und nur die eigene Hand, um sich Erleichterung zu verschaffen.

Jetzt hatte er ein Problem: einen Ständer. Er warf einen verstohlenen Blick in seinen Schoß. Es war ein riesiger Ständer, ein steinharter Sonnenuhrzeiger. Er spürte ihn durch den Schlitz seiner Shorts ragen und gegen die Hose drücken, wo er ein Zelt errichtet hatte.

»Also ... erzählen Sie mir von den Fugitives?«, sagte er und keuchte fast.

»*Fugees*«, verbesserte sie ihn und erklärte: zwei Männer, eine Frau. Die Männer haitianische Amerikaner, die Frau Afroamerikanerin. Sie machten Hip-Hop-Soul, und ihr neuestes Album, *The Score*, hatte sich weltweit mehrere Millionen Male verkauft. Zu ihren größten Hits gehörten Songs wie *Ready Or Not*, *Fu-Gee-La* und *Killing Me Softly*.

»Das von Roberta Flack?«, fragte Max.

»Genau das.«

»Und die rappen das?«

»Nein, Lauryn singt ganz normal und Wyclef sagt die ganze Zeit ›One time… one time‹ – aber eben zu einem Hip-Hop-Beat.«

»Klingt fürchterlich.«

»Es ist gut, glauben Sie mir«, sagte sie, wie um sich zu rechtfertigen, und zugleich ein klein wenig gönnerhaft, als würde er es ohnehin nicht begreifen. »Lauryn kann wirklich singen. Mal sehen, ob ich's finde, sie sind live im Radio.«

Sie drehte am Suchknopf und sprang von einem Sender zum nächsten. Max hörte Fetzen von Funk, Reggae und Calypso, den Top 40, kreolischen Songs und Hip-Hop, nur die Fugees waren nicht zu finden.

Als sie sich wieder aufrichtete, schaute Max ihr ins Dekolleté und erhaschte einen Blick durch den Spalt zwischen den Blusenknöpfen: weißer Push-up-BH mit spitzenverzierten Cups, über dem sich die kleinen, teakfarbenen Brüste rundeten. Er bemerkte das leise Lächeln in ihren Mundwinkeln, die ganz leicht geblähten Nasenflügel. Sie wusste, dass er sie betrachtete und dass ihm gefiel, was er sah.

»Erzählen Sie mir von sich«, sagte Max. »Was tun Sie so? Wo haben Sie studiert?«

»An der Miami University, Wirtschaft. Hab 1990 meinen Abschluss gemacht und dann ein paar Jahre bei der Citibank gearbeitet.«

»Seit wann sind Sie wieder hier?«
»Seit drei Jahren. Meine Mutter ist krank geworden.«
»Sonst wären Sie in den USA geblieben?«
»Ja. Ich hatte mir da ein Leben aufgebaut«, sagte sie, und hinter ihrem professionellen Lächeln war ein Hauch von Wehmut auszumachen.
»Und was arbeiten Sie für Allain Carver?«
»Ich bin seine persönliche Assistentin. Vielleicht werde ich demnächst ins Marketing versetzt, weil die eine Kreditkarte rausbringen wollen, aber das liegt noch auf Eis, solange es mit der Wirtschaft nicht wieder aufwärts geht. Angeblich sollen da Hilfsgelder aus den USA kommen, aber bis jetzt haben wir noch keinen einzigen Dollar gesehen. Und ich glaube nicht, dass sich daran etwas ändern wird.«
»Sie mögen uns nicht besonders, wie?«
»Ich weiß nicht, was Ihre Landsleute hier zu tun glauben, aber besser macht es die Lage jedenfalls nicht.«
»Es geht doch nichts über einen guten Start«, sagte Max und schaute aus dem Fenster.

Zwanzig Minuten später kamen sie in die erste Stadt, eine staubige Ansammlung rissiger, maroder Gebäude und Straßen, die noch schlechter waren als die bisherigen.
Der Landcruiser verlangsamte die Fahrt, als sie in die Hauptstraße einbogen, die voller Menschen war: Arme in den Kleidern internationaler Wohltätigkeit, die ihnen von Hüften und Schultern rutschten, dicke Hornhaut an den nackten, deformierten Füßen. Alle bewegten sich in einem Trott, der mehr von Gewohnheit denn von Eile oder Zweck diktiert schien. Eine geschlagene Armee, ein zerbrochenes Volk beim langsamen Marsch in eine nicht vorhandene Zukunft. Das hier war Haiti, kaum einen Schritt von der Sklaverei entfernt. Viele schoben grob zusammengeschusterte Kar-

ren aus Holzlatten, Wellblech und alten, sandgefüllten Reifen vor sich her, andere trugen riesige geflochtene Körbe und alte Koffer auf dem Kopf oder den Schultern. Die Tiere mischten sich fröhlich unter die Menschen, sie waren ihresgleichen: schwarze Schweine, hechelnde Hunde, Esel, abgemagerte Ziegen, Kühe mit hervorstehenden Rippen, Hühner. Eine solche Armut hatte Max bisher nur im Fernsehen gesehen, normalerweise in Berichten über ein von einer Hungersnot heimgesuchtes Land in Afrika oder über südamerikanische Slums. Auch in Amerika hatte er Armut gesehen, aber nicht so.

Sein Ständer war verschwunden.

»Das ist Pétionville«, sagte Chantale. »Für die Dauer Ihres Aufenthalts hier Ihr neues Zuhause.«

Sie fuhren einen steilen Berg hinauf, bogen links ab und rollten langsam über eine mit Schlaglöchern übersäte Seitenstraße an hohen, weiß getünchten Häusern vorbei. Am Ende der Straße, wo sie im Bogen wieder hinunter ins Zentrum von Pétionville führte, standen zwei Palmen, die das Tor zu einer Auffahrt flankierten. »Impasse Carver«, Sackgasse Carver, war in schwarzen Buchstaben auf die beiden Stämme gemalt.

Chantale bog in die Auffahrt ein, wo es dunkel war, weil der Weg zu beiden Seiten von Palmen gesäumt wurde, die die hohen Mauern verdeckten. Ihre Blätter verschränkten sich unter dem Himmel, sodass ein grünes, unterwasserartiges Dämmerlicht herrschte, das nur hier und da von scharfen Sonnenstrahlen durchschnitten wurde. Der Straßenbelag war glatt und eben, nach den bisherigen Holperstrecken eine echte Erleichterung.

Max' Haus lag am Ende der Auffahrt. Das Tor stand offen, und Chantale rollte auf den gepflasterten Hof, der ebenfalls von Palmen umstanden war. Dahinter sah Max das Haus, ein einstöckiges, orangefarbenes Gebäude mit spitzem Wellblechdach. Ein halbes Dutzend breite Steinstufen führten auf eine Veranda. An den Hauswänden wuchsen Bougainvilleen und Oleander.

Chantale parkte den Wagen. Kurz darauf kamen die Leibwächter auf den Hof gefahren.

»Die Carvers haben Sie für heute zum Abendessen eingeladen. Man wird Sie gegen acht abholen«, sagte sie.

»Werden Sie auch da sein?«

»Nein, werde ich nicht. Kommen Sie, ich zeige Ihnen das Haus.«

Sie führte ihn herum wie eine Maklerin einen Käufer, der sein erstes Eigenheim erwerben will, sie redete mehr als nötig und geriet über diverse Einbauten und Geräte in regelrechte Verzückung. Das Haus war klein: zwei Schlafzimmer, ein Wohnzimmer, Küche und Bad. Es war blitzblank, die Bodenfliesen frisch gebohnert, der Geruch von Seife und Minze hing in der Luft.

Als sie ihm alles gezeigt hatte, empfahl sie ihm, einen Spaziergang durch den Garten zu machen, und verabschiedete sich mit einem Händedruck und einem Lächeln, die weiterhin durch und durch professionell waren, wobei er glaubte, auch ein oder zwei Grad Wärme darin entdeckt zu haben. Oder missdeutete er die Zeichen? War das nur Wunschdenken, die Fantasien eines Witwers, der seit acht Jahren keinen Sex gehabt hatte und schon bei der kleinsten Berührung einer schönen Frau in Wallung geriet?

9

Die Dunkelheit kam schnell in Haiti. Es war später Nachmittag, noch immer taghell, und im nächsten Moment wurde es dunkel, so plötzlich, als hätte jemand einen Schalter umgelegt.

Max hatte sich im Garten hinter dem Haus umgesehen. Es gab dort einen perfekt angelegten und makellos gepflegten, japanisch angehauchten Steingarten. Ein gepflasterter Fußweg führte durch grünen Grabsteinmarmorsplitt zu einer quadratischen Granitplatte, auf der ein großer runder Tisch mit weißem Metallgeflecht und sechs passende Stühle standen. Auf den Stuhlsitzen lag Staub, genau wie auf der Tischplatte, die in der Mitte rote Wachsflecken aufwies. Er stellte sich vor, wie dort in der Nacht ein Pärchen saß und bei Kerzenlicht Cocktails trank, wie sie sich vielleicht bei den Händen hielten und den Abend genossen. Er dachte an Sandra, der das gefallen hätte. Den Moment genießen, die Zeit voll auskosten und seine Hand halten, als könnte sie damit die Zeit selbst anhalten, die Uhrzeiger mitten in der Bewegung stoppen und diesen einen Moment ganz für sich allein beanspruchen. Er dachte an ihren ersten Hochzeitstag zurück. Sie hatten in dem Haus auf den Keys, das sie gemietet hatten, gegrillten Fisch gegessen. Jeden Tag hatten sie den Sonnenaufgang und den Sonnenuntergang bewundert und am Strand zum Klang der Wellen getanzt. Er fragte sich, was sie von dem, was er von Haiti bisher gesehen hatte, halten würde. Haiti war eines der wenigen Länder, von denen sie nie gesprochen hatte.

Der Garten war umsäumt von jungen Palmen, die vielleicht zwei oder höchstens drei Jahre alt waren, immer noch dünn und biegsam, noch weit entfernt von ihrem eigentlichen Umfang. Eine Reihe Mango-, Orangen- und Limettenbäume markierte die untere Grenze des Grundstücks. Dahinter verlief ein hoher Zaun mit einer Krone aus gerolltem Stacheldraht. Der Zaun stand unter Strom, er gab ein konstantes Summen von sich, wie die ausklingenden Schwingungen einer Stimmgabel. Er wurde von außen und von innen von dichtem grünem Efeu verdeckt. Max ging bis zum Ende des Zauns und stand vor einer sechs Meter hohen, weiß getünchten Mauer, ebenfalls mit einer Krone aus Stacheldraht. Auf dem Boden davor waren Glasscherben ausgestreut, sie lagen halb im Sand vergraben. Er entdeckte eine Lücke im Zaunbewuchs und spähte hindurch. Das Grundstück grenzte auf seiner ganzen Breite an eine Schlucht, deren Kante auf dieser Seite durch eine Böschungsmauer gesichert war. Die gegenüberliegende Seite war eine hohe Wand aus dunkler Erde. Dort wuchsen hohe Bäume, die alle in bedrohlich spitzem Winkel über dem Abgrund hingen. Ihr Wurzelwerk ragte zur Hälfte aus dem Boden und klammerte sich in die leere Luft, als wären die Bäume von einer Lawine entwurzelt worden, die mitten im Abgang plötzlich innegehalten hatte. Unten in der Schlucht stand öliges schwarzes Wasser. Gegenüber sah Max eine Texaco-Tankstelle und eine Art Restaurant.

Die Geräusche der Straße drangen herüber. Jede Stadt hatte ihren ganz eigenen Verkehrslärm. In New York waren es Hupen und Sirenen, Staus und Rettungswagen. In Miami die sanfteren Laute fließenden Verkehrs, Bremsen und quietschende Reifen, die Fehlzündungen der Motorräder und das Wummern der aufgemotzten Limousinen. In Pétionville schepperten die Autos, als würden sie ihre Kotflügel über den holprigen Asphalt hinter sich herschleifen, und die Hupen quäkten wie verstimmte Alt-Saxofone.

Während er noch dastand und in die Welt da draußen starrte, war plötzlich die Nacht hereingebrochen.

Er war dankbar, als er nichts mehr sehen konnte. Die Luft vibrierte vom Gesang der Grillen und Zikaden, in der tintenschwarzen Dunkelheit leuchteten Glühwürmchen – winzige, limettengrüne Funken, die für einen kurzen Augenblick aufflackerten und dann für immer verloschen.

Der Himmel war klar. Max konnte Tausende von Sternen sehen, die über den Himmel ausgegossen schienen, sehr viel näher, als er sie in Amerika je gesehen hatte. Ein glitzernder weißer Sprühnebel, fast zum Greifen nah.

Er ging zurück zum Haus. Plötzlich ließ ein ganz neues Geräusch ihn wie angewurzelt stehen bleiben. Ein leiser, weit entfernter Klang. Er lauschte. Vorbei an den Insekten, dem Straßenverkehr und den Geräuschen der bettelarmen Menschen, die sich auf eine weitere Nacht in ihren elenden Bretterbuden vorbereiteten.

Da war es. Er drehte sich ein wenig nach rechts. Da, es kam von irgendwo oberhalb der Stadt. Ein einzelner Trommelschlag, alle zehn oder zwölf Sekunden: *domm… domm… domm… domm.*

Eine Basstrommel, deren Klang durch das lärmende Chaos der Nacht dröhnte, insistierend und stark, wie der Herzschlag eines Riesen.

Max spürte, wie ihm das Dröhnen in den Körper drang, wie der Rhythmus der einsamen Trommel in seinem Brustkorb widerhallte und ihm ins Herz floss, wie die beiden Rhythmen sich für einen kurzen Moment zu einem vereinten.

10

Die beiden Leibwächter vom Flughafen holten Max zum Abendessen ab. Am Ende der Sackgasse, die vom Grundstück wegführte, bogen sie nach links ab, die steile Straße hinauf, die hoch in die Berge führte. Sie kamen an einer Bar vorbei, deren Name von grellbunten Glühbirnen eingefasst war: La Coupole. Davor standen sechs oder sieben weiße Männer, Bierflaschen in der Hand, die sich mit ein paar einheimischen Frauen in engen kurzen Röcken unterhielten. Max erkannte seine Landsleute auf Anhieb an ihrer Kleidung: Freizeithosen, genau wie seine, und Hemden und T-Shirts im gleichen Schnitt wie die, die er für die Reise eingepackt hatte. GIs nach Feierabend, die Armee der Besatzer, die sich hier vom Geld amerikanischer Steuerzahler betranken. Er nahm sich vor, der Bar nach dem Treffen mit seinem Klienten einen Besuch abzustatten. Die Suche nach Charlie Carver sollte noch in dieser Nacht beginnen.

Das Anwesen der Carvers war zugleich eine Bananenplantage, eine der ertragreichsten in Haiti. Laut einer Fußnote im CIA-Bericht investierte die Familie die jährlichen Einnahmen aus der Ernte in gemeinnützige Projekte, allen voran in die Arche Noah, eine Schule für die ärmsten Kinder der Insel.

Die Carvers lebten in einem imposanten, vierstöckigen Plantagenhaus in Weiß und Pastellblau. Eine breite, geschwungene Freitreppe führte zur hell erleuchteten Eingangstür hinauf. Vor dem Haus eine gepflegte Rasenfläche, in der Mitte ein plätschernder Springbrunnen und ein Salzwasserbecken mit Fischen, am Rand mehrere Parkbänke. Das Ganze war ausgeleuchtet wie ein Footballfeld. Das Flutlicht kam von bemannten Türmen in den umstehenden Bäumen.

Ein Wachmann mit Uzi und einem Dobermann an einer per Knopfdruck zu lösenden Leine kam ihnen entgegen, als sie um die Rasenfläche herum vor die Treppe rollten. Max konnte Hunde nicht ausstehen, hatte sie noch nie leiden können, seit er als Kind von einem gejagt worden war. Die dümmeren merkten das und knurrten und bellten ihn an und fletschten die Zähne. Die gut ausgebildeten übten sich in Geduld und warteten auf das Signal. Dieser hier erinnerte ihn an die Kampfhunde der Polizei, die brav neben ihrem Herrchen standen und sich derweil in Mordgedanken ergingen. Sie waren darauf trainiert, auf die Eier und die Kehle zu gehen – in dieser Reihenfolge.

Ein Hausmädchen führte Max ins Wohnzimmer, wo drei Carvers auf ihn warteten: Allain, ein älterer Herr, von dem Max annahm, dass es Gustav war, und eine blonde Frau, vermutlich Charlies Mutter und Allains Frau.

Allain erhob sich und kam ihm entgegen, seine Lederabsätze klackten über die gewachsten, schwarzweißen Bodenfliesen, die Hand hatte er bereits ausgestreckt. Er trug das gleiche professionelle Lächeln zur Schau, doch abgesehen davon wirkte er auffallend anders als die kühle Kreatur, die Max in New York kennengelernt hatte. Er hatte sich die Pomade aus dem Haar gewaschen und mit der Frisur zugleich mindestens fünf Jahre an Alter und einen Gutteil seiner Noblesse den Abfluss hinuntergespült.

»Willkommen, Max«, sagte er. Sie gaben sich die Hand. »Guten Flug gehabt?«

»Ja, danke.«

»Sind Sie mit Ihrem Haus zufrieden?«

»Alles wunderbar, danke.«

In den braunen Schuhen, den Freizeithosen und dem kurzärmeligen hellblauen Oxford-Hemd, das farblich perfekt zu seinen leidenschaftslosen Augen passte, sah Carver adrett aus wie ein Hotelmanager. Er hatte Sommersprossen auf den dünnen Armen.

»Kommen Sie näher«, sagte Allain und führte Max durch den Raum.

Familie Carver saß um einen langen Couchtisch aus dickem Glas, auf der unteren Ablageplatte fünf sauber angeordnete Stapel Magazine, oben eine Vase mit gelben, rosaund orangefarbenen Lilien. Gustav saß in einem goldbeschlagenen schwarzen Ledersessel, die Frau auf dem dazu passenden Sofa.

Es roch nach Möbelpolitur, Fensterreiniger, Fußbodenwachs und dem gleichen Desinfektionsmittel, das auch in Krankenhausfluren zum Einsatz kam. Außerdem war da ein schwacher Hauch von kaltem Zigarettenrauch.

Max trug den beigen Leinenanzug, den er in der Dadeland Mall bei Saks Fifth Avenue von der Stange gekauft hatte, ein offenes weißes Hemd, schwarze Lederschuhe und seine Beretta an der linken Hüfte. Man hatte ihn nicht durchsucht, bevor man ihn eingelassen hatte. Er nahm sich vor, die Carvers darauf hinzuweisen, sollte er nach Abschluss des Auftrags irgendeine Zuneigung zu ihnen gefasst haben.

»Francesca, meine Frau«, sagte Allain.

Francesca Carver rang sich ein müdes Lächeln ab. Es sah aus, als wären hinter den Kulissen irgendwelche Leute mit aller Kraft bemüht, ihre Mundwinkel hochzukurbeln. Sie gab Max eine kalte, feuchte Hand, die ihn für einen kurzen Moment in seine Zeit als Streifenpolizist mit Joe zurückversetzte, als er gelegentlich mit den Händen in verstopften Toiletten nach Drogen hatte suchen müssen – Scheißhausfingern hatten sie das genannt. Meistens waren sie mit bloßen Händen zu Werke gegangen, weil mal wieder keiner daran gedacht hatte, zur Razzia Handschuhe mitzubringen. Monatealte Fäkalien hatten die gleiche Konsistenz wie kalte, rohe Hamburger – und genau das gleiche Gefühl vermittelte ihm die Hand von Mrs. Carver.

Ihre Blicke trafen sich. Ihre Augen waren von einem hellen, ausgewaschenen Blau, das sich nur ganz leicht vom Weißen abhob, wie der Schatten eines längst vergessenen Tintenflecks auf einer frisch gewaschenen Tischdecke. Sie hatte den Blick eines Streifenpolizisten: misstrauisch und forschend, skeptisch und gereizt.

Francesca war schön, aber auf eine Art, die ihn noch nie angesprochen hatte: eine vornehme, distanzierte Schönheit, die Status, nicht aber Leidenschaft versprach. Zarte, porzellanweiße Haut, perfekt aufeinander abgestimmte Gesichtszüge, nichts größer oder kleiner, als es sein sollte, alles symmetrisch und genau an der richtigen Stelle. Hohe, scharfe Wangenknochen, spitzes Kinn und eine leicht aufwärts zeigende Nase, die perfekte Abschussrampe für einen verächtlichen oder vernichtenden Blick. Manhattan-Dame, Florida-Belle, Palm-Springs-Prinzessin, Bel-Air-Blaublut: Francesca Carver hatte das Gesicht, das in einem Dutzend Country Clubs zu Hause war und die Jahresmitgliedschaft oder sehr gute Beziehungen verlangte, wollte man ihm nahe kommen. Ihr Leben stellte er sich so vor: vierstündige Mittagessen, Blitzdiäten, einmal im Monat zur Darmspülung, Maniküre, Pediküre, Schönheitsbehandlung, Massage und Botox, zweimal die Woche zum Friseur. Eine Gouvernante, ein persönlicher Trainer, ein pro Tag/Woche/Monat festgesetztes Taschengeld und ein endloses Repertoire an Smalltalk. Die perfekte Ergänzung zu Allain Carver.

Aber nicht alles an ihr passte ins Bild, ihre Erscheinung war nicht ohne Brüche und Risse. Vor ihr stand ein großes Glas mit einem ungefähr vierfachen Wodka. Ihr dunkelblondes Haar war zu einem festen, strengen Knoten gebunden, der alle Aufmerksamkeit auf ihr blasses, schmales Gesicht lenkte, auf die dunklen Ringe unter ihren Augen und die Vene an der linken Schläfe, die unter der Haut pulsierte und von einem angespannten, beschleunigten Herzschlag zeugte.

Sie sagte nichts, und ihre Begrüßung blieb wortlos. Max sah ihr an, dass sie nichts von ihm hielt; was seltsam war, weil die meisten Eltern, die ihn engagierten, um nach ihrem vermissten Kind zu suchen, zu ihm aufschauten wie zu einem verhinderten Superhelden.

»Und mein Vater, Gustav Carver.«

»Sehr erfreut, Sie kennenzulernen«, sagte Gustav. Seine Stimme klang heiser, die Stimme eines redseligen, schreienden Rauchers.

Sie gaben sich die Hand. Für einen Mann seines Alters legte der Senior, der schon einen Schlaganfall hinter sich hatte, eine erstaunliche Kraft an den Tag. Sein Händedruck, mit minimaler Anstrengung ausgeführt, war ein Knochenbrecher. Er hatte zwei beeindruckende Pranken von der Größe von Baseballhandschuhen.

Mit dem schweren schwarzen Gehstock mit dem silbernen Knauf, den er über die Armlehnen seines Sessels gelegt hatte, klopfte er auf die Couch zu seiner Linken.

»Setzen Sie sich zu mir, Mr. Mingus«, knurrte er.

Max ließ sich so dicht neben dem alten Mann nieder, dass ihm dessen leichter Geruch nach Menthol in die Nase stieg. Der Vater hatte nicht die geringste Ähnlichkeit mit dem Sohn. Gustav Carver sah aus wie ein Fabelwesen, das gerade zwischen zwei dämonischen Ausbrüchen eine Ruhepause einlegte. Den riesigen Kopf zierte eine mit Brillantine nach hinten gekämmte silberweiße Mähne. Seine Nase war breit, die kräftigen Lippen schnabelförmig, und die kleinen, dunkelbraunen Augen, die unter den schlaffen Augenlidern hervorschauten, glänzten wie frisch geröstete Kaffeebohnen.

»Möchten Sie etwas trinken?«, fragte Gustav, und es war mehr ein Befehl denn eine Einladung.

»Ja, gern«, sagte Max und wollte um ein Wasser bitten, aber Gustav kam ihm zuvor.

»Sie sollten unseren Rum probieren. Ist der beste der Welt. Ich würde mich Ihnen gern anschließen, aber bei mir gab es ein paar Meutereien im Pumpenhaus.« Grinsend schlug er sich auf die Brust. »Trinken Sie einen für mich mit.«

»Barbancourt-Rum?«, fragte Max. »Den gibt es in Miami auch.«

»Aber nicht die Luxus-Variante«, grummelte Gustav. »Die ist nicht für Ausländer. Die verlässt unsere Insel nicht.«

»Ich trinke nicht, Mr. Carver«, sagte Max.

»Sie sehen nicht aus wie ein verzweifelter Alkoholiker«, sagte Gustav und betrachtete ihn eindringlich. Sein Akzent war näher am Englischen als der seines Sohnes.

»Ich habe aufgehört, bevor es so weit kommen konnte.«

»Eine Schande. Unser Rum hätte Ihnen bestimmt zugesagt.«

»Rum war nie meine Sache. Ich war mehr der Bourbon- und Biertrinker.«

»Was kann ich Ihnen dann anbieten?«

»Wasser, bitte.«

»Das ist hier auch ein Luxus-Getränk«, sagte Carver.

Max lachte.

Gustav rief den Diener, der hastig von seinem Platz neben der Tür herüberkam, wo Max ihn beim Hereinkommen nicht bemerkt hatte. Carver bestellte das Wasser mit einer Stimme, die aus seinem Munde schoss wie die Patrone aus einem Pistolenlauf.

Max schaute dem Diener nach, der das Zimmer fluchtartig verließ. Dabei fiel sein Blick auf Allain, der am anderen Ende des Sofas saß, in die Ferne schaute und Däumchen drehte. Er war sich Allains Anwesenheit nicht mehr bewusst gewesen, seit dieser ihm Gustav vorgestellt hatte. Max warf einen verstohlenen Blick zu Francesca auf dem gegenüberliegenden Sofa, die noch immer in der gleichen Haltung dasaß – kerzengerade, die Hände im Schoß gefaltet – und auf die gleiche Art wie ihr Mann in ein anderes Nichts starrte.

Die Rollen in dieser Familie waren klar verteilt. Gustav Carver war der absolute Herr im Haus, ohne Wenn und Aber. Er war der Hauptdarsteller, und alle um ihn herum nur Statisten, eingekaufte Handlanger – auch seine Angehörigen.

Der alte Mann saugte alle Energie und alle Persönlichkeit aus seiner Umgebung in sich auf. Darum wirkte Allain so anders als bei ihrer letzten Begegnung, darum war er vom Majestätischen zum Gewöhnlichen gerutscht, und darum war auch Francesca zu einem schweigenden Anhängsel mutiert, obwohl ihre Augen in die Welt hinausschrien, dass sie alles andere war als das. Gustav war bestimmt ein Vater gewesen, der alle unter sich in Angst und Schrecken versetzte, dachte Max, einer von denen, die jeden verstießen, den sie nicht brechen und verbiegen konnten.

Das Wohnzimmer war riesig. An dreien der vier Wände standen Regale mit Hunderten von Büchern, eine goldgeprägte Sammlung neben der anderen, die Buchrücken zu geschmackvollen Farbblocks in verschiedenen Schattierungen von Grün, Königsblau, Kastanien- und Schokoladenbraun arrangiert, sodass die Möbel davor umso zierlicher wirkten. Er fragte sich, wie viele ihrer Bücher die Carvers tatsächlich gelesen hatten.

Man musste schon ein bestimmter Typ Mensch sein, um in ein Buch eintauchen zu können. Max gehörte nicht dazu. Er bewegte sich lieber, als dass er saß, und das Interesse an erfundenen Geschichten hatte er schon als Kind verloren. Bis zu seiner Haft hatte er nur Zeitung gelesen und die Unterlagen, die mit seinen Fällen zu tun hatten.

Von ihnen beiden war Sandra die Leseratte gewesen – und eine gierige noch dazu.

Der Raum war in ein warmes, goldgelbes Licht getaucht, das von Strahlern in der Decke und hohen Stehlampen in allen vier Ecken kam; es erinnerte an das Licht von Kaminen,

Kerzen und Öllampen. Max bemerkte zwei Brustharnische mit spitzen Helmen, die zu beiden Seiten des Bücherregals zur Rechten aufgestellt waren. An der Wand ihm gegenüber hing zwischen zwei Rundbogenfenstern das große Portrait einer Frau über einem breiten Kaminsims, auf dem zahllose gerahmte Fotos unterschiedlicher Form und Größe standen.

»Ihr Name? Mingus? Ist schwarzamerikanisch, oder?«, fragte Gustav.

»Mein Vater stammt aus New Orleans. Ein gescheiterter Jazzmusiker. Er hat sich umbenannt, bevor er meine Mutter kennenlernte.«

»Nach Charles Mingus?«

»Genau.«

»Der hatte ein Stück namens...«

»*Haitian Fight Song*, ich weiß«, fiel ihm Max ins Wort.

»Handelt von *La Gague* – unseren Hahnenkämpfen«, belehrte ihn Carver.

»Die gibt's in Miami auch...«

»Aber hier sind sie härter – urtümlicher.« Carver grinste breit. Seine Zähne waren sandgelb und an den Wurzeln schwarz.

Max' Blick fiel auf die Vase mit den Lilien. Irgendetwas passte da nicht, irgendetwas biss sich mit der Eleganz des Zimmers.

»Mögen Sie Jazz?«, fragte Carver.

»Ja. Und Sie?«

»Teilweise. Wir haben Mingus hier bei einem Konzert in Port-au-Prince gesehen, im Hotel Olffson. Ist lange her.«

Gustav wurde still und betrachtete das Portrait an der Wand.

»Kommen Sie«, sagte er und hievte sich mit Hilfe seines Gehstocks aus dem Sessel hoch. Max stand auf, um ihm zu helfen, aber Gustav winkte ab. Er war ungefähr genauso groß wie Max, aber er stand leicht gebeugt, und seine Schultern und der Nacken waren sehr viel schmaler.

Carver führte ihn zum Kaminsims.

»Unsere Galerie der Berühmten und Berüchtigten, je nach Sichtweise«, verkündete Carver mit lautem Gelächter, als er mit großer Geste auf den Sims zeigte.

Er war aus Granit, um die Mitte lief ein schmaler goldener Lorbeerkranz, und er war sehr viel tiefer, als Max gedacht hatte, mehr ein Wandvorsprung denn ein Sims. Max ließ den Blick über sämtliche Fotos wandern. Es waren weit über hundert, sie standen fünf Reihen tief, alle in einem anderen Winkel, sodass die Hauptfiguren auf Anhieb zu erkennen waren.

Die Bilderrahmen waren schwarz, und um den Innenrand verlief der gleiche goldene Lorbeerkranz wie um den Kamin. Zuerst sah Max nur unbekannte Gesichter, die ihn in Schwarzweiß, Sepia und Farbe anstarrten: Carvers Vorfahren, alte und noch ältere Männer, die Frauen zumeist jung, alle weiß. Doch dann bemerkte er zwischen den aristokratischen Profilen und den Kameraposen von vorvorgestern Aufnahmen vom jungen Gustav: beim Fischen, beim Krocket in Kniebundhosen, Hochzeitsfotos mit seiner Frau und immer wieder Gustav beim Handschlag mit Berühmtheiten und Ikonen der Zeitgeschichte. Zu denen, die Max erkannte, gehörten JFK, Fidel Castro (die beiden Fotos standen nebeneinander), John Wayne, Marilyn Monroe, Norman Mailer, William Holden, Ann-Margret, Clark Gable, Mick Jagger, Jerry Hall, Truman Capote, John Gielgud, Graham Greene, Richard Burton, Elizabeth Taylor. Auf keinem der Fotos wirkte Carver in der Aura der Stars klein oder unbedeutend. Im Gegenteil, Max empfand seine Präsenz als sehr viel dominanter, als würde eigentlich Carver für *sie* posieren.

Es waren auch zwei Fotos von Sinatra dabei, eines beim

Handschlag mit Carver, auf dem anderen drückte er der vor Ehrfurcht erstarrten Judith Carver einen Kuss auf die Wange.

»Wie fanden Sie ihn? Sinatra?«, fragte Max.

»Eine Kaulquappe, die sich für einen Haifisch hält – und vulgär noch dazu. Keine Klasse«, sagte Carver. »Meine Frau hat ihn vergöttert, deshalb habe ich ihm praktisch alles verziehen. Er schreibt mir immer noch. Oder vielmehr sein Sekretär. Er hat mir seine letzte CD geschickt.«

»*LA Is My Lady*?«

»Nein. *Duets*.«

»Es gibt ein neues Album?«, fragte Max sehr viel aufgeregter, als ihm lieb war. Er hatte nicht daran gedacht, vor seiner Abreise in einen Plattenladen zu gehen. Vor seiner Zeit im Knast hatte er regelmäßig jeden Dienstag und Freitag nach neuen Platten geschaut.

»Sie können sie haben, wenn Sie wollen«, sagte Carver mit einem Lächeln. »Ich hab sie nicht mal aufgemacht.«

»Das kann ich nicht annehmen.«

»Sie können«, sagte Carver und klopfte ihm jovial auf die Schulter, dann schaute er zu dem Portrait hoch.

Max betrachtete es und erkannte in der Frau eine ältere Version der Judith Carver von den Fotos auf dem Kaminsims und, an ihrem fast lippenlosen Gesicht, die Mutter von Allain Carver. Sie saß mit übergeschlagenen Beinen auf einem Stuhl, die Hände übereinander aufs Knie gelegt. Auf einer Säule hinter ihr war die gleiche Vase mit Lilien zu bewundern wie auf dem Couchtisch. Erst da begriff Max, was ihn an den Blumen gestört hatte: Sie waren nicht echt.

»Meine Frau, Judith«, sagte Carver mit einem Nicken.

»Wann ist sie verstorben?«

»Vor fünf Jahren. Krebs«, sagte er und drehte sich zu Max. »Kein Mann sollte seine Frau begraben müssen.«

Max nickte. Von der Seite sah er, wie Gustav die Tränen in die Augen traten und seine Unterlippe bebte, bis er daraufbiss. Er hätte gern etwas Tröstliches oder Aufbauendes gesagt oder getan, aber ihm fehlten die Worte, und er traute seinen Beweggründen nicht.

Zum ersten Mal fiel ihm auf, dass der alte Mann genauso angezogen war wie er: Gustav trug einen beigen Leinenanzug, ein weißes Hemd und polierte schwarze Lederschuhe.

»*Excusez-moi, Monsieur Gustav?*«, ließ sich hinter ihnen der Diener vernehmen. Er hatte das Wasser für Max gebracht: ein hohes Glas mit Eis und einer Zitronenscheibe, das einsam und allein mitten auf einem runden Silbertablett thronte.

Max nahm das Glas und bedankte sich mit einem Nicken und einem Lächeln.

Carver hatte ein Familienfoto in die Hand genommen. Max erkannte, dass es in diesem Wohnzimmer aufgenommen worden war. Carver saß im Sessel, hielt einen Säugling auf dem Arm und strahlte über beide Ohren. Vage erkannte Max in dem Gesicht des Kindes das von Charlie.

»Das war nach der Taufe des kleinen Mannes«, sagte Carver. »Er hat während des ganzen Gottesdienstes nur gefurzt.«

Carver lachte in sich hinein. Max konnte sehen, dass er seinen Enkel liebte. Man sah es an der Art, wie er den Jungen auf dem Foto hielt und wie er sich und den Kleinen jetzt auf diesem Foto betrachtete.

Er reichte Max das Bild und ging am Kaminsims entlang, blieb am Ende stehen und suchte ein kleineres Bild aus der hinteren Reihe heraus. Er verharrte, wo er war, und studierte es.

Max betrachtete das Foto in seiner Hand: Familie Carver um den Patriarchen und dessen Enkelsohn gruppiert. Gustav hatte vier Töchter. Drei kamen nach ihrer Mutter und waren Schönheiten, aus der gleichen Form gegossen wie Francesca, während die letzte klein und dick war und aussah wie eine jüngere Version ihres Vaters in Frauenkleidern. Francesca stand neben ihr, Allain am rechten Ende der Reihe. Es war noch ein Mann auf dem Bild, ungefähr in Allains Alter, aber ein gutes Stück größer und mit kurzem, dunklem Haar. Max vermutete, dass es sich um einen Schwager handelte.

Carver kam zu ihm zurück. Max bemerkte, dass er links leicht hinkte. Er nahm Max das Tauffoto aus der Hand und beugte sich zu ihm vor.

»Ich bin sehr froh, dass Sie den Fall übernommen haben«, sagte er im Flüsterton. »Es ist mir eine Ehre, einen Mann wie Sie hier bei uns zu haben. Einen Mann, der noch Werte und Prinzipien hat.«

»Wie ich Ihrem Sohn schon gesagt habe: Die Sache wird vielleicht kein glückliches Ende finden«, sagte Max ebenfalls flüsternd. Für gewöhnlich versuchte er, seinen Kunden gegenüber neutral zu bleiben, aber er musste zugeben, dass er den alten Mann mochte, trotz allem, was er über ihn gelesen hatte.

»Mr. Mingus ...«

»Sagen Sie Max zu mir, Mr. Carver.«

»Gut, dann Max. Ich bin alt. Ich hatte einen Schlaganfall. Mir bleibt nicht mehr viel Zeit. Ein Jahr, vielleicht mehr, aber nicht viel mehr. Ich will unseren Jungen zurück. Er ist mein einziger Enkel. Ich will ihn noch mal sehen.«

Wieder stiegen Gustav die Tränen in die Augen.

»Ich werde mein Bestes geben, Mr. Carver«, sagte Max, und es war ihm ernst. Auch wenn er sich fast hundertprozentig sicher war, dass Charlie Carver nicht mehr lebte, und ihm schon jetzt davor graute, dem alten Mann die Nachricht überbringen zu müssen.

»Da bin ich ganz sicher«, sagte Carver und sah Max mit Bewunderung in den Augen an.

Max fühlte sich drei Meter groß und hätte sich am liebsten sofort an die Arbeit gemacht. Er würde Charlie Carver finden – wenn nicht seinen Leichnam, dann zumindest seinen Geist und den Ort, den er heimsuchte. Er würde herausfinden, was mit ihm geschehen und wer dafür verantwortlich war. Und er würde herausfinden, warum. Aber dabei würde er es belassen. Unter keinen Umständen würde er Rache üben. Diese Befriedigung würden die Carvers für sich beanspruchen wollen.

Sein Blick fiel auf etwas, das er noch nicht bemerkt hatte, weil es nur aus nächster Nähe zu erkennen war: In die Säulen des Kaminsimses war in goldenen Lettern ein Schriftzug eingemeißelt. Psalm 23, der bekannteste von allen, der mit »*Der Herr ist mein Hirte ...*« anfängt. Hier jedoch war der fünfte Vers zitiert:

Du bereitest vor mir einen Tisch im Angesicht meiner Feinde. Du salbest mein Haupt mit Öl und schenkest mir voll ein.

Ein Dienstmädchen kam in den Raum.

»*Le dîner est servi.*«

»*Merci*, Karine«, sagte Carver. »Abendessen. Ich hoffe, Sie sind mit leerem Magen gekommen.«

Als Max und Carver auf die Tür zugingen, erhoben sich Allain und Francesca von ihren Sitzen und folgten ihnen. Für eine ganze Weile hatte Max vergessen, dass sie noch im Raum waren.

11

Das Abendessen wurde von zwei Dienstmädchen in schwarzer Uniform mit weißer Schürze aufgetragen. Sie waren leise und unaufdringlich, ihre Anwesenheit nicht mehr als ein flüchtiger Schatten an der Schulter. Sie servierten den ersten

Gang: zwei Scheiben Parmaschinken, angerichtet in Form eines Kreuzes, dazu gekühlte Zucker-, Honig-, Galia- und Wassermelonenstücke in Form von Schneckenhäusern, kleinen Quadraten, Sternchen und Dreiecken, die in die Ecken des Kreuzes platziert waren.

Das Esszimmer, das genau wie das Wohnzimmer in Schwarz und Weiß gefliest war, wurde von zwei riesigen Kerzenleuchtern erhellt. In der Mitte stand ein gewaltiger Tisch, der vierundzwanzig Personen Platz bot. An der Wand links ein Portrait von Judith. Gesicht und Oberkörper schwebten über dem Kopfende des Tisches, sodass ihr Abbild den Platz einnahm, an dem sie früher vermutlich in Fleisch und Blut gesessen hatte. Auf dem Tisch drei Vasen mit künstlichen Lilien. Max und die Carvers setzten sich zusammen ans andere Ende. Gustav nahm den Ehrenplatz ein, Francesca saß Allain gegenüber, Max neben ihr.

Max schaute auf sein Gedeck hinab. Er war auf fremdem Terrain gelandet. Mit Förmlichkeiten und Etikette hatte er nicht viel am Hut. Abgesehen von den Restaurants, in die er seine Frau und seine Freundinnen ausgeführt hatte, hatte er so gut wie nie an formelleren Essen teilgenommen, außer vielleicht an den Polizeibällen, die eher wie Studentenpartys waren und meist in wilde Prügeleien und unappetitliche Fleischskulpturwettbewerbe ausarteten.

Während sich Max an dem Schinken abarbeitete, beobachtete er die Carvers. Sie waren noch bei der Melone. Alle aßen schweigend, ohne einander anzusehen. Das Klappern des Bestecks auf Porzellan war das einzige Geräusch in dem riesigen Esszimmer. Gustav schaute nicht von seinem Teller hoch. Max sah, wie die Gabel in seiner Hand zitterte, wenn er sie zum Mund führte. Allain stocherte in seinem Essen herum, als versuchte er, eine fliehende Ameise mit einer Bleistiftspitze zu erledigen. Er führte die Fruchtstücke zu seinem lippenlosen Mund und schnappte danach wie eine Eidechse nach einer Fliege. Francesca hielt das Besteck wie Stricknadeln und schnitt das Obst in winzige Stücke, die sie sich in den Mund steckte, ohne ihn wirklich zu öffnen. Max fiel auf, wie dünn und blass und aderlos ihre Arme waren. Er sah, dass auch sie zitterte, ein nervöser Tremor, Sorgen, die sie innerlich aufwühlten. Er warf einen Blick zu Allain und zurück zu ihr. Keine Chemie. Nichts mehr da. Getrennte Schlafzimmer? Unglückliche Ehe. Stritten sie sich noch, oder war nur noch Schweigen? Es ging nicht nur um den Jungen. Sie waren ein Paar, das zusammenblieb wie zwei Fliegen auf süßem Sirup. Max war sich sicher, dass Carver jemand anderen hatte. Er machte sich zurecht, legte Wert auf sein Äußeres, sah gut aus. Francesca hatte resigniert. Arme Frau.

»Wie lange leben Sie schon in Haiti, Mrs. Carver?«, fragte Max, und seine Stimme hallte durch den Raum. Vater und Sohn sahen erst ihn, dann Francesca an.

»Zu lange«, sagte sie hastig. Es war kaum mehr als ein Flüstern, als wollte sie ihm zu verstehen geben, dass er sie besser nicht ansprechen sollte. Sie drehte nicht den Kopf, um ihn anzusehen, sondern warf ihm nur aus den Augenwinkeln einen kurzen Blick zu.

Mit einem lauten, harten Geräusch schluckte Max ein Stück Schinken hinunter. Es tat in der Kehle weh. Er hatte noch eine Scheibe vor sich, aber er ließ sie liegen.

»Also, Max, erzählen Sie mal, wie war's im Gefängnis?«, bellte Gustav über den Tisch.

»Vater!« Allain schnappte ob der Direktheit und Indiskretion seines Vaters nach Luft.

»Es macht mir nichts aus, darüber zu sprechen«, beruhigte ihn Max. Er hatte damit gerechnet, dass der Senior ihn nach seiner Vergangenheit fragen würde.

»Ich hätte den Garcia-Fall nicht übernehmen sollen«, fing

er an. »Das war alles viel zu nah, zu persönlich. Meine Frau und ich, wir kannten die Familie. Wir waren mit ihnen befreundet. Ursprünglich waren es Freunde meiner Frau, dann auch meine. Wir haben ihre Tochter Manuela manchmal gehütet.«

In diesem Moment sah er sie wieder vor sich. Vier Jahre alt, ihr Gesicht zeigte erste Züge der Erwachsenen. Adlernase, braune Augen, braune Locken, unbesonnenes Lächeln, ununterbrochen plappernd, eine kleine Inka. Sie hatte Sandra geliebt, hatte »Tante« zu ihr gesagt. Manchmal wollte sie bei ihnen übernachten, auch wenn ihre Eltern zu Hause waren.

»Richard und Luisa besaßen alles, wovon die meisten Menschen träumen. Sie waren Millionäre. Seit vielen Jahren hatten sie sich ein Kind gewünscht, aber es hatte immer Komplikationen gegeben. Luisa hatte drei Fehlgeburten, und der Arzt hatte ihr gesagt, sie könne nicht mehr schwanger werden. Als dann Manuela kam, war es für die beiden ein Wunder. Sie haben die Kleine vergöttert.«

Manuela hatte Max nicht besonders gemocht, aber sie hatte die diplomatische Art ihres Vaters geerbt und schon in zartem Alter begriffen, dass man andere nur dann beleidigen durfte, wenn es auch bestimmt keiner mitkriegte. Sie war stets höflich zu ihm gewesen und hatte »Onkel Max« zu ihm gesagt, aber wenn sie glaubte, dass er sie nicht hören konnte, sagte sie nur »Max« oder »der«. Es hatte ihn amüsiert, aus dem Kind die zukünftige Erwachsene sprechen zu hören.

»Sie haben mich engagiert, als die Lösegeldforderung kam. Ich habe ihnen geraten, zur Polizei zu gehen, aber die Erpresser hatten gedroht, die Kleine umzubringen, wenn sie die Polizei einschalteten. Der übliche Scheiß, wie im Fernsehen«, erzählte Max in den Raum hinein. »Traue niemals einem Erpresser, am allerwenigsten, wenn er sagt, du sollst nicht zur

Polizei gehen. Bei denen stellt sich immer raus, dass sie nicht wissen, was sie tun, und in neun von zehn Fällen kommt das Opfer zu Schaden. Das habe ich Richard gesagt, aber er wollte sich trotzdem an ihre Regeln halten.

Er hat mich gebeten, das Lösegeld zu überbringen. Ich sollte es an einer bestimmten Stelle deponieren und dann auf den Anruf der Entführer warten, die mir sagen sollten, wo ich Manuela finden würde. Ich habe die Tasche in der Nähe einer Telefonzelle in Orlando abgestellt. Ein Typ auf einem Motorrad hat sie abgeholt. Er hat mich nicht gesehen. Ich hatte mich auf der anderen Straßenseite versteckt. Ich habe sein Nummernschild gesehen und sein Motorrad, und ich konnte ihn beschreiben.

Der Anruf kam nicht. Ich habe das Nummernschild von einem Freund bei der Polizei abfragen lassen. Es gehörte einem von Richards Angestellten. Ich habe alles aus ihm rausgeholt, was ich wissen musste, und ihn den Bullen übergeben.

Er hat gesagt, Manuela werde in einem Haus in Orlando festgehalten. Ich fuhr hin, aber sie war nicht mehr da«, sagte Max. Er sah, wie Francesca Carver unter dem Tisch ihre Serviette zwirbelte, wieder auseinanderdrehte und erneut mit festem Griff auswrang.

»Der Typ hatte mir die Namen seiner Komplizen genannt. Es waren drei, alle noch Teenager. Siebzehn. Zwei Jungs, ein Mädchen. Schwarze. Alle drei vorbestraft. Das Mädchen war von zu Hause weggelaufen und ging jetzt auf den Strich. Einer der Jungs war der Cousin des Anführers.«

Die Dienstmädchen kamen herein, räumten die Teller ab und füllten Wasser und Saft nach. Allain und Gustav schenkten ihm ihre volle, ungeteilte Aufmerksamkeit. Er spürte, wie sie förmlich an seinen Lippen hingen. Francesca sah ihn nicht an. Die Ader an ihrer Stirn pulsierte.

»Es gab eine Fahndung, erst auf Staats-, dann auf Bundesebene, das FBI hat sich eingeschaltet. Sechs Monate haben sie nach Manuela und ihren Entführern gesucht, vergeblich. Auch ich habe nach ihr gesucht. Richard hat mir eine Million Dollar geboten. Aber ich wollte kein Geld.«

Max erinnerte sich nur zu gut an seine Suche, an die endlosen Meilen auf schwarzweißen Highways und Freeways, Stunden und Tage in verschiedenen Mietwagen, die alle irgendwie kaputt waren: keine Klimaanlage, keine Heizung, der linke Blinker defekt, das Automatikgetriebe zu langsam, kein Radio, das Radio zu laut, Gerüche von Fastfood und Vormietern. Motelzimmer, Fernseher, Flüge. Die Müdigkeit, die legalen Wachmacher, die er mit Kaffee runterspülte, die Anrufe zu Hause, die Telefonate mit den Garcias. Seine Verzweiflung, die immer größer und länger wurde wie die Schatten am Nachmittag oder am frühen Abend. Er erlebte das alles noch einmal, aus der Ferne jetzt und von der Zeit verwässert, aber die Überreste waren noch immer mächtig genug.

»Ich habe viele Schrecklichkeiten gesehen in meinem Leben. Ich habe gesehen, wie Menschen anderen Menschen Dinge antun, die man sich nicht vorstellen kann. Aber dabei ging es mir mehr oder weniger gut. Es gehörte zu meinem Job, war ein Teil des Pakets. Das alles konnte ich am Ende einer jeden Schicht hinter mir lassen, konnte den Dreck abwaschen und ein paar Stunden später wieder eintauchen.

Aber wenn es einen persönlich trifft, wird es hart. Diese paar Stunden Auszeit – der Raum zwischen arbeiten und nicht arbeiten –, die gibt es nicht mehr. Es ist dann kein Job mehr. Man steht da direkt neben den Verwandten, den Vätern und Müttern, den Ehemännern und -frauen, den Freunden und Freundinnen, den Zimmergenossen, den Haustieren – und man fängt ihre Tränen auf.

Wussten Sie, dass einem bei der Ausbildung zum Detective auch die Kunst vermittelt wird, schlechte Nachrichten zu überbringen? Man lernt professionelles Mitgefühl. Irgendein arbeitsloser Hollywood-Schauspiellehrer hat mich unterrichtet. Ich war der Beste in meiner Klasse. Ich konnte regelrecht triefen vor professionellem Mitgefühl, auf Kommando. Ich habe versucht, ein wenig von diesem Mitgefühl auf mich selbst triefen zu lassen. Es hat nicht funktioniert.

Fast ein Jahr nach ihrer Entführung habe ich Manuela Garcia gefunden. In New York. Da war sie seit sechs oder sieben Monaten tot. Sie hatten üble Dinge mit ihr angestellt. Üble Dinge«, sagte Max. Er hielt inne, um nicht weiter ins Detail zu gehen.

Die Dienstmädchen brachten den Hauptgang, haitianische Küche: *Grillot* – gewürfeltes Schweinefleisch in Knoblauch, Pfeffer und Chili gebraten und mit Limonensauce serviert; dazu wahlweise goldbraun gebratene Kochbananenscheiben, *Mais Mouline* – Maismehl – mit einer dicken Soße aus roten Bohnen oder *Riz Djon-Djon*, Reis mit schwarzen Pilzen. Dazu Tomatensalat.

Max hatte keine Ahnung, ob die Carvers auch sonst einheimische Küche aßen oder ob sie das nur ihm zu Ehren taten, um ihn auf der Insel einzuführen. Allzu viel nahmen sie sich jedenfalls nicht. Er tat sich Reis, Kochbanane, *Grillot* und einen guten Schlag Tomatensalat auf, alles auf einen Teller, weil er den Salatteller übersehen hatte. Er bemerkte seinen Fauxpas, als Francesca sich ein paar Tomatenscheiben auf ihren Salatteller und ein einziges Stück *Grillot* auf den großen Teller legte. Er ließ sich davon nicht stören.

Allain Carver nahm das Gleiche wie er. Francesca zerschnitt ihren Fleischwürfel in winzige Stückchen, die sie auf ihrem Teller arrangierte und intensiv anstarrte, als wolle sie ihre Zukunft herauslesen.

Einige Minuten lang wurde schweigend gegessen. Max gab

sich Mühe, nicht zu schlingen. Aber er hatte Hunger, und das Essen war köstlich – das Beste, was er seit über acht Jahren gegessen hatte.

Sein Teller war fast leer, als das Gespräch wieder aufflammte.

»Und was ist dann passiert, Max?«, fragte Gustav.

»Nun«, fing Max an und trank einen großen Schluck Wasser, »wie Sie wissen, gibt es ganze Horden von Seelenklempnern, die ihr Geld damit verdienen, tief ins Hirn derer zu schauen, die sich die widerlichsten Methoden ausdenken, ein anderes menschliches Wesen zu quälen, und die das dann auch durchziehen. Und genau diese neunmalklugen Laberärsche werden vor Gericht von den Rechtsanwälten aufgefahren, um zu erklären, warum ein kranker Spinner zu dem geworden ist, was er ist. Weil er als Kind missbraucht wurde und weil auch seine Eltern schon kranke Spinner waren. Ich kauf den Scheiß niemandem ab. Hab ich noch nie getan. Ich bin davon überzeugt, dass die meisten von uns Gut und Böse voneinander unterscheiden können, und wenn einem als Kind Böses widerfahren ist, sucht man als Erwachsener nach dem Guten. Aber für die meisten Amerikaner ist Therapie wie eine Beichte, und der Seelenklempner ist der Priester. Statt ein paar Ave Marias zu beten, geben sie ihren Eltern die Schuld.«

Gustav Carver lachte und klatschte in die Hände. Allain lächelte verkrampft. Francesca war wieder dazu übergegangen, ihre Serviette zu würgen.

»Es war klar, dass diese Kids davonkommen würden. In New York gibt es keine Todesstrafe. Sie würden die Psychokarte ausspielen und gewinnen. Zwei von denen waren cracksüchtig und schon deshalb nicht voll schuldfähig. Die Hauptschuld hätten sie ihrem Anführer in die Schuhe geschoben, dem Ältesten, der alles geplant hatte: Richards Angestelltem.

Und bei all dem würde Manuela in Vergessenheit geraten, der Prozess würde sich nur noch um die Täter drehen. Die Medien würden sich auf die Sache stürzen und alles zu einer gewaltigen Anklage gegen afroamerikanische Jugendliche verwursten. Sie würden fünfzehn bis zwanzig Jahre kriegen. Im Knast würden sie vergewaltigt werden, ganz sicher. Die Männer würden AIDS kriegen. Vielleicht. Aber auch wenn ihr Leben noch so verkommen und kaputt war, Manuelas würde ungelebt bleiben.

Das Mädchen habe ich zuerst gefunden. War nicht schwer. Sie war auf dem Strich unterwegs, für Crack. Sie hat mich zu den beiden anderen gebracht. Sie hatten sich in Harlem versteckt. Sie haben mich für einen Bullen gehalten. Sie haben alles gestanden, bis ins letzte beschissene Detail. Ich habe mir alles bis zum Ende angehört, um sicherzugehen, dass sie es waren... und dann habe ich sie erschossen.«

»Einfach so?«, fragte Allain mit Entsetzen im Blick.

»Einfach so«, sagte Max.

Er hatte noch nie jemandem so viel über den Garcia-Fall erzählt, aber es fühlte sich richtig an. Er war nicht auf Absolution oder gar Verständnis und Empathie aus. Er wollte einfach nur die Wahrheit loswerden.

Gustav strahlte ihn an. Da war ein Blitzen in seinen Augen, als hätte die Geschichte ihn zugleich angerührt und begeistert.

»Und da haben Sie sich des Totschlags für schuldig bekannt, obwohl Sie diese Jugendlichen vorsätzlich und kaltblütig ermordet haben? Sie haben eine ziemlich milde Strafe gekriegt. Das System, das Sie kritisieren, war gut zu Ihnen«, sagte Gustav.

»Ich hatte einen guten Anwalt«, entgegnete Max. »Und einen sehr guten Seelenklempner.«

Gustav lachte.

Allain fiel mit ein.

»Bravo!«, brüllte Gustav fröhlich, seine Begeisterung hallte in doppelter und dreifacher Ausführung von den Wänden wider und bescherte Max ein kleines, aber hocherfreutes virtuelles Publikum.

Allain sprang von seinem Stuhl auf und stimmte mit ein.

Max war halb amüsiert, halb beschämt, halb wünschte er sich weit weg. Die beiden Carvers waren nicht viel besser als die reaktionären Sicherheitsfanatiker, die ihm im Knast Briefe geschrieben hatten. Jetzt wünschte er, er könnte alles zurücknehmen und ihnen doch lieber den gleichen Blödsinn erzählen, den er den Bullen und seinem Anwalt aufgetischt hatte, über Notwehr mit Tötungsabsicht.

Francesca setzte dem Spaß ein Ende.

»Ich wusste es«, zischte sie und drehte sich mit zornigen Augen zu Max. »Hier geht es überhaupt nicht um Charlie. Es geht um *die*.«

»Francesca, du weißt, dass das nicht stimmt«, sagte Allain in väterlichem Tonfall, als müsse er ein Kind für eine offenkundige Lüge tadeln. Er warf ihr einen gestrengen Nun-reiß-dich-bitte-zusammen-Blick zu, und sie senkte den Kopf.

»Francesca ist verständlicherweise etwas angespannt«, erklärte Allain, zu Max vorgebeugt, ohne sie weiter zu beachten.

»*Angespannt*! Ich bin nicht *angespannt*! Angespannt ist gar kein *Ausdruck*!«, kreischte Francesca. Sie war puterrot geworden, ihre blauen Augen traten hervor und sahen wässriger aus denn je. Die pulsierende Ader an ihrer Schläfe war tiefrot, ein Wurm von der Farbe einer Prellung. Genau wie ihr Mann hatte auch sie einen englischen Akzent. Nur war ihrer durch und durch echt – keine Ostküstenkanten, keine schief klingenden Vokale.

»Sie wissen doch hoffentlich, warum Sie hier sind?«, fragte

sie Max. »Die haben Sie nicht engagiert, um *Charlie* zu finden. Die glauben alle, dass er *tot* ist. Das haben sie von Anfang an geglaubt. Die haben Sie geholt, damit Sie die Entführer finden – denjenigen, der es gewagt hat, sich gegen den allmächtigen, allwissenden, allsehenden und alles besitzenden Carver-Clan zu erheben! Was Sie da gerade erzählt haben, bestätigt das nur. Sie sind kein ›Privatdetektiv‹. Sie sind nichts anderes als ein besserer Auftragskiller.«

Max sah sie an, er fühlte sich abgekanzelt und gedemütigt. Auf eine solche Anschuldigung war er nicht gefasst gewesen.

In gewisser Weise hatte sie recht. Ihm brannten schnell die Sicherungen durch, er handelte impulsiv. Seine Wut konnte schnell die Oberhand gewinnen, und, ja, gelegentlich hatte das seine Urteilsfähigkeit vernebelt. Aber das war damals gewesen, als es noch eine Rolle gespielt hatte, bevor er mit seinen eigenen Werten in Konflikt geraten war.

»Francesca, bitte«, sagte Allain jetzt in eindringlichem Ton.

»Verdammt, Allain«, schrie sie, schleuderte ihre Serviette auf den Tisch und stand mit so viel Schwung auf, dass der Stuhl umkippte. »Du hast versprochen, Charlie zu finden!«

»Das versuchen wir doch«, sagte Allain flehend.

»Mit dem da?« Francesca zeigte auf Max.

»Francesca, bitte setz dich wieder hin«, sagte Allain.

»Du kotzt mich an, Allain, und du auch, Gustav, ihr und eure ganze Familie, ihr kotzt mich an!«

Unter Tränen schleuderte sie Max einen hasserfüllten Blick zu. Die Adern in ihren Augenwinkeln pressten gegen ihre Haut wie lebendige Würmer. Ihre Lippen zitterten vor Wut und Angst. Der Zorn machte sie jünger, sie sah weniger verhärmt, weniger verletzlich aus.

Sie drehte sich um und stürmte aus dem Zimmer. Max sah,

dass sie barfuß ging und über dem linken Fußknöchel eine kleine Tätowierung hatte.

Auf die Explosion folgte Stille, eine gewaltige Leere, die sich über die Szene legte. Die Stille war so vollkommen, im Zimmer war es so ruhig, dass Max draußen den Dobermann über den Kiesweg laufen und die Grillen zirpen hörte.

Allain sah gedemütigt aus. Er war rot angelaufen. Sein Vater hatte sich in seinem Stuhl zurückgelehnt und beobachtete das Unbehagen seines Sohnes mit einem amüsierten Lächeln auf den dicken Lippen.

»Ich muss mich für meine Frau entschuldigen«, sagte Allain zu Max. »Die Sache setzt ihr sehr zu. Uns allen natürlich, aber sie... sie hat es besonders hart getroffen.«

»Ich verstehe«, sagte Max.

Und das tat er. Es gab zwei Arten, wie Eltern mit dem Verlust eines Kindes umgingen: Die einen rechneten mit dem Schlimmsten, die anderen gaben die Hoffnung nicht auf. Erstere schlugen sich wacker, durchlebten ihren Schmerz, legten sich ein dickeres Fell zu, wurden misstrauisch und intolerant. Letztere kamen nie darüber hinweg. Sie zerbrachen. Sie verloren alles, was sie je geliebt und wofür sie gelebt hatten. Die meisten starben jung – Krebs, Alkohol, Drogen. Max konnte die beiden Typen auf den ersten Blick unterscheiden, wenn sie noch auf der Schwelle ihrer ersten Trauer standen, sie noch nicht überschritten hatten. Er hatte sich noch nie geirrt, bis jetzt. Er hatte geglaubt, dass die Carvers damit zurechtkommen würden, dass sie es schaffen würden. Francescas Ausbruch hatte ihn eines Besseren belehrt.

Er steckte sich einen *Grillot* in den Mund.

»Sie war mit Charlie im Auto, als er entführt wurde«, bemerkte Allain.

»Erzählen Sie mir, wie es passiert ist«, sagte Max.

»Es war kurz vor der Invasion der Amerikaner. Francesca ist mit Charlie nach Port-au-Prince gefahren, er musste zum Zahnarzt. Auf dem Weg wurde das Auto von einer aufgebrachten Menschenmenge umringt. Sie haben den Wagen demoliert und Charlie rausgeholt.«

»Was ist mit ihr passiert?«

»Sie hat einen Schlag abgekriegt und wurde bewusstlos. Sie ist mitten auf der Straße wieder aufgewacht.«

»Hatte sie keine Bodyguards?«, fragte Max.

»Doch, den Chauffeur.«

»Nur den?«

»Er war sehr gut.«

»Was ist mit ihm passiert?«

»Wir vermuten, dass er umgebracht wurde«, sagte Allain.

»Sagen Sie«, fragte Max, »war Ihre Frau oft im Fernsehen? Oder in der Zeitung?«

»Nein ... einmal vielleicht, bei einem Empfang für den amerikanischen Botschafter vor ein paar Jahren. Warum?«

»Und Ihr Sohn? War der oft in der Zeitung?«

»Nie. Worauf wollen Sie hinaus, Max?«

»Ihr Fahrer.«

»Was ist mit dem?«

»Wie heißt er überhaupt?«, fragte Max.

»Eddie. Eddie Faustin«, antwortete Allain.

Faustin? Max' Herz setzte einen Schlag aus. Konnte dieser Faustin ein Verwandter von Salazar Faustin vom Saturday Night Barons Club sein? In diese Richtung wollte er lieber nicht denken, noch nicht.

»Könnte der Charlies Entführung geplant haben?«

»Eddie Faustin war zu blöd, sich die Schnürsenkel zu binden, geschweige denn eine Entführung zu planen«, sagte Gustav. »Trotzdem ein guter Mann. Sehr, sehr, sehr loyal. Er würde sich ein Bein ausreißen für einen und nicht mal nach einem Aspirin gegen die Schmerzen fragen. Einmal hat er sich einer Kugel in den Weg geworfen, die für mich bestimmt war, wussten Sie das? Er hat nicht ein Mal geklagt. Eine Woche später war er wieder bei der Arbeit. Er und sein Bruder waren Macoutes, Mitglieder der Miliz. Nicht viele Menschen haben sie gemocht, wegen allem, was sie unter den Duvaliers getan haben, aber alle haben sie gefürchtet.«

Ja: Sie waren es. Max erinnerte sich. *Salazar hatte der haitianischen Geheimpolizei angehört. Da war ihm die Skrupellosigkeit antrainiert worden. Diese Geschichten, die er ihnen beim Verhör erzählt hatte, von Initiationsriten, bei denen sie gegen Pitbulls kämpfen und mit den bloßen Händen einen Menschen totschlagen mussten. Sie waren es. Sie gehörten der gleichen glücklichen Familie an. Behalt das für dich.*

»Vielleicht hatten die Leute es auf ihn abgesehen«, bemerkte Max.

»Daran haben wir auch schon gedacht, aber ihn hätten sie sich jederzeit vornehmen können. Alle Welt wusste, dass er für uns gearbeitet hat. Und alle Welt weiß, wo wir zu finden sind«, sagte Allain.

»Einschließlich der Entführer, richtig? Sind Sie ganz sicher, dass er nicht dahinter steckt oder vielleicht beteiligt war?«, fragte Max an Gustav gewandt.

»Nein, Eddie hat damit nichts zu tun, darauf würde ich mein Leben verwetten«, sagte der alte Mann. »Auch wenn es noch so gut ins Bild passen würde.«

Max vertraute Gustavs Urteil – bis zu einem gewissen Punkt. Zu einer Entführung gehörten viele Zutaten: ein sicheres Versteck, die Planung, das Ausspionieren des Opfers, die Entführung selbst, die Flucht. Nur ein ruhiger, berechnender, methodisch und halbwegs rational denkender Kopf konnte all diese Zutaten so zusammenbringen, dass es funktionierte. Und skrupellos und kaltblütig musste man sein. Gustav Carver gehörte nicht zu den Leuten, die einen so intelligenten Menschen in ihrer Nähe duldeten. Die allermeisten Leibwächter waren hirnlose Gorillas mit sehr guten Reflexen und neun Leben. Und Eddie Faustin musste ganz genauso blöd gewesen sein, wie sein Arbeitgeber behauptete, wenn er eine Woche nach einer Schussverletzung schon wieder zur Arbeit erschienen war.

Wenn Eddie an der Entführung beteiligt gewesen war, dann weil ihn jemand dazu überredet hatte. Die Menschenmenge war wahrscheinlich nur eine Ablenkung gewesen, dazu da, Eddie aus dem Weg zu schaffen und umzubringen, während sich die Entführer mit dem Kind davonmachten. Hatten sie sich unter den Mob gemischt, oder waren sie im Wagen vorgefahren, um sich den Jungen zu schnappen?

Moment mal...

»Wo lag Eddies Leichnam, und wo lag Mrs. Carver?«

»Es gab keine Leiche«, sagte Allain.

»Keine Leiche?«

»Nur eine Blutlache neben dem Auto. Wir glauben, dass es sein Blut war.«

»Blut sieht immer gleich aus. Das könnte von jedem stammen«, sagte Max.

»Das stimmt.«

»Fürs Erste werde ich auch Eddie als vermisst betrachten«, sagte Max. »Wie steht es mit Zeugen? Ihre Frau?«

»Sie erinnert sich nur noch an die Menschenmenge, die den Wagen angegriffen hat, danach weiß sie nichts mehr.«

»Wenn Eddie also noch am Leben ist, dann weiß er, wer Charlie entführt hat.«

»Das ist ein ziemlich großes *Wenn*«, schaltete sich Gustav ein. »Eddie ist tot. Der Mob hat ihn umgebracht, da bin ich ganz sicher.«

Vielleicht, dachte Max, aber mit einem Vielleicht löst man keinen Fall.

»Wie heißt Eddies Bruder?«

»Salazar«, sagte Allain und warf seinem Vater einen Blick zu.

»Der Salazar, den Sie ins Gefängnis gebracht haben, als Sie Solomon Boukman verhafteten«, sagte Gustav wie aufs Stichwort.

»Sie sind gut informiert«, sagte Max. »Ich nehme an, Sie wissen auch, dass die alle hierher abgeschoben wurden.«

»Ja«, sagte Gustav. »Macht Ihnen das Sorgen?«

»Nur, wenn die mich zuerst sehen«, sagte Max.

Einen Augenblick lang herrschte Stille. Gustav lächelte Max an.

»Wir haben jemanden abgestellt, um Sie herumzuführen und für Sie zu dolmetschen«, sagte Allain. »Sie haben sie schon kennengelernt: Chantale.«

»*Chantale*?«, fragte Max.

»Sie wird Ihnen als Assistentin zur Verfügung stehen.«

Gustav grinste breit und zwinkerte Max zu.

»Verstehe«, sagte Max. »Sie sieht mir nicht aus wie jemand, der auf der Straße zu Hause ist.«

»Sie weiß sich durchzusetzen«, sagte Allain.

»O ja!«, lachte Gustav.

Max fragte sich, mit wem von den beiden sie geschlafen hatte. Wahrscheinlich mit Allain, der bis zu den Haarwurzeln rot angelaufen war. Max spürte eine idiotische Eifersucht aufkommen. Carvers Geld und sein Status waren ein Aphrodisiakum. Max versuchte sich Chantale und Allain zusammen vorzustellen, es gelang ihm nicht. Sie passten nicht zusammen. Er verjagte sie aus seinen Gedanken und versuchte, sich auf das Wesentliche zu konzentrieren, sie als Kollegin zu betrachten – als Partnerin, als lebensrettende Maßnahme, genau wie damals bei der Polizei. Ein unschlagbarer Liebestöter, funktionierte immer.

Er aß noch einen *Grillot*, aber das Fleisch war kalt und steinhart geworden. Er hatte noch immer Hunger und aß ein paar Tomaten.

»Mein Sohn hat bisher nicht sehr viel Glück gehabt mit seinen Assistenten«, sagte Gustav.

»Vater!«, hob Allain an.

»Meinst du nicht, du solltest Max erzählen, worauf er sich hier einlässt? Das wäre doch nur fair, oder etwa nicht?«, sagte Gustav.

»Ich habe mich schon mit Clyde Beeson unterhalten, falls Sie das meinen«, sagte Max.

»Ich dachte eher an den unglücklichen Mr. Medd«, bemerkte Gustav.

Allain blickte unbehaglich drein. Er warf seinem Vater einen wütenden Blick zu.

»Wann war der im Einsatz?«, fragte Max.

»Im Januar dieses Jahres«, sagte Allain. »Darwen Medd. Zuvor hatte er einer Spezialeinheit angehört und gegen die Mitglieder eines südamerikanischen Drogenkartells ermittelt. Er ist nicht sehr weit gekommen, bevor er ...«

Allain ließ den Satz in der Luft hängen und wich Max' Blicken aus.

»Medd ist spurlos verschwunden«, sagte Gustav. »Am Tag zuvor hatte er uns mitgeteilt, dass er nach Saut d'Eau fahren wollte, das ist eine Art Lourdes des Voodoo, ein Wasserfall, in dem man sich angeblich von allem Bösen reinigen kann. Es hieß, Charlie sei dort gesehen worden.«

»Und seither haben Sie nie wieder von ihm gehört?«

Allain nickte.

»Wissen Sie, von wem er den Hinweis hatte?«

»Nein.«

»Haben Sie die Spur weiterverfolgt, die vom Wasserfall?«

»Ja. Sie war falsch.«

»Haben Sie Medd eine hohe Vorauszahlung gegeben?«
»Weniger als Ihnen.«
»Und den Flughafen haben Sie überprüft?«
»Und die Häfen und die Grenze – keine Spur von ihm.«
Max schwieg. Es gab immer mehr als die offiziellen Mittel und Wege, aus einem Land auszureisen, und Haiti stellte da sicherlich keine Ausnahme dar. Die Bootsflüchtlinge, die Tag für Tag an der Küste Floridas strandeten, waren der Beweis. Außerdem hätte sich Medd problemlos über die größtenteils unbewachte Grenze in die Dominikanische Republik verziehen können.

Aber wenn er denn noch am Leben war und das Land verlassen hatte, warum so schnell, und warum, ohne Carver Bescheid zu geben?

»Allain, du hast ihm nicht alles gesagt«, grummelte Gustav.

»Vater, ich glaube nicht, dass *das* wichtig ist«, sagte Allain, ohne einen von beiden anzusehen.

»Oh, das ist es durchaus«, sagte Gustav. »Sehen Sie, Max, Medd und Beeson hatten noch einen Vorgänger ...«

»Vater, das spielt nun wirklich keine Rolle«, sagte Allain mit zusammengebissenen Zähnen und grimmigem Blick. Er hatte die Fäuste geballt.

»Emmanuel Michelange«, brüllte Gustav plötzlich mit donnernder Stimme.

»Ist der auch verschwunden?«, fragte Max Allain, um ihn aus dem Orbit seines Vaters zu ziehen und einen weiteren Familienkrach zu verhindern.

Aber Allain wurde von der Frage kalt erwischt, und Panik kroch in seine Augen.

Gustav wollte etwas sagen, aber Max hob den Zeigefinger an die Lippen, um ihn zum Schweigen zu bringen.

Allain bemerkte es nicht. Er war bleich geworden. Seine

Augen waren starr, aber blicklos, in Gedanken hatte er die Gegenwart verlassen und war zurück in die Vergangenheit gewandert. Er kam nicht allzu weit, bis er auf eine schlechte Erinnerung stieß. In den Falten auf seiner Stirn hatte sich Schweiß gebildet.

»Nein, nur ... lediglich Medd ist verschwunden«, sagte Allain mit zittriger Stimme. »Manno – Emmanuel – wurde in Port-au-Prince gefunden.«

»Tot?«, fragte Max.

Allain wollte antworten, aber seine Stimme war so schwach, dass ihm die Worte in der Kehle stecken blieben.

»In zwei Hälften geteilt?«, schlug Max vor.

Allain senkte den Kopf und legte die Stirn auf Daumen und Zeigefinger.

»Was ist passiert, Mr. Carver?«, fragte Max eindringlich, aber ohne die Grenzen der Empathie zu überschreiten.

Allain schüttelte den Kopf. Für Max sah es aus, als sei er kurz davor, in Tränen auszubrechen. Anscheinend war Emmanuel Michelange ein guter Freund gewesen.

»Mr. Carver, bitte«, sagte Max in gleich bleibendem Tonfall und lehnte sich über den Tisch, um ein Gefühl der Nähe zu erzeugen. »Ich weiß, es ist hart für Sie, aber ich muss wissen, was passiert ist.«

Allain schwieg.

Max hörte, wie neben Gustavs Stuhl etwas über den Fußboden geschleift wurde.

»*Sag es ihm!*«, brüllte der Alte vom Kopfende des Tisches.

Max und Allain schauten auf und sahen, wie der alte Mann an seinem Platz stand und den Gehstock hoch in die Luft hob.

Mit einem gewaltigen Krachen ging der Stock auf dem gedeckten Tisch nieder. Gläser und Geschirr zerbarsten, und Splitter und Scherben flogen durch den Raum.

Gustav beugte sich über den Tisch, er schwankte, seine Wut und seine Boshaftigkeit erfüllten den Raum wie Giftgas.

»Tu, was ich dir sage, und *erzähl es ihm*«, sagte Gustav langsam und laut und zielte mit dem erhobenen Stock auf Allain. Max sah rotes Bohnenmus und Reiskörner am Gehstock kleben.

»Nein!«, schrie Allain zurück, stieß sich mit geballten Fäusten vom Tisch ab und starrte seinen Vater wütend an, sein Gesicht schien zu bersten vor Zorn. Max machte sich bereit dazwischenzugehen, sollte der Sohn den Vater angreifen wollen.

Mit provokanter Geste erwiderte Gustav seinen Blick, ein gelassenes Grinsen auf den Wangen.

»Emmanuel Michelange«, sagte Gustav, wischte den Gehstock am Tischtuch sauber und lehnte ihn an seinen Stuhl, »war der einzige *Einheimische*, den wir engagiert haben.« Er würgte das Wort heraus wie einen Knäuel Haare. »Ich war dagegen, dumm und faul, wie die Leute hier sind, aber mein Junior hier hat darauf bestanden. Also haben wir es versucht. Es war ein totaler Reinfall. Der Mann hat ganze zwei Wochen überdauert. Er wurde in Port-au-Prince in seinem Jeep gefunden. Die Reifen und der Motor fehlten, und noch einiges mehr. Emmanuel saß auf dem Fahrersitz. Sie hatten ihm Penis und Hoden sauber abgeschnitten – genauer gesagt, ganz so sauber war es nicht: Sie hatten eine Schere benutzt.«

Max spürte, wie sich die Angst in seinem Magen zusammenballte und Richtung Hoden sickerte.

Beim Sprechen starrte Gustav Allain an. Allain erwiderte seinen Blick, die Fäuste noch immer geballt, aber Max sah jetzt, dass er sie nicht einsetzen würde. Sein Vater hatte das die ganze Zeit gewusst.

»Michelange war an seinen eigenen Genitalien erstickt«,

sagte Gustav. »Der Penis steckte ihm in der Kehle, die Hoden in den Wangen, so ...«

Gustav machte es vor, indem er sich die Zeigefinger in den Mund steckte und die Wangen nach außen drückte. Es sah grotesk aus, aber auch zum Schreien komisch. Dann streckte er seinem Sohn die Zunge raus und ließ sie hin und her zucken. Seine Ähnlichkeit mit einem Monster war jetzt geradezu unheimlich.

»Na ja, davor muss Chantale ja wohl keine Angst haben«, sagte Max.

Gustav brüllte los vor Lachen und schlug mit der Hand auf den Tisch.

»*Na endlich*!«, johlte er. »*Endlich einer mit Mumm*!«

»*Du Dreckschwein*!«, schrie Allain. Max glaubte, es habe ihm gegolten, aber der Sohn starrte noch immer den Vater an. Dann stürmte er aus dem Zimmer.

Wieder senkte sich eine unangenehme Stille über den Raum, ein Vakuum im Vakuum. Max schaute auf seinen halb vollen Teller hinab und wünschte sich weit, weit weg.

Gustav setzte sich und rief die Dienstmädchen. Sie kamen herein und machten um ihn herum sauber, dann räumten sie den Tisch ab.

Auf dem Weg zurück aus der Küche brachte eines der Dienstmädchen das silberne Zigarettenetui, Feuerzeug und Aschenbecher aus dem Wohnzimmer. Gustav sagte etwas, aber so leise, dass sie sich vorbeugen musste, um ihn zu verstehen. Er legte ihr die Hand auf die Schulter, während er mit ihr sprach.

Sie verließ den Raum, und Carver nahm eine filterlose Zigarette aus dem Etui und steckte sie an.

»Vor meinem ersten Schlaganfall habe ich vierzig am Tag geraucht«, sagte Gustav. »Jetzt nur noch die eine – hält die Erinnerung wach. Und Sie?«

»Ich habe aufgehört.«

Gustav nickte lächelnd.

Manche Menschen sind geborene Raucher, und Carver gehörte dazu. Er liebte seine Zigaretten, inhalierte tief und behielt den Rauch lange in den Lungen, um jeden Zug ganz auszukosten, bevor er langsam wieder ausatmete.

»Tut mir leid, dass Sie das alles miterleben mussten. In allen Familien wird gestritten. Das ist manchmal hart, aber gesund. Haben Sie Familie, Mr. Mingus?«

»Nein. Meine Mutter ist tot, und ich habe keine Ahnung, wo mein Vater lebt. Wahrscheinlich ist er auch schon tot. Bestimmt habe ich Cousins und Neffen und alles, aber ich kenne sie nicht.«

»Und die Familie ihrer verstorbenen Frau? Haben Sie Kontakt zu denen?«

»Gelegentlich«, sagte Max.

Gustav nickte.

»Allain war so aufgebracht, weil Emmanuel und er schon von Kindesbeinen an Freunde waren. Ich habe Emmanuel die Schule und das College finanziert. Seine Mutter war Allains Kindermädchen. Er hat sie mehr geliebt als seine eigene Mutter«, sagte Carver. »Wir hier in Haiti haben eine Dienstbotenkultur. Wir nennen unsere Dienstboten *Restavecs*. Das ist Kreolisch für ›bei jemandem bleiben‹, vom französischen *rester*, bleiben, und *avec*, bei oder mit. Sehen Sie, die Dienstboten hier bekommen keinen Lohn. Sie leben bei uns, ›bleiben‹ bei uns. Wir geben ihnen was zum Anziehen und Essen und ein vernünftiges Dach über dem Kopf. Im Gegenzug kochen und putzen sie und machen die Haus- und Gartenarbeit. Das ist feudal, ich weiß.« Lächelnd zeigte Carver seine karamellfarbenen Zähne. »Aber sehen Sie sich um in diesem Land. Achtundneunzig Prozent der Bevölkerung benutzen noch immer zwei Stöcke zum Feuermachen. Habe ich Sie schockiert?«

»Nein«, sagte Max. »Im Gefängnis war es ganz ähnlich. Eine Nuttenkultur. Da konnte man sehen, wie Menschen für eine Packung Kippen ge- und verkauft wurden. Für einen Kassettenrekorder konnte man sich bis ans Ende seiner Tage einen blasen lassen.«

Gustav feixte.

»Ganz so barbarisch ist es hier nicht. Es ist mehr eine Lebensart. Das Servile liegt den Haitianern in den Genen. Es ist sinnlos, die Natur reformieren zu wollen«, sagte Carver. »Ich behandle meine Leute so gut wie möglich. Ich lasse ihre Kinder zur Schule gehen. Viele von denen haben einiges erreicht, sie gehören jetzt einer bescheidenen Mittelschicht an – in den USA natürlich.«

»Und Emmanuel?«

»Er war sehr helle, aber er hatte eine Schwäche für Frauen. Hat ihn immer vom Wichtigen abgelenkt.«

»Seine Mutter war bestimmt sehr stolz auf ihn.«

»Wäre sie sicher gewesen. Sie starb, als er fünfzehn war.«

»Das ist bitter«, sagte Max.

Gustav drückte seine Zigarette im Aschenbecher aus. Das Dienstmädchen kam zurück. Sie brachte eine CD und legte sie vor Max auf den Tisch. Frank Sinatras *Duets*, mit einem persönlichen Autogramm für Gustav in blauer Tinte.

»Vielen Dank«, sagte Max.

»Ich hoffe, sie gefällt Ihnen«, sagte Carver. »In Ihrem Haus müsste es auch einen CD-Spieler geben.«

Sie sahen einander über den Tisch hinweg an. Max mochte den alten Mann, obwohl er Zeuge seiner nicht zu leugnenden Grausamkeit geworden war. Er mochte ihn fast gegen seinen Willen. Gustav hatte eine Grundehrlichkeit an sich, die einen immer wissen ließ, wo man stand.

»Ich würde Ihnen einen Kaffee anbieten, aber ich glaube, ich muss langsam ins Bett«, sagte Carver.

»Kein Problem«, antwortete Max. »Nur noch eins: Was können Sie mir über Vincent Paul erzählen?«

»Über den könnte ich die ganze Nacht reden – auch wenn das meiste Sie nicht interessieren dürfte«, sagte Carver. »Aber ich sage Ihnen so viel: Ich bin überzeugt, dass er hinter Charlies Entführung steckt. Ich glaube nicht nur, dass er es organisiert haben *könnte*, sondern dass er der Einzige ist, der das auch tun würde.«

»Und warum?«

»Er hasst mich. Wie viele andere auch. Ist ein Lebensrisiko.« Carver grinste.

»Ist er verhört worden?«

»Wir sind hier nicht in Amerika«, lachte Carver. »Wer würde es denn wagen, zu ihm zu gehen und mit ihm zu reden? Die mutigsten Männer scheißen sich in die Hose, wenn sie nur den Namen dieses Affen hören.«

»Aber Mr. Carver«, sagte Max, »Sie ... ein Mann in Ihrer Position, Sie hätten doch sicherlich Leute bezahlen können, die ...«

»Die was, Max? Ihn umbringen? Ihn verhaften? Unter welcher Anklage – um in Ihren Worten zu sprechen? Verdacht auf Entführung meines Enkels? Das ist zu wenig. Glauben Sie mir, ich habe alle Möglichkeiten ausgelotet, seiner habhaft zu werden – um ihn zu *verhören*, wie Sie es nennen. Es ist unmöglich. Vincent Paul ist zu groß hier, zu mächtig. Wer diesen Mann ohne Grund verhaftet, riskiert einen Bürgerkrieg. Aber wenn ich Beweise hätte, könnte ich ihn festnehmen lassen. Also bringen Sie mir die Beweise. Und bringen Sie uns den Jungen zurück. Bitte. Ich flehe Sie an.«

12

Zurück im Wagen, auf dem Weg den Berg hinunter Richtung Pétionville, gab Max einen tiefen Seufzer der Erleichterung von sich. Er war froh, aus dem Haus zu sein. Und er hoffte, nie mehr mit den Carvers zu Abend essen zu müssen.

Er hatte gar nicht gemerkt, wie sehr die Anspannung des Abends ihm zugesetzt hatte. Das schweißnasse Hemd klebte ihm am Innenfutter des Jacketts, und hinter seinen Augen bildete sich ein Kopfschmerz, der vom Stress kam. Er musste spazierengehen, frische Luft atmen, allein sein, zur Ruhe kommen – um nachdenken und sich ein Bild machen zu können.

Er ließ sich von den Leibwächtern an der Bar absetzen, die er auf dem Hinweg gesehen hatte. Sie waren nicht sehr erbaut darüber. »Ist nicht sicher«, sagten sie und beharrten darauf, dass sie Anweisung hätten, ihn nach Hause zu bringen. Max spielte mit dem Gedanken, ihnen zu ihrer Beruhigung seine Waffe zu zeigen, doch dann beließ er es dabei zu versichern, dass alles in Ordnung sei und er ja nicht mehr weit vom Haus.

Ohne ein Wort des Abschieds fuhren sie davon. Max sah ihnen nach, ihre Rücklichter verschwanden schneller in der Nacht als ein Penny im Brunnen. Er schaute die Straße hinauf und hinunter, um sich zu orientieren.

Am Fuße der Straße lag das Zentrum von Pétionville, der Kreisverkehr und der Marktplatz, von hellen, orangefarbenen Neonlampen erleuchtet und komplett verlassen. Zwischen ihm und dem Marktplatz herrschte fast vollkommene Dunkelheit, nur hier und da von vereinzelten nackten Glühbirnen über einem Hauseingang oder in einem Fenster, von kleinen Feuern am Straßenrand und ab und an einem Scheinwerfer unterbrochen. Max wusste, dass er einer Seitenstraße bis zum Impasse Carver folgen musste, der ihn zum Haus führen würde. In diesem Moment wurde ihm klar, dass er sich von den Leibwächtern hätte zurückfahren lassen sollen: Nicht nur würde es verdammt schwer sein, in der Dunkelheit das Tor zu finden; schlimmer noch war, dass er nicht mehr wusste, welche Straße zu seinem Haus führte. Er sah mindestens vier, aus denen er wählen konnte.

Er würde den Hügel hinuntergehen und eine Straße nach der anderen ausprobieren müssen, bis er die richtige gefunden hatte. Er erinnerte sich, dass er sich in jüngeren Jahren öfter in solche blöden Situationen hineinmanövriert hatte, immer betrunken und breit, wenn er keine Frau hatte abschleppen können. Er hatte immer heil und sicher nach Hause gefunden. Es würde schon gutgehen.

Aber zuerst brauchte er etwas zu trinken. Nur einen – vielleicht ein Glas von dem Sechs-Sterne-Deluxe Barbancourt, den der alte Carver ihm angeboten hatte. Der würde ihn sicher nach Hause geleiten, würde ihm auf dem Weg beistehen und ihm die Angst nehmen, die sich flüsternd in seinem Kopf zu Wort meldete. Er sah Clyde Beeson in seiner Windel vor sich und fragte sich, was mit Darwen Medd passiert war. Er dachte an Emmanuel Michelange mit seinem abgeschnittenen Schwanz im Mund und überlegte, ob er wohl noch am Leben gewesen war, als man ihm das angetan hatte. Und er dachte an Boukman, der vielleicht irgendwo hier auf dieser Straße hockte, vielleicht an einem der kleinen Feuer, der ihn beobachtete und wartete.

Von außen war das La Coupole ein kleines, hellblau gestrichenes Haus mit verrostetem Wellblechdach, an dessen Dachrinne eine Kette flackernder bunter Glühbirnen hing, genau wie um das Schild, das aus zwei Holzplanken bestand und auf dem in chaotischen weißen Lettern der Name der Bar prangte, halb in Blockbuchstaben, halb in Schreibschrift, manche gerade, manche schief. Die Hauswand wurde von kleinen Scheinwerfern angestrahlt, sodass die Risse im Beton gut zu sehen waren. Die Fenster waren vernagelt. Auf eines der Bretter hatte jemand in Schwarz »La Coupole Welcome US« gesprayt, auf das andere war eine Liste von Getränken und Preisen gepinselt: Es gab Bud, Jack und Coke, sonst nichts.

Von drinnen dröhnte Musik, aber nicht laut genug, dass er mehr als die Bässe hätte hören können. Ansonsten war es totenstill auf der Straße, obwohl ein ganzer Pulk Menschen – alles Einheimische – plaudernd vor der Bar stand.

Ein kahlrasierter Teenager in dreckigem weißem Anzug und ohne Hemd und Schuhe saß auf einem alten Motorrad ohne Schutzbleche. Aus dem Sitz quoll an allen vier Ecken Schaumstoff heraus. Der Jugendliche war umringt von einer Horde kleiner Jungen, ebenfalls kahl, die voller Bewunderung und Respekt zu ihm hochschauten. Es war ein Bild wie aus einer Kirche: Jesus als haitianisches Slumkind in verdrecktem John-Travolta-Disco-Anzug.

Max ging hinein. Die Beleuchtung war schummrig und rostfarben, dennoch konnte er alles erkennen. Der Raum war sehr viel größer, als er erwartet hatte. Es war deutlich zu sehen, wo die Rückwand herausgeschlagen und eine Erweiterung angebaut worden war, weil sich – aus Kostengründen oder Desinteresse – niemand die Mühe gemacht hatte, die Wände einheitlich zu streichen. Ein Drittel des Innenraums war im gleichen Blau gestrichen wie die Außenwände, der Rest war kahle, schmucklose, ungeschliffene graue Steinmauer. Der Fußboden nackter Beton.

An den Wänden standen Holztische und -stühle, in den Ecken kleine Sitzgruppen. Kein Tisch und kein Stuhl glich dem anderen. Es gab hohe runde Tische und niedrige rechteckige, einer war aus vier Schultischen zusammengezimmert, ein anderer war in der Mitte durchgesägt worden und hatte neue Beine bekommen, einer hatte Messing- oder Kupferbeschläge an den Ecken und sah verdächtig nach einer Antiquität aus.

Der Laden war gut gefüllt, hauptsächlich mit weißen Männern. Alles amerikanische und – wie er vermutete – UN-Soldaten nach Dienstschluss. Max erkannte seine Landsleute auf Anhieb. Sie waren doppelt so breit wie ihre multinationalen Kollegen, was teils dem Sport, teils zu vielem Essen und teils den Genen zu verdanken war: dicke Arme, breite Schultern, kleine Köpfe und kein Hals; genau wie er. Selbst die Mehrzahl der anwesenden Frauen war nach dem gleichen Muster gebaut. Sie standen in Gruppen zusammen, erzählten sich Geschichten und Witze, lachten und tranken Bud oder Cola aus der Flasche. Als Max an ihnen vorbeiging, musterten sie ihn unverhohlen von oben bis unten. In seinem Anzug und den glänzend schwarzen Schuhen fiel er auf, er war viel zu gut angezogen für diesen Raum voller Jeans, Shorts, T-Shirts und Turnschuhen.

Er ging zur Theke. Es gab keine Hocker, man musste stehen oder sich anlehnen. An der Wand hinter der Theke stand genau eine Flasche: normaler Barbancourt-Rum, ungeöffnet, das gelbe Papiersiegel noch intakt. Bier und Cola kamen aus dem Kühlschrank.

Der Barmann reagierte überrascht, als Max Rum bestellte. Er holte die Flasche aus dem Regal, öffnete sie und goss etwas mehr als einen Doppelten in einen durchsichtigen Plastikbecher. Er wollte gerade eine Hand voll Eis hineinwerfen, als sich Max an die Warnungen erinnerte, bloß kein Leitungswasser zu trinken, und dankend den Kopf schüttelte. Er zahlte in Dollar. Zwei Dollar, kein Wechselgeld.

Die Musik kam aus einem Hof zur Linken, durch eine Türöffnung ohne Tür. Ein amüsiert aussehender haitianischer DJ stand hinter einem Tisch mit einem CD-Spieler und jagte irgendein grauenerregendes elektronisches Zeug durch die Lautsprecher, zu dem eine androgyne Stimme mit germanischem Akzent »Love« auf »dove« reimte, während vor ihm ein paar Dutzend Friedenshüter tanzten wie Epileptiker auf einer Eisbahn.

Max spürte, dass er beobachtet wurde. Er drehte den Kopf und folgte dem Gefühl mit den Augen in eine dunkle Ecke neben der Bar. Dort saßen zwei haitianische Frauen, lächelten ihn an und winkten ihn zu sich. Prostituierte. Auf der ganzen Welt sahen sie gleich aus. Er spürte ein Reißen in den Lenden, ein Ziehen in den Hoden. Es waren schon immer schwarze und braune Frauen gewesen, die ihm gefielen, ihn anzogen, bei denen er stehen blieb und noch einen zweiten Blick riskierte.

Eine der Nutten kam auf ihn zu, in ihrem zu engen schwarzen Kleid und den hochhackigen silbernen Pumps war sie etwas unsicher auf den Beinen. Er begriff, dass er sie angestarrt hatte, ohne sie zu sehen, während er sich im Geiste seinen Erinnerungen und Fantasien hingegeben hatte. Sie hatten seine Sehnsucht sofort gespürt, seine aufgestaute Lust gerochen. Max sah der Frau in die Augen, und sie blieb wie angewurzelt stehen, ihr Lächeln machte einem Ausdruck der Besorgnis Platz. Er schüttelte den Kopf und schaute weg, zurück zum DJ und zur Tanzfläche.

Er nahm einen Schluck Rum, der überraschend gut war: süß und mild auf der Zunge, sanft zur Kehle. Statt des ungebremsten Hakens in den Magen, den er erwartet hatte, verschaffte er ihm ein wohliges Gefühl. Der erste Alkohol seit über zehn Jahren. Die Umarmung war warm und freundschaftlich.

Eine Sucht blieb einem ein Leben lang erhalten. Man konnte bis ans Ende seiner Tage trocken bleiben, aber der Drang, wieder anzufangen, war immer da, wie ein Schatten, der neben einem herläuft und jederzeit bereit ist, einen aufzufangen, sollte man ins Straucheln geraten. Am besten hörte man auf, solange der Rausch einen noch höher brachte als der Kater wieder runter und der Spaß noch größer war als der Schmerz. So konnte man sich die guten Erinnerungen bewahren und musste nichts bereuen, wie bei Leuten, die man im Urlaub kennenlernt und nie wiedersehen wird.

Max war kein Alkoholiker gewesen, aber nicht mehr weit davon entfernt. Am Ende einer jeden Schicht war er etwas trinken gegangen, egal, wie spät es war. Um sieben oder acht Uhr morgens hatten Joe und er sich die erste offene Bar gesucht und mit Leuten zusammengesessen, die sich auf dem Weg zur Arbeit noch schnell einen genehmigten oder sich nach einer durchzechten Nacht aufs Frühstück vorbereiteten. Immer nur der eine Drink am Morgen – irischer Whiskey, pur, ohne Eis.

Er hatte viel getrunken, wenn er ausgegangen war, aber nie so viel, dass er die Kontrolle verloren hätte. Es hatte ihm geholfen zu vergessen, dass er Bulle war, hatte ihm die verräterische Aura ramponierter Rechtschaffenheit und den Blick des Außenseiters genommen, die Bullen so an sich haben. Der Alkohol hatte ihn durch schwierige zwischenmenschliche Situationen manövriert, passte wunderbar zum Essen und zu einsamen Nächten. Und er hatte ihm geholfen, Frauen ins Bett zu kriegen. Sehr sogar.

Bei seinen Lastern hatte Max nie halbe Sachen gemacht. Er hatte eine Schachtel Marlboro pro Tag geraucht, noch mehr, wenn er trank, und noch mehr, wenn er kurz davor war, einen Fall zu knacken. Mit Joe hatte er außerdem reichlich Joints geraucht, bestes jamaikanisches Gras, das einen stets und verlässlich an einen schöneren Ort versetzte. Joe hatte aufgehört, als er gelesen hatte, dass man von zu viel Gras Psychosen und Brüste kriegen konnte. Max hatte das für Angstmacherei aus der PR-Schmiede des FBI gehalten und unverdrossen weitergemacht.

Sandra hatte ihm geholfen, all das an den Nagel zu hängen: Alkohol, Gras, Zigaretten und seinen Beruf.

Erst dann hatte sie eingewilligt, ihn zu heiraten.

Am Abend vor der Hochzeit hatte er sich mit voller Absicht einen Rückfall erlaubt. Hatte sich eine Flasche Whiskey und eine Schachtel Marlboro gekauft. Mit beidem hatte er schon ein Jahr zuvor Schluss gemacht, aber er wollte sich mit Stil aus seinem alten Leben verabschieden, einen letzten Abend mit den dreien – Zigaretten, Alkohol, Einsamkeit – verbringen.

Er war zum Ocean Drive gefahren und hatte sich an den Strand gesetzt, um sich wieder mit seinen alten Weggefährten anzufreunden. Die Zigarette hatte scheußlich geschmeckt, der Whiskey hatte ihm die Kehle verbrannt, und er war sich vorgekommen wie ein Idiot auf der Suche nach Ärger, da so allein zwischen all den Möchtegerncasanovas, Kleinkriminellen, Strandfetischisten und den schwachköpfigen Touristen, die es darauf anlegten, ausgeraubt zu werden. Er hatte die Zigarette in die Flasche geworfen, den Deckel zugeschraubt, die Flasche ins Meer geschleudert und war wieder gegangen. Er hatte sich eher blöd als befriedigt gefühlt.

Jetzt war die Flasche wieder zu ihm an Land gespült worden.

Keiner in der Bar rauchte. Max leerte sein Glas und bestellte ein zweites.

Der Alkohol nahm ihm die Anspannung, half ihm, zur Ruhe zu kommen und nachzudenken.

Er dachte über die Familie Carver nach. Gustav hatte etwas Furchteinflößendes, aber Bemerkenswertes an sich. Max bewunderte ihn. Der alte Mann war der Herr im Haus, trotz seiner Krankheit. Nach seinem Tod würde man ihm die Zügel aus den kalten Händen wringen müssen.

Allain war von den beiden wahrscheinlich der nettere Mensch. Er hatte sicherlich eine andere Vorstellung vom Geschäft, eine weniger exklusive Art vielleicht. Und obwohl er zu Hause nicht viel zu melden hatte, fehlte es ihm nicht an Mut.

Viel Liebe war da nicht zwischen Vater und Sohn, vielleicht gar keine. Dafür aber Respekt – zumindest auf Allains Seite – und Charlie. Charlie Carver hielt die Familie zusammen, er war das Bindeglied.

Das Gleiche galt für Francesca Carver. Sie verachtete ihn, aber Max konnte sehen, was sie durchgemacht hatte, und hatte Mitgefühl mit ihr, vielleicht sogar Mitleid. Sie wollte raus aus ihrer Ehe, weg von den Carvers und raus aus Haiti. Aber ohne ihren Sohn würde sie nicht gehen – weder konkret noch im übertragenen Sinne –, erst, wenn sie wusste, was mit ihm geschehen war, erst wenn der Fall abgeschlossen war.

Die Carvers waren eine kaputte Familie, aber nicht die schlimmste, die er kannte. Sie standen in der Not zusammen und gaben sich gegenseitig Halt, jeder auf seine Art.

Aller Wahrscheinlichkeit nach war Charlie entführt worden, um dem Alten zu schaden und weniger dem Sohn. Gustav mangelte es vermutlich nicht an Feinden. Und wenn diese Feinde reich waren, dann hatten sie genug Geld und Macht, um eine Entführung in Auftrag zu geben, ohne dass die Leute überhaupt wussten, für wen sie arbeiteten.

Oder doch? Drei Privatdetektive waren schon auf der Bildfläche erschienen und wieder verschwunden – einer tot, der andere vermisst und wahrscheinlich tot, der letzte ein beklagenswertes Wrack. Alle drei waren der Lösung des Falls vermutlich ziemlich nahe gekommen – oder hatten irgendjemanden glauben gemacht, dass es so war.

Beeson musste die Angst gehörig in die Knochen gefahren sein, sonst wäre er zurückgekommen. Einmal hatte er bei einem Auftrag eine Kugel in den Bauch gekriegt und hatte sich sofort wieder an die Arbeit gemacht, sobald er aus dem Krankenhaus entlassen war. Nichts stellte sich zwischen ihn und das Geld.

Aber was war mit Darwen Medd passiert? Wo war er?

Max kippte seinen dritten Rum. Die Leute hielten sich von ihm fern. Zwei Amerikaner plauderten mit den Prostituierten. Sie waren schon bei den Vornamen, aber noch nicht ins Geschäft gekommen. Die Mädchen wirkten desinteressiert. Vermutlich hatten die Soldaten wenig Lust, sich AIDS zu holen, und kein Kondom war dick genug, die Legende vergessen zu machen, dass diese Krankheit in Haiti entstanden war.

Ein Haitianer drückte sich um eine kleine Gruppe Amerikaner herum und hörte aufmerksam ihrer Unterhaltung zu, lauschte auf jedes Wort und plapperte die nach, die er verstand. Wenn einer »*fuck*« oder »*shit*« sagte, einen Markennamen oder den Namen eines Stars fallen ließ, sprach der Haitianer ihm nach, schlug sich auf die Oberschenkel und lachte wie über einen zotigen Witz, oder er nickte und sagte: »*Yes, man*« oder: »*That's right yo!*« in einem Akzent, den er für amerikanisch hielt und der doch eher nach chinesischem Jodeln klang. Hin und wieder schauten die Leute ihn an und lachten, manche nachsichtig, andere eher spöttisch. Ein paar blieben still, sie hatten eine tiefe Abneigung gegen ihr Anhängsel gefasst. Max sah das an ihren Gesichtern und ihrer Haltung, an den schmalen Augen, wenn sie versuchten, ihn nicht anzusehen, wie sie aufstöhnten, wenn er wieder jemandem nachplapperte. Wahrscheinlich wollten sie einfach nur ihre Ruhe haben.

Der Haitianer trug eine Baseballkappe verkehrt herum auf dem Kopf, ein weites T-Shirt mit Stars and Stripes vorn und hinten, tief hängende Jeans und Nike-Turnschuhe. Ein echter Fan seiner Eroberer.

Dann begriff Max, was da wirklich vor sich ging.

Der Haitianer redete mit jemandem, den Max bis dahin nicht gesehen hatte und der in der Mitte der Gruppe stand, von seinen Kollegen verdeckt. Max bemerkte ihn erst, als einer aus dem Kreis zur Theke ging, um Getränke zu holen.

Ein Kerl mit kurzgeschorenem blondem Haar, einer winzigen Nase und dickem Schnauzer. Er machte sich einen Spaß mit dem Haitianer, er tat so, als wolle er ihm Englisch beibringen, in Wirklichkeit aber führte er ihn vor.

Max lauschte.

»Sprich mir nach: ›I‹«, sagte der Kurzgeschorene und hob die Hände wie ein Dirigent.

»*Ei...*«

»*Live...*«

»*Lieef-e...*«

»*In...*«

»*Iiin...*«

»*A...*«

»*Äi...*«

»*Zoo...*«

»*Suuuu...*«

»*Called...*«

»*Kollt...*«

»Nein... *call-dah*...«

»*Koll-de...*«

»Sehr gut... I live in a zoo called Haiti.«

»... *Äyiti?*«

»Was? Ja, ja, – Ahihi, oder wie immer ihr Bimbos dieses Drecklochnennt.« Der Kurzgeschorene lachte, und seine

Kollegen fielen mit ein – bis auf die wenigen Andersdenkenden, von denen einer Max einen hilflos entschuldigenden Blick zuwarf, wie um zu sagen: Mit denen habe ich nichts zu tun, ich kann nichts dafür.

Max hatte wenig Sympathie für ihn und sein anerzogenes Schuldgefühl. Es war der Haitianer, der ihm leid tat. Er bot ein jämmerliches Bild, und das machte ihn wütend. Es erinnerte ihn an die Onkel-Tom-Nummer von Sammy Davis Junior bei den Vegas-Auftritten des Rat Pack, die er auf Video hatte. Während Frank und Dean ihn auf offener Bühne demütigten, ihn vor einem kreischenden und grölenden Publikum mit allen erdenklichen, gerade noch erlaubten rassistischen Schimpfwörtern belegten, schlug sich Sammy auf die Oberschenkel, klatschte in die Hände und riss den Mund auf, als hielte er das alles für einen Spitzenwitz. Seine Augen aber blickten kühl und distanziert, in Gedanken war er ganz woanders, und mit dem weit offenen Mund sah er plötzlich aus, als würde er vor Schmerz und – vor allem – vor Wut heulen. Doch sein Schrei ging im Trommelwirbel und dem brüllenden Gelächter des Publikums unter. Der Haitianer hatte Sammys Platz eingenommen, nur dass es für ihn nicht so schlimm war, weil er wenigstens nicht begriff, was der Kurzgeschorene da mit ihm veranstaltete.

In diesem Augenblick überkam Max zum ersten Mal in seinem Leben für einen kurzen Moment ein Gefühl der Scham, Amerikaner zu sein.

Er drehte sich wieder zur Theke und hielt dem Barmann sein Glas hin, damit er nachfüllte. Er bekam seinen vierten Barbancourt, und der Barmann fragte ihn, wie er ihn fand.

»Super«, sagte Max.

Ein Mann kam zur Theke und gab auf Kreolisch seine Bestellung auf. Er wechselte ein paar Worte mit dem Barmann und brachte ihn zum Lachen.

Dann drehte er sich zu Max und nickte ihm freundlich lächelnd zu.

Max nickte zurück.

»Gerade erst angekommen?«, fragte der Mann.

Max wusste nicht, ob er die Bar oder das Land meinte. Der Rum zeigte Wirkung. Max blickte über den Rand der Nüchternheit in den Abgrund und spielte mit dem Gedanken zu springen.

»Max Mingus, richtig?«, fragte der andere.

Max starrte ihn zu lange an, um noch so tun zu können, als liege eine Verwechslung vor. Er schwieg und wartete ab, was als Nächstes kommen würde.

»Shawn Huxley.« Lächelnd streckte er ihm die Hand hin. Max nahm sie nicht. »Entspannen Sie sich ... ich bin Journalist.«

Anbiedernder Tonfall, anbiederndes Lächeln, anbiedernde Körpersprache: die gekünstelte Aufrichtigkeit einer Schlange in der Rolle eines Gebrauchtwagenhändlers.

»Ich habe einen Informanten am Flughafen, von dem kriege ich jeden Tag eine Liste sämtlicher Ankömmlinge – Mingus, Max, AA147. Kein sehr geläufiger Name.«

Frankoamerikanischer Akzent. Weder Haitianer noch Cajun. Kanadier?

Gut aussehender Mann, fast schon schön: glatte karamellfarbene Haut, orientalische Augen, ein schmaler Schnurrbart auf der Oberlippe, gestylte Frisur, an Stirn und Schläfen sorgfältig in Form gebracht. Er trug Freizeithosen, ein kurzärmeliges weißes Hemd und feste schwarze Schuhe. Er war so groß wie Max, aber nur ein Drittel so breit.

»Sie müssen sich irren«, brummte Max.

»Kommen Sie, ist doch keine große Sache. Ich gebe Ihnen einen aus und erzähle Ihnen von mir.«

»Nein«, sagte Max und drehte sich zur Theke.

»Ich kann mir vorstellen, was Sie von der Presse halten, Max. So wie die Jungs vom *Herald* damals vor dem Prozess in Ihrer Vergangenheit herumgewühlt haben... und Ihrer Frau haben die auch ganz schön zugesetzt...«

Max starrte Huxley wütend an. Er konnte Journalisten nicht ausstehen, hatte sie noch nie leiden können, selbst wenn sie theoretisch Freunde waren und auf seiner Seite standen. Als der Prozess damals in die landesweiten Nachrichten gekommen war, hatten die Medien alles über ihn ans Tageslicht gezerrt, was sie finden konnten, genug, um ihn zwanzig Mal zu begraben. Es war Wasser auf ihre Mühlen gewesen: Einer der höchstdekorierten und renommiertesten Privatdetektive Floridas und als Polizist ein Held habe seine glänzende Karriere den Geständnissen zu verdanken, die er aus Verdächtigen herausgeprügelt hatte, und angeblich Unschuldigen Beweismittel untergeschoben. Zu Dutzenden hatten sie vor seinem Haus campiert. Und hatten nicht genug gekriegt von der Tatsache, dass er mit einer dunkelhäutigen Frau verheiratet war. Weiße Journalisten hatten Sandra gefragt, ob sie seine Putzfrau sei, schwarze Journalisten hatten sie als Verräterin beschimpft, als Aunt Jemima, und ihm eine Plantagenmentalität unterstellt.

»Hören Sie zu, ich habe Ihnen nichts getan, also gehen Sie mir nicht auf die Nerven«, sagte Max laut genug, dass die Umstehenden ihre Gespräche unterbrachen und zu ihnen herüberschauten. »Und wenn Sie noch einmal meine Frau erwähnen, reiße ich Ihnen den Kopf ab und scheiße Ihnen in den Hals, kapiert?«

Huxley nickte wie versteinert. Max hätte die Gelegenheit nutzen können, mit seiner Furchtsamkeit zu spielen, ihn nur so zum Spaß in Angst und Schrecken zu versetzen und so ein klein wenig Rache zu üben, aber er ließ es bleiben. Dieser Kerl – genau wie der Reste der Medienmeute – machte auch nur seinen Job und hoffte auf Beförderung, wie jeder andere auch, der mit etwas Ehrgeiz und ausreichend Skrupellosigkeit geboren worden war, um zur Not auch über Leichen zu gehen. Wäre er ein aufrechter Polizist gewesen, hätte er sich nie etwas zu Schulden kommen lassen und immer streng nach Vorschrift gehandelt, wären die Medien auf seiner Seite gewesen und hätten sich für ihn eingesetzt – und er wäre trotzdem wegen Totschlags verknackt worden. Verloren hätte er so oder so.

Max musste pinkeln. Seit man ihn zum Essen abgeholt hatte, war er nicht mehr zur Toilette gewesen, die Anspannung des Abends hatte ihn von seiner voller werdenden Blase abgelenkt. Er schaute sich in der Bar um, aber er sah keine Tür, durch die regelmäßig Leute verschwanden, geschweige denn ein Hinweisschild. Er fragte den Barmann, der zeigte mit dem Kopf nach rechts zur Wand, an der die beiden Prostituierten standen.

Max ging auf sie zu. Die Frauen richteten sich auf, strichen sich mit blitzschnellen Bewegungen die Kleider glatt und setzten ein offenes, einladendes Lächeln auf. Ihr Blick erinnerte ihn an den von Huxley: sofortige dicke Freundschaft, Vertrauen und Diskretion, alles auf Anfrage zu haben, solange der Preis stimmte – wie ein Handelsvertreter, der mit jedem erfolgreichen Geschäft Stück für Stück seine Seele verkauft. Journalisten und Huren teilten sich das gleiche Bett. *Aufpassen*, dachte er: War er so viel anders? Bei den Leuten, für die er gearbeitet hatte? Wie oft hatte er weggeschaut, während er den Schaden gutzumachen versuchte, den sie angerichtet hatten? Für Geld tun wir alle Sachen, die wir nicht tun wollen. So funktionierte die Welt – früher oder später ließ sich alles und jeder kaufen.

Es gab zwei Waschräume, die Symbole für Mann und Frau waren in Hellblau und Rosa auf die Türen gepinselt, die in Knöchelhöhe über dem schiefen, staubigen Fußboden hingen. Dazwischen befand sich ein kleiner Raum, nur von einem Holzperlenvorhang abgetrennt, darin ein Feldbett mit einem nackten Kissen darauf und eine umgedrehte Bud-Kiste, auf der eine Öllampe stand. Max vermutete, dass dort der Barmann schlief.

Der glänzende schwarze Spülkasten hing ziemlich tief, fast genau vor Max' Gesicht. Die Toilette hatte keine Brille, und in der Schüssel stand kein Wasser, zu sehen war nur ein schwarzes Loch. Er pinkelte und hörte es gurgeln, wo der Strahl ein paar Fuß tiefer auf etwas Nasses, Weiches und Hohles traf. Es roch nach Ammoniak und verwelkten Blumen – der Duft von Kalk und starken Desinfektionsmitteln, die jeden Tag auf die Fäkalien geschüttet wurden.

Max hörte jemanden an der Kabine vorbeigehen, eine Zigarette anzünden und tief inhalieren. Als er herauskam, sah er Shawn Huxley dicht neben der Tür im Gang stehen, mit dem Rücken an die Wand gelehnt, einen Fuß hochgestellt.

»Na, war das spannend? Mir beim Pissen zuzuhören? Haben Sie's auf Band?«, fuhr Max ihn an. Er war betrunken, nicht sehr, aber doch so, dass er sein Gleichgewicht neu justieren musste.

»Sie sind wegen dem Carver-Jungen hier, stimmt's?«, fragte Huxley.

»Und wenn?«, blaffte Max. Er hatte sich dicht vor Huxley aufgebaut und ihm beim Sprechen aus Versehen ins Gesicht gespuckt. Huxley blinzelte, aber er wischte es nicht weg. Max sah einen kleinen Tropfen, der ihm wie eine Perle am Schnurrbart hing, direkt über der Lippe. Wenn er die Zunge rausstreckte, könnte er ihn auffangen.

Max war betrunkener, als er gedacht hatte. Er hatte den Punkt, an dem man noch aufhören und gehen konnte, verpasst, und jetzt gab es kein Zurück mehr. War ihm lange nicht mehr passiert. Wenn er den Leuten schon ins Gesicht spuckte, war es entschieden zu spät.

»Ich kann Ihnen helfen«, sagte Huxley und zog an seiner Zigarette.

»Ich brauche Sie nicht«, entgegnete Max und musterte ihn von oben bis unten. In dem grellen Licht sah er sogar noch schmaler aus, als würde er sich nur von Sellerie, Zigaretten und Wasser ernähren.

»Ich lebe seit fast drei Jahren hier. Bin wenige Monate vor der Invasion hergekommen. Ich kenne mich aus. Ich kenne die Menschen, ich weiß, wie man ihre Schlösser knackt, wie man an sie rankommt.«

»Ich hab da wen Besseres«, grinste Max und dachte an Chantale.

»Mag sein, aber ich glaube, ich bin da an etwas dran, das mit der Entführung zu tun haben könnte.«

»Ja? Und was soll das sein? Und wieso gehen Sie dem nicht nach und holen sich die Belohnung?«, fragte Max.

»Das geht nicht allein«, sagte Huxley, ließ die Zigarette, die er bis zum Filter geraucht hatte, auf den Boden fallen und trat sie aus.

Max konnte nicht davon ausgehen, dass Huxley die Wahrheit sagte. Das war das Elend mit Journalisten. Man konnte ihnen nicht trauen, nie, nie. Die meisten waren geborene Heuchler, hatten mehr Facetten als ein Diamant.

Und überhaupt, warum bot Huxley ihm seine Hilfe an? Journalisten halfen grundsätzlich nie jemand anderem als sich selbst. Was wollte er? Geld, vermutete Max. Der Charlie-Carver-Fall würde in Nordamerika nicht unbedingt auf den Titelseiten landen.

Max beschloss, sich auf Huxley einzulassen – wenn auch unter Vorbehalt. Er war in einem fremden Land, das sich aus dem 20. Jahrhundert zu verabschieden und wieder in graue

Vorzeit zurückzufallen schien. Huxley könnte ihm nützlich sein.

»Haben Sie einen meiner Vorgänger kennengelernt?«, fragte Max.

»Den Kurzen – so einen schmierigen feinen Pinkel.«

»Clyde Beeson?«

»Genau den. Ich hab ihn oft in meinem Hotel gesehen.«

»Welchem Hotel?«

»Olffson – da wohne ich.«

»Was hat er da gemacht?«

»Hat mit den Journalisten rumgehangen, um Informationen aufzuschnappen.«

»Klingt nach Beeson«, murmelte Max. »Und woher wussten Sie, woran er gearbeitet hat?«

»Eines Abends habe ich gehört, wie er an der Theke nach dem Weg zu den Wasserfällen fragte.«

»Welche Wasserfälle?«, unterbrach ihn Max und erinnerte sich an die Geschichte von Medd. »Diese Voodoo-Stätte?«

»Genau. Er meinte, es gäbe da eine Spur. Das war das letzte Mal, dass ich ihn gesehen habe«, sagte Huxley. »Kannten Sie ihn?«

»Er ist Privatdetektiv in Florida, was erwarten Sie?«, entgegnete Max.

Auch Beeson war bei den Wasserfällen. Welcher Spur waren die beiden gefolgt?

»War er ein Freund von Ihnen?«, fragte Huxley.

»Nein, im Gegenteil«, sagte Max. »Ich habe ihm einen Besuch abgestattet, bevor ich hergekommen bin. Er ist ziemlich am Ende, um es milde auszudrücken.«

»Was ist mit ihm passiert?«

»Fragen Sie nicht.«

Huxley sah Max in die Augen und setzte ein zweideutiges Lächeln auf – halb wissend, halb amüsiert –, wie man es so tat, wenn man den Eindruck erwecken wollte, Bescheid zu wissen. Auf den Blödsinn würde Max nicht hereinfallen. Er hatte das gleiche Grinsen auf Lager.

»Hat Beeson Ihnen von Vincent Paul erzählt?«

»Ja, hat er«, sagte Max.

»Vincent Paul, *Le Roi de Cité Soleil*. So nennen die ihn hier, die Reichen, die Angst haben. Nach Ludwig XIV., dem Sonnenkönig. Ist als Beleidigung gemeint.«

»Wieso?«

»Vincent lebt in oder bei Cité Soleil – *Shit City*, wie ich es nenne. Das ist der riesige Slum am Stadtrand von Port-au-Prince, an der Küste. Dagegen nehmen sich eure Problemviertel zu Hause aus wie die Park Avenue. So was wie Cité Soleil gibt's nirgends sonst auf der ganzen Welt. Ich war in Slums in Bombay, in Rio und in Mexico City, die sind im Vergleich dazu das reinste Paradies. Wir reden hier von fast einer halben Million Menschen – das sind beinah zehn Prozent der Bevölkerung –, die auf sechs Quadratmeilen Scheiße und Krankheit hausen. Im wahrsten Sinne des Wortes. Es gibt da sogar einen Kanal, den Boston-Kanal. Der ist voll mit Altöl aus dem Kraftwerk.«

Max hörte aufmerksam zu. Sich auf die vielen Informationen zu konzentrieren hatte ihn etwas nüchterner und klarer gemacht.

»Und Sie meinen, da kann ich Vincent Paul finden?«

»Ja. Es heißt, wer über Cité Soleil herrscht, herrscht über Haiti. Die Menschen dort sind so arm, wenn man denen Nahrung, Kleider und sauberes Wasser verspricht, steinigen die jeden, auf den man nur mit dem Finger zeigt. Manche Leute behaupten, Paul werde vom CIA bezahlt. Wenn die einen Präsidenten absetzen wollen, lassen sie in Cité Soleil Unruhen anzetteln, von Paul.«

»Und glauben Sie das?«

»Um das herauszufinden, müsste man ihn schon selbst fragen, und das tut man nicht. Er spricht mit dir, nicht umgekehrt.«

»Hat er mit Ihnen gesprochen?«

»Vor einer Weile hatte ich mal einen Termin bei ihm, aber er hat sich's anders überlegt.«

»Warum?«

»Hat er nicht gesagt.« Huxley lachte.

»Was wissen Sie über diese Stadt, die er gebaut haben soll?«, fragte Max.

»Nur, dass kein Mensch weiß, wo die ist. Niemand ist je da gewesen.«

»Glauben Sie, dass es sie gibt?«

»Vielleicht, vielleicht auch nicht. In Haiti weiß man nie so genau. Dieses Land lebt von Legenden und Gerüchten, vom Hörensagen und Tratsch. Da kommt die Wahrheit schon mal unter die Räder, und keiner glaubt mehr dran.«

»Denken Sie, dass Vincent Paul etwas mit Charlie Carvers Verschwinden zu tun hat?«, fragte Max.

»Wollen wir uns nicht für morgen oder übermorgen verabreden und uns in Ruhe unterhalten? Vielleicht kommt ja was dabei heraus, vielleicht können wir uns gegenseitig behilflich sein«, sagte Huxley lächelnd. Er trat seine Zigarette aus.

Max begriff, dass Huxley auf diesen Moment hingespielt hatte. Er hatte ihm immer größere Informationsbrocken hingeworfen und ihn immer gieriger gemacht, um dann die Küche zu schließen und die Regeln nach eigenem Gutdünken neu zu schreiben. Er hatte sich austricksen lassen.

»Was ist für Sie drin?«, fragte Max.

»Der Pulitzer-Preis«, grinste Huxley. »Ich arbeite an einem Buch über die Invasion und ihre Folgen – Sie wissen schon, der ganze Scheiß, der nie in der Zeitung steht. Sie können sich nicht vorstellen, was hier los war, und es ist praktisch nie jemand zur Rechenschaft gezogen worden.«

»Zum Beispiel?«

In diesem Moment kam der Kurzgeschorene herein. Er warf Max und Huxley einen Blick zu und zeigte mit einem verächtlichen Grinsen seine wolfsartigen Eckzähne.

»Hallo, Ladys«, sagte er.

Er sah Max angewidert an. Seine graugrünen Augen hätten schön sein können, wären sie nicht so klein und kalt gewesen: eisig schimmernde Stecknadeln in einem Gesicht, das Gehässigkeit ausstrahlte.

Der Kerl ging in den Raum zwischen den Toiletten. Sie hörten, wie er über dem Bett, der Kiste und dem Fußboden seine Blase entleerte. Sie sahen einander an. Max erkannte Verachtung in Huxleys Augen – sie kam aus den tiefsten Tiefen seines Herzens.

Der Soldat war fertig und zog sich im Gehen den Reißverschluss zu. Er warf ihnen noch einen Blick zu und rülpste laut und anhaltend in ihre Richtung.

Max sah ihn an, ließ ihm das passende Maß an Aufmerksamkeit zukommen, ohne ihm direkt in die Augen zu sehen. Die meisten Leute konnte man dazu bringen, wegzugucken, indem man sie glauben machte, dass man nichts zu verlieren hatte. Bei anderen musste man selbst nachgeben, auch wenn man ganz genau wusste, dass man sie fertig machen konnte. Die Kunst lag darin, den passenden Moment abzuwarten und sein Gegenüber richtig einzuschätzen. Und hier lief alles ganz falsch.

Der Kurzgeschorene ging zurück in die Bar.

Huxley holte noch eine Zigarette aus der Schachtel. Er wollte sie anzünden, aber seine Hände zitterten heftiger als bei einem Alkoholiker auf Entzug. Max nahm ihm das Feuerzeug aus der Hand und schnippte es an.

»Über solche Scheiße – Scheiße wie *den da* – schreibe ich«, schimpfte Huxley durch die erste Rauchwolke, und seine Stimme zitterte vor Wut. »Die Scheiß-Amis sollten sich schämen, ein Arschloch wie den in ihrem Namen auf die Menschheit loszulassen.«

Max war ganz seiner Meinung, behielt es aber für sich.

»Sie sind also Haitianer, Shawn?«

Huxley war überrascht.

»Ihnen entgeht aber auch nichts, wie?«

»Ich sehe nur, was vor meiner Nase liegt«, sagte Max, dabei hatte er nur geraten.

»Sie haben recht, ich bin hier geboren. Mit vier wurde ich von einem kanadischen Ehepaar adoptiert, meine Eltern waren beide tot. Bevor ich aufs College ging, haben sie mir von meiner Herkunft erzählt«, erklärte Huxley.

»Das Ganze ist also eine Art *Roots*-Geschichte für Sie?«

»Eher ein ›Der Apfel fällt nicht weit vom Stamm‹. Ich weiß, woher ich komme«, sagte Huxley. »Sagen wir, ich möchte ein bisschen was zurückgeben.«

Der Mann wurde ihm langsam sympathisch, und das lag nicht nur am Rum und ihrer gemeinsamen Abneigung gegen den Kurzgeschorenen. Huxley hatte eine Ehrlichkeit an sich, die in den Medien nicht oft anzutreffen war: Vielleicht war er neu im Spiel und hatte seine Unschuld noch nicht ganz verloren, oder aber er hatte noch gar nicht begriffen, dass es tatsächlich ein Spiel war, und wähnte sich auf einer Mission, der Suche nach der so genannten Wahrheit. Max hatte auch einmal Ideale gehabt – damals, als er bei der Polizei angefangen hatte und noch jung genug gewesen war, den Schwachsinn vom Guten im Menschen zu glauben und dass ein Wandel zum Besseren möglich sei. Er hatte sich für eine Art Superhelden gehalten. Weniger als eine Woche auf Streife, und er war zum extremen Zyniker geworden.

»Wo kann ich Sie erreichen?«, fragte Max.
»Im Hotel Olffson. Ist das berühmteste Hotel in Haiti.«
»Und was soll mir das sagen?«
»Graham Greene hat dort gewohnt.«
»Wer?«
»Mick Jagger auch. Genau genommen wohne ich in dem Zimmer, in dem er *Emotional Rescue* geschrieben hat. Sie sehen nicht sehr beeindruckt aus, Max. Kein Stones-Fan?«
»Sind da auch schon wichtige Leute abgestiegen?«, grinste Max.
»Niemand, den Sie kennen würden«, lachte Huxley und gab ihm seine Visitenkarte mit Namen und Beruf, der Adresse des Hotels und einer Telefonnummer.
Max schob sie in die Jackentasche zu der handsignierten CD von Sinatra, die Carver ihm geschenkt hatte.
»Ich melde mich, sobald ich mich hier zurechtgefunden habe«, versprach Max.
»Bitte tun Sie das«, sagte Huxley.

13

Gegen zwei Uhr verließ Max das La Coupole. Vom Barbancourt war ihm schwindelig, aber es war ein angenehmer Schwindel. Seit jeher hatte der Alkohol ihn damit gelockt, ihn an einen besseren Ort zu befördern. Und hatte letztendlich doch nur sein Steuersystem außer Kraft gesetzt und ihn auf halbem Wege liegen lassen, um ihm einen Geschmack vom unvermeidlichen Absturz zu vermitteln. Aber diese Betrunkenheit war anders, eher wie ein Opiumrausch. Er hatte ein Lächeln auf dem Gesicht und dieses wunderbare Gefühl im Herzen, dass alles gut wird und die Welt doch gar nicht so schlecht ist. Wirklich gutes Zeug, dieser Rum.

Dunkle Telegrafenmasten ragten mit einer leichten Vorwärtsneigung in Richtung des hell erleuchteten Zentrums von Pétionville aus dem Asphalt. Die Kabel hingen so tief und so lose, dass Max sie hätte anfassen können, wenn er gewollt hätte. Er ging mitten auf der Straße, spürte seine eigenen Schritte kaum und stemmte sich gegen die Erdanziehungskraft, die ihn vornüber aufs Gesicht zu werfen drohte, nach hinten. Hinter ihm kamen ein paar Leute aus der Bar, Gesprächsfetzen und Gelächter waren zu hören und versiegten in der tiefen Stille vor ihm zu einem Raunen. Ein paar Amerikaner testeten die Stille mit einem einzelnen Schrei oder Bellen oder Miauen, aber die Nacht saugte jeden Laut in sich auf und verwandelte ihn in noch mehr Schweigen.

Max hatte keine Ahnung, welche Straße er nehmen musste. Er konnte sich nicht erinnern, wie viele Seitenstraßen er auf dem Weg hinauf passiert hatte, bevor ihm die Bar ins Auge gefallen war. Es war nicht ganz weit vom Zentrum entfernt, aber auch nicht ganz dicht dran, irgendwo in der Mitte. Er kam zu einer Kreuzung und warf einen Blick in die Querstraße, aber es war nicht die richtige. Links stand ein Supermarkt und rechts eine Mauer mit Graffiti. Vielleicht die nächste. Oder die danach. Oder davor. Irgendwann zwischen den vier oder fünf Rum, die sie noch zusammen getrunken hatten, hatte er Huxley danach fragen wollen, aber er hatte es vergessen. Als er dann irgendwann nicht mehr wusste, wie viele Rum er schon intus hatte, war es ihm egal gewesen. Der Barbancourt hatte ihm eingeflüstert, er werde den Heimweg schon finden, *null Problemo*. Er ging weiter.

Langsam drückten ihn die Schuhe und schubberten ihm die Haut von den Fersen. Er wurde wütend auf die schicken neuen Ledertreter, die er in der Dadeland Mall bei Saks Fifth Avenue gekauft hatte. Er hätte sie vorher einlaufen sollen. Das Klappern der Absätze auf dem Asphalt ging ihm auf die

Nerven. Es hörte sich an wie ein junges Pferd mit den allerersten Hufeisen.

Und dann diese Trommeln – sie waren nicht näher als früher am Abend, aber klarer. Die Schläge regneten von den Bergen herab wie rostiges Besteck, eine ganze Batterie Snaredrums, Tomtoms, Basstrommeln und Becken. Die Rhythmen hatten etwas Zerrissenes. Sie drangen ihm direkt in den betrunkenen Teil seines Gehirns, den Teil, auf dem er bei seinem Rückfall aufgeschlagen war und der am nächsten Morgen verdammt wehtun würde.

Jemand zog ihn am linken Ärmel.

»Blan, blan.«

Eine Kinderstimme, heiser, fast brüchig, ein Junge.

Max schaute nach rechts und links und sah niemanden. Er drehte sich um und sah die Straße hinauf. In der Ferne die Lichter der Bar und Leute, sonst nichts.

»Blan, *blan*.«

Hinter ihm, in der anderen Richtung, bergabwärts. Langsam drehte Max sich um.

Sein Gehirn lief auf Friedhofsschicht, es dauerte seine Zeit, bis die Groschen gefallen waren, bis er alles aufgenommen und verarbeitet hatte. Vor seinen Augen tanzte alles in Wellen, als läge er am Grunde eines tiefen Sees und sähe Kieselsteine durch die Oberfläche nach unten fallen.

In der Dunkelheit war der Junge kaum zu erkennen, nur eine schwache Silhouette vor dem orangefarbenen Neonlicht.

»Ja?«, sagte Max.

»Ban moins dollah!«, rief der Junge.

»Was?«

»*Kob*, ban moins ti kob!«

»Bist du ... verletzt?«, fragte Max, als er für einen kurzen Augenblick wieder in den alten Polizisten-Modus verfiel.

Der Junge trat auf ihn zu. Er hatte die Hand ausgestreckt.
»Dollah! Ban moins dollaaarrggh!«, brüllte er.
Max hielt sich die Ohren zu. Der kleine Scheißer hatte ein ganz schönes Organ.
Dollah? Geld. Er wollte Geld.
»No dinero«, sagte Max und hielt dem Jungen die leeren Handflächen hin. »Kein Geld.«
»Ban moins dollah donc«, jaulte der Junge, und Max spürte seinen heißen Atem auf den offenen Handflächen.
»Nix Dollar. Nix Peso, nicht ein verdammter Cent«, sagte Max und ging weiter.
Der Junge folgte ihm. Max legte einen Schritt zu. Der Junge blieb ihm auf den Fersen und schrie immer lauter hinter ihm her.
»*Blan! Blan!*«
Max drehte sich nicht um. Er hörte die Schritte des Jungen hinter sich, weiche Fußtritte, die das Klappern seiner Absätze nur noch betonten. Der Kleine war barfuß.
Er ging schneller. Der Junge blieb dicht hinter ihm.
Er kam zu einer Kreuzung, die ihm bekannt vorkam, und blieb abrupt stehen. Der Junge rannte ihm von hinten gegen die Beine und schubste ihn nach vorn. Max machte zwei Schritte vorwärts, verlor das Gleichgewicht und die Orientierung. Mit ein paar verzweifelten Schritten versuchte er, sich wieder zu fangen, doch plötzlich traf sein Fuß auf leeren Raum, wo eigentlich Straße sein sollte. Sein Bein sackte tiefer und tiefer und tiefer, bis der Fuß endlich in einer Pfütze aufkam. Doch da war er schon zu weit vornüber gekippt. Er schlug lang hin und schrammte sich das Kinn auf. Er hörte, wie etwas abwärts über die Straße schlitterte.
Ein paar Sekunden lang blieb er reglos liegen und versuchte den Schaden abzuschätzen. Die Beine unverletzt. Kein richtiger Schmerz. Oberkörper und Kinn taten nicht weh, nicht

sehr. Irgendetwas war da, eine Ahnung von Schmerz, die ihm von jenseits einer Milchglasscheibe zuwinkte, aber es war nicht mehr als ein buckliger Schatten in einem noch immer schönen, seidigen Nebel. In den Tagen vor Erfindung der Vollnarkose hatte man den Leuten vor einer Amputation vermutlich eine Barbancourt-Kommunion verabreicht.

Der Junge lachte, es hörte sich an wie ein Frosch.

»Blan sa sou! Blan sa sou!«

Max hatte keine Ahnung, was er da redete. Er stand auf, zog sein Bein aus dem Schlagloch und drehte sich um, dem Berg zugewendet. Er war stinksauer. Im Brustkorb verspürte er einen stechenden Schmerz. Der Zauber des Rums war gebrochen, und sämtliche Albträume brachen wieder über ihn herein. Sein halbes Hosenbein hatte sich mit einem Cocktail aus Pisse, Altöl und gut abgestandenem Abwasser vollgesogen.

»Verpiss dich!«, brüllte er.

Aber der Junge war nicht mehr zu sehen. Er war verschwunden. An seiner Stelle standen nun ungefähr ein Dutzend Straßenjungen vor ihm, keiner größer als ein Zehnjähriger. Er sah nur die Umrisse ihrer Köpfe und ihre Zähne, sofern sie welche hatten und sie zeigten, und das Weiße ihrer Augen. Sie waren nicht groß, reichten ihm höchstens bis an die Schulter. Er konnte sie riechen: kalter Holzqualm, gekochtes Gemüse, Erde, Alkohol, Schweiß, Verfall. Er spürte ihre Blicke in der Dunkelheit.

An diesem Straßenabschnitt standen keine Laternen, kein Auto fuhr den Berg hinauf oder herab. Die Lichter der Bar waren nur noch Stecknadeln in der Ferne. Wie weit war er gelaufen? Er warf einen kurzen Blick in die Straße zu seiner Linken. In zwei Reihen hatten sich die Jungen quer über der Straße aufgebaut und versperrten ihm den Weg. Dabei war er nicht einmal sicher, ob das überhaupt die Straße war, in die er wollte. Er musste noch einmal zurückgehen, vielleicht bis zur Bar, und von vorn anfangen. Vielleicht diesmal nach dem Weg fragen.

Er tat ein paar Schritte nach vorn und blieb stehen. Sein Schuh war im Schlagloch stecken geblieben. Er schaute nach unten, aber er konnte das Loch nicht mehr sehen. Er tastete mit dem Fußballen die Straße ab, aber er spürte nur festen Asphalt.

Die Trommeln waren plötzlich verstummt, als hätten die Spieler mitbekommen, was hier vor sich ging, und wären aufgestanden, um zu gaffen. Max hatte ein Gefühl, als wäre er taub geworden.

Er zog auch den zweiten Schuh aus, steckte ihn in die Jackentasche und ging los, den Hügel hoch. Und blieb wieder stehen. Da waren mehr Kinder, als er gedacht hatte. Sie hatten sich quer über die ganze Straße aufgestellt. Er stand direkt vor ihnen, so dicht, dass er nichts anderes mehr einatmete als ihren gossenfrischen Gestank. Er wollte gerade etwas sagen, als er hinter sich leises Flüstern hörte, das in der Luft verdampfte wie Regentropfen auf einem heißen Blechdach.

Als er sich umdrehte, war da ein zweiter Kordon, der ihm den Weg nach unten verstellte. Jetzt sah er auch die Gestalten, die aus Pétionville heraufkamen. Noch mehr Kinder. Alle trugen etwas in der Hand, Stöcke anscheinend, große Stöcke, Knüppel.

Sie kamen seinetwegen. Sie kamen, um ihn zu töten.

Zu seiner Linken hörte er einen Stein herunterfallen und über die Straße rollen. Das Flüstern nahm einen vorwurfsvollen Tonfall an, es kam aus nur einer Richtung. Er folgte ihm mit den Augen bis zur Tür eines verlassenen Gebäudes. Er sah genauer hin, versuchte die Dunkelheit zu durchdringen. Er erkannte, dass da Steine herausgereicht und von einem zum anderen in einer Kette weitergegeben wurden. Die Hälfte der Kinder hatte schon einen Stein in der Hand.

Wenn alle bewaffnet waren, vermutete er, würden sie einen Steinhagel auf ihn niederregnen lassen. Dann würden die anderen mit ihren Knüppeln den letzten Rest Leben aus ihm herausprügeln.

Sein Mund wurde trocken. Er wusste nicht, was er tun sollte. Er konnte nicht mehr denken. Er wurde einfach nicht nüchtern.

Dann machte der Rum sich wieder bemerkbar. Plötzlich fühlte sich sein Körper wieder gut an, das Pulsieren im Kinn ließ nach, sein Kopf war wieder ganz leicht. Er war mutig und unbesiegbar.

Alles halb so wild. Er hatte schon Schlimmeres erlebt. Er konnte ihre Reihen durchbrechen. Warum nicht den Versuch wagen? Was hatte er zu verlieren?

Er trat ein paar Schritte zurück und straffte die Schultern, um die Kinder niederzuwalzen. Hinter sich konnte er sie hören. Er drehte sich nicht um. Konnten sie sehen, was er da tat? Wahrscheinlich. Diese Jungen lebten im Dunkeln. Wussten sie, was er vorhatte?

Drei oder vier konnte er über den Haufen rennen. Sie würden ihn mit Steinen eindecken, aber wenn er seinen Kopf mit den Armen schützte und rannte, so schnell er konnte, würde er dem schlimmsten Sperrfeuer entgehen.

Bergauf, betrunken, nicht mehr ganz so jung. Was dachte er sich eigentlich?

Sie würden ihn verfolgen, und er hatte keine Ahnung, welche Straße er nehmen musste. Aber darüber würde er sich später Gedanken machen.

Wie viele waren es überhaupt?

Hundert. Locker. Er war ein toter Mann.

Der Rumrausch verließ ihn wieder. Und auch der Optimismus verabschiedete sich.

Die Trommel setzte wieder ein – nur die eine, im gleichen

eindringlichen, langsamen Rhythmus, den er schon früher am Abend in seinem Garten gehört hatte. Diesmal klang es wie Bomben, die in der Ferne über einer Ortschaft niedergingen, oder ein Rammbock, der gegen die Tore einer Stadt donnerte. Der Rhythmus ging ihm nicht ins Herz, sondern direkt in die Ohren, jeder Schlag eine Granate, die in seinem Kopf explodierte und ihm in Schockwellen das Rückgrat hinablief, sodass er aufstöhnte und schauderte.

Denk nach, sagte er sich. *Denk noch mal nach. Wenn das nichts hilft, renn.*

»Wollt ihr Geld?«, sagte er flehend, fast gegen seinen Willen. Keine Antwort. Schweigend wurden die Steine weitergereicht, die Mörderhände gefüllt, der Kreis um ihn war fast geschlossen. Es schien hoffnungslos.

Dann fiel ihm seine Beretta ein. Er war bewaffnet, das Magazin voll.

Plötzlich wurde oben auf dem Berg ein Motorrad angelassen, das Brüllen des Motors hallte durch die Nacht wie eine Kettensäge in einer Kapelle. Der Junge im weißen Anzug.

Er kam den Berg herab. Der Motor wurde langsamer, als er sich dem Kreis um Max näherte, wurde zu einem Grollen und schließlich zu einem Schnurren.

Der Junge blieb stehen, machte den Motor aus, stieg ab und ging auf Max zu.

»*Sa wap feh là, blan?*«, fragte er mit einer tiefen, heiseren Stimme, die zu einem Mann gehören musste, der fünfmal so alt war wie er.

»Ich verstehe dich nicht«, lallte Max. »Sprichst du Englisch?«

»Änklisch?«

»Ja, Englisch. Sprichst du Englisch?«

Der Junge rührte sich nicht von der Stelle und starrte ihn an.

Max hörte es, bevor er es sah, ein Zischen in der Luft, etwas Schweres, das auf seinen Kopf zielte. Er duckte sich, und der Junge im Anzug schwang ins Leere.

Max versetzte ihm eine wütende Rechts-Links-Kombination auf die Rippen und den Solarplexus. Der Junge schnappte nach Luft und klappte mit einem Aufschrei zusammen wie ein Blatt Papier. Dabei streckte er das Kinn für einen rechten Haken vor, den Max sauber platzierte und ihn damit zu Boden schickte.

Max legte ihm von hinten den Arm um die Kehle, zog die Beretta aus der Tasche und schob ihm den Lauf in den Mund.

»Verpisst euch, oder er ist tot!«, schrie er und schaute in die Runde. Der Junge wedelte mit den Armen durch die Luft und trat aus, er wollte Max aus dem Gleichgewicht bringen. Max trat ihm mit der nackten Ferse auf die Hand. Er hörte Knochen brechen und einen unterdrückten Schrei, der dem Jungen in der Kehle steckenblieb.

Keiner rührte sich von der Stelle.

Was jetzt?

Er konnte den Jungen wohl kaum hinter sich herschleifen, während er auf der Suche nach dem Heimweg fünf Straßen ablief, bis er vielleicht sein Haus gefunden hatte. Unmöglich. Vielleicht könnte er ihn als Schutzschild benutzen, sich so weit wie möglich von den anderen entfernen, ihn dann laufen lassen und seiner Wege gehen.

Aber sie würden ihn nicht lassen.

Er konnte sich den Weg freischießen.

Aber nein, er würde nicht schießen. Nicht auf Kinder.

Er könnte in die Luft feuern und losrennen, während sich alle auf den Boden warfen oder wegrannten und in Panik gerieten.

»Waffe weg!«

Max zuckte zusammen.

Die dröhnende Stimme kam von oben, irgendwo am schwarzen Nachthimmel, hinter ihm, den Hügel herunter. Ohne den Jungen loszulassen, drehte er sich langsam um in Richtung Pétionville. Der Mann verstellte ihm die Aussicht. Dabei konnte Max ihn nicht einmal sehen, nur spüren. Der Kerl war massig und schwer, wie ein Donner in dunklen Sturmwolken.

»Ich sag's nicht noch mal«, beharrte der Mann.

Max zog dem Jungen die Waffe aus dem Mund und steckte sie zurück ins Holster.

»Jetzt lassen Sie ihn los.«

»Er wollte mich umbringen!«, schrie Max.

»*Lassen Sie ihn los!*«, brüllte der Kerl, und mehrere Kinder zuckten zusammen und ließen ihre Steine fallen.

Max gehorchte.

Der Mann brüllte irgendetwas auf Kreolisch, und ein gleißend weißer Scheinwerfer ging an. Max schaute weg, hob die Hände vor die Augen. Er sah den Jungen auf dem Boden liegen, sein Anzug war blutverschmiert.

Jetzt konnte Max alles klar und deutlich sehen. In drei Reihen standen die Kinder um ihn herum. Alle spindeldürr, sie trugen dreckige Fetzen am Körper, viele nur Shorts. Sie hatten sich vom Licht weggedreht und hielten sich die Hände vor die Augen.

Wieder brüllte der Mann etwas auf Kreolisch.

Die Jungen ließen ihre Steine fallen. Sie rollten in einem kollektiven Donnern abwärts über die Straße, manche holperten Max über die nackten Füße.

Max blinzelte ins Licht. Die Stimme kam von oberhalb der Reihe von Scheinwerfern.

Wieder brüllte die Stimme los, und die Kinder nahmen die Beine in die Hand, eine Horde winziger, zumeist nackter

Füße, sie sprinteten die Straße hinab, so schnell sie konnten. Max sah sie über den Marktplatz von Pétionville rennen. Es waren über hundert. Sie hätten ihm locker den Garaus machen können.

Er hörte das Geräusch eines großen Motors, der angelassen wurde, und sah hinter den Scheinwerfern zwei Abgaswolken aufsteigen. Der Wagen sah aus wie ein Militärjeep. Er hatte ihn nicht kommen hören.

Der Mann hatte mit stramm englischem Akzent gesprochen – keine Spur Französisch oder Amerikanisch darin.

Max spürte, wie der Mann auf ihn hinunterschaute, er war mindestens einen Kopf größer als er. Und er spürte seine Präsenz, die mächtig, erdrückend und geradezu magnetisch war und auch einen Palast hätte füllen können.

Er kam auf Max zu.

Max schaute hoch, aber er konnte das Gesicht des anderen nicht sehen.

Der Mann beugte sich vor, packte den Jungen beim Jackett und hob ihn locker vom Boden hoch, als würde er etwas aufheben, das er versehentlich hatte fallen lassen. Max sah nur den nackten Unterarm – dicke Adern und noch dickere Muskeln, größer als Joes Bizeps – und seine Faust, die ungeschlacht und schwer und grob war wie ein Vorschlaghammer. Max hätte schwören können, dass der Mann sechs Finger hatte. Er hatte fünf Knöchel gezählt, nicht vier, als der Kerl das Jackett des Jungen zu einem Tragegriff zusammengeknüllt hatte.

Der Mann war ein Riese.

Und, vermutete Max, der Mann war Vincent Paul.

Die Scheinwerfer erloschen, und das Abblendlicht ging an, das Max genauso blendete. Der Motor heulte auf.

Max' Augen gewöhnten sich gerade noch rechtzeitig ans Licht, um zu sehen, wie der Jeep zügig rückwärts die Straße hinunterfuhr. Am Kreisverkehr bog er links ab und fuhr davon. Max versuchte, die Insassen zu erkennen, aber es war niemand zu sehen. Von dort, wo er stand, sah es aus, als wäre der Jeep leer, als würde er von Geistern gefahren.

14

Nachdem alle verschwunden waren, torkelte Max auf der komplizierten Suche nach seinem Heimweg durch die jetzt verlassenen Straßen. Die Trunkenheit kam und ging in Wellen, Momente der Klarheit wurden von dumpfem Schwindel abgelöst.

Durch ein Ausschlussverfahren, das darin bestand, zur Bar zurückzugehen und dann alle vier Straßen abzulaufen, die zwischen Bar und Marktplatz nach rechts abzweigten, gelang es ihm schließlich, den Impasse Carver zu finden.

Es war die Straße, der er am nächsten gewesen war, als er von den Jungen umzingelt wurde.

Endlich zu Hause, ging Max als Erstes ins Schlafzimmer, holte seine Brieftasche heraus, löste das Holster mit der Waffe und ließ es aufs Bett fallen. Er zog den ehemals beigen, jetzt braunen Anzug aus, der am Rücken, unter den Armen und am Hintern komplett durchgeschwitzt war. Das gute Stück war ruiniert. Die Hose stank. Das linke Bein war bis hoch zum Knie schwarz und steif vor Dreck.

Es war heiß und schwül im Haus. Er stellte den Ventilator an, um die tote Luft vielleicht in eine kühle Brise zu verwandeln. Ihm zitterten die Hände, Angst und Wut strömten durch seine Adern, sein Herz raste und pumpte ihm Adrenalin durchs Blut. Die Straßenkinder gingen ihm nicht aus dem Kopf. Ein Teil von ihm wollte sofort wieder hinaus und ihre zerlumpten Hintern in den Live-Aid-Hilfspaket-Klamotten in den Voodoo-Himmel befördern, ein anderer Teil wollte nichts lieber, als mit der nächsten Armada der Bootsflüchtlinge weg aus diesem gottverlassenen Land. Und noch ein anderer Teil hatte sich ganz klein gemacht und zusammengerollt und den gedemütigten Kopf vor Scham eingezogen.

Dann fielen ihm Huxleys Visitenkarte und die Sinatra-CD ein, die er in die Innentasche gesteckt hatte. Die Karte war noch da, die CD nicht. Sie musste ihm aus der Tasche gefallen sein, als er in das Schlagloch gestolpert war. Er knüllte den Anzug zusammen und warf ihn in die Ecke, zog das Hemd aus und rieb sich trocken. Dann stieg er aus der Unterhose, knüllte alles zusammen und ging ins Badezimmer, wo er die Sachen in den Wäschekorb warf, bevor er unter die Dusche stieg.

Er drehte das Wasser auf, und ein eiskalter, weißer Strahl schoss aus dem Duschkopf und brannte ihm auf der Haut. Er schnappte vor Schreck nach Luft und wollte den Strahl herunterdrehen. Aber er spürte die aufgestaute Wut und die Angst und die Frustration in sich brodeln, unverbraucht und ungenutzt. Wenn er sie nicht herausließ, sich nicht abreagierte, würden sie immer wieder da sein, sobald er aus dem Haus trat. Also drehte er den Hahn voll auf, bis die Rohre wackelten und schepperten und die Schellen zu sprengen drohten, mit denen sie an der Wand befestigt waren. Er ließ sich das eiskalte Wasser auf den Körper prasseln, bis es wehtat. Und klammerte sich an dem Schmerz fest, während er sich in Gedanken der Demütigung stellte, aus der er gerade noch auf allen vieren herausgekrochen war.

Sie hatten ihn gedemütigt, eine Horde Blagen hatte ihn gedemütigt. Und wäre da nicht der Kerl im Jeep gewesen, sie hätten ihn umgebracht. Was sollte man machen, wenn *Kinder* einem nach dem Leben trachteten? Brachte man sie um, musste man in der Hölle schmoren. Tat man es nicht, ließen sie dich schmoren.

Keine Lösung, kein Ventil. Seine Wut kroch von dannen und suchte sich ein Versteck, um darin auf den nächstbesten armen, ahnungslosen Idioten zu warten, der sie wieder anstachelte.

Er trocknete sich ab und ging ins Schlafzimmer. Zum Schlafen war er zu aufgedreht. Er wollte mehr Rum. Er wusste, dass das ein Fehler war, die falsche Art zu trinken – und dass, sollte er es trotzdem tun, er den wohlvertrauten Weg in Richtung Alkoholsucht beschreiten würde. Aber all das war ihm genau in diesem Moment herzlich gleichgültig.

Er zog sich eine Hose und ein weißes T-Shirt über und schlurfte zur Küche.

Er öffnete die Tür und schaltete das Licht ein.

Am Tisch saß Francesca Carver.

»Was zum Teufel wollen Sie denn hier?«, fragte Max und trat vor Schreck einen Schritt zurück.

»Mit Ihnen reden.«

»Wie sind Sie reingekommen?«

»Das ist unser Haus, schon vergessen?«, erwiderte sie im Tonfall arroganter Ungeduld.

»Worüber wollen Sie reden?«

»Über Charlie – es gibt da einiges, das Sie wissen sollten.«

Max ging los, um sein Notizbuch und den Kassettenrekorder zu holen, während Francesca am Tisch sitzen blieb, Mineralwasser aus dem Kühlschrank trank und französische Gitanes aus einer schicken blauweißen Schachtel rauchte. Die Dinger stanken wie die Pest, aber sie standen ihr gut – genau die Sorte dicker, weißer Filterloser, die immer in den Zigarettenspitzen klassischer Filmdiven aus den vierziger und fünfziger Jahren steckten.

Max vermutete, dass ihm der Gestank bei der Heimkehr nicht aufgefallen war, weil er selber noch viel schlimmer gestunken hatte.

»Bevor ich anfange, müssen Sie mir etwas versprechen«, sagte sie, als Max zurückkam.

»Kommt drauf an«, sagte Max. Sie sah anders aus, viel entspannter und hübscher, weniger verhärmt. Sie hatte sich umgezogen, trug jetzt eine hellblaue Bluse zum langen Jeansrock und Turnschuhe. Das Haar trug sie offen, und sie hatte Make-up aufgelegt, größtenteils um die Augen.

»Sie dürfen nichts von dem, was ich Ihnen jetzt erzähle, an Gustav weitergeben.«

»Warum nicht?«

»Weil es ihm das Herz brechen würde und weil sein Leben ohnehin schon am seidenen Faden hängt. Versprechen Sie mir das?«

Schwachsinn, dachte Max. Diese Frau hegte keinerlei Sympathie für Gustav Carver. Überhaupt, für wie dämlich hielt sie ihn? Einen so butterweichen, klagenden Ton anzuschlagen, als wollte sie direkt nach seinem Herzen greifen. Sie musste eine Schauspielschule besucht haben, um ihre Stimme so verändern zu können, um jedes Wort in eine Träne zu verpacken, bevor sie es über die Lippen brachte.

»Und was ist der wahre Grund?«, fragte Max und sah ihr fest in die Augen.

Sie zuckte nicht mit der Wimper, erwiderte seinen Blick. Ihre Augen waren kalt und hart und unerbittlich. Sie sagten: *Ich habe schon alles gesehen, habe das Schlimmste gesehen, zu viel davon, und ich bin noch da – also fick dich.*

»Wenn Gustav von dem wüsste, was ich Ihnen jetzt erzählen werde, er würde durchdrehen.«

»Sie meinen, Charlie ist gar nicht sein Enkel?«

»Nein! Wie können Sie es wagen!«, fauchte sie. Sie sah empört aus, war hochrot angelaufen, ihre Augen wie zwei Dolche. Sie nahm einen kurzen Zug von der Zigarette und warf sie in die Tasse mit Wasser, die sie zum Aschenbecher umfunktioniert hatte. Die Glut zischte, dann ging sie aus.

»Verzeihung«, grinste Max. »War nur ein Test.«

Sie war sofort darauf angesprungen. Gut: eine Schwäche. Er wusste nicht, ob er einen wunden Punkt getroffen hatte, hinter dem sich eine Wahrheit verbarg, oder ob er einfach nur mit ihrer Prüderie kollidiert war. Er hatte ins Blaue hineingeschossen, um zu testen, wie weit ihre Ehrlichkeit reichte. Bis jetzt hielt sie sich ganz gut.

»Erzählen Sie mir, was Sie mir erzählen wollen, Mrs. Carver.«

»Erst will ich Ihr Wort.«

»Sicher?«, fragte Max.

»Viel mehr haben Sie ja wohl nicht zu bieten, oder?«

Er lachte. Arrogantes Miststück. Sie wollte sein Wort? Gern, warum nicht? Keine große Sache. Er konnte es immer noch brechen. Wäre nicht das erste Mal. Solange es nicht um Freunde ging, bedeuteten ihm Versprechungen, Ehrenworte, Handschlag und Schwüre nicht viel.

»Ich gebe Ihnen mein Wort, Mrs. Carver«, sagte Max mit aufrichtiger Stimme und Aufrichtigkeit in den Augen. Sie sah ihn prüfend an und schien zufrieden.

Der Kassettenrekorder war eingeschaltet, alles, was sie sagte, wurde aufgenommen. Max hatte das seit jeher so gemacht, hatte sämtliche Gespräche mit Kunden und Zeugen und Verdächtigen auch ohne deren Wissen aufgezeichnet.

»Sie waren auf der richtigen Spur heute beim Abendessen«, sagte sie, »bezüglich Eddie Faustin. Er steckte mit drin. Er war der Verbindungsmann zu uns.«

»Und deshalb sind Sie hergekommen, um mir das zu erzählen?«

»Ich wollte offen mit Ihnen reden. In Gustavs Anwesenheit ist das unmöglich. Er lässt nichts auf Faustin kommen. Der Mann hat sich einmal vor eine Kugel geworfen, die für ihn bestimmt war, und in Gustavs Augen macht ihn das zu einem Heiligen«, sagte Francesca und zog heftig an der nächsten Zigarette. »Er ist so ein Dickschädel. Was ich ihm auch über die Entführung erzählt habe, er hat es einfach beiseite gewischt – mit dem Argument, ich könne mich unmöglich an irgendwas erinnern, weil ich ja bewusstlos war. Selbst nachdem wir Faustins Zimmer durchsucht und entdeckt haben, was er da aufbewahrte ...«

Sie stockte, hielt sich mit den Fingerspitzen die Stirn und massierte sie mit kreisenden Bewegungen. Es sah eher theatralisch denn therapeutisch aus.

»Was haben Sie entdeckt?«

»Faustin wohnte in den ehemaligen Stallungen, gleich hinter dem Haupthaus. Die Ställe sind zu kleinen Wohnungen ausgebaut worden, in denen die zuverlässigsten *Restavecs* der Familie leben. Nach der Entführung wurde die Wohnung ausgeräumt, und wir fanden eine Puppe, eine Voodoo-Puppe, in einem Karton unter seinem Bett. Sie stellte mich dar.«

»Hat er Sie gehasst?«

»Nein. Es war ein Liebes- oder vielmehr ein Lust-Zauber. Die Puppe hatte echtes Haar von mir, und in dem Wachs steckten kleine Stücke von meinen Finger- und Fußnägeln. Offensichtlich hat er sie eingesammelt, wenn ich mir die Nägel geschnitten habe, oder er hat eines der Dienstmädchen dafür bezahlt.«

»Hatten Sie je den Verdacht, dass er so etwas tat?«

»Ganz und gar nicht. Die ganze Familie hat Faustin vertraut. Er war immer höflich und sehr professionell.«

»Sie haben nicht gespürt, dass er mehr von Ihnen wollte,

haben ihn nie dabei erwischt, wie er sie angesehen hat ... lüstern angesehen hat?«

»Nie. Die Dienstboten hier kennen ihren Platz.«

»Natürlich, Mrs. Carver. Deshalb hat sich Faustin auch an der Entführung Ihres Sohnes beteiligt«, bemerkte Max.

Francesca lief rot an, sie war wütend.

Max wollte ihr nicht allzu sehr auf die Füße treten, damit sie es sich nicht anders überlegte und dicht machte. Also fragte er weiter: »Was ist am Tag der Entführung passiert?«

Sie drückte ihre Zigarette aus und steckte sich fast sofort eine neue an.

»Es war Vormittag, Charlies dritter Geburtstag. Am Horizont konnte man schon die amerikanischen Kriegsschiffe mit den Invasionstruppen an Bord sehen, direkt gegenüber vom Hafen von Port-au-Prince. Alle meinten, die Amerikaner würden den Nationalpalast bombardieren. In Port-au-Prince kam es zu Unruhen und Plünderungen. Die Leute verließen ihre Dörfer in den Bergen und zogen mit Handwagen und Schubkarren runter in die Stadt, um dort Geschäfte und Wohnhäuser zu plündern. Es herrschte Anarchie.

Wenn man wissen wollte, wie schlimm es war, musste man nur die Nase in den Wind halten. Roch es nach brennendem Gummi, bedeutete das Plünderungen und Unruhen. Teilweise wurden Barrikaden aus brennenden Reifen errichtet. Manchmal konnte man zwei oder drei Rauchwolken sehen, dicke schwarze Säulen, die von Port-au-Prince hoch in den Himmel stiegen. Dann wusste man, dass es richtig schlimm war.

Und es war richtig schlimm, als wir an jenem Morgen im kugelsicheren Geländewagen hinunter in die Stadt fuhren. Rose, Charlies Kindermädchen, saß mit mir und Charlie auf dem Rücksitz. Er war glücklich. Ich durfte mit seinem Haar spielen, durfte es mit den Fingern kämmen. Wir wollten zur Rue du Champs de Mars, nicht weit vom Nationalpalast.

Es war sehr, sehr gefährlich in der Stadt. Ununterbrochen wurde geschossen. Irgendwann habe ich aufgehört, die Leichen auf den Straßen zu zählen. Faustin meinte, wir müssten uns eine unauffällige Stelle suchen und warten, bis die Schießereien aufhörten, also blieben wir auf dem Boulevard des Veuves stehen. Normalerweise sind da haufenweise Menschen unterwegs, aber an jenem Tag war die Straße wie ausgestorben. Ich hatte schon gemerkt, dass mit Faustin irgendetwas nicht stimmte. Er schwitzte sehr stark, und auf dem Weg in die Stadt hatte er mich die ganze Zeit über im Rückspiegel angestarrt.

Normalerweise liegen in allen unseren Autos geladene Waffen unter den Sitzen. Also habe ich unter meinem nachgesehen. Nichts. Faustin hatte das bemerkt, und als sich unsere Blicke trafen, lächelte er, als wollte er sagen: ›*Nicht da, wie?*‹ Er hatte die Türknöpfe heruntergedrückt. Ich habe versucht, mir meine Angst nicht anmerken zu lassen.

Irgendwann waren keine Schüsse mehr zu hören. Rose fragte Faustin, warum wir nicht weiterfahren. Faustin meinte, sie solle sich da raushalten, und das in ziemlich rüdem Ton. Ich habe ihm befohlen, seine Zunge im Zaum zu halten. Er sagte: ›*Halt den Mund*‹, und da wusste ich, dass etwas wirklich, wirklich im Argen lag. Ich bin durchgedreht. Ich habe ihn angeschrien, er solle uns aus dem Wagen rauslassen. Er hat nichts gesagt. Dann sind draußen ein paar Kinder aufgetaucht. Straßenkinder. Sie haben den Wagen gesehen und sind auf uns zugelaufen. Sie haben durch die Fenster reingeguckt. Einer hat Faustins Namen gesagt und angefangen zu schreien und auf uns zu zeigen.

Dann kamen immer mehr Leute, Erwachsene mit Macheten und Knüppeln und Autoreifen und Benzinkanistern. Sie brüllten ›Faustin – *assassin*, Faustin – *assassin*‹, immer und immer wieder. Faustin war früher ein gefürchteter Tonton Macoute gewesen. Er hat sich viele Feinde gemacht, viele Leute wollten ihn tot sehen.

Immer mehr Menschen drängten sich um den Wagen, dann hat einer einen Stein gegen die Heckscheibe geworfen. Der ist abgeprallt, ohne Schaden anzurichten, aber es war wie eine Art Signal, plötzlich sind alle auf uns eingestürmt. Faustin ist losgefahren, aber wir sind nicht weit gekommen, weil am Ende der Straße eine Barrikade errichtet worden war. Er wollte rückwärts zurückfahren, aber der Mob hatte uns schon eingeholt. Wir saßen in der Falle.«

Francesca hielt inne und atmete tief durch. Sie war bleich geworden, ihr Blick starr.

»Lassen Sie sich Zeit«, sagte Max.

»Die Leute sind über die Barrikaden gestürmt und auf den Wagen losgegangen«, fuhr sie fort. »Wir waren sofort umzingelt. Die Menge skandierte: ›Faustin – *assassin*‹, dann schlugen alle mit Knüppeln und Steinen auf den Wagen ein und haben ihn hin- und hergeschaukelt. Sie haben die Fenster eingeschlagen und auf das Dach eingedroschen. Faustin hat ein Maschinengewehr unterm Sitz hervorgezogen. Rose hat geschrien. Ich wahrscheinlich auch. Charlie ist die ganze Zeit ruhig geblieben und hat sich alles angeguckt, als wäre das eine spannende Landschaft da draußen. Ich weiß noch, dass ich ihm durchs Haar gestrichen habe, ich habe ihn an mich gedrückt und gesagt: ›*Alles wird gut.*‹ Danach … danach weiß ich nur noch, dass ich mitten auf der Straße wieder aufgewacht bin. Ich lag ein paar hundert Meter weg vom Wagen. Ich habe keine Ahnung, wie ich dahin gekommen bin. Da war diese alte Frau in einem rosa Kleid, sie saß auf der anderen Straßenseite vor dem Flickschuster und hat mich angestarrt.«

»Sie saß wo?«

»Vor dem Flickschuster ... dem Schuhmacher«, erklärte sie.

»Was haben Sie dann getan?«

»Ich bin zum Wagen gelaufen. Er lag auf dem Dach. Die Straße war verlassen. Überall war Blut.«

»Waren Sie schwer verletzt?«

»Nur eine Gehirnerschütterung. Ein paar Prellungen und Schnittwunden. Rose war tot, Faustin verschwunden. Genau wie mein kleiner Junge«, sagte sie und senkte den Kopf.

Sie fing an zu weinen. Erst leise fließende Tränen, dann Schniefen, dann der Dammbruch.

Max hielt den Rekorder an und ging ins Bad, um Toilettenpapier zu holen. Er reichte es ihr, setzte sich hin und sah zu, wie sie sich ausweinte. Er nahm sie in den Arm, was ihr über das Schlimmste hinweghalf. Er fand sie jetzt gar nicht mehr so schlimm, und er war sich sicher, dass das auf Gegenseitigkeit beruhte. Sie hatte gar keine andere Wahl.

»Ich koche uns Kaffee«, sagte Francesca und stand auf.

Er lehnte sich zurück und sah zu, wie sie einen Espressokocher aus Stahl und eine runde Dose aus einem der Hängeschränke mit den Glastüren holte. Die Küche war in einem glänzenden Cremegelb gestrichen, leicht sauber zu halten.

Francesca füllte Wasser aus der Flasche und Kaffeepulver in die Kanne und stellte sie auf den Herd. Dann ging sie zum nächsten Schrank, holte zwei Tassen und Untertassen heraus und wischte sie mit einem Handtuch aus, das auf dem Kühlschrank lag. Es schien ihr Freude zu bereiten, ein winziges Lächeln hatte sich auf ihre Lippen geschlichen und ließ sogar ihre Augen ein klein wenig leuchten. Max vermutete, dass sie ein Leben ohne Dienstboten vermisste.

Er sah auf die Uhr. 4:15 Uhr. Draußen war es noch dunkel, aber im Garten waren schon die ersten Vögel im Wettstreit mit den Insekten zu hören. Um acht würde Chantale hier sein. Zu spät zum Schlafengehen. Er würde eine Nacht aussetzen müssen.

Mit einem leisen Pfeifen fing der Kaffee an zu kochen. Francesca goss ihn in eine Thermoskanne und brachte sie mit den Tassen, Untertassen und Löffeln, einem Milchkännchen und einer Zuckerschale auf einem Tablett zum Tisch. Max probierte den Kaffee. Es war der gleiche, den er in Carvers Club getrunken hatte. Vermutlich die selbst angebaute Hausmarke der Familie.

Sie saßen in fast vollkommener Stille da. Max lobte ihren Kaffee. Sie rauchte erst eine, dann noch eine Zigarette.

»Mrs. Carver...?«

»Sagen Sie doch Francesca.«

»Francesca. Was um alles in der Welt hat Sie dazu gebracht, an diesem Tag mit Ihrem Sohn nach Port-au-Prince zu fahren?«

Max drückte den Pausenknopf des Rekorders.

»Wir hatten einen Termin.«

»Bei wem?«

»Bei einem Mann namens Filius Dufour. Nun, er ist kein normaler Mann, er ist ein *Houngan* – ein Voodoo-Priester.«

»Sie sind mit Charlie an seinem Geburtstag zu einem Voodoo-Priester gefahren?«, fragte Max, und es klang überraschter, als er es meinte. Die einheimische Religion war im Haushalt der Carvers fest verwurzelt. Er erinnerte sich, wie verständnisvoll sich Allain darüber geäußert hatte.

»Ich war schon seit sechs Monaten einmal die Woche mit ihm bei Filius gewesen.«

»Warum?«

»Filius hat uns geholfen. Charlie und mir.«

»Wie?«

»Wie viel Zeit haben Sie?«

»So viel Sie brauchen«, sagte Max.

Francesca warf einen Blick auf seine Armbanduhr. Max prüfte die Kassette. Sie fasste 120 Minuten, und die erste Seite war fast voll. Er spulte vor und drehte sie um. Als sie anfing zu sprechen, drückte er den Aufnahmeknopf.

»Charlie wurde am 4. September 1991 in Miami geboren. Eine der Krankenschwestern hat gekreischt, als sie sein Gesicht sah. Er sah aus, als wäre er mit einer rabenschwarzen Glückshaube auf die Welt gekommen, aber es waren nur seine Haare. Er ist mit vollem Haar geboren worden. Das kommt vor.

Drei Wochen später waren wir wieder in Haiti. Damals war Aristide an der Macht – eine Art Mafia-Herrschaft, die sich als Regierung ausgab. Viele Menschen haben das Land verlassen. Nicht nur die Bootsflüchtlinge, auch die Reichen und die Geschäftsleute. Gustav hat darauf bestanden, hierzubleiben, obwohl Aristide uns zweimal in öffentlichen Ansprachen namentlich genannt hatte als Weiße, die den armen schwarzen Haitianern alles ›gestohlen‹ hätten. Gustav wusste, dass Aristide sich nicht mehr lange an der Macht halten würde. Er war mit ein paar Militärs befreundet und mit einigen von Aristides wichtigsten Leuten.«

»Der Mann hat Kontakte«, bemerkte Max.

»Gustav hält sich an die ›Sorge für deine Freunde und noch mehr für deine Feinde‹-Maxime.«

»Er hat Freunde?«, fragte Max.

Francesca lachte laut auf, dann sah sie ihm einen Moment lang tief in die Augen. Max wusste, dass sie ihn zu durchschauen versuchte, dass sie wissen wollte, woher sein Kommentar gekommen war. Sie entdeckte nichts, dessen sie sich sicher sein konnte.

»Am 30. September wurde Aristide gestürzt. Noch am gleichen Abend hat Gustav eine Party geschmissen. Eigentlich hätte Aristide umgebracht werden sollen, aber der Plan war geändert worden. Dennoch war es ein fröhliches Fest.

Einen Monat später wurde Charlie getauft. Ich habe von Anfang an gewusst, dass mit ihm was nicht stimmte. Als junges Mädchen habe ich oft auf meine Nichten und Neffen aufgepasst, als die noch klein waren, und die waren alle ganz anders als Charlie. Sie haben auf mich reagiert, haben mich erkannt. Charlie war anders. Er hat mich nie direkt angesehen, hat sich nie für irgendetwas sonderlich interessiert. Hat nie die Arme nach mir ausgestreckt, nie gelächelt. Nie. Und was besonders seltsam war: Er hat nie geweint.«

»Niemals?«

»Nie. Er hat Geräusche von sich gegeben, wie Babys das so machen, aber ich habe ihn nie weinen hören. Die meisten Babys schreien und weinen die ganze Zeit. Sie weinen, wenn sie sich in die Hose gemacht oder wenn sie Hunger haben. Sie weinen, wenn sie beachtet werden wollen. Charlie nicht. Er war sehr, sehr still. Manchmal war es, als wäre er gar nicht da.

Ungefähr einmal die Woche war der Arzt da und hat ihn untersucht. Ich habe ihm davon erzählt, dass er so ruhig ist. Er hat Witze gemacht, ich soll es genießen, es würde nicht lange anhalten.

Aber das hat es natürlich doch. Allain hat gemeint, ich solle mir keine Sorgen machen, Gustav hätte auch erst mit vier angefangen zu sprechen.«

Francesca stockte und zündete sich noch eine Zigarette an. So langsam gewöhnte sich Max an den Geruch.

»Ich habe gesagt, Charlie hätte nicht reagiert, aber Gustav hat er *immer* angelächelt. Ich habe ihn sogar lachen hören, wenn sein Opa Grimassen geschnitten oder ihn gekitzelt hat. Die beiden hatten eine echte Verbindung. Gustav war über die Maßen stolz auf Charlie. Hat sich immer Zeit für ihn genommen. Ein paarmal hat er ihn in die Bank mitgenommen. Hat abends an seinem Bettchen gesessen, hat ihn gefüttert und gewickelt. Es war sehr bewegend, die beiden zusammen zu sehen. Ich hatte Gustav noch nie so glücklich erlebt. Mit seinen anderen Enkelkindern ist er nicht so toll. Gibt sich nicht so viel Mühe. Charlie ist sein einziger männlicher Enkel. Ich glaube, er wollte in dem sicheren Wissen sterben, dass der Familienname erhalten bleibt, dass er weiterlebt. Er ist altmodisch, aber der Rest des Landes ist auch nicht viel weiter als er.«

Max schenkte sich noch einen Kaffee ein. Der erste hatte die Müdigkeit aus seinen Knochen und seinen Augen vertrieben.

»Deswegen, wegen Charlies Verhalten, sind Sie also zu dem Voodoo-Priester gegangen. Es ging gar nicht um Sie, oder? Es ging um Ihren Sohn. Sie dachten, mit ihm ist was nicht in Ordnung, und haben ihn zu dem Priester gebracht, um seine Meinung einzuholen.«

»Ja und nein. Ganz so einfach ist es nicht. Charlie hatte diesen Tick mit seinen Haaren...«

»Ich habe das Foto gesehen«, fiel Max ihr ins Wort. »Charlie im Kleid.«

»Er hat sich einfach nicht die Haare schneiden lassen...«

»Das hat Ihr Mann mir auch schon erzählt«, sagte Max verächtlich.

»Uns blieb doch gar nichts anderes übrig. Die Leute haben Charlie das Leben zur Hölle gemacht.«

»War das, bevor oder nachdem Sie ihn in ein Kleid gesteckt hatten?«, fragte Max sarkastisch.

»Das war nur zu seinem Besten«, beharrte Francesca gereizt. »Wussten Sie, dass Charlie jedes Mal laut geschrien hat, wenn ihm jemand mit einer Schere zu nahe kam?«

»Ja, Allain hat es mir erzählt.«

»Hat er auch erzählt, *wie* er geschrien hat? Das war nicht das Geschrei eines Babys oder eines kleinen Jungen. Das waren die reinsten Schmerzensschreie – ein Kreischen, das einem das Blut in den Adern gefrieren lässt und einem das Trommelfell zerreißt. Wie eine ganze Höhle voller kreischender Fledermäuse. Die Leute haben erzählt, man konnte ihn noch in zwei Meilen Entfernung hören.«

Max hielt das Band an. Die Erinnerung hatte Francesca erneut aufgewühlt. Sie biss sich auf die Lippe und gab sich alle Mühe, nicht wieder loszuheulen. Er hätte sie gern in die Arme genommen, damit sie ihre Trauer an seiner Schulter ausweinen konnte, aber es schien ihm irgendwie unpassend. Das hier war eine Befragung, er sammelte Beweise, er war nicht ihr Therapeut oder Beichtvater.

»Erklären Sie mir das mit dem Kleid«, sagte er, nachdem sie ihre Tränen überwunden hatte. Er kannte die Antwort bereits, aber er wollte sie zurück zum Thema lotsen.

»Charlies Haare sind nie geschnitten worden. Mit der Zeit wurden sie ziemlich widerspenstig. Wir haben sie mit Haarreifen und Bändern zu zähmen versucht, und schließlich haben wir ihm Zöpfe geflochten. Es war leichter, ihn in ein Kleid zu stecken und ihn aller Welt als Mädchen zu präsentieren, als zu erklären, warum sein Haar so war, wie es war. Und es hat funktioniert. Er hat die ganze Zeit Kleider getragen«, sagte Francesca.

»Wie haben Sie von dem Voodoo-Priester erfahren?«

»Eines Tages hat mir Rose aus heiterem Himmel eine handgeschriebene Nachricht von ihm überbracht. Darin waren Dinge über mich und Charlie erwähnt, die niemand – und ich meine: *niemand* – wissen konnte.«

»Könnten Sie da etwas mehr ins Detail gehen?«

»Nein«, sagte sie barsch. »Aber wenn Sie so gut sind, wie Allain behauptet, werden Sie es sicher selbst rausfinden.«

Max beließ es dabei.

»Woher kannte Rose den Priester?«

»Ihre Freundin Eliane arbeitet für ihn.«

»Verstehe«, sagte Max und setzte sie im Geiste auf die Liste möglicher Verdächtiger. »Könnte Rose von diesen Dingen gewusst haben, die Sie mir nicht erzählen wollen?«

»Nein.«

»Auch nicht in einem so kleinen Land wie dem hier?«

»Nein.«

»Okay. Sie sind also mit Charlie zu diesem Priester gegangen. Was ist da passiert?«

»Er hat mit mir geredet, und dann hat er mit Charlie geredet, allein, unter vier Augen.«

»Wie alt war Charlie da, zwei?«

»Zweieinhalb.«

»Und da hatte er schon angefangen zu sprechen?«

»Nein, kein Wort.«

»Und wie haben die beiden dann kommuniziert?«

»Ich weiß es nicht, ich war ja nicht dabei. Aber wie auch immer er das gemacht hat: Es hat geholfen. Charlie hat sich mir gegenüber verändert. Er ist offener geworden. Er hat mich angesehen. Manchmal hat er sogar gelächelt – und er hatte so ein schönes Lächeln, das hat einem den ganzen Tag versüßt.«

Francescas Stimme war zu einem Flüstern geworden, erstickt von wachsender Trauer.

Sie putzte sich lautstark die Nase, ein Prusten wie von einem Seehund, dann zündete sie sich eine Zigarette an, ihre letzte. Sie zerknüllte die Packung.

»Wie oft waren Sie und Charlie bei dem Priester?«

»Einmal pro Woche.«

»Immer am gleichen Tag zur gleichen Uhrzeit?«

»Nein, immer unterschiedlich. Rose hat mir jedes Mal den Termin gesagt.«

»Ich werde mit dem Mann sprechen müssen.«

Francesca zog ein gefaltetes Blatt Papier aus der Brusttasche und schob es ihm hin.

»Seine Adresse. Er erwartet Sie heute Nachmittag gegen zwei Uhr.«

»Er *erwartet* mich?«

»Er hat Sie kommen sehen. Er hat es mir schon vor zwei Monaten gesagt.«

»Was soll das heißen, er hat mich kommen sehen, vor zwei Monaten? Vor zwei Monaten wusste ich selbst nicht, dass ich kommen würde.«

»Er sieht so etwas.«

»Ein Hellseher?«

»So was in der Art, aber trotzdem anders.«

»Und wieso haben Sie sich dann beim Abendessen so aufgeführt?«

»Da wusste ich nicht, dass er Sie meinte.«

»Sie haben also danach noch mit Duufuur gesprochen?«

»Ja.«

»Und deshalb sind Sie hergekommen?«

Sie nickte.

»Er hat ganz schön Einfluss auf Sie.«

»So ist das nicht.«

»Haben Sie das meinen Vorgängern auch alles erzählt?«

»Nein. Denen habe ich nur von der Entführung berichtet.«

»Warum?«

»Emmanuel war ein netter Kerl, aber er war indiskret, ein Klatschweib. Clyde Beeson habe ich gehasst, und Medd war mir auch nicht sonderlich sympathisch. Die waren nur wegen des Geldes hier.«

»Davon leben die, Mrs. Carver«, sagte Max. »Sie machen nur ihren Job, wie jeder andere auch. Der eine arbeitet im

Büro, der andere an der Tankstelle, andere verdienen sich ihre Brötchen als Polizisten oder Feuerwehrleute – die meisten Menschen tun das, was sie tun, wegen des Geldes. Alle anderen haben entweder Glück oder sind bescheuert.«

»Dann sind Sie wohl bescheuert, Max«, sagte sie lächelnd. »Glück haben Sie nämlich nicht.«

Danach hatte sie ihm nicht mehr allzu viel zu erzählen.

Max ging mit ihr zum Tor. Sie gab ihm die Hand und entschuldigte sich für ihren Ausbruch beim Abendessen. Sie flehte ihn an, Charlie zu finden. Er versprach, sein Bestes zu tun. Er sah ihr nach, wie sie über die Auffahrt davonging, an deren Ende, wie sie sagte, ein Wagen auf sie wartete.

Es wurde schon hell, ein graublaues Licht lag über dem Hof und dem Garten, in dem die Vögel zwitscherten und sich aller Wahrscheinlichkeit nach an trägen Insekten gütlich taten. Dahinter erwachte die Stadt langsam zum Leben.

Als er zum Haus zurückging, hörte er unten an der Straße einen Motor anspringen. Eine Tür ging auf und wieder zu, und der Wagen fuhr davon.

15

Max wusch sich das Gesicht, rasierte sich und kochte noch einen Kaffee.

Mit der Tasse in der Hand setzte er sich auf die Veranda. Die Sonne ging auf, und innerhalb von Sekunden war seine Umgebung in Licht getaucht, als hätte jemand von oben einen Suchscheinwerfer auf das Land gerichtet.

Er nippte an dem Kaffee. Er war nicht mehr müde, nicht einmal verkatert.

Er schaute auf die Uhr. 6:30 Uhr. Genauso spät wie in Miami. Joe war sicherlich schon auf und deckte für seine Frau und die Kinder den Frühstückstisch.

Max ging ins Schlafzimmer und rief Joe zu Hause an. Das Telefon war ein altes Modell mit Wählscheibe.

»Joe? Hier ist Max.«

»Hey, Mann, wie geht's? Hab grad an dich gedacht!«

»Das gute alte Voodoo funktioniert also wieder«, sagte Max und dachte an Charlies Priester.

Joe lachte.

»Bist du in der Küche, Großer?«

»Nein, im Arbeitszimmer. Ist schalldicht. Meine Frau meint, so muss sie sich wenigstens nicht Bruce anhören. Sie hasst ihn genauso sehr wie du.«

»Ein Hoch auf deine Frau«, sagte Max. »Hör zu, ich brauche eine Auskunft über jemanden. Ist das machbar?«

»Klar. Kann ich gleich hier und jetzt erledigen. Hab die Datenbank hier vor mir.«

»Wie geht das denn?«, fragte Max ungläubig.

»Ist doch alles online heutzutage«, sagte Joe. »Die Hirnarbeit mache ich inzwischen von zu Hause. Das Büro ist nur noch dazu da, den Nachwuchs im Auge zu behalten, sich mal bei den Vorgesetzten blicken zu lassen und ab und an von der Familie wegzukommen. Es hat sich einiges verändert, seit du weg bist, Max. Technologie ist wie Rost, sie schläft nie, frisst sich immer weiter vor und verleibt sich nach und nach alles ein, wenn man selbst zu faul ist… Wie auch immer, die Suche kann eine Weile dauern, je nachdem, wie viele Augen gerade im System sind.«

»Ich habe Zeit, wenn du welche hast, Joe. Du wirst vielleicht auch mal bei Interpol nachschauen müssen.«

»Schieß los.«

»Vorname Vincent, Nachname Paul. Beides so geschrieben, wie man's spricht.«

»Haitianer?«

»Ja.«

Max hörte Joe tippen, im Hintergrund leise Musik. Bruce Springsteens Stimme zu einer einsamen Akustikgitarre. Er fragte sich, ob die Sinatra-CD von Gustav noch auf der Straße lag.

»Max? In der landesweiten Datenbank nada, aber bei Interpol gibt's einen Vincent Paul. Kein großer Fisch, wie es scheint. Wird als gesucht geführt. Die Briten sind hinter ihm her. Scotland Yard.«

Joe tippte weiter.

»Die haben auch ein Foto hier. Sieht echt fies aus, der Typ ... wie Isaac Hayes an einem echt schlechten Tag. Und riesig ist der. Zwei Meter fünf und ein paar Zerquetschte, steht hier. Mit Socken wahrscheinlich locker zwei zehn. Ein Goliath, Mann. Und jede Menge Querverweise ... Hier ist auch ein Verweis auf einen bekannten Komplizen ... Noch kein Name. Die Kiste ist echt langsam ... Hör zu, das kann locker noch eine Stunde dauern hier, und ich muss mich um die Kleinen kümmern. Ich setz die Maschine auf automatische Suche. Sobald ich was hab, ruf ich dich an. Wie ist die Nummer?«

Max gab sie ihm.

»Ich rufe dich an, Joe, das ist besser. Ich weiß nicht, wann ich wieder hier bin.«

»Okay.«

»Könntest du auch ein paar kriminaltechnische Tests für mich laufen lassen, wenn es sein müsste?«

»Kommt drauf an, was.«

»DNA, Blutgruppen, Fingerabdrücke.«

»Kein Problem, ist ja Kleinkram. Nur dass du mir ja keine ganzen Leichen rüberschickst – und keine Hühner.«

»Werd's versuchen«, lachte Max.

»Und wie läuft's so?«, fragte Joe.

»Bin noch ganz am Anfang.«

»Wenn du jetzt alles hinwirfst, verlierst du nur die Kohle, sonst nichts. Vergiss das nicht, Bruder«, sagte Joe.

Max hatte vergessen, wie gut Joe ihn kannte. Er hatte die Zweifel in seiner Stimme gehört. Max dachte darüber nach, ihm von den Straßenkindern vor dem La Coupole zu erzählen, aber er hielt es doch für das Beste, nicht darüber zu reden, es in seinen Erinnerungen abtauchen zu lassen. Wenn er ständig daran dachte, würde es ihm nur den Blick vernebeln, seine Wahrnehmung durcheinanderbringen. Der Kanal musste frei bleiben.

»Ich vergess es nicht, Joe, keine Sorge.«

Max lauschte der Musik. Bruce drosch auf die Akustikgitarre ein und orgelte auf der Mundharmonika herum wie Bob Dylan auf Speed. Er vermutete, dass Joe in Momenten wie diesem am glücklichsten war, wenn er im Schoße seiner geliebten Familie seine Musik hören konnte. Joe würde immer jemanden haben, der ihn liebte und der für ihn sorgte. Max hatte das Bedürfnis, noch ein wenig länger in Joes Leben hineinzuhorchen, der Wärme und Zärtlichkeit zu lauschen, seinem Zuhause, dessen Glieder so zerbrechlich waren wie die eines neugeborenen Kindes.

Dritter Teil

16

»Max, Sie stinken«, sagte Chantale und lachte ihr dreckiges Lachen.

Sie hatte recht. Er hatte geduscht und sich die Zähne geputzt, aber in dem heißen Klima ließ sich der Gestank einer durchzechten Nacht nicht so leicht loswerden. Den Rum, den er sich bis vor wenigen Stunden noch stetig zu Gemüte geführt hatte, schwitzte er nun durch alle Poren aus. Er verpestete den Innenraum des Landcruisers mit einem süßlichen, schalen und beißenden Geruch, wie Süßzeug in kochendem Essig.

»Tut mir leid«, sagte er und schaute aus dem Fenster in die Landschaft, die in Braun und Gelb mit seltenen grünen Tupfern vorüberzog, als sie auf der kurvigen Straße hinunter nach Port-au-Prince fuhren.

»Ich wollte Sie nicht beleidigen«, lächelte sie.

»Haben Sie nicht. Ich mag es, wenn Leute sagen, was sie denken. Meistens bedeutet das, dass sie auch meinen, was sie sagen – das spart einem eine Menge Rätselraten.«

Chantale hingegen roch fantastisch: ein frischer, scharfer und doch feiner Zitrusduft hüllte sie ein. Sie trug eine kurzärmelige türkisfarbene Bluse, ausgewaschene Jeans und sandfarbene Armeeboots. Das Haar hatte sie zu einem kurzen Pferdeschwanz gebunden. Sonnenbrille, Stift und ein kleiner Notizblock ragten aus der Brusttasche ihrer Bluse. Sie war nicht nur gekommen, um ihn durch die Gegend zu kutschieren. Sie war zum Arbeiten da, ob ihm das passte oder nicht.

Sie war pünktlich da gewesen, war um halb acht in einem staubigen Honda Civic auf den Hof gerollt, dessen Windschutzscheibe aussah, als sei sie seit mindestens einem Jahr nicht mehr geputzt worden. Max war gerade beim Frühstück gewesen, das Ruby, das Dienstmädchen, für ihn zubereitet hatte. Er hatte Spiegeleier gewollt, nur leicht durch und einmal umgedreht, aber sie hatte sein Kauderwelsch aus langsamem Englisch, Lauten und Zeichensprache missverstanden und ihm ein Omelette auf Maniokfladen serviert. Nichtsdestotrotz köstlich und sehr sättigend. Er hatte es mit extra starkem schwarzen Kaffee und einem großen Glas Saft runtergespült, den sie *Chadec* genannt hatte – eine Art Grapefruit ohne Säure.

»Harte Nacht?«, fragte Chantale.

»Könnte man sagen.«

»Waren Sie im La Coupole?«

»Woher wissen Sie das?«

»In Ihrer Gegend gibt es nicht gerade ein Überangebot an Bars.«

»Waren Sie mal da?«

»Nein«, lachte sie. »Die Leute würden mich für eine Nutte halten.«

»Das glaube ich kaum«, sagte Max. »Dafür haben Sie viel zu viel Klasse.«

Da: Er hatte mit ihr geflirtet – und das, ohne tief durchzuatmen, ohne all seinen vergessenen Mut zusammennehmen zu müssen, ohne lange nach den richtigen Worten zu suchen. Er hatte einfach den Mund aufgemacht, und genau das Richtige war herausgekommen, ganz schlicht und einfach: eines jener vieldeutigen Komplimente, die gut und gerne noch als platonische Schmeichelei durchgehen konnten. Er hatte einfach so wieder in den Modus des samtpfötigen Raubtiers umgeschaltet, als hätte er nie etwas anderes gemacht. Jetzt gab es zwei Möglichkeiten: Entweder sie fing seine Bemerkung auf und spielte sie mit einer eigenen Note zu ihm zurück, oder sie gab ihm zu verstehen, dass er keine, aber auch gar keine Chance hatte.

Chantale packte das Lenkrad ein wenig zu fest und schaute stur geradeaus.

»Ich glaube nicht, dass Ihre Landsleute hier den Unterschied kennen«, sagte sie bitter.

Sie ging nicht darauf ein. Es war nicht direkt ein Korb, aber eine Einladung war es auch nicht. Max versuchte zu raten, mit wie vielen Männern sie schon zusammengewesen war. Er hatte eine ätzende Bitterkeit aus ihren Worten herausgehört, die Art von Abwehr, die man sich nach einem gebrochenen Herzen zulegt. Vielleicht hatte sie sein Spiel durchschaut, weil sie schon mal darauf hereingefallen war – und sich verbrannt hatte.

»Er muss Ihnen sehr wehgetan haben, Chantale«, sagte Max.

»Hat er«, teilte sie der Windschutzscheibe mit und kappte die Unterhaltung, indem sie das Radio einschaltete und laut aufdrehte.

Sie folgte einer scharfen Linkskurve, die sich an den Berg schmiegte. Dahinter eröffnete sich Max der Blick auf Port-au-Prince, wenige Meilen weiter unten, das sich von der Küste her ins Inland ausbreitete wie eine getrocknete Lache Erbrochenes, die darauf wartete, vom Meer weggespült zu werden.

Jede Menge US-Militär im Zentrum von Port-au-Prince. Humvees, Jeeps mit fest installierten Maschinengewehren und Soldaten in Kampfausrüstung bildeten einen Kordon um den Nationalpalast, wo der derzeitige Präsident – der Nachfolger Aristides und zugleich ein enger Weggefährte, ein ehemaliger Bäcker und angeblicher Alkoholiker namens Préval – residierte und das Land regierte, soweit die Marionettenfäden, an denen er hing, es zuließen.

Huxley hatte Max unter anderem erzählt, dass ein Präsident laut der geltenden Verfassung Haitis nicht mehrere Amtszeiten hintereinander regieren durfte, zwischendurch musste jemand anderes zum Zuge kommen. Viele hielten Préval für einen Büttel Aristides, der ihm bis zu seiner unvermeidlichen Rückkehr den Sessel warmhielt. Demokratie war noch ein fließend Ding in diesem Land.

»Scheiß-Amis!«, schimpfte Chantale, als sie an einem Jeep voller Marines vorbeifuhren. »Nichts für ungut.«

»Kein Problem. Sie sind mit der Invasion wohl nicht einverstanden, wie?«

»Am Anfang war ich es, bis mir klar wurde, dass der Einmarsch hier nur ein Werbefeldzug für Clintons Vorwahlkampf war. In Somalia hatte er alles vermasselt, die USA waren gedemütigt, seine Glaubwürdigkeit angekratzt. Was tun? Man sucht sich ein praktisch verteidigungsloses schwarzes Land und marschiert dort im Namen von ›Freiheit‹ und ›Demokratie‹ ein«, sagte Chantale verbittert, dann lachte sie. »Wussten Sie, dass die Jimmy Carter hergeschickt haben? Er sollte mit der Militärjunta Friedensverhandlungen führen, nachdem die sich geweigert hatten, die Macht wieder abzugeben.«

»Ja, ich hab's gesehen…«, sagte er. Und dachte: *im Knast*. »Mr. Menschenrechte höchstpersönlich. Wie hab ich den gehasst, dieses Arschloch. Er hat Miami kaputtgemacht.«

»1980, die Flüchtlingswelle aus Kuba?«

»Richtig. Früher war die Stadt echt in Ordnung, voll von Juden im Ruhestand und rechten Kubanern, die Pläne zur Ermordung Castros schmiedeten. Es war echt ruhig, echt konservativ, wenig Verbrechen, alles friedlich. Dann hat Castro zusammen mit all den ehrlichen, gesetzestreuen Flüchtlingen, die nichts anderes wollten, als sich irgendwo ein neues Leben aufzubauen, auch seine Kriminellen und Psychopathen in Booten rübergeschickt, und wir hatten die Kacke am Dampfen, El Jimbo sei Dank. Es war die Hölle, damals Polizist zu sein, das kann ich Ihnen sagen. Wir wussten gar nicht, wie uns geschah. Erst ist Miami eine wunderbare Stadt, in der man seine Kinder großziehen kann, und im nächsten Moment ist es plötzlich die Mordhauptstadt der USA.«

»Und dann haben Sie Reagan gewählt?«

»1980 hat jeder verdammte Polizist in Miami Reagan gewählt. Alle anderen waren entweder krank oder nicht im Wählerregister eingetragen«, grinste Max.

»Früher war ich Demokratin. 92 habe ich noch Clinton gewählt, davor Dukakis. Nie wieder«, sagte Chantale. »Haben Sie gehört, wie die so genannten Friedensgespräche zwischen Carter und General Cedras gelaufen sind, dem Chef des Militärregimes?«

»Nein. Erzählen Sie's mir.«

»Carter kommt, natürlich vor laufenden Fernsehkameras, nach Haiti. Er trifft sich mit General Cedras und seiner Frau. Und es ist Mrs. Cedras, die die Verhandlungen führt. Sie will von Carter die Zusage, dass jedes einzelne Mitglied der Junta zehn Millionen Dollar kriegt und sicheres Geleit, um das Land verlassen zu können, und natürlich Straffreiheit. Und der sagt ja.

Dann wollte sie noch, dass die Amerikaner ihre Häuser bewachen. Und verhandelt gleich noch darüber, dass die US-Regierung die Häuser mieten soll, für die Botschaftsangehörigen. Und wieder sagt er ja. Und dann – und deshalb wäre der Deal fast geplatzt – will Mrs. Cedras noch, dass ihr schwarzes Ledersofa nach Venezuela transportiert wird, wo sie sich alle niederlassen wollten. Da hat Carter dann mal nein gesagt. Und warum? Weil er nicht befugt war, Geschäfte mit Umzugsunternehmen zu machen. Mit allem anderen war er einverstanden, aber damit nicht.

Sie haben gefeilscht und gestritten, es ging hin und her. Als es so aussah, als würden die Verhandlungen an dieser Sache scheitern, hat Carter Clinton angerufen und ihn aus dem Bett geworfen, um ihm die Lage zu erklären. Clinton war stinksauer. Er hat Carter zur Sau gemacht, hat ihn so laut angeschrien, dass die Leute im Nebenzimmer noch alles verstanden haben. Nichtsdestotrotz hat Clinton sein Okay gegeben, und das Sofa ist zusammen mit den Militärs ins Exil gegangen.«

Max brach in schallendes Gelächter aus. »Das gibt's doch gar nicht!«

»Wahre Gerüchte«, sagte Chantale.

Beide lachten.

Der Präsidentenpalast war ein weitläufiges zweigeschossiges, strahlend weißes Gebäude, das das grelle Sonnenlicht reflektierte, sodass es vor dem Hintergrund der dunklen Berge zu leuchten schien. An einem Masten über dem Haupteingang wehte die rotblaue Flagge Haitis.

Sie umkurvten ein Podest, auf dem eine Statue von General Henri Christophe zu Pferde stand. Er war einer der ersten Herrscher Haitis gewesen und thronte jetzt mit Blick auf den Palast und die US-Truppen auf seinem Sockel. Am Fuße der Statue lungerten junge Haitianer herum, die Kleider flatterten ihnen um die dünnen Glieder, sie musterten ihre Besatzer, beobachteten den Verkehr oder starrten ins Leere.

Der Rest der Stadt war, soweit er das bisher gesehen hatte, ein Dreckloch – eine übel riechende, rostzerfressene, marode Ruine. ›Baufällig‹ war da noch geprahlt. Alles schien krumm und schief, kurz vor dem Zusammenbruch: Die ganze Stadt brauchte ein Zehn-Millionen-Dollar-Facelifting oder, besser noch, den kompletten Abriss und Wiederaufbau. In einer Reihe reich verzierter Häuser – die Türen längst verschwunden, die Fensterläden schief in den Angeln –, in einer früher vermutlich einmal wohlhabenden Gegend, heute dreckig und halb verfallen, hausten Gott weiß wie viele Menschen, von denen Max einige auf den Balkonen herumhängen sah.

Ampeln gab es nicht. Seit sie Pétionville verlassen hatten, hatte er genau eine Ampelanlage gesehen, und die war außer Betrieb. Die Straßen waren, wie praktisch alle Straßen Haitis, die er bisher gesehen hatte, von Schlaglöchern und Rissen übersät. Die Autos stinkende, qualmende, zusammengeflickte Rostlauben mit deutlich zu vielen Passagieren an Bord. Ein paar bunt bemalte Tap-Taps rauschten hupend vorbei, überladen mit Menschen und ihren Besitztümern, die sich in Laken und Kleiderbündeln auf dem Dach türmten, zusammen mit so vielen Fahrgästen, wie noch darauf passten. Dazwischen hin und wieder eine Luxuskarosse, importierte Edelautomobile, die Zehntausende von Dollar kosteten und sich vorsichtig ihren Weg über holprigen Asphalt und tückische Schlaglöcher suchten.

Die Stadt versetzte Max in eine Traurigkeit, die er so nicht kannte. Zwischen dem Schutt und den Ruinen sah er einige wenige stolze, schöne alte Gebäude, die zu ihrer Zeit prachtvoll gewesen sein mussten und es auch heute noch sein könnten, würde sich jemand die Mühe machen, sie zu renovieren. Doch es war nicht abzusehen, dass das je passieren würde. Betrachtete man eine Hauptstadt als eine Art Schaufenster für den Rest des Landes, dann wäre Port-au-Prince ein Autohandel, der geplündert und in Brand gesetzt und erst Stunden später vom Regen gelöscht worden war.

»Ich weiß noch, wie es war, als der Papst herkam«, sagte Chantale und drehte das Radio leiser. »Das war 1983, ein Jahr, bevor ich nach Amerika gegangen bin. Damals war Jean-

Claude Duvalier – Baby Doc – noch an der Macht. Na ja, eigentlich war es seine Frau Michèle. Im Grunde hat sie das Land regiert.

Sie hat alle Straßen säubern lassen, die Sie hier sehen. Früher waren hier überall Bettler und Händler, die ihre Waren an großen Holztischen verkauften. Die mussten ihre Sachen packen und woandershin ziehen, wo der Papst sie nicht sehen konnte. Es gab auch viele Behinderte – körperlich und geistig Behinderte –, die hier an der Straße saßen und gebettelt haben. Auch die hat sie verjagt. Die Straßen wurden neu asphaltiert und alles weiß gestrichen. Ein paar Stunden, bevor der Papst mit seinem Papamobil hier entlanggefahren ist, hat Michèle die Straße mit Chanel-Parfum einsprühen lassen. Da habe ich genau hier gestanden. Der Geruch war so stark, dass ich Kopfschmerzen kriegte, und ich hatte das Zeug noch monatelang in den Kleidern, obwohl meine Mutter die Sachen ein paarmal gewaschen hat. Seitdem reagiere ich allergisch auf Chanel. Wenn jemand es trägt, kriege ich Kopfschmerzen.«

»Was haben die mit den Behinderten gemacht?«

»Das Gleiche wie Mitte der Siebziger, als man beschlossen hatte, das Land für Touristen attraktiver zu machen: Sie wurden eingesammelt, die Kranken, die Lahmen, die Armen, und nach La Gonâve geschafft. Das ist eine kleine Insel vor der Küste.«

»Verstehe«, sagte Max und tastete seine Taschen nach einem Notizblock ab. Er fand keinen. »Was ist aus ihnen geworden? Sind sie immer noch da?«

»Keine Ahnung. Ein paar sind wohl dageblieben, nehme ich an. Das waren die Ärmsten der Armen, diese Leute leben so dicht am Boden wie die Ratten. Keiner hat sich um die geschert«, sagte Chantale, während Max den kleinen Armeerucksack zu seinen Füßen aufhob, in dem er die Kamera und den Kassettenrekorder transportierte. Er hatte einen Stift eingesteckt, aber kein Papier.

Chantale knöpfte ihre Brusttasche auf und reichte ihm ihr Notizbuch.

»Allzeit bereit«, lachte sie.

Max machte sich Notizen.

»Haben Sie schon mal von Ton Ton Clarinet gehört?«

»Es heißt Tonton, nicht ›Tonn-Tonn‹. Bei Ihnen hört sich das an, als wollten Sie einen Elefanten nachmachen.« Wieder lachte sie. »Tonton Clarinette ist ein Schauermärchen, ein böser Mann, von dem Eltern ihren Kindern erzählen: Wenn du nicht brav bist, kommt Tonton Clarinette, um dich zu holen. Er ist eine Art Rattenfänger, er hypnotisiert die Kinder mit seiner Musik und entführt sie auf ewig.«

»Sagen die Leute, Tonton Clarinet habe Charlie entführt?«

»Ja, klar. Als wir die Plakate aufgehängt haben, sind die Leute von der Straße zu uns gekommen und haben gesagt, ihr werdet den Jungen nie finden – Tonton Clarinette hat ihn, genau wie unsere Kinder.«

Max nickte und dachte an Claudette Thodore.

»Sehen Sie das da drüben?«, sagte Chantale und zeigte auf eine heruntergekommene Straße mit abrissreifen Häusern, auf deren Wänden und Dächern noch verblasste Aufschriften zu erkennen waren. Mehrere Leute sprangen von einem Kipper, der mitten auf der Straße geparkt hatte. »Das war mal der Rotlichtbezirk. Es gab jede Menge Schwulenbars und Bordelle und Clubs. Echt wild und ausgelassen. Hier wurde jede Nacht gefeiert. Die Leute hatten nicht viel, aber feiern konnten sie. Jetzt kann man hier nachts nicht mal mehr durchfahren, höchstens mit einem Panzer.«

»Was ist mit den Bars passiert?«

»Jean-Claude hat alle schließen lassen, als die AIDS-Raten

stiegen, das war 1983. Die reichen amerikanischen Schwulen, die früher für ein Wochenende hergekommen waren, um sich auszutoben, sind weggeblieben, weil in euren Medien behauptet wurde, AIDS sei in Haiti entstanden. Jean-Claude hat auch die Schwulen festnehmen lassen.«

»Und nach La Gonâve gebracht?«

»Nein. Kein Mensch weiß, was mit ihnen geschehen ist.«

»Mit anderen Worten, sie wurden umgebracht?«

»Wahrscheinlich. Man weiß es nicht. Keiner ist der Sache nachgegangen, zumindest nicht offiziell. Man wollte keine Gerüchte in die Welt setzen. Homosexualität ist ein großes Tabu hier. Auf Kreolisch heißen Schwule *massissi* und Lesben *madivine*. Heutzutage kursiert der Spruch: ›Es gibt keine Schwulen in Haiti, die sind alle verheiratet und haben Kinder‹. Hier passiert vieles im Verborgenen«, sagte Chantale. »Aber eine Zeitlang hieß es, Jean-Claude sei bi. Das lag wahrscheinlich an den Unmengen Koks, die er sich reingezogen hat, und an der Tatsache, dass er schon sämtliche Frauen Haitis gevögelt hatte, die er wollte. Angeblich hatte er einen High-Society-Freund, René Sylvestre. So ein dicker fetter Kerl, der in einem vergoldeten Rolls Royce durch die Gegend kutschierte und Frauenkleider trug.«

»Klingt nach Liberace.«

»Man nannte ihn ›Le Mighty Real‹ – nach dem schwulen Discosänger.«

»Der von *You Make Me Feel Mighty Real*?«

»Sie kennen das Lied?«

»Klar. Ich hab die Maxi-Single.«

»Sie?« Chantale lachte.

»Natürlich.«

»Echt?«

»Sicher. Was ist daran so überraschend? Ich bin der echte Tony Manero. *You Make Me Feel Mighty Real* – mein Song!«

»Sieht man Ihnen gar nicht an.« Wieder lachte sie dieses Lachen.

»Gucken Sie genauer hin«, sagte Max.

»Wir werden sehen.«

17

Sie fuhren über den Boulevard Harry Truman, eine breite, von Palmen gesäumte und überraschend glatte Küstenstraße. Zur Linken am Horizont machte Max einen Tanker und ein Kriegsschiff aus; geradeaus, noch ein Stück entfernt, sah er den Hafen mit den verrosteten und halb gesunkenen Schiffen, die das Gewässer verstopften. Eine Prozession von UN-Blauhelmsoldaten kam ihnen entgegen.

Die Banque Populaire d'Haïti, Kern aller geschäftlichen Aktivitäten der Familie Carver, war ein imposanter, cremefarbener Kubus, der vielleicht besser zu einer Bibliothek oder einem Gericht gepasst hätte. Max erinnerte er vage an den Pariser Arc de Triomphe, den er von Fotos kannte.

Das Gebäude stand ein Stück von der Straße zurück auf einer sanften Anhöhe, umgeben von einer riesigen, saftig grünen Rasenfläche. Das Ganze war von einer Sandsteinmauer eingefasst, auf der weiße und rosafarbene Blumen blühten, die die dolchartigen Eisendornen und den Stacheldraht nicht ganz verdecken konnten. Zwischen Bank und Straße ein hohes Metalltor, rechts und links davon zwei bewaffnete Wachleute. Als Chantale vorfuhr, sprach einer in ein Funkgerät, und das Tor schwang nach innen auf.

»Das ist die VIP-Einfahrt«, erklärte Chantale, als sie durchs Tor rollte und eine kurze Auffahrt hinauffuhr, die den Rasen in zwei Quadrate teilte. »Nur die Familie, ein paar Angestellte und besondere Kunden kommen hier rein.«

»Und wozu gehören Sie?«, fragte Max und bemerkte einen silbernen Mercedes-Jeep mit getönten Scheiben, der hinter ihnen durchs Tor fuhr.

Sie folgten der Auffahrt bis zu einem halb leeren Parkplatz. Ein steter Strom von Menschen ging durch die Drehtür der Bank ein und aus.

Als er ausstieg, sah Max ein paar Parklücken weiter den Mercedes stehen. Er warf einen unauffälligen Blick hinüber, gerade lang genug, um alles aufzunehmen und sich ein Bild zu machen, aber ohne zu glotzen. Vier Männer stiegen aus, schwergewichtige Hispanics. Sie gingen nach hinten zum Kofferraum.

Max hatte genug gesehen. Er wusste, was kommen würde, noch bevor die vier ihn und Chantale mit schnellen Schritten überholten, jeder mit zwei schweren Koffern in der Hand.

»Besondere Kunden?«, fragte Max.

»Geld weiß nicht, woher es kommt. Genauso wenig wie meine Chefs«, sagte sie ohne einen Anflug von Scham oder Verwunderung oder Besorgnis, als hätte sie derlei Kommentare schon häufiger parieren müssen – oder als wäre sie darin geschult, solche Kommentare zu parieren.

Max schwieg. Er vermutete, dass schon massenhaft Drogengelder durch die Banque Populaire gewandert waren. Seit Anfang der Achtziger wurden mindestens zehn bis fünfzehn Prozent des weltweiten Kokainumschlags über Haiti vertrieben, und die meisten der südamerikanischen Kartellbosse pflegten enge Verbindungen zum Land. Viele hatten sich hier für ein oder zwei Jahre niedergelassen, um kurzfristig von der Bildfläche zu verschwinden. Max ging davon aus, dass sich die Carvers nie aktiv ums Drogengeschäft bemüht hatten – dazu war Gustav viel zu schlau –, aber es wurde sicherlich auch kein Kunde abgewiesen, der an ihre Tür klopfte.

Es war Max' Wunsch gewesen, seine Ermittlungen in der

Bank zu beginnen, auf dem ureigensten Terrain der Carvers. So ging er immer vor, arbeitete sich vom Klienten nach außen: Je mehr er über seine Auftraggeber wusste, umso besser verstand er, wie ihre Feinde dachten; er wollte sehen, was sie hassten und begehrten, was sie an sich reißen oder zerstören wollten. Als Erstes würde er das Motiv finden, dann ein Netz um die möglichen Verdächtigen werfen und es langsam einholen. Einen nach dem anderen würde er aussortieren, bis er den Täter gefunden hatte.

Sie folgten den Kofferträgern durch die Tür. Das Innere war erwartungsgemäß protzig, eine Kreuzung zwischen einem Flugzeughangar und einem Konzernmausoleum, wo die verstorbenen Vorstandsvorsitzenden unter einem Messingschild im Fußboden ihre letzte Ruhe fanden, damit nachfolgende Generationen sie ignorieren und auf ihnen herumtrampeln konnten. Die mit Fresken verzierte Decke war ungefähr dreißig Meter hoch und wurde von gewaltigen griechischen Säulen aus dunklem Granit getragen. Das Fresko zeigte einen hellblauen Himmel mit Schäfchenwolken und der Hand Gottes, die alle großen Währungen dieser Welt herabregnen ließ, Dollar und Rubel, Franc und Yen, Pfund und Peseten. Der haitianische Gourde glänzte durch Abwesenheit.

Die Schalter befanden sich am anderen Ende der Halle. Es gab mindestens dreißig in abgetrennten, nummerierten Kabinen aus Granit und kugelsicherem Glas. Max fiel auf, wie aufgeputzt die Kunden waren, als wären sie eigens zum Friseur gegangen und hätten sich neue Kleider gekauft, bevor sie hier ihre Geschäfte abwickelten. Möglicherweise war es in Haiti Ausdruck eines gewissen gesellschaftlichen Status, ein Bankkonto zu besitzen. Man gehörte einem exklusiven Kreis an, und das Ritual des Einzahlens und Abhebens fungierte als gesellschaftliches Gegenstück zur Kommunion oder zur Spende bei der sonntäglichen Kollekte.

Die Männer mit den Koffern wurden durch eine Tür rechts der Schalterreihe geführt. Neben der Tür standen zwei Wachleute mit Pumpguns, die sie lässig im Arm trugen.

In der Mitte des hochglanzpolierten dunklen Granitfußbodens prangte Haitis Nationalflagge, sie nahm ungefähr die Hälfte der Fläche ein. Max lief einmal darum herum und betrachtete sie eingehend: zwei horizontale Streifen, oben Dunkelblau, unten Rot. In der Mitte ein Wappen mit einer Palme, flankiert von zwei Kanonen, mehreren Flaggenmasten und Musketen mit Bajonetten. Auf der Spitze der Palme eine blaurote Kappe, unten auf einer Schriftrolle das Motto »*L'Union Fait La Force*«.

»Die Duvalier-Flagge sah viel besser aus, Schwarz und Rot anstelle von Blau. Die stand noch für Business. Vor zehn Jahren wurde sie wieder in die ursprünglichen Farben geändert, also musste auch der Fußboden neu gemacht werden«, sagte Chantale, während sie Max beobachtete. »Eine sehr französische Flagge. Die Farben Blau und Rot entsprechen im Grunde der Tricolore ohne das Weiß, das für den weißen Mann steht und deshalb weg musste. Der Schriftzug und die Waffen symbolisieren den Freiheitskampf des Landes durch Einheit und gewaltsame Revolution.«

»Eine Kriegernation«, bemerkte Max.

»Das war damals«, entgegnete Chantale trocken. »Wir kämpfen nicht mehr. Heute legen wir uns nur noch hin und stecken ein.«

»Max!«, rief Allain Carver, der vom anderen Ende der Halle auf sie zukam. Einige Kunden – alles gut situierte Frauen, die vor den Schaltern anstanden – drehten sich um und verharrten. Sie ließen ihn nicht aus den Augen, als er schnellen Schrittes und mit klackernden Absätzen den Raum durchquerte, die Hände leicht nach vorn gestreckt, als wollte er etwas auffangen.

Sie gaben sich die Hand.

»Willkommen!«, sagte Carver. Ein fast warmes Lächeln, der perfekt sitzende Anzug frisch gebügelt, die Haare nach hinten gegelt. Er war wieder Chef, Herr und Meister.

Max schaute sich noch einmal in der Schalterhalle um und fragte sich, wie viel Drogengeld in den Bau geflossen war.

»Ich würde Sie liebend gern selbst herumführen«, entschuldigte sich Carver, »aber ich habe den ganzen Tag Kundentermine. Unser Sicherheitschef Mr. Codada wird Ihnen das Haus zeigen.«

Er führte sie den Weg zurück, den er gekommen war, und ließ sie durch eine Tür, neben der zwei Wachleute standen, in einen kühlen, langen Korridor mit blauem Teppichboden, der ein gutes Stück weiter an einem Aufzug endete.

Vor dem einzigen Büro am Korridor blieben sie stehen. Carver klopfte zweimal und stieß die Tür abrupt auf, als hoffte er, die Anwesenden bei etwas Peinlichem oder Verbotenem zu erwischen.

Mr. Codada telefonierte, einen Fuß auf dem Schreibtisch. Er lachte laut und ließ die Troddeln an seinen Lacklederschuhen im Rhythmus seiner Freudenausbrüche klappern. Er warf ihnen über die Schulter einen Blick zu, wedelte unbestimmt mit der Hand durch die Luft und setzte sein Gespräch fort, ohne seine Position zu verändern.

Es war ein geräumiges Büro; an den Wänden hingen zwei Gemälde. Der Schreibtisch war leer bis auf das Telefon, eine Schreibunterlage und ein paar kleine schwarze Holzfiguren.

Codada sagte: »*A bientôt, ma chérie*«, schmatzte ein paar Küsschen in den Hörer und legte auf. Dann drehte er sich mitsamt Stuhl zu seinen Besuchern um.

Ohne seinen Platz neben der Tür zu verlassen, sprach Carver in schroffem Tonfall auf Kreolisch mit ihm und deutete mit dem Kopf zu Max, als er dessen Namen sagte. Codada nickte schweigend. Sein Gesicht spiegelte eine Mischung aus professionellem Ernst und übrig gebliebener Fröhlichkeit wider. Max hatte keine Mühe, das Verhältnis zwischen den beiden zu durchschauen. Codada war Gustavs Mann und nahm den Junior nicht im Geringsten ernst.

Als Nächstes wechselte Carver ein paar Worte mit Chantale, sehr viel sanfter und mit einem Lächeln. Dann drehte er den Oberflächencharme noch etwas weiter auf, um sich von Max zu verabschieden.

»Viel Spaß bei der Führung«, sagte er. »Wir unterhalten uns später.«

Maurice Codada stand auf und kam hinter seinem Schreibtisch hervor.

Er hauchte Chantale zwei Küsschen auf die Wange und drückte ihr herzlich die Arme. Sie stellte ihm Max vor.

»*Bienvenu à la Banque Populaire d'Haïti, Monsieur Mainguss*«, sagte Codada überschwänglich, senkte den Kopf und zeigte Max seine lustig aussehende rosa Halbglatze mit den Sommersprossen, bevor er seine Hand nahm und sie ebenfalls kräftig schüttelte. Er war ein schmächtiger, kleiner Mann, kleiner und schmaler als Max, aber er hatte einen festen Händedruck. Chantale erklärte, dass sie würde übersetzen müssen, weil Codada kein Englisch sprach.

Codada geleitete sie zurück zum Haupteingang und fing sofort mit der Führung an, eine Schnellfeuersalve auf Kreolisch, die wie ein Telex aus seinem Mund ratterte, während er sie durch die Halle führte.

Chantale verpackte seine verbalen Wasserfälle in gepflegte Einzeiler: »Die Säulen stammen aus Italien.« / »Der Fußboden auch.« / »Die Nationalflagge Haitis.« / »Die Schalter stammen aus Italien.« / »Die Angestellten nicht ... ha ha ha.«

Codada flanierte an der Reihe der Kunden vorbei, schüttelte Hände, klopfte Schultern, begrüßte die Damen mit

Küsschen: Er bearbeitete die Menge mit dem Elan eines Politikers im Wahlkampf. Er hob sogar ein Kind hoch und drückte ihm einen Kuss auf die Wange.

Codada erinnerte an einen als Zirkusclown verkleideten Löwen, eine Comicfigur auf der Suche nach einem Comic. Er hatte eine flache, breite Nase, einen runden, orangeroten Afroschopf und die natürliche Blässe aller Rothaarigen, dazu dichte Sommersprossen. Seine Lippen waren rot – die untere sogar tiefrot umrandet – und feucht, weil er sich ständig mit der rosa Zungenspitze um den Mund fuhr wie eine Gottesanbeterin bei der erfolglosen Jagd nach einem flinken Insekt. Sein Blick war verschlagen, die Iris von der Farbe gerösteter Kaffeebohnen, die Lider zierte ein Spaghettimuster aus feinen Adern.

Vieles an Codada war irgendwie schräg, angefangen bei dem Schmuck, der einfach nicht passte. Er trug jede Menge Gold am Körper, zwei dicke Armbänder an jedem Handgelenk und zwei fette Goldbarren als Ringe an den kleinen Fingern. Beim Lächeln zeigte er seinen goldenen Schneidezahn, und während er durch die Schalterhalle hüpfte, hörte Max es unter seinem Hemd klirren, was ihn vermuten ließ, dass er sich mindestens drei Goldketten um den Hals gehängt hatte.

In Max' Augen fehlte es Codada an so gut wie alles Eigenschaften, die ihn für den Posten des Sicherheitschefs qualifiziert hätten. Die meisten seiner Kollegen waren eher nach innen gekehrt, verschwiegen und vor allem diskret, sie redeten wenig, sahen alles, dachten schnell und bewegten sich schnell. Codada war das genaue Gegenteil. Er mochte Menschen, oder vielmehr, er mochte Aufmerksamkeit. Der gemeine Wachmann dagegen ging in der Menge unter und betrachtete zugleich alle um sich herum als potenzielle Gefahrenträger. Nicht einmal seine Kleidung passte: weiße Leinenhose, marineblauer Blazer und braunweiße Krawatte. Die meisten Sicherheitsleute hielten es eher mit gedämpften Tönen und düsteren Uniformen, Codada hingegen hätte auch als Maître d'Irgendwas auf einem Kreuzfahrtschiff für Schwule anheuern können.

In einem verspiegelten Aufzug fuhren sie in den ersten Stock, in die Abteilung Geschäftskunden. Codada positionierte sich links neben der Tür, von wo aus er einen vollen dreidimensionalen Blick auf Chantale genießen konnte. Max hatte ihn für schwul gehalten, aber die ganze kurze Fahrt über nahm Codada nicht für eine Sekunde den Blick von Chantales Brüsten, er schien jedes kleinste Detail in sich aufzusaugen. Kurz vor dem ersten Stock spürte er Max' strengen Blick und sah ihm direkt in die Augen, warf noch einen kurzen Blick auf Chantales Brüste und wieder zurück zu Max, um ihm mit einem kleinen Nicken zu verstehen zu geben, dass sie wohl den gleichen Geschmack hatten. Chantale hatte es nicht bemerkt.

Die Abteilung Geschäftskunden war mit Fliesenteppich ausgelegt und klimatisiert, ein leichter Plastilingestank hing in der Luft. An den Wänden im Flur prangten gerahmte Schwarzweißfotos größerer Bau- und sonstiger Projekte, die die Bank finanziert hatte, von der Kirche bis zum Supermarkt. Codada führte sie an mehreren Büros vorbei, in denen jeweils drei oder vier adrett gekleidete Männer und Frauen vor Computern und Telefonen saßen. Keiner schien wirklich etwas zu tun zu haben. Genau genommen sah es aus, als würde auf der ganzen Etage nicht viel passieren. Die meisten Computerbildschirme waren schwarz, kein Telefon klingelte, und manche Angestellte machten sich nicht einmal die Mühe, ihre Untätigkeit zu überspielen. Sie saßen plaudernd auf den Schreibtischen, lasen Zeitung oder unterhielten sich. Fragend schaute Max zu Chantale hinüber, aber die sparte sich eine Erklärung. Codadas Stimme hallte durch die Stille. Viele schauten auf und blickten der Gruppe nach, einige lachten laut über irgendetwas, das Codada gesagt hatte. Aber was immer es war, es wurde entweder bei der Übersetzung ausgespart oder überlebte den Sprung in die andere Sprache nicht.

Max fing an, Gustavs Mentalität und seine Einstellung diesen Menschen gegenüber zu verstehen. Es gab einiges, was man daran hassen konnte, aber noch sehr viel mehr, was zu bewundern war.

Auf der nächsten Etage ging es ein klein wenig lebhafter zu: Hypotheken und Privatkredite. Die Ausstattung war die gleiche wie unten, aber Max hörte das eine oder andere Telefon klingeln, und an einigen Computern wurde sogar gearbeitet. Codada erklärte mit Chantales Hilfe, dass der Haitianer lieber selbst ein Haus baute, als ein bereits fertiges zu kaufen, weshalb häufig eine Finanzspritze nötig war, um ein Stück Land zu erwerben und einen Architekten und eine Baufirma zu engagieren.

Die Büros der Carvers befanden sich im obersten Stockwerk. Vor den Spiegelwänden des Aufzugs straffte sich Codada und klopfte sich das Haar platt. Chantale warf Max ein »Was für ein Hampelmann«-Lächeln zu. Max klopfte sich auf die Glatze.

Die Aufzugtüren öffneten sich zu einem Empfangsbereich mit einem hohen Mahagonitresen, hinter dem eine Frau saß, und einem Wartebereich mit niedrigen schwarzen Ledersofas, einem Couchtisch und einem Wasserkühler. Auch zwei Wachleute mit Uzis im Arm und kugelsicheren Westen waren zu sehen, einer links, einer rechts. Codada ging voran und führte sie zu einer schweren Doppeltür an der linken Wand. Er tippte einen Zugangscode in ein Tastenfeld, das in den Türrahmen eingelassen war. Von rechts war eine Kamera auf sie gerichtet. Die Türen öffneten sich auf einen Flur, der zu einer weiteren Doppeltür führte.

Sie waren auf dem Weg zum Büro von Gustav Carver. Codada sagte ihre Namen in eine Gegensprechanlage, und sie wurden hineingesummt.

Gustavs Sekretärin, eine resolute Frau von Ende vierzig mit heller Haut, begrüßte Codada mit förmlicher Herzlichkeit.

Codada stellte ihr Max vor, aber nicht umgekehrt, sodass er ihren Namen nicht erfuhr. Er sah auch kein Namensschild auf dem Schreibtisch. Mit einem kurzen Nicken gab sie Max die Hand.

Codada stellte ihr eine Frage, auf die sie mit »*non*« antwortete. Er dankte ihr und führte Max und Chantale wieder hinaus aus dem Büro und zurück in den Flur.

»Er hat gefragt, ob wir Gustav Carvers Büro sehen dürfen, aber Jeanne hat nein gesagt«, flüsterte Chantale.

»Was ist mit Allain?«

»Der ist Vizepräsident. Sein Büro liegt im ersten Stock. Wir sind daran vorbeigelaufen.«

Codada führte sie zurück ins Erdgeschoss. Max gab ihm zweihundert Dollar, die er für ihn in haitianische Währung umtauschen sollte. Codada schwebte in Richtung Kassen davon, unterwegs schüttelte er noch ein paar Hände und hauchte noch ein paar Küsschen in die Luft.

Wenige kurze Minuten später war er wieder da und hielt einen braunen Packen Gourdes von der Dicke eines Backsteins zwischen Daumen und Zeigefinger. Durch die Invasion und den bedenklichen Zustand der haitianischen Wirtschaft hatte die Währung so hoffnungslos an Wert verloren, dass man für einen Dollar zwischen fünfzig und hundert Gourdes kriegte, je nachdem, zu welcher Bank man ging. Die Banque Populaire bot den großzügigsten Kurs in ganz Haiti.

Max nahm den Stapel entgegen und betrachtete die

Scheine. Sie waren feucht und fettig und wiesen – obschon ursprünglich blau, grün, violett oder rot gewesen – unterschiedliche Schattierungen eines gräulichen Brauns auf. Je geringer der Wert (fünf Gourdes), umso schlechter waren vor lauter Dreck und Schmiere Zahlen und Design zu erkennen, während die größeren Scheine (500 Gourdes) nur leicht fleckig und problemlos lesbar waren. Die Scheine rochen heftig nach Käsefüßen.

Codada führte sie durch die Drehtüren nach draußen und verabschiedete sich. Im gleichen Moment kamen die Männer mit den – jetzt leeren – Koffern durch die Tür. Codada unterbrach sich in seiner Abschiedsrede, um sie zu begrüßen, einen von ihnen umarmte er herzlich.

Max und Chantale gingen zurück zum Wagen.

»Und, was denken Sie?«, fragte Chantale.

»Gustav ist ein großzügiger Mensch«, sagte Max.

»Wieso?«

»Er beschäftigt viele Leute, die nichts zu tun haben«, sagte er. Er war versucht, Codada mit in die gleiche Schublade zu stecken, aber er hielt sich zurück. Es war nie ratsam, allein nach dem äußeren Eindruck und dem eigenen Instinkt zu urteilen, auch wenn die ihn noch nie im Stich gelassen hatten.

»Gustav kennt die Mentalität der Haitianer: Wenn du heute etwas für jemanden tust, gewinnst du einen Freund fürs Leben«, sagte Chantale.

»Das gilt wahrscheinlich auch in die andere Richtung.«

»Ja, stimmt. Wir tun alles, um einem Freund zu helfen, und noch viel mehr, um einen Feind ins Grab zu bringen.«

18

Ihre nächste Station war der Boulevard des Veuves, wo Charlie entführt worden war.

Sie parkten den Wagen und stiegen aus. Die Hitze überfiel Max wie ein feines Netz glühender Lava und brannte ihm auf der Haut. Sofort brach ihm der Schweiß aus, rann ihm über den Rücken und durchnässte ihm das Hemd. Vor der Bank hatte ein leichter Wind geweht, der direkt vom Meer kam, und die Hitze gemildert. Aber hier war es windstill und knochentrocken, und die Luft flimmerte, sodass er kaum klar sehen konnte.

Die Gehsteige waren stark erhöht, die gefährlich glatten Steinplatten von jahrzehntelanger Vernachlässigung und zahllosen Füßen spiegelblank geschliffen. Sehr langsam schoben sie sich durch die Menschenmassen – auf dem Gehweg wurde ge- und verkauft und gefeilscht, dazwischen standen die Leute in Gruppen zusammen und plauderten. Max hörte seine Gummisohlen auf den heißen Steinen quietschen. Alle gafften sie an und schauten ihnen nach – besonders Max, dem hier allgemeine Belustigung und Verwunderung entgegenschlugen, nicht das Misstrauen und die Feindseligkeit, die er bei seinen Besuchen in den Ghettos zu Hause kennengelernt hatte. Dennoch hatte er nicht vergessen, was erst wenige Stunden zuvor geschehen war, und mied jeden Blickkontakt. Irgendwann gingen Chantale und er auf der Straße weiter, die nur unwesentlich weniger verstopft war.

Würde nicht ohnehin schon die ganze Stadt auf dem allerletzten Loch pfeifen, hätte Max dieses hier für ein schlimmes Viertel gehalten. Vor langer Zeit einmal war der Boulevard des Veuves mit kleinen, sechseckigen Steinen gepflastert gewesen. Alle bis auf die allerletzten, die sich noch an die Kante des Gehsteigs klammerten, waren verschwunden. Alle zwei Meter kam ein Gully ohne Deckel, im Grunde nicht mehr als ein offenes quadratisches Loch im Rinnstein, und alle vier oder fünf Meter war die Straße abgesackt, sodass stinkende, fliegenverseuchte Krater entstanden waren. Sie dienten als Müllgruben und öffentliche Toiletten, wo Männer, Frauen und Kinder in aller Öffentlichkeit ihr Geschäft verrichteten, ohne sich im Mindesten vom vorbeifließenden Verkehr stören zu lassen. Es stank nach Scheiße, fauligem Wasser, verdorbenem Obst, Gemüse und Kadavern.

Überall, in und auf allem, war Staub, der von den Bergen heruntergeweht wurde, die die Hauptstadt umgaben. Früher einmal waren die Berge dicht bewaldet gewesen, aber eine Generation nach der anderen hatte die Bäume gefällt, um sie zu verfeuern oder Häuser und Karren daraus zu bauen. Die Sonne hatte die nackte, einst fruchtbare Erde ausgedörrt, und nun blies der Wind sie den Haitianern ins Gesicht. Er konnte den Staub auf der Zunge schmecken, und er wusste genau: Würde er die Augen schließen und sich auf die Umgebung einlassen, würde er ganz genau wissen, wie es sich anfühlte, in dieser elenden, gottverlassenen Stadt lebendig begraben zu sein.

Von allen Wänden starrte ihnen Charlies Gesicht entgegen. Die schlichten Schwarzweißposter, die mit einer Belohnung für sachdienliche Hinweise lockten, standen im Wettstreit mit größeren, bunteren Plakaten, die für Konzerte haitianischer Sänger in Miami, Martinique, Guadeloupe oder New York warben.

Er riss eines von Charlies Postern von der Wand, um es herumzuzeigen. Dabei bemerkte er auf dem linken Rand ein kleines, handgemaltes Symbol in Schwarz: ein Kreuz mit zwei Beinen, in der Mitte leicht gebogen, die Spitze abgerundet, der Querbalken rechts um zwei Drittel kürzer als links. Ihm fiel auf, dass alle Poster das Zeichen trugen.

Er zeigte es Chantale.

»Tonton Clarinette«, sagte sie.

Sie machten sich daran, nach Zeugen von Charlies Entführung zu fragen. In den Geschäften fingen sie an, den kleinen Lebensmittelläden ohne Klimaanlage und mit wackeligen Regalen, den Geschäften für Töpfe und Pfannen und Holzlöffel und Kellen, den Schnapsbuden, einer Bäckerei, einem Schlachter, wo ein halb gehäutetes Hühnchen an einem Haken hing, einem Händler für gebrauchte Autoteile und einem Geschäft, in dem nur strahlend weiße Hühnereier verkauft wurden. Überall erhielten sie die gleiche Antwort: *Mpas weh en rien* – ich habe nichts gesehen.

Dann befragten sie die Leute auf der Straße. Chantale zeigte ihnen das Poster und stellte die Fragen.

Keiner wusste irgendetwas. Die Leute schüttelten den Kopf, zuckten mit den Achseln, antworteten mit ein bis zwei Sätzen oder einem langen, heiseren Redeschwall. Max stand daneben und musterte die Befragten mit Polizistenblick, er suchte nach den verräterischen Anzeichen, dass sie logen oder etwas für sich behielten, aber er sah nur erschöpfte, halb schlafende Männer und Frauen unbestimmbaren Alters, die nichts Rechtes damit anzufangen wussten, dass die Dame mit der hellen Haut und der weiße Mann ihnen plötzlich so viel Aufmerksamkeit schenkten.

Nach über einer Stunde beschloss Max, den Schuster ausfindig zu machen, von dem Francesca gesprochen hatte. Er hatte schon die ganze Zeit danach Ausschau gehalten, aber ihn nicht gefunden. Vielleicht waren sie daran vorbeigelaufen, oder der Laden hatte inzwischen dicht gemacht. Mindestens die Hälfte der Leute hier ging barfuß, sie hatten breite, krumme Füße, die wächserne Hornhaut an den Sohlen und

Fersen war so dick, dass er bezweifelte, dass sie in ihrem Leben jemals Schuhe getragen hatten.

Sie gingen zurück Richtung Wagen. In ihrer Nähe stand ein alter Mann hinter einem Holzkarren mit einer Kühlbox und mehreren grellbunten Sirupflaschen und schaufelte Eiskugeln in Pappbecher.

Max sah ihm an, dass er auf sie beide gewartet hatte. Er hatte ihn schon früher aus den Augenwinkeln bemerkt. Er war ihnen gefolgt, als sie sich durch die Menge gearbeitet hatten, hatte in nicht allzu großer Entfernung seinen Karren hinter ihnen hergeschoben, Eis aus seiner Box gekratzt und sie beobachtet.

Als Max näher kam, fing er an zu reden. Max glaubte, er wolle ihnen sein bakterienverseuchtes Eis aufschwatzen, und winkte ab.

»Sie sollten sich das anhören, Max«, sagte Chantale. »Er redet über die Entführung.«

Der Mann behauptete, alles gesehen zu haben, und zwar ungefähr von dort, wo jetzt ihr Wagen stand, nur auf der anderen Straßenseite. Seine Version der Ereignisse deckte sich weitgehend mit der von Francesca. Faustin war mit dem Wagen an den Straßenrand gefahren und hatte lange dort gestanden und gewartet. Der Eisverkäufer hatte sogar gehört, wie Faustin die beiden Frauen beschimpfte.

Zu dem Zeitpunkt hatte sich bereits eine Menschenmenge um den Wagen gebildet. Faustin hatte das Seitenfenster heruntergedreht und die Leute angeschrien, sie sollten verschwinden und ihn in Ruhe lassen. Als sich niemand vom Fleck rührte, hatte er ein Gewehr herausgeholt und ein paar Schüsse in die Luft gefeuert, woraufhin Rose ihm von hinten ins Gesicht gegriffen hatte, um ihm die Augen auszukratzen. Da hatte er sie erschossen.

Viele aus der Menge hatten Faustin erkannt, jetzt stürmten

sie mit Macheten, Messern, Knüppeln, Metallstangen und Steinen auf den Wagen ein. Sie zertrümmerten die Fenster, kippten den Wagen aufs Dach und wieder auf die Räder, sprangen auf dem Dach herum und schlugen Risse ins Blech. Der Mann sagte, bestimmt dreihundert Leute hätten sich über den Wagen hergemacht.

Faustin wurde durchs Dach aus dem Auto gezerrt. Er war blutüberströmt, aber noch am Leben, er bettelte um Gnade. Sie warfen ihn in die Menge. Der Eisverkäufer meinte, der Mob müsse ihn zu Hackfleisch verarbeitet haben, denn als sie weiterzogen, war von seinem Körper nicht mehr übrig als eine Blutlache mit Eingeweiden, ein paar Knochensplitter und Stofffetzen. Lachend erzählte er, wie sie ihm den Kopf abgeschnitten, auf einen Besenstiel gesteckt und Richtung La Saline getragen hatten. Faustin, sagte er, hatte eine unnatürlich große Zunge, mindestens so groß wie die einer Kuh oder eines Esels. Die Menge hatte versucht, sie ihm auszureißen, wie sie es auch mit seinen Augen gemacht hatten, aber sie hatten sie nicht losgekriegt, weshalb sie ihm am Ende bis zum Kinn aus dem Mund hing und auf und nieder hüpfte, als die Menge singend und tanzend mit ihrer Trophäe Richtung Slums zog.

Bei den nachfolgenden Ereignissen war sich der Eisverkäufer nicht mehr ganz so sicher. Die wenigen Leute, die zurückgeblieben waren, machten sich daran, den Wagen auszuweiden. Dann waren drei Jeeps gekommen, Vincent Paul mit seinen Männern, und alles war auseinandergelaufen. Paul hatte herumgeschrien und war die Straße hoch- und runtergerannt, hatte nach dem Jungen und der Frau gefragt. Irgendjemand hatte in die Richtung gezeigt, in die der Mob mit Faustins Kopf verschwunden war. Pauls Männer hatten Roses Leiche in einen der Jeeps gelegt und waren mit hoher Geschwindigkeit davongefahren.

Was danach passierte, habe er nie herausfinden können, sagte der Mann. Das Ganze war wenige Tage vor der amerikanischen Invasion geschehen, sagte er, als die haitianische Armee und die Milizen durch die Straßen liefen und wahllos arme Wohnviertel beschossen oder abfackelten. In dem Klima der Angst und des Schreckens war vieles durcheinander geraten, vergessen worden oder unbeachtet geblieben.

Max dankte ihm und drückte ihm fünfhundert Gourdes in die Hand. Der Eisverkäufer betrachtete die Scheine, schüttelte Max kräftig die Hand und versprach, bei seinem nächsten Besuch im Tempel eine kleine Opfergabe für ihn darzubringen.

19

Die alte Frau sah genauso aus, wie Francesca sie beschrieben hatte. Sie saß in einem verblassten rosa Kleid auf der Veranda vor einem Schuhmachergeschäft am anderen Ende des Boulevard des Veuves. Die Vorderfront des Hauses, in dem sich das Geschäft befand, zierte ein großes Wandgemälde: Ein schwarzer Mann in Latzhose, die Ärmel des weißen Hemds aufgerollt, hämmerte auf eine Schuhsohle ein, ein barfüßiges Kind sah ihm zu, in der Mitte ein Engel, der über allem wachte. Einen anderen Hinweis auf den Laden gab es nicht. Die Tür stand offen, dennoch herrschte drinnen eine undurchdringliche Dunkelheit, gegen die auch das Sonnenlicht nicht ankam. Auf der anderen Straßenseite, direkt der Frau gegenüber, hatte jemand ein Plakat von Charlie aufgehängt.

Chantale stellte Max und sich vor und erklärte der Frau, warum sie hier waren. Die Frau winkte Chantale näher heran und sagte, sie müsse ihr ins Ohr sprechen, was Max nicht weiter überraschte. Bei dem Geschrei der Leute, die den Straßenverkehr zu übertönen versuchten, der sich dröhnend und hupend durch die verstopfte Straße quälte, hatte er sie selbst kaum verstanden.

Die Frau hörte angestrengt zu und sprach laut, wie Schwerhörige es tun, und trotzdem klang ihre Stimme nuschelig, als kämen ihr die Worte nur schwer über die Lippen.

»Sie sagt, sie hat alles gesehen. Sie hat genau hier gesessen«, sagte Chantale.

»Was hat sie gesehen?«, fragte Max, und Chantale übersetzte, kaum dass die Frau ihren Satz beendet hatte.

»Sie sagt, sie hat gehört, Sie bezahlen die Leute für ihre Erinnerungen.«

Mit einem breiten Lächeln gewährte die Frau Max einen Blick auf die Überreste ihres Gebisses: zwei krumme, fleckige Eckzähne, die eigentlich in das Maul eines bösartigen Hundes gehörten. Ganz kurz blickte sie über die Schulter zurück in die offene Ladentür, nickte, schaute von Max zu Chantale und redete dann leise auf ihre Dolmetscherin ein. Chantale verzog das Gesicht zu einem schiefen Grinsen und schüttelte den Kopf, bevor sie Max übersetzte, was die Alte gesagt hatte.

»Sie will mehr, als Sie dem Letzten gegeben haben.«

»Nur wenn sie die Wahrheit sagt und wenn wir was damit anfangen können.«

Die Frau lachte, als sie hörte, was Max gesagt hatte. Mit einem Finger, der krumm und dürr war wie ein Zweig, zeigte sie auf die andere Straßenseite, wo das Plakat von Charlie hing.

»Da drüben war er«, ließ sie von Chantale übersetzen.

»Wer?«, fragte Max.

»Der große Mann...«, sagte sie, »der Größte.«

Vincent Paul?

»Hatten Sie den vorher schon mal gesehen?«

»Nein.«

»Haben Sie ihn danach noch mal gesehen?«

»Nein.«

»Kennen Sie Vincent Paul?«

»Nein.«

»Wie wird er hier noch genannt?«, fragte Max.

»*Le Roi Soleil?*«, fragte Chantale die Frau und erntete einen fragenden Blick. Sie hatte keine Ahnung, wovon Chantale redete.

»Okay. Dieser Mann: Was hat er gemacht?«

»Er ist gerannt«, lautete die Antwort, dann deutete sie mit dem Kopf auf das Plakat auf der anderen Straßenseite, »mit dem Jungen da.«

»Mit *dem* Jungen?«, fragte Max und zeigte auf Charlies Gesicht. »Sicher?«

»Ja«, sagte sie. »Der Mann hatte ihn sich über die Schulter gelegt wie einen leeren Kohlensack. Der Junge hat ausgetreten und um sich geschlagen.«

»Was ist dann passiert?«

Wieder zeigte die Frau ihre fleckigen Fangzähne. Max griff in die Hosentasche und zeigte ihr die Rolle fettiger Gourdes. Sie streckte die Hand aus und winkte mit den Fingern: *Ich will Geld*.

Lächelnd schüttelte Max den Kopf. Er zeigte mit dem Finger auf sie und machte eine Handbewegung wie ein plappernder Mund: *Erst reden*.

Wieder grinste die Frau ihn an, dann lachte sie und machte eine Bemerkung über ihn, die Chantale unübersetzt ließ, obwohl sie ihr ein Lächeln entlockte.

Die Frau war weit über siebzig. Das wenige Haar, das unter dem grünen Kopftuch hervorschaute, war weiß, passend zu den buschigen Augenbrauen. Ihre Nase war platt wie die eines Boxers, die Augen, mit denen sie Max ansah, eine Nuance dunkler als ihre Haut, das Weiße beige.

»Von der Straße nach Cité Soleil ist ein Auto gekommen«, sagte sie zu Chantale und zeigte ihnen die Richtung. »Der große Mann ist mit dem Jungen eingestiegen, und sie sind weggefahren.«

»Haben Sie den Fahrer gesehen?«

»Nein. Der Wagen hatte schwarze Fenster.«

»Was war das für ein Wagen?«

»Ein schöner – einer für reiche Leute«, übersetzte Chantale.

»Könnten wir es etwas genauer haben? War es ein großer Wagen? Welche Farbe hatte er?«

»Ein dunkles Auto mit dunklen Scheiben«, sagte Chantale. Die Frau sprach weiter. »Sie sagt, sie hat es schon öfter hier gesehen, vor der Entführung, ein paarmal, und es ist immer aus der gleichen Straße gekommen.«

»Hat sie es danach auch noch mal gesehen?«

Chantale stellte die Frage. Die Frau verneinte, dann sagte sie, sie sei müde, es mache sie müde, sich an Sachen zu erinnern, die so lange zurücklagen.

Max gab ihr achthundert Gourdes. Sie hatte die Scheine schnell gezählt und zwinkerte Max verschwörerisch zu, als hüteten sie beide ein sehr persönliches Geheimnis. Dann warf sie noch einen hastigen Blick über die Schulter in den Laden, steckte sich mit flinken Fingern den Fünfhunderterschein in den Ausschnitt und schob sich den Rest in den Schuh. Ihre Bewegungen waren rasend schnell. Max betrachtete ihr Kleid – ausgeblichen und fadenscheinig, geflickt und gestopft – dann ihre Füße. Sie trug zwei verschiedene Schuhe von unterschiedlicher Größe und Farbe, einer schwarz, inzwischen fast grau, von einem zerschlissenen Bindfaden zusammengehalten, der andere ursprünglich rotbraun, mit verbogener Spange und abgebrochenem Dorn. Beide so klein, dass sie einem Kind gepasst hätten. Er fragte sich, wie sie sich in diesen Schuh noch das Geld hatte stopfen können.

Max schaute hoch zur Ladentür. Er wollte wissen, wonach sie sich umgedreht hatte. Es war zu dunkel drinnen, und kein Geräusch drang heraus. Doch er spürte, dass da jemand war und sie beobachtete.

»Der Schuster hat zugemacht«, sagte die alte Frau, als könnte sie Max' Gedanken lesen. »Irgendwann hat alles mal ein Ende.«

20

»Was denken Sie? Hat Vincent Paul Charlie entführt?«

»Ich weiß es nicht«, sagte Max. »Beweise gibt es nicht, weder dafür noch dagegen.«

Sie saßen auf der Rue du Dr. Aubry im Wagen und teilten sich eine der Wasserflaschen, die Max in einer Kühltasche mitgenommen hatte.

Chantale nahm einen Schluck. Sie kaute einen Zimt-Kaugummi. Ein UN-Jeep fuhr vorbei, ein Tap-Tap im Schlepptau.

»Hier ist Vincent Paul immer an allem schuld – immer, wenn was Schlechtes passiert, war er es«, sagte Chantale. »Ihm wird jedes Verbrechen angehängt. Bankraub? Vincent Paul. Autodiebstahl? Vincent Paul. Überfall auf eine Tankstelle? Vincent Paul. Einbruch? Vincent Paul. Das ist alles totaler Schwachsinn. Aber die Leute hier sind so stumpfsinnig, so apathisch, so ängstlich, so ... so verdammt *rückständig*. Die glauben, was sie glauben wollen, egal wie blöd und hirnrissig es ist. Und es sind ja nicht nur die ungebildeten Massen, die so etwas von sich geben, sondern auch die gebildeten Leute, die es eigentlich besser wissen müssten – die Leute, die unsere Wirtschaft führen, die dieses Land regieren.«

»Na ja, so wie es hier aussieht, muss einen das nicht überraschen«, lachte Max. »Was denken Sie über ihn, über Vincent Paul?«

»Ich glaube, er mischt in den ganz großen, ganz schweren Geschäften mit.«

»Drogen?«

»Was sonst?«, sagte sie. »Wussten Sie, dass Clinton die ganzen Kriminellen zu uns zurückschickt? Vincent Paul lässt die alle direkt vom Flughafen abholen.«

»Um sie wohin zu bringen?«

»Nach Cité Soleil, dem Slum, von dem ich Ihnen gestern erzählt habe.«

»Wer über Sitay So-lay herrscht, herrscht über das Land. Heißt es nicht so?«, plapperte Max nach, was Huxley und Chantale ihm erzählt hatten.

»Ich bin beeindruckt«, sagte Chantale lächelnd und reichte ihm die Flasche. »Aber was wissen Sie darüber?«

»Ein wenig«, nickte Max und wiederholte, was er von Huxley gehört hatte.

»Gehen Sie da nie, nie ohne einen Führer hin – und nie ohne Sauerstoffmaske. Wenn Sie da allein hingehen und sich verlaufen, werden entweder die Leute Sie umbringen oder die Luft.«

»Bringen Sie mich hin?«

»Auf gar keinen Fall! Ich kenne mich da nicht aus, und ich will mich da auch nicht auskennen«, sagte sie fast wütend.

»Schade, weil ich nämlich morgen hin will. Mich umschauen«, sagte Max.

»Sie werden da nichts finden, nur weil Sie sich mal umschauen. Sie müssen schon wissen, was Sie suchen.«

»Wie wahr, wie wahr!«, lachte Max. »Schon gut. Ich fahre

allein, sagen Sie mir nur, wie ich hinkomme. Ich geh schon nicht verloren.« Chantale sah ihn besorgt an. »Keine Sorge, ich erzähl's nicht Ihrem Boss.«

Sie lächelte. Er trank einen Schluck Wasser und schmeckte den Zimt, wo ihre Lippen die Flasche berührt hatten.

»Was können Sie mir noch über Vincent Paul erzählen? Was war da zwischen ihm und den Carvers?«, fragte Max.

»Gustav hat seinen Vater in den Ruin getrieben. Perry Paul war ein erfolgreicher Großhändler. Er hatte mehrere Exklusivverträge mit Venezuela und Kuba, und er hat seine Waren ziemlich billig verkauft. Gustav hat seine Beziehungen zum Regime genutzt, um ihn vom Markt zu verdrängen. Perry hat alles verloren und sich schließlich umgebracht. Zu der Zeit war Vincent in England. Er war noch ziemlich jung damals, aber Hass wird hier weitervererbt. Ganze Familien hassen sich auf ewig, weil ihre Ururgroßeltern sich mal zerstritten haben.«

»Das ist doch Scheiße.«

»Das ist Haiti.«

»Was hat er in England gemacht?«

»Er ist dort zur Schule gegangen und aufs College.«

Max erinnerte sich an den englischen Akzent des Mannes vom Vorabend.

»Sind Sie ihm schon mal begegnet?«, fragte Max.

»Nein«, lachte sie. »Was ich Ihnen hier erzähle, habe ich von anderen gehört. Harte Fakten sind das nicht.«

Er machte sich Notizen.

»Wohin jetzt, Herr Detektiv?«

»Zur Rü dü Tschamp de Mars.«

»*Rue du Champs de Mars*. Was gibt's da?«

»Felius Duufuur«, las Max aus seinem Notizbuch vor.

Chantale sagte nichts. Als er zu ihr aufschaute, sah er, dass sie bleich geworden war und verängstigt aussah.

»Was ist los?«

»Filius *Dufour? Le Grand Voyant?*«

»Noch mal auf Englisch, bitte.«

»Hier bei uns sind es nicht die Politiker oder die Carvers, die die Macht haben, und auch nicht euer Präsident. Es sind Leute wie dieser Mann. Filius Dufour war Papa Docs persönlicher Wahrsager. Duvalier hat keine wichtige Entscheidung getroffen, ohne ihn vorher zu konsultieren.« Chantale senkte die Stimme, als würde sie lieber nicht gehört werden. »Sie wissen vielleicht, dass Papa Doc schon mindestens zwei Monate tot war, bevor es der Öffentlichkeit bekannt gegeben wurde. Er hatte Angst, dass seine Feinde seinen Leichnam finden und seinen Geist gefangen nehmen könnten, deshalb hat er angeordnet, an einem geheimen Ort begraben zu werden. Bis heute weiß kein Mensch, wo das ist – bis auf Filius Dufour. Angeblich hat er die Bestattungszeremonie geleitet. Genauso wie er angeblich noch am Tag von Papa Docs Tod Baby Doc mit seiner Mutter verheiratet hat, und zwar an den heiligen Wasserfällen – das ist ein ganz seltenes Voodoo-Ritual, das nur ganz wenige Menschen auf der Welt ausführen können. Es soll den Übergang der Macht vom Vater zum Sohn garantieren. Nachdem die Duvaliers gestürzt waren, sind alle, die mit ihnen zu tun hatten, entweder ins Exil oder in den Knast gegangen, oder sie wurden umgebracht – alle außer Filius Dufour. Dem ist nichts passiert. Die Leute haben viel zu viel Angst vor ihm.«

»Ich dachte, er wäre ein ganz normaler Voodoo-Priester.«

»Ein *Houngan?* Er? Nein. Ein *Voyant* ist eine Art Wahrsager, aber es geht noch viel tiefer. Wenn Sie beispielsweise eine Frau begehren, die Sie nicht haben können – vielleicht weil sie glücklich verheiratet ist oder nicht an Ihnen interessiert – dann können Sie zu einem *Houngan* gehen, und der regelt das für Sie.«

»Wie?«

»Zaubersprüche, Gebete, Gesänge, Opfer. Das ist ziemlich individuell, es gibt da keine Regeln, und es hängt vom *Houngan* ab. Oft sind das echt eklige Sachen, zum Beispiel muss man die gebrauchten Tampons der Frau kochen und das Wasser trinken.«

»Und das funktioniert?«

»Ich kenne niemanden, der es versucht hat«, lachte Chantale. »Aber man sieht hier ziemlich viele hässliche Männer mit einer schönen Frau im Arm, da können Sie sich Ihre eigene Meinung bilden.«

»Was würde der Voyeur...?«

»*Voyant*. Das ist was komplett anderes. Hat mit Voodoo nicht das Geringste zu tun – aber erzähl das einem Ausländer, und er glaubt dir sowieso nicht.« Chantale musterte Max, um zu prüfen, ob er sie ernst nahm. Sie war erfreut zu sehen, dass er sein Notizbuch aufgeschlagen hatte und eifrig schrieb.

»Hellseher gibt es auf der ganzen Welt, Tarotkarten- und Handflächenleser, Zigeuner, Geisterbeschwörer und Medien. *Voyants* sind so was Ähnliches, nur dass sie noch viel mehr können. Sie benutzen keine Gimmicks. Die brauchen sie nicht. Man geht zu ihnen mit einer bestimmten Frage, die einem auf dem Herzen liegt – sagen wir, man wird in einem Monat heiraten und hat so seine Zweifel. Der *Voyant* sieht dich an und erzählt dir in groben Zügen, was passieren wird, als würde man sich ganz normal unterhalten. Sie können einem niemals sagen, was man tun soll. Sie zeigen einem nur, was die Zukunft bringen wird, und dann muss jeder seine Entscheidungen selbst fällen.«

»So weit, so durchgeknallt«, sagte Max.

»Mag sein, aber die *Grands Voyants* – und davon gibt es vielleicht zwei in ganz Haiti, und Filius Dufour ist so mächtig, wie man nur sein kann –, die können die Zukunft auch beeinflussen. Wenn einem nicht gefällt, was er einem erzählt, kann ein *Grand Voyant* direkt mit den Geistern in Kontakt treten. Um auf die Frau zurückzukommen, die man nicht haben kann: Stellen Sie sich vor, es gibt Geister, die auf Sie Acht geben.«

»So wie Schutzengel?«

»Ja. Die *Grands Voyants* können direkt mit diesen Geistern in Verbindung treten und einen Deal mit ihnen aushandeln.«

»Einen Deal?«

»Wenn die Frau sie enttäuscht hat, wenn sie nicht ihrem Schicksal gehorcht, wenn sie grausam war zu den Menschen um sie herum, dann werden sie sich vielleicht darauf einlassen, dass der *Voyant* sie zu dem Mann treibt.«

»Echt wahr?«, fragte Max. »Und der Erfolg hängt natürlich davon ab, dass man dran glaubt, richtig?«

»Das funktioniert auch bei Leuten, die nicht daran glauben. Für die ist es sogar noch schlimmer, weil sie nicht wissen, was los ist. Plötzlich haben sie eine Pechsträhne, die Frau, mit der sie seit fünfzehn Jahren verheiratet sind, verlässt sie und zieht zu ihrem Erzfeind, die minderjährige Tochter wird schwanger ... solche Sachen.«

»Warum kennen Sie sich da so gut aus?«

»Meine Mutter ist eine *Mambo* – eine Priesterin. Filius Dufour hat ihre Initiation durchgeführt, als sie dreizehn war. Genau wie bei mir.«

»Wie?«

»Mit einer Zeremonie.«

Max sah sie an, aber er konnte ihr Gesicht nicht deuten.

»Was hat er getan?«

»Meine Mutter hat mir einen Trank gegeben, und ich habe meinen Körper verlassen und alles von oben gesehen. Nicht von sehr weit oben, ein, zwei Meter vielleicht. Wissen Sie, wie die Haut aussieht, wenn man nicht mehr drinsteckt?«

Max schüttelte den Kopf – so etwas hatte er nicht mal nach dem allerbesten kolumbianischen oder jamaikanischen Gras erlebt.

»Wie alte Weintrauben, ganz faltig und hohl und schlaff, selbst wenn man so jung ist wie ich damals.«

»Was hat er getan?«, fragte Max noch einmal.

»Nicht, was Sie denken«, entgegnete sie, weil sie seinen Tonfall richtig gedeutet hatte. »Unsere Religion ist vielleicht primitiv, aber brutal ist sie nicht.«

Max nickte. »Wann haben Sie Dufour das letzte Mal gesehen?«

»Seit jenem Tag nicht mehr. Was wollen Sie von ihm?«

»Mit ihm reden, im Zuge der Ermittlungen.«

»Und zwar?«

»Ist vertraulich«, sagte Max knapp.

»Verstehe«, entgegnete Chantale. »Ich habe Ihnen gerade etwas sehr Persönliches erzählt, das ich nun wirklich nicht jedem auf die Nase binde, und Sie wollen mir nicht mal...«

»Ich habe Sie doch nicht darum gebeten«, sagte Max und hätte es am liebsten sofort wieder zurückgenommen. Ziemlich arschig, so was zu sagen.

»Natürlich, Sie haben mich nicht darum gebeten«, fauchte Chantale. Dann wurde ihr Tonfall wieder weicher. »Ich hatte das Bedürfnis, es Ihnen zu erzählen.«

»Warum?«

»Einfach so. Sie haben so etwas Beichtväterliches an sich. Sie sind jemand, der zuhört, ohne zu urteilen.«

»Das habe ich wahrscheinlich bei der Polizei gelernt«, sagte Max. Sie irrte sich: Er urteilte ständig. Aber sie flirtete mit ihm – nicht offen, sondern zaghaft und zweideutig, sodass sie es jederzeit leugnen und als Wunschdenken seinerseits abtun konnte. Sandra hatte genauso angefangen, hatte ihm vage Zeichen gegeben, dass sie womöglich an ihm interessiert sein könnte, ihn aber so lange im Unklaren gelassen, bis sie sich seiner sicher gewesen war. Er fragte sich, was sie von Chantale halten würde, ob die beiden sich gemocht hätten. Er fragte sich, ob sie mit Chantale als Nachfolgerin einverstanden wäre. Dann verwarf er den Gedanken.

»Okay, Chantale. Ich erzähle Ihnen so viel: In den sechs Monaten vor seinem Verschwinden ist Charlie Carver einmal die Woche bei Filius Dufour gewesen. Auch am Tag seiner Entführung hatte er dort einen Termin.«

»Gut, dann reden wir mit ihm«, sagte Chantale und ließ den Motor an.

21

Die Rue Boyer war einst eine exklusive Straße gewesen, mit Tor und Wachleuten und vornehmen Villen hinter Kokospalmen und Hibiskusbüschen. Während seiner Regierungszeit hatte Papa Doc dort seine Weggenossen angesiedelt. Baby Doc hatte in zwei Häusern Edelpuffs etabliert und mit blonden Nutten aus LA bestückt, damit sich seine kolumbianischen Freunde für 500 Dollar die Stunde vergnügen konnten, wenn sie im Lande weilten, um die Distribution ihrer Drogen zu überwachen und in den hiesigen Banken ihre Gewinne zu waschen. Die Weggenossen und die Nutten hatten das Land zusammen mit dem Regime der Docs verlassen, und das Volk hatte die Straße zurückerobert. Sie hatten die Häuser zuerst bis aufs Parkett ausgeweidet und waren dann in die nun leeren Hüllen eingezogen, wo viele bis heute lebten.

Max begriff nicht, warum sich Dufour entschieden hatte zu bleiben. Die Straße war eine Müllhalde, wie er sie in keinem Ghetto und keinem noch so heruntergekommenen Wohnwagenpark schlimmer gesehen hatte.

Sie fuhren durch das, was vom Tor noch übrig war: ein Eisenbogen, schwer nach hinten gelehnt, die linke obere Ecke bis zum Boden heruntergezogen, die Scharniere zu bösartigen Schmetterlingen mit spitzen Fühlern und rasiermesserscharfen Flügeln verformt. Die Straße der übliche Hindernisparcours aus Schlaglöchern, Buckeln, Abflussrinnen und Gullys. Die Häuser, einst elegante dreigeschossige Villen, waren düstere, schattige Rechtecke im Hintergrund, aller Persönlichkeit beraubt und vom plötzlichen Heranbranden der Armut verwüstet, nur noch für die Abrissbirne gut. Jetzt hausten dort Menschen vom Land, alte und sehr junge, praktisch alle in Lumpen gekleidet, die sie kaum verhüllten und die nur manchmal als Männer- oder Frauenkleider zu erkennen waren. Alle schauten wie ein Mann dem vorbeifahrenden Auto nach, eine Phalanx ausdrucksloser, hohler Blicke.

Dufour lebte im letzten Haus an der Straße, die, wie sich herausstellte, eine Sackgasse war. Sein Haus hatte nicht die geringste Ähnlichkeit mit den anderen. Es war in Altrosa gestrichen, der Stuck oben und unten an den Balkonen himmelblau, die Fensterläden – die allesamt geschlossen waren – leuchtend weiß. Vor dem Haus grüner Rasen und ein von Steinen und Pflanzen gesäumter Pfad, der zu den Verandastufen führte.

Gut ein Dutzend Kinder spielten auf der Straße, doch als Max und Chantale aus dem Wagen stiegen, hielten sie in ihrem Treiben inne und gafften sie an.

Hinter sich hörte Max einen Pfiff. Er sah einen kleinen Jungen über den Rasen sprinten und hinter dem Haus verschwinden.

Als Max und Chantale auf das Haus zugingen, rotteten

sich die Kinder auf der Straße zusammen und versperrten ihnen den Weg. Alle hatten einen Stein in der Hand.

Anders als die anderen Kinder, die er bisher auf den Straßen gesehen hatte, trugen diese ordentliche Kleider und Schuhe, sie sahen gesund und sauber aus. Sie waren nicht älter als acht, aber ihre harten Gesichtszüge spiegelten Erfahrungen und Weisheit wider, die weit über ihr Alter hinausgingen. Max versuchte es mit einem entwaffnenden Lächeln, aber das Mädchen mit den Haarschleifen, dem es galt, starrte nur grimmig zurück.

Chantale sagte etwas, aber sie antworteten nicht und rührten sich nicht vom Fleck. Sie packten die Steine nur noch fester, die jungen Körper spannten sich und bebten vor Feindseligkeit. Max schaute auf den Boden und sah, dass da bei Bedarf ausreichend Munition vorhanden war. Die Straße war praktisch ein Steinbruch.

Er nahm Chantale beim Arm und zog sie ein paar Schritte zurück.

Plötzlich ertönte vom Haus her wieder ein Pfiff. Der Junge kam schreiend angelaufen. Chantale stieß einen Seufzer der Erleichterung aus. Die Kinder ließen die Steine fallen und widmeten sich wieder ihrem Spiel.

22

Ein junges Mädchen mit Zahnspange und herzlichem Lächeln machte ihnen die Tür auf und ließ sie ein. Mit Gesten gab sie ihnen zu verstehen, dass sie in der grün-gelb gefliesten Eingangshalle warten sollten, dann lief sie die elegant geschwungene, mit Teppich ausgelegte Treppe hinauf.

Anfänglich war es nach der brütenden Hitze draußen angenehm kühl im Haus, aber nach einer Weile wurde ihnen empfindlich kalt. Chantale rieb sich die Arme, um sich zu wärmen.

Durch ein Deckenfenster fiel Licht in die Eingangshalle. Weitere Lichtquellen – weder elektrische noch andere – sah Max nicht, auch keine Schalter an den Wänden. Er konnte kaum zwei Meter weit sehen. Dahinter herrschte fast völlige Dunkelheit, die an den Rändern des Lichthofs darauf lauerte, den Platz einnehmen zu können, an dem sie standen.

Max bemerkte ein großes Ölgemälde an der Wand: zwei hispanisch aussehende Männer mit hageren, fast totenkopfartigen Gesichtern, vor ihnen eine hübsche dunkelhäutige Frau. Alle trugen Kleider aus der Zeit des Bürgerkriegs, in ihren schwarzen Gehröcken und den grauen Nadelstreifenhosen erinnerten die Männer an Glücksspieler aus Mississippi. Die Frau trug ein orangefarbenes Kleid mit weißem Rüschenkragen, in der Hand einen Sonnenschirm.

»Ist einer von den beiden Duufuur?«, fragte Max Chantale, die das Bild aufmerksam betrachtete.

»Beide«, flüsterte sie.

»Hat er einen Zwillingsbruder?«

»Nicht, dass ich wüsste.«

Das Mädchen erschien oben auf der Treppe und winkte sie hoch.

Auf der Treppe bemerkte Max gerahmte Schwarzweißfotos an den Wänden, teilweise sehr alt und in Sepia. In dem Licht waren sie nur schwer zu erkennen – es schien schwächer zu werden, je höher sie stiegen, obwohl sie dem Oberlicht näher kamen. Ein Foto fiel Max besonders ins Auge: ein schwarzer Mann mit Brille in weißem Kittel, der zu einer Gruppe von Kindern sprach, die irgendwo im Freien saßen.

»Papa Doc, als er noch gut war«, sagte Chantale, als sie Max' Blick bemerkte.

Das Mädchen führte sie in ein Zimmer, dessen Tür weit

offen stand. Drinnen war es stockdunkel. Lächelnd nahm sie Chantales Hand und forderte sie auf, Max bei der Hand zu nehmen. Praktisch blind tasteten sie sich voran.

Das Mädchen führte sie zu einem Sofa, sie setzten sich. Dann riss sie ein Streichholz an, und für einen kurzen Moment war es hell im Zimmer. Max sah Dufour, der ihnen gegenüber im Sessel saß, eine Decke auf den Knien, und ihn lächelnd ansah. Dann wurde es wieder dunkel, als die Flamme an den Docht einer Öllampe gehalten wurde. Max konnte Dufour nicht mehr sehen, was nicht schlimm war, weil das wenige, das er gesehen hatte, keinen allzu erfreulichen Anblick bot. Mit der langen Hakennase, die direkt zwischen seinen Augen anfing, und den schlaffen Hautfalten am Unterkiefer erinnerte der Mann an einen monströsen Truthahn. Er war bestimmt hundert Jahre alt, oder kurz davor.

Die Öllampe erzeugte ein schwaches, bronzefarbenes Glimmen. Max konnte Chantale und den Mahagonitisch vor sich sehen, darauf ein Silbertablett mit einem Krug eisgekühlter Limonenlimonade und zwei Gläsern mit blauem Muster in der Mitte. Der Rest des Zimmers lag im Dunkeln, auch Dufour war nicht zu erkennen.

Dufour brach das Schweigen, er sprach Französisch und nicht Kreolisch. Mit leiser, fast unhörbarer Stimme erklärte er, er könne nur drei Wörter auf Englisch: »*Hello*«, »*Thank you*« und »*Goodbye*«. Chantale übersetzte und fragte Dufour, ob er damit einverstanden sei, dass sie als Dolmetscherin bei dem Gespräch dabei war. Er sagte ja, er redete sie mit »Mademoiselle« an. Für einen flüchtigen Moment erhaschte Max einen kurzen Blick in eine längst vergangene Zeit, als Männer sich noch an den Hut tippten, den Damen den Stuhl zurückzogen und ihnen die Tür aufhielten, aber diese kurze Vision wurde schnell wieder von der Gegenwart verdrängt.

»Sie müssen entschuldigen, dass es hier so dunkel ist, aber

meine Augen sind nicht mehr das, was sie mal waren. Bei zu viel Licht kriege ich schreckliche Kopfschmerzen«, sagte Dufour auf Französisch, und Chantale übersetzte. »Willkommen in meinem Haus, Mr. Mingus.«

»Wir werden uns bemühen, nicht zu viel von Ihrer Zeit in Anspruch zu nehmen«, sagte Max, während er seinen Rekorder, Notizbuch und Stift auf den Couchtisch legte.

Dufour witzelte, dass alles immer kleiner wurde, je älter er werde, und erinnerte an die Zeit, als Tonbandgeräte noch über zwei riesige Spulen verfügten. Er bat sie, die Limonade zu kosten, die er eigens für sie beide hatte anrühren lassen.

Chantale schenkte ihnen ein. Amüsiert stellte Max fest, dass die orientalischen Motive auf den Gläsern Männer und Frauen in verschiedenen Stellungen beim Liebesspiel zeigten. Einige waren ganz gewöhnlich, andere eher exotisch, für manche brauchte es die Gelenkigkeit eines professionellen Schlangenmenschen. Er fragte sich, wie lange es her war, dass Dufour zum letzten Mal Sex gehabt hatte.

Sie plauderten und tranken Limonade, die bittersüß und erfrischend war. Max schmeckte Zitronen- und Limonensaft, aufgefüllt mit Wasser und Zucker. Dufour fragte Max, seit wann er schon im Lande sei und welchen Eindruck er gewonnen habe. Max antwortete, noch nicht lange genug in Haiti zu sein, um sich eine Meinung bilden zu können. Dufour lachte laut auf, ohne sein Amüsement mit einer Bemerkung oder einem Witz zu erklären.

»*Bien, bien*«, sagte er schließlich. »Fangen wir an.«

23

Max schlug sein Notizbuch auf und drückte den Aufnahmeknopf.

»Wann haben Sie Charlie Carver zum ersten Mal gesehen?«

»Seine Mutter hat ihn einige Monate vor seinem Verschwinden zu mir gebracht. An das genaue Datum kann ich mich nicht erinnern«, sagte Dufour.

»Wie haben Sie sie kennengelernt?«

»Sie ist zu mir gekommen. Sie war sehr in Sorge.«

»Warum?«

»Wenn sie Ihnen das nicht erzählt hat, kann ich es auch nicht.«

Die Antwort auf die letzte Frage war freundlich, aber bestimmt gewesen. Es steckte vielleicht nicht mehr allzu viel Leben in Dufour, aber Max spürte den eisernen Willen, der seinen gebrechlichen Körper aufrecht hielt. Max gestaltete die Befragung in neutralem Tonfall wie eine Unterhaltung und bemühte sich um eine entspannte und offene Körpersprache – nicht die Arme auf den Tisch stützen, sich nicht plötzlich vorbeugen oder zurücklehnen: *Erzählen Sie mir alles, raus damit.*

Chantale war das genaue Gegenteil. Sie schien kurz davor, vom Sofa aufzuspringen, während sie den alten Mann zu verstehen versuchte, dessen brüchige Stimme an- und abschwoll, aber selbst wenn sie sich hob, nicht über ein heiseres Zischen hinausging.

»Wie war Ihr Eindruck von Charlie?«

»Ein überaus intelligenter und glücklicher Junge.«

»Wie oft haben Sie ihn gesehen?«

»Einmal die Woche.«

»Immer am gleichen Tag zur gleichen Zeit?«

»Nein, das war von Woche zu Woche anders.«

»Jede Woche?«

»Jede Woche.«

Das Geräusch eines Deckels, der abgedreht wurde, kam aus Dufours Richtung. Ein Geruch nach Kerosin und vergammeltem Gemüse verdrängte den angenehmen Duft der frischen Limone, der bis dahin das einzige Parfum im Zimmer gewesen war. Chantale verzog das Gesicht und lehnte den Kopf zurück, um der übelsten Wucht der Duftwolke zu entgehen. Max drückte den Pausenknopf.

Dufour gab keinerlei Erklärung von sich. Er rieb sich die Handflächen ein, die Handgelenke und Unterarme, dann einen Finger nach dem anderen, wobei er am Schluss jedes Mal die Gelenke knacken ließ. Der Geruch steigerte sich von übel zu widerlich zu praktisch unerträglich und setzte sich als scharfer, gummiartiger Geschmack ganz hinten in Max' Kehle fest.

Er schaute sich im Raum um. Seine Augen hatten sich an das schwache Licht gewöhnt, sodass er mehr erkennen konnte als zuvor. Die winzige Flamme der Öllampe wurde von verschiedenen Oberflächen reflektiert, und Max fühlte sich an Fotos von Rockkonzerten erinnert, wo die Zuschauermassen Feuerzeuge in die Luft hielten: eine gasbetriebene Milchstraße. Die Fenster mit den geschlossenen Läden befanden sich zu seiner Linken, durch kleine Risse im Holz drang das grelle Sonnenlicht von draußen in scharf umrissenen Pünktchen und Strichen herein, ein Morsecode, der in den Augen schmerzte.

Dufour drehte den Behälter wieder zu und sprach mit Chantale.

»Er sagt, er ist bereit weiterzumachen«, verkündete sie Max.

»Okay.« Max schaltete den Rekorder wieder ein und blickte starr in die Dunkelheit vor sich, wo er den Kopf seines Gastgebers mit dem blassen Fleck, der sein Gesicht war, gerade so ausmachen konnte. »Wer hat die Termine gemacht? Sie oder Mrs. Carver?«

»Ich.«

»Wie haben Sie sie davon in Kenntnis gesetzt?«

»Per Telefon. Elaine, mein Dienstmädchen, das Sie hereingelassen hat, hat Rose angerufen, Charlies Kindermädchen.«

»Wie lange vorher haben Sie Bescheid gegeben?«

»Vier, fünf Stunden.«

Max schrieb sich das auf.

»War zu den Terminen noch jemand bei Ihnen?«

»Nur Elaine.«

»Es war sonst niemand im Haus, wenn Charlie bei Ihnen war? Keine Besucher?«

»Nein.«

»Haben Sie jemandem von Charlies Besuchen erzählt?«

»Nein.«

»Hat irgendjemand Charlie herkommen sehen?«

»Alle hier in der Straße.«

Dufour lachte los, sobald Chantale übersetzt hatte, um klarzustellen, dass es ein Scherz war.

»Wussten die Leute, wer Charlie war?«, fragte Max.

»Ich glaube nicht.«

»Haben Sie bemerkt, dass Ihr Haus von verdächtigen Personen beobachtet wurde? Vielleicht von Leuten, die Sie nicht kannten?«

»Nein.«

»Hat sich hier niemand rumgetrieben?«

»Das hätte ich gesehen.«

»Ich dachte, Sie mögen das Tageslicht nicht.«

»Es gibt nicht nur eine Art zu sehen«, übersetzte Chantale.

Bitte anschnallen und festhalten – wir nähern uns dem Hokuspokus-Disneywunderland, hätte Max am liebsten gesagt, behielt es aber für sich. Es war nicht das erste Mal, dass er sich mit einem Voodoo-Priester unterhielt, dem übernatürliche Fähigkeiten nachgesagt wurden. Schon damals auf der Suche nach Boukman war er einem begegnet. Das einzig Überwältigende an jenem Mann war sein Geruch gewesen: badewannenweise Rum und monatelange Duschabstinenz. Max hatte das Spiel mitgespielt, die richtigen Antworten gegeben, und hatte am Ende des Treffens einiges über Haitis Nationalreligion erfahren. Manchmal – wenn auch nicht oft – zahlte es sich aus, nachsichtig und tolerant zu sein.

»Sie stellen nicht die richtigen Fragen«, ließ Dufour durch Chantale übermitteln.

»Ach ja? Was soll ich denn fragen?«

»Ich bin hier nicht der Detektiv.«

»Wissen Sie, wer Charlie entführt hat?«

»Nein.«

»Ich dachte, Sie können in die Zukunft sehen?«

»Ich kann nicht alles sehen.«

Wie praktisch. Das erzählt man wohl den Leuten, denen unerwartet ein Verwandter gestorben ist.

»Zum Beispiel«, fügte Dufour hinzu, »kann ich den Leuten nicht vorhersagen, wann ihre Liebsten sterben werden.«

Max' Herz setzte einen Schlag aus. Er schluckte.

Zufall: Kein Mensch kann Gedanken lesen.

Hinter ihm rührte sich etwas – oder jemand. Er hörte eine Bodendiele leise knarren, als würde jemand langsam, aber fest auftreten. Er schaute sich um, es war nichts zu sehen. Er sah zu Chantale hinüber, aber die schien nichts gehört zu haben.

Max drehte sich wieder zu Dufour.

»Erzählen Sie mir von Charlie. Wie war das, wenn er bei Ihnen war? Was haben Sie mit ihm gemacht?«

»Wir haben uns unterhalten.«
»Sie haben sich unterhalten?«
»Ja. Wir haben uns unterhalten, ohne zu sprechen.«
»Verstehe«, sagte Max. »Es war also ... was? Telepathie, außersinnliche Wahrnehmung, sechster Sinn oder was?«
»Unsere Geister haben sich unterhalten.«
»Ihre Geister?«, fragte Max so neutral wie möglich. Er hatte das dringende Bedürfnis, in lautes Gelächter auszubrechen.

Sie hatten nun offiziell das Reich des Unfugs betreten, wo alles möglich war und das Abstruse nie abstrus genug sein konnte. Er hatte sich vorgenommen mitzuspielen, solange die Regeln nicht zu sehr über den Haufen geworfen wurden und ihm die Situation nicht gänzlich entglitt. Erst dann würde er dem Spaß ein Ende bereiten und wieder die Regie übernehmen.

»Unsere Geister. Unser innerstes Wesen. Auch Sie haben einen. Verwechseln Sie nicht Ihren Körper mit Ihrer Seele. Ihr Körper ist nur das Haus, in dem Sie wohnen, solange Sie hier auf dieser Erde weilen.«

Und verwechseln Sie mich nicht mit einem Schwachkopf.

»Wie haben Sie das gemacht, sich mit seinem Geist unterhalten?«
»Das gehört zu meinen Fähigkeiten ... obwohl ich es zuvor noch nie mit einem lebenden Menschen getan hatte. Charlie war einzigartig.«
»Worüber haben Sie gesprochen?«
»Über ihn.«
»Was hat er Ihnen erzählt?«
»Hat man Ihnen gesagt, warum er zu mir gekommen ist?«
»Weil er nicht gesprochen hat, ja ... und ...?«
»Er hat mir den Grund dafür genannt.«

Aus den Augenwinkeln nahm Max zu seiner Rechten eine

Bewegung wahr und drehte schnell den Kopf, doch da war nichts.

»Okay, damit ich das richtig verstehe: Charlie hat Ihnen ... oder vielmehr, sein Geist hat Ihnen erzählt, was mit ihm los war, ja? Warum er nicht gesprochen hat.«

»Ja.«

»Und ...?«

»Und was?«

»Was war mit ihm los?«

»Ich habe es seiner Mutter gesagt. Wenn sie es Ihnen nicht erzählt hat, werde ich das auch nicht tun.«

»Es könnte mir bei meinen Ermittlungen helfen«, sagte Max.

»Das würde es nicht.«

»Lassen Sie mich das entscheiden.«

»*Das würde es nicht*«, sagte Dufour bestimmt.

»Und seine Mutter hat Ihnen das so abgekauft? Was immer es war, was Charlie Ihnen erzählt hat?«

»Nein, sie war ebenso skeptisch wie Sie. Offen gestanden, sie hat mir nicht geglaubt«, sagte Chantale zögernd, ihr Tonfall klang fragend und verwirrt. Was sie da hörte, ergab für sie keinen Sinn.

»Und was hat sie eines Besseren belehrt?«

»Wenn sie Ihnen das erzählen möchte, soll sie das tun. Ich werde es nicht.«

Max wusste, dass er auf diese Art und Weise nichts aus ihm herauskriegen würde. Was immer es war, Francesca oder Allain Carver würde es ihm erzählen müssen. Er ging weiter zum nächsten Punkt.

»Sie sagten, Ihre Geister hätten sich unterhalten. Ist das immer noch der Fall? Stehen Sie noch immer mit Charlie in Kontakt?«

Chantale übersetzte. Dufour antwortete nicht.

Max fiel auf, dass er das Dienstmädchen nicht hatte aus dem Raum gehen sehen. War sie noch da? Er schaute zur Tür, aber die Dunkelheit dort war zu undurchdringlich, zu fest entschlossen, nicht mehr preiszugeben als unbedingt nötig.

»*Oui*«, sagte Dufour schließlich und setzte sich in seinem Sessel zurecht.

»Ja? Haben Sie erst kürzlich mit ihm gesprochen?«

»Ja.«

»Wann?«

»Heute Morgen.«

»Ist er noch am Leben?«

»Ja.«

Max wurde der Mund trocken. Für einen kurzen Augenblick verdrängte die Aufregung seine Zweifel und seine Skepsis.

»Wo ist er?«

»Er weiß es nicht.«

»Kann er Ihnen seine Umgebung beschreiben?«

»Nein ... nur dass eine Frau und ein Mann sich um ihn kümmern. Sie sind wie Eltern zu ihm.«

Max notierte sich das, obwohl er das Gespräch auf Band aufzeichnete.

»Kann er ungefähr sagen, wo er sich befindet?«

»Nein.«

»Ist er verletzt?«

»Er sagt, dass die Leute sehr gut zu ihm sind.«

»Hat er Ihnen gesagt, wer ihn entführt hat?«

»Das müssen Sie herausfinden. Deshalb sind Sie hier. Das ist Ihre Aufgabe«, sagte Dufour mit lauterer Stimme und gereiztem Ton.

»Meine *Aufgabe*?« Max legte das Notizbuch auf den Tisch. Es gefiel ihm gar nicht, was er da gerade gehört hatte, die Arroganz, die darin lag, die Anmaßung.

»Jeder ist mit einer bestimmten Aufgabe auf dieser Welt, Max. Jedes Leben hat einen Grund«, fuhr Dufour ruhig fort.

»Und ... was soll das heißen?«

»Das hier – hier und jetzt – ist Ihre Aufgabe. Es liegt in Ihrer Hand, wie die Dinge sich entwickeln werden, nicht in meiner.«

»Wollen Sie damit sagen, ich bin geboren worden, um Charlie zu finden?«

»Ich habe nie gesagt, dass Sie ihn finden werden. Das ist noch nicht entschieden.«

»*Oh!* Und wer entscheidet darüber?«

»Wir wissen noch nicht, warum Sie hier sind.«

»Wer ist *wir*?«

»Wir wissen nicht, was Sie hier hält. Bei den anderen war es leicht zu erkennen, die waren wegen des Geldes hier. Söldner. Nicht gut. Aber Sie hat etwas anderes hergebracht.«

»Na ja, das Klima ist es nicht«, witzelte Max und erinnerte sich im gleichen Moment an den Traum in jenem Hotelzimmer in New York, in dem Sandra ihm geraten hatte, den Fall zu übernehmen, weil er »keine andere Wahl« habe. Er erinnerte sich, wie er die Alternativen durchgegangen war, wie er seine Zukunft vor sich gesehen hatte, wie aussichtslos alles ausgesehen hatte. Der alte Mann hatte recht – er war hier, um sein eigenes Leben zu retten, genauso wie das von Charlie.

Wie viel wusste Dufour über ihn? Bevor er ihn fragen konnte, fing der alte Mann wieder an zu sprechen.

»Gott gibt uns den freien Willen und den Verstand. Einigen wenigen gibt er von beidem viel, vielen gibt er vom einen mehr als vom anderen, den meisten gibt er von beidem nur begrenzt. Diejenigen, die über beides verfügen, wissen, wo ihre Zukunft liegt. Politiker sehen sich als Präsidenten, Angestellte als Chefs, Soldaten als Generäle, Schauspieler als Superstars und so weiter. Diese Leute kann man meistens schon sehr früh erkennen. Sie sind noch keine zwanzig, da wissen sie schon, was sie aus ihrem Leben machen wollen. Aber wie und wann wir unsere ›Aufgabe‹ erfüllen – unser ›Schicksal‹ –, liegt zu einem großen Teil in unseren Händen und zu einem kleinen eben auch nicht. Wenn Gott eine höhere Aufgabe für uns im Sinn hat und sieht, wie wir mit niedrigeren Zielen unsere Zeit verschwenden, greift er ein und führt uns wieder auf den richtigen Pfad. Manchmal ist das ein schmerzhafter Eingriff, manchmal ein scheinbar zufälliger oder willkürlicher. Die Menschen, die über mehr Einsicht verfügen, erkennen, wie Gottes Hand ihrem Leben Form gibt, und folgen dem Weg, der für sie vorbestimmt ist. Max, Ihnen war es vorbestimmt, hierher zu kommen.«

Max atmete tief durch. Der Gestank hatte sich verflüchtigt, der süßsaure Limonengeruch war wieder da. Er wusste nicht, was er denken sollte.

Halt dich an das, was du weißt, nicht an das, was du gern wissen würdest. Du suchst einen Menschen, der vermisst wird, einen kleinen Jungen. Nur das zählt: dein Ziel. Wie schon Eldon Burns immer zu sagen pflegte: Tu, was du tust, und scheiß auf den Rest.

Max zog das Plakat von Charlie aus der Tasche und breitete es auf dem Tisch aus. Er zeigte auf das Kreuz, das an den Rand gekritzelt war.

»Können Sie das sehen?«, fragte er Dufour.

»Ja. Tonton Clarinette. Das ist sein Zeichen«, antwortete Dufour.

»Ich dachte, Ton Ton Clarinet sei nur eine Legende.«

»In Haiti beruhen alle Tatsachen auf Legenden.«

»Soll das heißen, dass es ihn wirklich gibt?«

»Es liegt an Ihnen, das herauszufinden.« Dufour lächelte. »Gehen Sie an die Quelle dieser Legende. Finden Sie heraus, wie sie ihren Anfang genommen hat und warum, und wer sie geschaffen hat.«

Max dachte an Beeson und Medd und wohin sie Huxley zufolge gegangen waren: zu den Wasserfällen. Er nahm sich vor, noch einmal mit Huxley zu reden.

»Zurück zu Charlie«, sagte Max. »Hat er Ton Ton Clarinet gesehen?«

»Ja.«

Max warf Chantale einen Blick zu. Sie starrte ihn an. Max erkannte Angst in ihren Augen.

»Wann?«

»Bei seinem letzten Besuch hier erzählte er mir, er habe Tonton Clarinette gesehen.«

»Wo?« Max beugte sich vor.

»Das hat er nicht gesagt. Er sagte nur, er habe ihn gesehen.«

Max schrieb »Carvers Dienstboten befragen« in sein Notizbuch.

»Hier werden viele Kinder entführt, richtig?«, fragte Max.

»Es passiert sehr oft, ja.«

»Warum tun die Leute das?«

»Warum tun es die Leute in Ihrem Land?«

»Wegen Sex, meistens. In 99 Prozent der Fälle. Oder es geht um Geld, oder ein kinderloses Paar möchte sich den Ärger mit den Adoptionsbehörden ersparen, oder es sind einsame Frauen mit Mutterkomplex, so was in der Art.«

»Wir hier haben andere Verwendungen für Kinder.«

Max dachte eine Sekunde nach und war schnell bei Boukman gelandet.

»Voodoo?«

Dufour lachte spöttisch.

»Nein, nicht Vodou. Vodou ist nicht böse. Vodou ist wie Hinduismus, es gibt verschiedene Götter für verschiedene

Bereiche, und einen großen Gott, der sich um alles kümmert. Im Vodou werden niemals irgendwelche Kinder geopfert. Denken Sie noch mal nach.«

»Teufelsanbetung? Schwarze Magie?«

»Schwarze Magie. Genau.«

»Warum werden da Kinder geopfert?«

»Aus verschiedenen Gründen, die meist eher hanebüchen sind. Schwarze Magie ist in weiten Teilen ein Tummelplatz verwirrter Dummköpfe, die meinen, sie müssten nur etwas wirklich Schockierendes tun, und schon kommt Satan persönlich aus der Hölle geritten, um ihnen die Hand zu schütteln und ihnen drei Wünsche zu gewähren. Aber hier ist das anders. Hier wissen die Leute ganz genau, was sie tun. Sehen Sie, Sie, ich – wir alle –, wir werden von schützenden Geistern behütet, die über uns wachen...«

»Schutzengel?«

»Ja, wie immer Sie sie nennen wollen. Nun, der stärkste Schutz, den ein Mensch haben kann, ist der eines Kindes. Kinder sind unschuldig und rein. Wenn ein Kind über einen Menschen wacht, wird diesem nur sehr wenig bleibendes Unheil widerfahren – und was ihm an Schwierigkeiten begegnet, daraus kann er lernen und daran wachsen.«

Max dachte über Dufours Worte nach. Alles erinnerte ihn an den Boukman-Fall. Boukman hatte Kinder geopfert, um sie irgendeinem Dämon darzubringen, den er angeblich heraufbeschworen hatte.

»Sie sagen, Kinder seien besonders mächtige Schutzengel, weil sie unschuldig und rein sind«, sagte Max. »Aber was ist mit Charlie? Was könnten die Leute ausgerechnet von ihm wollen – abgesehen davon, dass er ein Kind ist?«

»Charlie ist sehr besonders«, sagte Dufour. »Er bietet einen Schutz, der sehr viel größer ist, weil er zu den reineren Geistern gehört – manche nennen sie die Ewig Reinen, die das

Böse niemals kennenlernen werden. Andere Geister haben Vertrauen zu ihnen. Sie können viele Türen öffnen. Nicht viele Menschen haben einen solchen Geist zum Beschützer. Und diese wenigen sind meist Menschen wie ich, die über die Gegenwart hinausschauen können.«

»Es ist also möglich, ... einen Geist zu *stehlen*?«

»Ja, natürlich. Aber es ist nicht einfach, nicht jeder kann es. Es ist etwas sehr Spezielles.«

»Können Sie es?«

»Ja.«

»Haben Sie es schon mal getan?«

»Man muss das Böse kennen, um Gutes tun zu können. Sie, Max, wissen, was ich meine, besser als viele andere. Was ich tue, hat auch eine böse Seite ... es ist die Umkehr meines Handelns, eine Form der Schwarzen Magie, wo Seelen versklavt und gezwungen werden, als Schützer des Bösen zu dienen. Kinder spielen da eine große Rolle. Hier in Haiti sind sie ein begehrtes Gut, eine Währung.«

Genau in dem Moment, als Chantale diesen letzten Satz übersetzt hatte, kam das Dienstmädchen ins Zimmer.

»Es ist Zeit«, sagte Dufour.

Sie verabschiedeten sich. Das Dienstmädchen nahm Chantale bei der Hand, und Chantale nahm Max bei der Hand, und im Gänsemarsch gingen sie aus dem Zimmer. Im Türrahmen drehte sich Max noch einmal um. Er hätte schwören können, die Umrisse nicht einer, sondern zweier Personen an der Stelle zu sehen, wo Dufour gesessen hatte. Aber sicher war er sich nicht.

24

Sie fuhren zurück zur Bank. Max saß am Steuer, um sich an die desaströsen Straßen von Port-au-Prince zu gewöhnen. Er wollte Chantale absetzen und zum Haus zurückfahren. Ihm dröhnte der Kopf. Er war fertig für heute. Er konnte nicht mehr klar denken. Er hatte keine Gelegenheit gehabt, die Informationen zu verarbeiten, die er im Laufe des Tages aufgenommen hatte, und sein Hirn war kurz vor dem Platzen. Er musste all die Daten sortieren, Nützliches und Unnützes voneinander trennen, nach roten Fäden und Verbindungen suchen, nach vielversprechenden Spuren und nach allem, was nicht ins Bild zu passen schien.

Seit sie aus Dufours Haus gekommen waren, hatte Chantale kaum ein Wort von sich gegeben.

»Vielen Dank für Ihre Hilfe heute, Chantale«, sagte Max und sah sie an. Sie war kreidebleich. Ihr Gesicht glänzte unter einer dünnen Schicht Schweiß, der auf ihrer Oberlippe kleine Tropfen bildete. Ihre Hals- und Kiefermuskeln waren angespannt.

»Alles in Ordnung?«

»Nein«, krächzte sie. »Halten Sie an.«

Auf der belebten Straße fuhr Max rechts ran. Chantale sprang aus dem Wagen, lief ein paar Schritte und übergab sich in den Rinnstein, was einem Mann, der nicht weit von ihr an die Hauswand pinkelte, einen schockierten Ausruf des Ekels entlockte.

Max stützte sie, als sie sich ein zweites Mal übergeben musste.

Als sie fertig war, lehnte er sie an den Wagen und ermahnte sie, tief durchzuatmen. Er holte die Wasserflasche aus dem Auto, tränkte sein Taschentuch und rieb ihr die

Stirn damit ab. Mit dem Notizbuch fächerte er ihr kühle Luft zu.

»Geht schon wieder«, sagte sie, nachdem die Farbe in ihr Gesicht zurückgekehrt war.

»Das war zu viel für Sie, wie? Da in dem Haus?«

»Ich war echt nervös.«

»Hat man Ihnen nicht angemerkt.«

»War ich aber, glauben Sie mir.«

»Sie haben sich sehr gut geschlagen«, sagte Max. »So gut, dass ich Ihnen für morgen frei gebe.«

»Sie wollen nach Cité Soleil, richtig?«

»Durchschaut.«

Sie stiegen wieder in den Wagen, und sie zeichnete ihm eine Karte. Sie gab ihm den Tipp, sich eine Chirurgenmaske und Handschuhe zu besorgen – die es in den beiden größeren Supermärkten zu kaufen gab – und seine Schuhe hinterher wegzuwerfen, sollte er aus dem Wagen steigen und zu Fuß herumlaufen wollen. Der Boden bestehe buchstäblich aus Fäkalien – Fäkalien von Tieren und hauptsächlich von Menschen. Alles, was im Slum lebte und atmete, trage ein ganzes Lexikon an Krankheiten an sich, in sich und mit sich herum.

»Seien Sie bloß vorsichtig. Nehmen Sie Ihre Waffe mit. Und halten Sie nicht an, wenn es nicht unbedingt sein muss.«

»Genau das haben die Leute früher über Liberty City gesagt.«

»Cité Soleil ist kein Scherz, Max. Es ist ein ganz, ganz übler Ort.«

Er fuhr sie zur Banque Populaire und sah ihr und ihrem Hintern nach, bis sie durch die Eingangstür entschwunden war. Sie drehte sich nicht nach ihm um. Max wusste nicht genau, ob das noch etwas bedeutete.

25

Vom Haus aus rief er Allain Carver an und gab ihm eine Zusammenfassung dessen, was er bisher getan und mit wem er geredet hatte und was er als Nächstes zu tun gedachte. Carvers Reaktion – ab und an ein zustimmendes Brummen, um Max wissen zu lassen, dass er noch dran war, aber keine Nachfragen –, verriet ihm, dass Chantale ihm bereits ausführlich Bericht erstattet hatte.

Danach rief er Francesca an. Sie ging nicht ans Telefon.

Mit dem Notizbuch in der Hand saß er draußen auf der Veranda und hörte sich seine Aufnahmen an.

Mehrere Fragen drängten sich auf:

Erstens: Warum wurde Charlie entführt?

Geld?

Es war keine Lösegeldforderung gestellt worden, womit Geld als Motiv ausschied.

Rache?

Sehr gut möglich. Alle Reichen verfügten über ein gerüttelt Maß an Todfeinden. Das gehörte wohl einfach dazu.

Was war mit Charlie nicht in Ordnung?

Er hatte noch nicht angefangen zu sprechen. Manche Kinder sind langsamer als andere.

Und was hatte es mit diesem Tick mit seinen Haaren auf sich?

Er war ein kleines Kind. Max hatte nur sehr wenige Erinnerungen an seinen eigenen Vater, aber er wusste noch, dass er ihm oft erzählt hatte, wie er als Säugling immer angefangen hatte zu schreien, sobald jemand lachte. So etwas kommt vor, und irgendwann wächst man heraus.

Sicher, aber Dufour hatte bei Charlie etwas gefunden.

Wussten die Entführer davon?

Vielleicht. Womit das Motiv Erpressung wäre. Die Carvers hatten nichts dergleichen erwähnt, aber das musste nicht bedeuten, dass es nicht der Fall war. Wenn mit dem Kind etwas nicht stimmte, würden Allain und Francesca es vermutlich vor Gustav zu verbergen suchen, um seine fragile Gesundheit nicht weiter zu belasten.

Warum hatte Francesca ihm nicht erzählt, was mit Charlie los war?

Zu schmerzhaft? Oder sie hielt es nicht für wichtig.

War das Kind zu irgendwelchen schwarzmagischen Zwecken entführt worden?

Gut möglich.

Er würde damit anfangen, Carvers Feinde unter die Lupe zu nehmen, und dann prüfen, ob sie mit Schwarzer Magie zu tun hatten. Aber wie um alles in der Welt sollte er das anstellen? Nichts in diesem Land funktionierte so, wie es sollte, alles stand kurz vor dem totalen Kollaps. Es gab praktisch keine Polizei, und er bezweifelte, dass es irgendwelche Strafregister oder Akten gab, die er hätte durchforsten können.

Dann eben auf die umständliche Tour: unter jedem Stein nachsehen, jedem Schatten nachjagen.

Und was war mit Eddie Faustin?

Eddie Faustin steckte mit drin. Er hatte bei der Entführung eine wichtige Rolle gespielt. Er musste gewusst haben, wer hinter dem Ganzen steckte. *Finde heraus, wen er kannte*.

Wer war der große Mann, den die Schustersfrau gesehen haben wollte?

Faustin? Angeblich war der in der Nähe des Wagens umgebracht und enthauptet worden. Und wenn er die gleichen Gene besaß wie seine Mutter und sein Bruder, dann war er nicht groß. Beide Faustins waren von mittlerer Statur und eher weich bis wabbelig.

Natürlich war Vincent Paul am Ort des Geschehens gewesen.

War Charlie noch am Leben?

Nur Dufour behauptete das, und solange Dufour nicht der Entführer war oder den Jungen gefangen hielt, verwarf er dessen Behauptungen und ging weiter davon aus, dass Charlie tot war.

Wusste Dufour, wer Charlie entführt hatte?

Siehe oben.

Wie stark war sein Einfluss auf Francesca?

Sie war reich und verletzlich, das ideale Opfer. Es war immer das Gleiche: Betrügerische Geisterseher und Wahrsager stürzten sich auf die Einsamen und die Trauernden, die chronisch Ichbesessenen, die Naiven und die Vollidioten und versprachen ihnen für nur 99,99 Dollar plus Steuern eine glorreiche Zukunft.

Und wenn Dufour doch echt war?

Halt dich an das, was du weißt.

War Dufour ein Verdächtiger?

Schwer zu sagen. Ja und nein. Ein Mann, der ein so enger Vertrauter von Papa und Baby Doc gewesen war, verfügte ohne Zweifel über Mittel und Wege, eine simple Entführung durchzuziehen. Mit Sicherheit kannte er den einen oder anderen arbeitslosen Tonton Macoute, der dringend Bares brauchte und schon der guten alten Zeiten wegen einen solchen Auftrag ausführen würde, ohne mit der Wimper zu zucken. Schließlich hatten sie damals praktisch ununterbrochen Menschen entführt. Aber welches Motiv sollte er haben? In seinem Alter, wo er nur noch wenige Jahre zu leben hatte? Hatte Gustav Carver ihm oder seiner Familie irgendwann einmal geschadet? Wohl kaum. Gustav war nicht so dumm, sich mit einem von Papa Docs Vertrauten anzulegen. Trotzdem, zum jetzigen Zeitpunkt konnte er nichts ausschließen.

Eine Weile später versuchte er zu schlafen, aber ohne Erfolg. Er ging in die Küche und entdeckte in einem der Schränke eine noch ungeöffnete Flasche Barbancourt-Rum. Als er sie herausnahm, sah er ganz hinten in der Ecke etwas stehen. Eine zehn Zentimeter große Drahtfigur, ein Mann mit Strohhut, der breitbeinig dastand, die Arme hinter dem Rücken verschränkt.

Max stellte sie auf den Tisch und betrachtete sie, während er sich ein Glas Rum genehmigte. Der Kopf der Figur war schwarz angemalt, die Kleider – Hemd und Hose – dunkelblau. Er trug ein rotes Taschentuch und über der Schulter einen kleinen Tornister, eine Art Schulranzen. Die Haltung war militärisch, die Erscheinung erinnerte an eine nicht sehr farbenfrohe Vogelscheuche.

Der Rum trank sich wie von selbst und erfüllte seinen Bauch mit einer beruhigenden Wärme, die sich schnell in seinem ganzen Körper ausbreitete und sich zu einem angenehmen Gefühl gänzlich grundloser Zuversicht auswuchs. Er gewöhnte sich langsam an das Zeug.

26

Trotz allem, was Huxley und Chantale ihm über Cité Soleil erzählt hatten, hatte ihn doch nichts auf den schieren Horror vorbereitet, der bei seiner Fahrt durch den Slum an seiner Windschutzscheibe vorüberzog. Ein kleiner Teil in ihm, der einst hart und streng gewesen war, riss sich los und trieb auf den Ort zu, an dem er sein Mitgefühl verbarg.

Am Anfang des schmalen, rußbedeckten Weges, der als Hauptdurchfahrtsstraße diente, glaubte er sich in einem Labyrinth aus Tausenden kleiner Hütten, die sich, so weit das Auge reichte, nach Osten und Westen, von Horizont zu Horizont, erstreckten. Kein Weg hinein oder heraus war zu erkennen, man konnte nur versuchen und raten und auf sein Glück hoffen. Doch je mehr Hütten er sah und je genauer er hinschaute, umso klarer wurde ihm, dass es auch im Slum eine Hackordnung gab, ein Klassensystem am untersten Rand der Gesellschaft. Ungefähr ein Viertel waren Lehmhütten mit Wellblechdach. Sie sahen halbwegs solide und bewohnbar aus. Danach kamen die Hütten mit Wänden aus dünnen Holzlatten und Dächern aus hellblauer Plastikplane. Bei mittleren Windstärken wurden die vermutlich mitsamt ihren Bewohnern ins Meer geweht. Trotzdem waren sie immer noch besser als die unterste Stufe in der Behausungspyramide des Slums: Hütten aus Pappkarton, die praktisch in sich zusammenklappten, wenn man sie nur ansah. Max vermutete, dass die Lehmhütten den alteingesessenen Slumbewohnern gehörten, die lange genug überlebt und sich auf dem Scheißhaufen nach oben gearbeitet hatten. In den Pappverschlägen hausten die Neuankömmlinge und die Schwachen, die Schutzlosen und die Todkranken, in den Holzhütten die dazwischen.

Dicker, kohlschwarzer Rauch stieg aus den Löchern in den Dächern in den Himmel auf, wo sich eine zeppelinförmige graue Smogdecke gebildete hatte, die über dem Slum festhing, sich in der Brise bewegte, aber nicht aufbrach. Im Vorbeifahren spürte Max die Blicke aus den Hütten, Hunderte und Aberhunderte von Augenpaaren, die den Wagen ins Visier nahmen, sich durch die Windschutzscheibe bohrten und ihn bis auf den innersten Kern entblößten: Freund oder Feind, reich oder arm? Er sah magere, verbrauchte Menschen an den Hütten lehnen, die Haut klebte ihnen wie Schrumpffolie an den Knochen, sie schienen sich mit letzter Kraft am Leben festzuklammern.

Hier und da, willkürlich verteilt, gab es freie Flächen, die noch nicht beansprucht und bebaut worden waren. Eine Mischung aus Müllhalde und Schlachtfeld aus dem Ersten Weltkrieg – nach der Schlacht: zerbombt, matschig, übersät mit Tod und Verzweiflung. An manchen Stellen war die Erde zu beeindruckend großen Hügeln aufgeschichtet worden, auf denen Kinder mit spinnendürren Beinen, kugelrundem Bauch und viel zu großem Kopf spielten und nach Verwertbarem stöberten.

Er kam an zwei Pferden vorbei, die reglos dastanden und bis zu den Fesseln im Matsch versanken. Sie waren so dürr, dass er ihre Rippen zählen konnte.

Überall offene Abwassergräben, ausgeweidete Autos und Busse und LKWs, die als Behausung dienten. Er hatte alle Fenster geschlossen und die Klimaanlage eingeschaltet, trotzdem drang der beißende Gestank von draußen in den Wagen: alle üblen, widerlichen Gerüche der Welt zu einem einzigen verarbeitet und mit zwei multipliziert: monatealte Leichen, gammelnder Abfall, menschliche Exkremente, tierische Exkremente, stehendes Wasser, ranziges Öl, kalter Rauch, menschliche Verzweiflung. Max wurde übel. Er zog sich eine der Masken vors Gesicht, die er am Morgen im Supermarkt gekauft hatte.

Auf einer wackeligen Brücke aus zusammengebundenen Eisenträgern überquerte er den »Boston Canal«. Der zähe Schlammfluss voller Altöl teilte Cité Soleil in zwei Hälften: eine niemals heilende Wunde auf der vergifteten Seele des Slums, die ihr schwarzes Gift ins Meer blutete. Alles in allem der schlimmste Ort, den er je gesehen hatte: ein Höllenkreis, der zur Warnung auf die Erdoberfläche gehievt worden war. Er konnte nicht fassen, dass die UN und die USA das Land seit nunmehr zwei Jahren besetzt hielten und in Cité Soleil offensichtlich nichts unternommen hatten.

Er hielt nach Hinweisen Ausschau, die ihn zu Vincent Paul

hätten führen können, nach Autos, Jeeps oder irgendetwas Funktionierendem, das nicht hierher gehörte. Doch was er sah, war Elend, das im Elend lebte, Krankheit, die sich von Krankheit nährte, und Menschen, die ihrem eigenen Schatten nachliefen.

Er kam zu einer kleinen Anhöhe und stieg aus dem Wagen, um sich umzuschauen. Chantales Warnung folgend, hatte er sich ein Paar Wegwerfschuhe zugelegt, ausgetretene Armeestiefel mit abgelaufenen Absätzen. Er hatte sie auf dem Gehweg unweit des Impasse Carver von einer Frau erworben, die einen ganzen Korb davon feilbot. Jetzt war er froh darüber, weil seine Füße bei jedem Schritt ein klein wenig in den Boden gesaugt wurden, der trotz des grellen Sonnenlichts weich und matschig war.

Er betrachtete das Elend um sich herum, die zahllosen Hütten, die wie metallische Pusteln aus dem Boden wuchsen. Über eine halbe Million Menschen lebten hier. Und trotzdem herrschte eine unheimliche Stille, war kaum ein Laut zu hören, nur das Rauschen des Meeres in fast einem halben Kilometer Entfernung. Die gleiche angespannte Stille, die er aus den übelsten Ecken von Liberty City kannte, wo stündlich der Tod zuschlug. Hier war das vermutlich jede Sekunde der Fall.

Konnte Vincent Paul wirklich hier sein Hauptquartier haben? Konnte er wirklich in einer so elenden Umgebung leben?

Plötzlich versank er mit einem schmatzenden Geräusch bis zu den Knöcheln im Schlamm und spürte, wie der Matsch an seinen Schuhsohlen zerrte. Er riss die Füße hoch und trat zurück auf festen Grund. Die tiefen Fußspuren, die er hinterlassen hatte, liefen sofort wieder voll. Die Erde heilte die Wunde in ihrer glatten, klebrigen Oberfläche, indem sie einen zähen, giftigen Sirup darüberstrich.

Max hörte Autos näher kommen.

In der Ferne, zu seiner Linken, sah er einen kleinen Konvoi aus Militärfahrzeugen – drei Armeelaster, davor und dahinter Jeeps –, der Richtung Meer fuhr.

Er rannte zurück zu seinem Landcruiser und ließ den Motor an.

27

Max folgte dem Konvoi zu einer Lichtung unweit des Meeres, wo im Halbkreis mehrere große, olivgrüne Zelte aufgestellt worden waren. Auf zweien wehte die Fahne des Roten Kreuzes.

Hunderte Menschen aus Cité Soleil standen für das Essen an, das von Soldaten an langen Klapptischen ausgegeben wurde. Die Leute nahmen ihre Pappteller entgegen und aßen, wo sie gerade standen, einige gingen mit dem noch vollen Teller zum Ende der Schlange zurück, um sich gleich noch eine zweite Portion zu holen.

Andere standen mit leeren Eimern, Dosen und Kanistern vor einem Wasserwagen an. Ein Stück weiter gab es noch drei Schlangen, dort wurden Reis, Maismehl und Kohle ausgegeben. Die Schlangen waren überraschend ordentlich und ruhig. Kein Gedränge und Geschubse, keine Streitereien, keine Panik. Alle würden sie das bekommen, worauf sie warteten, genau wie beim Abendmahl.

Max wollte gerade glauben, dass er sich geirrt hatte, dass die UN tatsächlich etwas taten, um das Leid dieser verzweifelten Menschen zu lindern, die sie im Namen der Demokratie befreit hatten. Doch bei genauerem Hinsehen musste er feststellen, dass die Fahrzeuge allesamt ohne Aufschrift waren. Keiner der Soldaten trug den himmelblauen Helm der internationalen Truppen, und keiner hatte die gleiche Waffe wie sein Nachbar. Vielmehr stellten sie ein wahres Sammelsurium an Schießprügeln zur Schau, wie es jeder Straßengang zur Ehre gereicht hätte: Uzis, Pumpguns, Kalaschnikows.

Max begriff, dass er Vincent Paul und seine Brüderbande vor sich sah, und fast im gleichen Moment entdeckte er den Mann selbst, der gerade aus einem Lazarettzelt kam. Genau wie seine Leute trug auch er keine Maske, keine Chirurgenhandschuhe und keine Wegwerfstiefel. Er war von Kopf bis Fuß in Schwarz gekleidet: T-Shirt, Armeehosen und Springerstiefel. Er war groß und breit, dunkelhäutig und kahlköpfig. Max war sich nicht sicher, ob er Joes Statur hatte oder noch ein Stück größer war. Aber ohne Zweifel hatte er sehr viel mehr Ausstrahlung und sehr viel mehr Präsenz als Joe, dem es daran nicht gerade mangelte.

Er ging zu einer der Essensausgaben und half mit, reichte den Leuten ihre Teller, plauderte und lachte mit ihnen. Es war das Lachen – dieses tiefe, donnernde, joviale Dröhnen, wie das Grollen einer von ferne hereinkommenden Düsenjetformation –, das Max mit Sicherheit verriet, dass dieser Mann Vincent Paul war. Max kannte die Stimme noch aus jener Nacht, als er ihn vor den Straßenkindern gerettet hatte.

Nachdem er ein paar Teller ausgegeben hatte, mischte sich Paul unter die Leute. Wenn er mit den Kindern redete, ging er in die Hocke, um auf Augenhöhe mit ihnen zu sein. Bei den Männern und Frauen beugte er sich vor, um zu hören, was sie zu sagen hatten. Er schüttelte vielen die Hand und ließ sich umarmen und küssen. Als eine alte Frau ihm die Hand küsste, küsste er auch ihre und brachte sie damit zum Lachen. Die Schlangen bewegten sich nicht mehr vorwärts, die Leute blieben stehen und sahen ihm zu. Manche gaben ihren Platz in der Reihe auf und gingen zu ihm.

Dann hörte Max es. Zuerst nur ein leises Zischen, Fetzen eines Liedes – »*sssan-sssan / ssssan-sssan / ssssan-ssssan*«, dann wurde es lauter, als immer mehr Menschen einfielen und dem Gesang Körper und Substanz verliehen: »Vinnn-*sssan* / Vinnn-*sssan* / Vinnn-*sssan*«. Paul stand jetzt im Mittelpunkt der allgemeinen Aufmerksamkeit, aller Augen waren auf ihn gerichtet. Die Bewohner von Cité Soleil hatten ihren Hunger und ihr Elend vergessen und scharten sich in respektvoller Distanz um Vincent Paul, sodass er sich in einem kleinen Kreis frei bewegen, Hände schütteln und sich umarmen lassen konnte. Max bemerkte zwei umwerfend gut aussehende Frauen in militärischen Arbeitsanzügen, die rechts und links von Paul standen und die Menge im Auge behielten, die Hände stets an den Pistolen an ihren Hüften.

Paul hob die Hand, und es wurde still. Er war ein gutes Stück größer als der Größte in der Menge, sodass alle seinen riesigen kahlen Kopf sehen konnten. Er sprach mit tiefer Baritonstimme, die bis zu Max herüberdrang, auch wenn er kein Wort verstand. Die Menge hing an seinen Lippen und brach immer wieder in Jubel und Applaus aus, es wurde gepfiffen, mit den Füßen gestampft und gejohlt. Selbst Pauls Männer, die das alles mit Sicherheit schon eine Million Mal gehört hatten, klatschten mit ungekünstelter Begeisterung.

Das gleiche Theater hatte Max auch schon in den Straßen von Miami gesehen. Alle paar Jahre kam wieder einmal ein Dealer – der es mit viel Glück, Skrupellosigkeit, Geld und guten Kontakten geschafft hatte, noch am Leben und auf freiem Fuß zu sein – auf die glorreiche Idee, der Gemeinschaft, die er mit seinen Drogen und Bandenkriegen zu dezimieren geholfen hatte, »etwas zurückzugeben«. An Weihnachten rollten sie mit ihren Jungs in ihr altes Viertel und verteilten gebratene Truthähne, Geschenke und Geld. Meist geschah das zum Ende ihres Dealerlebens, eine letzte große

Geste, bevor sie von einem Rivalen oder der Polizei aus dem Rennen genommen wurden. Sie hatten alles erreicht, wovon sie mit ihrem kleinen Hirn je zu träumen gewagt hatten: Geld, Frauen, Autos und Klamotten, sie wurden gefürchtet, und sie hatten Macht. Jetzt wollten sie auch noch geliebt und respektiert werden.

Das hier jedoch war anders. Pauls Altruismus nötigte Max Bewunderung ab, egal, welche eigennützigen Ziele er damit verfolgen mochte. Max fing an zu begreifen, dass in diesem Teil der Welt alles, was er kannte und für selbstverständlich hielt, entweder längst zusammengebrochen war oder nie existiert hatte. Die Leute hatten nur eine Möglichkeit, sich selbst zu helfen: Sie mussten ihre Heimat verlassen, wie es Tausende Jahr für Jahr taten, indem sie in Booten in See stachen und auf der Überfahrt nach Florida ihr Leben riskierten. Wer zurückblieb, war zu einem Leben auf Knien verdammt, ein Sklave der Freundlichkeit und der Gnade Fremder. Irgendjemand musste ihnen helfen. Und weil es nicht danach aussah, als würden das die USA oder die UNO sein – warum nicht der Mann, von dem alle Welt behauptete, er sei der größte Drogenbaron der Karibik?

Max beobachtete, wie Paul die Bewunderung der Menge aufsog, weiter Hände schüttelte und Menschen umarmte, und er war sich sicher, Charlie Carvers Entführer vor sich zu sehen. Für diesen Mann war es kein Problem, sich den Jungen zu greifen und in Cité Soleil zu verstecken. Er hatte die Macht, die Sache durchzuziehen, ohne dafür belangt zu werden. Er hatte die Macht, praktisch alles zu tun, was er wollte.

28

Am späten Nachmittag stieg Vincent Paul in einen Jeep und fuhr aus dem Slum. Hinter ihm ein Laster und zwei weitere Fahrzeuge.

Max folgte dem Konvoi aus der Stadt heraus, über staubige, trockene Ebenen und vorbei an Grüppchen von Häusern, die entweder erst halb gebaut oder schon halb zerfallen waren. Als es dunkel wurde, nahmen sie die steile Straße hinauf in die Berge, auf der sie nur eine dünne Kruste trockener Erde vor dem mehrere hundert Meter tiefen freien Fall bewahrte.

Das letzte Stück des Weges führte über eine Hochebene. Der Konvoi hielt auf ein kleines Feuer zu und blieb kurz davor stehen. Dann wurden die Fahrzeuge so einander gegenüber aufgestellt, dass die Scheinwerfer ein Quadrat harter, steiniger Erde erleuchteten.

Max schaltete seine Scheinwerfer aus, ließ sich etwas näher heranrollen und stieg aus dem Wagen. Er schaute sich um, merkte sich den Weg zurück und ging auf den Konvoi zu.

Der Laderaum des Lasters wurde aufgerissen. Drinnen und draußen lautes Geschrei, dann wurde ein Mann von der Ladefläche geworfen. Mit einem dumpfen Aufprall, einem Schrei und dem Rasseln schwerer Ketten fiel er zu Boden. Einer von Vincents Leuten zerrte ihn hoch und warf ihn gegen den Lastwagen.

Es folgten noch mehrere Männer, die aus dem Laster geworfen wurden und einer über dem anderen landeten. Max zählte acht. Sie wurden in den hell erleuchteten Bereich zwischen den Fahrzeugen geführt.

Max schlich sich näher heran. Eine Gruppe von mindestens einem Dutzend Zivilisten verfolgte das Geschehen.

Max hielt sich links von ihnen in der Dunkelheit. Von seinem Platz aus hatte er einen unverstellten Blick auf die Gefangenen, die man in einer Reihe aufgestellt hatte. Sie trugen UN-Uniformen und sahen indisch aus.

Die Hände hinter dem Rücken, ging Paul die Reihe ab und musterte im Vorbeigehen jeden Einzelnen von oben bis unten. Er erinnerte an einen erzürnten Vater vor seiner ungebärdigen Brut. Im Vergleich zu ihm sahen die Männer klein und zerbrechlich aus.

»Spricht hier irgendjemand Englisch?«, fragte Paul.

»Ja«, antworteten sie wie ein Mann.

»Wer ist hier der befehlshabende Offizier?«

Ein Mann trat vor und nahm Habachtstellung ein. Er versuchte Paul in die Augen zu sehen, aber er musste den Kopf so weit in den Nacken legen, dass es aussah, als würde er am Himmel nach einem fernen Stern Ausschau halten.

»Und Sie heißen?«

»Captain Ramesh Saggar.«

»Sind das Ihre Leute?«

»Ja.«

»Wissen Sie, warum man Sie hergebracht hat?«

»Nein. Wer sind Sie?«, fragte der Mann mit starkem Akzent.

Paul warf einen kurzen Blick zu den Zivilisten hinüber, dann nahm er wieder den Captain ins Visier.

»Wissen Sie, warum Sie in diesem Land sind?«

»Wie bitte?«

»Was ist der Grund Ihrer Anwesenheit hier in Haiti? Was machen Sie hier? Sie, Ihre Leute, die bengalische Einheit der Armee der Vereinten Nationen?«

»Ich ... ich ... ich verstehe nicht.«

»Was verstehen Sie nicht? Die Frage? Oder was Sie hier machen?«

»Warum fragen Sie mich das?«

»Weil ich hier die Fragen stelle und Sie die Antworten geben. Das sind doch ganz simple Fragen, Captain. Ich verlange ja nicht, dass Sie hier Militärgeheimnisse ausplaudern.«

Paul war kühl durch und durch, sein Ton scharf, aber gemäßigt und ohne Emotionen. Wenn er der Verhörmethode folgte, die Max ihm unterstellte, war sein ruhiges, ernstes Auftreten nur das Vorspiel zu einem Wutausbruch. Joe hatte das brillant beherrscht. Er hatte die Verdächtigen mit seiner Statur eingeschüchtert und verängstigt und sie dann mit seiner vernünftigen, ruhigen und sachbezogenen Art verwirrt – »Hör zu, erzähl mir, was ich wissen will, und ich werde sehen, ob wir beim Staatsanwalt ein gutes Wort für dich einlegen können« –, um sie dann, wenn es nicht fruchtete oder der Kriminelle ein besonders krankes Arschloch war, oder wenn Joe einen schlechten Tag hatte – zack-bumm! –, mit der Rückhand zu Boden zu schicken.

»Bitte beantworten Sie meine Frage.«

»Wir sind hier, um den Frieden zu sichern.«

Max hörte das beginnende Zittern in der Stimme des Captains.

»Um den Frieden zu sichern?«, wiederholte Paul. »Und tun Sie das?«

»Worum geht es hier?«

»Beantworten Sie meine Frage. Tun Sie hier Ihre Arbeit? Sichern Sie den Frieden?«

»Ja, ich ... ich denke schon.«

»Wie kommen Sie darauf?«

»Es gibt keinen Bürgerkrieg. Es wird nicht gekämpft.«

»Das ist wahr. Im Moment.« Paul betrachtete die sieben Soldaten, die bequem dastanden. »Würden Sie sagen, dass Ihre Aufgaben – dieses ›Friedensichern‹, das Sie Ihrer Ansicht nach so gut machen –, würden Sie sagen, dass dazu auch gehört, das haitianische Volk zu beschützen?«

»Be-beschützen?«

»Ja, beschützen. Sie wissen schon, damit ihm kein Unheil widerfährt. Verstehen Sie das?«

Jetzt war da eine Spur Gehässigkeit in Pauls Stimme.

»Ja.«

»Ah, gut. Und erfüllen Sie Ihre Aufgabe?«

»Ich ... ich ... ich glaube, ja.«

»Glauben Sie? Sie glauben das?«

Der Captain nickte. Paul starrte ihn an. Der Captain wich seinem Blick aus. Er drohte die Haltung zu verlieren.

»Dann sagen Sie mir, Captain: Glauben Sie, zum Schutz des haitianischen Volkes gehört es, Frauen zu vergewaltigen? Aber nein, lassen Sie mich das präzisieren. Glauben Sie, Captain Saggar, zum Schutz des haitianischen Volkes gehört es, junge Mädchen zu verprügeln und zu vergewaltigen?«

Saggar schwieg. Seine Lippen zitterten, sein ganzes Gesicht bebte.

»Nun?«, fragte Paul und beugte sich zu ihm hinunter.

Keine Antwort.

»Beantworten Sie meine Frage!«, brüllte Paul, und alle, einschließlich seiner eigenen Leute, fuhren zusammen. Max spürte die Stimme in seinen Eingeweiden vibrieren wie einen tiefen Basslautsprecher.

»I-i-ich ...«

»I-i-i-i ...«, äffte Paul ihn in tuntigem Tonfall nach. »Haben Sie Feuer unter den Füßen, Captain? Nein? Gut, dann antworten Sie.«

»N-n-n-nein, d-d-das gehört nicht dazu, aber ... aber ... aber ...«

Paul hob die Hand, um ihn zum Schweigen zu bringen, und Saggar zuckte zusammen.

»Jetzt wissen Sie, worum es hier geht.«

»Entschuldigung!«, stieß der Captain hervor.

»Wie bitte?«

»Wir haben um Entschuldigung gebeten. Wir haben einen Brief geschrieben.«

»Was ... *den hier?*« Paul zog ein Blatt Papier aus der Tasche und las vor. »›*Sehr geehrter Herr Le Fen*‹, das ist der Mann da drüben neben dem Jeep, der mit dem roten Hemd, das ist er ... ›*Ich schreibe Ihnen, um mich im Namen meiner Männer und des Friedenskorps der Vereinten Nationen für den bedauerlichen Zwischenfall zu entschuldigen, zu dem es zwischen Ihrer Tochter und einigen unter meinem Kommando stehenden Männern gekommen ist. Wir werden alles dafür tun, dass sich ein solcher Vorfall nicht wiederholt. Hochachtungsvoll, Captain Ramesh Saggar*‹.«

In aller Ruhe faltete Paul den Brief wieder zusammen und schob ihn zurück in die Hemdtasche.

»Wussten Sie, dass neunzig Prozent der Bevölkerung Haitis Analphabeten sind? Haben Sie das gewusst, Captain?«

»N-n-nein.«

»Nein? Wussten Sie, dass Englisch hier nicht die Landessprache ist?«

»Ja.«

»Genau genommen ist es die dritte Sprache, wenn Sie so wollen. Aber neunundneunzig Prozent der Bevölkerung sprechen nicht Englisch. Und Herr Le Fen gehört zu dieser Mehrheit. Was wollen Sie da mit einem auf Englisch verfassten Brief erreichen? Häh? Aber was noch entscheidender ist: Welchen Nutzen soll ein lausiger Brief Verité Le Fen bringen? Wissen Sie, wer das ist, Captain?«

Saggar antwortete nicht.

Paul rief der Gruppe Zivilisten etwas zu und streckte den Arm aus. Ein Mädchen kam auf ihn zu, sie humpelte stark.

Sie stellte sich vor Saggar. Die beiden waren gleich groß, nur dass das Mädchen unnatürlich gebückt stand. Max konnte ihr Gesicht nicht sehen, aber der Miene des Captains nach zu urteilen, musste sie in ziemlich übler Verfassung sein.

Max warf einen Blick zu den Soldaten. Einer – ein magerer, kahlköpfiger Mann mit dickem Schnauzer – zitterte.

»Erkennen Sie sie, Captain?«

»Es tut mir schrecklich leid«, sagte Saggar zu dem Mädchen. »Was wir dir angetan haben, war schlimm.«

»Wie ich Ihnen bereits erläuterte, Captain, sie versteht Sie nicht.«

»B-b-bitte übersetzen Sie.«

Paul sprach mit dem Mädchen. Sie flüsterte ihm etwas ins Ohr. Paul sah Saggar an.

»Was hat sie gesagt?«

»*Get maman ou* – wörtlich: die Klitoris Ihrer Mutter. Im übertragenen Sinne: *Fuck you*.«

»Was ... was haben Sie mit uns vor?«

Wieder zog Paul etwas aus seiner Brusttasche, etwas Kleines, er reichte es Saggar. Der sah es an, sein Ausdruck zuerst verwundert, dann ungläubig, dann fassungslos. Es war ein Foto.

»Wo ... wo haben Sie das her?«

»Aus Ihrem Büro.«

»Aber ... aber ...«

»Hübsche Mädchen. Wie heißen sie?«

Saggar betrachtete das Bild und fing an zu schluchzen.

»Ihre Namen, Captain!«

»Wenn ... wenn Sie ... wenn Sie uns etwas antun, stecken Sie in großen Schwierigkeiten.«

Paul winkte den letzten Mann in der Reihe zu sich. Er stellte ihn vor Saggar auf, trat ein paar Schritte zurück, zog seine Pistole und jagte dem Mann eine Kugel in den Kopf. Er brach auf dem Boden zusammen, aus dem Loch in seiner Schläfe pulsierte das Blut. Saggar schrie auf.

Paul steckte seine Waffe wieder weg und trat den Leichnam aus dem Weg.

»Wie heißen Ihre Töchter, Captain?«

»M-m-m-meena und Ssss-su-su-sunita.«

»Meena?« Paul deutete auf das Bild. »Die Älteste? Die mit dem Haarband?«

Er nickte.

»Wie alt ist sie?«

»Dr-dr-dreizehn.«

»Und lieben Sie sie?«

»Ja.«

»Was würden Sie mit mir machen, wenn ich sie vergewaltigt hätte?«

Saggar schwieg. Er schaute auf den Boden.

»Glotzen Sie nicht auf Ihre Füße, Captain, sehen Sie Ihre Tochter an. Gut. Jetzt stellen Sie sich vor, ich hätte Ihre Tochter vergewaltigt. Können Sie das?« Paul betrachtete den Offizier. »Stellen Sie sich die Szene vor: Eines schönen Tages fahre ich mit meinen Freunden durch die Straßen. Wir sind zu acht. Wir sehen Meena, sie ist allein unterwegs. Wir bleiben stehen und sprechen sie an. Wir laden sie auf eine Spritztour ein. Sie lehnt ab, aber wir nehmen sie trotzdem mit. Mitten auf der Straße, am helllichten Tage, es gibt zahlreiche Zeugen, die uns identifizieren können, aber da ist keiner, der uns aufhält, weil wir Armeeuniformen tragen und Gewehre.

Ah, einen kleinen Punkt habe ich ja noch vergessen: In unserer Freizeit engagieren wir uns als ›Friedenskorps‹ der Vereinten Nationen. Wir sind hier, um sie zu *beschützen*. Nur dass die Leute, die wir beschützen, Angst vor uns haben. Und wissen Sie auch, warum? Weil wir ständig junge Mädchen wie Meena von der Straße aufsammeln.«

Wieder schaute Saggar mit gesenktem Kopf und hängenden Schultern auf den Fußboden, seine Haltung war dahin: Angst und Schuldgefühle, aber noch hatte er sich nicht in sein Schicksal ergeben. Er glaubte nicht, dass Paul ihn und seine Leute töten würde. Er hatte es noch nicht begriffen. Max dagegen wusste, dass er es tun würde. Er selbst hatte dem Anführer der Bande, die Manuela entführt hatte, einen ganz ähnlichen Vortrag gehalten. Er hatte die kleine Schwester des Typen als Beispiel benutzt, hatte ihm sein Verbrechen vor Augen führen wollen, ihm einen Namen geben, ihn den Verlust und den Schmerz fühlen lassen. Es hatte nicht funktioniert. Der Kerl hatte ihm erzählt, wie er selbst einmal – auf Crack und PCP – seine kleine Schwester in den Arsch gefickt hatte. Fünf Monate später hatte er angefangen, sie an den Kinderschänder des Viertels zu verkaufen. Ohne jedes Bedauern und ohne schlechtes Gewissen hatte Max dem Schwein das Hirn weggeblasen.

»Wir fahren mit Ihrer Tochter an einen abgelegenen Ort. Sie ist ein tapferes Mädchen, ein mutiges Mädchen, Ihre Tochter Meena. Eine Kämpferin. Sie beißt einem meiner Freunde fast den Finger ab. Also schlägt er ihr mit seinem Gewehrkolben die Zähne ein. Dann packt er sie bei den Ohren und steckt ihr seinen Schwanz in den Mund, während einer meiner Freunde ihr eine Pistole an den Kopf hält. Alle kommen an die Reihe. Alle außer mir und dem Fahrer. Für mich ist das nichts. Wenn ich Lust habe auf eine Frau, ziehe ich mir zwei Kondome über und gehe zu den dominikanischen Nutten in der Nähe meiner Kaserne. Und der Fahrer? Der hat sich geweigert mitzumachen.

Wenn meine Jungs mit ihrem Mund fertig sind, vergewaltigen sie die kleine Meena. Zwei Mal. Jeder. Wir nehmen ihr die Jungfräulichkeit – wir reißen die kleine Schlampe in Stücke, reißen sie auf. Wortwörtlich. Sie blutet. Wir sehen das natürlich. Und was tun wir? Hören wir auf und bringen sie zum Arzt? Nein. Wir drehen sie um und ficken sie in den Arsch. Zwei Mal. Jeder. Und dann, wissen Sie, was wir dann machen? Wir lassen sie auf dem Boden liegen, pinkeln auf sie und fahren weg, auf der Suche nach dem nächsten Mädchen.

Zwei Tage später wird Meena gefunden. Sie ist halb tot. Wissen Sie, mit wie vielen Stichen allein ihre Vagina genäht werden muss? Einhundertdreiundachtzig Stiche. Und sie ist dreizehn Jahre alt.«

Saggar fing an zu flennen.

»Ich ... ich ... ich ... ich habe nichts gemacht«, wimmerte er.

»Sie haben daneben gestanden und nichts unternommen. Das sind Ihre Männer, sie stehen unter Ihrem Kommando. Ein Wort von Ihnen, und sie hätten aufgehört. Sie tragen die volle Verantwortung.«

»Hören Sie, gehen Sie zu meinen Vorgesetzten. Ich unterschreibe ein Geständnis. Die werden ...«

»... Sie gemäß den Grundsätzen der UN-Friedensmissionen zur Verantwortung ziehen? *Schön wär's*«, brüllte Paul. »Die Familie Le Fen war bei Ihren Vorgesetzten, bevor sie zu mir gekommen sind. Wussten Sie das? Und was haben Ihre Vorgesetzten getan? Sie haben Sie veranlasst, der Familie einen Entschuldigungsbrief zu schreiben. Was, glauben Sie, würden die diesmal tun? Ihnen befehlen, mein Auto zu waschen?«

»Bitte«, sagte Saggar und fiel auf die Knie, »bitte lassen Sie mich am Leben.«

»Wenn es um Ihre Tochter ginge, Sie würden mich umbringen wollen, richtig?«

»Bitte«, flennte er.

»Beantworten Sie meine Frage.«

»Ich würde Sie der Justiz übergeben«, jammerte Saggar.

»Wussten Sie, dass wir hier in Haiti keine Gesetze haben? Kein einziges Gesetz für irgendetwas? Dass Bill Clinton unsere Verfassung in Stücke gerissen hat, damit er seine Juristenclique aus Arkansas dafür bezahlen kann, uns eine neue zu schreiben? Während wir also auf Bill in der Rolle des Moses warten, warum versuchen wir es nicht mit ein wenig Gerechtigkeit à la Bangladesch? Sagen Sie mir, Captain, wie lautet in Ihrem Land die Strafe für Vergewaltigung?«

Saggar antwortete nicht.

»Na los, Sie wissen es doch.«

Saggar schluchzte, aber er antwortete nicht.

»Sie wissen, dass ich es weiß. Ich habe nachgeschlagen«, sagte Paul. »Ich würde es nur gern von Ihnen hören.«

»T-t-t-todesstrafe.«

»Wie bitte?«

»Die Todesstrafe.«

»In Ihrem Land gilt Vergewaltigung also als so schweres Verbrechen, dass es mit der Todesstrafe geahndet wird. Aber hier, meinen Sie, ist das irgendwie in Ordnung, ja? Ist das so?«

»Sie sagten doch, es gibt hier keine Justiz.«

»Nur für Haitianer. Wissen Sie, das hier ist unser Land. Nicht Ihres. Sie können nicht herkommen und uns so behandeln. Nicht ohne Konsequenzen. Und *ich* bin diese Konsequenz.«

»Meine Männer wollten doch nur ihren Spaß haben! Sie wollten dem Mädchen nicht wehtun!«

»Erklären Sie ihr das bitte, ja? Wussten Sie, dass ihr Schweine nicht nur ihr Gesicht für immer ruiniert habt? Ihr habt ihr auch das Rückgrat gebrochen, sodass sie nie wieder wird normal laufen können. Sie wird nie etwas auf ihrem Rücken tragen können. In diesem Land tragen Frauen alles.

Sie ist also so gut wie tot, wenn sie älter wird. Sie haben ihr Leben ruiniert. Sie hätten sie genauso gut gleich umbringen können«, sagte Paul.

Saggars Gesicht glänzte vor Tränen.

Paul zeigte nach rechts. »Stellen Sie sich da hin.« Saggar stolperte los. »Stopp. Stehenbleiben.« Einer von Pauls Männern richtete ein Gewehr auf Saggars Kopf.

Paul ging zu den Männern aus Bangladesch und packte einen beim Arm. Er betrachtete seine Hand und zerrte ihn aus der Reihe. Der Soldat hatte keine Zeit, die Füße in Bewegung zu setzen, und so schleifte Paul ihn am Hemdkragen über den Boden und stellte ihn dort auf, wo zuvor Saggar gestanden hatte.

»Bist du Sanjay Veja?«

»Ja!«,.brüllte der. Er war kahlköpfig und sauber rasiert, seine Stimme hart wie Stahl.

»Dich hat sie in den Finger gebissen, und du hast ihr mit dem Gewehrkolben ins Gesicht geschlagen. Und du warst der Erste, du hast ihr am meisten wehgetan. Hast du irgendwas dazu zu sagen?«

»Nein«, sagte Veja vollkommen ungerührt.

»Zieh die Hose aus.«

»W-was?«

»Die Hose.« Paul zeigte darauf und sagte langsam: »Ausziehen.«

Veja schaute zu seinen Kameraden hinüber. Keiner von denen sah ihn an. Erst dann gehorchte er. Paul trat von ihm weg und suchte den Boden ab, nahm ein paar Steine auf, wog sie in der Hand und verwarf sie, bis er gefunden hatte, was er suchte: zwei große, flache Steine, die er mit seinen riesigen Händen gerade so fassen konnte.

»Und die Unterhose, die auch«, sagte Paul, ohne sich umzudrehen.

Nach einem zweiten Blick zu seinen Waffenbrüdern stieg Veja verschämt aus seinen weißen Boxershorts.

Paul ging zu ihm, die Arme hinter dem Rücken.

»Schwanz hochhalten.« Paul warf einen Blick nach unten, um sicherzugehen, dass er tat, wie ihm geheißen. »Jetzt rühren.«

Max sah zu, wie Paul sich in der angespannten Haltung eines Baseball-Fängers vorbeugte, Auge in Auge mit dem Soldaten. Er atmete tief durch die Nase ein, dann schossen seine Hände blitzschnell von hinten nach vorn und knallten über Vejas schlaffen Hoden zusammen. Max hörte zwei Geräusche: den lauten Knall der aufeinander prallenden Steine und direkt danach einen feuchten Laut wie von einer platzenden Frucht.

Dem Soldaten klappte die Kinnlade runter, als hätten sich seine Kiefermuskeln plötzlich aufgelöst. Seine Augen traten aus den Höhlen, und sämtliche Venen und Arterien an seinem Kopf traten in einem Netz dicker, verschlungener Knoten hervor.

Zuerst schrie er in unnatürlich tiefer Tonlage. Dann, als die Erkenntnis dessen, was passiert war, den Schmerz einholte, wuchs sich der Schrei zu einem fürchterlichen, furchteinflößenden Heulen aus, das aus den tiefsten Tiefen seiner Seele kam. Vejas Schreie fuhren Max in die Eingeweide, und am liebsten hätte er sich auf der Stelle übergeben. Einige von Vejas Kameraden taten genau das. Zwei wurden ohnmächtig, und die übrigen, Captain Saggar eingeschlossen, flennten, jammerten und machten sich in die Hosen.

Paul war noch nicht fertig. Er riss die Arme so weit nach links hoch, dass sein ganzer Körper vor Anstrengung und Anspannung bebte. Max sah, wie das nackte rechte Bein des Soldaten vom Boden abhob, sein Fuß zitterte. Dann wiederholte Paul die gleiche Bewegung nach rechts, bevor er die Arme wieder senkte und die Hände rasch hin- und herrubbelte, als wollte er nasse Kleider auswringen.

Dann hielt er inne. Er holte ein paarmal tief Luft, bevor er ein schweres, erschöpftes Stöhnen von sich gab und Veja mit einem kräftigen Ruck nach hinten die zerschmetterten Hoden vom Körper riss. Das Geräusch erinnerte Max an platzende Nähte und an Hühnerfedern, die büschelweise ausgerissen wurden.

Veja taumelte nach hinten, zwei Schritte, drei, einen, sein Mund ging lautlos auf und zu, sein Adamsapfel hüpfte auf und nieder, er hatte alles herausgeschrien, mehr Ausdruck konnte er seinen gewaltigen Schmerzen nicht verleihen. Er stolperte nach vorn, dann wieder nach hinten.

Zwischen seinen Beinen sah Max das Blut strömen, sah rote Bäche über seine Oberschenkel laufen.

Veja tastete nach seinen massakrierten Hoden und berührte das offene Fleisch unter seinem Schwanz.

Paul warf die blutverschmierten Steine und die Hoden auf die Erde.

Veja hielt sich die blutigen Finger vor die Augen und betrachtete sie eingehend, dann, gerade als sich sein Gesicht unter Tränen verzog, fiel er hintenüber, knallte auf den Boden und schlug sich den Schädel auf.

Er war tot.

Paul zog die Waffe und jagte Veja eine Kugel in den Kopf. Dann zerrte er einen anderen Soldaten, der schrie und heulte und bettelte, aus der zersprengten Reihe. Paul schlug ihm mit der blutigen Hand ins Gesicht.

»Du bleibst hier stehen und siehst deinen Freunden zu. Genau wie damals, als sie das Mädchen vergewaltigt haben«, sagte er und drehte ihn zu seinen Kameraden um. Dann rief er den beiden Männern etwas zu, die Saggar bewachten. Sie schubsten ihn zu seinen Leuten.

»Du bist ein Tier – ein Monster!«, schrie Saggar Paul zu. »Du wirst deine Strafe kriegen!«

Paul trat beiseite und stieß einen Pfiff aus. Dann flogen die Steine.

Die erste Ladung kam von der Familie des Mädchens, die sich den Vergewaltigern gegenüber in Stellung gebracht hatte. Die großen Steine wurden von oben oder von unten geworfen, kleinere mit der Steinschleuder abgefeuert. Alle fanden ihr Ziel: Köpfe bluteten, Augenbrauen platzten, Augen wurden ausgeschlagen.

Die Vergewaltiger wollten nach hinten flüchten, wo sie ebenfalls von einem Steinhagel in Empfang genommen wurden, der aus der Dunkelheit kam, von unsichtbaren Händen geschleudert. Ein Soldat verlor das Bewusstsein, ein anderer warf sich zu Boden und rollte sich in Fötusstellung zusammen.

Die Steine prasselten auf Köpfe und Gesichter, Knie und Rippen. Max sah einen der Soldaten sterben, als er von einem Stein an der Wange getroffen wurde, der seinen Kopf zur Seite schleuderte, direkt in die Flugbahn eines anderen, schnellen Steins, der ihm die Schläfe einschlug und ihm den Schädelknochen ins Gehirn drückte.

Saggar kroch auf allen vieren umher, tastete sich vorwärts, aus einer Platzwunde auf seiner Stirn lief ihm Blut übers Gesicht, ein Auge war zugeschwollen.

Keiner der Vergewaltiger war mehr auf den Beinen, als die Familie Le Fen mit Stöcken und Macheten vorrückte, angeführt von Verité, die von ihrem Vater gestützt wurde. Die anderen Steinewerfer kamen aus der Dunkelheit und stellten sich im Kreis um die am Boden liegenden Männer auf.

Sekunden später drangen die Geräusche von Schlägen und Tritten, Hieben und Stichen aus dem Kreis. Max hörte einige wenige Schmerzensschreie, doch nach Vejas Geheul, das noch klar und deutlich in seinem Kopf widerhallte, kamen ihm die eher belanglos vor.

Die Menge stürzte sich auf die Männer, alle ließen ihrem Hass freien Lauf, ergingen sich in blanker Rache, bis sie nicht mehr konnten.

Als sie davontaumelten, ließen sie eine zerstampfte, blutrote Masse zurück, einen glänzenden, zähflüssigen See der Rache.

Einer von Pauls Leuten ging herum und jagte Kugeln in die Köpfe, die noch intakt waren.

Paul wandte sich an den Fahrer.

»Jetzt zu dir. Ich will, dass du in deine Kaserne in Port-au-Prince zurückkehrst und allen erzählst, was hier passiert ist. Fang mit deinen Freunden und Kollegen an, dann geh zu eurem höchsten Offizier. Sag ihnen, dass ich dafür verantwortlich bin, Vincent Paul. Kapiert?«

Der Mann nickte, seine Zähne klapperten.

»Und wenn du ihnen erzählst, was passiert ist, richte ihnen das von mir aus: Wenn irgendwer von euch jemals wieder auch nur eine einzige unserer Frauen und Kinder vergewaltigt oder ihnen Schaden zufügt, werden wir euch töten – und zwar genau so«, sagte er und zeigte auf die blutigen Leichenteile. »Und wenn einer von euch auf Rache aus ist und unseren Leuten auflauert, wird es zu einem Volksaufstand kommen, und wir werden jeden Einzelnen von euch massakrieren. Und das ist keine Drohung – es ist ein Versprechen. Und jetzt verpiss dich.«

Sehr langsam ging der Fahrer los, mit gesenktem Kopf und hängenden Schultern, er war unsicher auf den Beinen, als hätte er seit sehr langer Zeit keinen Schritt mehr getan und rechnete damit, dass seine Knie einfach nachgaben. Er legte einige Meter zwischen sich und den Ort des Geschehens, dann sprintete er los und verschwand in der Dunkelheit wie ein Mann, der Feuer gefangen und gerade voraus einen See entdeckt hatte.

Paul gesellte sich zu der Familie.

Max konnte sich nicht von der Stelle rühren. Er war starr vor Schock und Entsetzen, sein Verstand von inneren Konflikten paralysiert. Vergewaltiger konnte er nur verachten, und theoretisch – bis zu dem Moment, als es tatsächlich passiert war – wäre er mit allem einverstanden gewesen, was Paul getan hatte.

Natürlich war die Tat der Soldaten schrecklich und ihre offizielle »Bestrafung« ein Witz, eine Beleidigung des Opfers, aber der Gerechtigkeit war mit Pauls Tun auch nicht gedient. Das Mädchen hatte ihre Unversehrtheit und ihre Unschuld nicht zurück, nur die Genugtuung zu wissen, dass die Vergewaltiger bestraft worden waren und dass sie vor ihrem Tod gelitten hatten. Aber was würde ihr das in einem Jahr noch nützen, oder ein Jahr später? Was nützte es ihr jetzt?

Und natürlich würde Pauls Strafaktion ihre abschreckende Wirkung nicht verfehlen, zumindest hier in Haiti. Aber wenn die UN-Truppen an den nächsten Ort zogen, würden sie dort genauso weitermachen, in einem anderen Land, in dem sie den Frieden sichern sollten.

Besser und verantwortungsvoller wäre es gewesen, wäre Paul mit der Sache an die Medien gegangen, hätte einen großen Skandal daraus gemacht und die UN gezwungen, die Soldaten zur Verantwortung zu ziehen und deutlich zu machen, dass solche Vorgänge inakzeptabel waren.

Doch dann dachte Max an Sandra und fragte sich, was er an Pauls Stelle getan hätte. Die Kerle festnehmen und ein Jahr darauf warten, dass ein Richter sie vielleicht zu fünfzehn Jahren bis lebenslänglich verurteilte, wenn die Beweise ausreichten? Nein, natürlich nicht. Er hätte die Schweine mit bloßen Händen kastriert, genau wie Paul es getan hatte.

Worüber zerbrach er sich da eigentlich den Kopf? Paul hatte recht. Was kümmerte es ihn, was die UN-Soldaten anderswo trieben? Das hier war sein Land, es waren seine Leute. Das war alles, was ihn interessierte.

Fair Play. Scheiß auf die Dreckschweine.

Max schlich zurück zum Wagen und fuhr davon.

29

Das Nachtleben von Pétionville, sofern man es so nennen wollte, war in vollem Gange, als Max auf der Hauptstraße Richtung Marktplatz fuhr. Die Türen einiger Bars und Restaurants standen weit offen, und die Schilder waren beleuchtet, um zu zeigen, dass geöffnet war. Drinnen saß kaum jemand.

Max brauchte etwas zu trinken und Menschen um sich herum, um wieder ins Gleichgewicht zu kommen – ein wenig Frohsinn und Trivialität, um die düsteren Nachwirkungen zu vertreiben, die er in den Eingeweiden spürte. Es war Jahre her, dass er Menschen hatte sterben sehen, seit er damals die Jugendlichen erschossen hatte. Auch die hatten es verdient, aber das machte es nicht leichter, es zu verarbeiten und hinter sich zu lassen. Die Erinnerung an den Tod blieb einem auf ewig erhalten. Er war froh, dass es jetzt nicht mehr so schwer war wie damals, als es für ihn noch mehr gegeben hatte, für das es sich zu leben und um das es sich zu sorgen lohnte. Er hatte mehrere Menschen auf dem elektrischen Stuhl sterben sehen, ihre Köpfe hatten unter den Hauben Feuer gefangen, und die Haut war ihnen von den Knochen geschmolzen wie Kerzenwachs. Er hatte gesehen, wie Polizisten Kriminelle erschossen oder wie Kriminelle Polizisten umbrachten. Und dann all die Menschen, die er getötet hatte: in Ausübung seiner Pflicht oder ein oder zwei Schritte darüber hinaus. Er wusste nicht, wie viele es waren – er konnte sich nicht dazu durchringen, sie zu zählen –, aber er erinnerte sich an jedes einzelne Gesicht, an die Blicke, mit denen sie ihn angesehen hatten. Manche hatten um ihr Leben gefleht, andere hatten ihn zum Teufel gewünscht, manche hatten gebetet. Einer hatte ihm vergeben, einer hatte ihn gebeten, seine Hand zu halten, und einer hatte ihm seinen letzten Atemzug ins Gesicht geblasen, er hatte nach verbranntem Schießpulver und Kaugummi gerochen. Sein Boss Eldon Burns hatte eine Liste der Menschen geführt, die er getötet hatte. Aber der war auch reichlich makaber in diesen Dingen, und er hatte ein Faible für Zahlen. Auf seinem Schreibtisch stand ein Glaskasten mit seiner Dienstwaffe. Im Griff waren Kerben, eine für jeden Getöteten. Max hatte sechzehn gezählt.

Er fuhr am La Coupole vorbei und sah Huxley im Türrahmen stehen und mit drei Straßenkindern reden. Er parkte und ging zu ihnen.

»Schön, Sie zu sehen, Max«, sagte Huxley herzlich, als sie sich die Hand gaben. Die Jungen, mit denen er sich unterhalten hatte, wichen ein paar Schritte zurück, der kleinste versteckte sich hinter dem größten.

Huxley redete mit ihnen. Der größte antwortete. Er sprach schnell und aufgeregt, mit heiserer, kehliger Stimme, es hörte sich an wie ein Schwarm singender Spatzen, der sich auf einem Blechdach niederließ. Mit dem Finger und den Augen zeigte er auf Max.

»Was sagt er?«, fragte Max und vermutete, dass er zu den verhinderten Angreifern gehört hatte.

»Ich soll Ihnen sagen, das von neulich Nacht tut ihm leid«, sagte Huxley und zog verständnislos die Stirn in Falten. Max musterte den Jungen. Er hatte einen kleinen Kopf, auf dem nur wenige Haare wuchsen, und winzige Augen, die wie Onyxknöpfe schimmerten. Er sah eher verängstigt als reumütig aus. »Er sagt, er wusste nicht, wer Sie sind.«

»Was glaubt er denn, wer ich bin?«

Huxley fragte ihn. Im folgenden Wortschwall hörte Max den Namen Vincent Paul.

»Er sagt, Sie sind ein Freund von Paul.«

»Ein Freund? Ich bin kein …«

Der Junge fiel ihm mit einem neuen Redeschwall ins Wort.

»Er sagt, Paul hat ihnen aufgetragen, hier in der Gegend ein Auge auf Sie zu haben«, übersetzte Huxley und blickte beeindruckt drein. »Haben Sie ihn getroffen?«

Max antwortete nicht.

»Fragen Sie ihn, wann er ihn zuletzt gesehen hat.«

»Gestern«, sagte Huxley. »Wollen wir was trinken, und Sie klären mich auf?«

Huxley lachte, als Max ihm von den Ereignissen nach ihrer letzten Begegnung berichtete.

»Sie hätten dem Jungen einfach mit etwas mehr Respekt begegnen müssen. Einfach nur Nein sagen, freundlich, aber bestimmt. Dann hätte er Sie in Ruhe gelassen. Sie belagern einen nicht«, erklärte Huxley. »So barsch mit jemandem umzugehen, der auf dieser Welt nichts zu verlieren hat, ist nicht sehr klug – und das in dessen eigenem Land, auf seinen eigenen Straßen zu tun ist ziemlich bescheuert, Max. Sie hatten Glück, dass Vincent Paul im richtigen Moment dazugekommen ist.«

Die Bar war fast leer, es lief keine Musik. Auf dem Hof draußen standen mehrere Amerikaner. Es hörte sich an, als kämen sie aus dem Mittleren Westen, strohhalmkauende Kuhhirten auf Wochenende. Max hörte das Klicken, wenn sie den Abzug ihrer ungeladenen Gewehre zogen und dann die Magazine einrasten ließen.

Max war bei seinem dritten Barbancourt. Die Portionen waren mehr als großzügig. Und wieder entfaltete der Alkohol seinen Zauber, machte ihn lockerer.

»Und wie war's in Shitty City? Sie waren doch da heute, oder?«, fragte Huxley und steckte sich eine Zigarette an. Max warf ihm einen misstrauischen Blick zu.

»Kommen Sie, Max. Sie müffeln, als wären Sie von einem Stinktier angefallen worden«, lachte Huxley. »Wissen Sie, warum man hier immer sofort weiß, wenn ein Aufstand droht? Weil dann der gleiche Gestank in der Luft liegt, den Sie jetzt verbreiten: der Gestank von Shitty City. Wenn die Menschen aus Cité Soleil nach Port-au-Prince ziehen, um die Regierung zu stürzen, rümpfen die Wolken die Nase, der Wind bläst in die andere Richtung, und die Vögel fallen vom Himmel. Ich kenne diesen Geruch. Mir können Sie nichts vormachen, Mingus. Ich bin hier geboren.«

Max fiel auf, dass er noch immer seine Wegwerfstiefel trug, an denen bis zu den Zehenkappen der Matsch von Cité Soleil klebte.

»Tut mir leid.«

»Macht nichts. Und, haben Sie was gefunden?«, fragte Huxley.

»Nicht viel«, antwortete Max. Er hatte nicht vor, Huxley zu berichten, was er gesehen hatte. »Nur so eine Art Hilfsaktion – Vincent Pauls Wohltätigkeitsprojekt.«

»Die grünen Zelte? Ja, dafür ist er berühmt. Deshalb lieben ihn die Leute in den Slums. Er sorgt für sie. Von dieser geheimnisvollen Stadt, die er angeblich irgendwo gebaut haben soll, wird behauptet, dass es da Schulen und Krankenhäuser für die Armen gibt. Alles kostenlos, bezahlt von den Profiten aus den Drogengeschäften. Der Typ ist ein Kokain-Castro.«

Max lachte.

»Wissen Sie, wo diese Stadt ist?«

»Nein. Das ist wie mit Eldorado. Kein Mensch weiß, wo es liegt oder wie man hinkommt, aber alle schwören, dass es das wirklich gibt. Sie wissen ja, wie das hier ist«, sagte Huxley. »Wie laufen die Ermittlungen?«

»Noch ganz am Anfang«, sagte Max und kippte den Rum.

Die Amerikaner kamen herein. Marines, ungefähr dreißig. Sie liefen mit schweren Schritten durch die Bar und hinaus auf die Straße, alle bewaffnet, alle mit geschwärzten Gesichtern und von Kopf bis Fuß in Kampfausrüstung.

»Was ist los? Eine Razzia?«, fragte Max leise.

»Nein.« Huxley grinste und sah den Soldaten kopfschüttelnd nach. »Wissen Sie, wie diese so genannte Invasion gelaufen ist? Es wurde nicht ein einziger Schuss abgegeben. Keine Gegenwehr. Viele Soldaten sind angepisst, weil es keine Kämpfe gegeben hat, deshalb ziehen sie alle paar Wochen in die Stadt runter und spielen Krieg mit den UN-Truppen. Die Jungs von der UN müssen die alten Kasernen in Carrefour in Port-au-Prince verteidigen, die Marines müssen sie einnehmen.«

»Ein Riesenspaß«, sagte Max sarkastisch.

»Hat nur einen Haken.«

»Und zwar?«

»Sie schießen scharf.«

»Quatsch!«

»Ist wahr.«

»Nein!«

»Bei meiner Mutter.«

»Lebt die noch?«

»Ja, sicher.« Huxley lachte.

»Und gibt's Tote?«

»Nicht so viele, wie man denken könnte. Ein paar Opfer

hat es auf beiden Seiten gegeben, aber die Militärführung hat das unter den Teppich gekehrt und als feindlichen Angriff oder Friendly Fire ausgegeben.«

»Ich glaub's trotzdem nicht«, lachte Max.

»Das habe ich auch nicht, bis ich's mit eigenen Augen gesehen habe«, sagte Huxley und stand auf.

»Wo wollen Sie hin?«

»Ich habe eine Videokamera im Auto. Vielleicht erwische ich einen der Jungs, wie er getroffen wird, dann kann ich die Aufnahmen an CNN verkaufen.«

»Und ich dachte, Sie sind der noblen Sache wegen hier«, sagte Max.

»Bin ich auch. Aber von irgendwo muss das Geld ja herkommen«, lachte Huxley. »Wollen Sie mitkommen?«

»Heute nicht. Ich hab einen anstrengenden Tag hinter mir. Vielleicht ein anderes Mal. Und lassen Sie sich nicht erschießen.«

»Sie auch nicht. Passen Sie auf sich auf.«

Sie gaben sich die Hand. Huxley eilte den Soldaten hinterher. Max bestellte noch einen Rum und starrte die noch glimmende Zigarettenkippe an, die der Journalist zurückgelassen hatte, schaute dem Rauch nach bis zur Decke. Es war ihm egal, ob die Geschichte, die er gerade gehört hatte, wahr war oder nicht. Es war eine gute Geschichte, und sie hatte ihn zum Lachen gebracht. Genau das, was er jetzt gebraucht hatte.

30

Am nächsten Morgen rief Max bei Allain Carver an und verkündete ihm, er wolle alle Dienstboten befragen, die zur Zeit von Charlies Entführung für die Familie gearbeitet hatten.

Allain versprach, alles für den nächsten Tag zu arrangieren.

Die Befragung der Dienstboten fand in einem kleinen Zimmer im ersten Stock des Haupthauses statt, mit Blick in den Garten und die dichten Baumreihen dahinter. Bis auf den Tisch und die Stühle für Chantale und ihn war der Raum leer. Max dämmerte ziemlich schnell, dass die Einrichtung bewusst gewählt war, damit der im Haus herrschende gesellschaftliche Kodex nicht ins Wanken geriet: Dienstboten hatten zu stehen, wenn sie angesprochen wurden. Und so verlegte sich Max darauf, jedem einzelnen Befragten seinen Stuhl anzubieten. Alle, von den ganz Alten bis zu den ganz Jungen, lehnten höflich ab und dankten ihm für seine Freundlichkeit, und alle schickten sie einen kurzen ängstlichen Blick hinauf zu dem einzigen Gemälde im Raum: einem aktuellen Ölgemälde von Gustav, der in beigefarbenem Anzug mit schwarzer Krawatte über Max' Schulter hinweg finster auf sie herabschaute. An seiner Seite saß an einer dicken Lederleine eine Bulldogge von der gleichen Farbe wie Gustavs Anzug, ihr Kopf und ihre Miene zeigten mehr als eine flüchtige Ähnlichkeit mit dem fratzenhaften Antlitz ihres Herrchens.

Die Dienstbotenschaft der Carvers ließ sich grob in die Bereiche Küche, Putzen, Handwerkliches, Garten und Wachdienst aufteilen. Die allermeisten arbeiteten direkt für Gustav. Allain und Francesca hatten ihren eigenen Hofstaat.

Alle Gespräche verliefen nach dem gleichen Muster. Als Erstes nahm sich Max die Angestellten des Alten vor. Er fragte sie nach ihrem Namen, was genau sie taten, mit wem sie zusammenarbeiteten, wie lange sie schon im Haus waren, wo sie am Tag der Entführung gewesen waren und ob sie in den Wochen vor der Entführung irgendetwas Verdächtiges gehört oder gesehen hatten. Bis auf die Namen, Aufgabenbereiche und Dienstzeiten bekam er weitgehend ähnliche Antworten. Am 4. September 1994 waren sie alle mit mehreren anderen zusammen oder in Sichtweite anderer in Haus oder Garten beschäftigt gewesen.

Auf seine Fragen nach Eddie Faustin erfuhr er, dass der Leibwächter augenscheinlich als vollkommen Fremder ihr Leben durchwandert hatte. Alle erinnerten sich sehr gut an ihn, aber keiner wusste viel über ihn zu berichten. Sie kannten ihn nur vom Sehen. Gustav Carver hatte verboten, dass die Hausangestellten irgendwelche persönlichen Kontakte zu den Sicherheitskräften unterhielten. Und selbst wenn sie sich mit Faustin hätten anfreunden wollen, hätte es dazu so gut wie keine Gelegenheit gegeben, weil er praktisch den ganzen Tag außer Haus verbracht hatte. Auch nach Beendigung seiner Schichten hatten sie ihn kaum gesehen, weil er nicht wie die anderen in den Dienstbotenunterkünften gewohnt hatte, sondern in den ehemaligen Stallungen, die dem wichtigsten Personal vorbehalten waren.

Die Angestellten waren einander so ähnlich – ihr Lächeln, ihr gutwilliges, respektvolles Auftreten –, dass sich Max nur schwer an sie erinnern konnte, sobald sie den Raum verlassen hatten und der nächste vor ihm stand.

Um die Mittagszeit legten sie eine Pause ein, und man brachte ihnen Essen: gegrillten Fisch, der so frisch war, dass er nach Meer schmeckte, und Salat aus Tomaten, roten Bohnen und roten und grünen Paprika.

Als sie fertig waren, läutete Chantale die Glocke, die man ihnen mit dem Essen gebracht hatte. Die Dienstmädchen kamen herein und räumten ab.

»Ich wollte Sie noch nach der Arche Noah fragen«, sagte Max zu Chantale, als er sein Notizbuch nach einer freien Seite durchblätterte und dabei auf den Namen stieß.

»Fragen Sie die nächste Person, die reinkommt«, antwortete sie schroff. »Die wissen mehr darüber als ich. Sie kommen alle von da.«

Und genau das tat er. Als Nächstes waren die Angestellten von Allain und Francesca an der Reihe. Die Arche Noah, erfuhr er, war eine Waisenschule in Port-au-Prince, die von den Carvers betrieben wurde. Die Familie rekrutierte dort nicht nur ihre Hausangestellten, sondern praktisch alle, die für sie arbeiteten.

Max' neue Gesprächspartner waren auffallend anders als Gustavs Angestellte: Sie verfügten über eine klar erkennbare Persönlichkeit.

Und sie redeten über Faustin. Sie berichteten, ihn dabei beobachtet zu haben, wie er Francescas Müll durchwühlt und Sachen aus den Abfalleimern an sich genommen und in sein Zimmer gebracht hatte. Als das Zimmer nach seinem Verschwinden ausgeräumt worden war, hatte man dort eine Voodoo-Puppe gefunden, die er aus ihrem Haar, ihren Fingernägeln, Kosmetiktüchern, alten Lippenstifthülsen und Tampons gemacht hatte. Einige erzählten Max, sie hätten gerüchteweise gehört, der Leibwächter sei in Pétionville zu hellhäutigen dominikanischen Nutten gegangen und habe ihnen einen Extrabonus dafür gezahlt, dass sie lange blonde Perücken trugen, während er sie vögelte. Viele erklärten, sie hätten Faustin regelmäßig in einer Bar namens Nwoi et Rouge verkehren sehen, die einem Freund und ehemaligen Macoute gehörte. Ein oder zwei flüsterten, sie hätten gesehen, wie er Charlies dreckige Windeln aus dem Müll holte, und der letzte Befragte behauptete, gehört zu haben, wie Faustin von einem Haus in Port-au-Prince erzählt hatte, das ihm gehörte.

Am späten Nachmittag waren sie mit den Befragungen durch. Auf dem Weg den Berg hinunter nach Pétionville drehte Max das Fenster herunter und ließ sich die frische Luft um die Nase wehen. Chantale sah erschöpft aus.

»Danke für Ihre Hilfe ... wieder einmal«, sagte er und fügte ungelenk hinzu: »Ich weiß nicht, was ich ohne Sie tun würde.«

»Hätten Sie Lust, noch was trinken zu gehen?«, fragte sie mit einem leisen Lächeln.

»Klar. Wo?«

»Ich bin sicher, Sie haben da schon was im Sinn«, lächelte sie.

»Wie wär's mit Eddie Faustins Stammkneipe?«

»Sie wissen, wie man einer Frau imponiert«, sagte sie und lachte ihr dreckiges Lachen.

31

Das Nwoi et Rouge verdankte seinen Namen den Farben der haitianischen Flagge unter den Duvaliers. Schwarz und rot. Papa Doc hatte das ursprüngliche Blau der Flagge durch Schwarz ersetzen lassen, um den völligen Bruch mit der kolonialen Vergangenheit zu unterstreichen, die größte ethnische Mehrheit des Landes angemessen zu repräsentieren und seinem Glauben an den *Noirisme* – die Überlegenheit der Schwarzen – Ausdruck zu verleihen. Ein Glaube, der sich weder auf die Wahl seiner Ehefrau – eine hellhäutige *Mulâtresse* namens Simone – noch auf sein Verhältnis zu den USA vor Verabschiedung des Civil Rights Act erstreckte, deren militärische und finanzielle Hilfe er mit Freuden angenommen hatte, um sein Regime an der Macht zu halten. Für viele Menschen sollten die neuen Farben der Nationalflagge zum Symbol für die dunkelste, blutigste Periode in der ohnehin schon gewalttätigen Geschichte des Landes werden.

Max fühlte sich an die Flagge der Nazis erinnert, die die gleichen Farben hatte, während das Wappen – Kanone, Musketen und Flaggenmasten neben einer Palme mit Skimütze – auch das Werk eines breitgerauchten Surfers mit einem Faible für Militärgeschichte des 18. Jahrhunderts hätte sein können. Wer um alles in der Welt sollte ein solches Land ernst nehmen?

Die Flagge prangte stolz hinter der Bar, flankiert von gerahmten Fotografien von Papa und Baby Doc. Papa war dunkel und weißhaarig, seine dicke schwarze Brille verlieh dem verkniffenen Gesicht, das eine Fähigkeit zu unbegrenzter Grausamkeit erkennen ließ, einen Hauch von Menschlichkeit. Sein Sohn Jean-Claude war ein teigiger Kloß mit weichen, arabischen Gesichtszügen, bronzefarbener Haut und dösigen Augen.

Die Bar befand sich in einem kleinen, freistehenden Haus an der Straße zwischen dem Fuß der Berge und dem Ortsrand von Pétionville. Leicht zu übersehen, aber wenn man es suchte, auch leicht zu finden.

Als Max mit Chantale eingetreten war, waren ihm als Erstes nicht die Flagge und die Fotos aufgefallen, sondern der schwergewichtige alte Mann, der im grellen Lichtkegel einer einzelnen Glühbirne den Fußboden fegte. Die Birne war so hell, dass sie fast flüssig aussah, wie ein Tropfen geschmolzenen Stahls, der noch nicht groß genug war, um zu Boden zu fallen und ein Loch durch den Betonfußboden zu brennen.

»Bond-juur«, sagte Max.

»Bon-soir«, korrigierte ihn der Mann. Er trug ein kurzärmeliges weißes Hemd, weite, ausgeblichene Jeans mit roten Hosenträgern und ausgelatschte Sandalen. Er fegte den Dreck zu einem kleinen Haufen zu seiner Linken zusammen.

Hinter der Bar stand ein Wasserkühler, daneben eine lange Reihe durchsichtiger Flaschen und, ganz am Ende, direkt neben dem großen Ventilator, das Wort »Tafia« in schnörkellosen Blockbuchstaben auf einer Tafel. Darunter zwei Gleichungen: eine Zeichnung von einem Glas = eine Hand mit allen fünf Fingern erhoben; eine Flasche = zwei Hände mit allen fünf Fingern erhoben.

Max suchte nach einer Sitzgelegenheit und fand keine. An den Wänden standen gestapelte Kisten. Anscheinend funktionierten die Gäste sie bei Bedarf zu Hockern und Tischen um. Trinken im rudimentärsten Wildweststil.

Der Mann betrachtete Chantale und redete mit einer Stimme auf sie ein, die klang wie ein Zug, der von den Gleisen abkam, einen langen, steilen Hügel hinabstürzte und bei jedem Überschlag und jedem Aufprall eine Ladung Holzscheite verlor. Zweimal hörte Max aus dem Redeschwall den Namen Carver heraus.

»Er sagt, wenn Sie auch nach dem Carver-Jungen suchen, verschwenden Sie hier nur Ihre Zeit«, übersetzte Chantale. »Er wird Ihnen das Gleiche erzählen, was er auch den anderen gesagt hat.«

»Und das wäre?«, fragte Max den Mann und versuchte ihm in die Augen zu sehen, was ihm nicht gelang, weil der Kerl direkt unter der Glühbirne stand und sein Gesicht im Schatten lag. Der Mann sagte etwas, lachte und winkte.

»Er hat ihn nicht. Auf Wiedersehen.«

»Sehr witzig«, bemerkte Max. Er fing an zu schwitzen. Er spürte den Schweiß aus den Poren der Kopfhaut treten, spürte, wie sich benachbarte Tröpfchen zu einem großen verbanden, wie sie noch weitere Freunde suchten und fanden, immer größer wurden und langsam zu fließen begannen. In der Bar stank es nach kaltem Rauch und Schweiß und vor allem nach Fusel.

»Warum haben die anderen gedacht, Sie hätten ihn?«, fragte Max.

»Wegen meines guten Freundes Eddie Faustin«, sagte der Mann und zeigte nach rechts.

Max ging zu der Stelle, wo das Licht der Glühbirne von einem einzelnen gerahmten Foto reflektiert wurde. Er erkannte Faustin auf Anhieb. Er hatte die in seiner Familie vorherrschende Ähnlichkeit mit einem wütenden Esel geerbt: großer Kopf, Knollennase, vorstehendes Kinn, vorstehende Augen und große Ohren, dazu der genetisch bedingte finstere Blick mit den geblähten Nasenflügeln und der hochgezogenen Oberlippe, die die oberen Schneidezähne entblößte. Faustin war von kleinem Wuchs, zu klein für den Kopf. Max war überrascht, dass er die Kugel überlebt hatte, die für Carver bestimmt gewesen war.

Auf dem Foto stand er zwischen zwei Männern: seinem Bruder Salazar und dem Barmann, der einen Revolver in der Hand hielt und den Fuß mit dem schweren Stiefel auf einer Leiche platziert hatte. Zackige Ausrufezeichen aus Blut bedeckten den Fußboden neben dem Kopf und dem Rücken des Toten. Er war an Händen und Füßen gefesselt. Das Trio grinste stolz in die Kamera.

»Das waren noch Zeiten«, sagte der Barmann.

Max drehte sich um und sah ihn durch wenige krumme Zähne mit reichlich leerem Raum dazwischen lächeln.

»Wer hat das Bild gemacht?«

»Weiß ich nicht mehr«, sagte er und glotzte Chantale an, die dolmetschte. Um seine Augen herum zuckte es, während sich sein Kopf, ihren Kurven folgend, sanft hob und senkte und sein Griff um den Besenstiel fester wurde.

Just in dem Moment war ein leises *Ffff-fut* zu hören, als etwas gegen die Glühbirne flog und mit einer kleinen Rauchfahne zu Boden trudelte. Eine Motte, die sich die Flügel an der Birne versengt hatte. Sie lag auf dem Rücken und strampelte wild, bis sie schließlich reglos liegen blieb.

Der Mann kicherte und fegte die Motte auf den Haufen, den er zusammengekehrt hatte. Max sah genauer hin und erkannte, dass der Kehricht ausschließlich aus toten Motten bestand. Der grobe Besen sah selbst gebastelt aus: ein langer Stock mit einem Büschel trockener Gräser.

»Wie heißen Sie?«

»Bedouin«, sagte der Mann und straffte die Schultern.

»Bedouin ... *Désyr?*«, fragte Chantale, und ihre Stimme senkte sich zu einem Flüstern.

»*Oui. Le même.*«

»*Dieu...*«, flüsterte Chantale und trat einen Schritt zurück.

»Was ist los?«, schaltete sich Max ein.

»Das erzähle ich Ihnen später«, sagte sie. »Wenn wir hier raus sind.«

Wieder eine lebensmüde Motte an der Glühbirne. Sie fiel Max auf den Kopf und landete brennend und flatternd auf seiner Schulter. Er schnippte sie weg. Désyr schnalzte mit der Zunge, nuschelte sich etwas in den Bart und schoss das tote Insekt wie einen Eishockeypuck mit dem Besen auf den Haufen.

»Tafia?«, fragte er Max und machte eine Geste, als würde er trinken.

Max nickte und folgte Désyr zur Bar. Désyr holte einen Pappbecher unter dem Tresen hervor. Er hielt ihn unter den Wasserkühler und drehte den Hahn auf. In der Flasche quoll eine große Luftblase nach oben, und ein scharfer, chemischer Geruch, der arg an Benzin erinnerte, verbreitete sich im Raum.

Désyr reichte Max den Becher. Max nahm ihn. Die Dämpfe brannten ihm in den Augen.

»Und die Leute trinken das?«, fragte er Chantale.

Désyr feixte.

»Ja. Und sie reinigen ihre Motoren damit, und wenn es keinen Sprit zu kaufen gibt, kippen sie das Gesöff auch in den Tank. Läuft fast so gut wie mit Benzin. Das ist neunzigprozentiger Rum. Seien Sie sehr vorsichtig damit. Von dem Zeug kann man blind werden.«

Max nahm einen sehr kleinen Schluck. Das Zeug war so stark, dass es nach nichts schmeckte und ihm die Zunge und die Kehle verbrannte.

»Gott«, ächzte Max und hätte es am liebsten sofort wieder ausgespuckt.

Désyr lachte und bedeutete Max, den Tafia auf ex zu leeren. Max ahnte, dass er sich damit vielleicht den Respekt des Barmanns verdienen konnte und dass er ihm dann vielleicht mehr über Faustin und die Entführung erzählen würde. Und in dem Becher war höchstens ein Fingerbreit von dem Zeug.

Er atmete tief durch und kippte den Becher. Der Tafia traf in seinem Rachen auf wie eine Brandbombe und versengte ihm die Speiseröhre bis hinunter in den Magen.

Der Alkoholrausch kam praktisch sofort, vergleichbar mit fünf doppelten Bourbons auf leeren Magen, direkt hintereinander gekippt, die einem mit schwindeliger Euphorie zu Kopfe steigen. Er konnte nicht mehr klar sehen und schwankte, während seine Augen wieder scharf zu stellen versuchten. Tränen liefen ihm übers Gesicht, das Blut rauschte ihm in den Kopf. Seine Schläfen pulsierten. Die Nase lief. Ein Kick wie von Kokain und Poppers und Riechsalz, im Paket konsumiert. Nur dass es sich nicht im Entferntesten gut anfühlte. Er packte den Tresen, aber seine Handflächen waren feucht. Er rutschte ab. Turbulenzen im Magen. Er atmete tief durch, roch nichts anderes mehr als Tafia. *Was um alles in der Welt hatte er sich dabei gedacht, das Dreckzeug zu trinken?*

»Bravo blan!«, rief Désyr und klatschte in die Hände.

»Alles in Ordnung, Max?«, flüsterte Chantale ihm ins Ohr und legte ihm stützend eine Hand auf den Rücken.

Wie sieht's denn aus?, hörte er sich denken, aber nicht sagen. Er holte noch einmal tief Luft und atmete langsam wieder aus, dann noch einmal und noch einmal. Der Atem, der aus seinem Mund kam, war heiß. Er atmete gleichmäßig weiter, die Augen fest auf Désyr gerichtet, der ihn höchst belustigt beobachtete und ohne Zweifel darauf wartete, dass er zu Boden ging.

Die Übelkeit ging vorüber, genau wie der Schwindel.

»Alles in Ordnung«, sagte er zu Chantale. »Danke.«

Désyr hielt ihm noch einen Becher hin. Max wedelte mit der Hand: *nein*. Désyr lachte und deckte Chantale wieder mit seiner Zugunglücksstimme ein.

»Er sagt, Sie sind nicht nur der einzige Weiße, der je Tafia getrunken hat, ohne ohnmächtig zu werden – es gibt auch nur sehr wenige Haitianer, die das geschafft haben.«

»Toll«, sagte Max. »Sagen Sie ihm, ich geb ihm einen aus.«

»Danke«, sagte Chantale. »Aber er fasst das Zeug nicht an.«

Max und Désyr brachen gleichzeitig in Gelächter aus.

»Das hier war Eddie Faustins Stammkneipe, stimmt's?«

»*Oui. Bien sûr*«, sagte Désyr, holte eine Flasche Barbancourt unter dem Tresen hervor und goss etwas in einen Pappbecher. »Vor seinem Tod hat er mehr getrunken als üblich.«

»Hat er gesagt, warum?«

»Er näherte sich dem Ende seiner Zukunft, und das hat ihn nervös gemacht.«

»Wusste er, dass er sterben würde?«

»Nein, überhaupt nicht. Mir hat er erzählt, sein *Houngan* habe ihm große Dinge vorhergesagt... gute Dinge, Frauen und so«, sagte Désyr, gaffte Chantale an und nippte an seinem Rum. Dann zog er einen Tabakbeutel aus der Hosentasche und drehte sich eine Zigarette. »Er war in die blonde Frau von Carver verliebt. Ich habe ihm gesagt, er spinnt, unmöglich... er und sie?« Er riss ein Streichholz am Tresen an. »Da ist er zu Leballec gegangen.«

»Ist das der Huun-gan?«

»Er beschäftigt sich nur mit Schwarzer Magie«, erklärte Chantale. »Es heißt, zu ihm geht man nur, wenn man bereit ist, seine Seele zu verkaufen. Er nimmt kein Bargeld, wie die anderen Schwarzmagier, er nimmt... ich weiß es nicht. Niemand weiß das so genau, nur die, die bei ihm waren.«

»Hat Faustin Ihnen erzählt, was bei Le-... bei diesem Huun-gan passiert ist?«, fragte Max.

»Nein. Aber er hat sich verändert. Vorher haben wir oft über die alten Zeiten geredet und gelacht. Er hat mit uns Domino und Karten gespielt, aber nachdem er bei Leballec war, war das vorbei. Er stand nur noch da, wo Sie jetzt stehen, und hat gesoffen. Manchmal eine ganze Flasche.«

»Von dem Zeug?«

»Ja. Aber es hat ihm nichts ausgemacht.«

Max kam der Gedanke, dass vielleicht der Huun-gan Faustin dazu gebracht hatte, Charlie zu entführen.

»Hat er je von dem Jungen erzählt? Von Charlie?«

»Ja«, lachte Désyr. »Er meinte, der Junge hat ihn gehasst. Er meinte, Charlie könne seine Gedanken lesen. Er sagte, er kann es gar nicht abwarten, ihn loszuwerden.«

»Das hat er gesagt?«

»Ja. Aber er hat den Jungen nicht entführt.«

»Wer dann?«

»Keiner. Der Junge ist tot.«

»Woher wollen Sie das wissen?«

»Ich habe gehört, dass er von den Leuten, die den Wagen angegriffen haben, umgebracht wurde. Sie haben ihn zu Tode getrampelt.«

»Aber die Leiche wurde nicht gefunden.«

»*Cela se mange*«, sagte Désyr und kniff mit den Fingerspitzen die glühende Asche von der Zigarette.

»Was hat er gesagt, Chantale?«

»Er sagte ...«

»*Le peuple avait faim. Tout le monde avait faim. Quand on a faim on oublie nos obligations.*«

»Er hat gesagt ...«, stammelte Chantale. »Er hat gesagt, die Leute hätten ihn aufgegessen.«

»Schwachsinn!«

»Das hat er gesagt.«

Der Tafia hatte ihm eine starke Hitze im Brustkorb und im Magen beschert. Er hörte das tiefe Gebrummel der Verdauungsgase, die sich durch seine Eingeweide nach oben arbeiteten.

»Dieser Le- ...«

» ...ballec«, ergänzte Chantale.

»Dieser Le-Ballack. Wo lebt der? Wo kann ich ihn finden?«

»Sehr weit von hier.«

»Wo?«

Wieder ein Zugunglück, diesmal in die Länge gezogen, weil Chantale ihm entweder andauernd ins Wort fiel oder Zwischenfragen stellte. Max lauschte und versuchte, etwas zu verstehen. Désyr sagte mehrmals »oh«, Chantale so was wie »züür«. Dann hörte er ein Wort, das er kannte: »*Clarinette.*«

»Was hat er über Clarinette gesagt?«, schaltete sich Max ein.

»Er sagt, Leballec lebt bei Saut d'Eau.«

»Bei den Voodoo-Wasserfällen?«, fragte Max. *Wo Beeson und Medd vor ihrem Verschwinden gewesen waren.* »Was ist mit der Klarinette?«

»Clarinette ist eine Ortschaft, eine kleine Ortschaft direkt bei den Wasserfällen. Und da lebt Leballec. Faustin ist immer zu ihm gefahren.«

»Haben Sie schon mal von dieser Ortschaft gehört, Chantale?«

»Nein, aber das muss nichts heißen. Hier baut irgendwer irgendwo ein Haus und gibt ihm einen Namen, und irgendwann ist es ein Dorf.«

Max schaute Désyr an.

»Sie haben den anderen auch von dieser Ortschaft erzählt, richtig? Den anderen Weißen, die hier waren?«

Désyr schüttelte den Kopf.

»*Non, monsieur.*« Dann kicherte er. »Ging nicht. Sie haben den Tafia-Test nicht bestanden.«

»Umgekippt?«

»Nein. Sie haben meine Einladung abgelehnt. Also habe ich ihnen auch nichts erzählt.«

»Und wieso sind sie dann nach So-… zu den Wasserfällen gegangen?«

»Keine Ahnung. Ich habe ihnen nicht davon erzählt. Vielleicht jemand anders. Ich war nicht Eddies einziger Freund. Wollten die zu Leballec?«

»Das weiß ich nicht.«

»Dann hatten sie vielleicht andere Gründe.«

»Vielleicht«, sagte Max.

Wieder flog eine Motte gegen die Glühbirne und stürzte zu Boden. Kurz danach noch eine, dann klatschten zwei fast gleichzeitig gegen die Birne, sodass sie leicht schwankte.

Désyr klopfte ihm freundschaftlich auf die Schulter.

»Ich mag dich, *blanc*, deshalb erzähl ich dir noch was: Wenn du nach Saut d'Eau gehst, dann achte darauf, dass du vor Mitternacht wieder weg bist.«

Max lachte laut auf.

»Sonst was? Kommen sonst die Zombies raus, um mich zu holen?«

Désyr zog die Stirn in Falten.

»Weiße Magie – gute Magie – ehrliche Magie wird vor Mitternacht ausgeübt«, sagte er zu Chantale. »Schwarze Magie nach Mitternacht. Vergesst das nicht.«

»Warum helfen Sie mir?«, fragte Max.

»Warum nicht?« Désyr lachte.

32

Chantale fuhr Max zu einem Café, wo sie einen Becher starken Kaffee und eine Flasche Wasser bestellte. Im Verlauf der nächsten Stunde wurde er langsam wieder nüchtern und konnte den Tafia aus seinem Hirn verjagen.

»Sind Sie immer so unvernünftig? Das hätte genauso gut Batteriesäure sein können.«

»Ich probiere fast alles einmal aus, mindestens ein Mal. Ist so meine Art«, sagte Max. »Und überhaupt, warum sollte er mich vergiften wollen?«

»Bedouin Désyr? Dem ist alles zuzutrauen. Früher nannte man ihn Bisou-Bisou, das heißt so viel wie ›Bedouin Le Baiseur‹, Bedouin der Hengst. Aber nicht so, wie Sie jetzt vielleicht denken. Damals als Macoute war Bedouin Désyr ein Serienvergewaltiger. Sein Ding war es, Frauen vor den Augen ihrer Männer zu vergewaltigen, Mütter vor ihren Kindern, Töchter vor ihren Vätern – das Alter war ihm egal.«

»Und wieso ist er noch am Leben? Und läuft frei herum?«

»Legenden sind stärker als der Tod, Max. Viele Leute haben immer noch Angst vor den Macoutes«, erklärte Chantale. »Nur ganz wenige sind je wegen ihrer Verbrechen vor Gericht gestellt worden. Und wenn, dann sind sie für eine

Woche in den Knast gewandert, dann hat man sie wieder laufen lassen. Ein paar sind bei Unruhen getötet worden. Aber die meisten sind einfach verschwunden, haben sich in einen anderen Teil des Landes verzogen, sind ins Ausland oder in die Dominikanische Republik gegangen. Die Schlauen sind in die Armee eingetreten oder haben sich auf Aristides Seite geschlagen.«

»Aristide?«, fragte Max. »Ich dachte, der war gegen die.«

Inzwischen war es dunkel geworden. Sie waren die einzigen Gäste im Café. Der Deckenventilator drehte sich, und im Radio lief *Kompas*, laut genug, um die Geräusche, die von der Straße hereinplätscherten, und das Quietschen der Ventilatorflügel, die drinnen die tote, heiße Luft bewegten, zu übertönen. Zwischen der Musik und dem Gehsteiglärm hörte Max die wohlvertrauten Rhythmen der Trommeln oben in den Bergen.

»Das war am Anfang«, sagte Chantale. »Ich habe an ihn geglaubt, wie viele andere auch. Nicht nur die Armen.«

»Lassen Sie mich raten«, grinste Max. »Die bösen rassistischen Amerikaner wollten nicht noch einen Kommunisten vor der Haustür sitzen haben, schon gar keinen schwarzen, und haben ihn aus dem Amt jagen lassen.«

»Nicht ganz«, entgegnete Chantale. »Aristide ist schneller zu Papa Doc geworden als damals Papa Doc selbst. Er hat seine Todesschwadronen losgeschickt, die seine Gegner zusammengeschlagen oder umgebracht haben. Als der päpstliche Nuntius die Vorgänge kritisierte, ließ er auch den verprügeln und auf offener Straße nackt ausziehen. Da fanden die Leute endlich, genug sei genug, und die Armee hat die Macht übernommen – mit dem Segen von Präsident Bush und der CIA.«

»Und wieso war Aristide dann plötzlich wieder da?«

»Bill Clinton wollte dieses Jahr wiedergewählt werden.

Seine Zustimmungsraten waren im Keller. Er musste etwas tun, um seine Glaubwürdigkeit zurückzuerlangen. Einen Präsidenten wieder einzusetzen, der durch einen Militärputsch aus dem Amt gejagt worden war, kam da gerade recht. Amerika als Hüter der Demokratie, auch wenn Aristide in Wahrheit ein dritter Duvalier in spe war«, erklärte Chantale. »Jetzt haben sie ihn an der Leine, und er wird sich benehmen, bis Clinton weg ist vom Fenster. Wer weiß, was dann passiert. Hoffentlich bin ich dann weit, weit weg«, sagte sie und schaute hinaus auf die Straße, wo ein UN-Fahrzeug angehalten hatte und der Fahrer irgendjemandem kistenweise Zigaretten überreichte.

»Und wo wollen Sie hin?«

»Wahrscheinlich wieder nach Amerika. Vielleicht nach LA. In Florida wartet nichts mehr auf mich«, sagte Chantale. »Und Sie? Was machen Sie, wenn Sie hier fertig sind?«

»Ich habe nicht den leisesten Schimmer«, lachte Max.

»Auch schon mal über einen Ortswechsel nachgedacht?«

»Wohin denn? LA zum Beispiel?« Max sah ihr in die Augen. Sie senkte den Blick. »LA ist nicht mein Ding, Chantale.«

»Ich dachte, Sie müssen alles mal ausprobieren, mindestens ein Mal.«

»Ich kenne LA«, lachte er. »Ich hatte ein paar Fälle da. Ich kann die Stadt nicht ausstehen. Viel zu weitläufig, zu zerrissen. Ich habe doppelt so schnell gearbeitet wie sonst, damit ich schnell wieder abhauen konnte. Filmindustrie, Lebensläufe, Portraitfotos, Titten und Lügen. Alle wollen gleichzeitig durch's gleiche Loch kriechen. Und viele bleiben auf der Strecke. Verlierer und zerbrochene Träume. Den Scheiß gibt es auch bei mir zu Hause, nur dass mir da manche sogar wirklich leidtun. Deren Leidensgeschichten sind immer ein bisschen anders. In LA lesen alle vom gleichen Blatt ab. Da wären Sie hier wahrscheinlich besser aufgehoben, bevor Sie da hinziehen.«

»Hier bleibe ich keine Sekunde länger, als unbedingt sein muss.« Sie schüttelte den Kopf.

»So schlimm?«

»Nein, aber auch nicht viel besser«, seufzte sie. »Ich hatte gute Erinnerungen an meine Kindheit hier, aber als ich zurückkam, war alles, was ich kannte, verschwunden. Ich schätze, ich hatte wohl eine glückliche Kindheit. Das hat es umso schwerer gemacht, als Erwachsene wieder zurückzukehren, es war eine echte Enttäuschung.«

Ein Pärchen kam herein und begrüßte den Kellner per Handschlag. Erste bis dritte Verabredung, schätzte Max, noch im Prozess des Kennenlernens, des Sich-Beschnupperns, alles noch formell und höflich, der nächste Schritt wollte wohlüberlegt sein. Beide Ende zwanzig und gut gekleidet. Der Typ hatte seine Jeans frisch gebügelt, die Frau ihre gerade gekauft, oder sie trug sie nur zu besonderen Anlässen. Beide im Poloshirt, ihres türkis, seines flaschengrün. Der Kellner führte sie zu einem Ecktisch. Chantale beobachtete die beiden mit wehmütigem Lächeln.

»Erzählen Sie mir von Faustins Huun-gan.«

»Leballec?«, fragte sie mit leiser Stimme. »Erstens, er ist kein *Houngan*. *Houngans* sind gut. Leballec ist ein *Bokor*, ein schwarzer Magier. Angeblich ist er genauso mächtig wie Dufour, aber hundertmal bösartiger.

Im Leben ist es nun mal so, dass manche Dinge nicht für einen bestimmt sind. Sagen wir, Sie sind verliebt in jemanden, der nichts von Ihnen wissen will, oder man will einen Job, den man nicht kriegt – Enttäuschungen also, Dinge, die nicht so laufen, wie man will. Die meisten Menschen zucken mit den Achseln und nehmen das nächste Ziel ins Visier. Hier gehen die Leute zu ihrem *Houngan* oder ihrer *Mambo*. Die gucken in die Zukunft und sehen, ob die Sehnsüchte der Menschen sich irgendwann einmal erfüllen werden. Wenn nicht, können sie versuchen, das zu arrangieren, solange es nicht die grobe Richtung des Lebens der jeweiligen Personen verändert. Aber viele Dinge, die man will, aber nicht haben kann, sind einfach nicht für einen bestimmt.«

»Und dann gehen die Leute zu Leballec?«

»Oder zu Menschen wie ihm, ja. Man nennt sie *Les Ombres de Dieu*, die Schatten Gottes. Das sind die, die hinter Gott gehen, in der Dunkelheit, wo er nicht hinschaut. Sie können Ihnen geben, was nicht für Sie bestimmt ist«, flüsterte Chantale und sah verängstigt aus.

»Wie?«

»Wissen Sie noch, was Dufour Ihnen über Schwarze Magie erzählt hat? Wie dort Kinder benutzt werden, um die Schutzengel der Menschen in die Irre zu führen?«

»Le Balek tötet also Kinder?«

»Das würde ich so nicht sagen«, sagte Chantale und lehnte sich zurück. »Kein Mensch weiß genau, was die tun. Das ist eine Sache zwischen ihnen und ihren Kunden. Aber mit Sicherheit ist es ziemlich extrem.«

»Was sind das für Leute, die zu ihm gehen? Allgemein gesprochen?«

»Menschen, die alle Hoffnung verloren haben. Verzweifelte Menschen. Menschen auf der Schwelle des Todes.«

»Das ist jeder mal«, sagte Max.

»Faustin ist hingegangen.«

»Damit Francesca Carver sich in ihn verliebt – oder warum auch immer. Vielleicht hat er Charlie deshalb entführt«, sagte Max nachdenklich. »Dufour sagte, Charlie sei sehr besonders. Le Balek hat das wohl auch gedacht.«

»Vielleicht«, sagte Chantale. »Vielleicht aber auch nicht. Vielleicht war Charlie der Preis.«

»Welcher Preis?«

»*Les Ombres* verlangen niemals Geld. Sie verlangen eine Gegenleistung.«

»Eine Entführung?«

»Oder einen Mord.«

»Und was passiert, wenn der Zauber nicht wirkt?«

»Sie erwarten keine Vorleistung. Erst, wenn man gekriegt hat, was man wollte, muss man bezahlen. Dann erst fängt es an.«

»Was?«

»Nun, was immer man wollte, das einem anderen passieren soll, kommt dreifach auf einen zurück«, sagte Chantale. »So bleiben die Dinge im Gleichgewicht. Keine schlechte Tat bleibt ungesühnt. Anfang der Achtziger, bevor AIDS in die Schlagzeilen kam, hatte Jean-Claude eine Geliebte und einen Geliebten. Er war bisexuell. Die Geliebte hieß Veronique, der Freund Robert. Veronique war eifersüchtig auf Robert, weil der von Jean-Claude mehr Aufmerksamkeit kriegte. Sie hatte Angst, seine Gunst zu verlieren und für einen Mann fallen gelassen zu werden. Also ging sie zu Leballec. Ich weiß nicht, was genau sie von ihm erbeten hat, aber Robert ist eines ziemlich plötzlichen Todes gestorben, mitten in Port-au-Prince. Einfach so«, sie schnippte mit dem Finger, »am Lenkrad. Bei der Autopsie wurde Wasser in seinen Lungen gefunden, als wäre er ertrunken.«

»Könnte es nicht sein, dass er ertränkt wurde und man ihn dann in den Wagen gesetzt hat?«

»Viele Leute hatten ihn am Steuer gesehen. Wenige Minuten vor seinem Tod hatte er noch angehalten, um sich Zigaretten zu kaufen«, sagte Chantale. »Jean-Claude kam zu Ohren, dass Veronique in Saut d'Eau bei Leballec gesehen worden war. Er wusste, was das bedeutete. Er hatte Angst vor Leballec. Angeblich hatte selbst Papa Doc Angst vor ihm. Also hat er sich von da an von Veronique fern gehalten. Einen Monat später wurde sie mit ihrer Mutter und zwei Brüdern tot im Swimmingpool gefunden.«

»Klingt jetzt nicht allzu dämonisch für mich«, sagte Max. Er hatte sich von dem Tafia erholt, aber er war todmüde. »Wissen Sie, wie dieser Le Balek aussieht?«

»Nein. Niemand, den ich kenne, hat ihn je gesehen. Wann fahren wir zu ihm?«

»Wie wär's mit morgen?«

»Wie wär's mit übermorgen? Es ist ziemlich weit, und die Straßen sind schlecht. Wir müssen früh los, um drei oder vier Uhr morgens«, sagte sie und schaute auf die Uhr. »Sie können sich erholen, den Tafia-Rausch ausschlafen und mit frischem Elan an die Sache herangehen.«

Sie hatte recht. Er musste einen klaren Kopf haben, wenn er zu dem Ort fahren wollte, an dem einer seiner Vorgänger verschwunden und der andere von der Kehle bis zum Bauchnabel aufgeschlitzt worden war.

33

»Es ist ja nicht so, dass wir uns nicht kümmern würden – es sieht nur so aus, als würden wir das nicht. Und der äußere Anschein ist schließlich alles«, sagte Allain Carver grinsend. Drei Stunden zuvor hatte er Max mit einem Anruf aus dem Bett geworfen und sich mit ihm bei der Arche Noah verabredet.

Max war schwer verkatert, es ging ihm viel schlechter als noch am Abend. Sein Magen fühlte sich an wie ein Sack fettiger Kanonenkugeln, in seinem Kopf rumorte es. Er begriff es nicht. Beim Aufstehen war es ihm einigermaßen gut gegangen, aber nach dem ersten Kaffee hatten die Schmerzen eingesetzt. Er hatte vier extra starke Migränetabletten eingeworfen, aber die hatten nicht gewirkt.

Die Arche Noah lag an einer Seitenstraße des Boulevard Harry Truman. Carver führte Max und Chantale durch ein kleines schmiedeeisernes Tor und über den weißen, von dunkelblauen Ziegeln eingefassten Fußweg. Rechts und links saftiger Rasen, der im Schatten der Kokospalmen lag. Die Rasensprenger malten winzige Regenbogen in die Luft. Zur Rechten ein kleiner Spielplatz mit Schaukeln, Wippen, einem Karussell, einer Rutsche und einem Klettergerüst.

Der Pfad führte zur Treppe eines imposanten zweistöckigen Gebäudes mit strahlend weiß gekalkten Wänden und marineblauen Dachziegeln. Auch die Fensterrahmen und die Eingangstür waren marineblau. Das Schulwappen – ein dunkelblaues Schiff mit einem Haus anstelle eines Segels auf dem Deck – war als Relief über der Tür eingelassen.

Drinnen standen sie vor einem Wandgemälde, das einen weißen Mann im Safarianzug zeigte. Er hielt zwei halb nackte haitianische Kinder bei der Hand, einen Jungen und ein Mädchen, beide in Lumpen gekleidet. Er führte sie aus einem düsteren Dorf hinaus, dessen Bewohner allesamt entweder tot oder schrecklich entstellt waren. Der Mann schaute den Betrachter direkt an, sein kantiger Kiefer zeugte von unerschütterlicher Entschlossenheit, auf seinem Gesicht lag ein heldenhafter Ausdruck. Am Himmel hinter ihm hingen dicke Sturmwolken, Blitze teilten den Horizont, und Regen prasselte wie Speere auf die elende Ortschaft ein. Der Mann und seine Schutzbefohlenen waren trocken und badeten im goldenen Licht einer aufgehenden Sonne.

»Das ist mein Vater«, sagte Allain.

Max sah genauer hin und erkannte Gustav in jüngeren Jahren, wenn auch in äußerst schmeichelhaftem Licht. Er sah seinem Sohn sehr viel ähnlicher als sich selbst.

Während Carver sie ins Herz der Schule führte, erzählte er, wie Gustav dazu beigetragen hatte, dass sein Freund François Duvalier die Bevölkerung von der Frambösie hatte heilen können. Er hatte alle Medikamente und Vorräte in Amerika eingekauft und zu Duvalier bringen lassen. Bei einem Besuch in dem Dorf, das auf dem Gemälde abgebildet war, hatte Gustav zwei Waisen gesehen, einen Jungen und ein Mädchen. Und hatte spontan beschlossen, sie zu retten und für sie zu sorgen. Das war der erste Schritt zur Gründung der von den Carvers finanzierten Waisenschule gewesen.

An den Wänden im Flur hingen Jahrgangsfotos, die ältesten von 1962. Weiter hinten große Korkpinnwände mit Kinderzeichnungen, die nach Alter von vier bis zwölf sortiert waren. Von den Elf- und Zwölfjährigen gab es so wenig Bilder, dass ihr Brett nicht einmal halb voll war, und sämtliche Zeichnungen stammten von zwei Kindern, die offensichtlich überaus talentiert waren.

Carver erklärte weiter, die Arche Noah nehme Kinder von Geburt an auf und betreue sie bis ins Teenageralter oder bis zum Collegeabschluss. Sie bekamen Essen, Kleidung, ein Dach über dem Kopf und eine Schulbildung nach französischem oder amerikanischem Lehrplan. Französisch war die Hauptsprache der Arche Noah, aber Schüler, die eine besondere Begabung fürs Englische zeigten – was in Anbetracht des herrschenden Einflusses amerikanischer Musik und amerikanischen Fernsehens bei vielen der Fall war –, wurden in Richtung des amerikanischen Lehrplans gelenkt. Im Erdgeschoss wurde auf Französisch, oben auf Englisch unterrichtet. Nach Abschluss der Schule konnte, wer wollte, aufs College gehen – alles von den Carvers finanziert.

Zu beiden Seiten des Flurs lagen Klassenzimmer. Max spähte durch die Glasscheiben in den Türen hinein und sah Gruppen von Schülern, Jungen und Mädchen, in adretten

Uniformen aus blauen Röcken oder kurzen Hosen und weißen Blusen oder Hemden. Alle geschniegelt und gebügelt, und alle lauschten aufmerksam ihrem Lehrer, selbst die in den hinteren Reihen. Max konnte sich nicht vorstellen, in Amerika ein so ordentliches Klassenzimmer zu sehen, so disziplinierte und lernbegierige Schüler.

»Und wo ist der Haken?«, fragte Max, als sie die Treppe in den ersten Stock erklommen.

»Wieso Haken?«

»Die Carvers sind Geschäftsleute. Sie verschenken kein Geld. Was haben Sie davon? Publicity kann es nicht sein. Sie sind zu reich, als dass Sie sich darum scheren müssten, was die Leute von Ihnen denken.«

»Ganz einfach«, sagte Carver mit einem Lächeln. »Nach dem Studium kommen sie wieder und arbeiten für uns.«

»Alle?«

»Ja, wir haben viele Unternehmen, weltweit, nicht nur hier. Sie können in den USA arbeiten, in Großbritannien, Frankreich, Japan, Deutschland.«

»Und wenn sie woanders ein besseres Angebot kriegen?«

»Ach, das meinen Sie mit Haken«, lachte Carver. »Mit sechzehn unterschreiben alle Schüler der Arche Noah einen Vertrag, in dem sie sich verpflichten, nach Abschluss ihres Studiums entweder für uns zu arbeiten, bis sie unsere Investition zurückerstattet haben…«

»Investition?«, fragte Max. »Seit wann ist Wohltätigkeit eine Investition?«

»Habe ich gesagt, dass es hier um Wohltätigkeit geht?«, entgegnete Carver.

Im nächsten Stock hörte Max Englisch in verschiedensten Mischungen aus amerikanischem und franko-haitianischem Akzent. Er spähte in die Klassenzimmer und sah die gleichen vorbildhaften Schüler.

»Meist dauert es sechs bis sieben Jahre, bis unsere Investition zurückerstattet ist, bei Mädchen etwas länger, acht bis neun Jahre«, sagte Carver. »Natürlich können sie uns die komplette Summe auch in einer Rate zurückzahlen, und sie sind frei.«

»Aber das passiert natürlich nie. Wo sollten die Kinder schon so viel Geld herkriegen?«, sagte Max mit Zorn in der Stimme und Zorn in den Augen. »Denen geht es ja nicht wie beispielsweise Ihnen, Mr. Carver, oder? Die sind nicht mit dem silbernen Löffel im Mund auf die Welt gekommen.«

»Ich kann nichts dafür, dass ich reich geboren wurde, genauso wenig wie diese Kinder etwas dafür können, dass sie in die Armut geboren wurden, Max«, entgegnete Carver, ein angestrengtes Lächeln auf den dünnen Lippen. »Ich verstehe Ihre Bedenken, aber diese Kinder sind sehr glücklich über das Arrangement. Wir haben eine Verbleibquote von fünfundneunzig Prozent. Nehmen wir zum Beispiel die Frau, die hier unterrichtet.« Er zeigte auf eine kleine, hellhäutige Frau in einem geräumigen olivgrünen Kleid, das für einen Mönch entworfen schien, so sehr ähnelte es einer Kutte. »Eloise Krolak. Eine von uns. Jetzt ist sie hier Rektorin.«

»Krolak? Ist das polnisch?«, fragte Max und musterte die Dame etwas genauer. Ihre Haare, die zu einem strengen Dutt gebunden waren, waren bis auf das Grau am Ansatz schwarz. Sie hatte einen kleinen Mund und einen leichten Überbiss. Beim Sprechen erinnerte sie an ein Nagetier, das sich an einem weichen Stück Obst gütlich tat.

»Wir haben Eloise in der Nähe der Stadt Jérémie gefunden. Viele Menschen dort haben sehr helle Haut, und viele haben blaue Augen, wie Eloise. Sie stammen von einer Garnison polnischer Soldaten ab, die aus Napoleons Armee desertierte, um auf der Seite von Toussaint L'Ouverture zu kämpfen. Nachdem die Franzosen besiegt waren, hat Toussaint den

Soldaten zur Belohnung Jérémie überlassen. Sie haben sich mit den Einheimischen vermischt, und es sind einige sehr schöne Menschen dabei herausgekommen.«

Ausnahmen bestätigen die Regel, dachte Max beim Anblick der Rektorin.

Sie gingen weiter in den nächsten Stock. Carver zeigte ihnen den Speisesaal und die Zimmer des Lehrkörpers: ein gemeinsames Lehrerzimmer und mehrere Büros.

»Wo schlafen die Kinder?«, fragte Max.

»In Pétionville. Sie werden jeden Morgen hergebracht und abends wieder nach Hause gefahren«, sagte Carver. »Dies hier ist die Schule für die Kleinen, bis zum zwölften Lebensjahr. Eine Straße weiter gibt es noch eine Arche Noah.«

»Sie haben nur von den Erfolgreichen gesprochen, von den Klugen«, sagte Max.

»Wie meinen Sie das?«

»Ihre Dienstboten kommen doch auch von hier, oder nicht?«

»Wir können nicht alle Überflieger sein, Max. Der Luftraum ist begrenzt. Einige von uns müssen laufen.«

»Und wie sortieren Sie die aus? Oben und unten? Lassen die Fußgänger eine besondere Begabung fürs Schuheputzen erkennen?«, fragte Max und versuchte vergeblich, sich seine Empörung nicht anmerken zu lassen. Hier war ein Volk, dessen Vorfahren zu den Waffen gegriffen hatten, um sich aus der Sklaverei zu befreien, und auf der anderen Seite die Carvers, die sie praktisch wieder an den gleichen Punkt zurückversetzten, wo sie angefangen hatten.

»Sie stammen nicht von hier. Sie verstehen das nicht, Max«, sagte Allain mit einem Anflug von Ungeduld in der Stimme. »Für jedes einzelne dieser Kinder übernehmen wir eine lebenslange Verantwortung. Wir sorgen für sie. Wir finden für sie eine Aufgabe; eine, die zu ihnen passt, die ihnen Geld einbringt, die ihnen Würde gibt. Von der Arbeit, die wir ihnen bieten, können sie sich ein Haus bauen oder kaufen, Kleider kaufen, Essen und einen besseren Lebensstandard genießen als neunzig Prozent der armen Teufel, die Sie hier auf den Straßen sehen. Und wenn wir denen allen helfen könnten, glauben Sie mir, wir würden es tun. Aber so reich sind wir auch nicht.

Sie beurteilen uns – diese Schule, unsere Arbeit – nach Ihren amerikanischen Standards. Diese inhaltsleere Rhetorik: Freiheit, Menschenrechte, Demokratie. Für Sie sind das doch nur leere Worte, die Sie ständig im Munde führen, dabei ist es noch keine vierzig Jahre her, dass den Schwarzen in Ihrem Land die gleichen Rechte zugesprochen wurden wie Ihnen«, sagte Carver mit leiser Stimme, aber wohlplatziertem Zorn. Dann zog er ein Taschentuch aus der Hosentasche und tupfte sich den Schweiß ab, der sich auf seiner Oberlippe gesammelt hatte.

Es gab einiges, das Max auf Anhieb zur Verteidigung seines Heimatlandes hätte anführen können. Dass Amerika seiner Bevölkerung zumindest die freie Wahl ließ und dass jeder mit ausreichend Willenskraft, Entschlossenheit, Disziplin und Antrieb in Amerika Erfolg haben konnte. Dass es noch immer das Land der unbegrenzten Möglichkeiten war. Aber er ließ sich nicht darauf ein. Es war nicht der richtige Zeitpunkt und nicht der richtige Ort für eine Diskussion.

»Haben Sie noch nie einen Fehler gemacht?«, fragte Max stattdessen. »Kein Einstein, der sein Leben lang die Toiletten für Sie putzt?«

»Nein. Keiner«, entgegnete Carver trotzig. »Jeder kann ein Trottel sein, aber nicht jeder ist intelligent.«

»Verstehe«, sagte Max.

»Sie finden das nicht ›richtig‹, stimmt's? Sie finden es nicht ›fair‹.«

»Sie sagten es ja schon, Mr. Carver, das hier ist nicht mein Land. Ich bin nur ein blöder Ami mit leerer Rhetorik im Kopf, und ich habe nicht das Recht, über Gut und Schlecht zu urteilen«, entgegnete Max sarkastisch.

»Die durchschnittliche Lebenserwartung hier liegt bei achtundvierzig Jahren. Das heißt, mit vierundzwanzig sind die Leute im mittleren Lebensalter.« Carvers Tonfall war wieder halbwegs ins Gleichgewicht geraten. »Die Leute, die für uns arbeiten, die unser System durchlaufen, leben deutlich länger. Sie werden alt. Sie erleben, wie ihre Kinder aufwachsen. Genau wie es sein sollte.

Wir retten Leben, und wir geben Leben. Sie verstehen das vielleicht nicht, aber vor der Französischen Revolution war das in ganz Europa nicht anders. Die Reichen haben für die Armen gesorgt.

Wenn die Leute uns kommen sehen, lassen viele ihre Kinder zurück, damit wir sie mitnehmen und ihnen ein besseres Leben ermöglichen, wussten Sie das? Das passiert andauernd. Was Sie hier sehen, sieht von weitem vielleicht schlecht aus, Max, aber von Nahem betrachtet ist es ziemlich gut.«

34

Am nächsten Tag um vier Uhr morgens machten sie sich auf den Weg nach Saut d'Eau, Chantale am Steuer. Die Wasserfälle lagen nur vierzig Meilen nördlich von Port-au-Prince, aber dreißig davon führten über die übelsten Straßen Haitis. An guten Tagen dauerte der Weg hin und zurück durchschnittlich zehn Stunden, an schlechten doppelt so lang.

Chantale hatte einen kleinen Picknickkorb für die Reise eingepackt. Zwar gab es auf dem Weg mehrere Ortschaften und in der Nähe der Wasserfälle eine kleine Touristenstadt namens Ville Bonheur, aber man konnte nie wissen, was einem da vorgesetzt wurde. Nicht selten wurden Haustiere und Ratten als Huhn, Schweine- oder Rindfleisch verkauft.

»Warum genau wollen Sie nach Saut d'Eau?«, fragte Chantale.

»Erstens: Ich will mit diesem Le-Ball-eck sprechen. Faustin wusste, wer Charlie entführen wollte. Vielleicht hat er dem Kerl davon erzählt oder Andeutungen gemacht. Und Clarinette ist der letzte Ort, den meine Vorgänger vor ihrem Verschwinden aufgesucht haben. Ich will wissen, warum, was sie dort gesehen oder gehört haben. Sie müssen irgendeiner Sache auf der Spur gewesen sein.«

»Meinen Sie nicht, dass die Leute, die dahinterstecken, inzwischen alle Spuren verwischt haben?«

»Klar«, nickte Max. »Aber man weiß ja nie. Vielleicht haben sie was übersehen. Die Chance besteht immer.«

»Winzig«, sagte Chantale.

»Wie immer. Man lebt ständig in der Hoffnung, dass der Übeltäter noch dusseliger und schlampiger ist als man selbst. Und manchmal hat man Glück«, sagte Max grinsend.

»Und wieso haben Sie Filius Dufour nicht erwähnt?«

»Was, diesen Müll von wegen ›Gehen Sie an die Quelle der Legende‹? Ein Hellseher ist ungefähr der Letzte, dessen Rat ich vertrauen würde. Ich halte mich an Fakten, nicht an Fantasie. So eine Ermittlung löst sich in Rauch auf, wenn man sich das Okkulte ins Boot holt«, sagte Max.

»Ich glaube nicht, dass Sie das wirklich glauben«, bemerkte Chantale.

»Wenn ihm der Junge am Herzen läge und wenn er wirklich etwas wüsste, hätte er es gesagt.«

»Vielleicht durfte er nichts sagen.«

»Ach? Wer soll ihm das denn verbieten? Die Geister, mit

denen er plaudert – oder was immer er mit denen macht? Kommen Sie, Chantale! Der Typ weiß genauso viel wie ich: nichts, nada, niente.«

Die erste Stunde fuhren sie durch tiefschwarze Dunkelheit, heraus aus Pétionville und über eine mit Werbeplakaten und Telegrafenmasten gepflasterte Ebene Richtung Berge. Die Straße war erstaunlich glatt, bis sie eine lange Haarnadelkurve um die ersten Berge herum nahmen und der Untergrund sich erst in Kies und dann in Schotter verwandelte. Chantale ging vom Gas und schaltete das Radio ein. Im American Forces Radio lief *I Wish I Could Fly* von R Kelly. Sofort drehte Chantale am Suchknopf und fand den Wu Tang Clan mit *America Is Dying Slowly*, sie drehte weiter und stieß auf ein haitianisches Talkradio, auf dem nächsten Sender lief ein Gottesdienst, danach kamen einige aus der Dominikanischen Republik, die eine Mischung aus Salsa, Talk und Sportberichten sendeten – der Geschwindigkeit nach zu urteilen ging es um Fußball –, alles auf Spanisch. Max musste grinsen, weil es ihn an die Radiolandschaft daheim in Miami erinnerte, nur dass alles sehr viel chaotischer war, als sich zu Hause einer trauen würde.

Chantale kramte eine Kassette aus der Handtasche, schob sie ein und drückte auf Play.

»Sweet Micky«, verkündete sie.

Ein Live-Mitschnitt. Sweet Micky hatte eine Stimme wie Sandpapier auf einer Käsereibe, sein Gesang war ein Repertoire aus Schreien, Bellen, Kreischen, Lachen und – bei den hohen Tönen – dem hysterischen Jaulen sich prügelnder Katzen. Die Musik durchgeknallter Funk, in einem frenetischen Tempo gespielt. Anders als alles, was Max je gehört hatte. Chantale tauchte tief in die Musik ein, tanzte mit dem ganzen Körper, hämmerte mit den Händen aufs Lenkrad und mit den Füßen auf die Pedale ein, wiegte Kopf, Oberkörper und Hüften. Sie flüsterte den Refrain – »*Tirez sur la gâchette – baff! baff! baff!*« –, formte die Hand zu einer Pistole und feuerte in die Luft. Sie hatte ein leises Lächeln auf den Lippen, die Augen waren voller Freude und Aggression, als sie sich auf den wilden Groove der Musik einließ.

»*Imagine all the people, livin' life in peace*‹ war das wohl nicht, wie?«, fragte Max, als das Lied zu Ende war und sie die Kassette wieder auswarf.

»Nein«, sagte sie. »Das Lied handelt von den *Raras*. Eine Art Tanz, den die Leute zu Karneval machen. Sie ziehen durch die Straßen und von Dorf zu Dorf. Das Ganze dauert mehrere Tage. Ziemlich wilde Angelegenheit. Jede Menge Orgien und Morde.«

»Klingt ja lustig«, bemerkte Max.

»Sie werden es vielleicht noch miterleben.«

»Wann ist das?«

»Vor Ostern.«

»Nicht, wenn ich's vermeiden kann«, lachte Max.

»Werden Sie hier bleiben, bis Sie Charlie gefunden haben?«

»Ich hoffe, dass es nicht so lange dauern wird, aber ja, ich bleibe hier, bis die Arbeit getan ist.«

Im grünroten Licht der Armaturen sah Max ihr Lächeln.

»Was machen Sie, wenn die Spuren sich als kalt erweisen?«, fragte sie.

»Die sind auch jetzt nicht gerade heiß. Wir gehen hier Gerüchten nach, Legenden, Hörensagen. Was Handfestes ist das nicht.«

»Und wenn es nirgendwo hinführt? Was dann?«

»Wir werden sehen.«

»Und wenn er tot ist?«

»Das ist er wahrscheinlich, wenn ich ehrlich sein darf. Wir müssen nur noch seinen Leichnam finden und den oder die

Mörder – und wir müssen herausfinden, warum er sterben musste. Das Motiv ist immer wichtig«, sagte Max.

»Sie geben nicht so schnell auf, wie?«

»Ich mache keine halben Sachen.«

»Haben Sie das schon als Kind mitgekriegt?«, fragte sie und sah ihn an.

»Ja, wahrscheinlich. Wenn auch nicht von meinen Eltern. Meinen Vater habe ich gar nicht gekannt. Der ist abgehauen, als ich sechs war, und nie wieder aufgetaucht. Ein Mann namens Eldon Burns war so eine Art Vater für mich. Er war Polizist und hatte eine Boxhalle in Liberty City, wo er die Kinder und Jugendlichen aus dem Viertel trainiert hat. Ich bin da hin, als ich zwölf war. Er hat mir beigebracht zu kämpfen, und einiges mehr. Im Ring habe ich so manche Lektion fürs Leben gelernt. Eldon hatte ein paar Regeln an die Wand im Umkleideraum gepinnt, wo sie nicht zu übersehen waren. Eine lautete: ›Bringe alles zu Ende, was du angefangen hast‹. Wenn du bei einem Wettrennen der Letzte bist, sei keine Memme und geh den Rest, sondern lauf bis zur Zielgeraden. Wenn du im Ring vermöbelt wirst, nicht in die Ecke verziehen und aufgeben, sondern kämpfen bis zum letzten Gong.« Max musste lächeln bei der Erinnerung. »›Bring alles erhobenen Hauptes zu Ende‹, hat er immer gesagt, ›und eines Tages wirst du größer sein als die anderen.‹ Ziemlich gute Regel.«

»Sind Sie seinetwegen Polizist geworden?«

»Ja«, sagte Max. »Er war dann auch mein Vorgesetzter.«

»Haben Sie noch Kontakt?«

»Nicht direkt«, sagte Max. Er hatte sich mit Eldon zerstritten, bevor er in den Knast gewandert war, und sie hatten seit über acht Jahren kein Wort mehr miteinander gewechselt. Eldon hatte beim Prozess für ihn ausgesagt, und er war zu Sandras Beerdigung gekommen, aber beides nur aus Pflichtgefühl, weil er glaubte, Max das schuldig zu sein. Jetzt waren sie quitt.

Chantale spürte, dass Max auf dieses Thema nicht weiter eingehen wollte, stellte das Radio wieder an und drehte am Senderknopf, bis sie zu einem unaufdringlichen Klaviergeklimper zur Melodie von *I Wanna Be Around* kam.

Die Sonne ging langsam auf, und gerade voraus waren die Berge zu sehen, die Gipfel schwarze Silhouetten vor einem Himmel, an den die Morgendämmerung Schattierungen von Schwarz, Dunkelblau und Blasslila gemalt hatte.

»Und was ist mit Ihnen?«, fragte Max. »Wie geht es Ihrer Mutter?«

»Sie liegt im Sterben«, sagte sie. »Sehr langsam. Manchmal schmerzhaft. Sie sagt, sie ist froh, wenn's vorbei ist.«

»Und was macht Ihr Vater?«

»Den kenne ich gar nicht«, antwortete Chantale. »Meine Mutter ist bei einer Zeremonie schwanger geworden. Zu dem Zeitpunkt war sie von einem Geist besessen, genau wie mein Vater. Wir nennen das ›Chevalier‹. Das ist Französisch für ›Ritter‹, aber in unserer Sprache bedeutet es ›von den Göttern geritten‹.«

»Sie sind also ein göttliches Kind?«, witzelte Max.

»Sind wir das nicht alle, Max?«, konterte sie mit einem Lächeln.

»Ist Ihnen das auch schon mal passiert, so ein Chevrolet?«

»*Chevalier*, nicht Chevrolet«, belehrte sie ihn mit gespielter Entrüstung. »Nein, ist es nicht. Ich war als Teenager zuletzt bei einer Zeremonie.«

»Kann ja noch kommen«, sagte Max.

Sie drehte den Kopf und bedachte ihn mit einem Blick, der ihm in den Eiern zog: Schlafzimmeraugen, gepaart mit einem prüfenden Forscherblick. Max konnte nicht verhindern, dass seine Augen hinunter zu ihren Lippen und zu dem kleinen dunkelbraunen Leberfleck unter ihrer Unterlippe wanderten. Der Fleck war nicht ganz oval, eher wie ein Komma, das jemand auf den Rücken geworfen hatte. Nicht zum ersten Mal fragte er sich, wie sie wohl im Bett sein mochte, und vermutete, sie würde fantastisch sein.

Inzwischen war es hell geworden. Sie waren auf einer Schotterstraße unterwegs, die über eine trockene, unfruchtbare Ebene führte, eine Steinwüste aus weißen Felsen und Geröll, dazwischen hin und wieder die Skelette verendeter Tiere, sauber abgefressen und von der Sonne weiß gebleicht. Weit und breit weder Bäume noch Büsche, nur Kakteen. Die Landschaft erinnerte Max an die Postkarten, die ihm Freunde von ihren Reisen aus Texas oder Arizona geschickt hatten.
Sie fuhren hinauf in die Berge, die keinerlei Ähnlichkeit hatten mit denen, die Max von zu Hause kannte. Er war in den Rockies gewesen und in den Appalachen, aber diese hier waren vollkommen anders. Diese Berge waren Anhäufungen brauner, toter Erde, die langsam, aber sicher, Windhauch für Windhauch, Regentropfen für Regentropfen, abgetragen wurde. Schwer vorstellbar, dass einst auf der ganzen Insel Regenwald gestanden, dass es in dieser real gewordenen Umweltkatastrophe einst Leben gegeben hatte, dass diese Insel einst der wirtschaftliche Eckpfeiler eines Weltreichs gewesen war. Er versuchte sich auszumalen, wie die Menschen, die in diesen Bergen lebten, aussehen mochten, und vor seinem inneren Auge erschien eine Mischung aus KZ-Überlebenden und hungernden Äthiopiern.

Aber er sollte sich irren.

Sie waren sicherlich nicht weniger arm, dennoch lebten die Leute auf dem Land ein klein wenig besser als die armen Teufel in der Stadt. Die Kinder hier waren zwar spindeldürr, aber sie hatten nicht die aufgeblähten Bäuche und den ausgehungerten, verzweifelten Blick ihrer Altersgenossen in Port-au-Prince. Die Dörfer, an denen sie vorbeifuhren, hatten keinerlei Ähnlichkeit mit den elenden Behausungen von Cité Soleil. Sie bestanden aus mehreren kleinen Hütten mit Strohdach und dicken, fröhlich bunt gestrichenen Wänden in Rot, Grün, Blau und Gelb oder Rot-Weiß. Selbst die Tiere schienen es hier besser zu haben, die Schweine sahen weniger wie Ziegen aus, die Ziegen weniger wie Hunde, die Hunde weniger wie Füchse, die Hühner weniger wie magersüchtige Tauben.

Die Straße wurde schlechter, und sie kamen nur noch im Schritttempo voran. Sie mussten anderthalb Meter tiefe Krater in der Straße umkurven, durch Schlaglöcher fahren und um Haarnadelkurven kriechen, falls ihnen jemand entgegenkam. Sie sahen kein einziges Auto, dafür einige Wracks, die bis aufs Blech ausgeweidet waren. Max fragte sich, was mit den Fahrern geschehen war.

Trotz der Klimaanlage, die im Wagen für eine angenehme Temperatur sorgte, konnte Max die Hitze draußen spüren, die aus dem hellblauen, wolkenlosen Himmel niederbrannte.

»Allain hat Ihnen nicht alles über die Arche Noah erzählt«, sagte Chantale. »Was bei der Einstellung, die Sie an den Tag gelegt haben, nicht weiter verwunderlich ist.«

»Finden Sie, ich bin zu weit gegangen?«

»Sie hatten beide recht«, sagte sie. »Natürlich ist es nicht richtig, aber schauen Sie sich doch hier um. Es gibt hier mehr Menschen als Lebensmittel.«

»Was hat er mir nicht erzählt?«

»Was hinter diesen Verträgen steckt. Diesen Kindern wird von Anfang an ununterbrochen eingebläut, wo sie herkommen und wer sie da rausgeholt hat. Sie werden nach Cité Soleil gefahren, nach Carrefour und in andere schlimme Gegenden. Man zeigt ihnen Menschen, die an Hunger und an

Krankheiten sterben, und das nicht, damit sie Wohltätigkeit oder Mitgefühl lernen, sondern Dankbarkeit und Respekt. Damit sie lernen, dass die Carvers ihre Retter sind, dass sie denen ihr Leben zu verdanken haben.«

»Gehirnwäsche?«

»Nein, nicht ganz. Es gehört zur Ausbildung, sie lernen das Credo der Carvers zusammen mit ihren Verben und dem Stundenplan«, sagte Chantale. »Jedenfalls wird ihnen erfolgreich vermittelt, dass sie bei den Ärmsten der Armen im Slum enden werden, sollten sie je daran denken, die Arche zu verlassen.«

»Und wenn man ihnen dann mit siebzehn oder achtzehn den Vertrag vorlegt, verkaufen sie mit Freuden ihre Seele«, folgerte Max. »Und brauchen nur die Arche Noah gegen das Carver-Imperium einzutauschen.«

»So ist es.«

»Und wie sind Sie an Ihren Job gekommen?«

»Allain stellt gerne Leute von außen ein«, sagte sie. »Nur nicht bei den Dienstboten.«

»Aber dieser Vertrag, der ist im Ausland doch sowieso nicht durchzusetzen, oder? Sagen wir, Sie studieren in den USA und wollen dann doch lieber für JP Morgan arbeiten als für Gustav Carver, dann können die doch nichts dagegen tun.«

»Nein, können sie nicht, tun sie aber«, sagte sie mit leiser Stimme, als könnte sie belauscht werden.

»Wie?«

»Sie haben überall Beziehungen. Sie sind sehr reich und sehr mächtig. Sehr einflussreich. Wer den Vertrag zu brechen versucht, den brechen sie.«

»Gab es schon mal so einen Fall?«

»Das gehört nun nicht gerade zu den Dingen, die sie in die Welt hinausposaunen. Aber ich bin sicher, dass es schon vorgekommen ist«, sagte Chantale.

»Was passiert mit den aufsässigen Kindern, die sich nicht einfügen wollen? Den Problemfällen? Denen aus der letzten Reihe, die immer Ärger machen?«

»Auch darüber wird natürlich nicht offen gesprochen. Aber Allain hat mir mal erzählt, dass die Kinder, die mit dem Lehrplan nicht mithalten können, dorthin zurückgebracht werden, wo man sie gefunden hat.«

»Oh, das ist aber wirklich sehr human«, sagte Max trocken.

»Das ist das Leben. Es ist nirgendwo einfach, und hier erst recht nicht. Hier ist es die Hölle. Es ist nicht so, dass diese Kinder nicht wissen, was für ein Glück sie haben.«

»Sie sollten sich schleunigst einen anderen Job suchen. Sie reden schon wie Ihr Boss.«

»Leck mich«, murmelte sie leise und drehte das Radio lauter.

Max dachte einen Moment nach, dann schaltete er das Radio aus.

»Danke«, sagte er.

»Wofür?«

»Dass Sie diesem Fall eine völlig neue Perspektive eröffnet haben: die Arche Noah.«

»Sie meinen, Charlies Entführer könnte vielleicht von der Schule geflogen sein?«

»Oder die Carvers haben seine oder ihre Zukunft zerstört, ja. Auge um Auge, Zahn um Zahn. Das drittälteste Motiv der Welt.«

»Sie müssen's ja wissen«, sagte sie.

35

Für die allermeisten Haitianer ist Saut d'Eau der Ort, an dem mit dem Wasser auch die Wunder fließen. Der Legende nach ist hier am 16. Juli 1884 die Jungfrau Maria einer Frau erschienen, die im Fluss ihre Wäsche wusch. Die Erscheinung verwandelte sich in eine weiße Taube und flog in den Wasserfall, womit dieser auf ewig mit den Kräften des Heiligen Geistes ausgestattet war. Seither hat Saut d'Eau Jahr für Jahr Tausende von Besuchern angezogen, Pilger, die sich unter die heiligen Wasser stellen und lautstark Heilung von Krankheiten erflehen, Erlass von Schulden, eine gute Ernte, ein neues Auto oder eine schnelle Lösung der Probleme mit dem US-Visum. Der Jahrestag des Erscheinens der Jungfrau Maria wird mit Festlichkeiten am Wasserfall begangen, die weithin berühmt sind und den ganzen Tag und die ganze Nacht andauern.

Als Max die Wasserfälle zum ersten Mal sah, wollte er fast selbst an die Legende glauben. Das Letzte, was er nach stundenlanger Fahrt durch ausgedörrte Landschaften erwartet hatte, war ein kleines tropisches Paradies, aber genau das war es: eine Oase, eine Realität gewordene Fata Morgana, ein Refugium und eine Erinnerung daran, wie die Insel einst ausgesehen hatte und was ihr verloren gegangen war.

Um zu den Wasserfällen zu gelangen, mussten Max und Chantale dem Ufer eines breiten Flusses folgen, der durch dichten Wald mit üppiger Vegetation, baumelnden Ranken und süß duftenden, leuchtend bunten Blumen lief. Sie waren nicht allein. Je näher sie ihrem Ziel kamen, umso mehr Leute fanden sich auf der Straße ein. Die meisten waren zu Fuß unterwegs, manche auf Eseln oder erschöpft aussehenden Pferden – Pilger auf der Suche nach Heilung. Am Fluss angelangt, wateten sie ins Wasser und näherten sich mit feierlicher und demütiger Haltung den dreißig Meter hohen Wasserfällen. Trotz des gewaltigen Brüllens der donnernden Wassermassen herrschte im Wald eine tiefe Stille, als hätte sich die Essenz der Stille selbst in die Erde und in die Myriaden von Pflanzen eingegraben. Die Menschen schienen das zu spüren: Niemand sprach, und alle bewegten sich leise durchs Wasser.

Max fiel auf, dass an vielen Bäumen am Wegrand Kerzen und Fotos von Menschen befestigt waren, Bilder von christlichen Heiligen, Autos und Häusern oder Postkarten – die meisten aus New York oder Miami – und Fotos aus Zeitungen und Magazinen. Diese Bäume mit den dicken Stämmen und den spindeldürren Ästen, an denen hier und da gurkenförmige Früchte hingen, hießen in Haiti *Mapou*, wie Chantale erklärte. Im Voodoo waren sie heilig, ihre Wurzeln galten als Kanal für die *Loas* – die Götter –, um von dieser Welt in die nächste zu gelangen. Wo sie wuchsen, gab es in der Nähe immer auch fließendes Wasser. Dieser Baum war untrennbar mit der Geschichte Haitis verwoben: Der Sklavenaufstand, der schließlich in Haitis Unabhängigkeit mündete, soll unter einem *Mapou-Baum* in Gonaïves seinen Anfang genommen haben, wo die Sklaven dem Teufel ein weißes Kind opferten, um sich im Gegenzug seinen Beistand für den Sieg über die französische Armee zu sichern. Unter demselben Baum war im Jahr 1804 Haitis Unabhängigkeit ausgerufen worden.

Kurz vor den Wasserfällen blieben sie am Ufer in der Nähe eines *Mapou* stehen. Max setzte den Korb ab, den er getragen hatte. Chantale öffnete ihn und holte einen kleinen purpurroten Samtbeutel heraus, dem sie vier Kerzenhalter aus Metall entnahm. Diese steckte sie in Form einer Raute entsprechend den vier Himmelsrichtungen in den Baumstamm. Gegen den Uhrzeigersinn steckte sie vier Kerzen in die Halter, eine weiße, eine graue, eine rote und eine lavendelfarbene. Sie holte ein Foto aus ihrem Portemonnaie, küsste es mit geschlossenen Augen und heftete es mit einer Reißzwecke in die Mitte des Arrangements. Dann goss sie sich aus einer kleinen durchsichtigen Glasflasche Wasser auf die Hand und rieb sich Hände und Arme ein, es roch nach Sandelholzlotion. Leise vor sich hin murmelnd, entzündete sie eine Kerze nach der anderen mit einem Streichholz, legte den Kopf in den Nacken, schaute hoch in den Himmel und streckte die Arme aus, die Handflächen nach oben gedreht.

Max trat ein paar Schritte zur Seite, um sie nicht zu stören. Er betrachtete den Wasserfall. Zur Linken strömte das Sonnenlicht durch eine Lücke in den Bäumen und malte einen riesigen Regenbogen in den Sprühnebel, der über dem Wasserfall hing. Auf den Felsen direkt unterm Wasserfall standen mehrere Menschen, das Wasser prasselte ihnen auf den Körper. Andere hielten sich etwas abseits, wo die Kaskade nicht ganz so mächtig war. Sie sangen und streckten die Hände in den Himmel, ungefähr so, wie Chantale es tat, einige schüttelten rasselartige Instrumente, andere klatschten in die Hände und tanzten. Alle waren nackt. Sobald sie sich den Felsen in der Nähe der Wasserfälle näherten, zogen sie ihre Kleider aus und ließen sie im Fluss stromabwärts treiben. Im Fluss selbst standen die Pilger bis zu den Hüften im Wasser und wuschen sich mit Kräutern und gelber Seife, die von mehreren Jungen am Flussufer aus Körben heraus verkauft wurde. Max fiel auf, dass einige Pilger in Trance waren. Sie standen reglos in Kreuzigungspose da, andere schienen besessen, ihr Körper bebte, der Kopf zuckte vor und zurück, sie rollten mit den weit aufgerissenen Augen, die Zunge schoss ihnen aus dem Mund, der unablässig in Bewegung war.

Chantale kam zu ihm und legte ihm eine Hand auf die Schulter.

»Das war für meine Mutter«, erklärte sie. »Wir machen das so, wenn jemand krank ist.«

»Wieso ziehen die sich aus?«, fragte Max mit einer Kopfbewegung in Richtung der Pilger.

»Das gehört zum Ritual. Zuerst entledigt man sich der Last des erlittenen Unglücks, das von den Kleidern symbolisiert wird, dann reinigt man sich im Wasserfall. Das ist eine Art Taufe. Nur dass die Leute hier ein großes Opfer bringen, wenn sie ihre Kleider wegwerfen. Das sind alles Menschen, die nicht sehr viel besitzen.«

Chantale ging mit einer leeren Flasche in der Hand zum Wasser hinunter.

»Sie gehen rein?«, fragte Max ungläubig.

»Sie etwa nicht?«, entgegnete sie mit einem Lächeln und einem vielversprechenden Blick in den Augen.

Die Versuchung war groß, aber er hielt sich zurück.

»Vielleicht beim nächsten Mal«, sagte er.

Sie kaufte einem der Jungen am Ufer ein Stück Seife und eine Hand voll Kräuter ab, dann watete sie durchs Wasser auf die dunklen Felsen und die blendend weißen Wassermassen zu, die auf die Steine einprasselten.

Bevor sie den Wasserfall erreichte, zog sie die Bluse aus und ließ sie in den Fluss fallen. Sie seifte sich das Gesicht und den nackten Oberkörper ein, dann kletterte sie auf einen Felsen. Dort zog sie sich bis auf den schwarzen String aus und warf erst die Jeans, dann die Schuhe ins Wasser.

Max konnte den Blick nicht von ihr wenden. Ohne Kleider sah sie sogar noch besser aus als in seiner Fantasie. Muskulöse Beine, flacher Bauch, kräftige Schultern, kleine, feste Brüste. Sie hatte den Körper einer Tänzerin – geschmeidig und grazil, ohne athletisch zu sein. Er überlegte, wie weit das an den Genen und wie weit am Sport lag. Aber dann fiel ihm auf, dass er sie anstarrte, und er riss sich aus seinen Gedanken.

Sie sah, dass er sie ansah, lächelte und winkte ihm zu. Er winkte zurück, ganz automatisch, wie ein Idiot, plötzlich wieder zurück auf der Erde. Es war ihm peinlich, dass sie ihn beim Glotzen erwischt hatte.

Chantale trat mitten in den Wasserfall hinein, direkt unter den inneren Rand des Regenbogens, wo das Wasser am kräftigsten und am schwersten fiel. Max sah sie nicht mehr, verwechselte sie ein ums andere Mal mit anderen Badenden. Die Silhouetten der Menschen wurden vom Sprühnebel verwischt. Manchmal sah es aus, als wären da ganz viele Menschen bei ihr, dann plötzlich hatte es den Anschein, als sei der Wasserfall komplett leer, als wären die Pilger wie Schmutz aufgelöst und vom Wasser weggewaschen worden, wie ihre Kleider, die im Fluss trieben.

Während er nach Chantale Ausschau hielt, wurde seine Aufmerksamkeit von ihr weg nach links gezogen. Er spürte, dass er von dort beobachtet wurde. Und zwar nicht aus Neugier oder Verwunderung, wie er von vielen Leuten auf dem Weg zum Fluss angesehen worden war. Vielmehr wurde er von einem geübten Auge taxiert und eingeschätzt. Er kannte das Gefühl, weil er als Polizist gelernt hatte, einen solchen Blick zu erkennen. Die meisten Kriminellen waren maßlos paranoid und liefen mit einem natürlicherweise erhöhten Misstrauen durch die Welt, genau wie Blinde ein besser entwickeltes Gehör und einen besseren Geruchssinn haben. Auch sie wussten, wann sie beobachtet wurden, sie konnten andere Menschen in ihrer Nähe spüren, konnten jedem ihrer Atemzüge folgen und jedem ihrer Gedanken nachgehen. Deshalb wurde Polizisten die »Oberste Regel der Observation« eingeschärft: das Zielobjekt niemals direkt ansehen, sich immer auf eine Stelle fünf Grad weiter rechts oder links fokussieren, ohne die Hauptattraktion aus dem Blickfeld zu verlieren.

Der Kerl, der ihn da anstarrte, hatte diese Regel offensichtlich nicht gelernt. Und auch die andere wichtige Regel hatte ihm niemand beigebracht: immer im Verborgenen bleiben; sehen, aber nicht gesehen werden.

Er stand auf einem Felsen, ein Stück abseits des donnernden Wassers, halb vom Sprühnebel verhüllt. Ein großer, schlanker Mann in zerschlissenen blauen Hosen und einem langärmeligen Rolling-Stones-T-Shirt mit zerrissenem und ausgefranstem Saum. Ohne den geringsten Ausdruck auf dem Gesicht, das unter den schulterlangen Dreadlocks, die ihm wie die Beine einer toten Riesen-Tarantel vom Kopf hingen, kaum zu erkennen war, starrte er Max unverwandt an.

Chantale stand wieder unten auf den Felsen, sie schüttelte sich das Wasser aus dem Haar und kämmte es mit den Fingern nach hinten. Dann watete sie durch den Fluss wieder auf Max zu.

Im gleichen Moment sprang auch der Kerl mit den Dreadlocks ins Wasser und kam ebenfalls auf ihn zu. Er hielt etwas in der Hand, das nicht nass werden sollte: Er hob es hoch in die Luft. Die Pilger, die sich nicht in einem anderen mentalen Universum befanden, gingen ihm aus dem Weg und warfen sich besorgte Blick zu. Einige eilten zurück zum Ufer. Eine von einem Geist besessene Frau stürzte sich auf ihn und packte nach dem, was er da hielt. Er schlug ihr mit dem Ellbogen ins Gesicht, sodass sie rücklings ins Wasser fiel. Die Geister verließen ihren Körper, als sie mit blutüberströmtem Gesicht zurück an Land krabbelte.

Als der Mann näher kam, bedeutete Max Chantale mit einer Geste, zu den Felsen zurückzugehen. Der Kerl war schon fast am Ufer. Max dachte kurz daran, seine Waffe zu ziehen und auf ihn zu richten, damit er stehen blieb, aber wenn der Typ verrückt war, würde das nicht viel nützen. Manche Leute legten es drauf an, über den Haufen geschossen zu werden, weil sie nicht den Mumm hatten, sich selbst aus ihrem Elend zu erlösen.

Dreadlocks wurde langsamer und blieb direkt vor Max stehen, noch knöcheltief im Wasser. Er streckte ihm hin, was er in der Hand hielt: eine zerdellte, verrostete Blechdose mit einer großen blauen Rose darauf, die noch nicht ganz abgeblättert war.

Max wollte gerade auf ihn zugehen, als ein großer Stein durch die Luft flog und Dreadlocks seitlich am Kopf traf.

»*Iwa! Iwa!*«

Die verängstigten Schreie von Kindern, direkt hinter Max.

Plötzlich prasselte ein Steinhagel auf den Mann ein, alle Geschosse mit überraschender Präzision geworfen, alle trafen ihr Ziel.

Max duckte sich und lief das Ufer hoch, wo die Steinewerfer sich zusammengerottet hatten: eine kleine Gruppe Kinder, der älteste vielleicht zwölf.

»*Iwa! Iwa!*«

Anscheinend wirkte das als Ermutigung für die Pilger, die bisher nur reglos dagestanden und gegafft hatten. Auch sie deckten den Mann jetzt mit Steinen ein, nur dass sie nicht so treffsicher waren wie die Kleinen und ihre Würfe weit daneben gingen, die versteinerten menschlichen Kreuze trafen und ins Wasser schickten oder aber die Besessenen, sodass die entweder auf der Stelle exorziert waren oder von noch heftigeren dämonischen Krämpfen geschüttelt wurden.

Dann wurde Dreadlocks an der Hand getroffen. Er ließ die Dose fallen, die im Wasser untertauchte und erst einige Meter weiter wieder an die Oberfläche kam.

Der Mann stürzte hinterher, rannte, so schnell er konnte, durchs Wasser, gefolgt von einer Steinsalve und einigen wenigen mutigen Pilgern, die in dem Glauben, er wolle fliehen, mit Stöcken hinter ihm her waren, aber sich nicht allzu viel Mühe gaben, ihn einzuholen.

Dann war er aus dem Blickfeld verschwunden.

Als klar war, dass er nicht zurückkommen würde, kehrte wieder Normalität ein. Die Geister ergriffen erneut Besitz von den Körpern, die sie kurz zuvor verlassen hatten, die Pilger wateten zurück in den Fluss, um sich einzuseifen und die Felsen zum Wasserfall zu erklimmen, und die Kinder am Ufer widmeten sich wieder ihren Körben.

Chantale kam zurück an Land. Max reichte ihr ein Handtuch und frische Kleider aus dem Korb.

»Was heißt *Iwa*?«, fragte Max und sah zu, wie sie sich die Haare trocknete.

»*Iwa*? Das sind Helfer des Teufels. Leute, die mit den *Bokors* zusammenarbeiten«, sagte sie. »Aber ich glaube nicht, dass das einer war. Wahrscheinlich nur ein ganz normaler Spinner. Davon gibt's reichlich. Besonders hier. Wenn die herkommen, sind sie noch völlig normal, dann werden sie von einem Geist besessen und gehen nie wieder weg.«

»Was wollte er von mir?«

»Vielleicht hat er Sie für einen *Loa* gehalten, einen Gott«, sagte sie und zog sich einen Sport-BH an.

»Das wär ja mal was Neues«, lachte Max, doch die Szene ging ihm nicht aus dem Kopf. Er war sich sicher, dass der Mann wusste, wer er war, was er hier tat und wen er suchte. Er hatte das an der Art gesehen, wie er ihn am Anfang angestarrt hatte, wie er ganz bewusst seine Aufmerksamkeit auf sich gezogen hatte. Erst dann war er auf ihn zugekommen. Und was war in der Blechdose?

36

Clarinette war ein Dorf, das sich anschickte, eine kleine Stadt zu werden. Der Ortskern lag auf einem Hügel mit Blick auf die Wasserfälle, die Hänge waren übersät von einem Durcheinander aus kleinen Häusern, Hütten und Holzverschlägen. Sie waren so willkürlich angeordnet, dass sie aus der Ferne an die verlorene Fracht eines längst entschwundenen LKWs erinnerten.

Als sie aus dem Wagen stiegen, blieben die Leute stehen, um sie anzustarren. Die Erwachsenen musterten sie von oben bis unten und nahmen den Landcruiser in Augenschein. Dann widmeten sie sich wieder ihren Geschäften, als hätten sie das alles schon mal gesehen, seien aber nach wie vor an den neuesten Versionen interessiert. Die Kinder rannten weg. Besonders vor Max hatten sie Angst. Einige liefen los, holten ihre Eltern und zeigten auf ihn, andere riefen ihre Freunde und kamen zusammen in geduckter Haltung näher, kleine Banden Dreikäsehochs, die schreiend wegrannten, sobald er sie ansah. Max fragte sich, ob sie nur deshalb Angst vor ihm hatten, weil sie noch nie einen Menschen wie ihn gesehen hatten, oder ob ihnen das Misstrauen gegen Weiße in den Genen steckte, ein fester Bestandteil ihrer DNS.

Das höchste Gebäude in Clarinette war die imposante Kirche, ein senfgelber Rundbau aus Stahlbeton mit Reetdach und einem einfachen schwarzen Kreuz auf der Spitze. Viermal so groß wie das nächstgrößere Gebäude – ein blauer Bungalow –, ließ sie die Lehm- und Blechhütten, die sich um sie herum angesiedelt hatten, noch kleiner erscheinen. Da die Kirche mitten im Ort stand, vermutete Max, dass sie als Erstes erbaut worden und das Dorf um sie herum gewachsen war. Sie sah nicht älter aus als fünfzig Jahre.

Das Kreuz ragte fast bis in die Wolken, die unglaublich tief hingen und eine undurchdringliche Glocke über dem Dorf bildeten, die die Sonne, auch wenn sie an ihrem höchsten Punkt stand, nicht durchdringen konnte.

Die Luft war frisch, gesunde Nuancen von Orangen und wilden Kräutern überlagerten den Geruch der Holzfeuer und die Essensdüfte. Über dem Lärm der Menschen, die ihren Geschäften nachgingen, war das unaufhörliche Tosen des Wasserfalls wenige Meilen weiter unten zu hören. Das gewaltige Donnern kam im Dorf als beharrliches Gurgeln an, wie Wasser, das in einen Abfluss läuft.

Sie machten einen Gang durchs Dorf und sprachen mit mehreren Leuten. Niemand wusste etwas von Charlie, Beeson, Medd, Faustin oder Leballec. Soweit Max das feststellen konnte, sagten sie die Wahrheit. Fragen nach Tonton Clarinette wurden mit Gelächter beantwortet. Max fragte sich, ob Beeson und Medd wirklich hier gewesen waren, ob Désyr sie nicht absichtlich in die Irre geführt hatte.

Als sie sich der Kirche näherten, hörten sie von drinnen Trommelschläge. Max spürte, wie ihm der Rhythmus direkt in die Handgelenke ging – mittelschnelle Bassklänge, die ihm in Hände und Finger flossen und dort pulsierten, sodass er die Fäuste ballen und wieder öffnen musste, als hätte er ein Kribbeln in den Händen.

An der Kirchentür hing ein Vorhängeschloss, an der Wand daneben ein Anschlagbrett mit einem großen Bild der Jungfrau Maria. Chantale las den Aushang und lächelte.

»Das ist nicht das, was Sie glauben, Max. Es ist keine Kirche«, sagte sie. »Es ist ein *Hounfor*, ein Voodoo-Tempel. Und das ist nicht die Jungfrau Maria, sondern Erzilie Freda, unsere Göttin der Liebe, unsere Aphrodite, eine der höchsten und am meisten verehrten Göttinnen.«

»Sieht aber aus wie die Jungfrau Maria«, sagte Max.

»Das ist nur Tarnung. Als Haiti noch eine Sklavenkolonie der Franzosen war, haben die versucht, die Religion ihrer Sklaven, die diese aus Afrika mitgebracht hatten, auszumerzen und sie zum Katholizismus zu bekehren, um sie besser beherrschen zu können. Die Sklaven wussten, dass es keinen Sinn hatte, sich den schwer bewaffneten Herren zu widersetzen, also sind sie zum Schein konvertiert. Sie waren ziemlich clever. Sie haben in den katholischen Heiligen ihre eigenen Götter verehrt. Sie sind brav zur Kirche gegangen, aber statt die römischen Ikonen anzubeten, haben sie in den Darstellungen ihren eigenen *Loas* gehuldigt. Der Heilige Petrus wurde zu Papa Legba, dem *Loa* der Wegkreuzungen, der Heilige Patrick wurde als Damballah angebetet, als Schlangen-*Loa*, der Heilige Johannes war Ogu Ferraille, der *Loa* des Krieges.«

»Schlaues Volk«, sagte Max.

»So haben wir uns befreit«, sagte Chantale lächelnd. Sie warf noch einen Blick auf die Tafel und wandte sich dann wieder an Max. »Heute Abend um sechs gibt es eine Zeremonie. Können wir da hingehen? Ich würde gern ein Opfer für meine Mutter darbringen.«

»Klar«, sagte Max. Er hatte nichts dagegen, auch wenn das bedeutete, dass sie im Dunkeln nach Pétionville zurückfahren mussten. Er war selbst daran interessiert, die Zeremonie zu sehen, schon aus Neugier. Er hatte noch nie an einer teilgenommen, und so wäre die Fahrt hierher wenigstens nicht ganz umsonst.

Sie ließen das Dorf hinter sich und gingen Richtung Osten, wo zwei *Mapou*-Bäume standen. Max war fasziniert, wie still und leise es hier auf dem Land war, ganz anders als in der Hauptstadt.

Sie kamen zu einer langen, niedrigen Sandsteinmauer, die nie ganz fertig gestellt worden war. Wäre das Gebäude vollendet worden, hätte man in den oberen Stockwerken von den nach Süden gelegenen Zimmern aus einen spektakulären Blick auf die Wasserfälle eine Meile weiter unten gehabt.

»Wer wollte denn hier bauen? Wir sind hier doch mitten im Nichts«, sagte Chantale.

»Vielleicht gerade deswegen.«

»Für ein Wohnhaus ist es zu groß«, sagte Chantale. Die Mauer lief bis zu den hinter dem Dorf aufsteigenden Bergen.

Beide *Mapou*-Bäume waren mit abgebrannten Kerzenstummeln, Bändern, Haarlocken, Bildern und kleinen handbeschriebenen Zetteln geschmückt. Einige Meter weiter lief ein flacher ruhiger Bach in Richtung der Kluft von Saut d'Eau. Ein idyllischer Anblick, wären da nicht die beiden Rottweiler gewesen, die mitten im Wasser herumtobten.

Das Herrchen – ein kleiner, untersetzter Mann in Jeans und blendend weißem T-Shirt – stand am gegenüberliegenden Ufer und ließ weder seine Hunde noch Max und Chantale aus den Augen. In der Linken hielt er eine Mossberg-Pumpgun.

»*Bonjour*«, rief er herüber. »Amerikaner?«

»Bin ich«, sagte Max.

»Soldat?«, fragte er, und sein Akzent verriet, dass er länger in New Jersey gelebt hatte als in Haiti.

»Nein«, antwortete Max.

»Waren Sie bei den Wasserfällen?«, fragte er und ging am Ufer entlang, bis er ihnen gegenüberstand. Die Hunde folgten ihm.

»Waren wir.«

»Und, haben die Ihnen gefallen?«

»Klar«, sagte Max.

»Aber nichts gegen die Niagarafälle, oder?«

»Keine Ahnung«, sagte Max. »Da war ich noch nie.«

»Ein Stück weiter gibt's ein paar flache Steine, da können

Sie rüberkommen, ohne nasse Füße zu kriegen.« Er zeigte vage in die Richtung. »Wenn Sie überhaupt rüberwollen.«

»Was gibt's denn da?«, fragte Max, ohne sich aus dem Schatten der Bäume herauszubewegen.

»Nur den französischen Friedhof.«

»Wieso französisch?«

»Weil da die französischen Soldaten begraben liegen. Napoleons Männer. Das ganze Land hier, das war mal eine Tabakplantage. Wo heute das Dorf ist, stand früher eine kleine Garnison. Eines Nachts haben sich die Sklaven erhoben und die Garnison eingenommen. Die Soldaten haben sie hergebracht, genau dahin, wo Sie jetzt stehen, zwischen den beiden *Mapoux*.

Sie haben sie einen nach dem anderen auf einem *Vévé* niederknien lassen, das Baron Samedi gewidmet war – das ist der Gott des Todes und der Friedhöfe –, und haben ihnen die Kehlen aufgeschlitzt«, sagte er und fuhr sich mit einem schnalzenden Geräusch zur Untermalung mit dem Finger über die Kehle. »Das Blut haben sie aufgefangen und einen Trank draus gemacht, den alle getrunken haben. Dann haben sie die Uniformen der Soldaten angezogen, haben sich Gesichter und Hände weiß angemalt, damit man sie von weitem nicht erkennen konnte, sind losgezogen und haben jeden Weißen, der ihnen in die Finger fiel, ermordet, vergewaltigt und gefoltert, Männer, Frauen und Kinder. Und nicht einer von ihnen hat auch nur einen Kratzer davongetragen. Als sie fertig waren und frei, sind sie zurückgekommen und haben sich hier niedergelassen.«

Max betrachtete die Bäume und den Boden, auf dem er stand, als könnte da irgendetwas sein, das von ihrer Geschichte erzählte. Als er nichts Bemerkenswertes fand, ging er mit Chantale am Ufer entlang zu den Steinen, die über den Fluss führten.

Der Mann kam ihnen mit seinen Hunden entgegen. Max schätzte ihn auf ungefähr sein Alter, Mitte vierzig, vielleicht ein paar Jahre älter. Er hatte ein dunkles Mondgesicht und kleine Augen, die vor Heiterkeit blitzten, als hätte er soeben den besten Witz seines Lebens gehört und sich nur mit Mühe vom Lachkrampf erholt. Er hatte tiefe Falten auf der Stirn, feine Linien an den Mundwinkeln und silberne Stoppeln auf dem Kinn. Er sah kräftig und gesund aus, seine Arme waren dick, die Brust breit. Vielleicht war er in seiner Jugend professioneller Bodybuilder gewesen, dachte Max, und wahrscheinlich trainierte er noch heute, griff mehrmals die Woche in die Eisen, um die Flamme am Leben und sich das Fett vom Leib zu halten. Max war ihm noch nie begegnet, trotzdem war er ihm vertraut. Seine Haltung, seine Art zu sprechen, sein Körperbau und sein Blick verrieten ihn: ein Knastbruder.

Max hielt ihm die Hand hin und stellte sich und Chantale vor.

»Philippe mein Name«, sagte er lachend und zeigte ihnen die besten Zähne, die Max bisher bei einem Einheimischen gesehen hatte. Seine Stimme war heiser – aber nicht vom Schreien oder einer Entzündung, vermutete Max, sondern weil er sie selten benutzte, weil er niemanden hatte zum Reden oder demjenigen, mit dem er seine Zeit verbrachte, nicht mehr viel zu erzählen wusste. »Kommen Sie!«, sagte er voller Enthusiasmus. »Gehen wir zum Friedhof.«

Sie überquerten ein Feld und noch einen Wasserlauf, bis sie zu einem wilden Orangenhain kamen, dessen kräftiger, berauschender Duft bis zum Dorf hinüberdrang. Philippe umkurvte die Bäume und die süßlich faulenden Früchte, die von den Bäumen gefallen und ein Stück gerollt waren und sich auf dem Boden zu teils eckigen, teils runden Mustern zusammengefügt hatten. Es waren die größten Orangen, die Max je gesehen hatte, so groß wie Grapefruits oder kleine Honigmelonen, die Schale dick und stumpf, um den Stiel herum rötlich. Manche waren aufgeplatzt, das Fleisch rot gesprenkelt. Das Summen der zahllosen Fliegen, die sich an den Unmengen verfaulenden Fruchtfleisches gütlich taten, erfüllte die Luft.

Der Friedhof lag ein Stück weiter: ein großes, von hohem, dichtem Gras bewachsenes Rechteck mit großen, schlichten Grabsteinen – gerade und krumm –, eingefasst von einem hüfthohen Eisenzaun. An allen vier Seiten gab es ein Tor.

Die Soldaten waren Seite an Seite begraben worden, sechzig Leichname in fünf Reihen zu je zwölf. Die einzelnen Ruhestätten wurden von grauen Steinen markiert, die alle ungefähr gleich groß waren. In die glatt geschliffenen Oberflächen waren mit tiefen, kruden Großbuchstaben die Nachnamen eingemeißelt.

»Ich habe Ihnen nicht alles erzählt«, sagte Philippe, als er sie an den einfachen Grabsteinen vorbeiführte. »Die Sklaven haben nicht nur ihr Blut getrunken und ihre Uniformen angezogen, sie haben auch ihre Namen übernommen. Sehen Sie?« Er zeigte auf einen Stein, in den der Name Valentin eingemeißelt war. »Sie können im Dorf rumfragen: Jeder einzelne Name, den Sie da zu hören kriegen, stammt von hier.«

»Ist das nicht ein Widerspruch in sich?«, fragte Max. »Wenn sie doch die Freiheit wollten, warum dann die Namen der Sklaventreiber behalten?«

»Wieso Widerspruch?« Philippe lächelte. »Hier ging es um völlige Auslöschung.«

»Und warum dann der Friedhof? Warum haben sie die Leichen begraben?«, fragte Max.

»Haitianer haben einen Riesenrespekt vor den Toten. Sogar vor weißen Toten. Sie wollten nicht von irgendwelchen französischsprachigen Geistern heimgesucht werden«, lächelte er und sah Max in die Augen. Auf dem Weg hierher hatte Max den Sicherungsriegel seines Holsters gelöst.

»Aber irgendwas ist schiefgelaufen mit dem Zauber«, sagte Philippe, als er sie zu der großen freien Fläche führte, die die Gräber der Soldaten von den anderen Grabsteinen auf dem Friedhof trennte. In der Mitte stand ein einzelner Stein vor einem Stück trockener, rotbrauner Erde, auf der kein Gras wuchs. In den Stein war kein Name eingemeißelt.

»In Napoleons Armee gab es sehr viele Jungen, manche erst acht Jahre alt, Waisen, die in den Dienst gepresst worden waren. Die ganze Garnison hier war ausgesprochen jung, der höchste Offizier war grade mal zwanzig«, sagte Philippe und betrachtete das Grab. »Hier ist das Maskottchen der Garnison begraben. Keine Ahnung, wie alt der war, auf jeden Fall noch ein Kind. Wie er hieß, weiß ich auch nicht. Er hat Klarinette gespielt, für die Sklaven auf den Feldern. Ihn haben sie sich zuletzt vorgenommen.

Er musste ihnen auf der Klarinette vorspielen, während sie seine Kameraden einen nach dem anderen an den Füßen aufgehängt und ihnen die Kehle aufgeschlitzt haben, damit sie in einen Eimer ausbluteten. Mit ihm haben sie das nicht gemacht. Ihn haben sie in eine Kiste gesperrt und lebendig begraben, genau hier.« Philippe tappte mit dem Fuß auf den Boden. »Es heißt, er habe noch lange Klarinette gespielt, lange nachdem sie ihm die letzte Hand voll Erde aufs Grab geworfen hatten. Das ging tagelang, die dünne Musik des Todes. Manche Leute behaupten, wenn hier ein starker Wind durch die Orangenbäume weht, kann man noch heute den Klang der Klarinette hören, der sich mit dem Gestank der Orangen vermischt, die keiner essen will, weil sie sich von den Toten nähren.«

»Was ist denn schiefgelaufen mit dem Zauber?«, fragte Max.

»Wenn Sie an so etwas glauben: Baron Samedi ist gekommen, um die Toten zu holen, die die Sklaven ihm geopfert haben, aber der Junge ist noch am Leben. Er nimmt ihn auf als einen Helfershelfer und überträgt ihm die Kinderabteilung.«

»Und er wird zum Gott des Todes für die Kinder?«

»Ja, nur dass er kein richtiger Gott ist. Kein Mensch huldigt ihm wie dem Baron. Er ist mehr eine Schreckgestalt. Und er wartet auch nicht, bis die Kinder tot sind. Er holt sie sich lebendig.«

Max musste an Dufour denken, der ihm geraten hatte, zur Quelle der Legende von Tonton Clarinette zu gehen, um herauszufinden, was mit Charlie passiert war. Nun war er hier, er war an der Quelle, wo die Legende entsprungen war. Und wo war jetzt die Antwort?

»Woher wissen Sie das alles? Über die Soldaten und das Ganze?«

»Ich bin mit unserer Geschichte aufgewachsen. Meine Mutter hat mir davon erzählt, als ich noch klein war. Genau wie ihre Mutter es ihr erzählt hatte, und so weiter und so fort, bis ganz zurück zum Ursprung. Das gesprochene Wort hält die Geschichte sehr viel besser am Leben als Bücher. Papier brennt«, sagte er. »Überhaupt, wenn mich nicht alles täuscht, sind Sie wegen meiner Mutter hier, habe ich Recht?«

»Ihre Mutter?« Verwundert blieb Max stehen. »Wie ist denn Ihr Nachname?«

»Leballec«, grinste Philippe.

»Warum haben Sie das nicht gleich gesagt?«

»Sie haben mich nicht gefragt«, sagte Philippe lachend. »Sie sind wegen dem Jungen hier, stimmt's, wegen Charlie Carver? Genau wie die anderen Weißen.«

Genau in diesem Moment hörte Max im Obstgarten direkt hinter sich schwere Schritte und knackende Zweige. Er und Chantale drehten sich um und sahen drei große Orangen über den Boden auf den Zaun zurollen. Eine kullerte hindurch und blieb vor Chantales Füßen liegen. Sie trat sie beiseite.

»Dann ist Ihre *Mutter* der ...?«

»*Bokor*, genau. Damit haben Sie nicht gerechnet, was? Dass hier eine Frau die Zügel in der Hand hält. Hier in diesem Land machen Frauen alles, nur nicht regieren. Wenn Frauen hier das Sagen hätten, wäre Haiti jetzt nicht mit Volldampf auf dem Weg in die Scheiße.« Philippe nickte.

»Wo ist sie?«, fragte Max.

»Nicht weit von hier.« Philippe nickte Richtung Osten und ging los, dann blieb er stehen, drehte sich um und sah Max in die Augen. »Seit wann sind Sie draußen?«

»Und Sie?«, fragte Max zurück. Einen Exhäftling erkannte er stets verlässlich an der Spannung im Nacken und in den Schultern, an dem ständigen Alarmzustand, in dem sich der ganze Körper befand, jederzeit bereit, einen Angriff abzuwehren. Philippe war da ein Paradebeispiel, genau wie Max.

»Vor zwei Jahren«, grinste Philippe.

»Und Sie wurden hierher abgeschoben?«

»Klar. Nur deshalb bin ich nicht im Leichensack rausgekommen. Ich war einer der Ersten, die rübergeschickt wurden. Ein Versuchskaninchen.«

»Je einem Mann namens Vincent Paul begegnet?«

»Nein.«

»Wissen Sie, wer das ist?«

»Ja. Klar.«

Philippe winkte mit dem Daumen, damit sie sich wieder in Bewegung setzten, doch nach ein paar Schritten blieb er erneut stehen.

»Falls Sie sich fragen sollten, was ich verbrochen habe: Es war Mord«, sagte er. »Ich hatte Ärger mit einem Typen, und das Ganze ist so eskaliert, dass es keinen anderen Ausweg mehr gab. Eines Tages bin ich zu ihm hin und habe ihn abgeknallt. Das Einzige, was ich bereue, ist, dass sie mich erwischt haben. Und Sie?«

»Gleiche Liga«, sagte Max.

37

Das Haus der Leballecs lag eine halbe Stunde vom Friedhof entfernt am Ende eines Feldwegs, der einen weiteren Wasserlauf überquerte, bevor er einen kurzen Abhang hinunter zu einem ebenen Grasstück mit Blick über die Wasserfälle führte. Nach dem Baumaterial hatte man nicht lange suchen müssen: Das robuste einstöckige Haus bestand aus dem gleichen Sandstein wie die Bauruine am Ortsrand von Clarinette.

Philippe ließ sie zusammen mit den Hunden draußen warten, während er hineinging, um mit seiner Mutter zu sprechen.

In der Ferne hörte Max das Donnern des Wasserfalls und musste an seine ersten Monate auf Rikers Island zurückdenken, als er praktisch nichts anderes mehr gehört hatte als das Wasser, das die Gefängnisinsel umgab. Eigentlich hätte das Rauschen beruhigend sein können und ihm ein Gefühl inneren Friedens vermitteln, aber es hatte das Gegenteil bewirkt. Es hatte ihn fast in den Wahnsinn getrieben. Er hätte schwören können, dass der Strom ihm etwas zuflüsterte, dass er aus seinen tiefsten Tiefen zu ihm rief. Und die ganze Zeit hatte er gewusst, was es war. Er hatte gehört, dass es vielen Erstverurteilten mit langen Haftstrafen so ging: Paranoia, Angst, Beklemmungsgefühle und Stress, die gemeinsam dem Verstand ein Schnippchen schlagen und als einfache Abhilfe den Wahnsinn offerieren. Er hatte sich fest an seine geistige Gesundheit geklammert und sich nicht erschüttern lassen. Und er hatte es durchgestanden. Er hatte gelernt, nicht auf das Wasser zu hören.

Am unteren Rand des Fensters, das der Haustür am nächsten war, tauchte ein dunkles Gesicht auf, schwebte einen Augenblick lang hinter der Glasscheibe und verschwand wieder.

Einen Moment später ging die Tür auf, und Philippe winkte sie herein. Die Hunde blieben, wo sie waren.

Drinnen war es dunkel und kühl. Ein angenehm süßer Geruch hing in der Luft, wie in einem gut bestückten Süßwarenladen: Düfte von Schokolade und Vanille, Zimt, Anis, Minze und Orange, die hin und her zu schweben schienen, ohne sich zu einem einzigen Duft zu vereinigen.

Philippe führte sie in das Zimmer, wo seine Mutter an einem langen Tisch saß und auf sie wartete. Das schwarze Tischtuch war mit purpurroten, goldenen und silbernen Fäden durchwirkt. Sie saß im Rollstuhl.

Das Zimmer hatte kein Fenster. Trotzdem war es hell, weil überall dicke rote Kerzen brannten. Sie waren in dichten rautenförmigen Mustern auf dem Fußboden aufgestellt, steckten in vielarmigen Messingkandelabern oder standen auf allen möglichen Objekten unterschiedlicher Form und Höhe, die ebenfalls in schwarzes Tuch gehüllt waren. Die Kerzen auf dem Fußboden hatten die Form von Taukreuzen: Die Flamme bildete das obere Ende des senkrechten Balkens.

Eigentlich hätte es brütend heiß sein müssen, aber dank der Klimaanlage, die auf Hochtouren lief, und eines Deckenventilators, der über ihren Köpfen knackte und knirschte, war es angenehm kühl. In der künstlichen Brise wiegten sich die Flammen sanft hin und her, sodass es den Anschein hatte, als würden sich die Wände langsam um sie drehen, wie ein großes, formloses Ungeheuer, das seine Beute umschleicht, den richtigen Moment abwartet und sich an der Angst seines Opfers delektiert.

Philippe stellte sie vor. Seine Stimme war sanft und seine Körpersprache drückte Respekt aus, wenn er mit seiner Mutter sprach – was Max verriet, dass er sie in gleichem Maße liebte wie er sie fürchtete.

»Max Mingus, darf ich Ihnen Madame Mercedes Leballec vorstellen?«, sagte er und trat einen Schritt zur Seite.

»Bond-joor«, sagte Max und senkte automatisch und fast gegen seinen Willen den Kopf. Sie strahlte eine natürliche Autorität aus – eine Macht, die von der Erniedrigung und Einschüchterung anderer lebte.

»Mr. Mingus, willkommen in meinem Haus.« Sie sprach Englisch mit französischem Akzent, langsam und ein wenig geziert. Sie artikulierte jedes Wort mit sanfter Stimme, die einstudiert und maniriert wirkte; eine Stimme, die sie eigens für Fremde anlegte.

Max schätzte sie auf Ende sechzig oder Anfang siebzig. Sie trug ein langärmeliges blaues Jeanskleid mit hellen Holzknöpfen. Sie war komplett kahl, ihr Schädel so glatt und glänzend, dass es aussah, als wäre da noch nie ein Haar gewachsen. Sie hatte eine hohe, steile Stirn, der Rest des Gesichts dagegen wirkte gedrungen, alles war kleiner und weniger ausgebildet, als es sein sollte. Ihre Augen waren so winzig, dass Max kaum das Weiße sehen konnte. Sie bewegten sich wie Schatten hinter einem Guckloch. Sie hatte weder Wimpern noch Augenbrauen, trug aber eine abstrakte Version Letzterer in Form zweier breiter schwarzer Striche. Diese liefen von den Schläfen im Bogen zu einer Stelle zwischen der Stirn und der flachen, trichterförmigen Nase, wo sie fast zusammentrafen. Ihr Mund war klein und erinnerte an ein Fischmaul, der Unterkiefer kräftig, das Kinn so tief eingekerbt, dass es aussah wie ein Pferdehuf. Genau so stellte sich Max eine exzentrische und leicht furchteinflößende, einsame alternde Filmdiva nach überstandener Chemotherapie vor. Er warf einen kurzen vergleichenden Blick zu Philippe hinüber, der schlaff neben ihr auf einem Schemel hockte, die Hände im Schoß. Er sah nicht die geringste Ähnlichkeit.

Mit königlicher Geste forderte Mercedes Max und Chantale auf, Platz zu nehmen.

»Sie suchen also den Jungen? Charlie?« Sie fing an zu sprechen, kaum dass sie saßen.

»Richtig«, sagte Max. »Haben Sie ihn?«

»Nein«, antwortete Mercedes mit Nachdruck.

»Aber Sie kennen Eddie Faustin?«

»Ich kannte ihn. Eddie ist tot.«

»Woher wollen Sie das wissen? Sein Leichnam ist nie gefunden worden.«

»Eddie ist tot«, wiederholte sie und rollte näher an den Tisch heran.

Max bemerkte die große Pfeife aus Edelstahl, die sie an einem Band um den Hals trug, und fragte sich, für wen die wohl bestimmt war, für die Hunde, für Philippe oder für beide.

»Hat Eddie Ihnen erzählt, für wen er gearbeitet hat, oder mit wem?«

»Wenn er das getan hätte, würden wir jetzt nicht hier sitzen.«

»Wieso das?«, fragte Max.

»Weil ich dann reich wäre und Sie nicht hier.«

Etwas hinter ihrer linken Schulter erregte Max' Aufmerksamkeit. Eine lebensgroße Messingskulptur zweier betender Hände, die aufrecht mitten auf einem von schwarzem Tuch verhüllten Tisch stand. Der Tisch wurde von zwei langen Kerzen in hohen Ständern im Stil griechischer Säulen flankiert. Rechts und links der Hände ein Kelch und eine leere Glasflasche. Dahinter in einem Halbkreis ein Hundeschädel, ein Dolch, zwei Würfel, ein Herz Jesu aus Metall und eine Stoffpuppe. Doch es waren die Objekte im Zentrum des Arrangements, die er als Letztes bemerkte. Sie lagen vor den Händen auf einer Messingschale, die vielleicht einmal ein Hostienteller gewesen war: zwei Porzellanaugen von der Größe von Pingpongbällen mit hellblauer Iris, die ihm direkt in die Augen starrten.

Ein Altar für schwarzmagische Zeremonien. Er erinnerte sich, dass er in Miami Anfang der achtziger Jahre viele solcher Altäre gesehen hatte, als die kubanische Verbrechenswelle über die Stadt hereingebrochen war. Böse Menschen hatten böse Geister um Schutz angefleht, bevor sie losgegangen waren, um böse Dinge zu tun. Die meisten Polizisten hatten die Altäre lautstark als abergläubischen Humbug abgetan, aber tief drinnen hatten sie ihnen mehr als nur einen kleinen Schrecken eingejagt. Da war etwas, das sie nicht verstanden, eine Macht, die sie nicht unterbinden konnten.

»Eddie hat also gar nichts über die Leute erzählt, für die er gearbeitet hat?«, hakte Max nach.

»Nein.«

»Keine einzige Einzelheit? Hat er nicht einmal erwähnt, ob er für einen Mann oder eine Frau arbeitete? Ob es Schwarze oder Weiße waren? Ausländer?«

»Nichts.«

»Haben Sie nicht gefragt?«

»Nein.«

»Warum nicht?«

»Es hat mich nicht interessiert«, sagte sie in trockenem, sachlichem Ton.

»Aber Sie wussten, was er im Schilde führte?« Max beugte sich über den Tisch, wie damals, wenn er im Verhörzimmer einen sturen Zeugen weichzuklopfen versuchte. »Sie wussten, dass er den Jungen entführen wollte.«

»Das war nicht meine Angelegenheit«, sagte sie sehr ruhig und vollkommen ungerührt.

»Aber Sie haben es doch sicherlich für Unrecht gehalten, was er da vorhatte?«, beharrte Max.

»Ich bin niemandes Richter«, entgegnete sie.

»Okay.« Max nickte und lehnte sich zurück. Er warf einen Blick zu Chantale, die gespannt alles verfolgte, und zu Philippe, der gähnte.

Dann schaute er noch einmal zum Altar, schaute in die Augen und betrachtete dann den Hintergrund. Die Wand hinter Mercedes war türkis gestrichen. Ein Taukreuz aus Holz hing schräg mitten an der Wand. Der Querbalken starrte vor langen, rohen Nägeln, die willkürlich hineingehämmert und teilweise krumm geschlagen worden waren. Die meisten ragten in schiefen Winkeln aus dem Holz. Es sollte wohl so aussehen, als würde das Kreuz vom Himmel fallen.

»Wie lange kannten Sie Eddie?«

»Ich habe ihm geholfen, die Stelle bei den Carvers zu bekommen«, antwortete Mercedes und lächelte leise, als sie sah, dass Max die Wand hinter ihr betrachtete.

»Wie haben Sie das gemacht?«

»Wie ich das eben so mache.«

»Wie genau?«

»Das wissen Sie doch«, sagte sie, und ihr Mund formte sich zu einem Lächeln, das eine Reihe winziger Zähne entblößte.

»Schwarze Magie?«, fragte Max.

»Nennen Sie es, wie Sie wollen«, sagte sie mit abschätziger Geste.

»Was haben Sie für ihn gemacht?«

»Mr. Carver hatte die Wahl zwischen Eddie und drei anderen Bewerbern. Eddie hat mir von jedem seiner Konkurrenten etwas gebracht – etwas, das sie berührt oder getragen hatten –, und ich habe mich an die Arbeit gemacht.«

»Und dann?«

»Glück ist nicht von Dauer. Es muss zurückgezahlt werden ... mit Zinsen.« Mercedes schob ihren Rollstuhl ein Stück nach hinten.

»Es heißt, Eddie sei eines schrecklichen Todes gestorben. Hat er so seine Schuld abbezahlt?«

»Eddie hatte sehr viele Schulden aufgehäuft.«

»Könnten Sie etwas mehr ins Detail gehen?«, insistierte Max.

»Nachdem er die Stelle bei Carver gekriegt hatte, ist er mit allen seinen Problemen zu mir gekommen. Ich habe ihm geholfen.«

»Was waren das für Probleme?«

»Die üblichen: Frauen und Feinde.«

»Wer waren seine Feinde?«

»Eddie war Macoute. Praktisch alle, die er je verprügelt oder erpresst hatte, wollten ihn tot sehen. Und auch die Familien der Leute, die er umgebracht, und der Frauen, die er vergewaltigt hatte, auch die waren hinter ihm her. So ist das, wenn man die Macht verliert.«

»Was haben Sie als Gegenleistung von ihm bekommen?«

»Das würden Sie nicht verstehen, und es geht Sie auch nichts an«, sagte sie bestimmt und wartete auf Max' Reaktion.

»Okay«, sagte er. »Erzählen Sie mir von Eddie und Francesca Carver.«

»Manche Dinge im Leben sind einfach nicht für einen bestimmt. Ich habe ihn davor gewarnt, diesen Irrsinn weiterzuverfolgen. Es konnte kein gutes Ende nehmen. Aber Eddie wollte nicht auf mich hören. Er *musste* sie haben, genau wie er alles andere in seinem Leben haben *musste*. Er glaubte, in sie verliebt zu sein.«

»War er das nicht?«, fragte Max.

»Doch nicht Eddie«, kicherte sie. »Er hatte keine Ahnung von Liebe. Er hat alle Frauen vergewaltigt, für die er nicht bezahlt hat.«

»Und Sie haben für ihn gearbeitet?«

»Haben Sie noch nie für schlechte Menschen gearbeitet?« Sie lachte ein tiefes Lachen, das aus ihrer Kehle kam, sie öffnete nicht einmal den Mund. »Wir beide sind nicht so unterschiedlich, wir sind beide käuflich.«

Soweit Max das beurteilen konnte, hatte sie nichts zu verbergen, und dennoch erzählte sie ihm nicht die ganze Wahrheit. Er spürte es: Da war eine entscheidende Information, die hinter allem hervorblitzte, was sie sagte.

»Was haben Sie getan, um Eddie und Mrs. Carver zusammenzubringen?«

»Was habe ich *nicht* getan? Ich habe alles versucht, was ich wusste. Nichts hat funktioniert.«

»Ist Ihnen das schon mal passiert?«

»Nein.«

»Haben Sie Eddie das gesagt?«

»Nein.«

»Warum nicht?«

»Er hat mich nicht dafür bezahlt, dass ich versage.«

»Also haben Sie ihn angelogen?«

»Nein. Ich habe etwas anderes versucht, eine sehr seltene Zeremonie, die man nur aus schierer Verzweiflung macht. Sehr gefährlich.«

»Was war das?«

»Das kann ich Ihnen nicht sagen«, sagte sie. »Und ich werde es nicht.«

»Warum nicht?«

»Es ist mir nicht erlaubt, darüber zu sprechen.«

Sie sah ein klein wenig verängstigt aus. Max drängte sie nicht weiter.

»Und hat das funktioniert?«

»Ja, am Anfang ja.«

»Wie?«

»Eddie hat mir erzählt, er habe die Gelegenheit, mit der Carver abzuhauen.«

»Abhauen? Sie meinen durchbrennen?«

»Ja.«

»Und ist er da etwas genauer geworden?«

»Nein.«

»Und Sie haben ihn nicht gefragt, weil es Sie nicht interessiert hat?«, sagte Max.

Sie nickte.

»Und was ist schiefgelaufen?«

»Eddie ist tot. Schiefer kann es nicht laufen.«

»Wer hat Ihnen von seinem Tod erzählt?«

»Er selbst.«

»Wer? Eddie?«

»Ja«, antwortete sie.

»Wie hat er das denn angestellt?«

Sie zog sich wieder näher an den Tisch heran.

»Wollen Sie das wirklich wissen?«

Von Nahem roch sie nach Mentholzigaretten.

»Ja«, sagte Max. »Das will ich.«

»Sind Sie ein schreckhafter Mensch?«

»Nein.«

»Na dann.« Mercedes ließ sich nach hinten rollen und sprach leise auf Kreolisch mit Philippe.

»Könnten Sie beide aufstehen und vom Tisch weggehen, damit wir alles vorbereiten können?«, sagte Philippe, stand vom Hocker auf und deutete unbestimmt nach rechts.

Max und Chantale stellten sich neben die Tür. An der Wand hingen von der Decke bis zum Fußboden hölzerne Schauregale, insgesamt zwanzig Fächer. In jedem stand ein dickes, zylinderförmiges Glas mit einer durchsichtigen, gelblichen Flüssigkeit, in der der jeweilige Inhalt schwebte. Max ließ den Blick über die Gläser wandern und sah ein riesiges Ei, eine schwarze Mamba, einen kleinen Fuß, eine Fledermaus, ein menschliches Herz, eine dicke Kröte, eine Hühnerklaue, eine Goldbrosche, eine Eidechse, die Hand eines Mannes...

»Wozu ist das gut?«, flüsterte er Chantale ins Ohr.

»Zauber. Gute und böse. Meine Mutter hat auch ein paar davon. Mit dem Ei kann man eine Frau fruchtbar oder unfruchtbar machen«, sagte sie, dann zeigte sie auf den Fuß, der, wie Max bemerkte, direkt über dem Knöchel sauber abgesägt worden war. »Mit dem Fuß kann man Knochenbrüche heilen oder einen Menschen zum Krüppel machen.« Dann lenkte sie Max' Aufmerksamkeit auf die Hand, die schrumpelig war und von grüngrauer Farbe. »Das ist die Hand eines verheirateten Mannes. Sehen Sie den Ehering?« Er bemerkte den blassen goldenen Ring, der lose am Ringfinger hing. »Damit kann man eine Ehe zustande kommen lassen oder zerstören. Alles, was Sie hier sehen, kann auf zwei Arten verwendet werden. Es hängt alles davon ab, wer den Zauber erbittet und wer ihn spricht. Die guten Zauber werden vor Mitternacht gemacht, die bösen danach. Aber ich glaube nicht, dass hier allzu viele gute gesprochen werden.«

»Wie sind die an die Sachen gekommen?«, fragte Max.

»Gekauft.«

»Wo?«

»Hier gibt es alles zu kaufen, Max«, sagte sie. »Sogar die Zukunft.«

Er schaute sich um, um zu sehen, was die Leballecs taten.

Philippe hatte da, wo sie gesessen hatten, das Tischtuch zurückgeschlagen, sodass das lackierte Holz zu sehen war. In die Tischplatte waren Markierungen von unterschiedlicher Größe eingeritzt, die Einkerbungen schwarz ausgemalt. Was zuerst ins Auge fiel, waren die Buchstaben des Alphabets, die Mercedes gegenüber in zwei Bögen von A bis M und von N bis Z angeordnet waren. Darunter in gerader Linie die Zahlen von 1 bis 10. In den oberen Ecken standen die Wörter *Oui* und *Non*, unten *Au revoir*.

»Ist das das, wofür ich es halte?«, fragte Max Philippe.

»Monopoly ist es jedenfalls nicht. Sie sagten doch, Sie wollen es wissen«, lächelte Philippe. »Das hier ist Wissen. Kommen Sie her.«

Max zögerte. Was, wenn alles Lüge war?

Na wenn schon, sagte er sich, Lügen tun nur dem weh, der sie glaubt.

»Ich dachte, Sie machen das nur gegen Bezahlung«, sagte Max, ohne sich von der Stelle zu rühren.

»Sie werden es also tun?«

»Ja.«

»Gut.« Mercedes lächelte. »Dann betrachten Sie es als Geschenk. Sie sind sehr viel mehr Mann als Ihre Vorgänger, Mr. Beeson und Mr. Medd.«

»Sie haben die beiden getroffen?«

»Beeson war überaus unhöflich und arrogant. Er nannte mich eine ›Hokuspokushexe‹ und ist aus dem Haus gestürmt, sobald er sah, was wir hier machen. Medd hatte schon mehr Anstand. Er hat sich für das Gespräch bedankt, bevor er gegangen ist.«

»Und sie sind nie wiedergekommen?«

»Nein.«

Was bedeutete, dass sie nicht an diesen Scheiß geglaubt hatten, dachte Max. Was wiederum bedeutete, dass er selbst entweder aufgeschlossener war oder ein geborener Vollidiot.

»Wollen wir anfangen, Max?«

Der Tisch war ein großes Ouija-Brett. Philippe legte ein Notizbuch, einen Stift und einen spindelförmigen Zeigestock aus durchsichtigem Glas neben Mercedes.

Die Séance konnte beginnen.

Sie setzten sich an den Tisch, Max gegenüber von Mercedes, Chantale gegenüber von Philippe, alle senkten den Kopf und hielten sich im Kreis bei den Händen, als wollten sie ein Dankgebet sprechen. Alle außer Max hatten die Augen geschlossen. Er hatte nicht vor, die Sache ernst zu nehmen. Er glaubte nicht an so etwas.

»Eddie? Eddie Faustin? Où là?«, rief Mercedes laut, und ihre Stimme erfüllte den Raum.

Wenn sie denn nur Theater spielte, war sie mit Herz und Seele dabei, dachte Max. Vor lauter angestrengter Konzentration sah ihr Gesicht noch bizarrer aus als im entspannten Zustand. Sie hatte es dermaßen zusammengekniffen, dass ihre Züge in den Windungen und Knoten der dicken, gepressten Hautfalten praktisch nicht mehr zu erkennen waren. Sie drückte Chantale und Philippe so heftig die Hand, dass ihre Arme vor Anstrengung zitterten. Beide stöhnten vor Schmerz.

Es war eine Schattierung dunkler geworden im Zimmer. Max glaubte, bei den Regalen eine Bewegung wahrgenommen zu haben, und schaute hin. Die ausgestellten Stücke wirkten eine Spur heller – und lebendig, belebt und hohl wie angestrahlte Schaufensterpuppen auf einer menschenleeren, dunklen Straße. Er hätte schwören können, dass das eine oder andere Stück sich bewegte – dass da in der Hand ein Puls war, dass sich die Zehen des Fußes bewegten, die Schlange ihre Zunge herausschnellen ließ, die Eierschale Risse bekam. Doch wenn er eines der Stücke direkt ansah, waren sie durch und durch leblos.

Philippe und Chantale verstärkten ihren Griff um seine Hand und bewegten lautlos die Lippen.

Die Atmosphäre im Zimmer hatte sich verändert. Trotz der schwarzmagischen Utensilien und dem Wissen, dass seine Vorgänger auf ihrem Weg zur Verstümmelung und – vermutlich – zum Tod hier Halt gemacht hatten, hatte er das Haus nicht als bedrückend empfunden. Doch jetzt verspürte er eine Enge in der Brust und im Rücken, ein Gefühl, als würde jemand Schweres auf ihm stehen.

Als er das Geräusch zum ersten Mal bemerkte, maß er ihm keine weitere Bedeutung bei. Er glaubte, es käme vom Ventilator.

Beim nächsten Mal war es näher und lauter, direkt vor seiner Nase: ein leises Klopfen, gefolgt von einem Geräusch, als würde etwas Kleines über eine glatte Oberfläche gleiten, fast wie ein Reißverschluss, der hochgezogen wurde, ein ansteigender Ton.

Er schaute auf das Brett hinab. Etwas hatte sich verändert. Der Zeigestock hatte sich von Mercedes' Seite zu den Buchstaben bewegt – oder war bewegt worden. Er deutete auf den Buchstaben E.

Chantale und Philippe ließen seine Hand los.

»*Qui là?*«, fragte Mercedes.

Er sah, wie der Zeigestock sich völlig allein drehte und auf das D zeigte.

Max wollte Mercedes fragen, wie sie das anstellte, aber sein Mund war trocken und seine Eier wie tiefgefroren.

Chantale zuckte nicht mit der Wimper.

Mercedes hatte sich die ersten beiden Buchstaben notiert. Der Zeigestock drehte sich leicht nach rechts und glitt über das Brett, um auf das I zu zeigen. Er bewegte sich ruckartig, aber stetig, als würde er tatsächlich von einer unsichtbaren Hand geführt. Beeindruckende Vorstellung. Selbst wenn es Humbug war, was sich Max beständig einredete, um nicht durchzudrehen.

Ihm kam der Gedanke, unter dem Tisch nachzuschauen, ob es da eine Vorrichtung gab, die den Spuk möglich machte, aber er wollte sehen, was bei der Show noch herauskommen würde.

Mercedes hatte beide Hände auf den Tisch gelegt.

Der Zeiger wanderte zurück zum E und blieb dort liegen. Er sah aus wie eine große, erstarrte Träne.

»Er ist hier«, sagte Mercedes. »Fragen Sie ihn, was Sie wissen wollen.«

»Was?«

»Stellen Sie ihm Ihre Frage«, sagte Mercedes langsam.

Plötzlich kam sich Max idiotisch vor, als würde er hier vorgeführt und nach Strich und Faden verarscht, während das unsichtbare Publikum sich totlachte.

»Na gut«, sagte er und beschloss mitzuspielen. »Wer hat Charlie entführt?«

Der Zeiger bewegte sich nicht.

Alle warteten.

»Wiederholen Sie die Frage.«

»Aber Englisch versteht er schon, oder?«, witzelte Max.

Mercedes warf ihm einen gestrengen Blick zu.

Max wollte sich gerade über die leeren Batterien lustig machen, als sich der Zeigestock mit einem Ruck in Bewegung setzte, über die zwei Buchstabenreihen glitt und jeweils nur so lange Halt machte, dass Mercedes den Buchstaben aufschreiben konnte, bevor er zum nächsten weiterzog.

Als der Zeigestock liegen blieb, hielt sie ihren Notizblock hoch.

H-O-U-N-F-O-R.

»Das bedeutet Tempel«, sagte sie.

»Ein Voodoo-Tempel?«, fragte Max.

»Richtig.«

»Welcher? Wo? Hier?«

Mercedes stellte die Frage, aber der Zeiger bewegte sich nicht.

Und dabei blieb es. Sie wiederholten die Zeremonie. Max versuchte sogar, alle Zweifel und allen Zynismus aus seinem Geiste zu verbannen und so zu tun, als würde er wirklich an das glauben, was sie hier taten, und trotzdem rührte der Zeiger sich nicht mehr.

»Eddie ist gegangen«, sagte Mercedes schließlich, nachdem sie es ein letztes Mal versucht hatte. »Normalerweise verabschiedet er sich. Irgendetwas muss ihm Angst eingejagt haben. Vielleicht Sie, Mr. Mingus.«

»War das echt?«, fragte Max Chantale, als sie zum Orangenhain zurückgingen.

»Haben Sie irgendwelche Tricks festgestellt?«, fragte Chantale zurück.

»Nein, aber das heißt ja nichts«, sagte Max.

»Ab und an muss man auch an das Unmögliche glauben«, erwiderte Chantale.

»Tue ich ja«, grummelte Max. »Sonst wäre ich ja wohl nicht hier.«

Er war sich ganz sicher, dass es eine vollkommen rationale, todlangweilige Erklärung gab für das, was er soeben im Hause Leballec miterlebt hatte. Für bare Münze zu nehmen, was er da mit eigenen Augen gesehen hatte, war einfach zu krass.

Max glaubte an Leben und Tod. Er glaubte nicht, dass das Leben auch in den Tod hinüberreichte, auch wenn er durchaus glaubte, dass manche Leute innerlich tot waren und äußerlich noch ganz lebendig wirkten. Die meisten Lebenslänglichen und Langjährigen, die er im Knast gesehen hatte, waren so gewesen. Und er selbst war auch nicht viel anders. Eine Leiche in lebendem Gewebe, die allen etwas vormachte, nur nicht sich selbst.

38

Zurück in Clarinette, fragten sie jeden, der aussah, als sei er alt genug, sich zu erinnern, und in der Lage, ihnen eine vernünftige Antwort zu geben, nach dem Bau auf dem Weg zum Friedhof. Sie wollten herausfinden, wer ihn in Auftrag gegeben hatte.

Die Antwort lautete immer gleich.

»Monsieur Paul«, sagten alle. »Ein guter Mensch. Sehr großzügig. Er hat dieses Dorf für uns gebaut und den *Hounfor*.«

Nicht Vincent Paul, erklärte Chantale, sondern sein verstorbener Vater Perry.

Wie lange war es her, dass da nicht mehr gearbeitet wurde?

Niemand konnte das mit Sicherheit sagen. Die Menschen hier maßen die Zeit nicht nach Jahren, sondern nach dem, was sie damals noch zu tun in der Lage gewesen waren: wie viel sie hatten tragen können, wie schnell laufen, wie lange vögeln und tanzen und trinken. Einige sagten, fünfzig Jahre, dabei sahen sie selbst nicht viel älter aus als vierzig. Andere meinten zwanzig, manche behaupteten, vor hundert Jahren selbst an dem Bau mitgearbeitet zu haben. Keiner hatte gewusst, was es werden sollte. Sie hatten auf Anweisung gearbeitet.

Chantale vermutete, dass es zwischen Mitte der sechziger und Anfang der siebziger Jahre gewesen sein musste, bevor die Pauls Pleite gegangen waren.

Was war Monsieur Paul für ein Mensch gewesen?

»Er war ein guter Mensch. Großzügig und freundlich. Er hat Häuser für uns gebaut und den *Hounfor*. Er hat uns zu essen gegeben und Medizin.«

Wie der Vater, so der Sohn, dachte Max.

Waren in jener Zeit irgendwelche Kinder verschwunden?

»Ja, zwei: die Kinder der verrückten Merveille Gaspésie. Bruder und Schwester sind beide am gleichen Tag verschwunden«, sagten die Leute und schüttelten den Kopf.

Und sie erzählten alle die gleiche Geschichte: Die Gaspésie-Kinder hatten immer in der Nähe der Baustelle gespielt. Sie waren noch klein, ungefähr sieben und acht. Eines Tages waren beide verschwunden. Die Leute hatten die ganze Gegend nach ihnen abgesucht, aber sie sind nie gefunden worden. Manche meinten, sie müssten in den Wasserfall gestürzt sein, andere behaupteten, sie wären drüben beim Friedhof Tonton Clarinette begegnet.

Eines Tages war die Mutter, Merveille – inzwischen eine alte Frau –, zu allen Freunden gegangen und hatte erzählt, ihr Sohn sei zurückgekehrt, und sie sollten alle mitkommen, um ihn zu sehen. Sie hatte eine große Gruppe zusammenbekommen und zu ihrem Haus geführt. Doch als sie dort ankamen, war niemand da. Sie beharrte darauf, der Junge sei zurückgekommen, er sei gut angezogen gewesen und sehr reich. Sie zeigte ihnen die dicke Rolle Geldscheine, die er ihr gegeben hatte, alles nagelneue Scheine. Sie hatte ihn gefragt, was geschehen war, warum er verschwunden war, und er hatte gesagt, ein Mann mit entstelltem Gesicht habe ihn und seine Schwester mitgenommen.

Die Leute hatten ihr nicht so recht geglaubt, aber auch

nicht widersprochen, weil sie auf einmal die reichste Frau des Dorfes war. Im Stillen jedoch hatten sie sie für verrückt erklärt.

Seither hatte Merveille gewartet, dass ihr Sohn noch einmal zurückkehrte. Doch das tat er nicht. Sie wartete und wartete und ging nicht mehr aus dem Haus, weil er ja vielleicht kommen würde. Immer und immer wieder hatte sie seinen Namen gerufen: Boris.

Schließlich wurde sie tatsächlich wahnsinnig. Sie hatte Halluzinationen und wurde gewalttätig, wenn jemand ihr zu helfen versuchte. Sie hatte keine weiteren Verwandten, und mit der Zeit verlor sie alle Freunde.

Und plötzlich, eines Tages, war es in ihrem Haus ganz still geworden. Als einige Nachbarn endlich den Mut aufbrachten, das Haus zu betreten, war sie verschwunden. Seitdem war sie nicht wieder gesehen worden. Kein Mensch wusste, was mit ihr geschehen war. Es war ein Rätsel.

»Und, was denken Sie, Herr Detektiv?«, fragte Chantale und wischte sich mit einer Serviette über den Mund.

»Über die verschwundenen Kinder? Vielleicht sind sie entführt worden, und vielleicht ist der Sohn tatsächlich zurückgekommen – woher hätte sie sonst das Geld haben sollen?«, sagte Max. »Aber vielleicht ist die ganze Geschichte auch nur wieder eine Legende.«

Sie saßen im Auto und aßen das Mittagessen, das Chantale vorbereitet hatte: Sandwiches aus selbst gebackenem Brot mit Schweinelende, Avocado und Gewürzgurke, Kartoffelsalat mit roten Paprika, Bananen und *Prestige*-Bier. Das Radio lief leise, ein amerikanischer Sender dudelte Rockhymnen rauf und runter: Eagles, Boston, Blue Oyster Cult, REO Speedwagon. Max drehte weiter zu haitianischem Gebrabbel und beließ es dabei.

Es war später Nachmittag. Die Dämmerung brach herein, und über ihnen zogen sich die Wolken zusammen und verdeckten nach und nach den Himmel.

»Was ist mit Vincent Paul?«

»Der ist immer noch mein Hauptverdächtiger. Er ist die einzige Konstante, der Einzige, der immer und überall auftaucht. Gut möglich, dass er Charlie entführt hat, um sich für ein tatsächliches oder empfundenes Unrecht gegen seine Familie zu rächen. Natürlich habe ich dafür absolut keine Beweise.« Max leerte sein Bier. »Ich müsste mit Paul sprechen, aber da hätte ich wahrscheinlich bessere Chancen auf ein Vieraugengespräch mit Bill Clinton. Außerdem gehe ich davon aus, dass Beeson, Medd und dieser Emmanuel Michelangelo genau das versucht haben und deshalb da gelandet sind, wo sie eben gelandet sind.«

»Und wenn er nichts damit zu tun hat?«, sagte Chantale. »Kann doch sein, dass es jemand war, von dem Sie noch gar nichts wissen.«

»Abwarten und Tee trinken. Das ist überhaupt die Hauptarbeit des Privatdetektivs: abwarten und Augen aufhalten.«

Chantale lachte laut auf und schüttelte müde seufzend den Kopf.

»Sie erinnern mich wirklich an meinen Exmann, Max. Genauso hat der auch geredet, wenn er mit einem Fall nicht weiterkam. Er war Polizist. Oder ist es noch. In Miami, um genau zu sein.«

»Echt? Wie heißt er?« Max war überrascht. Dabei wurde ihm praktisch im gleichen Moment klar, dass es dazu keinen Anlass gab. Abgesehen von dem Voodoo-Zeug war sie ein geradliniger Mensch, konservativ und zuverlässig – genau der Typ Frau, den die meisten Polizisten heirateten.

»Ray Hernandez.«

»Kenne ich nicht.«

»Können Sie auch nicht. Er war noch in Uniform, als Sie den Dienst quittiert haben«, sagte sie. »Er wusste alles über Sie. Hat Ihren Prozess Tag für Tag verfolgt. Wenn er Dienst hatte, musste ich die Nachrichten aufnehmen, damit er bloß nichts verpasste.«

»Sie wussten also, wer ich bin? Warum haben Sie nichts gesagt?«

»Wozu? Außerdem bin ich davon ausgegangen, dass Sie wussten, dass Allain mich über Sie aufgeklärt hat.«

»Auch wieder wahr«, sagte Max.

»Ray hat Sie verachtet. Er meinte, Sie seien ein Krimineller mit Dienstausweis. Sie, Joe Liston, Eldon Burns, die ganze Miami Task Force. Er hat sie gehasst, sie alle, weil sie den guten Ruf der Polizei beschmutzt haben.«

»Was hat er denn gemacht, Ihr Raymond? Welches Dezernat?«

»Als er Detective wurde? Erst Sitte, dann Drogendezernat. Er wollte ins Morddezernat, aber dazu hätte er sich mit den Leuten gutstellen müssen, die von Ihnen so viel gehalten haben.«

»So ist das nun mal im Leben. Es geht immer um Politik, um gegenseitige Abhängigkeiten, und wer wem was schuldig ist«, sagte Max. »Man kommt nicht hin, wo man hin will, ohne ein paar Herzen zu brechen und ein paar Leute aus dem Weg zu räumen.« Er konnte sich gut vorstellen, was für eine Kategorie Mann ihr Gatte gewesen war: Typ selbstgerechtes, ehrgeiziges Arschloch, das irgendwann in der Innenrevision landet, weil man da schneller befördert wird und weil Hinterhältigkeit und Verrat dort belohnt werden. »Wieso haben Sie sich getrennt?«

»Er hat mich betrogen.«

»Was für ein Vollidiot!« Max lachte, und sie stimmte mit ein.

»Das war er. Waren Sie Ihrer Frau treu?«

»Ja«, nickte Max.

»Kann ich mir vorstellen.«

»Ach ja?«

»Ich habe noch nie jemanden gesehen, der ein so gebrochenes Herz hatte wie Sie.«

»Ist das so offensichtlich?«

»Ja, das ist es, Max«, sagte sie und sah ihm in die Augen. »Sie sind nicht hier, um Charlie zu finden. Und auch nicht wegen des Geldes. So was machen andere Leute. Sie sind hier, um vor Ihren Geistern zu fliehen und vor den Schuldgefühlen und dem Schmerz, die Sie mit sich herumtragen, seit Ihre Sandra gestorben ist.«

Max wich ihrem Blick aus und schwieg. Er hatte keine Antwort parat, kein vorgefertigtes Dementi. Ihre Worte hatten ihn getroffen, tief getroffen, sie waren so wahr, dass es schmerzte.

Die Türen zum Tempel waren geöffnet worden, und die ersten Leute spazierten wie beiläufig hinein, wie von Neugier und dem Drang nach einer frischen Erfahrung angezogen.

Auch die Trommeln hatten eingesetzt, ein langsamer Beat, den Max in den Fußknöcheln spürte und der seinen Füßen Lust machte, sich zu bewegen, zu tanzen, zu gehen, zu rennen.

Der Innenraum des Tempels war sehr viel größer, als er erwartet hatte: groß genug, um gleich zwei Zeremonien und ihre über hundert Teilnehmer und Zuschauer zu beherbergen, plus ein ganzes Orchester aus Trommlern, die an der ganzen Wand entlang auf viersitzigen Bänken saßen.

Bei ihrem Anblick erwartete er, das pure Chaos zu hören, die Rhythmen von Port-au-Prince übersetzt in Stammesmusik. Alle Instrumente waren selbst gebaut: grob ausgehöhlte

Baumstämme oder ehemalige Ölfässer, über die mit Hilfe von Nägeln, Reißzwecken, Seilen und Gummibändern Tierhäute gespannt waren. Aber er erkannte den Klang von Tomtoms, Snares, Bongos, Bass- und Kesselpauken. Die Musiker saßen willkürlich durcheinander, wo gerade Platz war, und es gab niemanden, der sie dirigierte oder führte oder den Einsatz gab. Sie beobachteten das Geschehen, hörten zu, und ihre Hände bewegten sich im immer gleichen Takt, gleichmäßig wie ein Metronom, nicht lauter und nicht leiser als fernes Donnergrollen.

Max ahnte, dass das nur das Vorspiel war.

Dank der vielen Menschen, der fehlenden Belüftung und der brennenden Fackeln an den Wänden, die ein bernsteinfarbenes Licht abgaben, war es heiß wie in einem Dampfbad. Die Luft war zum Schneiden dick. Weihrauch stieg in dicken Wolken hoch zur Decke und kam als leichter Smog wieder herunter.

Als Max tief Luft holte, um mehr Sauerstoff ins Blut zu pumpen, spürte er einen Rausch wie von einer Droge, die Sedativum und Amphetamin zugleich war: ein entspanntes, beruhigendes Gefühl am Rücken, das Blut rauschte ihm in die Augen, und sein Herz fing an zu rasen. Ein Cocktail natürlicher Aromen stieg ihm in die Nase: Kampfer, Rosmarin, Lavendel, Gardenien, Minze, Zimt, frischer Schweiß und altes Blut.

In der Mitte des Tempels tanzten die Leute singend um eine dicke schwarze Steinsäule herum, die zu einem gewaltigen *Mapou*-Stamm gemeißelt war, der vom Boden bis durch ein großes rundes Loch in der Decke reichte und von dem Kreuz gekrönt wurde, das sie von draußen gesehen hatten. Genau wie bei den echten Bäumen waren auch hier Dutzende brennender Kerzen an den Stamm gesteckt worden. Die Leute traten an den Stamm heran und hefteten ihre Bilder, kleine Zettel, Bänder und Kerzen an den Stein, dann reihten sie sich wieder in den sich drehenden Kreis der Menschen ein, tanzten mit schwingenden Hüften und nickendem Kopf im Rhythmus der Trommeln und stimmten in die Gesänge ein. Max versuchte ein Wort oder eine Phrase aufzuschnappen, an die er sich halten konnte. Aber aus diesen Mündern kam kein einziger verständlicher Laut, nur tiefe Noten, die lange gehalten und ausgedehnt, dann spielerisch verändert und umgeformt wurden.

Der Fußboden war nackte Erde, von zahllosen Füßen plattgetreten und von der Hitze festgebacken. Darauf drei große *Vévés* aus Maismehl. Zwei zeigten Schlangen – eine hatte sich um einen Pfahl gewunden, ihre Zunge zeigte auf den Eingang des Tempels, die zweite verschluckte den eigenen Schwanz –, dazwischen ein Sarg. Er war in vier Abschnitte unterteilt, in die jeweils ein Auge und ein Kruzifix aus Sand gemalt waren.

»Loa Guede«, sagte Chantale, und sie musste die Trommeln und den Gesang übertönen. Sie zeigte auf den *Vévé* mit dem Sarg. »Gott des Todes.«

»Ich dachte, das wäre der gute Baron«, sagte Max.

»Der ist der Gott der Toten«, sagte sie und sah ihm mit fast lüsternem Blick in die Augen. Sie wirkte beschwipst und etwas unsicher auf den Beinen, als wäre sie schon beim dritten Drink des Abends und würde langsam alle Hemmungen verlieren. »Sie wissen doch, was mit dem Tod zusammenhängt, Max? Sex.«

»Und davon ist er auch der Gott?«

»O ja.« Sie grinste und lachte ihr dreckiges Lachen. »Es wird eine *Banda* geben.«

»Eine was?«

Sie erklärte es nicht. Sie hatte angefangen zu tanzen, bewegte sich von den Waden aufwärts in sanften, langsamen

Wellen, von den Füßen bis zum Kopf, vom Kopf zurück in die Beine. Er spürte die Trommeln in den Oberschenkeln und den Hüften, sie forderten ihn auf, mit ihr zu tanzen.

Chantale nahm seine Hand, und zusammen gingen sie auf die *Mapou*-Skulptur zu. Er tanzte, fast gegen seinen Willen, er ahmte die anderen nach, die vor ihm waren. Die Trommeln halfen seinen Beinen und Füßen, im Takt zu bleiben, und verwandelten ihn praktisch in einen Einheimischen.

Er spürte, dass sie beobachtet wurden, aber es war zu dunkel und zu viele Menschen schauten in ihre Richtung, als dass er eine einzelne Person hätte ausmachen können.

Ein ganzes Stück rechts von der Säule sah Max mehrere Menschen um ein Becken mit blubberndem, grauem Wasser stehen. Zwei halb nackte Jungen standen bis zur Hüfte im Wasser und winkten die Umstehenden heran, von denen einige Münzen ins Becken warfen. Dann stieg eine Frau in einem hellblauen Kleid zu ihnen ins Wasser. Die Jungen packten sie bei den Armen und drückten sie lange unter Wasser, als wollten sie sie ertränken. Dann ließen sie sie los und taumelten zurück. Die Frau kam langsam wieder hoch, sie war jetzt nackt bis auf die Unterwäsche und den dicken grauen Schlamm, der ihren Körper von oben bis unten bedeckte. Sie stieg aus dem Becken, tat ein paar Schritte und warf sich auf die Erde, wand sich auf dem Bauch und auf dem Rücken, schlug mit den flachen Händen auf den Boden. Sie stopfte sich Erde in den Mund und rieb sich damit ein. Dann rannte sie zu der Menschenmenge, die die Tanzenden beobachtete, packte einen Mann beim Hemd und spuckte ihm eine dunkelrote Flüssigkeit ins Gesicht. Der Mann taumelte nach hinten und schrie, rieb sich hektisch das Gesicht und die Augen. Die Frau packte ihn beim Handgelenk, zerrte ihn zu dem Becken und stieß ihn hinein. Die beiden Jungen tauchten ihn ins Wasser und hielten ihn unten, bis er nicht mehr um sich schlug. Als sie ihn losließen, erhob er sich langsam aus dem Wasser. Auch er war jetzt von der Farbe von Milch und Asche – und komplett nackt. Er hockte sich auf den Fußboden und beobachtete die Tänzer.

Chantale trat an die Skulptur heran und klebte das Foto einer Frau, die auf einem Bett saß, an den Stamm. Dann entzündete sie eine Kerze und steckte sie in eine Spalte im Stein. Sie murmelte ein paar Worte auf Kreolisch und stimmte dann in den Gesang der anderen ein. Sie reihten sich in den Kreis der Menschen ein, die um die Säule herum tanzten.

Die Trommeln wurden ein wenig schneller, der Bass war der stärkste von allen und vibrierte in Max' Oberschenkeln.

Sie tanzten. Max machte es Chantale und den anderen nach, ließ die Füße schleifen, schwang die Hüften von rechts nach links, berührte mit der linken Hand den Fußboden, dann mit der rechten, legte die Hände zusammen und riss sie nach oben auseinander, als wollte er eine Explosion nachahmen. Er spürte sich kaum selbst dabei. Das Zeug, das hier verbrannt wurde, hatte ihn erst locker gemacht, jetzt fühlte es sich an, als würde er von seinem Körper getrennt, als schwebte sein Selbst um seinen Käfig aus Knochen und Sehnen herum. Sein Gehirn war bis auf die Grundfunktionen heruntergefahren. Seine Sinne waren in Baumwolle gehüllt, in eine Röhre gestopft und in einen tiefen, warmen Fluss geworfen worden und trieben jetzt langsam von ihm weg, außer Reichweite. Er sah sie davonschwimmen, und es war ihm egal. Das hier war pure Glückseligkeit.

Er hörte, wie die Trommeln schneller wurden, er bewegte die Füße ein wenig schneller. Er hörte, wie er in den Gesang einstimmte, irgendwie hatte er den richtigen Ton gefunden und schickte ihn aus den tiefsten Tiefen seines Bauches nach oben. Er war kein Sänger. Als Kind hatte er in der Kirche nie gesungen. Viel zu peinlich. Erst hatte er sich angehört wie ein

Mädchen, und nach dem Stimmbruch hatte es geklungen, als würde er rülpsen. Eines Abends hatte sein Vater versucht, ihm das Singen beizubringen, nur sie beide am Klavier, da war er fünf gewesen. Vergeblich. Sein Vater hatte gemeint, er habe einfach kein musikalisches Gehör. Aber jetzt, hier drinnen, war das anders.

Sein Blick fiel auf Chantale. Sie war so schön, so sexy.

Sie wurden schneller. Immer mehr Tänzer lösten sich aus dem Kreis. Frauen standen zitternd und mit rollenden Augen da, die Zunge herausgestreckt, Schaum vorm Mund, von einem Geist besessen. Derweil stiegen die schlammbedeckten Wiedergeborenen aus dem Becken, bespuckten die Leute, die die Tänzer beobachteten, mit einer dunkelroten Flüssigkeit und zerrten sie ins graue Wasser.

Max fühlte sich einfach großartig. Er lächelte, und in seinem Kopf hörte er Lachen, das von tief unten kam.

Jetzt stand er Chantale gegenüber, sie waren ein Stück abseits vom Kreis. Die Rhythmen der Trommeln waren ihm in die Lenden gefahren, er spürte Hitze in den Hoden. Chantale schaute ihn unverwandt an, massierte mit beiden Händen ihre Brüste, drehte die Hüften, schwang sie vor und zurück. Dann presste sie sich an ihn und rieb ihm mit der Hand über den Schritt. Einen Moment schloss er die Augen und gab sich voll und ganz der Lust an ihrer Berührung hin.

Doch als er die Augen wieder öffnete, war sie verschwunden.

An ihrer Stelle sah er einen Mann auf sich zukommen. Er war nackt und über und über mit trockenem, grauem Schlamm bedeckt, der rissig war und abplatzte, das Weiße seiner Augen war ein Bremslichtrot geworden. Er saugte hastig die Wangen ein und aus, dunkelroter Saft rann ihm aus dem Mund.

Urplötzlich kam Max wieder zu Verstand, er fühlte sich,

als hätte man ihn mit einer Ohrfeige aus dem Tiefschlaf gerissen.

Er war wackelig auf den Beinen und schwankte, dabei hielt er nach Chantale Ausschau, ohne den Mann aus den Augen zu lassen. Das Geschehen um ihn herum veränderte sich, und zwar rasend schnell. Er sah schlammbeschmierte Männer, die Frauen aus dem Kreis der Tanzenden zerrten und zu Boden warfen, ihnen die Kleider vom Leib rissen und sie vergewaltigten. Die Frauen leisteten nicht die geringste Gegenwehr. Die meisten schienen die Übergriffe willkommen zu heißen.

Die Trommeln waren jetzt schnell und laut, eine arhythmische Attacke, bar jeder Form und Ordnung, sie kamen von überall und stürzten in der Mitte des Tempels nieder wie ein unaufhörlicher Hagel aus Kugeln und brennenden Pfeilen. Sie waren wie Zahnräder, die Max durch den Schädel rasten.

Er presste sich die Hände auf die Ohren, um den Lärm zu dämpfen. Genau in dem Moment rannte der Schlammmann auf ihn zu und spuckte ihm die rote Flüssigkeit ins Gesicht. Max konnte sich rechtzeitig ducken und dem Strahl ausweichen, er bekam nur ein paar Tropfen auf die Hände. Es brannte wie flüssige Lava.

Der Schlammmann packte ihn beim Arm und wollte ihn mit sich zerren. Max lehnte sich nach hinten, kugelte dem Kerl drei Finger aus und trat ihm gegen den Brustkorb. Der Kerl flog rücklings auf den Fußboden und schlitterte ein Stück, bis er liegen blieb. Doch er war sofort wieder auf den Beinen und stürzte sich erneut auf Max, in seinen roten Augen brannte eine wahnsinnige Wut.

Max stoppte seinen Angriff mit einer Kombination aus Jabs und Haken, die ihn am Kopf trafen, und legte mit zwei gewaltigen Uppercuts nach, die beide im Abstand von einem

Sekundenbruchteil auf die gleiche Stelle gingen – direkt unter das Kinn –, den Mann vom Boden abheben ließen und seine Sinne in alle Winde verstreuten. Der Typ war so gut wie durch. Statt ihm noch einen Haken an den Kopf zu verpassen, stupste Max ihn nur an. Er fiel zu Boden und blieb bewusstlos liegen.

Max machte sich wieder auf die Suche nach Chantale. Bei der Säule war sie nicht. Beim Becken auch nicht. Er ging auf die Zuschauermenge zu, aber die Leute hatten sich untergehakt und ließen ihn nicht durch.

Max gab es auf. Die Trommeln hallten in seinem Schädel wider, eine Million donnernder Presslufthämmer, die abwechselnd in seinem Kopf dröhnten.

Er drehte sich um und ging wieder auf die Skulptur zu. Weit konnte Chantale ja nicht sein. Um ihn herum lagen Männer und Frauen nackt auf dem Fußboden und trieben es in verschiedenen Positionen, die Frauen nicht weniger wild als die Männer. Es stank nach Sex und Schweiß.

Er ging zum Becken.

Dann sah er Chantale am Wasser stehen. Ein Schlammmann hatte ihr das Hemd vom Leib gerissen und zerrte an ihrem BH herum. Sie leistete keinen Widerstand, sondern verfolgte den titanischen Kampf des Mannes mit ihrer Unterwäsche mit glasigem Blick und stumpfem, abwesendem Lächeln.

Max rannte zu ihr und stieß den Schlammmann kopfüber ins Becken.

Er packte Chantale bei der Hand, aber sie riss sich los, versetzte ihm eine Ohrfeige und beschimpfte ihn auf Kreolisch. Wie vom Donner gerührt blieb er stehen und wusste nicht mehr, was er tun sollte. Dann packte sie seinen Kopf mit beiden Händen, presste die Lippen auf seine und schob ihm die Zunge in den Mund, leckte ihm mit der Zunge über seine.

Dann griff sie ihm in den Schritt, zog ihn zu sich heran und rieb sich an ihm.

Der Schmerz verließ seinen Schädel, und die Trommeln wanderten ihm wieder in die Lenden. Er spürte, wie er wieder abrutschte, wie er sich hingab, wie er nichts anderes mehr wollte, als Chantale gleich hier auf dem Fußboden zu ficken.

Er sah zu, wie sie sich die Jeans auszog, als sich einer der Schlammkerle auf ihn stürzte. Sie gingen zusammen zu Boden, Max landete auf der Schulter, der andere auf ihm. Der Kerl holte zu einem wilden, ungezielten Faustschlag aus, der komplett danebenging. Max kickte ihm das Knie in den Solarplexus und kriegte einen Schwall der stinkenden Luft, die dem anderen aus den Lungen gepresst wurde, mitten ins Gesicht.

Der Schlammmann kroch von dannen und spuckte Galle auf den Boden. Max packte ihn beim Hals und beim knochigen Arsch, hob ihn hoch wie ein Gepäckstück und warf ihn gegen das Becken.

Chantale war noch da, wo er sie zurückgelassen hatte, nur war jetzt ein anderer Mann bei ihr – normal, aber nackt und glänzend vor Schweiß. Er stand vor ihr und onanierte, er machte sich bereit, über sie herzufallen.

Max packte Chantale beim Arm und führte sie schnellen Schrittes Richtung Ausgang. Zuerst fauchte sie, trat nach ihm und wollte sich losreißen, aber je weiter sie sich von der Zeremonie entfernten und je näher sie den Zuschauern kamen, umso mehr gab sie den Widerstand auf, wurde erst schlaff, dann schwer, zog die Füße nach. Max fragte sie, ob alles in Ordnung sei. Sie antwortete nicht. Mit rollenden Augen versuchte sie ihn anzusehen.

Er warf sie sich über die Schulter. Zog die Waffe und entsicherte sie mit dem Daumen. Die Menge rührte sich nicht.

Dann plötzlich stand der Typ mit den Dreadlocks direkt vor ihm. Ihm machten die Leute Platz.

Max wurde nicht langsamer.

Dreadlocks kam aus der Menge auf ihn zu, die Dose mit der blauen Rose vor sich ausgestreckt.

Max hob die Waffe und zielte auf seinen Kopf.

»Stehenbleiben!«

Dreadlocks reagierte nicht. Er ging weiter und drückte Max im Vorbeigehen die Dose gegen die Brust. Max packte sie mit der freien Hand.

Er drehte sich nach ihm um.

Dreadlocks war verschwunden, dafür kamen fünf Schlammmänner mit Macheten und Messern auf ihn zugerannt.

Mit Chantale auf dem Rücken kämpfte sich Max mit Ellbogen und Fußtritten durch die Menge und aus dem Tempel heraus.

Fast den ganzen Heimweg über schlief Chantale in Max' Hemd, das er ihr übergezogen hatte, und ihr Schnarchen war eine akkurate Imitation der Geräuschkulisse eines Bauernhofs.

Er hatte das Fenster ganz heruntergedreht, im Radio lief eine haitianische Talkshow, anscheinend die ganze Nacht. Er verstand kein einziges Wort, aber das war ihm lieber als Bon Jovi, der flächendeckend auf allen anderen Sendern lief.

Nach fünf Stunden war er wieder auf der Straße, die vom Flughafen nach Pétionville führte. Chantale wachte auf und starrte ihn an, als hätte sie eigentlich damit gerechnet, daheim in ihrem Bett aufzuwachen.

»Was ist passiert?«, fragte sie.

»Woran erinnern Sie sich noch?« Max schaltete das Radio aus.

»Wir haben im Tempel getanzt, wir beide.«

»Danach nichts mehr?«

Chantale dachte nach, aber vergeblich. Max erzählte ihr, was sie verpasst hatte, fing von hinten mit der Dose an, ließ aus, was zwischen ihnen beiden vorgefallen war, und sparte nicht mit Details, um zu beschreiben, wie er sie vor einem potenziellen Vergewaltiger gerettet hatte.

»Das war kein Vergewaltiger, Max«, sagte sie wütend. »Das war eine *Banda*, eine rituelle Orgie. Die Leute werden von einem Geist besessen und ficken sich die Seele aus dem Leib. Keiner weiß mehr, was er tut.«

»Für mich sah es ganz nach einer Vergewaltigung aus, meinetwegen eine Voodoo-Vergewaltigung, ob der Typ nun wusste, was er tat, oder nicht. Ist mir egal, wie Sie das nennen. Der Kerl hat Ihnen die Kleider vom Leib gerissen«, sagte Max.

»Manche Leute tun das, wenn sie Sex haben wollen, Max. Man nennt das *Leidenschaft*.«

»Ach ja? Ich begreife nicht, wie man einfach so einen wildfremden Typen vögeln kann. Womöglich hatte der AIDS, Herrgott!«

»Wollen Sie damit sagen, dass Sie noch nie mit einer Fremden geschlafen haben, Max?«

»Was? Natürlich, aber das ist doch was ganz anderes.«

»Wieso? Sie treffen eine Frau – wo? In einer Bar, einer Disco? Die Musik ist laut, Sie sind beide betrunken. Sie gehen irgendwo hin, vögeln, und am Morgen gehen Sie auseinander und werden sich nie wiedersehen. Genau das Gleiche, nur dass es bei uns eine Bedeutung hat.«

»Na klar«, sagte Max trocken. »Wir dekadenten, seelenlosen Amerikaner laufen durch die Gegend und haben bedeutungslose One-Night-Stands, hier dagegen macht man es im Voodoo-Tempel und es ist eine religiöse Erfahrung. Wissen Sie, was ich davon halte, Chantale? Ich halte das für einen Riesenhaufen Scheiße. Ficken ist ficken. Eine Vergewaltigung ist eine Vergewaltigung. Und der Typ war drauf und dran, Sie zu vergewaltigen. Ende der Geschichte. Nie und nimmer hätten Sie es mit so einem schlammbeschmierten Typen getrieben, wenn Sie bei klarem Verstand gewesen wären.«

»Woher wollen Sie das denn wissen?«, schnaubte Chantale. »Damit kennen Sie sich doch wohl nicht aus.«

Max antwortete nicht. Er packte das Lenkrad fester, biss die Zähne zusammen und wünschte eine ganze lange Weile, er hätte die undankbare Zicke zurückgelassen, damit sie sich im Dreck massenvergewaltigen lassen konnte.

Er hatte vorgehabt, Chantale für die Nacht ein Zimmer in seinem Haus anzubieten, aber dann fuhr er doch – viel zu schnell – durch Pétionville und hinunter Richtung Hauptstadt. In Amerika war jede größere Stadt des Nachts erleuchtet wie eine kleine Galaxie. In Port-au-Prince gab es ein paar kleine, trotzige Lichtlein, die in der Dunkelheit schwammen wie vereinzelte weiße Schmetterlinge auf einem Ölteppich, sonst nichts. Er kannte keinen anderen Ort, der so dunkel war.

39

Es war noch dunkel, als er zurückkam, aber die Grillen waren verstummt, und auf dem Hof zwitscherten die Vögel. Die Morgendämmerung war nicht mehr fern.

Auf dem Anrufbeantworter eine Nachricht von Joe. Es war noch zu früh, ihn zurückzurufen.

In der Dose, die der Typ mit den Dreadlocks ihm gegeben hatte, fand Max eine Brieftasche aus Krokodilleder mit mehreren Karten: eine für den Geldautomaten, eine American Express, VISA, Mastercard, Bibliotheksausweis, Blutspenderausweis, Gold's Gym. Sie gehörten Darwen Medd.

Außerdem ein halbes Dutzend Visitenkarten, schwarze Schrift auf weißem Grund, von einer Büroklammer zusammengehalten. Wenn er noch am Leben war, dann arbeitete er in Tallahassee und hatte sich auf die Suche nach Vermissten und auf Wirtschaftsangelegenheiten spezialisiert. Letzteres war wahrscheinlich neu im Angebot und noch im Aufbau begriffen, eine Diversifikation mit dem Ziel, auch noch arbeiten zu können, wenn man zu alt und zu langsam geworden war, um Ausreißer und Entführte zu jagen. Detektivarbeit im Wirtschaftssektor war sicherer und sehr viel besser bezahlt. Man hockte den ganzen Tag am Schreibtisch und verfolgte Spuren mit Hilfe von Telefon, Fax und Computer. Aus dem Haus musste man nur, um sich mit Kunden zum Mittag- oder Abendessen oder auf einen Drink zu treffen. Wer gut war, hatte immer reichlich zu tun. Manche Unternehmen versorgten einen regelmäßig mit Aufträgen. Je besser man war, umso mehr feste Kunden. Ein angenehmes Leben. Todlangweilig, aber auch Max hatte einst damit geliebäugelt.

Geld war nicht in der Brieftasche, aber im Kleingeldfach steckte in der Ecke ein zusammengefaltetes Blatt Papier.

Eine Seite aus einem haitianischen Telefonbuch aus dem Jahr 1990. Die Buchstaben I bis F, mehrere Einträge mit blauem Kuli eingekringelt: sämtliche Faustins in Port-au-Prince, dreizehn an der Zahl.

Medd war auf der gleichen Spur gewesen wie er.

Wer war der Kerl mit den Dreadlocks? Warum hatte er ihm die Dose gegeben?

War es Medd? Nein. Dreadlocks war schwarz. Er war verrückt und höchstwahrscheinlich stumm. Weder am Wasserfall noch im Tempel hatte er auch nur einen einzigen Laut von sich gegeben.

Vielleicht hatte Dreadlocks Medd bei den Wasserfällen gesehen, als der Mercedes Leballec einen Besuch abgestattet hatte. Vielleicht hatte Medd sich mit ihm angefreundet. Oder aber er hatte Medds Leiche gefunden und ihm die Brieftasche abgenommen. Oder vielleicht hatte er nur die Brieftasche gefunden. Hatte sie in einer Dose aufbewahrt und sie dem ersten Weißen in die Hand gedrückt, den er in Saut d'Eau gesehen hatte.

Um das herauszufinden, müsste er im Grunde noch einmal nach Saut d'Eau fahren und ihn fragen. Aber wenn es sich irgendwie vermeiden ließ, hatte er nicht vor, noch einmal an diesen Ort zurückzukehren.

Um 6:30 Uhr rief er bei Joe an. Sein Freund meldete sich nach dem zweiten Klingeln. Joe war in der Küche, im Fernsehen liefen leise die Nachrichten. Im Hintergrund hörte Max Joes Töchter.

Sie redeten und rissen Witze, hauptsächlich Joe. Er hatte ein dreidimensionales Leben. Max hatte nur das, wonach er suchte.

»Dieser Typ, den ich für dich überprüfen sollte, dieser Vincent Paul.«

»Ja?«

»Ich sagte ja schon, dass die Briten sich gern mit ihm unterhalten würden.«

»Ja?«

»Es geht da um eine Suchmeldung.«

Max packte den Hörer etwas fester.

»Wer?«

»Eine Frau«, sagte Joe. »Anfang der Siebziger hat Vincent Paul in Cambridge studiert. Er war da mit einem Mädchen zusammen, die hieß ...«, Max hörte, wie Joe in seinem Notizbuch blätterte, »Josephine ... Josephine Latimer. Sie war Künstlerin, und sie hat gern mal einen über den Durst getrunken. Sehr gern. Eines Nachts hat sie einen Jugendlichen überfahren und ist abgehauen. Ein Zeuge hatte das Auto gesehen und sich das Nummernschild gemerkt. Sie wurde festgenommen und saß bis zur Kautionsverhandlung im Knast.

Ihre Eltern sind eine ziemlich große Nummer da in Cambridge. Alle Welt kennt sie, da ist es natürlich ein Riesenskandal, dass die Tochter Fahrerflucht begangen haben soll. Die Polizei will ein Exempel statuieren und der Bevölkerung zeigen, dass vor dem Gesetz alle gleich sind. Sie schieben die Kautionsverhandlung zwei Wochen raus. Das Mädchen bleibt in Haft, wird verprügelt und vergewaltigt. Als sie rauskommt, ist sie mit den Nerven am Ende und versucht sich umzubringen.

Ein Jahr später, 1973, kommt es zum Prozess. Sie wird der fahrlässigen Tötung für schuldig befunden. Zwei Tage später soll das Strafmaß verkündet werden. Fünf Jahre Haft, Minimum, heißt es. Sie weiß, dass sie nicht noch mal in den Knast zurückgehen kann. Sie weiß, dass sie das nicht durchsteht.

Am Tag des Gerichtstermins taucht sie unter. Es gibt eine Riesenfahndung, zuerst nur in der Gegend, dann im ganzen Land. Ihr Freund – Vincent – ist ebenfalls verschwunden. Und Vincent ist ein Riese, zwei Meter, zwei Meter fünf, der dürfte doch im Grunde kaum zu übersehen sein, wenn du weißt, was ich meine. Trotzdem dauert es zwei Monate, bis jemand zur Polizei geht und aussagt, er hätte die beiden auf einer Fähre nach... nach... zum Hoek van Holland gesehen.«

»Und das war das letzte Mal, dass sie gesehen wurden?«, fragte Max.

»Ja. Er und seine Freundin. Sie wird in England immer noch gesucht, wegen fahrlässiger Tötung und Strafvereitelung. Aber das rangiert heute mehr unter ›ferner liefen‹. Bonnie und Clyde sind die beiden nicht gerade.«

»Zumindest nicht da drüben.«

»Hast du diesen Vincent Paul in Haiti gesehen?«

»Ja.«

»Hast du mit ihm gesprochen?«

»Noch nicht – man redet nicht mit ihm, er redet mit dir«, bemerkte Max.

»Was? Wie Gott im brennenden Dornbusch?«

»So ähnlich«, lachte Max.

»Und was ist mit der Frau? Josephine? Hast du die gesehen?«

»Nicht, dass ich wüsste. Wie sieht sie aus?«

»Ich hab kein Foto von ihr. Aber wenn du diesen Vincent Paul siehst, frag ihn, wo sie ist.«

»Mach ich, wenn's dazu kommt.«

»Die Briten haben sogar zwei Ermittler nach Haiti geschickt, um nach ihr zu suchen. Zwei Typen von Scotland Yard.«

»Lass mich raten… sie haben nichts gefunden?«, sagte Max.

»Ganz genau. Meinst du, Vincent oder seine Familie haben die geschmiert?«

»Schon möglich, aber während er in England war, ist seine Familie Pleite gegangen. Abgesehen davon: Nach allem, was ich bisher so gehört habe, ist schmieren nicht ganz sein Stil. Er bringt die Leute lieber um.«

Sie lachten.

»Kennst du einen Bullen namens Ray Hernandez? Müsste auch in Miami arbeiten«, sagte Max.

»Ja, klar kenn ich den.« Joe senkte die Stimme, damit seine Kinder ihn nicht hören konnten. »Wenn es der ist, den ich meine, dann nennen wir ihn Ray Head-up-his-ass-ez.«

»Könnte passen.«

»Woher kennst du ihn?«

»Hab im Knast mal seinen Namen gehört«, log Max.

»Er war früher im Drogendezernat«, flüsterte Joe. »Hat's mit der Frau seines Partners getrieben. Dann hat er herausgefunden, dass sein Partner Dreck am Stecken hatte, und hat ihn bei der Innenrevision angeschissen. Zur Belohnung haben die ihm gleich einen eigenen Schreibtisch hingestellt und ihn zum Lieutenant befördert. Er ist ein totales Arschloch. Das letzte Mal, dass wir uns begegnet sind, hat er mit mir geredet wie mit einem Stück Ess-cee-ha-e-ie-eszett-e, wenn du weißt, was ich meine. Aber eins hab ich an dem nie kapiert. Seine Frau war ein Mördergeschoss. Der Mann muss blind und blöd sein, die zu betrügen.«

Max ging davon aus, dass Joes Frau nicht in Hörweite war. Er kannte keinen Menschen, der so eifersüchtig war wie sie. Sie kriegte schon Anfälle, wenn Joe nur eine Frau auf einem Werbeplakat ansah.

»Ich wollte dich noch um ein paar Gefallen bitten, Joe.«

»Immer raus damit.«

»Überprüf doch bitte die folgenden Personen für mich, vielleicht kriegst du ja was raus. Erstens: Darwen Medd, Privatdetektiv aus Tallahassee.«

»Kein Problem, aber auch keine Garantie, wie schnell das geht«, sagte Joe. »Sag mal, Max…«

»Was?«

»Weißt du, was ich da höre?«

»Was?«

»Klingt, als hättest du richtig Spaß.«

»So würde ich es nun nicht gerade ausdrücken, Joe.«

»Ich meine nicht Spaß wie in ›Spaß‹, aber die Idee, diese

Arschlöcher vielleicht zu kriegen, macht dir eindeutig Freude. Ich höre da so einen Elan in deiner Stimme. Das ist der alte Mingus, nicht mehr dieses eiskalte Getue.«

»Meinst du?«

»Ich weiß das. Ich kenne dich, Mingus. Du bist wieder der Alte, Max.«

»Wenn du das sagst, Joe«, lachte Max. Er fühlte sich nicht, als sei er wieder der Alte. Und der wollte er auch nie wieder sein.

Danach ging er ins Bett und schlief ein, als die ersten Sonnenstrahlen durchs Fenster fielen.

Im Traum war er wieder im Voodoo-Tempel, von oben bis unten mit grauem Schlamm beschmiert, und trieb es mit Chantale auf dem Fußboden, während die Trommeln immer lauter und immer schneller wurden. Joe, Allain, Velasquez und Eldon tanzten im Kreis um sie herum. Dann sah er Charlie. Er saß auf Dufours Schoß und starrte ihn an. Die beiden waren neben dem Wasserbecken. Dufours Gesicht konnte er nicht sehen, nur seine Silhouette. Er wollte aufstehen, aber Chantale hielt ihn fest, sie hatte Arme und Beine fest um ihn geschlungen. Als er sich endlich befreit hatte, ging er auf Charlie zu, aber da waren er und Dufour schon nicht mehr da. Stattdessen saßen an der gleichen Stelle jetzt die drei Jugendlichen, die er erschossen hatte. Alle hielten seine Waffe in der Hand. Sie zielten auf ihn und drückten ab. Er ging zu Boden. Er war noch am Leben, er schaute durch das Loch im Dach hoch zu dem Kreuz. Sandra kam zu ihm, sie stand neben ihm und lächelte. Sie hielt ein kleines Mädchen bei der Hand, das sehr hübsch war, aber unglaublich traurig aussah. Max erkannte sie, es war Claudette Thodore – die Nichte des Priesters in Little Haiti –, und ihm fiel ein, dass er vergessen hatte, ihre Eltern aufzusuchen.

Er versprach dem Mädchen, am Morgen als Erstes zu ihnen zu fahren, noch bevor er sich auf die Suche nach Faustins Haus machte.

Sandra beugte sich vor, um ihn zu küssen.

Er streckte die Hand aus, um ihr Gesicht zu berühren, und wachte auf, den Arm in der Luft. Seine Finger streichelten die Leere.

Es war schon wieder dunkel. Er sah auf die Uhr. 19:00. Er hatte volle zwölf Stunden durchgeschlafen. Sein Mund war trocken, er hatte einen Kloß in der Kehle, Feuchtigkeit in den Augenwinkeln. Anscheinend hatte er im Schlaf geweint. Draußen zirpten die Grillen, und aus den Bergen schickten die Trommeln ihre Rhythmen direkt in seinen Magen, tanzten mit seinem Hunger und sagten ihm, er solle etwas essen.

40

Bis zu ihrem Verschwinden im Oktober 1994 hatte Claudette Thodore mit ihren Eltern Caspar und Mathilde auf der Rue des Ecuries in Port-au-Prince gelebt, nicht weit von einer alten Kaserne entfernt.

Die Rue des Ecuries war eine Verbindungsstraße zwischen zwei Hauptverkehrsadern, an beiden Enden durch riesige Palmen den Blicken entzogen. Eine dieser winzigen Straßen, die nur die Einheimischen kennen und die niemand anderer wahrnimmt, höchstens vielleicht ein Fremder auf der Suche nach einer Abkürzung, der sie aber sofort wieder vergisst.

Die Wegbeschreibung hatte Max von Mathilde bekommen. Sie sprach perfektes Englisch mit ein paar Anklängen an den Mittleren Westen, wahrscheinlich Illinois. Nicht der leiseste Hauch eines frankokaribischen Akzents.

Als Max mit Chantale aus dem Wagen stieg, stieg ihm der Geruch von frischen Blumen und Minze in die Nase. Ein Stück weiter stand ein Mann mit einem Eimer und einem Mopp. Er wischte die Straße. Als sie näher kamen, wurde der Geruch immer stärker und brannte Max in den Schleimhäuten. Die Häuser zu beiden Seiten waren hinter soliden Metalltoren und mit Dornen und Stacheldraht bewehrten Mauern versteckt. Nur Baumkronen und Telegrafenmasten, hier und da der Rand einer Satellitenschüssel und ein paar Fernsehantennen ragten über die Mauern hinaus. Mehr war nicht zu sehen. Max vermutete, dass sich dahinter Bungalows und eingeschossige Häuser verbargen. Er hörte mehrere Hunde hektisch durch den Spalt unter den Toren schnüffeln. Sie teilten die Gerüche, die ihnen in die Nase stiegen, in bekannt und unbekannt ein. Nicht ein einziger Hund bellte, um sein Herrchen auf die Fremden in ihrer Straße aufmerksam zu machen. Und das aus dem einfachen Grund, wusste Max, dass es Kampfhunde waren. Die gaben nie einen Laut von sich. Sie ließen jeden Eindringling so weit auf ihr Terrain vordringen, dass er nicht mehr schnell genug zurückkonnte, erst dann stürzten sie sich auf ihn.

Er hatte es immer gehasst, wenn zu einer Razzia die Hundestaffel mitgenommen wurde. Eklige, fiese Köter, die nur ihren Trainer respektierten, der ihnen ein Ausmaß an Bösartigkeit eingeprügelt hatte, das sie, wären sie Menschen, dazu veranlasst hätte, eine ganze Serie von extrem grausamen und kranken Morden zu begehen. Mit einem Kampfhund war nicht gut verhandeln. Man konnte sie weder besänftigen noch hypnotisieren oder ihnen einen Stock zum Spielen zuwerfen, während man schnell den nächsten Baum erklomm. Wenn ein Kampfhund sich auf einen stürzte, gab es nur noch eins: ihn auf der Stelle abknallen. Die Kampfhunde der amerikanischen Polizei waren je nach Bundesstaat auf einen bestimmten Körperteil trainiert. In Florida gingen sie auf die Eier, in New York City auf die Unterarme, im Staat New York auf die Waden. In manchen Südstaaten hatten sie es auf das Gesicht abgesehen, in anderen auf die Kehle; in Kalifornien rissen sie ihrem Opfer ein Stück aus dem Arsch, und in Texas hegten sie eine Vorliebe für Oberschenkel. Max hatte keine Ahnung, wie das in Haiti gehalten wurde, und er wollte es auch nicht herausfinden. Er hoffte, dass die Thodores keinen Hund hatten.

Der Mann mit dem Mopp beäugte sie, als sie näher kamen, ohne seine Arbeit zu unterbrechen. Chantale nickte ihm zu und grüßte. Der Mann antwortete nicht, er musterte sie mit zusammengekniffenen Augen und gerunzelter Stirn, seine Körpersprache verriet höchste Anspannung.

»Ich wette, der stammt aus Syrien«, flüsterte Chantale. »Er wischt die Straße mit Minze und Rosenwasser. In Syrien macht man das so, es soll böse Geister fern halten und die guten anziehen. Vor vierzig, fünfzig Jahren gab es hier einen regelrechten Zustrom syrischer Händler. Sie haben kleine Läden aufgemacht, in denen sie alles Mögliche an die Armen verkauften. Jeden Morgen haben sie die Straße vor ihrem Geschäft gewischt und mit Kräutermischungen getränkt, die Glück, Reichtum und Schutz bringen sollten. Einige haben es offensichtlich richtig gemacht, die sind nämlich ziemlich reich geworden.«

Die Rue des Ecuries war die sauberste Straße, die Max in Haiti bisher gesehen hatte. Nicht das kleinste bisschen Abfall, keine streunenden Tiere und keine Obdachlosen, keine Graffiti an den Mauern und nicht ein einziges Schlagloch im makellosen Straßenbelag, der aus grauen Pflastersteinen bestand. Eine ganz normale, ruhige Wohnstraße für die wohlhabende Mittelschicht, die es so auch in Miami oder LA oder New Orleans geben könnte.

Max hämmerte viermal an das Tor der Thodores, wie Mathilde ihm aufgetragen hatte. Kurze Zeit später hörte er hinter der Mauer Schritte.

»*Qui là?*«

»Mein Name ist...«

»... Mingus?«, fragte eine Frau.

Ein Riegel wurde zurückgeschoben, das Tor wurde von innen geöffnet. Es quietschte elendig in den Angeln.

»Ich bin Mathilde Thodore. Danke, dass Sie gekommen sind.« Sie winkte Max und Chantale herein und schob das Tor hinter ihnen zu. Sie trug Jogginghose, Turnschuhe und ein weites T-Shirt der Chicago Bulls.

Max stellte sich vor und gab ihr die Hand. Sie hatte einen festen Händedruck, der zu ihrem geraden, fast herausfordernden Blick passte. Hätte sie mehr gelächelt, sie hätte eine attraktive, sogar schöne Frau sein können. Aber ihre Gesichtszüge wirkten starr und unerbittlich, man sah ihr an, dass sie von den Härten des Lebens zu viel mitbekommen hatte.

Sie standen in einem kleinen Hof, wenige Meter neben einem bescheidenen, in Orange und Weiß gestrichenen Haus mit einem Spitzdach aus Wellblech, halb hinter wuchernden Büschen verborgen. Hinter dem Haus eine dicke, hohe Palme, die einen sonnengefleckten Schatten auf das Dach und den Hof warf. Zur Rechten stand eine Schaukel, die Ketten vom Rost starr geworden. Max vermutete, dass Claudette ihr einziges Kind gewesen war.

Dann fiel sein Blick auf die beiden grellgrünen Hundeschüsseln, die neben der Schaukel standen, eine mit Futter, eine mit Wasser. Vor der Mauer sah er eine große Hundehütte stehen.

»Keine Angst, der beißt nicht«, sagte Mathilde, als sie Max' Blick bemerkte.

»Das sagen sie alle.«

»Er ist tot«, entgegnete Mathilde hastig.

»Das tut mir leid«, sagte Max, was nicht stimmte.

»Das Futter und das Wasser sind für seinen Geist. Sie wissen doch sicher, dass dieses Land vom Aberglauben regiert wird? Die Toten essen hier besser als wir selbst. Die Toten herrschen über dieses Land.«

Das Haus war klein und vollgestellt, die Möbel viel zu groß für die Räume.

Die Wände waren mit Fotos tapeziert. Auf jedem einzelnen war Claudette zu sehen: als Baby mit glänzenden Augen und offenem Mund, dann Claudette in Schuluniform und Schnappschüsse von Claudette mit ihren Eltern, Großeltern und Verwandten, deren Gesichter um ihres herum schwebten wie Planeten in einem Sonnensystem. Sie war eine glückliche Fünfjährige, sie lächelte oder lachte auf jedem Bild. In jedem Gruppenfoto stand sie im Mittelpunkt der Aufmerksamkeit, im wahrsten Sinn des Wortes: Das Auge der Kamera wurde regelrecht zu ihr hingezogen. Auf einem Foto stand sie mit ihrem Onkel Alexandre vor dessen Kirche in Miami, wahrscheinlich nach einem Gottesdienst. Er war im Talar, und im Hintergrund waren gut gekleidete Menschen zu sehen. Auf einem anderen stand sie neben einem schwarzen Dobermann. Mindestens ein Dutzend Fotos zeigten sie mit ihrem Vater, dem sie ähnlich sah und dem sie augenscheinlich den Löwenanteil ihrer Liebe geschenkt hatte, denn auf den wenigen Schnappschüssen mit ihrer Mutter lächelte sie nicht so breit und lachte nie.

Die beiden Paare setzten sich einander gegenüber an den Esstisch. Caspar hatte seine Gäste beim Hereinkommen mit einem Nicken und einem kurzen Händedruck begrüßt, aber nicht ein einziges Wort des Willkommens über die Lippen gebracht.

Er hatte nicht viel Ähnlichkeit mit seinem Bruder. Er war klein und stämmig, hatte dicke Arme, runde Schultern, Halsbrecherhände mit deutlich hervortretenden Adern und flache, breite Finger. Sein Auftreten war schroff, hart am Rande der Unhöflichkeit und Aggression. Das kurz geschnittene Haar, das oben dünner wurde, war mehr weiß als grau. Sein Gesicht – sehr viel muffeliger als das seiner Frau, mit beginnenden Hängebacken und Tränensäcken unter den Augen – verlieh ihm, zusammen mit dem ständigen Zähneknirschen, eine flüchtige Ähnlichkeit mit einem wütenden Mastiff. Max schätzte ihn auf Mitte vierzig. Er trug das gleiche Outfit wie seine Frau, die mit einem Glas Orangensaft neben ihm saß.

»Sie sind Bulls-Fans?«, fragte Max die beiden und sah Caspar an in der Hoffnung, damit das Eis zu brechen.

Stille. Mathilde stupste ihren Gatten mit dem Ellbogen an.

»Wir haben eine Weile in Chicago gelebt«, sagte er, ohne Max in die Augen zu sehen.

»Wie lang ist das her?«

Keine Antwort.

»Sieben Jahre. Wir sind zurückgekommen, nachdem Baby Doc gestürzt war«, sagte Mathilde.

»Wir hätten bleiben sollen, wo wir waren«, fügte ihr Mann hinzu. »Wir sind hergekommen, weil wir etwas Gutes tun wollten, aber es ist uns nur schlecht ergangen.«

Er sagte noch mehr, aber Max verstand es nicht. Er hatte eine heisere Stimme, die mehr für sich behielt, als sie mitteilte.

Mathilde sah Max an und verdrehte die Augen. *So ist er die ganze Zeit*, sagte dieser Blick. Woraus Max folgerte, dass Claudettes Verschwinden ihn am härtesten getroffen hatte.

Er entdeckte ein Bild von Vater und Tochter, auf dem beide

lachten. Caspar sah deutlich jünger aus, sein Haar war dunkler und voller. Dabei konnte das Bild nicht sehr alt sein. Claudette sah genauso aus wie auf dem Foto, das ihr Onkel ihm gegeben hatte.

»Was ist sonst noch passiert?«

»*Abgesehen* von unserer Tochter?«, sagte Caspar verbittert, und zum ersten Mal sah er Max mit kleinen, blutunterlaufenen Augen gerade ins Gesicht. »Was ist alles *nicht* passiert? Dieses Land ist verflucht. Ganz einfach. Ist Ihnen noch nie aufgefallen, dass hier nichts wächst, keine Pflanze, kein Baum?«

»Es ist nicht so gut gelaufen hier für uns«, schaltete sich Mathilde ein. »In Chicago waren wir bei der Feuerwehr, dann hatte Caspar einen Unfall und hat Geld von der Versicherung gekriegt. Wir hatten schon länger darüber geredet, unsere Zelte in Amerika abzubrechen und wieder hierher zu ziehen, und als wir dann die Möglichkeit hatten, dachten wir, wir tun's einfach.«

»Warum waren Sie aus Haiti weggegangen?«

»*Wir* sind nicht weggegangen – unsere Eltern sind damals ausgewandert, Anfang der Sechziger, wegen Papa Doc. Ein paar Freunde meines Vater hatten Verbindungen zu Dissidentengruppen in Miami und New York. Die hatten versucht, einen Putsch zu organisieren, der aber gescheitert ist. Papa Doc hat daraufhin nicht nur die Beteiligten festnehmen lassen, sondern auch ihre Familien und Freunde und deren Freunde und Familien. Um auf Nummer Sicher zu gehen. Das hat er immer so gemacht. Unsere Eltern waren überzeugt, dass es nur eine Frage der Zeit war, bis die Macoutes auch zu uns kämen, deshalb haben wir das Land verlassen.«

»Warum wollten Sie zurückkommen?«, fragte Max. »Chicago ist keine schlechte Stadt.«

»Das frag ich mich auch die ganze Zeit, ich könnte mich in den Arsch treten«, grummelte Caspar.

Max lachte, mehr zur Ermutigung denn aus Amüsement. Caspar sah ihn an, als hätte er ihn durchschaut und würde auf einen so billigen Trick ohnehin nicht reinfallen. Nichts konnte ihn aus seiner Trauer reißen.

»Ich schätze, wir sind beide mit einem Gefühl des Verlusts aufgewachsen, wegen allem, was wir zurückgelassen hatten«, erklärte Mathilde. »Haiti war für uns immer ›Zuhause‹. Wir hatten so viele wirklich schöne Erinnerungen an das alte Haiti, das trotz der Diktatur ein wunderbares Land war. Vor allem die Menschen. Es gab so viel Liebe hier. Vor unserer Hochzeit haben wir uns geschworen, eines Tages zurückzukehren und wieder hier zu leben ... wir haben uns geschworen, wieder ›nach Hause‹ zu gehen.

Mit einem Teil des Geldes von der Versicherung haben wir uns in einen Laden gegenüber einer Tankstelle eingekauft, wo die Armen billig Nahrungsmittel und den Grundbedarf des täglichen Lebens kaufen konnten. Aber den Leuten hat es nicht gepasst, dass wir einfach herkommen, ein Geschäft aufmachen und Geld verdienen. Es gibt ein Wort hier für Leute wie uns, sie nennen uns ›Diaspora‹. Früher war das mal ein Schimpfwort, es sollte bedeuten, dass wir uns aus dem Staub gemacht haben und erst zurückgekommen sind, als die Lage wieder besser war. Heutzutage bedeutet es nicht mehr viel, aber damals ...«

»Damals haben wir das andauernd zu hören gekriegt«, schaltete sich Caspar ein. »Nicht von den normalen Leuten, die waren immer nett zu uns, das sind freundliche Menschen hier, die meisten. Wir haben uns mit allen gut verstanden. Wir haben das Geschäft so geführt, wie das die Koreaner in den Schwarzenvierteln in Chicago machen: Wir haben Einheimische angestellt und sie immer gut behandelt, wir sind jedem mit Respekt begegnet. Wir hatten überhaupt keine Schwierigkeiten. Aber die Leute wie wir, die Geschäfte hatten, unsere Kollegen und Nachbarn – wir haben damals oben in Pétionville gelebt –, die haben uns deutlich zu verstehen gegeben, dass sie uns nicht da haben wollten. Die haben uns alle möglichen Beleidigungen an den Kopf geworfen. Die hätten uns nur respektiert, wenn sie uns schon ihr Leben lang gekannt hätten.«

»Neid gibt es überall«, sagte Chantale. »Nicht nur hier.«

»Ich weiß, ich weiß, die Leute reden halt, einfach nicht hinhören, blah blah blah. Hab ich alles schon gehört, danke!«, entgegnete Caspar wütend.

Entschuldigend hob Chantale die Hände.

»Wir haben das alles ignoriert und sind für uns geblieben, haben viel gearbeitet und sind immer zu allen Leuten freundlich gewesen. Nach einer Weile sind wir hierher gezogen. Das war besser. Unsere Nachbarn hier sind Leute wie wir: Immigranten, Außenseiter«, sagte Mathilde und tätschelte Caspar beruhigend den Arm. »Hier ist es nett. Und wirklich sauber.«

»Wir halten eng zusammen hier«, sagte Caspar. »Wir betreiben hier eine ›Null Toleranz‹-Politik.«

»Gegen wen?«

»Gegen alle, die wir nicht kennen. Wir halten die Leute davon ab, dass sie sich, na ja, dass sie sich hier häuslich niederlassen. Jeder kann hier gerne durchgehen, aber bitteschön etwas zügig. Das gilt für Tiere und vor allem für Menschen. Und wir kehren reihum die Straße, morgens und abends, vor Sonnenuntergang. Hier passt jeder auf den anderen auf.«

Caspar erlaubte sich ein kleines, vielsagendes Grinsen, an dem Max ablesen konnte, dass er seinen Spaß daran hatte, den unglücklichen Obdachlosen, die sich auf seiner Straße zur Ruhe betten wollten, eins über den Schädel zu ziehen.

Wahrscheinlich war es das Einzige, was ihm überhaupt noch Freude bereitete. Max kannte viele ehemalige Polizisten, die genauso waren. Sie vermissten die harte Gangart, die auf der Straße herrschte, und nahmen Jobs an, bei denen man sich ein bisschen Körpereinsatz erlauben konnte: Türsteher, Security, Leibwächter. Caspar war vermutlich wieder zu dem Mann geworden, der er gewesen war, bevor das Glück in sein Leben Einzug gehalten und ihn für kurze Zeit aus dem gewohnten Trott befördert hatte.

»Wir waren glücklich hier«, fuhr Mathilde fort. »Claudette hat das Glück vollkommen gemacht. Wir hatten gar nicht geplant, eine Familie zu gründen, ich fand, ich sei viel zu alt, aber sie ist in unser Leben gekommen und hat alle möglichen Ecken in uns zum Leuchten gebracht, von denen wir gar nicht wussten, dass sie überhaupt da waren.«

Sie stockte und sah ihren Mann an. Max konnte ihr Gesicht nicht sehen, aber an Caspars Miene, die weicher wurde, erkannte er, dass sie kurz davor war, in Tränen auszubrechen. Caspar legte seiner Frau liebevoll den Arm um die Schultern und zog sie an sich.

Max betrachtete die Fotos an der Wand über ihnen. Die beiden waren gute Menschen, besonders Mathilde. Sie war das Herz und das Hirn der Beziehung, sie hielt ihren Ehemann auf Kurs und ihr gemeinsames Leben in der Bahn. Sie war die Strengere in der Familie gewesen, weshalb ihre Tochter den Vater lieber gehabt hatte, von dem sie wahrscheinlich immer alles gekriegt hatte, was sie wollte. Er dachte an Allain und Francesca. Die beiden waren Millionen Meilen auseinander und liefen in entgegengesetzte Richtungen, da war keine Wärme und keine Nähe zwischen ihnen, trotz ihrer gemeinsamen Trauer. Max hatte oft gesehen, wie der Verlust eines Kindes die stärksten Ehen genauso leicht zerstörte, wie er die kaputten über die Ziellinie schob. Claudettes Verschwinden jedoch hatte die Thodores noch enger verbunden. Es hatte, wenn auch auf sehr trübe Weise, das bestärkt, was sie zusammengebracht hatte.

Max' Blick ruhte auf einem mittelgroßen Foto von Claudette auf der Schaukel. Sie wurde von ihrem Vater angeschubst. In der Ecke saß der Dobermann und schaute zu.

Mathilde putzte sich die Nase und schniefte.

»Das Geschäft lief gut, auch wenn das politische Klima schlecht war«, fuhr sie fort, nachdem sie sich wieder gefangen hatte. »In einem Monat hatten wir zwei Präsidenten und drei Putsche. Wir wussten immer, wenn irgendetwas im Busch war, unser Laden war nämlich nicht allzu weit vom Palast entfernt. Wer immer gerade an der Macht war, schickte seine Leute los, um ein paar Ersatzkanister Benzin für die Flucht zu kaufen.

Die Sache mit diesem Land ist nämlich, dass der Sprit aus den USA kommt, und jedes Mal, wenn die Amerikaner unseren Präsidenten stürzen wollen, drohen sie damit, die Benzinlieferungen einzustellen. Wenn die Gefahr wirklich akut wurde, kam immer ein Manager von der Ölfirma bei der Tankstelle vorgefahren – immer so dicke, fette, schwitzende weiße Amerikaner, die aussehen wie Bibelverkäufer. Sie haben dem Tankstellenbesitzer geflüstert, dass bald Sonderlieferungen eintreffen würden, weil es ›Dürrewarnungen‹ gegeben hätte – das war ihr Geheimcode für einen Führungswechsel im Land.

Aber letztendlich wurden die Benzinlieferungen niemals eingestellt, weil es nämlich *stille* Putsche waren. Es wurde nie ein einziger Schuss abgegeben. Man saß vor dem Fernseher und guckte irgendeine Sendung, und plötzlich gab es eine Unterbrechung, und ein General hielt eine Ansprache: Der Präsident dieses Monats wurde wegen Betrugs/Korruption/Geschwindigkeitsüberschreitung oder wegen was auch immer verhaftet oder des Landes verwiesen, die Armee hatte vorübergehend die Kontrolle über den Palast übernommen, und das war's. Alles ging weiter wie immer. Kein Mensch glaubte daran, dass es je ein Embargo geben würde. Und dann gab es doch eins.«

»Wir mussten den Laden schließen. Viele unserer Waren stammten aus den USA oder Venezuela, und es kamen keine Schiffe mehr durch«, sagte Caspar. »Claudette hat mich ständig gefragt, warum ich nicht zur Arbeit gehe. Ich habe gesagt, ich bleibe zu Hause, damit ich ihr beim Wachsen zusehen kann.«

»Sie haben unseren Laden niedergebrannt, kurz bevor die Marines gekommen sind«, sagte Mathilde.

»Wer?«, fragte Max.

»Das Militär. Sie wollten den Besatzern das Leben so schwer wie möglich machen. Sie haben viele Einrichtungen und Geschäfte in Brand gesetzt. Ich glaube nicht, dass es gegen uns persönlich gerichtet war.«

»Ach nein?«, fauchte Caspar. »Das war unser Leben. Persönlicher kann es ja wohl nicht werden.«

Mathilde wusste nichts zu erwidern. Sie schaute weg und betrachtete eines der Fotos, als wünschte sie sich dorthin zurück, zurück in die Vergangenheit, ins Glück.

Max stand auf und ging ein paar Schritte vom Tisch weg. Hinter ihnen standen ein Sofa, zwei Sessel und ein mittelgroßer Fernseher auf einem Ständer. Den Fernseher zierte eine Staubschicht, als hätte seit einer ganzen Weile niemand mehr geguckt oder als wäre er einfach kaputt. Neben dem Fenster stand eine Schrotflinte. Er schaute hinaus auf den Hof, die Schaukel, die Hundehütte und das Tor. Irgendetwas stimmte da nicht.

»Was ist mit Ihrem Hund passiert?«, fragte er und drehte sich zurück zum Tisch.

»Er wurde umgebracht«, sagte Mathilde, stand auf und stellte sich neben ihn. »Die Leute, die unsere Tochter mitgenommen haben, haben ihn vergiftet.«

»Soll das heißen, die waren hier?«

»Ja. Kommen Sie mit.«

Sie führte Max aus dem offenen Wohnbereich hinaus in einen kurzen, dunklen Flur. Sie öffnete eine Tür.

»Claudettes Zimmer«, sagte sie.

Die Thodores hatten sich mit der Tatsache abgefunden, dass sie ihr kleines Mädchen nie wiedersehen würden. Das Zimmer war ein Schrein, allem Anschein nach mehr oder weniger so belassen, wie sie es zuletzt in aufgeräumtem Zustand in Erinnerung gehabt hatten. An den Wänden hingen Zeichnungen von Claudette, hauptsächlich von der Familie: Vater (groß), Mutter (nicht ganz so groß), Claudette (winzig) und der Hund (zwischen ihr und Mathilde), die ganze Familie vor dem Haus versammelt. Es waren krakelige Strichmännchen, mit Buntstift gemalt. Papa war immer blau, Mama rot, Claudette grün und der Hund schwarz. Wie Max vermutet hatte, war das Haus in Pétionville sehr viel größer, die Familie davor sah zwerghaft klein aus. Auf den Zeichnungen vom Haus an der Rue des Ecuries waren die Figuren doppelt so groß wie das Haus. Auf anderen Bildern waren einfach nur bunt ausgemalte Quadrate zu sehen, unten auf dem Blatt Claudettes Name in der Handschrift eines Erwachsenen.

Max warf einen kurzen Blick aus dem Fenster und schaute sich weiter im Zimmer um. Das niedrige Bett mit der blauen Tagesdecke, weißes Kopfkissen, eine Stoffpuppe, die unter dem Überwurf hervorschaute. Die Tagesdecke war glatt gestrichen, nur in der Mitte war eine Delle, wo jemand gesessen hatte. Er stellte sich vor, wie Vater und Mutter einzeln hereinkamen, mit der Puppe spielten, sich der Erinnerung an ihre Tochter hingaben und sich die Augen ausweinten.

Und er hätte Geld darauf verwettet, dass Caspar der häufigere Gast war.

»An dem Tag, an dem sie verschwunden ist... ich wollte sie wecken. Ich bin ins Zimmer gekommen und habe gesehen, dass das Bett leer war und das Fenster weit offen stand. Ich habe hinausgeschaut, und da lag Toto, unser Hund, auf dem Boden neben der Schaukel«, sagte Mathilde leise.

»Ist eingebrochen worden? War ein Fenster eingeschlagen?«

»Nein.«

»Und die Haustür? War die aufgebrochen?«

»Nein.«

»War irgendetwas mit dem Schloss? Manchmal lassen die sich nicht mehr ganz drehen, wenn sie aufgebrochen wurden.«

»Es funktionierte wie immer. Tut es immer noch.«

»Und es waren nur Sie drei hier im Haus?«

»Ja.«

»Hat sonst noch jemand die Schlüssel?«

»Nein.«

»Was ist mit dem Vorbesitzer?«

»Wir haben alle Schlösser ausgetauscht.«

»Wer hat das gemacht?«

»Caspar.«

»Und Sie sind ganz sicher, dass die Haustür in jener Nacht abgeschlossen war?«

»Ja, ganz sicher.«

»Gibt es hinten auch eine Tür?«

»Nein.«

»Und die Fenster?«

»Die waren alle geschlossen. Und alle heil.«

»Und der Keller?«

»Wir haben keinen.«

»Was ist hinter dem Haus?«

»Ein leeres Gebäude. Da war mal eine Kunstgalerie, aber die hat dichtgemacht. Die Mauer ist fünf Meter hoch, und oben drauf liegt Stacheldraht.«

»Stacheldraht?«, murmelte Max vor sich hin. Er schaute aus Claudettes Fenster hoch zur Mauer. Da waren Eisendorne oben auf der Mauerkrone, aber kein Stacheldraht, wie er ihn bei den Nachbarhäusern gesehen hatte.

»Ich wollte das nicht haben«, sagte Mathilde. »Ich wollte nicht, dass meine Tochter jeden Morgen nach dem Aufwachen als Erstes den Stacheldraht sieht.«

»Das hätte auch keinen großen Unterschied gemacht«, sagte Max.

Tut es nie, dachte er. *Wenn sie dein Kind wollen, dann holen sie es sich, egal, wie.*

Er ging nach draußen und trat vor das Tor. Rechts standen Büsche. Man hätte es gehört, wenn die Entführer darin gelandet wären. Deshalb waren sie über die Mauer links vom Tor geklettert, wo sie drei Meter tief auf ebenen Boden springen konnten. Auf der anderen Seite, von der Straße her, hatten sie wahrscheinlich eine Leiter benutzt.

Sie mussten das Grundstück ausspioniert haben, bevor sie gekommen waren. Daher wussten sie, wo die Hundehütte stand und wo sie am besten einsteigen konnten.

Typisches Raubtierverhalten.

Max drehte sich um und schaute zurück zum Haus. *Irgendwas stimmte nicht mit dem Kinderzimmer. Irgendetwas passte da nicht.*

Er ging auf das Haus zu und versetzte sich in den Kopf des Entführers, der soeben den Hund vergiftet hatte. Claudettes Zimmer lag links neben der Haustür. Wie viele waren es gewesen? Einer oder zwei?

Dann sah er Mathilde, die mit verschränkten Armen im

Zimmer ihrer Tochter stand und ihn ansah, während er auf sie zuging.

Kein Fenster eingeschlagen. Kein Schloss geknackt. Keine Tür aufgebrochen. Keine Hintertür. Wie waren sie ins Haus gekommen?

Mathilde öffnete das Fenster und sprach mit ihm. Er verstand sie nicht. Als sie sich vorbeugte, stieß sie aus Versehen etwas vom Fensterbrett, etwas Kleines.

Max ging hin und schaute auf den Boden. Es war eine bemalte Drahtfigur von einem Mann mit einem vogelähnlichen Gesicht. Der Körper war orange, der Kopf schwarz. Der linke Arm fehlte, und als er genauer hinsah, fiel ihm auf, dass auch das Gesicht nicht komplett war.

In dem Moment begriff er, was geschehen war.

Er hob die Figur auf.

»Wo hat sie die her?«, fragte er Mathilde.

Mathilde nahm die Figur, schloss die Hand darum und ließ den Blick über das Fensterbrett wandern.

Max ging zurück ins Haus.

Auf der Fensterbank, neben dem Bett, stand noch ein halbes Dutzend Vogelmänner aus Draht. Sie waren hinter dem gleißenden Sonnenlicht, das durchs Fenster hereinströmte, nicht zu sehen gewesen. Sie hatten alle die gleiche Form und Farbe, bis auf die letzte Figur, die breiter war, weil sie aus zwei Figuren bestand: dem Vogelmann und einem kleinen Mädchen in blauweißer Uniform.

»Wo hatte sie die her?«

»Aus der Schule«, sagte Mathilde.

»Wer hat sie ihr gegeben?«

»Sie hat es mir nicht gesagt.«

»Mann oder Frau?«

»Ich nahm an, es sei ein Junge gewesen, oder eine Freundin. Sie kannte auch ein paar Kinder aus der Arche Noah.«

»Aus der Arche Noah? Der Schule der Carvers?«

»Ja. Die ist nur ein paar Straßen vom Lycée Sainte Anne entfernt, das Claudette besucht hat«, sagte Mathilde und nannte Max den Straßennamen.

»Hat Ihre Tochter je erzählt, dass sie in der Nähe der Schule angesprochen wurde? Von einem Fremden?«

»Nein.«

»Niemals?«

»Nein.«

»Hat sie mal von Ton-ton Clarinette gesprochen?«

Mathilde ließ sich auf das Bett fallen. Ihre Unterlippe zitterte, sie wirkte aufgewühlt. Sie öffnete die Hand und starrte die Figur an.

»Verschweigen Sie mir etwas, Mrs. Thodore?«

»Ich habe es nicht für wichtig gehalten ... damals«, sagte sie.

»Was?«

»Den orangefarbenen Mann«, sagte sie.

Max ließ den Blick noch einmal über die Zeichnungen an den Wänden schweifen, falls er eine von einem Mann mit halbem Gesicht übersehen haben sollte. Aber da war nichts, was ihm nicht schon vorher aufgefallen war.

Die Geschichte von den verschwundenen Kindern in Clarinette fiel ihm wieder ein. Die Mutter hatte behauptet, ihr Sohn habe gesagt, ein Mann »mit entstelltem Gesicht« habe ihn mitgenommen.

»Max?«, sagte Chantale, die im Türrahmen stand. »Sehen Sie sich das hier mal an.«

Caspar stand neben ihr, eine Rolle aus mehreren Blatt Papier in der Hand.

So, wie Claudette es erzählt hatte, war ihr Freund, der orangefarbene Mann, halb Mensch, halb Maschine. Zumindest sein Gesicht. Er hatte ein großes graues Auge mit einem roten Punkt in der Mitte, hatte sie gesagt. Es stand so weit vor, dass er es mit der Hand festhalten musste. Und es machte ein komisches Geräusch.

Caspar erzählte, wie er gelacht hatte, als sie ihm davon berichtete. Er hatte ein Faible für Science-Fiction-Filme. *Robocop*, *Star Wars* und die beiden *Terminator*-Filme waren seine Favoriten, und er hatte sie oft zusammen mit seiner Tochter auf Video gesehen, auch wenn Mathilde protestiert hatte, weil Claudette dafür zu jung war. Er hatte den orangefarbenen Mann für eine Mischung aus R2D2 und dem Terminator gehalten, dem die Haut vom Gesicht abpellte, sodass darunter die Maschine zum Vorschein kam. Caspar hatte die Sache nicht so ernst genommen, weil er nicht glaubte, dass der Freund seiner Tochter realer sein könnte als diese Filmroboter.

Mathilde hatte den Geschichten ihrer Tochter über den orangefarbenen Mann noch weniger Glauben geschenkt. Als sie so alt gewesen war wie ihre Tochter, hatte sie ebenfalls einen imaginären Freund gehabt. Sie war ein Einzelkind, und ihre Eltern hatten sie oft allein gelassen, und wenn sie da waren, ihr auch nicht die nötige Aufmerksamkeit gegeben.

Keiner der beiden hatte sich übermäßig Sorgen gemacht, als Claudette in den letzten sechs Monaten vor ihrem Verschwinden immer öfter Bilder von diesem Freund gemalt hatte.

»Sie haben ihn nie gesehen? Diesen orangefarbenen Mann?«, fragte Max die Thodores, als sie sich alle wieder um den Esstisch versammelt hatten. Die Bilder waren vor ihnen auf dem Tisch ausgebreitet. Es waren über dreißig, sie reichten von winzigen Buntstiftzeichnungen bis zu großen Malereien aus Wasserfarbe.

Das Grundelement war ein orangefarbenes Strichmännchen mit großem Kopf, der die Form eines D hatte und aus zwei Hälften bestand: einem Rechteck links und einem Kreis rechts. Der Kreis ähnelte einem Gesicht, aber es wies keine besonderen Merkmale auf: je ein Strich für Auge und Mund, keine Nase, ein schiefes Dreieck, das wohl das Ohr sein sollte. Die andere Hälfte war sehr viel detaillierter und sah gruselig aus. Hauptmerkmal waren eine große Spirale, wo das Auge sein sollte, und der Mund mit den scharfen, nach oben wachsenden Fangzähnen, die eher aussahen wie Dolche. Der linke Arm fehlte.

»Nein.«

»Haben Sie je mit ihr über diesen Mann gesprochen? Wer er war?«

»Manchmal habe ich sie gefragt, ob sie ihn gesehen hatte«, sagte Caspar. »Meistens sagte sie ja.«

»Mehr hat sie nicht erzählt? Hat sie je erwähnt, ob noch jemand bei ihm war?«

Beide schüttelten den Kopf.

»Hatte er ein Auto? Hat sie gesagt, ob er ein Auto dabei hatte?«

Wieder Kopfschütteln.

Max warf noch einen Blick auf die Zeichnungen. Sie waren nicht geordnet, trotzdem konnte Max ziemlich klar erkennen, was passiert war, wie der orangefarbene Mann Claudettes Vertrauen gewonnen hatte, bevor er schließlich auf sie zugegangen war. Die ersten Zeichnungen zeigten den Mann aus der Ferne, im Profil, immer umringt von drei oder vier Kindern. Alle waren in Orange gemalt, ihre Köpfe vorne flach und hinten rund, mit einem vorstehenden Schnabel anstelle der Nase. Es wurden immer weniger Kinder, bald waren es nur noch zwei und dann meist nur noch eines: Claudette selbst, sie stand vor ihm, genau wie bei der Figur auf der

Fensterbank. Auf den Gruppenbildern standen die Kinder ein Stück von dem Mann entfernt, aber auf denen, die nur den orangefarbenen Mann und Claudette zeigten, hielt er sie bei der Hand. Claudettes Zeichnungen von ihrem Familienleben jagten Max einen eiskalten Schauer über den Rücken. Sie zeigten den orangefarbenen Mann vor dem Haus stehend, der Hund an seiner Seite, oder zusammen mit der ganzen Familie am Strand.

Claudette kannte ihren Entführer. Sie hat ihn in ihr Schlafzimmer gelassen. Sie war freiwillig mitgegangen.

»Hat sie gesagt, warum sie ihn den orangefarbenen Mann genannt hat?«

»Das hat sie gar nicht«, antwortete Caspar. »Das war ich. Eines Tages ist sie mit so einer Zeichnung nach Hause gekommen. Ich habe sie gefragt, wer das ist, und sie sagte, es sei ihr Freund. Genau das hat sie gesagt: *mon ami*, mein Freund. Ich nahm an, er sei ein Schulfreund. Also sagte ich, hey, du bist mit einem orangefarbenen Mann befreundet, und bei dem Namen ist es geblieben.«

»Verstehe«, sagte Max. »Was ist mit ihren Freundinnen? Haben die auch mal von dem orangefarbenen Mann erzählt?«

»Nein, soweit ich weiß, nicht«, sagte Mathilde. Sie sah Caspar an, der mit den Achseln zuckte.

»Werden noch andere Kinder aus Claudettes Schule vermisst?«

»Nein. Nicht, dass wir wüssten.«

Max überflog seine Notizen.

»Was ist passiert am Tag der ... als sie feststellten, dass Claudette verschwunden war? Was haben Sie gemacht?«

»Wir haben sie gesucht«, sagte Caspar. »Wir sind von Haus zu Haus gegangen. Wir hatten ziemlich bald eine ganze Gruppe beisammen, die uns helfen wollte, die Nachbarn sind von Haus zu Haus gezogen, haben die Leute auf der Straße angesprochen und herumgefragt. Am Abend hatten wir zusammen wahrscheinlich gut zwei Quadratmeilen durchkämmt. Kein Mensch hatte irgendetwas gesehen. Niemand wusste etwas. Das war am Dienstag, dem Tag, an dem sie verschwunden ist. Zwei Wochen haben wir nach ihr gesucht. Einer unserer Nachbarn hier, Tony, ist Drucker. Er hat Plakate gemacht, die wir überall aufgehängt haben. Nichts.«

Max machte sich Notizen und blätterte ein paar Seiten zurück.

»Gab es Lösegeldforderungen?«, fragte Chantale.

»Nein, nichts. Wir hatten ohnehin nicht viel, bis auf Claudette und uns«, sagte Caspar, und seine Stimme schien auf einer Träne auszurutschen, seine harte Schale drohte einen Moment brüchig zu werden. Mathilde nahm seine Hand, und er drückte sie fest.

»Werden Sie beide unsere Tochter finden?«, fragte er Chantale.

»Ich habe Ihrem Bruder versprochen, mich der Sache anzunehmen«, sagte Max und sah die beiden mit ausdrucksloser Miene an, um alle eventuell aufkeimenden Hoffnungen zu dämpfen.

»Wie kommen Sie im Fall Charlie Carver voran?«, fragte Mathilde.

»Wie meinen Sie das?«

»Gibt es Spuren?«

»Darüber kann ich nicht mit Ihnen reden, Mrs. Thodore. Das ist vertraulich. Tut mir leid.«

»Sie meinen also, dass es die gleichen Leute waren?«, fragte Caspar.

»Es gibt Gemeinsamkeiten, aber auch Unterschiede«, sagte Max. »Es ist noch zu früh, das zu beurteilen.«

»Vincent Paul meint, es waren die gleichen Leute«, bemerkte Caspar trocken.

Max hielt im Schreiben inne und starrte auf das Blatt Papier.

»Vincent Paul?«, fragte er so beiläufig wie möglich. Er schaute kurz zu Chantale hoch, die seinen Blick erwiderte und ihn mit den Augen zu den Fotos links oben an der Wand dirigierte.

»Ja. Kennen Sie ihn?«, fragte Caspar.

»Nur dem Namen nach«, antwortete Max und stand auf. Er streckte die Arme und den Nacken und ging um den Tisch herum zur Fotowand, dabei schüttelte er sich ein imaginäres Kribbeln aus den Händen.

Da war es, in der Ecke, das zweite von links, ein Familienfoto: Claudette, ungefähr drei, Mathilde und Caspar, die glücklicher und um Jahre jünger aussahen, Alexandre Thodore mit Priesterkragen und in der Mitte – sitzend, wahrscheinlich, damit er noch ins Bild passte – Vincent Paul, kahlköpfig und über beide Ohren strahlend. Der Priester hatte ihm den Arm auf den breiten Rücken gelegt.

Max konnte sich denken, was das bedeutete – Vincent Paul hatte einen Teil seiner Drogenmillionen nach Little Haiti gespendet –, aber er behielt es für sich.

Er ging zurück zu seinem Platz.

»Nachdem wir alles abgesucht hatten, so gut wir konnten, sind wir zu den Marines gegangen«, sagte Mathilde. »Schließlich sind wir beide amerikanische Staatsbürger, und Claudette natürlich auch, aber raten Sie mal, was passiert ist. Wir haben mit einem Captain gesprochen, und das Einzige, was der von uns wissen wollte, war, warum wir aus den USA weggegangen sind, um in einem ›Scheißhaus wie dem hier‹ zu leben – genauso hat er es gesagt. Dann meinte er, seine Soldaten seien zu ›beschäftigt‹, um uns zu helfen, schließlich müssten sie die ›Demokratie wiederherstellen‹. Auf dem Weg zurück zum Auto sind wir an einer Bar vorbeigekommen. Da saß eine ganze Horde Marines und war schwer damit beschäftigt, mit Bier und Gras die Demokratie wiederherzustellen.«

»Und Vincent Paul?«

»Zu dem sind wir gegangen, nachdem die US-Armee uns jede Hilfe verweigert hatte.«

»Warum sind Sie nicht gleich zu ihm?«

»Ich…«, hob Mathilde an, aber Caspar fiel ihr ins Wort. »Was wissen Sie über ihn?«

»Ich habe Gutes und Schlechtes gehört, hauptsächlich Schlechtes«, sagte Max.

»Genau wie Mathilde. Sie wollte nicht, dass wir zu ihm gehen.«

»So war es gar nicht…«, sagte Mathilde, doch dann sah sie den »Nun red dich nicht wieder raus«-Blick ihres Mannes. »Schon gut. Weil doch die Armee im Land war und alles, wollte ich nicht, dass so jemand wie er offiziell nach unserer Tochter sucht. Ich wollte nicht, dass wir womöglich noch als Komplizen oder Sympathisanten verhaftet werden.«

»Wieso Sympathisanten?«

»Vincent war ziemlich eng befreundet mit Raoul Cedras, dem Anführer der Militärjunta, die von den Amerikanern aus dem Amt gejagt wurde«, erklärte Caspar.

»Ich dachte, Aristide wäre mehr Pauls Typ«, bemerkte Max.

»So war es am Anfang auch, klar. Aristide war früher mal ein Guter, damals als Priester, als er den Armen in den Slums geholfen hat. Hat viel für sie getan. Aber von dem Tag an, an dem er zum Präsidenten gewählt wurde, hat er sich in Papa Doc verwandelt. Er war genauso korrupt. Er hat Millionen an ausländischen Hilfsgeldern in die eigene Tasche gesteckt.

Als er zwei Wochen im Amt war, wollte Vincent ihn schon an den Füßen aufhängen.«

»Ich hätte nicht gedacht, dass jemand wie Paul Prinzipien hat.«

»Er ist ein mitfühlender Mensch«, sagte Mathilde.

»Und hat er Ihnen geholfen?«

»Sehr«, sagte sie. »Einen Monat lang hat er die ganze Insel nach ihr absuchen lassen. Er hatte sogar Leute, die in New York und Miami, in der Dominikanischen Republik und auf den Nachbarinseln nach ihr gesucht haben. Er hat sogar die UN eingeschaltet.«

»Aber keinen Privatdetektiv«, sagte Max.

»Er hat gesagt, wenn er sie nicht findet, findet sie keiner.«

»Und Sie haben ihm geglaubt?«

»Hätten wir, wenn er sie gefunden hätte«, sagte Mathilde.

»Ist vor mir schon jemand bei Ihnen gewesen? Die Carvers hatten vor mir schon andere engagiert, um nach ihrem Sohn zu suchen. Hat einer von denen mit Ihnen gesprochen?«

»Nein«, sagte Caspar.

Max machte sich noch ein paar Notizen. Da war nur noch eine Sache, die er von den Thodores wissen wollte. »Nach allem, was ich gehört habe, verschwinden hier tagtäglich viele Kinder. Da kommen doch bestimmt ständig Leute zu Vincent Paul und bitten ihn um Hilfe. Warum hat er Ihnen geholfen?«

Die beiden schauten einander an, als wüssten sie nicht recht, was sie antworten sollten.

Max machte es ihnen leicht. »Hören Sie: Ich weiß, womit Vincent Paul sein Geld verdient, und es ist mir scheißegal, ganz ehrlich. Ich bin hier, um Charlie Carver und Claudette zu finden. Also seien Sie bitte ehrlich zu mir. Warum hat Vincent Ihnen geholfen?«

»Er ist ein Freund der Familie, meiner Familie«, sagte Caspar. »Mein Bruder und er kennen sich schon seit vielen Jahren.«

»Paul hat für die Kirche Ihres Bruders in Little Haiti Geld gespendet, habe ich recht?«

»Nicht nur das«, sagte Caspar. »Mein Bruder betreibt in Miami auch eine Auffangstelle für haitianische Bootsflüchtlinge. Das Geld dafür kommt von Vincent. Er hat viel Geld nach Little Haiti geschickt, hat vielen Leute geholfen, auf eigenen Beinen zu stehen. Er ist ein guter Mensch.«

»Es mag Leute geben, die da vielleicht anderer Meinung sind«, bemerkte Max und beließ es dabei. Er sparte sich den Hinweis, dass gar nicht weit von Little Haiti, in Liberty City, Zehnjährige mit Vincent Pauls Drogen dealten, während Vater oder Mutter oder beide mit dem gleichen Stoff ihr Leben in der Pfeife rauchten. Vermutlich war das den Thodores in diesem Moment herzlich gleichgültig, und wie sollte es auch anders sein?

»Auch über Sie könnten die Leute unterschiedlicher Meinung sein«, entgegnete Mathilde mit sanfter Stimme, womit sie Recht hatte, ohne ihn verletzen zu wollen.

»Das sind sie wohl«, sagte Max und lächelte die beiden an. Sie waren anständige Leute, hart arbeitende, ehrliche, von Grund auf gute Menschen. Und genau solche Menschen hatte er sich zu beschützen geschworen. »Danke für Ihre Hilfe. Und bitte machen Sie sich keine Vorwürfe wegen Claudettes Verschwinden. Sie hätten nichts dagegen unternehmen können. Gar nichts. Einbrecher und Mörder und Vergewaltiger kann man aufhalten, aber nicht Leute wie diesen orangefarbenen Mann, die sind unsichtbar. Nach außen hin sind es Menschen wie Sie und ich, meistens die letzten, die man verdächtigen würde.«

»Bitte finden Sie sie«, sagte Mathilde. »Mir ist egal, wer sie entführt hat. Ich will unsere Tochter nur zurück.«

41

»Glauben Sie immer noch, dass Vincent Paul Charlie entführt hat?«, fragte Chantale im Wagen. Sie waren auf dem Weg zum ersten Faustin, dessen Adresse auf der Telefonbuchseite verzeichnet war.

»Ich würde nichts ausschließen. Die Tatsache, dass er sich an der Suche nach Claudette beteiligt hat, bedeutet gar nichts. Ich will mir da erst eine Meinung bilden, wenn ich mit ihm geredet habe«, sagte Max und legte die zwei Drahtfiguren, die er mitgenommen hatte, zusammen mit ein paar Zeichnungen vom orangefarbenen Mann ins Handschuhfach. Er hatte vor, Joe die Figuren zu schicken, um sie auf Fingerabdrücke untersuchen zu lassen.

»Haben Sie schon eine Ahnung, wie Sie an ihn rankommen wollen?«

»Ich habe so das Gefühl, dass er zu *mir* kommen wird«, sagte Max.

»Es ist Ihre Show«, seufzte Chantale. Sie hatte kein Wort mehr über die Vorkommnisse im Tempel verloren, und sie schien auch nicht sauer auf ihn zu sein. Sie benahm sich völlig normal, lächelte oft und strahlend und lachte ihr dreckiges Lachen, ganz liebenswürdige Professionalität. Sie war schwer zu durchschauen. Eine vollendete Politikerin, Meisterin der aufgesetzten Freundlichkeit. Viele Büromenschen waren wie sie, durch und durch aufrichtig in ihrer Unaufrichtigkeit.

»Hat Ihr Mann mit Ihnen über seine Fälle gesprochen?«, fragte Max.

»Nein. Wir hatten es uns zur Regel gemacht, dass keiner seine Arbeit mit nach Hause bringt. Und Sie?«

»Als ich geheiratet habe, war ich nicht mehr bei der Polizei. Aber: ja, ich habe mit Sandra oft über meine Arbeit gesprochen.«

»Hat sie mal einen Fall für Sie geknackt?«

»Ja, oft sogar.«

»Hat Sie das nicht geärgert? Haben Sie nicht an Ihren Fähigkeiten gezweifelt?«

»Nein«, lachte Max und musste lächeln bei der Erinnerung. »Nie. Ich war stolz auf sie, richtig stolz. Ich war immer stolz auf sie.«

Sie mussten anhalten, weil die Straße verstopft war. Chantale musterte ihn, während sie warteten. Max erwischte sie dabei und versuchte zu lesen, zu welchen Schlüssen sie gelangt war. Aber sie ließ sich nichts anmerken.

Die ersten fünf Häuser von Faustins, die auf Max' Liste standen, waren von einem Brand, dem Mob, der Armee, einem Hurrikan oder beim Absturz eines UN-Hubschraubers zerstört worden. Keiner in der Umgebung kannte einen Eddie Faustin.

Das nächste Haus, das sie aufsuchten, lag am Rande des Slums Carrefour. Es war das einzige intakte Gebäude an einer Straße, die sonst aus lauter Ruinen bestand, in denen die Leute mehr schlecht als recht hausten. Es stand ein Stück von der Straße zurückgesetzt, ein paar Treppenstufen führten hoch zur Haustür. Alle Fenster waren leer. Max fiel auf, dass die Scheiben zwar dreckig, aber allesamt heil waren. Sie klopften, aber niemand öffnete. Sie spähten durch die Fenster hinein. In den vorderen Zimmern standen Möbel. Nachdem Max Chantale hochgehoben hatte, damit sie über die Mauer gucken konnte, berichtete sie, dass an der Wäscheleine im Hinterhof weiße Laken hingen. Trotzdem schien das Haus verlassen.

Sie fragten mehrere Leute auf der Straße, wer in dem Haus

lebte. Keiner wusste es, alle meinten, das Haus sei schon seit langer Zeit verlassen. Niemand ging hinein, niemand kam heraus.

»Wie kommt es, dass noch keine Leute von der Straße eingezogen sind?«, fragte Max.

Sie wussten es nicht.

Max beschloss, in der Nacht noch einmal zurückzukommen, um sich das Haus genauer anzusehen. Er wollte Chantale nicht dabei haben, wenn er dort einbrach. Er hatte ihr schon genug zugemutet.

Sie arbeiteten den Rest der Liste ab und sahen Häuser, deren Besitzer lange schon ausgezogen waren und sie den Armen überlassen hatten. In dem Haus, das einst Jérôme Faustin gehört hatte, wimmelte es nur so von hungernden Kindern, deren Bauch so aufgedunsen war, dass sie breitbeinig gehen mussten, um nicht das Gleichgewicht zu verlieren. Im nächsten Haus sah es nicht viel besser aus, nur dass sich die Kinder hier gerade mit ihren Eltern zum Essen setzten: Es gab getrocknete Blätter, Erdkuchen und einen Eimer mit grünlichem Wasser. Max glaubte nicht, dass sie sich das tatsächlich in den Mund stecken würden, bis er mit eigenen Augen sah, wie ein kleines Mädchen von vielleicht fünf Jahren von der festgebackenen Erde abbiss und aß. Er musste würgen, aber er riss sich zusammen – teils aus Respekt vor diesen armen Teufeln, die nicht so viel zu essen hatten, wie er locker abnehmen könnte, ohne es zu vermissen. Teils, weil er fürchtete, sein Erbrochenes könnte den Weg in ihre Nahrungskette finden. Er wollte den Eltern alles Geld geben, das er bei sich trug, aber Chantale riet ihm davon ab und empfahl, ihnen besser Lebensmittel zu schenken.

In einem Geschäft in der Nähe kauften sie mehrere Säcke Mais, Reis, Bohnen und Kochbananen. Dann fuhren sie zurück zum Haus und stellten alles auf dem Vorplatz ab. Die

Kinder und die Erwachsenen sahen ihnen neugierig zu und widmeten sich dann wieder ihrer Mahlzeit.

Max und Chantale fuhren weiter. Am späten Nachmittag hatten sie ihre Liste abgearbeitet. Sie hatten mit zwei älteren Damen gesprochen, die ihnen Limonade und alte Kekse angeboten hatten, mit einem Mann, der auf einer Veranda gesessen und eine ein Jahr alte Zeitung studiert hatte, mit einem Mechaniker und seinem Sohn, mit einer Frau, die sie gebeten hatte, ihr aus einer deutschen Bibel vorzulesen, einer anderen, die Max aus dem Fernsehen kannte und ihm sagte, er sei ein guter Mensch. Auch wenn er es noch nicht beweisen konnte, war sich Max doch ziemlich sicher, dass das Haus in Carrefour Eddie Faustin gehörte oder ihm irgendwann einmal gehört hatte.

Er brachte Chantale nach Hause und fuhr nach Carrefour zurück.

42

Max wartete den Einbruch der Dunkelheit ab, dann ging er zur Rückseite des Grundstücks, kletterte auf die Mauer und sprang in einen Garten mit totem Gras und verdorrten Büschen.

Er knackte die beiden Schlösser an der Hintertür und ging hinein.

Drinnen schaltete er seine Taschenlampe ein. Der Staub lag so dick, dass es aussah wie der Schnee auf einer Weihnachtskarte. Hier war schon lange niemand mehr gewesen.

Das Haus hatte zwei Stockwerke und einen Keller.

Er ging nach oben. Große Räume, üppig möbliert, alles von bester Qualität: Schränke, Anrichten, Kommoden, Tische und Stühle aus Mahagoni mit Klauenfüßen aus Messing. Couchtische aus Glas oder Marmor. Messingbetten, deren Matrazen noch fest waren, gut gepolsterte Sessel und Sofas.

In dem Haus war kaum gewohnt worden, aber wem immer es gehört hatte, er musste sich sicher gefühlt haben hier am Rande des Slums, wenige Meter entfernt von einem Kessel aus Armut, Verzweiflung und Gewalt. Keine Gitter an den Fenstern. Trotzdem war nicht eingebrochen worden. Max ging davon aus, dass die Besitzer hier aus diesem Viertel kamen, dass jeder im Slum sie kannte. Es mussten Leute sein, mit denen man sich nicht anlegte, deren Eigentum man mehr respektierte als das eigene.

Er ging hinunter in den Keller. Unten war es heiß und feucht, ein fauliger Geruch hing in der Luft. Im Lichtstrahl der Taschenlampe sah er die Feuchtigkeit an den Wänden, die Ziegelsteine sahen fettig aus vor Nässe. Da war etwas auf dem Fußboden.

Er fand den Lichtschalter. Eine einzelne Glühbirne, die an einem Kabel von der Decke hing, beleuchtete den großen schwarzen *Vévé* in Form eines Drachens auf dem Boden. Er war aus Blut gemalt und in vier Segmente unterteilt. In dreien davon war ein je unterschiedliches Symbol zu sehen, im letzten ein Foto. Ein Foto von Charlie, wie er auf dem Rücksitz eines Wagens saß, eines Geländewagens wahrscheinlich, und gerade in die Kamera schaute.

Er las den *Vévé* im Uhrzeigersinn: erst das Symbol von Tonton Clarinette, danach ein Auge, ein Kreis mit vier Kreuzen und einem Totenschädel in der Mitte, zuletzt das Foto. Im Zentrum des *Vévé* eine Blüte aus tiefrotem Wachs. Wenn dies Eddie Faustins Haus war, dann hatte er die Zeremonie aller Wahrscheinlichkeit nach durchgeführt, bevor er Charlie entführt hatte.

Max steckte sich das Foto in die Brieftasche.

Ansonsten war der Keller leer.

Er wollte schon wieder gehen, als ihm einfiel, dass er einiges noch nicht überprüft hatte. Er ging wieder nach oben. Der Staub lag so dick, dass seine Schritte gedämpft wurden. Zweimal musste er niesen.

Er fand nichts.

Er klopfte die Wände ab. Solide. Schaute unter den Sesseln nach. Rückte die Möbel. Bei den schweren Schränken brach ihm der Schweiß aus.

Er schob einen Eichenschrank zur Seite.

Hörte etwas zu Boden fallen.

Eine Videokassette.

Zurück in Pétionville, legte er die Kassette ein.

Auf dem Bildschirm erschien ein Junge, der eine Straße entlanglief. Er trug die Uniform der Arche Noah – blaue Shorts und ein kurzärmeliges weißes Hemd – und einen Schulranzen auf dem Rücken. Max schätzte ihn auf sechs bis acht Jahre.

Er wurde aus einem Wagen heraus gefilmt.

Dann wurde der Bildschirm schwarz, es erschien ein neues Bild: eine Gruppe von vielleicht zwanzig Kindern, alle in Uniform, vor den Toren der Arche Noah. Die Kamera wanderte über die Kinder hinweg, die lachten und spielten. Manche spielten Fangen, andere standen zu zweit zusammen, wieder andere in Gruppen. Die Kamera fand den Jungen aus der ersten Einstellung wieder, er unterhielt sich mit zwei Freunden. Zoom auf sein Gesicht – eher süß als hübsch –, dann auf den Mund, der breit war und lächelte, dann wurde das Blickfeld wieder weiter, der Kopf und der Oberkörper und ein wenig vom Hintergrund waren zu sehen. Danach schwenkte die Kamera nach rechts, über die Schulter des Jungen hinweg, und nahm ein kleines Mädchen ins Visier, das sich gerade vorbeugte, um sich den Schuh zuzubinden. Ein Junge hatte ihr von hinten den Rock hochgehoben, er und seine Freunde lachten. Das Mädchen bemerkte die Jungen genauso wenig wie den Kameramann, der ihre Demütigung filmte. Als sie sich aufrichtete und der Rock wieder nach unten fiel, rannten die Jungen lachend weg.

Als Nächstes war der Junge im Klassenzimmer zu sehen, von draußen gefilmt, der Kameramann stand irgendwo links zwischen Büschen, deren Zweige immer wieder ins Bild geweht wurden. Der Junge lauschte dem Lehrer, machte sich Notizen, meldete sich oft. Er strahlte, wenn er eine Antwort wusste, es war eine Mischung aus Stolz und Glück, die sich auf seinen Zügen spiegelte. Wenn er aufgerufen wurde, lächelte er schon beim Sprechen und auch noch eine Weile danach, wenn er seinen Triumph auskostete. Er saß ganz vorn in der Klasse, ein strebsamer Schüler, reif und diszipliniert genug, um zu begreifen, wie wichtig das Lernen war und wie wertvoll eine Schulbildung. Wahrscheinlich stellte er nie irgendwelche Dummheiten an und hätte seine Eltern sehr stolz gemacht, hätten die ihn sehen können. Er hatte wache, kluge, forschende Augen, die über alles Bescheid wissen wollten, was sie sahen.

Plötzlich war nur noch Schnee auf dem Bildschirm, dann wurde er wieder schwarz. Und blieb es ziemlich lange.

Max ließ das Band laufen. Sein Herz raste, und er spürte dieses wohlvertraute Flattern im Magen, das er zuletzt in seinen Anfangstagen als Detective gehabt hatte, wenn er kurz davor gewesen war, eine üble Entdeckung zu machen. Ein Teil von ihm konnte es nicht abwarten, ein Teil fürchtete, was er da finden würde, ein Teil wusste, dass es schlimmer sein würde als alles zuvor. Am Anfang war es immer noch schrecklicher gewesen, als er sich hatte vorstellen können – wie weit ein menschliches Wesen zu gehen in der Lage war, um einem anderen die schlimmsten Qualen zu bereiten. Als er ins Gefängnis gegangen war, war er schon abgestumpft gewesen und immun, hatten die Grenzen seiner Fantasie bis in die tiefsten Tiefen der Hölle gereicht. Wenn er eine Leiche fand, die mit nur einer Kugel in den Kopf getötet worden war, hatte er den Mörder für ein Muster an Gnade und Mitgefühl gehalten – von all den Dingen, die er hätte tun können, hatte er den schnellsten und leichtesten Weg des Tötens gewählt.

Durch die Jahre im Knast fühlte sich vieles wieder an wie beim ersten Mal, ganz genau wie früher, als wäre es jemand anders gewesen, der damals in den abgegessenen Festgelagen der Monster nach Überresten gesucht hatte.

Der Bildschirm wurde weiß, dann ganz kurz blau, dann war eine ganz neue Umgebung zu sehen: ein Betongebäude von der Größe eines Flugzeughangars inmitten üppiger Vegetation. Max hielt das Band an und studierte das flackernde Bild. Es sah nicht aus, als wäre es irgendwo in Haiti. Um das Gebäude herum standen Bäume, alles war grün, das Land schien gesund und voller Lebenskraft.

Er drückte auf Play.

Die nächste Szene war in dem Gebäude aufgenommen. Eine geräumige Halle, durch hohe Fenster strömte Sonnenlicht herein.

Da standen Kinder in einer Schlange, abwechselnd Jungen und Mädchen, alle unter zehn Jahren. Sie standen vor einem Tisch an, der in rote und schwarze Seidentücher gehüllt war. Die Kinder waren adrett in Schwarz und Weiß angezogen, die Mädchen im schwarzen Rock mit weißer Bluse, die Jungen in schwarzem Anzug mit weißem Hemd. Sie traten einer nach dem anderen an den Tisch heran und tranken aus einem großen, golden schimmernden Kelch, genau wie bei der heiligen Kommunion. Nur dass es keine Hostie gab und keinen Priester, der sie austeilte, sondern einen Mann, der nach jedem Kind an den Tisch trat und mit einer goldenen Kelle den Kelch mit einer dünnen, grünlichen Flüssigkeit auffüllte.

Der Junge vom Anfang trat an den Tisch, nahm den Kelch in beide Hände und trank. Dann stellte er ihn an genau die gleiche Stelle zurück und schaute direkt in die Kamera. Seine Augen waren tot, leer und hohl; alles Leben, alle Gedanken und alle Persönlichkeit, die in den früheren Aufnahmen darin zu lesen gewesen waren, waren vollständig ausgelöscht. Der Junge ging vom Tisch weg und folgte den anderen Kindern aus der Halle. Sein Gang war langsam und schwerfällig, als säße da jemand in seiner Hülle und zöge an Hebeln, um ihn in Bewegung zu setzen. Alle Kinder gingen so, mit den Schritten alter Menschen.

Max wusste, was das für ein Trank war. Er hatte ihn selbst schon probiert. Er wusste, wie er wirkte. Es war ein Zaubertrank: der Zombietrank.

Genau wie im Film sind Voodoo-Zombies im Grunde lebende Tote, nur dass sie nicht tatsächlich tot sind, sondern sich in einem Stadium tiefer Erstarrung befinden. Es sind ganz normale Menschen, die mit einem Trank vergiftet wurden, der sie in einen hirntodähnlichen Zustand versetzt. Ihr Verstand arbeitet noch, sie sind bei vollem Bewusstsein, aber sie können sich weder bewegen noch sprechen. Sie scheinen nicht einmal mehr zu atmen. Sie haben weder einen feststellbaren Herzschlag noch einen Puls. Sie werden begraben und nach kurzer Zeit von dem *Houngan* oder dem *Bokor* – die meist für ihren Zustand verantwortlich zeichnen – wieder ausgegraben. Dann verabreichen sie ihnen das Gegengift. Sie erlangen das Bewusstsein zurück, jedoch nicht als die Menschen, die sie waren, sondern praktisch als lebendes Gemüse. Der Priester hypnotisiert sie und macht sie zu seinen Sklaven, entweder für sich selbst oder für den, der dafür zahlt. Und sie tun alles, was man ihnen sagt.

Boukman hatte Zombies benutzt.

Max drückte auf Play.

Der Junge saß wieder in der ersten Reihe einer Schulklasse, nur dass sich seine Augen kaum noch bewegten und sein Gesicht vollkommen ausdruckslos war. Seinen Zügen war nicht anzumerken, ob er irgendetwas von dem aufnahm, was um ihn herum geschah. Die Kamera schwenkte von ihm weg und zeigte die Person zur Linken, die zur Klasse sprach.

Eloise Krolak, die Rektorin der Arche Noah.

»Verdammtes Miststück«, flüsterte Max und drückte auf Pause, als ihr Gesicht groß im Bild war. Ihre Züge waren spitz und streng, sie sah aus wie ein Nagetier.

Jetzt wusste er, dass es noch schlimmer werden würde.

Er drückte auf Play.

Er hatte recht.

Als das Band zu Ende war, saß Max da und betrachtete den Schnee auf dem Bildschirm. Er konnte sich nicht bewegen, er zitterte. Er blieb noch lange so sitzen.

43

Max spielte mit dem Gedanken, Allain von dem Band zu erzählen, aber entschied sich dagegen. Zuerst wollte er Beweise sammeln.

Er fertigte eine Kopie der Kassette an, verpackte das Original zusammen mit den Drahtfiguren und fuhr zum FedEx-Büro in Port-au-Prince.

Er kündigte Joe die Sendung an. Und er bat ihn nachzuschauen, ob er irgendetwas über einen gewissen Boris Gaspésie herausfinden konnte.

Dann fuhr er zur Arche Noah. Er parkte ein Stück weiter an der Straße und stellte den Rückspiegel so ein, dass er das Tor im Blick hatte.

Er ging hinein und sah nach, ob Eloise Krolak da war. Er sah sie, wie sie zu ihren Schülern sprach, genau wie sie auf dem Video zu den Zombie-Kindern geredet hatte. Bei dem Gedanken an das Video und an das, was den Kindern dort angetan worden war, wurde ihm übel.

Er ging zum Wagen und wartete, bis sie herauskam.

Am Nachmittag regnete es.

Einen solchen Regen hatte Max noch nie erlebt. Auch in Miami konnte es schütten, manchmal den ganzen Tag, die ganze Woche, manchmal einen ganzen gottverdammten Monat lang, aber der Regen fiel und sammelte sich in Pfützen, oder er versickerte im Boden oder stieg zurück in die Luft.

In Haiti war der Regen mehr wie ein Überfall.

Der Himmel wurde praktisch schwarz, während dicke Gewitterwolken ihre Regenlast über Port-au-Prince niedergehen ließen. Die Stadt wurde bis auf die Grundmauern durchnässt und die knochentrockene Erde in wenigen Sekunden in fließenden Schlamm verwandelt.

Nach kürzester Zeit waren die Gullys übergelaufen und rülpsten Abfall zurück auf die Straßen, auf denen das schwarzbraune Wasser strömte. Die Wasserbehälter auf den Dächern der Häuser liefen bis obenhin voll und flossen über oder brachen ganz einfach aus ihren rostigen Verankerungen heraus und stürzten zu Boden. Der Strom fiel aus, kam wieder und fiel wieder aus, Rohre platzten, Blätter, Früchte und sogar Rinde wurden von den Bäumen gepeitscht, ein Dach knickte ein. Hilflos und in Panik stießen die Menschen mit nicht minder verwirrten und verängstigten Haustieren, Vieh und streunenden Hunden und Katzen zusammen. Dann kamen die Ratten. Zu Hunderten wurden sie aus ihren Löchern geschwemmt und in einer großen, stinkenden, krankheitsverseuchten Welle Richtung Hafen gespült. Sie quiekten vor Angst und Panik. Gewaltige Donnerschläge rissen krachend Löcher in die Atmosphäre, Blitze erhellten die überschwemmten Straßen voller Schlamm und Kot und Ratten für einen kurzen Moment, bevor sie alles wieder in Dunkelheit tauchten, als wäre es nur Illusion gewesen.

Dann war es vorbei. Max beobachtete, wie der Sturm aufs Meer hinauszog.

Eloise Krolak verließ die Arche Noah erst nach 18:30 Uhr, sie wurde von einem silbernen Mercedes-Geländewagen mit getönten Scheiben abgeholt.

Max folgte dem Wagen durch die Stadt und den Berg hinauf nach Pétionville. Inzwischen war es dunkel, und es herrschte dichter Verkehr.

Sie reihten sich in einen langen Neonstreifen aus roten Rücklichtern ein und kamen nur noch im Schritttempo voran, Max lag vier Wagen zurück.

Die Gegenspur war praktisch frei. Kaum jemand schien um diese Uhrzeit in die Hauptstadt zu fahren.

Nur die UN-Truppen.

Ein Konvoi patrouillierte aus der Gegenrichtung an dem Stau vorbei: zwei Jeeps, gefolgt von einem LKW, danach, etwas langsamer, noch ein Jeep, dessen Insasse mit einer Taschenlampe in die stehenden Autos leuchtete.

Der Lichtstrahl traf Max. Er blickte stur geradeaus, die Hände auf dem Lenkrad.

Er hörte, wie der Jeep anhielt.

Dann klopfte jemand an seine Scheibe.

Max hatte seinen Pass nicht dabei, nur die American-Express-Karte in der Brieftasche.

»*Bonsoir, Monsieur*«, sagte der UN-Soldat. Blauer Helm, Uniform, junges, weißes Gesicht. Er hatte Max auf Französisch angeredet.

»Sprechen Sie Englisch?«, fragte Max.

Der Soldat hielt den Atem an.

»Name?«, fragte er.

Max nannte seinen Namen. Er hatte den Nachnamen kaum zu Ende gesagt, da hatte der Soldat schon die Waffe gezogen und auf seinen Kopf gerichtet.

Er musste aussteigen. Kaum war er draußen, wurde er von einem halben Dutzend Männer umringt, die mit ihren Gewehren auf seinen Kopf zielten. Er hob die Hände. Er wurde durchsucht, sie nahmen ihm die Waffe ab und führten ihn im Polizeigriff an den Straßenrand, wo die drei Jeeps und der LKW standen. Max bekundete lautstark seine Unschuld und schrie, sie sollten Allain Carver anrufen oder die amerikanische Botschaft.

Dann spürte er einen Stich im linken Unterarm und sah dort eine Spritze stecken. Der Kolben wurde nach unten gedrückt, eine klare Flüssigkeit in seinen Arm gepresst, an seinem Ohr zählte jemand von zehn bis null.

Dann begriff er: Endlich würde er Vincent Paul begegnen.

Er fragte sich, welchen Körperteil Paul ihm wegnehmen oder so manipulieren würde, dass er nicht mehr so funktionierte wie zuvor.

Eigentlich hätte er sich Sorgen machen müssen. Aber das Zeug, das sie ihm verabreicht hatten, hatte eine segensreiche Wirkung. Er hatte keine Angst. Was immer es sein mochte, es war ein wunderbarer Stoff.

Vierter Teil

44

»Wie geht es Ihnen?«, fragte Vincent Paul, nachdem er ihm mit einer Geste bedeutet hatte, im Sessel vor seinem Schreibtisch Platz zu nehmen. Sie waren in Pauls Arbeitszimmer: angenehm klimatisiert, an den Wänden Bücherregale, gerahmte Fotografien und Flaggen.

»Wo bin ich?«, fragte Max mit krächzender Stimme zurück.

Zwei Tage hatte er in dem fensterlosen Raum verbracht, in dem er aufgewacht war, nachdem die Wirkung der Droge nachgelassen hatte. Sein erstes Gefühl war Panik gewesen: Er hatte seinen ganzen Körper nach fehlenden Teilen, Narben oder Verbänden abgesucht. Aber es war alles wie immer. Noch.

Er hatte regelmäßig Besuch bekommen. Ein Arzt und eine Krankenschwester – begleitet von drei bewaffneten Wachleuten – hatten ihn untersucht. Der Arzt hatte ihm jede Menge Fragen gestellt, er hatte Englisch mit deutschem Akzent gesprochen. Max' Fragen hatte er nicht beantwortet. Am zweiten Tag war er nicht mehr erschienen.

Man hatte ihm dreimal am Tag zu essen gebracht und jeden Tag eine amerikanische Zeitung, in der nie irgendetwas über Haiti stand. In dem Fernseher am Fuße seines Bettes hatte er Kabelfernsehen geschaut. Am Morgen bevor er zu Vincent Paul gebracht wurde, hatte man ihm Gesicht und Kopf rasiert und ihm seine Kleider zurückgegeben – gewaschen und gebügelt.

»Entspannen Sie sich. Wenn ich Sie tot sehen wollte, hätte ich nur die kleinen Jungs machen lassen müssen, die hätten Sie in Stücke gerissen«, sagte Paul mit einer tiefen Stimme, die Max in den Eingeweiden spürte. Paul war sehr dunkel, seine Augen lagen so tief, dass nur zwei glänzende Punkte zu sehen waren, die das Licht reflektierten und sich hin und her bewegten, als wären dort Glühwürmchen in seinen Augenhöhlen. Er hatte keine Falten im Gesicht. Er sah nicht mehr ganz jung aus – vielleicht Anfang fünfzig –, aber längst nicht so alt, wie Max ihn geschätzt hatte. Glatze, lange, schmale Nase, breiter Unterkiefer, dicke Augenbrauen, kurzer, kräftiger Hals, kein Fett, nur Muskeln. Max musste an Mike Tyson denken, an einen *Mapou*-Stamm und an die Büste eines grausamen Tyrannen mit Ambitionen auf Weltruhm. Selbst im Sitzen wirkte Paul riesig, alles an ihm war ins Monumentale übersteigert.

»Es ist weniger das Sterben, das mir Sorgen macht«, sagte Max. »Mich beschäftigt eher, wie viel von mir Sie am Leben lassen werden.«

Nach außen hin wirkte Max nicht nervös, aber innerlich war er in höchstem Maße angespannt. Nur sehr wenig in seinem Leben hatte ihn auf eine solche Situation vorbereitet: gefangen und auf Gedeih und Verderb der Gnade eines Feindes ausgeliefert. Er hatte keine Ahnung, was hinter der nächsten Ecke auf ihn wartete. Wenn Paul ihn aufschneiden und in einen zweiten Beeson verwandeln ließ, dachte er, würde er sich bei der ersten Gelegenheit eine Kugel in den Kopf jagen.

»Ich kann Ihnen nicht folgen.« Paul runzelte die Stirn. Die Hände, mit denen er einem Mann die Hoden zerquetscht und vom Körper gerissen hatte, lagen gefaltet auf seinem Solarplexus. Sie waren abnormal breit und beängstigend groß. Diese Hände waren von der Natur so riesig gemacht, dass es ästhetisch vollkommen überzeugend schien, dass sie je zwei kleine Finger hatten. Und sie waren maniküt. Die Nägel glänzten.

»Einen meiner Vorgänger haben Sie aufgeschlitzt, sodass er seine Exkremente nicht mehr bei sich behalten kann«, sagte Max.

»Ich kann Ihnen nicht folgen«, wiederholte Paul, diesmal langsamer.

»Waren es etwa nicht Sie und Ihre Leute, die Clyde Beeson aufgeschnitten und seine Innereien neu sortiert haben?«

»Nein.«

»Was ist mit dem Haitianer, der an dem Fall gearbeitet hat? Emmanuel Michaels?«

»*Michel*-ange…«, korrigierte Paul.

»Genau.«

»… der unten am Hafen mit seinem Penis in der Kehle und den Eiern in den Wangen gefunden wurde?«

»Waren Sie das?«

»Nein.« Paul schüttelte den Kopf. »Michelange hat es mit der Frau eines anderen getrieben. Der Ehemann hat sich seiner angenommen.«

»Schwachsinn!«, sagte Max sofort.

»Wenn Sie sich umhören, werden Sie feststellen, dass es wahr ist. Es passierte zwei Wochen, nachdem er den Fall übernommen hatte.«

»Wissen die Carvers darüber Bescheid?«

»Könnten sie, wenn sie sich umgehört hätten«, sagte Paul.

»Woher wollen die Leute wissen, dass es der Ehemann war?«

»Er hat es gestanden. Er hat es in seinem eigenen Schlafzimmer gemacht, vor den Augen seiner Frau.«

»Wem hat er gestanden?«, fragte Max.

»Der UN.«

»Und?«

»Und was?«

»Wurde er festgenommen?«

»Natürlich. So lange, wie er brauchte, ihnen die Tat zu schildern. Dann haben sie ihn laufen lassen. Er betreibt ein Hotel und ein Casino unweit von Pétionville. Läuft ganz gut. Sie können sich mit ihm unterhalten, wenn Sie wollen. Das Hotel heißt El Rodeo, sein Name ist Frederick Davi.«

»Was ist mit seiner Frau?«

»Die hat ihn verlassen«, sagte Paul mit unbewegter Miene und lachenden Augen. Max setzte sein Verhör fort.

»Okay. Was ist mit Darwen Medd? Wo ist der? Haben Sie ihn umgebracht?«

»Nein.« Paul schüttelte mit überraschter Miene den Kopf. »Ich habe keine Ahnung, wo er ist. Warum sollte ich ihn umbringen wollen?«

»Als Warnung. Genau wie die, die Sie den Vergewaltigern der UN haben zukommen lassen«, sagte Max mit trockenem Mund.

»*Das* war keine Warnung. Das war eine Strafaktion. Und es hat seither keine Vergewaltigungen durch die Besatzer mehr gegeben«, sagte Paul und lächelte. »Ich wusste, dass Sie mir gefolgt sind. Sie waren nicht zu übersehen. Ein gutes Auto fällt hier auf.«

»Warum haben Sie nichts dagegen getan?«

»Ich habe vor Ihnen nichts zu verbergen«, sagte Paul. »Erzählen Sie mir von Ihren Vorgängern.«

Max erzählte. Paul hörte mit ernster Miene zu.

»Das war nicht ich. Das versichere ich Ihnen. Auch wenn ich nicht behaupten kann, dass es mir um Clyde Beeson leidtut.« Von Nahem gab Pauls Akzent dem Englischen deutlich den Vorzug vor dem Französischen. »Armseliger kleiner Fußabtreter. Die wandelnde Gier auf zwei Stumpen, die er Beine nennt.«

Max brachte ein Lächeln zustande. »Sie haben ihn also kennengelernt?«

»Ich habe die beiden zum Gespräch herbringen lassen.«

»Hätte es nicht andersherum sein sollen?«

Paul lächelte und sparte sich eine Antwort. Er hatte strahlend weiße Zähne. Auf einmal sah er entwaffnend freundlich aus, fast jungenhaft, wie ein Mensch, von dem man sich vorstellen kann, dass er Gutes tut, und zwar aus Überzeugung.

»Was haben die Ihnen erzählt?«

»Was Sie mir auch erzählen werden: wie die Ermittlungen vorangehen.«

»Sie sind nicht mein Auftraggeber«, sagte Max.

»Was wissen Sie über mich, Mingus?«

»Dass Sie die Informationen aus mir rausprügeln werden.«

»Da haben wir ja was gemeinsam«, lachte Paul, nahm einen Aktenordner vom Schreibtisch und hielt ihn hoch. Vorne drauf Max' Name in dicken Großbuchstaben. »Was noch?«

»Sie gehören zu den Hauptverdächtigen im Entführungsfall Charlie Carver.«

»Manche Leute halten meinen Namen für einen Euphemismus für alles, was in diesem Land schiefläuft.«

»Sie sind am Tatort gesehen worden.«

»Ich war da.« Paul nickte. »Aber dazu kommen wir noch.«

»Man hat Sie gesehen, wie Sie mit dem Jungen im Arm weggerannt sind.«

»Wer hat Ihnen das erzählt? Die alte Frau vor dem Schusterladen?« Paul lachte. »Sie ist blind. Beeson und Medd hat sie den gleichen Bären aufgebunden. Wenn Sie mir nicht glauben, gehen Sie zu ihr, wenn wir hier fertig sind. Und werfen Sie bei der Gelegenheit ruhig auch einen Blick in den Laden. Sie bewahrt da das Skelett ihres verstorbenen Mannes in einem Glaskasten auf, direkt gegenüber der Eingangstür. Man würde schwören, dass man beobachtet wird.«

»Warum sollte sie mich anlügen?«

»Weil wir Weiße hier anlügen. Nehmen Sie es nicht persönlich. Liegt uns in den Genen.« Paul grinste. »Was glauben Sie sonst noch über mich zu wissen?«

»Sie gelten als Drogenbaron, Sie werden in England im Zusammenhang mit einer flüchtigen Person gesucht, und Sie hassen die Carvers. Wie mache ich mich soweit?«

»Besser als Ihre Vorgänger. Die wussten nichts über die Geschichte in England. Ich nehme an, das haben Sie von Ihrem Freund…« Paul blätterte in den Seiten, bis er die richtige gefunden hatte. »Joe Liston. Sie beide haben einiges zusammen erlebt, stimmt's? Miami Task Force, ›Born To Run‹, Eldon Burns, Solomon Boukman. Und das betrifft nur Ihre gemeinsame Zeit bei der Polizei. Ich weiß noch sehr viel mehr über Sie.«

»Ich gehe davon aus, dass Sie alles wissen, was es über mich zu wissen gibt.« Max war nicht überrascht, dass Paul ihn hatte überprüfen lassen, aber Joes Namen aus seinem Mund zu hören gefiel ihm gar nicht.

Paul legte die Akte auf den Tisch und ließ den Blick über die Fotos schweifen, die vorn auf seinem Schreibtisch standen. Sie steckten in riesigen, breiten Rahmen, die vom Größenverhältnis her wunderbar zum Schreibtisch mit der gewaltigen Platte aus dickem, dunklem Massivholz passten. Praktisch alles darauf wirkte ein bis zwei Nummern größer als normal: ein schwarzer Füllfederhalter von der Größe einer dicken Zigarrenhülse, ein überdimensioniertes Telefon, das man wegen des riesigen Hörers und der großen runden Tasten leicht für ein Kinderspielzeug hätte halten können, eine Kaffeetasse von der Größe einer Suppentasse und die größte Anglepoise-Schreibtischlampe, die Max je gesehen hatte. Sie wirkte wie ein maßstabsgetreues Modell der Außenlampe für einen Elefantenspielplatz.

Keiner von beiden sagte ein Wort. Sie musterten einander, Paul lehnte sich in seinem Stuhl zurück, sodass kein Licht mehr in seine Augen fiel.

Die Stille dehnte sich aus und verfestigte sich. Von draußen war kein einziger Laut zu hören. Vermutlich war der Raum schalldicht. An einer Wand stand ein langes Sofa mit einem Haufen Kissen, daneben auf dem Fußboden ein Buch, aufgeschlagen und mit den Seiten nach unten. Das Sofa war so breit wie ein Bett. Im Geiste sah er Paul dort liegen und lesen, ganz vertieft in eines der vielen gebundenen Bücher aus seinem Regal.

Das Zimmer hatte mehr Ähnlichkeit mit einem Museum als mit einem Büro oder Arbeitszimmer. An einer Wand hing eine gerahmte haitianische Flagge, sie war zerfleddert und dreckig, im weißen Zentrum war ein Brandloch zu sehen. Gegenüber ein vergrößertes Schwarzweißfoto von einem großen, kahlköpfigen Mann im dunklen Nadelstreifenanzug, der einen kleinen Jungen an der Hand hielt. Beide schauten mit geradem, fragendem Blick in die Welt, besonders der Junge. Hinter ihnen, unscharf, der Präsidentenpalast.

»Ihr Vater?« Max zeigte auf das Foto. An den Augen erkannte er, dass sie verwandt waren, auch wenn der Vater sehr viel heller war als sein Sohn. Er hätte auch für einen Italiener durchgehen können.

»Ja. Ein bemerkenswerter Mann. Er hatte Visionen für dieses Land«, sagte Paul und fixierte Max mit einem Blick, den dieser mehr spüren als sehen konnte.

Max stand auf und trat vor das Bild, um es von Nahem zu betrachten. Das Gesicht des Vaters hatte etwas sehr, sehr Vertrautes. Vater und Sohn waren gleich gekleidet. Keiner von beiden lächelte. Sie sahen aus, als seien sie gerade eilig zu einem wichtigen Termin unterwegs und hätten nur aus Freundlichkeit angehalten, um fürs Foto zu posieren.

Max war sich sicher, Perry Paul schon einmal gesehen zu haben, ganz sicher. Nur wo?

Er ging zurück zu seinem Platz. Ein Gedanke setzte sich in seinem Kopf fest, den er als unmöglich verwarf, der aber sofort wiederkam.

Vincent Paul beugte sich vor, er lächelte, als hätte er Max' Gedanken gelesen. Endlich fiel ihm das Licht in die Augen, die von einem hellen Haselnussbraun mit einem Hauch Orange darin waren – überraschend sensible, schöne Augen.

»Ich werde Ihnen jetzt etwas erzählen, was ich Ihren Vorgängern nicht erzählt habe«, sagte Vincent ruhig.

»Was?«, fragte Max, und ein kalter Schauer der Erwartung lief ihm über den Rücken.

»Ich bin Charlie Carvers Vater.«

45

»Die Frau, die Sie als Francesca Carver kennen, hieß früher einmal Josephine Latimer«, sagte Vincent. »Francesca ist ihr zweiter Vorname. Der Rest kam später.

Ich habe sie in England kennengelernt, in Cambridge, das war Anfang der Siebziger. Ich habe damals in Cambridge studiert. Josie lebte dort mit ihren Eltern. Ich habe sie eines Nachts in einem Pub kennengelernt. Ich habe sie zuerst gehört und dann erst gesehen: Sie hat gelacht, ihr Gelächter hat den ganzen Laden ausgefüllt. Ich habe mich umgeschaut, von wem das Lachen kam, und da hat sie mich direkt angesehen. Sie sah umwerfend aus.«

Vincent lächelte, als er aus seinen Erinnerungen erzählte. Er hatte den Kopf leicht nach hinten gelehnt und schaute mehr zur Decke als zu Max.

»Und Sie haben ihr geholfen, das Land zu verlassen, damit

sie nicht wegen fahrlässiger Tötung und Fahrerflucht in den Knast musste. Ich weiß«, fiel Max ihm ins Wort. »Die Frage ist nur: Wo ist er hin? Der Retter der Dame in Not? Der Mann, der der Liebe wegen sein Leben weggeworfen hat?«

Mit dieser Frage hatte Paul nicht gerechnet.

»Ich habe mein Leben nicht weggeworfen«, entgegnete er.

»Sie würden das Gleiche noch mal machen?«

»Sie etwa nicht?« Paul lächelte.

»Ein klein bisschen Reue ist ganz gesund«, sagte Max. »Warum hassen Sie die Carvers?«

»Nur Gustav.«

»Was macht Allain besser?«

»Er ist nicht sein Vater«, sagte Paul. »Nachdem Josie und ich in Haiti angekommen waren, sind wir zum Haus meiner Familie in Pétionville gefahren. Wir lebten in einem großen Anwesen oben in den Bergen. Ich hatte niemandem erzählt, dass ich kommen würde, sicherheitshalber.

Als wir ankamen, war alles auf Anweisung von Gustav Carver mit dem Bulldozer dem Erdboden gleichgemacht worden: fünf große Häuser, eines von meinem Vater praktisch mit den eigenen Händen erbaut. Mein Vater schuldete ihm Geld. Gustav hat seine Schulden eingetrieben – und wie.«

»Ganz schön extrem«, sagte Max.

»Carver hat eine extreme Abneigung gegen jede Art von Konkurrenz. Wäre es eine ganz normale Geschäftsschuld gewesen, hätte ich das vielleicht als irgendwie ›fair‹ akzeptieren können. Im Wirtschaftsleben passiert so was andauernd. Aber hier ging es nicht ums Geschäft. Das war etwas Persönliches. Und wenn es persönlich wird, spielt Carver das Spiel unweigerlich bis zum bitteren Ende.«

»Was ist passiert?«

»In Kurzfassung: Meine Familie war sehr erfolgreich in zwei Geschäftszweigen tätig, Import-Export und im Baugewerbe. Bei vielen Waren haben wir Carver unterboten, manchmal um bis zu fünfzig Prozent, gelegentlich sogar mehr. Also haben die Leute nicht mehr bei ihm gekauft, sondern sind zu uns gekommen. Außerdem hatten wir vor, in Saut d'Eau an den heiligen Wasserfällen ein Hotel für Pilger zu bauen. Es sollte eine billige Unterkunft werden, aber bei den Menschenmassen, die gekommen wären, hätten wir ein Vermögen gemacht. Gustav Carver war stinksauer. Er verlor sein Gesicht und ziemlich viel Geld – und das Einzige, was dieser Mann noch mehr hasst, als Geld zu verlieren, sind die Leute, an die er es verliert.

Also hat er still und heimlich die Banque Dessalines aufgekauft, bei der wir einen Kredit aufgenommen hatten, um uns zu vergrößern. Gustav hat den Kredit gekündigt. Wir hatten natürlich nicht so viel Bargeld, um alles zurückzuzahlen, also hat er unseren Laden dichtgemacht und uns in den Konkurs getrieben. Er hat das Bauprojekt in Saut d'Eau übernommen und uns finanziell den Hahn abgedreht, hat den Ruf meiner Familie zerstört und den Namen Paul in den Schmutz gezogen.

Und um all dem die Krone aufzusetzen, wissen Sie, was er getan hat, nachdem er unsere Welt buchstäblich in Schutt und Asche gelegt hatte? Er hat mit den Ziegeln unseres Hauses seine Bank gebaut. Das war zu viel für meinen Vater. Er war ein sehr stolzer Mann, aber er war kein Kämpfer. Er hat sich das Leben genommen.«

»Gott!«, sagte Max. Wenn Paul nicht übertrieb – was Max bezweifelte –, hatte er vollstes Verständnis für seinen Hass auf Carver. »Was ist aus dem Rest der Familie geworden?«

»Ich habe zwei Schwestern und einen Bruder, keiner von denen lebt mehr im Land, und keiner wird wohl jemals zurückkommen.«

»Und Ihre Mutter?«

»Am Tag unserer Ankunft hier ist sie in Miami gestorben. Bauchspeicheldrüsenkrebs. Ich wusste nicht einmal, dass sie krank war. Niemand hatte es mir gesagt.«

»Onkel, Tanten, Cousins?«

»Ich habe keine Verwandten mehr in Haiti. Nur noch meinen Sohn, wenn er denn hier ist.«

»Freunde?«

»Schon in guten Zeiten sind wahre Freunde ein seltenes Gut. Aber in den wohlhabenden Kreisen Haitis, in denen wir uns damals bewegt haben, neigen die ›Freunde‹ dazu, deutlich weniger zu werden, wenn mal eine schlechte Phase kommt – es sei denn, man kennt sich schon ein Leben lang –, und gänzlich auszusterben, wenn man pleite ist. Für die gibt es nur eines, das noch schlimmer ist, als kein Geld zu haben: einmal Geld gehabt und es wieder verloren zu haben. Sie meiden einen, als wäre der Misserfolg ansteckend. Ich habe einen langjährigen ›Freund‹ meines Vaters um Hilfe gebeten, ein Dach über dem Kopf und einen kleinen Kredit, um über die Runden zu kommen, bis ich wieder auf eigenen Beinen stehen konnte. Diesem Mann hatte mein Vater früher oft ausgeholfen. Er hat Nein gesagt, er meinte, das Kreditrisiko sei zu hoch«, sagte Paul bitter. Max konnte die Verachtung regelrecht sehen. Paul gehörte zu den Menschen, die nichts vergeben und die von ihrem Hass zehren. Es war der dunkle, schwere Treibstoff, der sie vorwärts trieb. Leute wie er, die Betrogenen, denen man ins Gesicht gespuckt, ein Messer in den Rücken gerammt und die man abgeschrieben hatte, konnten es zu enormem Erfolg bringen und die schlimmsten menschlichen Eigenschaften entwickeln.

»Und was haben Sie getan, nachdem Sie gesehen hatten, was mit Ihrem Anwesen passiert war? Hatten Sie noch Geld?«

»Nein, nicht einen Cent«, lachte Paul. »Aber ich hatte

Anaïs, mein Kindermädchen. Ich war wie ein eigener Sohn für sie. Von meiner Geburt an hat sie für mich gesorgt, genau genommen hat sie sogar geholfen, mich auf die Welt zu bringen. Wir standen uns so nah, dass ich geschworen hätte, sie sei meine Mutter. Und wie ich meinen Vater kannte, hätte mich das nicht überrascht. Er und mein Großvater waren nicht gerade große Verfechter der Monogamie.

Anaïs hat uns bei sich aufgenommen. Sie lebte in einem winzig kleinen Haus in La Saline. Wir haben alle in einem Zimmer geschlafen und gegessen und uns im Freien an einer Wasserpumpe gewaschen. Es war ein Leben, wie ich es schon oft gesehen hatte, aber ich hatte nie gedacht, dass ich es einmal selbst kennenlernen würde. Und Josie... na ja, für die war es ein echter Kulturschock, aber sie sagte, immer noch, besser als in einem englischen Knast.«

»Sie haben nie daran gedacht, nach England zurückzukehren und sich der Sache zu stellen?«

»Nein.«

»Und Josie?«

Paul richtete sich auf und rückte seinen Stuhl näher an den Schreibtisch. »Ich hatte nicht vor zuzusehen, wie die Frau, die ich liebe, zurück in die Hölle geht, solange ich es irgendwie vermeiden konnte.«

»Der Zweck heiligt die Mittel, wie? Wenigstens sind Sie konsequent.«

»Was hätte ich denn sonst tun sollen, Mingus?«

»Sich der gerechten Strafe stellen.«

»Entschuldigung, dass ich gefragt habe. Einmal Bulle...«

»Nein«, fiel ihm Max ins Wort. »Sie hat einen Menschen getötet, weil sie sich besoffen ans Steuer gesetzt hat. Sie war keine Heilige. Sie war nicht im Recht. Und das wissen Sie genauso gut wie ich. Denken Sie mal an die Familie des Opfers, drehen Sie das Bild um, und dann ist es Ihre Josie, die von einem

Betrunkenen totgefahren wird, der dann auch noch Fahrerflucht begeht, und Sie stehen da mit Ihrer Trauer. Dann würden Sie die Sache ganz anders sehen, glauben Sie mir.«

»Und bei den drei Jugendlichen, die Sie abgeknallt haben, haben Sie da auch schon mal an die Familie gedacht?«, fragte Vincent eisig.

»Nein, habe ich nicht«, sagte Max mit zusammengebissenen Zähnen. »Und wissen Sie, warum nicht? Weil diese drei ›Jugendlichen‹ aus Spaß ein kleines Mädchen vergewaltigt und misshandelt haben. Ich weiß, dass sie auf Crack waren, aber die meisten Leute auf Crack tun so was nicht. Diese Arschlöcher hatten es nicht verdient zu leben. Das mit dem Typen, den Francesca überfahren hat, ist eine ganz andere Nummer, und das wissen Sie genau.«

Vincent lehnte sich weit über den Tisch, die riesige Hand um die geballte Faust gelegt. Wieder sah Max seine entwaffnend schönen Augen.

Keiner von beiden sagte ein Wort. Eine Ewigkeit erwiderte Max Vincents Blick. Schließlich gab der große Mann auf. Max setzte sein Verhör fort.

»Ist mal jemand hier gewesen und hat nach Ihnen gesucht? Polizisten?«

»Nicht, dass ich wüsste, aber es war nur eine Frage der Zeit, bis unsere Spur hierher führen würde. Wir haben eineinhalb Jahre in La Saline gelebt. Dort waren wir sicher. Niemand geht dahin, außer man wohnt da oder kennt jemanden, der da wohnt, oder man hat eine schwer bewaffnete Militäreskorte dabei. Oder man will Selbstmord begehen. Da hat sich bis heute nicht viel geändert.«

»Wie waren die Leute zu Ihnen?«

»Freundlich. Sie haben uns akzeptiert. Natürlich war Josie dort so eine Art Außerirdische, aber wir hatten in der ganzen Zeit, die wir da gewohnt haben, keine Probleme.

Wir haben bei der Tankstelle am Ort gearbeitet, und zum Schluss haben wir sie übernommen. Wir haben da Neuerungen eingeführt, die für die Zeit damals echt innovativ waren. Wir haben ein Restaurant angeschlossen, eine Autowaschanlage, eine Werkstatt und einen kleinen Laden. Anaïs hat das Restaurant geführt, und Josie den Laden. Sie hat sich die Haare braun gefärbt. Ich habe nur Leute aus La Saline eingestellt. Wir mussten Schutzgeld an die Macoutes zahlen, an Eddie Faustin und seinen kleinen Bruder Salazar.

Ich wusste sofort, dass sich Eddie in Josie verguckt hatte. Er kam jeden Tag vorbei und hat ihr was mitgebracht, und zwar immer, wenn ich unterwegs war, um Ware zu holen. Sie hat nie etwas von ihm angenommen und immer sehr freundlich abgelehnt, um ihn nicht zu beleidigen.«

»Was haben Sie dagegen getan?«

»Was hätte ich tun sollen? Er war ein Macoute, noch dazu einer der meistgefürchteten im ganzen Land.«

»Muss Sie ja ziemlich gewurmt haben, so schwach zu sein.«

»Natürlich hat es das.« Vincent sah ihn forschend an, um zu sehen, worauf er hinauswollte.

Max wollte auf gar nichts hinaus. Er wollte ihn provozieren, ihn bewusst aus der Fassung bringen.

»Erzählen Sie weiter.«

»Die Geschäfte liefen gut. Zwei Jahre nach unserer Ankunft in Haiti sind wir aus La Saline weggezogen und haben uns ein kleines Haus in der Stadt gekauft. Ich war der Meinung, wir wären sicher. Niemand hatte nach uns gesucht. Wir konnten endlich zur Ruhe kommen. Josie hatte sich ziemlich gut in Haiti eingelebt. Sie mochte die Menschen, und die Menschen mochten sie. Sie hatte nie richtig Heimweh, aber natürlich hat sie ihre Eltern vermisst. Sie konnte ihnen nicht einmal eine Postkarte schicken, um sie wissen zu lassen, dass es ihr gut ging, aber ihr war klar, dass sie diesen Preis für ihre Freiheit zahlen musste.

An dem Tag, an dem Gustav Carver an der Tankstelle vorfuhr, fingen unsere Schwierigkeiten an. Ich habe mich geweigert, ihn zu bedienen. Sein Fahrer ist ausgestiegen, hat seine Waffe auf mich gerichtet und mir befohlen, den Wagen zu betanken. Natürlich waren der Wagen und er noch im gleichen Moment umringt von den Leuten, die gerade in der Nähe waren, ungefähr zwanzig, manche mit Pistolen, andere mit Macheten und Messern. Sie hätten ihn und den alten Carver umgebracht, hätte ich nur ein Wort gesagt. Aber gibt es eine bessere Strafe für einen stolzen Menschen, als von dem Sohn jenes Mannes gedemütigt zu werden, dessen Leben er zerstört hatte? Ich kann Ihnen sagen, die Rache war süß.

Ich habe dem Fahrer die Waffe abgenommen und ihn und seinen Chef vom Hof gejagt. Er musste den Schlitten drei Meilen durch glühende Hitze zur nächsten Tankstelle schieben, weil es damals noch keine Handys gab und die Autotelefone hier draußen nicht funktionierten, und einen Pannendienst gibt es hier auch nicht.

Carver hat mich durch die Heckscheibe angestarrt, als wollte er mich umbringen. Dann hat er Josie gesehen, und sein Gesichtsausdruck hat sich verändert. Er hat gelächelt, hat sie angelächelt, aber vor allem mich.

Ich weiß nicht, ob alles anders gekommen wäre, hätte ich Carver bei mir tanken und seiner Wege ziehen lassen. Aber das ist nun mal nicht meine Art. Ich kann mir keine Situation vorstellen, in der ich vor diesem bösartigen Drecksack jemals einen Kotau machen würde. Da hätte ich das Anwesen meiner Familie auch gleich selbst plattwalzen können.

Wie auch immer, den ganzen Tag und noch den Tag danach habe ich mit dem Schlimmsten gerechnet, dass ein paar Wagenladungen Macoutes kommen würden, um mich zu holen.«

Vincent hielt inne und betrachtete das Foto von sich und seinem Vater. Sein Gesicht war starr, die Lippen verkniffen, die Zähne fest zusammengebissen. Er gab sich alle Mühe, nicht zu platzen – ob vor Wut oder vor Traurigkeit, war schwer zu erkennen. Max bezweifelte, dass er in den letzten Jahren mit irgendjemandem über diese Geschichte geredet hatte, sodass sich die Gefühle von damals in ihm aufgestaut hatten, fest eingeschlossen und ohne Ventil, um sich langsam zu entladen.

»Nur die Ruhe, Vincent«, sagte Max leise.

Paul atmete ein paar Mal tief durch, dann hatte er sich wieder gefangen und erzählte weiter.

»Wenige Wochen später war Josie plötzlich verschwunden. Jemand sagte mir, sie sei mit Eddie Faustin weggefahren. Ich habe Leute losgeschickt, um nach ihr zu suchen, aber sie haben sie nicht gefunden. Ich bin zu Faustins Haus gefahren. Sie waren nicht da. Ich habe weitergesucht. Habe die ganze Stadt durchkämmt, ich war überall, wo Faustin sich so herumtrieb. Sie war nirgends zu finden.

Als ich zurückkam, war Gustav Carver da und wartete auf mich – in meinem Haus. Nach dem Vorfall an der Tankstelle hatte Carver Erkundigungen eingezogen. Er hatte zwei Beamte von Scotland Yard und eine Kopie von Josies Vorstrafenregister bei sich und einen ganzen Stapel englischer Zeitungen mit dicken, fetten Überschriften zu ihrem Fall und ihrer Flucht. In manchen Zeitungen wurde sogar behauptet, ich hätte sie entführt, es gab Cartoons von mir als King Kong. Carver meinte, die Ähnlichkeit sei frappierend.

Er sagte, er habe sich ausführlich mit Josie unterhalten, sie habe ihre Zwangslage verstanden und habe sich seinen Bedingungen gebeugt. Nun hinge alles von meiner Zustimmung ab, das behauptete er zumindest. Wenn ich Nein sagte, würden die Beamten Josie und mich mit nach England nehmen. Wenn ich mein Einverständnis gab, würden sie wieder abreisen und behaupten, dass wir nicht in Haiti sind.«

»Wozu wollte er Ihr Einverständnis – dass Sie Josie aufgeben?«

»Ja. Er wollte sie für seinen Sohn Allain. Sie sollte bis zum Ende ihrer Tage bei ihm bleiben, ihm Kinder gebären und jeden Kontakt zu mir abbrechen. So und nicht anders. Und ich, ich würde frei sein, solange ich nicht den Versuch unternahm, sie zu sehen oder zu kontaktieren. Oh, und ich musste *persönlich* Carvers Wagen betanken, sollte er je wieder an meiner Tankstelle vorfahren.«

»Und Sie haben zugestimmt?«

»Ich hatte keine Wahl. Ich bin davon ausgegangen, dass er mich nach England zurückgeschickt und Josie in Haiti behalten hätte. Im Lande zu bleiben bedeutete doch zumindest, in Ihrer Nähe zu sein.«

»Ich begreife das nicht«, sagte Max. »Carver hat Ihren Vater in den Tod getrieben und alles zerstört, was Ihre Familie aufgebaut hatte. Warum hat er die Sache nicht zu Ende gebracht und Sie auch noch aus dem Weg geräumt?«

»Sie haben diesen Mann nicht verstanden, Mingus«, lächelte Vincent bitter. »Waren Sie in seinem Haus? Dann haben Sie doch sicher den Psalm gesehen, der da in Gold unter dem Gemälde seiner verstorbenen Frau eingraviert ist. Psalm 23, Vers 5.«

»Ja, hab ich gesehen.«

»Haben Sie ihn gelesen?«

»Ja, ich kenne den Vers: *Du bereitest vor mir einen Tisch im Angesicht meiner Feinde. Du salbest mein Haupt mit Öl und schenkest mir voll ein.* Das ist aus *Der Herr ist mein Hirte*, ganz berühmt. Und?«

»Wie ich sehe, haben Sie in Religion nicht besonders gut aufgepasst.«

»Ich war ganz gut.«

»Die Bedeutung von Psalm 23, Vers 5 ist folgende: Die beste Form der Rache, die man an einem Feind verüben konnte, war damals nicht der Tod oder der Kerker, sondern man wollte, dass die Widersacher sehen konnten, wie gut es einem ging, dass man in Saus und Braus lebte. Schließlich ist Erfolg doch der größte Triumph über die, die einen hassen und einem übel wollen.«

Max gab sich alle Mühe, objektiv und neutral zu bleiben, am besten gar auf der Seite seines Auftraggebers, aber was Paul ihm hier erzählte, zusammen mit allem, was er über Gustav Carver gehört und gelesen hatte, machte es ihm schwer, seine professionelle Haltung zu wahren.

»Er hat Sie also hier behalten, damit Sie zusehen mussten, wie sich Allain mit Ihrer großen Liebe vergnügte?«

»Theoretisch ja«, grinste Vincent. »Aber praktisch nein.«

»Wie meinen Sie das?«

»Allain hat sich nicht mit ihr vergnügt.«

»Aber ich dachte...« Max stockte. Er kam nicht mehr mit.

»Was sind Sie für ein Detektiv? Ich dachte, Sie sind gut... nein, der Beste.«

Max sparte sich eine Antwort.

»Soll das heißen, Ihnen ist wirklich nichts aufgefallen?« Vincent war drauf und dran, in Gelächter auszubrechen. »Bei Allain?«

»Nein, sollte es?«

»Sie haben Ihr ganzes Leben in Miami verbracht, Sie waren gerade sieben Jahre im Knast, und Sie können immer noch keinen Schwulen erkennen, wenn er direkt vor Ihnen steht?«

»Allain?« Max war fassungslos, wieder einmal. Wieder etwas, mit dem er nicht gerechnet, das er nicht hatte kommen sehen. In der Regel konnte er sexuelle Orientierungen durchaus erkennen, was in Amerika – und vor allem in Miami – auch nicht besonders schwierig war, weil die Leute da offener und offensiver mit ihren Neigungen umgingen. Hatte er derart nachgelassen?

»Ja, Allain Carver ist homosexuell, schwul, eine *Massissi*, wie wir das hier nennen. Ehrlich gesagt bin ich gar nicht so überrascht, dass Ihnen das nicht aufgefallen ist, Mingus. Allain ist sehr diskret und spielt den Hetero ganz gut.

Es gibt schon seit Jahren Gerüchte über ihn, aber niemand konnte ihm was beweisen. Allain ist kein Nestbeschmutzer. Er fliegt einfach öfter mal für ein langes Wochenende nach Miami, San Francisco oder New York, um sich da auszuleben. Hier kommt dann wieder der Deckel drauf.«

»Woher wissen Sie das?«

»Ich habe Fotos – und Videos. Clyde Beeson hat sie für mich gemacht. Ich habe ihn engagiert, vor zehn Jahren, anonym, durch einen Strohmann. Genau genommen haben Sie ihn mir empfohlen.«

»Ich?«

»Wissen Sie das nicht mehr...? Na ja, warum sollten Sie? Ich hatte zuerst Ihnen den Job angeboten, aber Ihre Antwort lautete, und zwar wörtlich: ›Ich habe keine Lust, in dreckigen Klos nach Scheiße zu fischen. Fragen Sie Clyde Beeson, der macht's vielleicht umsonst.‹«

»So was könnte ich wohl gesagt haben. Mir wurden viele solcher Fälle angeboten, Scheidungen hauptsächlich, aber das ist nicht mein Ding«, sagte Max. Ihm schwirrte noch immer der Kopf. »Ein Coming-Out ist hier wohl nicht so angesagt, wie?«

»Volltreffer. Homosexualität gilt hier als pervers, als Sünde. Das ist in der ganzen Karibik so.«

»Armer Allain«, sagte Max. »Da hat er das viele Geld, den Einfluss, Status und eine gesellschaftliche Stellung, und trotzdem muss er sich verstecken und jemand sein, der er nicht ist.«

»Er ist kein schlechter Mensch«, sagte Vincent. »Ganz im Gegenteil.«

»Und warum haben Sie diese Fotos machen lassen?«

»Im Grunde eine Schmutzkampagne. Ich wollte sie an die Zeitungen weitergeben.«

»Warum?«

»Yin und Yang. Yin: um Allain zu befreien, ihn von seinem Geheimnis zu erlösen. Yang: Rache an Gustav, um ihn zu demütigen. Das Timing wäre perfekt gewesen: Der Alte ging ohnehin schon auf dem Zahnfleisch. Baby Doc war aus dem Amt gejagt worden, Gustavs Frau lag im Sterben, er war krank... da dachte ich, so ein wenig öffentliche Schande würde ihr Übriges tun. Ich wollte ihn quasi durch natürlichen Tod umbringen.«

»Und warum haben Sie es nicht gemacht?«

»Ich konnte Allain das nicht antun, ihn wegen seiner Sexualität an den Pranger stellen, um über ihn an den Vater heranzukommen.«

»Wie ehrenhaft«, bemerkte Max trocken. »Ich kann Sie verstehen, und Gründe hätten Sie weiß Gott genug – aber wenn Sie ihn so sehr hassen, warum knallen Sie den Bastard nicht einfach ab?«

»Gebranntes Kind scheut das Feuer.«

»Sie haben es schon mal versucht?«

»Eddie Faustin hat sich dazwischengeworfen.«

»Das waren Sie? Passt«, sagte Max. »Also hat Gustav Allain mit Francesca verheiratet, um den Gerüchten ein Ende zu setzen.«

»Genau«, nickte Vincent. »Und...«

»Und?«

»Das war nicht alles, was Gustav von ihr wollte. Er wollte sie für sich – nicht nur für Sex, sondern sozusagen für die Arterhaltung. Er wollte unbedingt einen Enkel. Seine Kinder haben nur Mädchen zur Welt gebracht, und er ist rückständig genug zu glauben, dass Männer immer noch besser geeignet sind, ein Unternehmen zu führen.

Fast zehn Jahre lang hat er versucht, sie zu schwängern. Den Akt selbst hat er immer als ›Einlage tätigen‹ bezeichnet«, sagte Vincent bitter. »Josie hatte zwei Fehlgeburten, eine Totgeburt und eine Tochter, die nur sechs Monate lebte – aber keinen Sohn.

Ende der Achtziger sind Josie und ich wieder zusammengekommen. Als sie mit Charlie schwanger wurde, glaubte Gustav, es sei sein Kind, das ganze Land glaubte, es sei von Allain, und ich wusste, dass es von mir war. Ich habe dann noch einen Vaterschaftstest machen lassen. Zu der Zeit hat sie kaum noch mit Gustav geschlafen. Sie hat ihn auf die Tage vertröstet, an denen sie ihren Eisprung hatte – aber natürlich hat sie ihn angelogen, sodass er immer zu früh oder zu spät dran war.

Charlie wurde in Miami geboren. Allain war dabei. Die beiden sind gute Freunde geworden. Er hat ihr geholfen, die ersten Jahre in der Familie durchzustehen. Für ihn war klar, dass Josie und er im selben Boot saßen – wenn auch an unterschiedlichen Enden.«

Max atmete hörbar aus.

»Warum erzählen Sie mir das alles jetzt? Warum nicht früher?«

»Weil ich es jetzt erzähle. Der Zeitpunkt ist genau richtig.«

»Warum haben Sie Beeson und Medd nichts davon erzählt?«

»Beeson habe ich nicht über den Weg getraut. Und Medd ... ich glaube nicht, dass er besonders gut war.«

»Ich erfülle also Ihre Anforderungen?«

»Bis zu einem gewissen Punkt, ja.«

»Danke«, brummelte Max sarkastisch, obwohl er mit Paul einer Meinung war. Er war nicht mehr so gut wie früher. Oder vielleicht war er noch nie besonders gut gewesen, vielleicht hatte er einfach nur ziemlich lange ziemlich viel Glück gehabt. Viele Erfolge in seinem Job waren genau das: Glück, und die Schusseligkeit der Kriminellen, die es möglich machten. Oder vielleicht legte er auch den falschen Finger in die Wunde: Vielleicht wollte er diesen Job einfach nicht mehr machen. Er wusste es nicht.

Er schob seine Zweifel beiseite. Er würde sich später damit befassen, irgendwann.

»Wie war Ihre Beziehung zu Ihrem Sohn?«

»Ich habe Charlie einmal die Woche gesehen.«

»Wer hat den Namen ausgesucht?«

»Ich hatte da nichts mitzureden«, sagte Paul traurig.

Max nutzte diesen kurzen Moment der Schwäche, um eine Frage zu klären, die ihn seit seinem ersten Abend in diesem Land beschäftigt hatte.

»Was ist los mit Charlie?«, fragte er.

»Er ist autistisch«, antwortete Paul ruhig.

»Das ist alles?« Max war fassungslos.

»Für uns ist das keine Kleinigkeit – und für ihn auch nicht.« Paul klang gekränkt.

»Und wozu dann die Geheimniskrämerei?«

»Gustav Carver weiß nichts davon. Und wir waren nicht sicher, ob wir Ihnen das anvertrauen konnten.«

»Wussten Beeson und Medd Bescheid?«

»Nein.« Paul schüttelte den Kopf.

»Wann haben Sie das herausgefunden?«

»Wir wussten beide, dass irgendwas mit ihm nicht in Ordnung war, spätestens als er anfing zu laufen. Er war sehr viel verschlossener als normale Kinder.«

»Wie haben Sie sich gefühlt, als Sie das erfahren haben? Als man Ihnen die Diagnose sagte?«

»Am Anfang waren wir beide schockiert und durcheinander, aber ...«

»Nein, ich spreche von Ihnen, wie haben *Sie* sich gefühlt?«

»Schlecht, am Anfang. Weil ich wusste, dass es viele Dinge gibt, die ich nie mit meinem Sohn würde machen können«, sagte Paul, und seine Stimme zitterte ganz leicht. »Aber so ist das Leben. Man kann nicht alles haben. Charlie ist mein Junge, mein Sohn. Ich liebe ihn. Das ist alles, was zählt.«

»Wie haben Sie das vor Gustav Carver geheim gehalten?«

»Mit einer großen Portion Glück und ein wenig Geschick. Außerdem ist Gustav auch nicht mehr der, der er mal war. Der Schlaganfall hat seinen Verstand in Mitleidenschaft gezogen. Aber lassen Sie mich eines über ihn sagen: Er liebt meinen Jungen mit jeder Faser seines gebrechlichen Körpers. Natürlich weiß er nicht, dass Charlie nicht von ihm ist, und schon gar nicht, dass er autistisch ist, aber lässt man das beiseite, war es wirklich herzerwärmend, die beiden zusammen zu sehen. Der alte Mann hat Charlie bei seinen ersten Schritten geholfen. Josie hat mir das Video gezeigt, das sie gemacht hatte, und sie meinte, es sei fast schade, dass der Junge nicht von ihm ist. Sie meinte, durch Charlie sei er ein besserer Mensch geworden. Ich glaube das nicht. Würde er die Wahrheit über meinen Jungen erfahren, er würde ihm eigenhändig das Gehirn aus dem Kopf prügeln.«

»Wenn das so ist, warum ist Francesca – oder Josie – nicht mit Charlie zu Ihnen gezogen?«

»Josie wollte nicht, dass Charlie in einer Welt wie der meinen aufwächst. Und sie hat recht. Eines Tages wird irgendjemand kommen und mir das Lebenslicht ausblasen, Mingus. Das weiß ich. Und ich will nicht, dass die beiden Menschen, die ich am meisten liebe, dabei ins Kreuzfeuer geraten.«

»Warum hören Sie nicht auf, schmeißen alles hin?«

»So ein Leben wie meines schmeißt man nicht hin. Es schmeißt einen hin.«

»Das ist wahr«, sagte Max. »Warum haben Sie überhaupt damit angefangen?«

»Ich wollte Josie zurück. Ich habe den schnellsten Weg gewählt, um zu genug Geld und Macht zu kommen, um es mit Carver aufnehmen zu können, wenn es sein musste. Ich habe mir angeschaut, wie das haitianische Militär kolumbianisches Kokain durchs Land schmuggelte, und ich habe gesehen, wie man das besser machen kann. Mehr möchte ich dazu nicht sagen.«

»Gab es keinen anderen Weg?«

»In zwanzig Jahren eine Milliarde Dollar zu verdienen? In Haiti? Nein.«

»Sie sind zumindest ehrlich, was Ihre Motive angeht. In zwanzig von zehn Fällen kriegt man von irgendwelchen Möchtegern-Mafiosi zu hören, dass sie in die Sache reingerutscht sind, weil, weißt du, wegen dem Viertel, in dem sie aufgewachsen sind, weil sie nie eine Chance hatten, weil ihre Mama ihren Arsch nie so geliebt hat wie der Freund der Mama. Gruppenzwang hier, gesellschaftliche und wirtschaftliche Verhältnisse dort. Blah blah blah. Das kriegt man andauernd zu hören. Aber Sie – von allen Geschichten, die Sie mir hätten auftischen können, erzählen Sie mir, Sie sind aus Liebe zum Drogenhändler geworden«, lachte Max. »Das ist echt unglaublich, Vincent. Und wissen Sie, was noch unglaublicher ist? Ich glaube Ihnen!«

»Schön, dass Sie es von der witzigen Seite sehen.« Vincent fixierte Max aus den Tiefen seiner tiefliegenden Augen, und auf seinen Lippen lag ein leises Lächeln. »Ich lasse Sie heute Abend wieder auf die Menschheit los. Falls Allain Sie fragen sollte, wo Sie gesteckt haben, bei mir waren Sie nicht, klar?«

»Klar.«

»Gut. Und jetzt weiter im Text.«

46

Max wurden die Augen verbunden, und man setzte ihn auf die Rückbank eines Geländewagens. Die Fahrt nach Pétionville war recht lang, eine ganze Weile ging es auf holprigen Straßen bergauf, was Max vermuten ließ, dass Pauls Versteck in den Bergen lag. Zwei Leute saßen mit ihm im Wagen: Vincent Paul und der Fahrer. Es wurde ausgiebig auf Kreolisch geplaudert und viel gelacht.

Im Geiste ließ Max das Gespräch mit Paul noch einmal Revue passieren, angefangen bei der Wahrheit über Charlies Vater, die er noch immer nicht ganz verdaut hatte. Er hatte nicht daran gezweifelt, dass es stimmte, nachdem er das Foto von Vincent und seinem Vater gesehen hatte. Charlie hatte eine gewisse Ähnlichkeit mit dem jungen Vincent, aber er kam eindeutig nach seinem Großvater: die gleichen Augen, der gleiche Gesichtsausdruck, die gleiche Körperhaltung. Paul hatte ihm ein Album mit Familienfotos gezeigt, die bis zurück in die späten 1890er Jahre reichten, und jedes einzelne Gesicht darin besaß eine Spur der Physiognomie des verschwundenen Jungen. Sämtliche Verwandten von Paul waren weiß oder von einem sehr hellen Braun gewesen, bis auf seine schwarze Großmutter. Paul hatte ihm erklärt, dass Charlies Hautfarbe in Haiti angesichts des Völkergemischs nichts Ungewöhnliches war. Max hatte an Eloise Krolak und die blauäugigen, fast europäisch aussehenden Nachkommen der polnischen Soldaten in Jérémie denken müssen. Der Form halber hatte Paul Max außerdem eine Kopie des Vaterschaftstests gezeigt.

Sie hatten über den Stand der Ermittlungen gesprochen. Paul hatte ihm erzählt, dass er ganz in der Nähe gewesen war, als Charlie entführt wurde. Er war zum Ort des Geschehens geeilt und hatte bei seiner Ankunft gerade noch gesehen, wie der Mob Faustin aus dem Wagen zerrte, zu Tode prügelte und mit seinem Kopf in Richtung Slum zog. Da war Charlie schon weg gewesen. Kein Mensch hatte gesehen, dass ihn jemand aus dem Wagen geholt hatte, aber es hatte auch niemand gesehen, wie Francesca einige Meter weiter auf der Straße gelandet war. Paul vermutete, dass sie sich so fest an Charlie geklammert hatte, dass die Entführer sie mit über die Straße tragen oder zerren mussten, bis sie endlich losließ. Es gab keine Zeugen dafür, manche Leute hatten lediglich gesehen, wie Francesca mitten auf der Straße das Bewusstsein zurückerlangt hatte.

Paul hatte über Faustin Erkundigungen eingezogen. Er war in Saut d'Eau gewesen und hatte mit Mercedes Leballec gesprochen, und er hatte das Haus in Port-au-Prince durchsucht. Er hatte den *Vévé* gefunden, aber sonst nichts. Weitere Spuren gab es nicht. Paul war sicher, dass Charlie tot war. Er glaubte, der Junge sei von einem der zahlreichen Feinde Gustavs entführt und über die Dominikanische Republik außer Landes geschmuggelt worden. Auch dort hatte er gesucht, aber ohne Erfolg.

Sie hatten über Claudette Thodore gesprochen. Paul glaubte nicht, dass zwischen den beiden Entführungen ein Zusammenhang bestand.

Max hatte ihm einiges, aber nicht alles erzählt, was er herausgefunden hatte. Das Video und die mögliche Verbindung zur Arche Noah hatte er nicht erwähnt. Und er hatte für sich behalten, was dieses Video ihm verraten hatte: dass haitianische Kinder entführt und einer Gehirnwäsche unterzogen wurden, um sie in Sexspielzeuge für ausländische Pädophile zu verwandeln.

Paul wusste, dass Max gegen jemanden aus der Arche Noah ermittelte, aber er wusste nicht, gegen wen. Max hatte sich geweigert, ihm einen Namen zu nennen, weil er noch nicht die nötigen Beweise hatte. Paul hatte eingewilligt, dass Max seine Ermittlungen erst abschließen sollte, und ihm angeboten, ihm zu helfen, wo er konnte.

Kurz vor Pétionville wurde ihm die Augenbinde abgenommen. Der Geländewagen, in dem er saß, fuhr im Konvoi mit einem Jeep mit UN-Kennzeichnung vorn und Max' Landcruiser hinten.

Max schaute hinaus auf die Straßen, die im ersten Dämmerlicht dalagen. Bald würde es ganz dunkel sein. Weihnachten stand vor der Tür, aber nichts deutete auf die bevorstehenden Feiertage hin: keine Nikoläuse, keine Weihnachtsbäume, kein Lametta. Es hätte genauso gut Ostern sein können. Er fragte sich, wie Haiti vor all den Umbrüchen gewesen war, in friedlicheren Zeiten. Hatte es die je gegeben? Er fing an, das Land ein klein wenig ins Herz zu schließen. Er wollte mehr darüber erfahren. Er wollte wissen, wie es einen Menschen wie Paul hatte hervorbringen können, für den er eine widerwillige Bewunderung empfand. Er verachtete seine Methoden und bewunderte seine Intentionen, und er konnte sogar die Gründe verstehen, die ihn dazu gebracht hatten, ins Drogengeschäft einzusteigen. Hätte er den gleichen Weg eingeschlagen, hätte er Pauls Leben gelebt? Vielleicht, wenn er nicht vorher aufgegeben hätte. Hätte Paul Max' Weg eingeschlagen? Wohl eher nicht, aber wenn, dann hätte er einen klareren, schnelleren Kurs gefahren, und er wäre nie so tief gefallen wie Max. Würde Max mehr Sympathien für Paul hegen, wenn er ein gesetzestreuer Wirtschaftsmagnat wäre? Dann hätten sie sich wohl nie kennengelernt.

»Wir haben noch nicht über Ihre Bezahlung geredet«, sagte Paul, als sie in den Impasse Carver einbogen.
»Wieso Bezahlung?«
»Sie arbeiten doch nicht umsonst.«
»Sie haben mich nicht engagiert, also schulden Sie mir auch nichts«, sagte Max.
»Ich gebe Ihnen trotzdem etwas, für Ihre Mühen.«
»Ich will nichts.«
»Das werden Sie wollen.«
»Dann versuchen Sie's.«
»Frieden für den Geist.«
Max sah ihn fragend an.
»Solomon Boukman.«
»Boukman?«, fragte Max. »Sie haben ihn?«
»Ja.«
»Wie lange schon?« Max versuchte, sich in Tonfall und Haltung nichts anmerken zu lassen, die Schockwellen, die ihm durch den Körper fuhren, auszureiten und alle Zeichen des Zorns oder der Aufregung in seiner Stimme zu unterdrücken.
»Seit Ihre Landsleute ihn zu uns zurückgeschickt haben. Die wirklich Gefährlichen, die Mörder, Vergewaltiger und Bandenführer, habe ich am Flughafen abfangen lassen.«
»Und was machen Sie mit denen?«
»Wegsperren und verrotten lassen.«
»Warum bringen Sie sie nicht um?«
»Sie haben ihre Verbrechen ja nicht hier begangen.«

»Und die anderen? Geben Sie denen einen Job in Ihrem Hauptquartier?«

»Ich stelle keine Kriminellen ein. Ist schlecht für's Geschäft, vor allem in meiner Branche.«

Max musste lachen. Sie standen vor dem Tor zu seinem Haus.

»Finden Sie heraus, was mit meinem Sohn geschehen ist, und ich bringe Sie und Ihren Erzfeind zusammen. Nur Sie und er, vier Wände und keine Fenster. Er wird unbewaffnet sein, und Sie werden nicht durchsucht«, sagte Vincent.

Max dachte darüber nach. In Amerika hatte er Boukman tot sehen wollen, und als er gehört hatte, dass er auf freien Fuß gesetzt worden war, hatte er ihm ebenfalls den Tod gewünscht. Aber jetzt war er sich nicht mehr sicher, ob er ihn kaltblütig würde abknallen können. Genau genommen *wusste* er, dass er es nicht konnte. Boukman war ein Monster, der schlimmste Verbrecher, dem er je begegnet war, aber ihn umzubringen würde bedeuten, sich auf die gleiche Stufe zu stellen wie er.

»Ich kann das nicht annehmen, Vincent. So nicht«, sagte Max und stieg aus.

Paul ließ das Fenster herunter.

»Ihre Landsleute hatten ihn und haben ihn laufen lassen.«

»Das ist deren Angelegenheit. Ich bin nicht mehr bei der Polizei, Vincent. Anscheinend haben Sie das vergessen.«

»Genau wie Sie«, lächelte Vincent und gab Max seine Beretta und das Holster zurück. »Ich habe nicht damit gerechnet, dass Sie das Angebot annehmen würden.«

Paul nickte dem Fahrer zu. Der Motor wurde angelassen.

»Ach, übrigens, ich habe Ihnen doch erzählt, wie Gustav Carver das Anwesen meiner Familie hat in Schutt und Asche legen lassen. Auf dem Grundstück hat er dieses Haus hier gebaut. Genießen Sie Ihren Aufenthalt«, sagte Paul mit einem bitteren Lächeln, bevor er die schwarze Fensterscheibe hochfahren ließ und davonfuhr.

47

Auf dem Anrufbeantworter warteten fünf Nachrichten auf ihn: eine von Joe, eine von Allain und drei von Chantale.

Allain rief er zuerst an. Er hielt sich an das Skript, das er sich auf dem Weg zurück im Wagen zurechtgelegt hatte: Er tat, als wäre nichts geschehen und als sei alles so wie bisher. Eloise Krolak erwähnte er mit keinem Wort. Er wusste noch nicht genug, sein einziger Anhaltspunkt bisher war das Video. Also erzählte er, er sei in den letzten Tagen einer Spur nachgegangen, die sich leider als Sackgasse erwiesen hatte. Allain dankte ihm für seinen Einsatz und die harte Arbeit.

Dann rief er Joe an. Der war unterwegs, bei der Arbeit, und würde bis zum nächsten Morgen nicht erreichbar sein.

Er duschte und kochte sich Kaffee. Er hatte die erste Tasse halb leer, als das Telefon klingelte. Es war Chantale.

Sie klang erleichtert, seine Stimme zu hören. Sie unterhielten sich eine ganze Weile. Max erzählte ihr die gleiche Lüge wie Allain. Er war sich nicht sicher, wie weit er ihr trauen konnte. Was wusste sie über Charlie? Und über Allain? Hatte sie gemerkt, dass er schwul war? Angeblich hatten Frauen ja ein untrügliches Gespür für so etwas.

Chantale erzählte, dass der Zustand ihrer Mutter sich zusehends verschlechterte. Sie glaubte nicht, dass sie noch bis Weihnachten durchhalten würde. Max nahm das als Vorwand, ihr für den nächsten Tag frei zu geben. Er wollte sie nicht dabei haben, wenn er Eloise beschattete. Er versprach, Allain nichts davon zu erzählen. Sie sagte okay, aber ihre Stimme verriet, dass es das nicht war.

Nach dem Gespräch ging er nach draußen und setzte sich auf die Veranda. Das Zirpen der Insekten erfüllte die Nacht. Hinter dem Haus ging ein leichter Wind, der durch die Bäume strich und die süßlichen Gerüche von Jasmin und brennendem Abfall herantrug.

Er dachte nach.

Vincent Paul hatte Charlie nicht entführt.

Wer dann?

Ein Feind von Paul, oder einer der Carvers?

Und wenn es einer von Carvers Feinden war: Wusste er, wer Charlies Vater war?

Was war mit Beeson und Medd geschehen?

Offensichtlich waren sie der Wahrheit sehr viel näher gekommen als er, und sie hatten dafür bezahlt.

Der Gedanke, Beeson könnte vor ihm der Lösung auf die Spur gekommen sein, weckte die schlafenden Überreste seines Wettkampfgeistes und seines Stolzes. Es machte ihn fast wütend, dass der schwitzende kleine Schnüffler den Fall beinah geknackt hatte, während er praktisch nicht von der Stelle kam.

Dann fiel ihm ein, was seinem alten Rivalen widerfahren war, und er ließ den Gedanken ziehen.

Er musste noch einmal mit Beeson reden, um herauszufinden, was er wusste. Er würde Joe bitten, ihn ins Gebet zu nehmen.

Bis dahin war Eloise Krolak seine einzige Spur.

Er würde bald wissen, ob sie etwas mit Charlies Verschwinden zu tun hatte oder nicht.

48

Am nächsten Tag beobachtete Max, wie Eloise wieder von dem silbernen Geländewagen vor der Arche Noah abgeholt wurde. Es war Punkt 18:00 Uhr. Er folgte dem Wagen nach Pétionville, wo er auf den Hof eines einstöckigen Hauses an einer von Bäumen gesäumten Wohnstraße unweit des Zentrums einbog.

Max fuhr an dem Haus vorbei und parkte am Ende der Straße.

Nach einer Stunde machte er einen kleinen Spaziergang, um das Haus in Augenschein zu nehmen. Es herrschte tiefschwarze Dunkelheit. Die Straße war komplett verlassen, und in den Nachbarhäusern schien niemand zu wohnen. In keinem einzigen Fenster war Licht zu sehen, und kein einziger Laut war zu hören, nur der Gesang der Zikaden und das Knarren der Zweige über seinem Kopf. Eine unheimliche Stille. Nicht einmal die Trommeln oben in den Bergen waren zu hören.

Er beobachtete das Haus von der gegenüberliegenden Straßenseite aus. In einem der Zimmer im oberen Stock lief ein Fernseher. Er fragte sich, ob Eloise sich ein ähnliches Video ansah wie das, das er gefunden hatte.

Er ging zurück zu seinem Landcruiser.

Kurz nach 7:00 Uhr fuhr der Geländewagen wieder aus der Einfahrt und blieb praktisch sofort im Verkehr stecken. Vor der Markthalle von Pétionville – einem großem senfgelben Bau mit braunem, rostigem Blechdach – wimmelte es von Menschen. Auf den Straßen war der Handel bereits eröffnet, Männer und Frauen jeden Alters boten Fisch, Eier, lebende Hühner, tote Hühner – gerupft und ungerupft –, fragwürdig aussehendes rotes Fleisch, hausgemachte Süßigkeiten, Kartoffelchips, Limonade, Zigaretten und Alkohol feil. Das Land schien sich nur mühsam durch die Jahrzehnte zu schleppen, aber die Menschen strahlten schon am frühen Morgen eine Vitalität aus, die Max in amerikanischen Städten noch nie gespürt hatte.

Sie brauchten zwanzig Minuten zur Straße nach Port-au-Prince, dann noch einmal fünfzig Minuten bis in die Hauptstadt. Eloise stieg vor der Arche Noah aus und winkte dem Geländewagen nach, der hupend Richtung Boulevard Harry Truman davonfuhr.

Max folgte ihm über die Küstenstraße. Als die Banque Populaire in Sicht kam, setzte der Geländewagen den rechten Blinker, um in die Auffahrt einzubiegen, die den Angestellten und besonderen Kunden vorbehalten war.

Max fuhr geradeaus weiter, als der Geländewagen durchs Tor rollte, nach ein paar Metern wendete er auf der Straße und fuhr zurück zur Bank. Er musste eine Runde ums Gebäude drehen, bis er die Kundeneinfahrt gefunden hatte.

Als er auf den Parkplatz fuhr, sah er jemanden, den er kannte, auf den Haupteingang zugehen. Die Person blieb unvermittelt stehen, machte kehrt und ging zurück in die Richtung, aus der sie gekommen war.

Der Parkplatz für die Angestellten und der für die Allgemeinheit waren nur durch eine mittelhohe Hecke voneinander getrennt. Max hatte einen ungehinderten Blick auf den Geländewagen und auf die Person, die darauf zuging.

Auf einmal war alles klar.

Er begriff, warum Claudette ihren Entführer in Orange gemalt hatte: Es war sein Haar, der orangerote Afro.

Der orangefarbene Mann war Maurice Codada, der Leiter der Sicherheitsabteilung.

Am Abend rief Max Vincent Paul an und erzählte ihm alles, was er herausgefunden hatte. Paul hörte schweigend zu.

»Wir werden sie in ein paar Stunden holen, gleich morgen früh«, sagte Paul ruhig. »Ich möchte, dass Sie die beiden verhören. Holen Sie alles aus ihnen raus. Tun Sie, was nötig ist, um sie zum Reden zu bringen.«

49

Um kurz nach drei Uhr morgens wurde Max von Pauls Männern abgeholt und zum Haus von Codada und Krolak gefahren. Das Paar wurde in zwei getrennten Kellerräumen festgehalten.

Max schaute zu den beiden hinein, bevor er sich daran machte, das Haus zu durchsuchen.

Er durchquerte die rot-schwarz gefliese Eingangshalle, die in einen offenen Wohnbereich führte. Er war mit einem riesigen Fernseher, einem Videorekorder, einem Sofa, mehreren Sesseln und ein paar Topfpflanzen ausgestattet.

An der rechten Wand eine gut bestückte Bar mit gepolsterten Barhockern. Max ging hinter die Theke und öffnete die Kasse. Jede Menge Banknoten und Münzen. Gourdes mit den Konterfeis von Papa und Baby Doc. Unter der Theke fand er eine geladene 38er und einen kleinen Stapel CDs mit haitianischer und südamerikanischer Musik. An der Wand neben der Theke hing die haitianische Flagge aus der Ära Papa Doc, Schwarz und Rot anstelle von Blau und Rot. Passend zu den Fliesen im Eingangsbereich.

Auch im ersten Stock wurde das Duvalier-Thema fortgeführt. In den Fluren Dutzende von Schwarzweißfotos: ein jüngerer Papa Doc im weißen Kittel, breit lächelnd inmitten armer Menschen in erbärmlichen Kleidern und erbärmlicher Umgebung, die dennoch recht glücklich lächelten. Vielen fehlten Arme oder Beine, Hände oder Füße. Wahrscheinlich stammte das Foto aus der Zeit der Frambösie-Epidemie. Zu Duvaliers Füßen saßen mehrere Kinder mit harten Gesichtszügen, die bis auf einen alle schwarz waren: einen hellhäutigen Jungen mit Sommersprossen. Codada.

Max verfolgte Codadas Entwicklung vom kindlichen Kriminellen zum erwachsenen Kriminellen. Auf mehreren Fotos posierte er mit Bedouin Désyr und den Faustin-Brüdern in der Uniform der Macoutes: marineblaue Hemden und Hosen, Halstücher, Pistolen im Gürtel, die Augen hinter dicken Sonnenbrillen verborgen, die gestiefelten Füße auf eine Leiche gesetzt, immer ein breites Grinsen im Gesicht.

Vor einer Fotoserie von Codada auf einer Baustelle blieb er stehen. Die Kinnlade klappte ihm herunter. Im Hintergrund praktisch aller Fotos war der Tempel von Clarinette zu sehen.

Er warf einen Blick ins Schlafzimmer. Codada und Eloise schliefen in einem Himmelbett mit einem riesigen Fernseher am Fußende.

An der Wand hing ein gerahmtes Gemälde von einem Jungen in blauer Uniformjacke mit roten Hosen, der Flöte spielte. Es war das gleiche Gemälde, das auch in dem Club in Manhattan gehangen hatte, in dem er Allain Carver zum ersten Mal begegnet war. Max erinnerte sich sofort, dass es nicht weit von ihrem Tisch an der Wand gehangen hatte. Und noch an einem anderen Ort hatte er es gesehen: in Codadas Büro in der Bank.

Er nahm das Gemälde von der Wand und drehte es um. Auf der Rückseite klebte ein Schild: »*Le Fifre*, Édouard Manet.«

Im Flur hörte Max Stimmen. Zwei von Vincents Leuten waren aus dem Zimmer am Ende des Flurs gekommen.

Er ging hinein. Ein geräumiges Arbeitszimmer, direkt neben der Tür ein Schreibtisch mit einem Computer, an der gegenüberliegenden Wand Regale mit gebundenen Büchern, dazwischen ein dunkelgrüner Ledersessel und wieder ein großer Fernseher. Vor dem Computer saß eine Frau.

Alle Schubladen waren aufgezogen und der Inhalt auf dem Schreibtisch gestapelt worden: fünf dicke Packen gebrauchter 100-Dollar-Noten, stapelweise Fotos, ein halbes Dutzend CDs – alle von unterschiedlicher Farbe – und zwei Boxen mit Disketten, darauf Jahreszahlen von 1961 bis 1995.

Max ging zum Bücherregal und blieb vor einem weiteren Bild von Papa Doc stehen, das ganz anders war als die anderen, die er bisher im Haus gesehen hatte. Gekleidet wie Baron Samedi, mit Zylinder, Frack und weißen Handschuhen, saß der Diktator in einem blutroten Zimmer am Kopfende eines langen Tisches und sah den Betrachter direkt an. Mehrere Menschen saßen mit ihm am Tisch, doch ihre Gesichter waren nicht zu erkennen. Dunkle, undeutliche menschliche Gestalten, in einem so düsteren Braun gemalt, dass es fast schwarz aussah. In der Mitte des Tisches lag ein weißes Bündel. Max schaute genauer hin und erkannte, dass es ein Baby war.

Er wandte den Blick ab und ging zu den Regalen hinüber. Die Bücher waren nach Farbe sortiert – blau, grün, rot, rotbraun, braun und schwarz –, die Titel in goldenen Lettern auf die Rücken geprägt. Er griff sich einen Titel heraus: *Georgina A*. Das Buch daneben trug den Titel *Georgina B*, gefolgt von *Georgina C*. Er zog den Band aus dem Regal und schlug ihn auf.

Keine Seiten. Das Buch war kein Buch, sondern eine Videohülle, nicht unähnlich den Bibeln mit den ausgeschnittenen Seiten, in denen Junkies ihre Utensilien und ihren Stoff aufbewahrten. Max nahm die unbeschriftete schwarze Kassette heraus. Darunter lag das Foto eines ängstlich dreinblickenden Mädchens, höchstens zwölf Jahre alt. Er öffnete die Kassetten *A* und *B* und fand in jeder ein anderes Foto. Auf dem ersten lächelte sie noch in die Kamera, auf dem zweiten sah sie verwirrt aus.

Max ging das ganze Regal durch. Überall Videokassetten in einer Hülle mit einem Mädchennamen darauf. Jungen gab es hier nicht, keinen *Charlie* oder *Charles A-C*.

Aber er entdeckte *Claudette T*.

Und er entdeckte *Eloise*.

»Was haben Sie da?«, fragte die Frau, die am Schreibtisch saß. New Yorker Akzent.

»Videokassetten. Und Sie? Was ist auf dem Computer?«

»Buchführung. Die Hauptbücher bis 1985 sind eingescannt worden. Alles danach ist in einer Datenbank. Dieses Pärchen hat Kinder verkauft«, sagte sie.

»Ich bin gleich bei Ihnen und schau mir das an«, sagte Max und ging zum Fernseher. Er stellte ihn an und schob *Eloise A* in den Videorekorder.

Es war unmöglich zu sagen, von wann die Aufnahmen stammten, doch im Gesicht des Kindes, das den Bildschirm mindestens zwei volle Minuten lang ausfüllte, waren nur entfernt die Züge der erwachsenen Eloise zu erkennen. Sie war damals höchstens fünf oder sechs Jahre alt gewesen.

Bei der ersten Vergewaltigungsszene hielt Max das Band an.

Die Frau am Schreibtisch hatte aufgehört zu arbeiten. An ihrer Miene, die zwischen Abscheu und Verzweiflung schwankte, erkannte er, dass sie das Gleiche gesehen hatte wie er.

»Zeigen Sie mir, woran Sie da arbeiten?«, fragte Max und ging rasch zu ihr.

Sie deutete auf den Bildschirm: ein Blatt, das in sechs Spalten mit den Überschriften *Nom, Age, Prix, Client, Date de Vente* und *Adresse* unterteilt war. Es stammte vom August 1977 und zeigte, welches Kind an welchen Kunden verkauft worden war und wo diese lebten.

Rasch überflog er die letzte Spalte: Von den dreizehn Kindern auf der Liste waren vier in die USA und nach Kanada gegangen, zwei nach Venezuela, je eines nach Frankreich, Deutschland und in die Schweiz, drei nach Japan, eines nach Australien. Die Käufer waren mit ihren vollen Namen aufgeführt.

Sie riefen die Datenbank auf.

Es war eine lange Geschichte.

Die Datenbank war nach Jahren und innerhalb der Jahre noch einmal nach Ländern sortiert.

Neben den Namen, Adressen, Geburtsdaten, Berufen und Arbeitgebern der Käufer – hier »Kunden« genannt – waren da auch ihre Gehälter, ihre sexuelle Orientierung, ihr Personenstand, die Anzahl ihrer Kinder und die Namen und Adressen ihrer Freunde und Bekannten in Wirtschaft, Politik, Medien, Unterhaltung und anderen Bereichen aufgelistet.

Die erste verzeichnete Transaktion hatte am 24. November 1959 stattgefunden. An diesem Tag hatte Patterson Brewster III, leitender Direktor der *Pickle and Preservatives Company*, einen haitianischen Jungen namens Gesner César »adoptiert«.

Die Adoption hatte ihn 575 Dollar gekostet.

Die letzte verzeichnete Adoption war die von Ismaëlle Cloué durch Gregson Pepper, Bankier aus Santa Monica, Kalifornien.

Der Preis betrug 37 500 Dollar (S).

(S) stand für Standardservice: kein Drumherum, keine Vorzugsbehandlung, keine besonderen Vergünstigungen, normales Procedere. Der Käufer wählte seine »Ware« – wie die Kinder in der Kolumne, in der ihre Daten aufgeführt waren, genannt wurden –, bezahlte und entschwand mit ihm oder ihr. Der Preis war immer der gleiche, und es gab keinen Wettbewerb um die Ware.

Wenn mehrere Käufer am selben Kind interessiert waren, kam es zu einer Auktion (A), wobei der Anfangspreis der üblichen Standardrate entsprach.

Der höchste Preis, der je bei einer Auktion für ein Kind erzielt worden war, belief sich auf 500 000 Dollar, gezahlt von dem kanadischen Geschäftsführer einer Ölfirma in Kuwait für ein sechsjähriges Mädchen. Das war im März 1992 gewesen.

Weitere Servicekategorien lauteten:

(B) für *Bon Ami* – guter Freund. Das waren Käufer, die sich das Kind ihrer Wahl aus dem Angebot reservieren lassen konnten, ohne Konkurrenz. Der Preis war höher, er lag zwischen 75 000 und 100 000 Dollar, je nach Beliebtheit des Kindes und dem »Zusatzwert« des Käufers. Der wiederum war in einer eigenen Kolumne unter der Überschrift *Kontakte* zu finden: Hier ging es um den Einfluss des Käufers, seine Verbindungen zu Regierungen. Ein Käufer von hohem Wert zahlte weniger.

(M) für *Meilleur Ami* – bester Freund –, oder Käufer, die *à la carte* bestellten. Sie kriegten praktisch alles, was sie wollten, und es wurde ihnen von jedem gewünschten Ort geliefert. Für dieses Privileg mussten sie zwischen 250 000 und 1 Million Dollar hinblättern.

Viele Käufer waren als (W) für wiederkehrende Kunden eingestuft, und die Zahlen hinter dem W gaben an, wie oft sie die Dienste schon in Anspruch genommen hatten. Die meisten waren W3 oder W4, aber einige brachten es auch auf zweistellige Zahlen, der Spitzenreiter war ein W19.

2479 Käufernamen waren in der Datenbank gelistet. 317

stammten aus Nordamerika. Dazu gehörten Senatoren, Kongressangehörige, Bankiers, Diplomaten, Börsenmakler, hochrangige Polizeibeamte, hochrangige Geistliche, hochrangige Armeeangehörige, Ärzte, Rechtsanwälte, Manager, Schauspieler, Rockstars, Filmproduzenten und Regisseure, ein Medienbaron und ein ehemaliger Talkshow-Moderator. Max kannte nur eine Hand voll der Namen. Aber die meisten Organisationen, Einrichtungen und Unternehmen, denen sie angehörten, waren in Amerika jedem bekannt.

Der »Katalog« bestand aus Dateien mit Fotos der einzelnen Kinder – eine Portraitaufnahme, drei Ganzkörperaufnahmen (in Kleidern, in Unterwäsche, nackt) –, die den Käufern per E-Mail zugeschickt wurden. Daraufhin trafen sie ihre Wahl.

In den Tagen vor Erfindung des Internets hatte man sich mit den Käufern in privaten Clubs getroffen und ihnen die Kataloge in Papierform überreicht. Viele bevorzugten diese Methode, weil sie E-Mails nicht für sicher hielten. Außerdem ließen sich in den Clubs besser Kontakte knüpfen.

Als Nächstes ging Max eine Datei mit Fotos durch, die die Kinder und ihre jeweiligen Käufer zeigten. Die Käufer waren entweder ohne ihr Wissen aus der Ferne aufgenommen worden, oder die Bilder stammten aus Videoaufnahmen.

Eine ganze Datei enthielt Fotos der Käufer in oder vor dem Gebäude, in dem die Kinder festgehalten wurden und das Max von dem Video kannte, das er in Faustins Haus gefunden hatte. Sie waren fotografiert worden, wie sie einander begrüßten und den Kindern, die auf einer Art Auktionspodest standen, prüfend in den Mund schauten. Keiner der Käufer blickte in die Kamera, was Max vermuten ließ, dass die Aufnahmen heimlich gemacht worden waren.

Die letzten Bilder der Serie zeigten, wie sie in Boote stiegen, die sie zur nächsten Küste bringen würden.

»Wissen Sie, wo das ist?«, fragte Max.

»Sieht aus wie La Gonâve. Das ist eine Insel vor der Küste.«

»Könnten Sie die Datenbank nach einem Namen durchsuchen, bitte? Vorname Claudette, mit zwei T, Nachname Thodore.«

Die Frau ließ sich alle Daten zu dem Mädchen anzeigen und druckte sie aus. Claudette war im Februar 1995 an einen John Saxby verkauft worden. Er lebte in Fort Lauderdale, Florida.

Max dachte an die anderen nordamerikanischen Käufer, und dass er all diese versklavten Kinder würde befreien können. Er würde Joe Kopien des vollständigen Beweismaterials zukommen lassen. Sein Freund würde zum Helden werden: Wenn alles vorbei war und die Urteile gesprochen, würde man ihn zum Polizeipräsidenten befördern.

Aber eins nach dem anderen.

Er ging zurück in den Keller.

50

»Können wir Ihnen irgendwas bringen, Mr. Co-da-da? Wasser? Kaffee? Etwas anderes?«, fragte Max, um das Gespräch in freundlichem Ton einzuleiten. Er hatte einen Dolmetscher dabei, einen kleinen, schwitzenden Mann mit arabischen Gesichtszügen und Brillantine im Haar.

Codada saß auf einem Stuhl, seine Hände waren hinter dem Rücken gefesselt, die Fußknöchel mit einer Kette gebunden. Die nackte Glühbirne hing direkt über seinem Kopf.

»Ja. Sie können aus meinem Haus verschwinden und sich ins Knie ficken.« Max war überrascht, dass Codada auf Englisch antwortete, mit einem französischen Akzent, der nicht weniger ausgeprägt war als seine Aufsässigkeit.

»Ich dachte, Sie sprechen kein Englisch.«

»Da haben Sie sich geirrt.«

»Offensichtlich«, sagte Max.

Codada trug Hosen mit Bügelfalte und schwarze Socken mit Nadelstreifen, passend zum Seidenhemd, das er über der milchweißen Brust drei Knöpfe weit geöffnet hatte. Max zählte vier goldene Halsketten. Noch dazu stank er nach einem arg moschuslastigen Aftershave, das er ohne jeden Sinn für Feingefühl aufgetragen hatte. Auf dem Weg hierher hatte man Max mitgeteilt, dass Codada und Eloise bei der Heimkehr aus einem Nachtclub irgendwo in den Bergen überrascht worden waren.

»Was glauben Sie, warum Sie hier sind?«, fragte Max.

»Weil Sie glauben, dass ich diesen Jungen habe, diesen Charlie«, antwortete er, und sprach Charlie wie »*Tssharlie*« aus.

»Korrekt. Verschwenden wir also nicht unsere Zeit. Haben Sie ihn?«

»Nein.

»Wer dann?«

»Gott.« Er schaute gen Himmel.

»Sie meinen, er ist tot?«

Codada bestätigte mit einem Nicken. Max sah ihm in die Augen. Codada blickte ihn unverwandt an, kein Anzeichen für eine Lüge, die Stimme fest und aufrichtig. Was natürlich nichts zu bedeuten hatte. Womöglich hatte Codada noch nicht begriffen, dass er so oder so ein toter Mann war.

»Wer hat ihn umgebracht?«, fragte Max.

»Der Pöbel… *dey keel Eddie Faustin… en même temps*…«

»Sie wollen mir also erzählen, dass der Mob, dem Eddie

Faustin zum Opfer gefallen ist, auch Charlie umgebracht hat? Das wollen Sie sagen?«

»*Oui.*«

»Woher wissen Sie das?«

»Ich ... *investiger?*«

»Sie haben Erkundigungen eingezogen?«

Codada nickte.

»Wer hat Ihnen das gesagt?«

»Auf der Straße, wo es passiert. *Témoins.* Zeugen. Die Leute sprechen mit mir.«

»Sie haben also Zeugen, die *gesehen* haben, was passiert ist?« Max zeigte auf seine Augen. »Wie viele? Einen? Zwei?«

»Mehr. *En pille moune.* Viele. Zehn. Zwanzig. Es war ein großer, großer *scandale.* Wie wenn Tochter von Clinton entführt.« Codada grinste breit. Sein Goldzahn reflektierte das Licht, und ein warmer, goldgelber Schimmer fiel aus seinem Mund. »Charlie tot. Ich das sagen seinem Vater viele, viele Male. ›Ihr Sohn, er tot.‹ Ich sagen, aber er nicht hören.«

»Sie haben das Allain Carver erzählt?« Max spielte den Unwissenden.

»*Non.* Ich sagen Vater.« Codada grinste noch breiter, er freute sich darauf, die Bombe platzen zu lassen. »Gustav. Gustav Vater von Charlie.«

Max hatte nicht vor, Codada schon jetzt den Boden unter den Füßen wegzuziehen. Er erwiderte Codadas Grinsen. Auf der selbstsicheren Miene des Leiters der Sicherheitsabteilung machte sich Panik breit.

»Erzählen Sie mir von Eddie Faustin. Waren Sie eng befreundet?«

»Nicht Freund.«

»Sie mochten ihn nicht?«

»Er und Bruder, Salazar, beide bei der Polizei für mich arbeiten.«

»Sie meinen bei den Ton-ton Mackoots?«

»Ja, wir Macoutes.« Codada versuchte sich zu straffen, aber es gelang ihm nicht, und er sackte wieder in sich zusammen.

»Hat Eddie auch danach noch für Sie gearbeitet, als es die Mackoots nicht mehr gab?«

»*Non*.«

»Haben Sie Eddie danach noch einmal gesehen?«

»Nur wenn er fahren Monsieur Carver.«

»Haben Sie mit ihm gesprochen?«

»Ich sagen hallo, wie geht's?«

»Haben Sie sich mal mit ihm getroffen? Auf ein Bier oder so?«

»Ein Bier? Mit Eddie?« Codada sah ihn an, als wäre das nicht nur vollkommen ausgeschlossen, sondern durch und durch absurd.

»Ja, warum nicht? Über die alten Zeiten reden und so.«

»Alte Zeiten?« Codada lachte. »Wenn wir Macoutes, Eddie Faustin für mich arbeiten. Ich sein Boss.«

»Sie geben sich also nicht mit Untergebenen ab, wie? Sie tun die übelsten Dinge, die man sich vorstellen kann, aber auf keinen Fall verbringen Sie Ihre Freizeit mit einem Mann, der damals in den glorreichen Tagen der Docs Ihr Untergebener war, ja? Sie haben echt kranke Moralvorstellungen, das kann ich Ihnen sagen.« Max schüttelte den Kopf und sah Codada gerade ins Gesicht. »Wie auch immer, Eddie Faustin hat geplant, Charlie zu entführen. Wussten Sie das?«

»*Non*. Nicht wahr«, sagte er.

»Ja, doch wahr. Sehr wahr sogar.«

»Ich sagen, nicht wahr.«

»Und wieso?«

»Eddie«, Codada blickte stolz drein, »Eddie ein guter Mann. Er niemals Böses tun zu Monsieur Carver. Er lieben Monsieur Carver wie ... wie sein Vater.«

»Hat Eddie das gesagt?«

»Nein, ich sehen. Ich wissen. Ich fühlen.«

»Ach ja? Sie sehen, Sie wissen, Sie fühlen? Okay. *Ich weiß*, dass Eddie für Charlies Entführer gearbeitet hat. Deshalb ist er an jenem Tag zu dieser Straße gefahren. Er hat auf seine Komplizen gewartet, die den Jungen mitnehmen sollten.«

»*Non!*«

»Ja!«

»Wer sagen das... das Scheiß?«

»Ich *investiger* auch«, sagte Max. »Und es ist kein Scheiß.«

Codadas Gesicht verriet, dass er ihm nicht glaubte, dass er alles für einen Bluff hielt.

Max beschloss, das Thema zu wechseln und ihn nach anderen Dingen zu befragen. Er ging in die Zimmerecke und holte eines der Requisiten, die er von oben mitgebracht hatte: das Video von Claudette.

»Erzählen Sie mir von Ihren Geschäften.«

»Geschäfte?« Codada musterte ihn.

»Genau das sagte ich.«

»Ich nicht haben Geschäft.«

Max warf einen Blick zur Tür, an der ein bewaffneter Wachmann stand. Der Dolmetscher lehnte hinter Codada an der Wand.

»Haben Sie jemals ein Kind entführt?«

»Ich nicht entführen Kinder!«

»Sie lügen!«, donnerte Max. »Sie und Ihre Helfershelfer haben Kinder entführt, um sie an reiche Perverse zu verkaufen. Das ist Ihr Geschäft!«

»*Non!*« Codada beugte sich vor und wollte aufspringen, aber er schlug lang aufs Gesicht.

Max stellte ihm einen Fuß auf den Rücken und trat zu, bis er die Wirbel knacken hörte.

»O doch! Das hast du, verlogener Schwanzlutscher!«, zischte Max und trat immer fester auf Codadas Wirbelsäule, sodass der vor Schmerz keuchte. »Sie haben die Kinder entführt, und Sie haben sie nach La Go-Nav gebracht und an Kinderficker wie Sie selbst verkauft. Und ich weiß genau, was wir dort finden werden, wenn wir hinfahren: Ihren letzten Posten Ware. Du Drecksack!«

Max trat noch einmal heftig zu, und Codada schrie auf.

»Hebt ihn hoch«, befahl Max den Soldaten.

Sie setzten ihn wieder auf den Stuhl.

Max öffnete die Hülle von Claudettes Videokassette und zeigte ihm das Foto.

»Kennst du die?«

Codada antwortete nicht, er winselte nur vor Schmerz.

»John Saxby, der Typ, der sie gekauft hat. Erzähl mir von ihm, was treibt er so? Und erzähl mir keine Scheiße, wir haben deine Aufzeichnungen. Deine komplette Buchführung. Antworte mir.«

»Ich nicht mehr wollen reden«, sagte Codada und schaute an Max vorbei zur Tür, seine Augen wurden stumpf und trübe.

»O, du nicht mehr wollen reden? Pech für dich, Maurice, denn was Besseres als mich wirst du hier nicht mehr kriegen. Du findest, ich bin gemein zu dir? Das hier ist ein Spaziergang, Maurice, denn entweder du redest jetzt mit mir, oder Vincent Paul kommt rein und bringt dich zum Reden. Kapiert?«

»*Good kop, bad kop?*«, schnaubte Codada.

»Es gibt hier keine Cops, Maurice. Und schon gar keine guten. Du bist am Ende. Hast du das verstanden? Es ist vorbei. Und weißt du, warum? Ich werde mich jetzt mit Eloise unterhalten. Und ich werde sie dazu bringen, mir das zu erzählen, was du mir nicht erzählen willst. Verstehst du mich?«, flüsterte Max Codada ins Ohr. »Und, du immer noch nicht wollen reden?«

Codada antwortete nicht.

Max drehte sich um und ging aus dem Zimmer.

51

Als Max eintrat, warf Eloise ihm einen verstohlenen Blick zu und starrte dann weiter auf das schlichte weiße Taschentuch in ihren gefesselten Händen.

»Eloise? Mein Name ist Max Mingus. Ich ermittle im Entführungsfall Charlie Carver.«

Keine Antwort.

»Ich weiß, dass Sie genauso gut Englisch sprechen wie ich«, sagte Max. Sie schwieg, den Blick auf das Taschentuch geheftet, den Oberkörper leicht vorgebeugt, als würde sie die Knie an die Brust ziehen, wenn sie nur könnte.

»Dann lassen Sie mich Ihnen Ihre Lage erklären. Diese Angelegenheit wird für Sie beide sehr, sehr schlecht ausgehen.« Max sprach leise und sanft, in vertraulichem Tonfall ohne jede Drohgebärde. »Sie wissen, wer Vincent Paul ist. Ich habe mit eigenen Augen gesehen, was er Menschen antun kann, und glauben Sie mir, schön ist es nicht.«

Keine Regung.

»Eloise, ich bin nicht so wie er. Ich will Ihnen helfen. Ich habe die Videos von Ihnen als kleines Mädchen gesehen. Ich habe gesehen, was dieser Mann im Raum nebenan Ihnen angetan hat. Ich verspreche Ihnen, wenn Sie mir helfen, werde ich mit Vincent über Sie reden. Ich werde ihm erklären, dass es nicht Ihre Schuld war, dass sie in diese Dinge verwickelt wurden. Dann haben Sie vielleicht eine Chance, lebend aus dieser Sache herauszukommen.«

Stille.

Dann hörte Max im Kellergang das unverwechselbare Dröhnen der Stimme von Vincent Paul.

»Eloise. Retten Sie sich. Bitte«, flehte Max. »Wenn Sie mir nicht helfen, wird Vincent Paul Sie töten. Ihm ist Ihre Vergangenheit egal. Es ist ihm egal, dass Sie auch einmal ein kleines Mädchen waren, dass dieser widerliche Bastard sie von zu Hause entführt und Sie vergewaltigt und missbraucht hat. Paul wird nur das sehen, was er vor der Nase hat: eine Lehrerin, die für das Leben ihrer jungen, schutzlosen Kinder verantwortlich ist, für Waisen, und die nicht nur zulässt, dass diese von Männern missbraucht werden, sondern sogar daran beteiligt ist. Und ich werde ihm das nicht zum Vorwurf machen, Eloise. Denken Sie darüber nach. Überlegen Sie sich das gut. Ich biete Ihnen einen Ausweg. Dieser Sack Scheiße nebenan ist es nicht wert.«

Max ging aus dem Raum und traf im Flur auf Paul. Der begrüßte ihn mit einem schiefen Lächeln und einem kurzen Nicken.

»Geben Sie ihr das.« Vincent legte ihm etwas Kleines, Feuchtes in die Hand.

Max schaute auf seine Handfläche und ging wieder hinein zu Eloise.

»Erkennen Sie das?«, fragte er.

Sie riss die Augen auf und brach in Tränen aus, als sie das glänzende, blutige Stück Metall zwischen Max' Fingern erkannte.

»Lassen Sie ihn in Ruhe!«, kreischte sie.

»Wenn Sie uns nicht erzählen, was wir wissen wollen, Eloise, werden wir ihn Stück für Stück auseinander nehmen.« Er packte ihren Arm und presste ihr den goldenen Schneidezahn ihres Geliebten in die Hand.

Sie starrte Max an, und ihre Augen waren wie vergiftete

Pfeile. In dem Moment begriff er, dass sie nicht die unschuldig Verführte war, die er in ihr gesehen hatte. Sie war kein Opfer. Sie war nicht weniger schuldig als Codada.

»Sie bringen uns doch sowieso um«, zischte sie, und ihre amerikanische Intonation ging in einem heftigen französischen Akzent unter.

Paul kam herein, er zog Codada an den gefesselten Füßen hinter sich her.

Eloise schrie auf, als sie ihn sah. Sie versuchte aufzustehen.

»Sitzenbleiben!«, brüllte Max. »Sie werden mir meine Fragen beantworten, oder dieser kinderfickende Drecksack hier wird noch sehr viel mehr verlieren als seine Zähne. Kapiert?«

Max wartete nicht auf eine Antwort.

»Charlie Carver. Was haben Sie mit ihm gemacht?«

»Nichts. Wir haben ihn nicht. Wir hatten ihn nie. Wir wollten ihn nie. Sie haben die Falschen, Detective.«

»Ach ja?«, sagte Max dicht vor ihrem Gesicht. Er würde später noch einmal auf Charlie zurückkommen. »Wo ist Claudette Thodore?«

»Ich weiß nicht, wer das ist.«

Max zog das Foto aus der Brieftasche und hielt es ihr hin. Sie warf einen kurzen Blick darauf.

»Die war nicht bei mir.«

»Wie meinen Sie das?«

»Ich habe nicht mit ihr gearbeitet.«

»Mit ihr gearbeitet? Was soll das heißen?«

»Ich habe sie nicht aufgebaut.«

»Aufgebaut?«

»Ihr Umgangsformen beigebracht, Tischmanieren, was man so braucht in der feinen Gesellschaft.«

Max wollte sie gerade auffordern weiterzureden, als sich

Codada vom Fußboden aus mit einem Gurgeln zu Wort meldete.

»Er sagt, er will jetzt reden«, übersetzte Paul.

»Ach ja? Aber ich will jetzt nicht mit ihm reden. Bringen Sie ihn weg.«

Vincent schleifte Codada aus dem Raum.

Max wandte sich wieder Eloise zu.

»Aufbauen. Erzählen Sie weiter, erklären Sie es mir.«

»Soll das heißen, Sie können sich das nicht denken?

»O, ich weiß sehr gut, worum es geht«, sagte Max. »Aber ich würde es gern von Ihnen hören.«

»Unsere Kunden sind durchweg sehr wohlhabende Männer, sie bewegen sich in höchsten gesellschaftlichen Kreisen. Sie erwarten, dass das Produkt, das sie erwerben, einem gewissen Standard entspricht.«

»Das Produkt? Sie meinen die Kinder?«

»Ja. Bevor wir sie verkaufen, bringen wir ihnen Tischmanieren bei und wie man sich in Gegenwart Erwachsener zu benehmen hat.«

»Bitte und danke sagen, wenn sie vergewaltigt werden?«

Eloise schwieg.

»Antworten Sie mir.«

»Es geht nicht nur darum.« Sie fing an, sich zu rechtfertigen.

»Ach nein?«

»Mit schlechten Manieren kommt man im Leben nicht weit.«

»Ach, und Sie tun diesen Kindern noch einen Gefallen, ja, wenn Sie ihnen zeigen, wie man am Tisch eines gottverdammten Pädophilen Messer und Gabel hält, oder was? Kommen Sie mir nicht mit dem Scheiß, Eloise!«, schrie Max. »Warum haben Sie es getan, Eloise? Ich habe die Videos gesehen. Ich habe gesehen, was man Ihnen angetan hat.«

»Sie haben es gesehen, aber nichts *gesehen*«, konterte sie und schaute ihm mit bohrendem Blick in die Augen. »Gucken Sie sich die Bänder noch mal an.«

»Warum erzählen Sie mir nicht einfach, was ich übersehen habe?«

»Maurice liebt mich.«

»Schwachsinn!«, zischte Max.

»Warum?«, entgegnete sie ruhig. »Was haben Sie hier zu finden erwartet? Ein Opfer? Ein hilfloses, flennendes Kind? So wie Sie es aus Ihren Büchern gelernt haben? Und jetzt wollen Sie mich mit Ihrem einfältigen Psychogebabbel trösten, mit einem aufmunternden Seufzer?« Sie war angriffslustig und zornig. Es fehlte nicht viel, und sie hätte geschrien. Und trotzdem war da nicht die geringste Leidenschaft in ihrer Stimme, als hätte sie diesen Vortrag schon zeit ihres Lebens einstudiert und als hätten die Worte längst ihre Bedeutung verloren, als wäre es nur noch eine Aneinanderreihung von Stichpunkten, die sie bis zum Ende abarbeiten musste.

»Für Sie ist es das Einfachste, uns alle als unschuldige, verletzliche Opfer hinzustellen. Aber es gibt da Unterschiede. Ein paar von uns können sich durchsetzen, und am Schluss stehen wir ganz oben.«

»Das hier nennen Sie ganz oben?« Max zeigte mit ausholender Geste durch den Raum. »Sie werden sterben, und es wird kein leichter Tod sein.«

»Kein Mensch hat mich jemals so gut behandelt wie er. Keiner. In meinem ganzen Leben nicht. Ich bedaure nichts. Wenn ich etwas anders machen könnte, ich würde es nicht tun«, sagte sie ruhig.

»Erzählen Sie mir von Maurice. Wie hat er Sie entführt? Wie hat er es angestellt?«

»Er hat mich nicht entführt«, sagte sie ungeduldig. »Er hat mich gerettet.«

»Meinetwegen«, seufzte Max. »Erzählen Sie mir, wie er es gemacht hat.«

»Das Erste, woran ich mich erinnere, ist seine Kamera, damals hatte er noch eine Super 8. Sie hat sein halbes Gesicht verdeckt. Ich habe ihn immer morgens gesehen. Meine Freundinnen und ich, wir haben ihm zugewinkt. Er hat mit uns geredet und uns kleine Geschenke zugesteckt, Süßigkeiten oder diese kleinen Drahtfiguren, die er von uns gemacht hatte. Mir hat er am meisten Aufmerksamkeit geschenkt. Er hat mich zum Lachen gebracht. Meine Freundinnen waren so eifersüchtig.« Eloise lächelte. »Eines Tages hat er mich gefragt, ob ich mit ihm mitgehen möchte, auf eine Reise an einen verzauberten Ort. Ich habe Ja gesagt, und im nächsten Moment saß ich schon neben ihm im Auto. Es war die beste Entscheidung meines Lebens.«

Max versuchte zu schlucken, aber sein Mund war ausgetrocknet. Sie hatte recht. Sie war nicht so, wie er erwartet hatte. Er wusste vom Stockholm-Syndrom, von Entführungsopfern, die sich in ihren Entführer verliebten. Aber bei einem Kindesmissbrauch war ihm das noch nie begegnet.

Er war in höchstem Maße verwirrt – und fassungslos und entsetzt. Und das Schlimmste war, dass er es nicht schaffte, das zu überspielen, dass er ihr einen Einblick in sein Inneres gewährte, dass er ihr damit eine Position der Überlegenheit verschaffte, der Macht.

»Aber ... was ist mit Ihrer Familie?«

Sie stieß ein bitteres Lachen aus, ihr Gesicht blieb starr, die Augen kalt und fest. »Meine Familie? Vater, Mutter, Kind, wie bei Ihnen in Amerika? Meinen Sie das, wenn Sie von meiner *Familie* sprechen?«

Max sah sie ausdruckslos an. Er würde sie reden lassen, bis ihm einfiel, wie er wieder die Kontrolle übernehmen konnte.

»Nun, ganz so war es bei mir nicht, das können Sie mir glauben. Ich habe nur noch sehr wenige Erinnerungen daran, aber ich würde alles dafür geben, auch die zu vergessen. Zu acht in einer winzigen Hütte mit nur einem Zimmer. Wir waren so arm, dass wir nichts anderes zu essen hatten als Erdkuchen. Wissen Sie, was ein Erdkuchen ist? Sehr wenig Maismehl mit viel Erde und Wasser aus dem Abflussgraben, alles zusammengemischt und in der Sonne stehen gelassen, bis es zu einem Kuchen getrocknet ist. Das habe ich gegessen, jeden Tag.«

Sie hielt inne und sah ihn provozierend an, sie wollte ihn dazu bringen, ihr mit dem Großen und Ganzen zu kommen, sie mit irgendwelchen einfach gestrickten Moralvorstellungen einwickeln zu wollen.

Als sie sah, dass er da nicht mitspielte, veränderte sich ihre Haltung, und sie wurde unsicher. Dann atmete sie tief durch die Nase ein, hielt die Luft an, schloss die Augen und senkte den Kopf.

Über eine Minute lang hielt sie den Atem an, ihre Augen schossen hinter den Augenlidern hin und her, ihre Finger zwirbelten die Zipfel des Taschentuchs, und ihre Lippen bewegten sich schnell, aber lautlos. Entweder betete sie, oder sie trug einen inneren Konflikt mit ihrem Gewissen aus. Dann erstarben die neurotischen Bewegungen eine nach der anderen: Sie legte das Taschentuch in den Schoß und die Hände mit den Handflächen nach unten auf die Oberschenkel. Ihre Lippen erstarrten, und ihre Augen rollten nicht mehr.

Schließlich atmete sie durch den Mund aus, öffnete die Augen und fing an zu sprechen.

»Ich werde Ihnen alles erzählen, was Sie wissen wollen. Ich werde Ihnen sagen, wo wir die Kinder halten und an wen wir sie verkaufen. Ich werde Ihnen sagen, wer für uns arbeitet und für wen wir arbeiten.«

»Für wen Sie arbeiten?«

Sie sah ihm in die Augen.

»Sie haben doch nicht etwa geglaubt, Maurice hätte das alles allein aufgezogen?«, lachte sie.

Paul kam wieder herein.

»Maurice hat viele Qualitäten, aber Intelligenz gehört nicht dazu«, kicherte sie liebevoll und schaltete im gleichen Moment wieder in den Geschäftsmodus zurück. »Ich erzähle Ihnen alles, unter einer Bedingung.«

»Versuchen Sie es«, sagte Max.

»Sie müssen Maurice laufen lassen.«

»Was? Kommt gar nicht in Frage!«

»Sie lassen Maurice laufen, und ich erzähle Ihnen alles. Er war nur ein kleines Rädchen in einem sehr großen Getriebe. Wir beide. Wenn Sie ihn nicht freilassen, sage ich kein Wort. Dann können Sie gleich jetzt die Waffe auf uns richten.«

»Einverstanden«, schaltete Paul sich ein, sodass Eloise zusammenzuckte. »Sobald wir Ihre Informationen nachgeprüft haben, lasse ich ihn laufen.«

»Geben Sie mir Ihr Wort«, sagte Eloise.

»Ich gebe Ihnen mein Wort.«

Eloise senkte feierlich den Kopf, um das Geschäft zu besiegeln.

Max war sich nicht sicher, dass Paul Codada laufen lassen würde, aber den Gedanken schob er fürs Erste beiseite.

Paul klopfte ihm auf die Schulter, was Max als Aufforderung verstand, mit der Befragung fortzufahren.

»Sagen Sie mir, für wen Sie arbeiten.«

»Können Sie sich das nicht denken?«

»Eloise, wir haben eine Vereinbarung getroffen. Wir werden hier nicht mehr Katz und Maus spielen. Und wir werden nicht mehr auf schlau machen. Ich stelle Ihnen eine Frage, und Sie geben mir eine Antwort – und Sie sagen die Wahrheit. So einfach läuft das. Verstanden?«

»Ja.«

»Gut. Für wen arbeiten Sie?«

»Gustav Carver«, sagte sie.

»Spielen Sie keine verdammten Spielchen mit mir, Eloise!«, schrie Max. »Ich weiß, dass er Ihr Chef ist, verdammte Scheiße! Ihm gehört die Arche Noah, und ihm gehört die Bank, in der Ihr geliebter Kinderficker arbeitet!«

»Aber Sie haben mich gefragt, für wen wir ar –«

»Spielen Sie hier nicht die Neunmalkluge!« Max beugte sich dicht über sie. »Wenn Sie mich hier noch eine Sekunde länger zum Narren halten, schwör ich Ihnen, ich geh rüber und blase Ihrem Maurice eigenhändig das Lebenslicht aus.«

»Aber ich sage Ihnen, es ist Gustav Carver! Er ist unser Chef! Er steht hinter dem Ganzen. Er leitet es. Es gehört ihm! Er hat es aufgezogen! Er hat es erfunden!«, beharrte Eloise mit zittriger Stimme. »Es ist Gustav Carver. Er macht das seit fast vierzig Jahren. Er entführt Kinder, baut sie auf und verkauft sie für Sex. Gustav Carver ist Tonton Clarinette.«

52

»Maurice hat Monsieur Carver – Gustav – in den vierziger Jahren kennengelernt. Maurice lebte damals in einem Dorf im Südwesten, ungefähr fünfzehn Meilen von Port-au-Prince entfernt. Zu jener Zeit war die Frambösie in Haiti weit verbreitet. Die Gegend, in der Maurice lebte, war besonders stark betroffen.

Maurice hat mir oft davon erzählt, wie seine Eltern von der Krankheit befallen wurden. Seine Mutter hat sie zuerst gekriegt. Erst sind ihr die Arme verdorrt, dann sind die Lippen abgefallen, dann hat sie die Nase verloren. Man hat sie aus dem Dorf gejagt. Danach hat die Familie in einem Holzverschlag gehaust, Maurice und seine Eltern, oder das, was von ihnen übrig war. Er hat zusehen müssen, wie sie buchstäblich auseinanderfielen.«

»Wieso hat er sie nicht gekriegt?«, fragte Max.

»Le Docteur Duvalier, François Duvalier, Papa Doc, hat ihn gerettet.«

»So haben die sich kennengelernt?«

»Ja. Die Hütte lag am Weg zum Dorf. Der Doktor hat in der Nähe ein Krankenhaus errichtet, und er hat Maurice da zwischen seinen Eltern sitzend gefunden. Maurice war der erste, den er geimpft hat.«

»Verstehe«, sagte Max. So weit, so gewöhnlich: das übliche »Opfer seiner Umstände«-Plädoyer.

»Es gab Probleme, weil die Medikamentenvorräte regelmäßig von den Leuten aus dem Dorf geplündert wurden. Also hat Maurice eine Bande zusammengestellt, um die Vorräte zu bewachen. Das waren Kinder seines Alters oder jünger. Sie haben Le Docteur Duvalier bewacht, während er gearbeitet hat, und nachts haben sie das Krankenhaus bewacht. Sie waren sehr gut. Sie hatten Steinschleudern, Messer und Knüppel dabei, die sie in *macoutes* mit sich rumgetragen haben – das sind diese Strohtaschen, wie die Bauern sie benutzen. Duvalier nannte sie ›*mes petits tonton macoutes*‹, meine kleinen Männer mit den Taschen. Der Name ist hängen geblieben.«

»Wie süß«, bemerkte Max trocken. »Was ist mit Gustav Carver? Wann kommt der ins Spiel?«

»Monsieur Carver war von Anfang an dabei. Er war der erste Weiße, den Maurice je gesehen hat. Zu der Zeit war es praktisch unmöglich, an Medikamente und medizinisches Gerät heranzukommen. Es war Monsieur Carver, der mit seinen Geschäftskontakten alles Benötigte in Amerika besorgt hat.

Maurice hat Le Docteur Duvalier geliebt, auch wenn sie nie Geliebte waren, falls Sie das denken.« Eloise musterte Max' Gesicht.

»Das habe ich nicht gedacht«, sagte Max.

»Aber Sie haben es vermutet.«

Natürlich hatte er das, aber er hatte die Situation wieder unter Kontrolle, und das sollte auch so bleiben.

»Wir hatten doch eine Vereinbarung, schon vergessen? Ich frage, Sie antworten. Wie ging es weiter?«

»Maurice hat für Le Docteur Duvalier gearbeitet. Während seines Präsidentschaftswahlkampfs war Maurice für seine Sicherheit zuständig.«

»Wann haben die angefangen, Kinder zu entführen?«

»Le Docteur Duvalier war nicht nur Arzt, sondern auch *Bokor*, falls Sie wissen, was das ist«, sagte sie herablassend.

»Ich bin schon eine Weile hier, junge Dame«, antwortete Max und musterte sie mit strengem Blick. Sie lächelte ihn an, zum ersten Mal. Ein sehr nervöses Lächeln, bei dem sie ihre schiefen, gelben Schneidezähne zeigte. Sie erinnerte Max an eine alte Ratte. Fehlten nur noch die Schnurrbarthaare. »Ich weiß auch, dass es einen Unterschied gibt zwischen Voodoo und Schwarzer Magie. Korrigieren Sie mich also, wenn ich mich irre, aber Papa Doc hat Schwarze Magie praktiziert, ja?«

»Er ist mit den Toten in Kontakt getreten, mit den Geistern. Dazu brauchte er Kinder.«

»Wieso?«

»Das Einzige, was uns von der Welt der Geister trennt, ist unser Körper. Wenn der Körper vergeht, werden wir selbst zu Geistern. Geister waren auch mal Menschen, und genau wie Menschen können sie an der Nase herumgeführt werden«, sagte Eloise und dehnte sich die Finger, die kurz und dünn waren wie abgebrochene braune Bleistiftstummel, die mit Pflastern zusammengehalten wurden.

»Und was nützt einem das Geistsein, wenn man nicht sehen kann, was so ein Sterblicher im Schilde führt?«

»Dazu haben wir ja die Schwarze Magie. Le Docteur Duvalier hat Kinderseelen benutzt, die reinsten, unverdorbensten Seelen, die es gibt. Mit einer solchen Seele wird jeder Geist sprechen und ihr helfen.«

»Und wie kriegte er die Seelen?«

»Was glauben Sie?«

»Er hat sie umgebracht?«

»Er hat sie geopfert«, berichtigte Eloise, wieder in herablassendem Tonfall.

»Und Maurice und seine Leute haben für Papa Doc Kinder geklaut?«

»Ja. Und zwar auf Bestellung, schließlich wollte Le Docteur Duvalier nicht einfach irgendein Kind von der Straße. Er hatte immer ganz bestimmte Vorstellungen, und die waren jedes Mal anders. Manchmal brauchte er einen Jungen, manchmal ein Mädchen. Sie mussten an einem bestimmten Tag geboren sein oder aus einer bestimmten Gegend stammen. Sie durften nur so und so alt sein. Niemals älter als zehn. In dem Alter verlieren die Seelen langsam ihre Reinheit. Dann fangen sie an, erwachsen zu werden. Sie verstehen mehr.«

»Und die Geister reden nicht mehr so offen mit ihnen«, schlussfolgerte Max.

»Richtig.«

»Maurice hat also Kinder entführt, und Gustav Carver wusste Bescheid?«

»Nicht nur das: Es war seine Aufgabe, die Kinder zu besorgen. Le Docteur Duvalier hat Monsieur Carver genaue

Angaben gemacht, was für ein Kind er benötigte. Dann haben sich Monsieur Carver und Maurice im Land umgeschaut und die in Frage kommenden Objekte fotografiert. Die Fotos wurden Le Docteur Duvalier vorgelegt, und der wählte aus, welches er wollte.«

Max lief ein kalter Schauder über den Rücken. Ihre Augen logen nicht, und ihre Körpersprache verriet weder Täuschung noch Angst. Sie sagte die Wahrheit. Und es passte. Alle Welt wusste, dass Gustav Carver und Papa Doc sich nahe gestanden hatten, dass sie sich seit vielen Jahren kannten. Gustav war Opportunist. Vermutlich hatte er in Duvalier die gleiche Skrupellosigkeit erkannt, die er selbst besaß, und den gleichen Willen, ohne Gewissen und ohne Reue zu handeln.

»Wozu hat Papa Doc diese Kinder... diese Kinderseelen, wozu hat er sie gebraucht?«

»Um seine Feinde auszutricksen.«

»Wie?«

»Wir alle haben einen Schutzgeist... einen Schutzengel, wie Sie das wohl nennen würden. Sie passen auf uns auf und beschützen uns. Wenn Le Docteur Duvalier die Seele eines Kindes eingefangen hatte, dann taten die alles, was er ihnen befahl. Mit ihrer Hilfe hat er die Schutzgeister seiner Feinde überlistet und sie dazu gebracht, ihm deren Geheimnisse zu verraten. So wusste er immer, ob jemand etwas gegen ihn im Schilde führte.«

»Und dafür kriegte er... was hat Baron Samedi ihm gegeben? Die Präsidentschaft?«

»Ja. Und als er Präsident war, hat Baron Samedi ihn an der Macht gehalten, hat ihm die Herrschaft über alle seine Feinde gewährt... solange er die Opfer darbrachte und den Befehlen seines *Loa* Gehorsam leistete.«

»Und das glauben Sie?«

»Maurice sagt, während der Zeremonien ist Baron Samedi im Zimmer erschienen.«

»Ja? Und Sie sind sicher, dass es nicht der Typ aus dem James-Bond-Film war?«

»Sie können sich darüber lustig machen, wie Sie wollen, Mr. Mingus, aber Le Docteur Duvalier war ein sehr mächtiger Mann...«

»Der Kinder getötet hat, schutzlose, unschuldige Kinder. Ich würde das nicht als ›mächtig‹ bezeichnen, Eloise. Ich würde das schwach nennen, und feige und verdorben«, fiel Max ihr ins Wort.

»Nennen Sie es, wie Sie wollen«, sagte sie ungehalten. »Aber es hat seinen Zweck erfüllt. Er ist nicht getötet und nicht gestürzt worden – und Ihre Armeen sind nicht in unser Land einmarschiert.«

»Dafür gibt es sicher ganz irdische Gründe, möchte ich meinen, außerdem ist Ihr Doc jetzt tot«, sagte Max. »Erzählen Sie mir von Carver und Codada. Von den Kindesentführungen. Wann haben sie angefangen, damit Geld zu verdienen?«

»Als Le Docteur Duvalier an der Macht war, hat er Monsieur Carver mit Aufträgen und Monopolen belohnt. Maurice wurde sein Sicherheitsberater. Viele Leute, die den Präsidenten anfänglich unterstützt hatten, sind später in Ungnade gefallen, aber nicht Monsieur Carver und Maurice. Die beiden saßen an seinem Bett, als er starb.«

»Herzergreifend«, bemerkte Max. »Carver hat sein Wirtschaftsimperium also auf dem Rücken entführter Kinder errichtet.«

»Am Anfang nicht. Es war vielmehr eine Geschäftserweiterung, ein Wachstum, so wie man Wälder fällt, um Straßen und Städte zu bauen. Le Docteur Duvalier musste weiterhin Opfer darbringen, um an der Macht zu bleiben.

Maurice hat mir erzählt, Monsieur Carver habe das wirtschaftliche Potenzial der Operationen erkannt, als der Geschäftsführer einer Bauxitminen-Gesellschaft nach Haiti kam. Die Insel verfügt über große natürliche Bauxitvorkommen. Monsieur Carver hat Verhandlungen mit ihm geführt, aber er hatte Konkurrenz von einer Minengesellschaft aus der Dominikanischen Republik. Er engagierte einen Privatdetektiv, der Erkundigungen über das Unternehmen und das Management einziehen sollte. Der leitende Direktor war pädophil. Er hatte ein Faible für kleine haitianische Jungen.

Er hielt sich einen Jungen in einem Haus in Port-au-Prince. In der Woche ging der Junge auf eine Privatschule, wo man ihm Umgangsformen beibrachte: Tischmanieren und korrektes Auftreten in zivilisierter Gesellschaft...«

»Das Gleiche, was Sie heute machen«, fiel Max ihr ins Wort.

»Richtig.«

Max sah, wie sich das schreckliche Puzzle langsam zu einem Bild zusammenfügte. Es passte zu Carver: Er war kein Schöpfer, er war ein Parasit. Er war reich geboren worden und hatte sich aufgemacht, diesen Reichtum zu mehren, und das nicht durch Unternehmergeist, sondern indem er mithilfe von Geld oder Bulldozern die Geschäfte anderer übernahm, die diese mit der eigenen Hände Arbeit aufgebaut und am Laufen gehalten hatten.

Er dachte an den Alten, an sein Haus, seine Bank, sein Geld. Plötzlich kam er sich unbedeutend und gedemütigt vor. Was machte das alles aus ihm? Einen Mann, der für schlechte Menschen Gutes tat?

»Reden Sie weiter«, brummte er.

»Der Direktor war Familienvater aus alteingesessenem, reichem Hause mit guten Kontakten zur dominikanischen Regierung. So ein Skandal hätte ihn ruiniert.«

»Lassen Sie mich raten: Gustav Carver hat dem Kerl die Beweise unter die Nase gehalten und ihn dazu gebracht, sich aus dem Deal zurückzuziehen.«

»Ja, so ungefähr, aber nicht ganz«, sagte Eloise. »Monsieur Carver hatte keinerlei Kenntnisse über den Abbau von Bauxit, und so hat er die Dominikaner als Partner ins Geschäft geholt.«

»Und in Anbetracht dieses Erfolgs und weil er wusste, dass Pädophile eine kleine, exklusive Gesellschaft sind und sich untereinander kennen, hat er den Dominikaner und seine ›Freunde‹ mit frischer ›Ware‹ versorgt, richtig?«, führte Max den Gedanken zu Ende.

»Richtig.«

»Und diese ›Freunde‹ waren entweder Businessleute, mit denen Carver Geschäfte machen konnte, oder aber sie hatten Verbindungen zu Leuten, die ihm dabei behilflich sein konnten, sein Wirtschaftsimperium zu vergrößern.«

»Ganz genau.«

»Er hat ihnen Kinder besorgt und hat im Gegenzug Aufträge und Geld bekommen«, sagte Max.

»Und vor allem weitere Kontakte – zu Leuten, die so sind wie sie selbst, oder zu anderen. Zu sehr, sehr mächtigen Menschen. Monsieur Carver akquiriert Menschen. So hat er sein Imperium zu dem ausgebaut, was es heute ist – und das nicht nur hier in Haiti. Er hat Geschäftsinteressen auf der ganzen Welt.«

Sie hörte auf zu reden, faltete das Taschentuch in ihrem Schoß auseinander und sehr ordentlich wieder zusammen, von links nach rechts zu einem Dreieck, das sie wieder zu einem Dreieck faltete. Sie glättete den Stoff, bewunderte ihr Werk und faltete es wieder von hinten nach vorn auseinander.

»Aber da ist noch mehr für ihn drin als Geld und Einfluss, oder?«, fasste Max zusammen. »Er hat was gegen sie in der Hand, gegen diese hochgestellten, mächtigen Männer. Er weiß genug über sie, um sie zehnfach zu ruinieren. Im Grunde gehören sie ihm. Er hat Macht über sie. Es sind seine Sklaven. Er sagt: ›Spring‹, und sie fragen: ›Wie hoch?‹ Richtig?«

Eloise nickte.

»Und Allain Carver?« Paul sah Eloise an. »Steckt er mit drin?«

»Allain? Nein. Niemals!« Sie grinste verächtlich und kicherte.

»Was ist daran so lustig?« Max sah ihr ins Gesicht. Ihr selbstgefälliges Grinsen machte ihn stinkwütend – dieser typische »Ich weiß mehr als du«-Blick einer Lehrerin.

»Monsieur Carver hat Allain seinen ›Schwanter‹ genannt: Tochter mit Schwanz. Er meinte, wenn er gewusst hätte, dass Allain schwul wird, hätte er ihn einem Kunden gegeben – umsonst.« Sie lachte.

»Das stell sich einer vor«, unterbrach Paul sie. »Schwule findet er pervers, aber Pädophile nicht.«

Sie versuchte, seinen Blick zu erwidern, aber es gelang ihr nicht. Sie wandte sich wieder ihrem Taschentuch zu, das sie wie einen Pfannkuchen zu einem Zylinder rollte.

»Allain wusste also gar nichts von alldem?«, hakte Max nach.

»Ich wusste auch nichts davon, Max«, sagte Paul.

»Sie sind auch nicht sein Sohn.«

»Er hat doch nie richtig zu ihm gestanden«, erinnerte Paul. »Ich glaube ihr. Ich kenne Allain. Er weiß noch nicht einmal über alle *legalen* Geschäfte seines Vaters Bescheid. Ich habe da Einblick, das wissen Sie doch. Diese Sache hat Gustav streng unter Verschluss gehalten. Ein solches Geschäft in einem so kleinen Land wie unserem aufzuziehen, ohne dass es herauskommt, da gehört einiges dazu. Und es so geheim zu halten, dass nicht einmal ich davon wusste ...«

»Alle stecken mit drin«, sagte Eloise. »Deshalb hat niemand darüber geredet. Und wenn es jemals so aussah, als würde es rauskommen, hat Monsieur Carver mit seinen Verbindungen ...«

»Die Leute aus dem Weg geräumt«, ergänzte Paul.

Max dachte über Allain nach. Solange er keine Beweise hatte, die ihn voll und ganz entlasteten, würde er ihn verhören, um herauszufinden, was er wusste und was nicht, nur um ganz sicher zu gehen.

»Erzählen Sie mir von der Arche Noah.«

»Niemand hat irgendetwas vermutet. Alle Welt hat geglaubt, es sei ein reines Wohltätigkeitprojekt. Und für die falschen Kinder war es das auch.«

»Was meinen Sie mit ›falsche Kinder‹?«

»Den Überschuss. Die, die nicht verkauft werden konnten.«

»Was ist aus denen geworden?«

»Monsieur Carver hat ihnen Arbeit gegeben.«

»Nichts verkommen lassen.« Max schaute Paul an. Pauls Gesicht war starr, die Kiefer fest zusammengepresst, die Lippen schmal. An seiner Haltung, an den Händen mit den sechs Fingern, die er halb zu Fäusten geballt hatte, erkannte Max, dass er kurz davor war zu explodieren. Er hoffte, noch genug Zeit zu haben, um alles Wichtige aus Eloise herauszukriegen, bevor Paul ihr den Kopf abriss.

»Wann haben Sie angefangen, die Kinder ›aufzubauen‹?«

»Da muss ich so fünfzehn oder sechzehn gewesen sein. Monsieur Carver war sehr stolz auf mich. Er hat mich selbst ausgesucht. Ich war seine erste Wahl.« Sie lächelte, und Tränen stiegen ihr in die Augen, in denen zugleich ein kalter Stolz brannte.

»Monsieur Carver besaß bereits einige Kenntnisse über Voodootränke, er wusste, welche Inhaltsstoffe man für den Trank braucht, mit dem man Menschen in Zombies verwandeln kann. Er hatte sich viel damit beschäftigt und sich kundig gemacht. Und er ist gelernter Hypnotiseur. Er hat mir erzählt, dass er schon immer mit Kindern gearbeitet hat, mit mittellosen Slumkindern.«

»Wie? Sex?«

»Er hat ihnen Manieren beigebracht.«

»Es war also Carvers Idee, diesen verwahrlosten Kindern Schliff zu geben – sie ›aufzubauen‹ –, um sie in gehorsame Sexsklaven mit perfekten Tischmanieren zu verwandeln, die in den besseren Kreisen bestehen können?«

»Ja. Kein Mensch kauft ein halb fertiges Auto.«

»Macht er das immer noch? Kinder hypnotisieren?«

»Gelegentlich ja, aber er hat seine Kunst an Mitarbeiter auf La Gonâve weitergegeben.«

Max starrte einen langen, schmalen Riss in der Wand vor sich an, seine Konzentration schwand, und er ließ die Gedanken wandern. Er spürte Wut und Übelkeit, ganz tief unten im Magen. Er sah sich selbst an Gustavs Seite, wie sie vor dem Portrait von Mrs. Carver standen, wie er sich in den Alten hineingefühlt hatte, weil sie beide Witwer waren, weil sie beide verloren hatten, was sie am meisten liebten. Er hatte sich an dieser Vorstellung festgehalten, hatte sie als Beweis genommen, dass Gustav Carver kein Monster war, sondern ein Mensch... trotz allem ein Mensch. Nicht einmal was Vincent ihm über den Alten erzählt hatte, hatte dieses Bild komplett zerstören können. Aber was er jetzt hatte hören müssen, was er sich noch weiter würde anhören müssen, hatte seine Zuneigung zu dem alten Mann in Säure aufgelöst. Er wünschte sich, es sei gelogen. Aber Eloise log nicht.

Er musste weitermachen, es zu Ende bringen.

»Zu den adoptierten Kindern: Was ist passiert, wenn etwas schiefgelaufen ist, wenn sie versucht haben, zu fliehen oder jemandem von ihrer Lage zu berichten?«

»Sie sind konditioniert, das nicht zu tun. Ihre neuen Besitzer bekommen einen Vorrat von dem Trank, der die Kinder in...«, sie stockte und suchte nach dem passenden Wort. Als sie es gefunden hatte, lächelte sie. »... in einen kooperativen Zustand versetzt. Und wenn Hilfe benötigt wird, haben wir dafür Leute. Wenn etwas aus dem Ruder läuft, kann sich der Besitzer unter einer bestimmten Nummer melden, und wir nehmen uns der Sache an.«

»Ein Kundendienst... wie bei einer Waschmaschine.«

»Richtig«, lächelte sie herablassend. »Ein Kundendienst, wenn Sie es denn so nennen wollen. Der umfasst sämtlichen Service von der Neujustierung eines Kindes – also das erneute Hypnotisieren – bis zur Entnahme in besonders schweren Fällen.«

»Das heißt, das Kind umzubringen, das meinen Sie doch?«

»Gelegentlich war das erforderlich, ja«, nickte sie. »Aber selten.«

»Und wenn die Kinder älter werden, werden sie dann auch umgebracht?«

»Auch das war manchmal vonnöten«, bestätigte Eloise. »Aber selten. Meistens werden sie älter und gehen ihrer Wege. Manche bleiben bei ihren Besitzern.«

»So wie Sie?«

»Ja.«

»Was ist, wenn ein Kunde mit besonderen Wünschen kommt? Sagen wir, ich will ein asiatisches Mädchen.«

»Das lässt sich problemlos arrangieren. Wir unterhalten Zweigstellen auf der ganzen Welt. Wir würden eines für Sie einfliegen.«

Max wollte wieder auf Charlie zu sprechen kommen.

»Was passiert mit behinderten Kindern?«

»Das ist noch nicht vorgekommen. Nicht, dass ich wüsste. Es gibt zwar keine Grenzen, keine Bedürfnisse, die wir nicht befriedigen würden – aber das wurde noch nie verlangt«, sagte sie.

Max warf Paul einen Blick zu und schüttelte den Kopf. *Die haben Charlie nicht. Die waren es nicht.*

»Wer hat Charlie Carver entführt?«, fragte er.

»Niemand. Er ist tot. Davon bin ich überzeugt, und Maurice ebenso. Er hat mit vielen Zeugen gesprochen, die gesehen haben, wie der Mob den Wagen angegriffen hat. Die haben alle ausgesagt, der Junge habe auf dem Boden gelegen und sei von den Leuten totgetrampelt worden, die Eddie Faustin getötet haben.«

»Und seine Leiche?«, fragte Max.

»Er war drei Jahre alt, ein Kind. Das kommt leicht unter die Räder.«

»Aber der Mob hat ihn doch bestimmt liegen lassen?«

»Warum? Vielleicht wollten irgendwelche Eltern seine Kleider für ihr eigenes Kind.«

Paul atmete tief durch die Nase ein. Sein Gesicht war starr und emotionslos, aber an der Art, wie er im Stakkatorhythmus Luft in die Lungen sog, hörte Max den Schmerz tief in ihm widerhallen. Paul glaubte ihr. Sein Sohn war tot.

Max musterte Eloise, um zu sehen, ob sie es gehört und richtig gedeutet hatte, aber sie hielt den Blick gesenkt und war mit den Zipfeln ihres Taschentuchs beschäftigt.

Max war sich nicht so sicher, dass Charlie tot war. Etwas in ihm schrie, dass er noch am Leben war.

Was war mit Filius Dufour? Was mit Francesca, die sich so sicher war, dass er noch lebte?

Die Stimme der Vernunft widersprach:

Du glaubst einem alten Wahrsager und einer trauernden Mutter? Also bitte!

Max war fast fertig mit Eloise.

»Wie stark war Gustav Carver in die laufenden Vorgänge eingebunden?«

»Bis zu seinem Schlaganfall sogar sehr. Wie gesagt, er ist Tonton Clarinette.«

»Was heißt das?«

»Er hatte eine wichtige Rolle inne, er hat die Kinder hypnotisiert.«

»Wie?«

»Haben Sie die CDs im Arbeitszimmer gefunden?«

Max nickte.

»Haben Sie sie angehört?«

»Noch nicht. Was ist drauf?«

»*Do-Re-Mi-Fa-So*. Die Noten werden einzeln auf einer Klarinette gespielt, immer mit einer kurzen Pause dazwischen. Auf jeder CD wird eine bestimmte Note länger gehalten. Auf der blauen ist es das *Re*, auf der roten *Fa* und so weiter. Das sind Codes«, erklärte Eloise. »Sie werden den Kindern ins Gehirn gebrannt, während sie hypnotisiert sind.

Unser Hypnoseprozess läuft in sechs Etappen ab. In den ersten dreien wird alles gelöscht, was die Kinder wissen, in den letzten dreien wird es durch das ersetzt, was sie wissen sollen. Ein Beispiel: Die meisten Kinder – sicherlich gut neunzig Prozent – kommen von der Straße. Sie haben nicht die leiseste Ahnung von Tischmanieren und wie man mit Messer und Gabel umgeht. Sie haben mit den Händen gegessen wie die Affen. Unter Hypnose werden sie darauf konditioniert, das nicht mehr zu tun, die Verbindung von Essen und Fingern wird gelöscht, sie wissen gar nicht mehr, dass sie überhaupt jemals so gegessen haben – sie verlernen es, könnte man sagen.«

»Aber das hätten sie doch auch anders haben können«, sagte Max.

»Natürlich. Die meisten Menschen lernen durch Wiederholung, durch Übung. Aber das dauert«, erklärte sie.

»Es wurde also ein bestimmtes Verhaltensmuster mit einem bestimmten Code in Verbindung gebracht, richtig? Wie ein Reflex, wie bei diesem Hund, der sich immer hingesetzt und mit dem Schwanz gewedelt hat, wenn er eine Glocke hörte ... der Pawlowsche Hund.«

»Genau darum geht es: Konditionierung«, sagte Eloise.

»Lassen Sie mich raten: Mit diesen Codes haben die Perversen die Kinder auf Linie gehalten?«

»Ja«, nickte Eloise. »Die auf der Klarinette gespielten Codes lösen bestimmte Pawlowsche Reaktionen aus. Die Kunden müssen nur ein bestimmtes Set von Codes abspielen, um bei ihrem Kind das gewünschte Verhalten auszulösen. Für völlige sexuelle Unterwürfigkeit zum Beispiel spielen sie eine CD ab, auf der der Code rückwärts läuft. Soll das Kind in der Gesellschaft Erwachsener sein allerbestes Benehmen an den Tag legen, spielen sie die CD, auf der das *Re* die dominante Note ist. Sie verstehen?«

»Voll und ganz«, murmelte Max angewidert. Er sah zu Paul hinüber und spürte dessen Blick, der aus den tiefen Schatten seiner Augenhöhlen kam. Und er spürte Pauls Zorn, den er in Wellen aussandte. Er wandte sich wieder an Eloise. »Sie haben diesen Zombietrank ebenfalls eingesetzt, richtig?«

»Woher wissen Sie das?«

»Hab's auf Band«, sagte Max.

»Was für ein Band? Wo haben Sie das her?« Sie sah beunruhigt aus.

»Das spielt jetzt keine Rolle. Beantworten Sie meine Fragen. Dieser Zombietrank, wozu war der gut?«

»Um die Kinder fügsam zu machen und empfänglich für

die Konditionierung. Ein betäubter Geist ist leichter zu manipulieren.«

Max schüttelte den Kopf und rieb sich die Schläfen. Er wollte aufhören, wollte das alles nicht mehr hören, nicht mehr hier sein.

»Sie behaupten also, dass das Gustav Carver ist auf den CDs, ja? Dass er die Klarinette spielt?«

»Früher hat er persönlich die Hypnose vorgenommen. Er war da und hat seine Klarinette gespielt, um die Kinder zu konditionieren. Wenn Sie zum Hauptquartier auf La Gonâve fahren, werden Sie den Tresor mit den Videos finden. Es gibt zahllose Aufnahmen und Fotos von ihm, wie er inmitten der Kinder sitzt«, sagte Eloise. »Maurice hat mir erzählt, dass er ihn einmal gefragt hat, warum er selbst daran teilnahm, warum er die Noten nicht einfach aufzeichnete. Monsieur Carver sagte, nirgendwo sonst könne er der ›absoluten Macht‹ näher kommen.«

»Wann hat er damit aufgehört?«

»Irgendwann Mitte der Achtziger, wegen seiner Krankheit. Er hat sich zur Ruhe gesetzt, aber seine Legende nicht.«

»Tonton Clarinette?«

»Ja, wie ich bereits sagte, Tonton Clarinette ist real. Tonton Clarinette ist Monsieur Carver, Gustav Carver.«

»Aber wenn das alles so geheim ist, wie ist dann die Legende entstanden?«

»Einigen Kindern ist es im Laufe der Jahre gelungen zu fliehen«, sagte sie ruhig. »Nicht von uns, aber von ihren Herren. Drei sind noch immer auf freiem Fuß.«

»Und einer davon heißt Boris Gaspésie?«

»Ja. Woher wissen Sie das?«

»Ich frage, Sie antworten. Wer sind die anderen?«

»Der Junge und zwei Mädchen: Lita Ravix und Noëlle Perrin.«

Max notierte sich die beiden Namen. Er war fertig mit ihr. Er sah sie noch einmal lange an, suchte in ihren rattengleichen Zügen nach einem Hinweis auf Reue oder Scham über das, was sie getan hatte. Es war nichts dergleichen zu erkennen. Es war niemals da gewesen.

Er nickte Paul zu, um ihm zu verstehen zu geben, dass er fertig war, dann stand er auf und ging aus dem Raum.

53

Max lief auf der Straße vor dem Haus auf und ab, von den vielen neuen Erkenntnissen brummte ihm der Schädel.

Er würde sämtliches Beweismaterial durchgehen müssen, und vor allem musste er Gustav Carver damit konfrontieren, um ganz sicherzugehen – obwohl er überzeugt war, dass Eloise die Wahrheit sagte. Sie hatte nichts Verlogenes an sich, weil ihr sämtliche Instinkte des Selbstschutzes brutal ausgetrieben worden waren. Wer log, stellte sich meist selbst mit Ungereimtheiten und unwahrscheinlichen Behauptungen eine Falle, oft in den kleinsten Details, die wie lose Fäden waren, die den ganzen Wandteppich aufribbelten, wenn man daran zog. Doch was Eloise ihm erzählt hatte, passte von vorne bis hinten zusammen, und alles zeigte in dieselbe Richtung.

Nur eines blieb ihm schleierhaft: Was hatte sich Gustav dabei gedacht, einen Außenstehenden mit den Ermittlungen zu Charlies Entführung zu betreuen? War ihm nie der Gedanke gekommen, dass sie dabei auch auf seinen Kinderhandel stoßen könnten? Hatte er dieses Risiko nicht wenigstens in Betracht gezogen?

Natürlich hatte er, dachte Max. Man hielt sich nicht so lange an der Spitze wie Gustav, wenn man ständig zu nah an die Sonne flog. Menschen wie Gustav gingen niemals blind ein Risiko ein, die Risiken, auf die sie sich einließen, waren wohlabgewogen. Sie guckten nicht einfach nur hin, bevor sie sprangen – sie kannten jeden Millimeter des Bodens, auf dem sie landen würden.

Andererseits hatte Carver, wie alle absoluten Tyrannen, immer seinen Willen gekriegt. Er hatte sich nie mit einer Herausforderung konfrontiert gesehen, die er nicht gemeistert hatte. Was würde also passieren, wenn ihm jemand auf die Schliche käme? Was konnte eine einzelne Person gegen Carver und sein Netzwerk ausrichten, das, wenn es auch nur halb so mächtig war, wie Eloise behauptete, diese Person ohne Probleme vom Antlitz dieses Planeten tilgen konnte? Carver hielt sich für unbesiegbar, und das mit gutem Grund.

Steckte Gustav Carver auch hinter der Sache mit Beeson und Medd? Waren sie ihm zu nahe gekommen? Nein. Max glaubte das nicht. Zumindest nicht Beeson, auf keinen Fall. Beeson hätte Carver zu erpressen versucht, und Carver hätte ihn umbringen lassen. Warum ihn am Leben lassen, damit er sein Wissen weitertragen konnte?

Aber zurück zu dem Grund, weswegen er eigentlich hier war: Charlie Carver. Was war mit ihm passiert?

Er wusste es nicht mit Sicherheit, aber er vermutete, dass er tot war.

Und Eddie Faustin? Welche Rolle hatte der gespielt? Fest stand, dass er an dem Tag, an dem er starb, den Jungen hatte entführen wollen. Daran konnte es keinen Zweifel geben. Faustin hatte an einem vereinbarten Treffpunkt auf die Entführer gewartet, die Charlie hatten mitnehmen sollen, doch dann war der Mob aufgetaucht, und alles war gehörig schiefgelaufen.

Oder doch nicht?

Vielleicht war Eddie in die Falle gelockt worden, vielleicht hatten die Entführer ein doppeltes Spiel gespielt. Möglich. Sie hatten die Leute dafür bezahlt, den Wagen anzugreifen und den ehemaligen Macoute zu ermorden. Das würde Sinn ergeben, wenn die Entführer unerkannt bleiben und jeden Verdacht von sich ablenken wollten.

Aber Codada hatte gesagt, Faustin sei Gustav Carver treu ergeben gewesen, habe ihn geliebt wie einen Vater. Warum sollte er ihn verraten? Was hatten die Entführer ihm geboten? Aber vielleicht hatten sie ihm auch gar nichts geboten. Vielleicht hatten sie etwas gegen ihn in der Hand. Was bei einem Ex-Macoute mit Blut an den Händen, der jetzt für den Boss eines Kinderhändlerrings arbeitete, nicht schwer sein konnte.

Wie weit war Faustin in Gustavs Geschäfte eingeweiht gewesen? Gab es da einen Zusammenhang mit der Entführung?

Wie auch immer: Charlies Schicksal und sein Verbleib waren weiterhin ungeklärt.

Wo sollte er weitermachen?

Er wusste es nicht. Er war in eine Sackgasse geraten.

Eine halbe Stunde später kam Paul zu ihm hinaus auf die Straße.

»Sie hat mir erklärt, wo die Halle auf La Gonâve ist. Zurzeit werden da ungefähr zwanzig Kinder festgehalten. Sie werden mit dem Frachtboot rübergebracht. Das Lager wird jeden Monat mit neuen Kindern aufgefüllt«, sagte Paul. »Wir werden sie morgen Abend rausholen.«

»Was ist mit dem Militär?«

»Wir werden da zusammen mit der UN auflaufen. Ich habe da einen guten Freund sitzen«, erklärte Paul.

»Und was ist mit Gustav?«, fragte Max.

»Den holen Sie.«

»Ich?«

»Ja, Sie, Max. Morgen. Ich möchte unnötige Opfer vermeiden. Wenn wir zu seinem Anwesen gehen, werden seine Leute sofort auf uns schießen. Ganz in der Nähe sind die Amerikaner stationiert, und die werden rüberkommen, um für Ordnung zu sorgen. Wie ich die kenne, schießen die uns alle über den Haufen und wünschen Carver noch einen schönen Tag.«

»Er hat ziemlich viele Wachleute um sich.«

»Sie kriegen alle Unterstützung, die Sie brauchen. Unsere Leute werden Ihnen zum Anwesen folgen und ganz in der Nähe warten. Und Sie werden verkabelt sein, sodass meine Männer alles mithören können.«

»Und wenn ich ihn rauskriege, wo bringe ich ihn hin?«

»Runter auf die Hauptstraße. Da übernehmen wir ihn.«

Max wollte das nicht tun. Er hatte noch nie einen Auftraggeber festnehmen lassen müssen, und er hatte nicht vergessen, dass er Gustav bei ihrer ersten und einzigen Begegnung gemocht hatte.

»Sagen Sie Francesca Bescheid, sie soll sich aus der Schusslinie bringen. Und Allain auch.«

»Das läuft«, sagte Vincent und wollte zum Haus zurückgehen.

»Was passiert mit den beiden, mit Codada und Eloise?«, fragte Max. »Werden Sie die beiden leben lassen?«

»Würden *Sie*?«

54

Am nächsten Morgen wurde Max vom Klingeln des Telefons aus dem Schlaf gerissen.

Es war Joe. Er entschuldigte sich ein ums andere Mal, er

hatte noch nicht die Zeit gefunden, sich mit Max' Anfragen zu befassen.

Max erklärte ihm, dass er mit Clyde Beeson reden müsse. Joe sagte, das sei der Hauptgrund seines Anrufs.

Beeson war in seinem Wohnwagen tot aufgefunden worden. Der Gerichtsmediziner schätzte, dass er schon mindestens zwei Wochen dagelegen hatte. Sein Pitbull hatte ihm ein Bein abgefressen und sich gerade am zweiten zu schaffen gemacht, als die Polizei die Tür aufgebrochen hatte. Der Autopsiebericht lag noch nicht vor, aber es sah ganz nach Selbstmord aus. Beeson hatte sich mit seiner Magnum aus dem Leben verabschiedet.

Max nahm die Neuigkeit gelassen entgegen. Er war nur enttäuscht, dass er nicht mehr die Gelegenheit gehabt hatte, ausgiebig mit Beeson über den Fall zu reden, der sein Leben ruiniert hatte.

Dass Beeson ein übles Ende gefunden hatte, überraschte ihn nicht. Er hatte es darauf angelegt. Er hatte beeindruckende Ergebnisse erzielt und ein kleines Vermögen daran verdient, aber auf dem Weg dahin hatte er ziemlich vielen Leuten auf die Füße getreten. Max war einer von ihnen, genau wie Joe. Um ein Haar hätte er ihr Leben ruiniert. Um ein Haar hätten sie ihn umgebracht.

Trauer oder Mitgefühl schlich sich nicht in seine Gedanken. Max hatte ihn verachtet.

»Gibt es noch irgendetwas, was du über den verstorbenen Clyde Beeson sagen möchtest?«, fragte Joe.

»Ja. Adios, Arschloch.«

55

Gustav Carver setzte ein herzliches Lächeln auf, als er Max ins Wohnzimmer kommen sah, und sein großes Fratzengesicht schien geradewegs einem Horrorcartoon entsprungen, als es seine Freude zum Ausdruck brachte: Seine Augenbrauen wurden zu Pfeilspitzen, die Stirn kräuselte sich wild wie die elastischen Seile eines schlaffen Expanders, und die Lippen verdünnten sich zu zwei blassrosafarbenen Gummibändern.

»Max! Willkommen!«, schmetterte er ihm durch den leeren Raum entgegen.

Sie gaben sich die Hand. Carver packte ein wenig zu heftig zu und zog Max aus Versehen zu sich heran. Sie stießen ungelenk mit den Schultern zusammen wie zwei Möchtegerngangster, die nicht genau wissen, wie das geht. Carver, der sich mit der freien Hand auf den schwarzen Gehstock mit dem silbernen Knauf stützte, taumelte nach hinten und drohte zu fallen, Max packte ihn und hielt ihn fest. Mit Max' Hilfe kam Gustav wieder ins Gleichgewicht, dann sah er die Nachwirkungen eines mittleren Schocks in Max' Gesicht und fing an zu kichern, beinah kokett. Er roch heftig nach Alkohol, Zigaretten und einem moschuslastigen Eau de Cologne.

Max bemerkte den großen Weihnachtsbaum in der Zimmerecke, nicht weit von Judith Carvers Portrait. Er war mit einer LED-Lichterkette bestückt, die zwischen den Nadeln verborgen war und kontinuierlich von Rot über Lila zu Blau die Farbe wechselte, bevor sie für einen kurzen Moment bei Weiß stehen blieb und dann wieder von vorn anfing. Die übrige Dekoration bestand aus silbern und golden glitzernden Bändern, baumelnden Kugeln und einem Goldstern auf der

Spitze. So viel Kitsch in Carvers ansonsten so geschmackvoller Umgebung zu sehen war eine echte Überraschung.

Gustav schien Max' Gedanken gelesen zu haben.

»Der ist für die Dienstboten. Die sind ganz fasziniert von diesen dämlichen Lichtern, sie sind halt einfach gestrickt. Einmal im Jahr überlasse ich ihnen das Wohnzimmer, ich kaufe Geschenke für sie und ihre Kinder und lege sie unter den Baum. Mögen Sie Weihnachten, Max?«

»Ich bin mir da nicht mehr so sicher, Mr. Carver«, sagte Max ruhig.

»Ich hasse es. Judith ist an Weihnachten gestorben.«

Max schwieg – nicht aus Unbeholfenheit, sondern weil sich nichts in ihm für den alten Mann regte.

Gustav musterte ihn eindringlich. Er zog die Stirn kraus, seine Augen wurden schmaler, und an den Augenwinkeln bildeten sich Falten. Sein Ausdruck hatte etwas Feindselig-Misstrauisches. Max erwiderte ungerührt seinen Blick. Er ließ sich nichts anderes anmerken als seine Gleichgültigkeit.

»Wie wär's mit einem Drink?« Es war mehr ein Befehl als ein Angebot. Carver schwang seinen Gehstock über die Sessel und Sofas. »Setzen wir uns.«

Er ließ sich erst mit der rechten, dann mit der linken Hinterbacke auf dem Sessel nieder, seine Knochen knackten und knarrten vor Anstrengung. Max bot sich nicht an, ihm zu helfen.

Gustav klatschte in die Hände und rief nach einem Dienstboten. Ein Mädchen in schwarzweißer Uniform trat aus den Schatten neben der Tür, wo sie wahrscheinlich schon die ganze Zeit gestanden hatte. Max hatte sie bis dahin weder gesehen noch ihre Anwesenheit gespürt. Carver orderte Whiskey.

Max setzte sich dicht neben ihn.

Carver beugte sich vor und nahm ein silbernes Etui mit filterlosen Zigaretten vom Tisch. Er zog eine heraus, legte das Etui zurück und griff nach dem Aschenbecher aus Rauchglas, in dem ein silbernes Feuerzeug lag. Er steckte sich die Zigarette an, nahm einen tiefen Zug und behielt den Rauch einige Sekunden in der Lunge, bevor er ihn langsam ausstieß.

»Aus der Dominikanischen Republik«, sagte Carver und hielt die Zigarette hoch. »Früher wurden die noch hier hergestellt. Von Hand gerollt. Es gab einen Laden in Port-au-Prince, der von zwei Frauen geführt wurde, zwei ehemaligen Nonnen. Ein winziger Laden namens *Le Tabac*. Die beiden haben den ganzen Tag im Schaufenster gesessen und Zigaretten gerollt. Einmal habe ich ihnen eine ganze Stunde lang zugeschaut. Ich habe hinten in meinem Wagen gesessen und sie bei der Arbeit beobachtet. Völlige Konzentration, völlige Hingabe. Vollendete Kunstfertigkeit und Geschick. Ständig sind Kunden hereingekommen und haben sie unterbrochen, um ein paar Zigaretten zu kaufen. Die eine hat die Kunden bedient, die andere hat weiter gerollt. Und ich? Ich habe immer gleich zweihundert Stück gekauft. Das Unglaubliche ist, dass alle Zigaretten vollkommen gleich waren. Man konnte die eine nicht von der anderen unterscheiden. Unglaublich. So viel Präzision und Hingabe. Ich habe alle meine Angestellten hingeschickt, sie sollten draußen vor dem Laden sitzen und den beiden Frauen bei der Arbeit zusehen. Sie sollten Tugenden wie Fleiß und ein Auge fürs Detail lernen, wenn sie für mich arbeiten wollten.

Die Zigaretten waren wunderbar. Sie hatten einen tiefen, schweren und äußerst befriedigenden Rauch. Ich möchte behaupten, es waren die besten, die ich je geraucht habe. Diese hier sind nicht schlecht, aber mit dem Original nicht zu vergleichen.«

»Was ist aus dem Laden geworden?«, fragte Max, eher aus Höflichkeit denn aus Interesse. Er musste husten und sich räuspern, um die Frage herauszubekommen. Er wurde nervös. Eine dunkle Energie raste ihm durch den Körper, seine Muskeln spannten sich, sein Herz schlug immer lauter und schneller.

»Eine der beiden hat Parkinson gekriegt und konnte nicht mehr arbeiten, die andere hat den Laden dicht gemacht, um sie zu pflegen. So habe ich es gehört.«

»Wenigstens kein Krebs.«

»Die beiden haben nicht geraucht«, lachte Carver, und im gleichen Moment kam das Dienstmädchen mit einer Flasche Whiskey, Wasser, Eis und zwei Gläsern auf einem Tablett zurück. »Zu Weihnachten gönne ich mir immer Alkohol und Zigaretten. Scheiß auf die Ärzte! Und Sie? Wollen Sie auch?«

Max verneinte mit einem Kopfschütteln.

»Aber ein Gläschen werden Sie doch mit mir trinken?«

Ein Befehl, kein Angebot: Max nickte und rang sich ein Lächeln ab, aber die Unaufrichtigkeit ließ seine Lippen zu einem krausen Grinsen gefrieren. Wieder schaute Carver ihn prüfend an, diesmal lag etwas Ahnungsvolles in seinem Blick.

Das Dienstmädchen lenkte die Aufmerksamkeit von ihm ab, indem sie einschenkte. Carver trank seinen Whiskey pur, Max nahm ihn mit Eis und fast bis zum Rand mit Wasser verdünnt. Als das Mädchen den Raum verlassen hatte, stießen sie auf ihrer beider Gesundheit, das kommende Jahr und einen glücklichen Abschluss zu Max' Ermittlungen an. Max tat, als nähme er einen Schluck.

Zuhause hatte er dagesessen und überlegt, wie er Carver am besten beibringen sollte, dass er gekommen war, um ihn mitzunehmen. Er hatte mit dem Gedanken gespielt, einfach auf ihn zuzugehen, ihn mit dem zu konfrontieren, was er wusste, und ihn zum Wagen zu führen. Doch er hatte sich dagegen entschieden, weil er kein Polizist mehr war.

Am Ende hatte er beschlossen, Carver dazu zu bringen, alles zu gestehen und sich als Kopf des Sexrings zu erkennen zu geben, sogar sein Handeln zu erklären und zu rechtfertigen. Den ganzen Tag hatte er damit verbracht zu planen, wie er Carver aus der Reserve locken konnte, bis er sich tiefer und tiefer verstrickte. Bis kein Hintertürchen mehr offen blieb und das Eingeständnis der Schuld nur noch eine Formalität war, wie das symbolische Umwerfen des Königs auf dem Schachbrett.

Den ganzen Tag lang hatte er im Haus gesessen und sich eine Strategie zurechtgelegt, hatte die vielen möglichen Wendungen vorweggenommen, die das Gespräch nehmen konnte, hatte sich für jede Weggabelung eine Antwort zurechtgelegt. Er hatte seine Fragen einstudiert und an seiner Stimme gearbeitet, bis er den leichten, freundlichen, offenen, vermeintlich unbefangenen Plauderton hingekriegt hatte, den er wollte: ganz Köder und kein Haken.

Am Nachmittag hatte Paul angerufen und ihm aufgetragen, den alten Mann herauszuholen, sobald sie das Haus auf La Gonâve gestürmt hätten. Er hatte dafür gesorgt, dass Allain ihn anrufen würde, um ihn unter dem Vorwand eines Zwischenberichts auf das Anwesen einzuladen. Paul hatte erzählt, wie sehr es Allain zusetzte, das Telefonat tätigen zu müssen. Für ihn war es der Vater, den er verriet, nicht ein Krimineller.

Als die Abenddämmerung hereinbrach, hatte sich Max alles sauber zurechtgelegt gehabt. Er hatte geduscht und sich rasiert, ein weites T-Shirt und Hosen angezogen. Gegen neun hatte Allain angerufen. Max ging davon aus, dass Pauls Operation erfolgreich verlaufen war.

Am Ende der Auffahrt zu seinem Grundstück war er von Pauls Leuten angehalten worden, die ihm in einem Jeep entgegengekommen waren. Sie hatten ihm einen unverschlossenen Umschlag überreicht, den er im passenden Moment Gustav übergeben sollte.

Dann hatten sie ihm mitgeteilt, dass er bei seinem Gespräch mit Gustav einen Sender tragen musste.

Das hatte alles über den Haufen geworfen – zumindest in seinem Kopf.

In seinem ganzen Leben hatte er noch keine Wanze getragen. Aber er hatte schon am anderen Ende gesessen und fremde Gespräche belauscht. So eine Wanze war wie eine Leine, die man einer Ratte umlegte, die einen zu einer noch größeren Ratte führen sollte.

Sie hatten ihm gesagt, es diene nur seiner eigenen Sicherheit, schließlich könne er ja nicht mit einem Walkie-Talkie zu Gustav gehen.

Ja, natürlich, so weit, so gut. Aber es war die andere Seite der Medaille, die ihm nicht passte: Er hatte keine Lust, Pauls Spitzel zu spielen. Er wollte nicht Gustav Carver dazu bringen, sich selbst auf Band zu belasten, alles zu gestehen und sein eigenes Todesurteil zu unterschreiben.

Er hatte gezögert, wenn auch nicht allzu lang, weil er nicht viel Zeit hatte und im Grunde auch keine andere Wahl, als das zu akzeptieren, was er nicht ablehnen konnte.

Sie waren alle zurück zum Haus gefahren. Er hatte sich die Brust rasiert, und sie hatten ihm das Mikro mit Klebeband über der Brustwarze befestigt, das Kabel lief ihm über den Bauch nach unten und schlängelte sich wie ein langer Blutegel nach hinten auf seinen Rücken zu einem Empfänger mit Batterie, der am Hosenbund festgemacht war.

Sie hatten einen Test gemacht. Er hatte seine eigene Stimme laut und deutlich gehört.

Sie waren zurück zu den Wagen gegangen. Er hatte gefragt, wie es auf La Gonâve gelaufen sei. Sehr gut, hatten sie gesagt.

Auf dem Weg zum Anwesen der Carvers war ihm klar geworden, dass sein größter Weihnachtswunsch darin bestand, die Angelegenheit hinter sich zu bringen: Haiti, Carver, diesen Fall.

Er begriff, dass der Fall gelaufen war: Charlie Carver war tot, und seine Leiche würde vermutlich niemals gefunden werden. Der Mob, der Eddie Faustin umgebracht hatte, hatte ihn zu Tode getrampelt.

Das passte und ergab Sinn, ein ordentliches, sauberes Ergebnis, zumindest auf dem Papier.

Es würde reichen, aber im Grunde war es nicht genug. Nicht für ihn, nicht, wenn er für den Rest seines Lebens ruhig schlafen wollte.

Er brauchte mehr Beweise dafür, dass der Junge tot war.

Aber woher kriegen? Und warum?

Und wem genau wollte er mit diesem Blödsinn etwas vormachen? Er war kein Privatdetektiv mehr, schon vergessen? Das war vorbei, und zwar seit dem Moment, in dem er in New York auf die drei Jugendlichen geschossen hatte. Er hatte eine Grenze überschritten, hinter die man nicht wieder zurückkonnte. Er war ein verurteilter Mörder, er hatte drei jungen Menschen kaltblütig das Leben genommen. Das löschte alles aus, was er früher einmal gewesen war, und vieles, wofür er gestanden hatte.

Und jetzt war er dabei, einem ehemaligen Klienten eine Falle zu stellen. Noch nie hatte er einen Klienten ans Messer geliefert, und er wusste von keinem Privatdetektiv, der das getan hatte – nicht einmal Beeson. So etwas kam einfach nicht vor. Es war Bestandteil eines langen Kodexes unverletzlicher Standesregeln, allesamt ungeschrieben, allesamt im Flüsterton und mit Augenzwinkern weitergegeben.

Wie zu erwarten war, trank Carver einen ausgesprochen

guten Whiskey. Max konnte die Qualität riechen, selbst unter dem Wasser, in dem er den Whiskey ertränkt hatte.

»Allain und Francesca werden gleich hier sein«, sagte Gustav.

Nein, werden sie nicht, dachte Max. Sie waren ihm auf dem Weg hierher entgegengekommen, gefahren von Pauls Männern.

»Also, wie laufen die Ermittlungen?«, fragte Gustav.

»Nicht besonders gut, Mr. Carver. Sieht aus, als wäre ich in einer Sackgasse gelandet.«

»Das passiert wohl in Ihrem Beruf, denke ich mir, genau wie in jedem anderen, bei dem Köpfchen und Antrieb gefragt sind, oder? Man folgt einem Weg und endet vor einer Mauer, was tut man? Man geht zurück zum Anfang und sucht sich einen anderen Weg.«

Carver durchbohrte Max mit einem festen Blick seiner fast schwarzen Augen. Der alte Mann war genauso gekleidet wie bei Max' letztem Besuch: beigefarbener Anzug, weißes Hemd, glänzend polierte schwarze Schuhe.

»Diese Blockade, die Sie da haben, muss ja ein ganz neues Phänomen sein. Vor wenigen Tagen noch erzählte mir Allain, Sie wären da auf etwas gestoßen – kurz vor einem Durchbruch?« In Carvers Stimme war ein verächtlicher Unterton zu hören. Er drückte seine Zigarette aus und stellte den Aschenbecher auf den Tisch. Fast im gleichen Moment kam ein Dienstmädchen und tauschte den Ascher gegen einen identischen sauberen aus.

»Ich war tatsächlich auf etwas gestoßen«, bestätigte Max.

»Und?«

»Es war nicht das, was ich erwartet hatte.«

Gustav musterte ihn. Er studierte sein Gesicht, als wäre da etwas, das er zuvor noch nicht bemerkt hatte. Dann lächelte er leise.

»Sie werden meinen Enkel finden. Da bin ich mir ganz sicher.« Er leerte sein Glas.

Max gingen drei mögliche Antworten durch den Kopf: geistreich, sarkastisch oder kompromisslos konfrontierend. Er entschied sich für keine der drei, sondern lächelte nur und senkte den Blick, um Carver glauben zu machen, dass er sich geschmeichelt fühlte.

»Alles in Ordnung mit Ihnen?«, fragte Carver und musterte ihn. »Sie wirken irgendwie anders.«

»Anders als was?«, fragte Max, aber es war keine Frage, sondern eine Feststellung.

»Als der Mann, der neulich hier war. Der Mann, den ich bewundert habe, der wild entschlossene Aufräumer, der John-Wayne-Mingus. Sind Sie sicher, dass Sie nicht krank werden? Sie waren doch nicht etwa bei einer Nutte, oder? Wenn Sie denen die Beine breit machen, haben Sie eine ganze Enzyklopädie an Geschlechtskrankheiten vor sich.« Carver feixte vor sich hin und verpasste, was neben ihm geschah. Max machte sich bereit. Das Verhör sollte beginnen.

Max schüttelte den Kopf.

»Was ist dann mit Ihnen los, hä?« Lachend beugte Carver sich vor und schlug Max heftig auf den Rücken. »Sie haben Ihren Whiskey nicht mal angerührt!«

Max sah Carver ins Gesicht, und der hörte auf zu lachen. Es blieb ein Lächeln, das nur noch aus Falten und gebleckten Zähnen bestand, die Fröhlichkeit war aus seinem Gesicht gewichen.

»Es geht um Vincent Paul, richtig?« Gustav lehnte sich zurück. »Sie haben mit ihm gesprochen. Er hat Ihnen einiges über mich erzählt, stimmt's?«

Max antwortete nicht, ließ sich nicht erschüttern. Er sah Gustav weiter fest an, sein Gesicht eine Maske der Fühllosigkeit.

»Bestimmt hat er Ihnen schreckliche Dinge über mich erzählt. Schreckliche Dinge. Und jetzt fragen Sie sich, warum Sie eigentlich für mich arbeiten ... wo ich doch so ein ›Monster‹ bin. Aber Sie dürfen nicht vergessen, dass Vincent Paul mich hasst – und ein Mann, der so sehr hasst, tut alles dafür, diesen Hass zu rechtfertigen und, das ganz besonders, andere von seiner Sicht der Dinge zu überzeugen.« Carver lachte vor sich hin, aber er sah Max nicht ins Gesicht. Er beugte sich über den Tisch und nahm eine Zigarette aus dem Etui. Er klopfte sie mit beiden Enden auf die Handfläche, bevor er sie zwischen die Lippen nahm und anzündete. »Ihnen, gerade Ihnen, muss ich das ja wohl kaum erklären.«

»Er hat Charlie nicht«, sagte Max.

»Was für ein elender Schwachsinn!«, donnerte Carver und schloss die Hand mit der Zigarette zur Faust.

»Er war da, als Charlie entführt wurde, aber er hat ihn nicht entführt«, beharrte Max, ebenfalls laut, aber ruhig.

»Was ist bloß los mit Ihnen, Mingus?«, sagte Carver leicht schnaufend. »Ich sage Ihnen, er war's.«

»Und ich sage Ihnen klipp und klar, dass er es nicht war. Er hat ihn nicht entführt. Kindesentführung ist nicht sein Stil, Mr. Carver«, sagte Max spitz.

»Er ist ein Drogendealer.«

»Ein Drogenbaron, um genau zu sein«, korrigierte ihn Max.

»Wo ist da der Unterschied, leben die ein Jahr länger?«

»So ähnlich, ja.«

»Was hat er Ihnen denn jetzt erzählt, dieser Vincent Paul?«

»Vieles, Mr. Carver. Sehr vieles.«

»Zum Beispiel ...?« Ungeduldig warf Carver die Arme in die Luft. »Hat er Ihnen erzählt, was ich seinem Vater angetan habe?«

»Ja. Sie haben sein Geschäft ruiniert und ...«

»Ich habe sein Geschäft nicht ›ruiniert‹. Der arme Teufel war sowieso kurz vor der Pleite. Ich habe ihn nur aus seinem Elend erlöst.«

»Sie haben sein Haus zerstört. Dazu gab es keinen Anlass.«

»Die schuldeten mir Geld. Ich habe es eingetrieben. In der Liebe und im Krieg ist alles erlaubt, Mr. Mingus. Das Geschäftsleben ist Krieg ... und ich liebe es.«

Carver lachte ein bösartiges Lachen. Er schenkte sich Whiskey nach.

»Wie haben Sie sich gefühlt, nach Pauls Jammergeschichten?«

»Ich habe verstanden, warum er Sie hasst, Mr. Carver«, antwortete Max. »Ich konnte sogar mitfühlen mit einem Menschen wie ihm, der in einem Land wie diesem lebt, wo man nur so viel Macht hat, wie man sich selbst nimmt, und das gute alte ›Auge um Auge und Zahn um Zahn‹ die einzige Art ist, Rache zu üben.

Und ich habe verstanden, wie jemand wie Sie, der die wahre Bedeutung von Hass und hassen kennt, den Blickwinkel eines Menschen wie Vincent Paul nachvollziehen kann – eines Mannes, der einen anderen Mann hasst, weil der ihm Unrecht getan hat. Anders wollen Sie es nicht haben, Mr. Carver. Weil es für Sie keinen anderen Weg gibt. Hass erzeugt Hass, und für Sie ist das völlig in Ordnung. Es entspricht Ihnen.«

»Sie halten mich also für ein Monster? Willkommen im Club!«

»Ich würde Sie nicht als Monster bezeichnen, Mr. Carver. Sie sind auch nur ein Mensch. Die meisten Menschen sind gut, manche sind schlecht ... und manche sind sehr schlecht, Mr. Carver«, sagte Max mit leiser, aber klarer Stimme und stechendem Blick.

Carver seufzte, kippte den Whiskey und ließ die Zigarette ins Glas fallen, wo sie zischend verlöschte.

»Sie glauben den Worten eines Drogendealers... nein, eines Drogenaristokraten, wie Sie ihn bezeichnen, mehr als mir. Sie sind Polizist, Mr. Mingus – ein in Ungnade gefallener Versager von einem Polizisten. Aber einmal Polizist, immer Polizist. Sie wissen, welches Leid das Gift dieses Mannes Ihren Landsleuten und deren Kindern bringt. Sie haben es gesehen. Ihre Freunde und Kollegen haben es gesehen. Drogen sind die schlimmste Bedrohung der westlichen Gesellschaften. Und Sie schlagen sich mit Freuden auf die Seite eines der größten Lieferanten dieser Drogen.«

»Ich weiß, was Vincent Paul treibt, Mr. Carver. Und seit ein paar Stunden weiß ich auch, was Sie treiben.«

»Ich kann Ihnen nicht folgen.«

»Nun: Ihr Anwesen auf La Go-Nav befindet sich zurzeit unter neuer Führung. Ihr Geschäftszweig dort wurde geschlossen.«

Die Information traf Carver so plötzlich und hart, dass er den Schock nicht schnell genug überspielen konnte. Für den Bruchteil einer Sekunde sah Max ihn entblößt. Er sah so verängstigt aus, wie ein Mensch nur aussehen konnte, ohne zu schreien.

Langsam streckte Carver die Hand nach seinem Zigarettenetui aus. Vorsichtshalber löste Max den Sicherungsriegel seines Holsters, auch wenn er nicht damit rechnete, dass der Alte eine Waffe in Reichweite hatte.

Lautlos erschien das Dienstmädchen aus der Dunkelheit und ersetzte das Whiskeyglas und den Aschenbecher durch saubere, dann eilte sie mit gesenktem Kopf wieder von dannen.

Max hatte nicht vor, den alten Mann zu einer Aussage zu

zwingen, weil er nicht glaubte, dass das nötig sein würde. Carver würde reden, wenn er so weit war.

Der Alte schenkte sich noch einen Whiskey ein, diesmal fast bis zum Rand. Dann zündete er sich eine Zigarette an und machte es sich in seinem Sessel bequem.

»Ich gehe davon aus, dass Sie bereits wissen, was Pauls Leute auf La Gonâve finden werden«, sagte Carver müde.

»Kinder?«

»Um die zwanzig«, bestätigte Carver mit einer Ruhe und einer Offenheit, die Max aus dem Konzept brachten.

»Es gibt dort auch Aufzeichnungen, richtig? Daten zu jedem einzelnen Verkauf – wer, was, wann.«

»Ja«, nickte Carver. »Auch Filme und Fotos. Aber das sind längst nicht die Kronjuwelen. Indem sie da in dieses Haus marschiert sind, Ihre Leute ... haben Sie überhaupt eine Ahnung, was Sie damit ausgelöst haben?«

»Erzählen Sie es mir.«

»Die Büchse der Pandora wird dagegen aussehen wie eine Dose Erdnüsse.«

»Ich weiß, dass Sie sehr gute Kontakte haben, Mr. Carver«, sagte Max mit ungerührter Miene.

»Gute Kontakte!«, lachte Carver. »Gute Kontakte? Ich sitze praktisch im Zentrum des Elektrizitätswerks, Mingus! Sind Sie sich darüber im Klaren, dass es nur einen Anruf braucht, und Sie sind ein toter Mann, und zwei, Sie spurlos verschwinden zu lassen, sodass es aussehen wird, als hätte es Sie nie gegeben? Sind Sie sich darüber im Klaren? So groß ist die Macht, über die ich verfüge, so gut sind meine ›Kontakte‹.«

»Daran zweifle ich nicht, Mr. Carver. Aber diese ein oder zwei Telefonnummern werden Ihnen jetzt nicht helfen.«

»Ach nein? Und warum nicht?«

»Die Telefonleitungen sind gekappt. Versuchen Sie es.«

Max zeigte auf das Telefon in der gegenüberliegenden Ecke des Zimmers.

Auf dem Weg den Berg hinauf hatte er mehrere Leute auf den Telegrafenmasten gesehen, die sich an den Leitungen zu schaffen machten.

Carver schnaubte verächtlich und zog heftig an der Zigarette.

»Was wollen Sie von mir, Mingus? Geld?«

»Nein.« Max schüttelte den Kopf. »Ich habe Fragen, auf die ich eine Antwort will.«

»Lassen Sie mich raten: Warum habe ich das getan?«

»Das ist doch kein schlechter Anfang.«

»Schon mal davon gehört, dass es im antiken Rom und in Griechenland vollkommen normal war, dass Erwachsene Sex mit Kindern hatten? Es war gang und gäbe. Es war allgemein akzeptiert. Und außerhalb der westlichen Welt werden Mädchen noch heute mit erwachsenen Männern verheiratet, manchmal schon mit zwölf. Und in Ihrem Land gibt es zahllose schwangere Teenager! Sex mit Minderjährigen, Mr. Mingus, das gibt es überall – das war schon immer so und wird immer so bleiben.«

»Das waren keine Teenager.«

»Meine Güte, Sie mit Ihrer blödsinnigen Moral, Mingus!«, spuckte Carver, drückte seine Zigarette aus und nahm einen großen Schluck Whiskey. »Leute wie Sie, mit Ihren selbstgerechten Ethik- und Verhaltensnormen, mit Ihren säkularen Konzepten von Gut und Böse, Sie arbeiten am Ende doch alle für Leute wie mich, die sich von ›Gefühlen‹ und ›Rücksicht auf andere‹ nicht bremsen lassen – von genau den Dingen, die Sie zurückhalten. Ich tue Dinge, an die Sie nicht einmal im Traum denken würden. Sie halten sich für einen harten Kerl, Mingus? Gegen mich sind Sie ein Waschlappen!«

»Manche dieser Kinder waren höchstens sechs Jahre alt«, sagte Max.

»Ach ja? Soll ich Ihnen was erzählen? Ich habe ein neugeborenes Baby entführen lassen, direkt vor der Nase seiner Mutter, weil es einen meiner Kunden genau danach verlangt hat. Es hat ihn zwei Millionen Dollar gekostet und mir lebenslangen Einfluss beschert. Das war es wert.«

Carvers Rage war vom Whiskey befeuert. Dennoch war es nicht die besoffene Großkotzerei eines Mannes, dem bis zum nächsten Kater alles egal ist. Unter den gleichen Umständen hätte er auch im nüchternen Zustand genau das Gleiche gesagt und die gleiche Haltung an den Tag gelegt. Jedes seiner Worte war ernst gemeint.

Wieder erschien das Dienstmädchen, tauschte das Whiskeyglas und den Aschenbecher gegen neue aus und eilte mit den gebrauchten davon.

»Was ist los, Mingus? Sie sehen krank aus. Ist das zu viel für Sie, werden Sie damit nicht fertig?«, spottete Carver und schlug auf die Armlehne ein. »Was haben Sie erwartet? Reue? Von mir? Bestimmt nicht!«

Max bezweifelte, dass der alte Mann begriffen hatte, in welcher Lage er sich befand. Jahrzehntelang war alles nach seiner Nase gelaufen, und das hatte ihn blind gemacht für das Offensichtliche und Unausweichliche. Noch nie hatte er es mit einem Menschen zu tun gehabt, den er nicht bestechen, korrumpieren oder vernichten konnte. Noch nie hatte sich ihm etwas in den Weg gestellt, das er nicht hatte plattwalzen oder aufkaufen können. Womöglich glaubte er, die versammelte Schar seiner pädophilen Kundschaft würde ihm zu Hilfe eilen, die Kavallerie der Perversen würde gleich über die Hügel geritten kommen, um ihn zu retten. Vielleicht spielte er mit dem Gedanken, Max zu bestechen. Oder vielleicht hatte er noch ein ganz anderes As im Ärmel, vielleicht gab es eine Falltür, die sich plötzlich unter seinen Füßen öffnen und ihn in die Freiheit entlassen würde.

Draußen im Flur hörte Max einen kurzen Aufschrei und das Splittern von Glas. Er schaute zur Tür, aber da war nichts zu sehen.

»Sie sind doch selbst Vater...«, fing Max an.

»Das hat doch noch niemanden davon abgehalten, das wissen *Sie* doch genau!«, zischte Carver. »Wofür halten Sie mich? Ich bin Geschäftsmann: Ich wahre eine emotionale Distanz zu allem, was ich tue. Nur so kann ich ohne große Gefahr auch unschöne Aufgaben erledigen.«

»Sie geben also zu, dass das, was Sie getan haben...«

»Unschön ist? Natürlich ist es das! Ich verabscheue die Leute, mit denen ich da zu tun habe. Ich verachte sie.«

»Aber Sie haben Geschäfte mit ihnen gemacht, und das fast...«

»Fast vierzig Jahre lang, ja. Und wissen Sie, warum? Ich habe kein Gewissen. Das habe ich schon vor sehr langer Zeit aus meinem Denken getilgt. Ein Gewissen ist ein vollkommen überschätzter Zeitvertreib.« Carver rückte näher an ihn heran. »Ich verachte Pädophile, aber ich verstehe sie. Nicht das, was sie tun, das ist nichts für mich. Aber ich verstehe, wer sie sind, woher sie kommen. Sie sind alle gleich, da ändert sich nichts: Sie alle schämen sich für das, was sie tun, was ihnen gefällt, was sie sind. Und vor allem haben sie alle eine Heidenangst, dass ihnen jemand auf die Schliche kommt.«

»Und das haben Sie ausgenutzt.«

»Natürlich!«, rief Carver und klatschte vor Begeisterung in die großen Hände. »Ich bin Geschäftsmann, Max, Unternehmer. Ich habe einen Markt mit einem potenziell treuen Kundenstamm gesehen – Kunden, die immer wiederkommen.«

»Und Sie haben Menschen gesehen, die Sie erpressen konnten...«

»Ich habe nie jemanden ›erpresst‹, wie Sie es nennen. Ich musste nie einem einzigen meiner Kunden drohen, damit er die eine oder andere Tür für mich öffnete.«

»Weil die ohnehin wissen, wie's läuft.«

»Ganz genau. Das sind Menschen, die sich auf höchsten Ebenen bewegen. Ihr Ruf ist für sie alles. Ich habe unsere Beziehungen nie missbraucht, habe in der ganzen Zeit, in der ich die Leute kannte, nie mehr als, sagen wir, zwei Gefallen von einer Person verlangt.«

»Was waren das für Gefallen?«, sagte Max. »Was haben die Ihnen gegeben? Handelsmonopole? Zugang zu vertraulichen Akten der US-Regierung?«

Grinsend schüttelte Carver den Kopf.

»Kontakte.«

»Noch mehr Pädophile? Auf noch höheren Ebenen?«

»Richtig! Kennen Sie den Satz, dass man über höchstens sechs Ecken mit jeder beliebigen Person bekannt ist? Wenn man so außergewöhnlichen Interessen nachgeht, wie meine Kunden sie pflegen, Mr. Mingus, sind es eher nur noch zwei Ecken.«

»Jeder kennt jeden?«

»Ja. Bis zu einem gewissen Grad. Ich mache nicht mit jedem x-Beliebigen Geschäfte.«

»Nur mit denen, die Ihnen Vorteile verschaffen können?«

»Ich bin Geschäftsmann, kein Wohltätigkeitsverein. Es muss auch für mich etwas dabei herausspringen. Das Risiko muss sich lohnen.« Carver griff wieder nach seinen Zigaretten. »Was glauben Sie, wie wir an Sie rangekommen sind, im Knast? Haben Sie darüber mal nachgedacht?«

»Ich nahm an, dass Sie Vitamin B haben.«

»Vitamin B!« Carver äffte Max nach und brach in lautes Gelächter aus. »Vitamin B nennen Sie das? Ha ha! Was für ein albernes Wort! Natürlich habe ich Vitamin B, Mingus. Ich besitze die ganze Pillenfabrik... und die Chemiker und die Apotheker und die verdammten Vertreter noch dazu. Wie wär's mit einem prominenten Senator von der Ostküste, der mit einem Mitglied des Verwaltungsrats von Rikers befreundet ist? Klingt das nach Vitamin B?«

Carver zündete sich die Zigarette an.

»Warum wollten Sie mich?«, fragte Max.

»Sie waren einmal – zu Ihrer Zeit – einer der besten Privatdetektive Ihres Landes, wenn nicht der beste, sofern das Verhältnis von gelösten zu ungelösten Fällen etwas aussagt. Freunde von mir haben in den höchsten Tönen von Ihnen geschwärmt, bis sie blau angelaufen sind. Sie sind uns in Ihrem früheren Beruf sogar schon zweimal verdammt nah gekommen. Verdammt nah. Wussten Sie das? Ich war ehrlich beeindruckt.«

»Wann?«

»Ich weiß es, und Sie müssen es selbst rausfinden.« Carver grinste und stieß den hellblauen Rauch durch die Nase aus. »Wie sind Sie mir auf die Schliche gekommen? Wer hat geredet? Wer ist zusammengebrochen? Wer hat mich verraten?«

Max antwortete nicht.

»Na kommen Sie, Mingus! Sagen Sie es mir! Was spielt das noch für eine Rolle?«

Max schüttelte den Kopf.

Carvers Gesicht hinter der riesigen Nase verzog sich zu einem unansehnlichen Ausdruck der Wut. Seine Augen wurden schmal und blitzten.

»Ich befehle Ihnen, mir den Namen zu sagen!«, brüllte er, packte seinen Gehstock, der am Sessel lehnte, und hievte sich hoch.

»Sitzenbleiben, Carver.« Max sprang auf, packte den Stock und stieß den alten Mann unsanft zurück in den Sessel. Überrascht und verängstigt schaute Carver zu ihm hoch. Dann wanderte sein Blick zu der Zigarette, die noch im Aschenbecher glimmte, und er drückte sie aus.

»Sie sind hier in der Unterzahl«, sagte er mit spöttischem Blick. »Sie können mich mit dem Ding totschlagen«, er nickte in Richtung des Gehstocks, »aber Sie kommen hier nicht mehr lebend raus.«

»Ich bin nicht hier, um Sie zu töten«, sagte Max und schaute über die Schulter zurück zur Tür. Er rechnete damit, das Dienstmädchen mit einem neuen Aschenbecher kommen zu sehen, womöglich in Begleitung anderer, die ihrem Herrn zu Hilfe eilen wollten. Aber es war niemand da.

Er ließ den Gehstock aufs Sofa fallen und setzte sich wieder.

Dann hörte er jemanden mit schweren Schritten in den Raum kommen. Er drehte sich um und sah zwei von Pauls Männern neben der Tür stehen. Er hob die Hand, damit sie dort stehenblieben.

Als Carver sie sah, schnaubte er verächtlich.

»Sieht aus, als hätten sich die Verhältnisse gerade gedreht«, sagte Max.

»Das glaube ich kaum«, entgegnete Carver.

»Sie meinen Ihre Dienstboten? Die kommen alle aus der Arche Noah, richtig?«

»Natürlich.«

»Sie waren nicht gut genug für Ihre Kunden?«

»Richtig.«

»Sie hatten Glück.«

»Ach ja? Würden Sie ihr Leben als Glück bezeichnen?«

»Ja. Wenigstens sind sie als Kinder nicht dauernd vergewaltigt worden.«

Carver sah ihn lange an, ein prüfender Blick, der nach und nach immer belustigter wirkte.

»Wie lange sind Sie schon hier, Mingus, in diesem Land?

Drei, vier Wochen? Wissen Sie, warum die Leute hier Kinder kriegen? Die Armen, die Massen? Bestimmt nicht aus den gleichen schnuckeligen Gründen wie bei Ihnen in Amerika: weil man sich Kinder wünscht, meistens zumindest.

Die Armen hier planen nicht, eine Familie zu gründen. Es passiert einfach. Sie vermehren sich einfach. Mehr steckt nicht dahinter. Sie vögeln, und sie vermehren sich. Das sind menschliche Amöben. Und sobald die Kinder laufen können, kriegen die Eltern sie an die Arbeit, die gleiche Arbeit, die sie selbst verrichten. Die allermeisten Leute in diesem Land werden auf den Knien geboren. Es sind geborene Sklaven, zum Dienen geboren. Sie sind nicht besser dran als ihre elenden Vorfahren.«

Carver hielt inne, um Luft zu holen und sich noch eine Zigarette anzustecken.

»Begreifen Sie, was ich hier tue, was ich getan habe? Ich habe diesen Kindern ein Leben gegeben, auf das sie ohne mich nicht einmal hätten hoffen können. Ein Leben, von dem ihre dummen, ungebildeten und nichtsnutzigen Eltern nicht einmal träumen konnten, weil ihre Hirne dazu einfach nicht groß genug sind. Nicht alle von denen leiden. Ich habe praktisch alle zur Schule gehen lassen, die ich nicht verkaufen konnte, und allen, die den Abschluss geschafft haben, habe ich Arbeit gegeben. Vielen von denen geht es heute ziemlich gut. Wissen Sie, was hier mit meiner Hilfe entstanden ist? Etwas, das es in diesem Land bisher nicht gab: eine Mittelschicht. Die sind nicht reich und nicht arm, sondern in der Mitte, und sie haben Hoffnungen auf ein besseres Leben. Ich habe dazu beigetragen, dass dieses Land ein kleines bisschen normaler wurde, ein kleines bisschen westlicher, so wie andere Länder.

Und zu denen, die ich verkauft habe: Haben Sie eine Ahnung, wie weit manche von denen es bringen, Mingus? Die

Schlauen, die Robusten, die mit dem Überlebensinstinkt? Wenn sie älter und klüger werden, wickeln sie ihre Sugardaddies um den kleinen Finger und quetschen sie aus wie eine Zitrone. Sie werden reich und sind gemachte Leute. Die meisten von denen führen ein ganz normales Leben in einem zivilisierten Land – sie haben einen neuen Namen und eine neue Identität, und die Vergangenheit ist nicht mehr als eine schlechte, verschwommene Erinnerung, wenn überhaupt.

Sie halten mich für verderbt, das weiß ich, aber ich habe Tausenden von Menschen Ehre, Würde, Geld und ein Zuhause gegeben. Ich habe ihnen dazu verholfen, im Spiegel einen Menschen zu sehen, den sie respektieren können. Und den verdammten Spiegel habe ich ihnen auch noch gegeben. Kurz gesagt, Mr. Mingus, ich habe ihnen das Leben geschenkt!«

»Sie sind nicht Gott, Carver.«

»Ach nein? Meinetwegen, aber in einem Land wie diesem komme ich dem ziemlich nahe – ein Weißer mit Geld!«, donnerte er. »Unterwerfung und der Kotau vor dem weißen Mann liegen den Menschen dieses Landes in den Genen!«

»Ich bin da anderer Meinung, Mr. Carver«, sagte Max. »Sie haben recht, ich weiß nicht sehr viel über dieses Land. Aber soweit ich das beurteilen kann, ist es von Leuten wie Ihnen in den Ruin getrieben worden – reichen Leuten mit großen Häusern und Dienstboten, die Ihnen den Arsch abwischen. Nehmen, nehmen, nehmen, und nie irgendetwas zurückgeben. Sie helfen niemand anderem als sich selbst, Mr. Carver. Ihre Wohltätigkeit ist nur eine Lüge, die Sie Leuten wie mir auftischen, damit wir nicht so genau hinsehen.«

»Sie klingen ganz wie Vincent Paul. Wie viel zahlt er Ihnen?«

»Er zahlt mir gar nichts, Mr. Carver. Sie haben mir noch

nicht erzählt, warum Sie unbedingt mich haben wollten, um nach Charlie zu suchen, wo ich Sie doch schon zweimal fast hätte auffliegen lassen.«

»Das entscheidende Wort hier ist ›fast‹.« Trotz der Wut in seiner Stimme brachte Carver ein Lächeln zuwege. »Sie haben nur gesehen, was Sie beweisen konnten, was Sie glauben konnten. Sie waren nur an den Pixeln interessiert, nicht am Gesamtbild.«

»Sie haben geglaubt, ich würde nur nach Charlie suchen, ohne nach rechts und links zu sehen?«

»Im Großen und Ganzen, ja.«

»Da haben Sie sich wohl im Großen und Ganzen in mir getäuscht.« Max grinste.

Carver sah ihn wütend an.

»Ich habe noch eine Frage«, sagte Max.

»Nur raus damit.«

»Was glauben Sie, wer Charlie hat?«

»Das ist immer noch Ihr Job«, brummelte Carver und wich seinem Blick aus.

Er ballte seine Hand zur Faust. Max sah zu, wie er sehr still und leise weinte, wie er ganz sanft bebte und noch sanfter Luft einsog. Sein Blick fiel auf das offene Zigarettenetui, und ein irrsinniges Verlangen tauchte plötzlich aus dem Nichts auf und sprang ihm in den Nacken. Auf einmal wollte er rauchen, wollte etwas mit den Händen zu tun haben, um dem, was er hier durchmachte, die Schärfe zu nehmen. Dann sah er das Glas mit dem verwässerten Whiskey und dachte einen Moment lang daran, ihn herunterzukippen, aber er widerstand der Versuchung.

»Ich wusste Bescheid über den kleinen Charlie«, sagte Carver, ohne Max anzusehen. Er sprach mit dem Bücherregal. »Ich wusste es, sobald ich ihn das erste Mal gesehen hatte. Ich wusste, dass er nicht mein war. Sie hat versucht, es vor mir zu verbergen, aber ich wusste es. Ich wusste, dass er nicht mein war.«

»Woher?«, fragte Max. Damit hatte er nicht gerechnet.

»Nicht ganz und gar mein«, fuhr Carver im gleichen Tonfall fort, als hätte er Max' Frage nicht gehört. »Autismus. Eine besitzergreifende Krankheit. Sie behält ein kleines Stück des Menschen für sich und gibt niemals preis, was sie einmal hat.«

»Woher wussten Sie das?«

»Oh, es gab viele Hinweise«, sagte Carver. »Abweichende Verhaltensmuster, nicht ganz der Norm entsprechend. Ich kenne mich aus mit Kindern, schon vergessen?«

Max zog den Briefumschlag, den Pauls Männer ihm gegeben hatten, aus der Tasche. Er holte die beiden Kopien heraus und reichte sie dem Alten.

Dann stand er auf und trat ein paar Schritte beiseite.

Gustav Carver schniefte und wischte sich die Tränen aus den Augen. Er faltete die Blätter auseinander und betrachtete das erste. Er blinzelte und schnaufte. Er schaute noch einmal genauer hin, sein Mund öffnete sich leicht zu einem nachdenklichen Grinsen, das immer noch voller Traurigkeit war. Er tauschte die Seiten – erste, zweite, zweite, erste – und las eine nach der anderen durch. Dann hielt er das eine Blatt in der linken, das andere in der rechten Hand und schaute von einem zum anderen, hin und her, seine Augen wurden immer kleiner und kleiner, bis sie hinter den immer schmaler werdenden Sehschlitzen praktisch nicht mehr zu erkennen waren. Die schlaffen Falten seines fleischigen Gesichts fingen an zu beben, er lief vom Kiefer bis zu den Augen hochrot an. Er straffte sich und atmete tief durch.

Dann schaute er Max gerade in die Augen und knüllte die Blätter zusammen. Als er sie auf den Boden fallen ließ, waren sie zu kleinen Kügelchen zusammengepresst.

Auch Max hatte den Umschlag geöffnet und dort Kopien des Vaterschaftstests gefunden, der bewies, dass Vincent Paul Charlie Carvers Vater war. Paul hatte eine handgeschriebene Karte beigefügt: *Max, geben Sie das Gustav Carver, wenn der richtige Zeitpunkt gekommen ist.*

Carver sackte in seinem Sessel zusammen. Er war aschfahl geworden, seine Augen leer, die Kampfeslust hatte ihn verlassen: ein Monument, das mit lautem Krachen zu Boden gestürzt war. Hätte er nicht mit eigenen Ohren die Worte von Carvers Lippen gehört, die er gehört hatte, Max hätte Mitleid mit ihm gehabt.

Keiner von beiden sagte ein Wort. Einen sehr langen und langsamen Moment lang sahen sie einander schweigend an. Gustav Carvers Blick war gewichtslos und leer, wie der eines Toten.

»Was haben Sie mit mir vor, Mingus?«, fragte er, und seine Stimme hatte nichts mehr von ihrer Autorität und dem Donner, war kaum mehr als ein Rasseln in seiner Kehle.

»Sie mitnehmen.«

»Mitnehmen?« Carver zog die Stirn in Falten. »Um mich wohin zu bringen? Es gibt hier keine Gefängnisse.«

»Vincent Paul möchte mit Ihnen reden.«

»Mit mir reden!«, lachte Carver. »Er will mich umbringen, Mingus! Außerdem werde ich mit diesem... diesem Bauerntölpel sowieso kein Wort wechseln.«

»Das bleibt Ihnen überlassen, Mr. Carver.« Max löste die Handschellen von seinem Gürtel.

»Einen Moment noch.« Carver hob die Hand. »Kann ich noch eine letzte Zigarette rauchen und einen letzten Whiskey trinken?«

»Nur zu«, sagte Max.

Carver schenkte sich einen Dreifachen ein und steckte sich eine filterlose Zigarette an.

Max ließ sich wieder in seinem Sessel nieder.

»Mr. Carver? Da ist noch eines, das ich nicht verstehe. Bei den Kontakten, die Sie haben, warum haben Sie Vincent Paul da nie hochgenommen?«

»Weil ich der Einzige bin, der das tun könnte. Alle Welt hätte gewusst, dass ich es war. Es hätte einen Bürgerkrieg gegeben«, erklärte er.

Er zog an der Zigarette und nahm einen Schluck Whiskey.

»Ich habe noch nie mit Filter geraucht. Die ruinieren den Geschmack.« Carver blies auf die orangefarbene Glut und lachte. »Glauben Sie, dass es in der Hölle Zigaretten gibt, Mingus?«

»Keine Ahnung, Mr. Carver. Ich rauche nicht.«

»Meinen Sie, Sie könnten mir vielleicht einen kleinen Gefallen tun?«, fragte Carver.

»Was?«

»Könnte ich selbst aus meinem Haus gehen? Allein? Nicht zwischen diesen beiden... Gorillas?« Er warf einen kurzen Blick zu den Männern an der Tür.

»Ja, aber ich muss Ihnen Handschellen anlegen. Vorsichtshalber.«

Carver drückte die Zigarette aus, leerte sein Glas und hielt Max die Hände hin, damit er ihm die Handschellen anlegen konnte. Max ließ ihn aufstehen und sich umdrehen, damit er ihm die Hände auf den Rücken binden konnte. Carver stöhnte auf, als die Handschellen zuschnappten.

»Gehen wir.« Max wollte ihn in Richtung Tür führen. Er musste ihn stützen, weil er taumelte und schwankte.

Nach fünf Schritten blieb Carver stehen.

»Max, bitte, nicht so«, lallte er und atmete Max Alkohol und Zigarettengestank ins Gesicht. »Ich habe eine Pistole in meinem Büro. Einen Revolver. Lassen Sie mich die Sache selbst zu Ende bringen. Sie können das Magazin leeren, lassen Sie mir nur die eine Kugel. Ich bin ein alter Mann. Ich habe nicht mehr lange.«

»Mr. Carver, Sie haben Hunderte von Kindern entführt und nicht nur ihr Leben, sondern auch das ihrer Familien zerstört. Sie haben ihre Seelen gestohlen. Sie haben diese Kinder vernichtet. Sie haben ihnen die Zukunft genommen. Für Sie kann es gar nicht Strafe genug geben.«

»Selbstgerechtes kleines Arschloch«, zischte Carver. »Ein kaltblütiger Mörder, der mir einen Vortrag über Moral halten will, Sie ...«

»Sind Sie fertig?«, fiel Max ihm ins Wort.

Carver senkte den Blick. Max zog ihn weiter Richtung Tür. Pauls Männer kamen ihnen entgegen. Carver stolperte ein paar Schritte vorwärts, dann blieb er erneut stehen.

»Ich möchte mich noch von Judith verabschieden.«

»Von wem?«

»Von Judith, meiner Frau. Lassen Sie mich noch einen letzten Blick auf das Gemälde werfen. Es ist so ein gutes Bild, so gut getroffen, so ganz wie im Leben«, sagte Carver, und seine Stimme brach.

»Aber sie ist nicht am Leben. Sie ist tot. Und Sie werden ihr bestimmt bald gegenüberstehen.«

»Und wenn nicht? Wenn es da nichts gibt? Nur noch einen Blick, Mingus, bitte.«

Max dachte an Sandra und gab nach. Er winkte die Männer zurück und führte den Alten zu dem Gemälde.

Er musste Carver stützen, während der zum Bild seiner Frau aufschaute und in einem Gemisch aus Französisch und Englisch mit ihr sprach.

Max betrachtete die Bildersammlung auf dem Kaminsims – all die gerahmten Fotos von verschiedenen Carvers auf Tuchfühlung mit den Reichen und Mächtigen. Er fragte sich, ob er den einen oder anderen dieser berühmten Namen in den Aufzeichnungen wiederfinden würde.

Carver hielt in seinem Gebrabbel inne und sah Max an.

»Keiner von denen ist ein Kunde, keine Sorge«, lallte er. »Aber sie sind alle nicht mehr als zwei Ecken davon entfernt. Vergessen Sie das nicht. Zwei Ecken.«

»Okay, gehen wir.« Max nahm Gustavs Arm.

»Nehmen Sie Ihre Pfoten weg!« Carver riss sich aus Max' Griff los und wollte einen Schritt zurückweichen, aber er verlor das Gleichgewicht und stürzte zu Boden. Er landete auf dem Rücken, auf den gefesselten Handgelenken.

Max machte keine Anstalten, ihm zu helfen.

»Stehen Sie auf, Carver.«

Mühsam rollte sich der alte Mann auf die Seite, er keuchte und stöhnte. Dann lag er auf dem Bauch. Er drehte sich auf die rechte Seite und wollte das linke Bein hochziehen, um sich aufzurichten, aber die linke war die schwache Seite, für die er beim Gehen den Stock brauchte. Das Bein hob sich nur ganz leicht, bevor es erstarrte und Carver sich wieder auf den Bauch rollen ließ. Er atmete tief durch und blinzelte. Dann kroch er sich windend und schlängelnd auf Max zu, er wimmerte und schnaubte vor Anstrengung.

Als er mit dem Gesicht vor Max' Füßen lag, schaute er so weit zu ihm hoch, wie er konnte.

»Erschießen Sie mich, Max«, flehte er. »Es macht mir nichts aus zu sterben. Erschießen Sie mich hier, vor meiner Judith, bitte!«

»Sie stehen jetzt auf, Carver«, sagte Max ungerührt, trat hinter den Alten, packte ihn grob an den Handschellen und stellte ihn wieder auf die Füße.

»Bringen Sie mich nicht zu Vincent Paul, Max, bitte. Er wird unsägliche Dinge mit mir tun. Bitte erschießen Sie mich, bitte. Von Ihnen kann ich das annehmen.«

»Sie sind ein miserabler Bettler, Carver«, flüsterte Max ihm ins Ohr.

»Erschießen Sie mich, Max.«

»Carver, geben Sie sich etwas Mühe, Ihre Würde nicht ganz zu verlieren. Sehen Sie her.« Max knöpfte sein Hemd auf und zeigte Carver das Mikrofon, das an seiner Brust befestigt war. »Sie wollen doch nicht, dass Vincent Pauls Leute kommen und Sie hier raustragen, oder?«

»Wie nennt man das, ein abgekartetes Spiel?«

»Meinetwegen.«

Mit einem Ausdruck, der halbwegs resigniert und ganz und gar angewidert war, nickte Carver feierlich Richtung Tür.

»Gehen wir.«

Max führte ihn aus dem Haus.

Draußen warteten drei Jeeps mit Pauls Leuten.

Sämtliche Dienstboten und Wachleute waren auf der Rasenfläche zusammengetrieben worden, sie wurden von vier Männern mit Gewehren bewacht.

»In Amerika würde man mir einen fairen Prozess machen«, sagte Carver bei dem Anblick.

»In Amerika würden Sie sich den besten Anwalt nehmen, den man für Geld kaufen kann. Justitia mag blind sein, aber taub ist sie nicht, und Sie wissen genauso gut wie ich, dass nichts lauter spricht als kaltes, hartes Bargeld.«

Einige der Dienstboten riefen Carver mit verstörter Stimme etwas zu. Anscheinend fragten sie ihn, was vorging.

»Haben Sie eine Ahnung, was der mit mir machen wird, Max? Dieses Tier wird mich aufschlitzen und mich den Wilden zum Fraß vorwerfen. Wollen Sie das auf Ihrem Gewissen haben? Wollen Sie das?«

Max überreichte einem von Pauls Männern die Schlüssel für die Handschellen, während ein anderer Carver über nahm.

»Vielleicht mache ich es wie Sie«, sagte Max.
»Wie meinen Sie das?«, fragte Carver.
»Ich werde mein Gewissen ausschalten.«
»Schwein!«, zischte Carver.
»Ich?« Max musste fast lachen. »Was sind dann Sie?«
»Ein Mann, der mit sich im Reinen ist«, schnaubte Carver.
Max bedeutete den Männern, Carver abzuführen.

In diesem Moment explodierte der Alte: »Ich verfluche dich, Max Mingus! Ich verfluche dich! Und ich verfluche Vincent Paul! Und jeden Einzelnen von euch gewehrschwingenden Affen! Verflucht seid ihr! Und... und ich verfluche den kleinen kümmerlichen Bastard und die verlogene Hure, die ihn geboren hat! Ich hoffe, dass ihr ihn nie findet! Ich hoffe, er ist tot!«

Mit brennender Verachtung starrte er Max aus kleinen Augen an, sein Atem ging mühselig und schwer, ein verwundeter, sterbender Stier vor seinem letzten wütenden Angriff.

Völlige Stille legte sich über den Vorplatz, als hätte Carvers Gebrüll alle anderen Geräusche in sich eingesaugt.

Aller Augen ruhten auf Max, alles wartete auf seine Antwort.

Die kam einen kurzen Augenblick später: »*Adios*, Arschloch.«

Dann sah er die Männer an, die Carver an Armen und Schultern gepackt hielten: »Bringt das Stück Scheiße hier weg und verbuddelt ihn tief.«

56

Auf dem Heimweg machte Max beim La Coupole Halt, wo gerade eine Party im Gange war. Die Weihnachtsdekoration war aus den Kisten gekramt worden, die Wände mit Bändern und Lametta und bunten Blinklichtern in Form von Tannenbäumen geschmückt.

Die Musik war ein Graus, ein Medley aus Weihnachtsliedern zu einem gleich bleibenden Technobeat, gesungen in Englisch von einer vermutlich deutschen Sängerin mit absurder Aussprache: aus »*holy night*« wurde »*holly nit*«, aus »*Bethlehem*« ein Ort namens »*Bed-ahem*«, »*Hark the herald angels sing*« wurde zu »*Hard Gerald ankles sin*«. Die Stimmung war nichtsdestotrotz ausgelassen und fröhlich, die Leute amüsierten sich. Alle lächelten und tanzten: drinnen, draußen, hinter der Bar und wahrscheinlich auch im Waschraum. Witze wurden gerissen, und das Gelächter übertönte die Musik. Die amerikanischen Soldaten mischten sich unter die UN-Friedenstruppen und beide wiederum unter die Einheimischen. Max fiel auf, dass heute sehr viel mehr Haitianer da waren als sonst, Männer und Frauen. Erst auf den zweiten Blick bemerkte er zu seiner Enttäuschung, dass sämtliche anwesenden Frauen Huren waren – die Kleider zu eng, das Make-up zu dick, dazu Perücken und dieser lockende Schaufensterblick – und die Kerle ihre Zuhälter. Sie hielten sich im Hintergrund, aber ihnen entging kein Mann, der in den Blickradius ihrer wandelnden Geldautomaten geriet.

Max bestellte sich einen doppelten Rum und ging hinaus, um den Tänzern im Hof zuzusehen. Ein betrunkener Marine fragte ihn, ob er von der Militärpolizei sei, ein anderer, ob er zur CIA gehöre. Ein rotgesichtiges Mädchen mit goldenen Ohrsteckern hielt ihm einen Mistelzweig aus Plastik über den Kopf und küsste ihn mit biernassen Lippen. Sie wollte mit ihm tanzen, aber er lehnte dankend ab, vielleicht später. Ihre Stimme reinstes Oklahoma. Er sah ihr nach, wie sie das Gleiche bei einem Haitianer machte, der an der DJ-Kanzel lehnte. Sekunden später tanzten sie eng umschlungen.

Max konnte nicht aus seiner Haut. Er war verbittert über

das, was gerade passiert war, über Carver, darüber, dass er für ihn gearbeitet hatte. Es beruhigte ihn nicht, dass dem Alten mit seiner Hilfe das Handwerk gelegt worden war. Es machte ihm die Sache nicht leichter, dass Carver jetzt in irgendeinem Raum saß und darauf wartete, dass Vincent Paul hereinkam und das Urteil verkündete. Deshalb war er nicht hergekommen.

Die Horrorszenen, die er auf den Videobändern gesehen hatte, tanzten ihm wie Derwische durch den Kopf.

Bevor er die drei Jugendlichen erschossen hatte, von denen Manuela zu Tode gequält worden war, hatte er eine endlose Leere im Magen gespürt, ein Gefühl völliger Sinnlosigkeit zwischen mehreren Lagen der Verzweiflung – als wäre sein ganzes Tun ohnehin vergeblich, als würde alles nur immer schlimmer und schlimmer werden, bis die übelsten Verbrechen von heute am nächsten Tag nur noch als harmlose Spielerei galten. Dann war ihm wieder eingefallen, was er da tat, warum er den Fall übernommen und warum er ihm fast zwei Jahre seines Lebens gewidmet hatte: Manuela hatte ihn angelächelt. Nur ein einziges Mal. Sie waren am Strand gewesen, Sandra, Manuela und er. Er hatte den Sonnenschirm und die Liegestühle aufgestellt. Ein Pärchen, er weiß, sie schwarz, war Händchen haltend vorbeigekommen, und die Frau hatte gesagt, wie süß ihre Tochter sei. Sie war schwanger gewesen. Max hatte Sandra und Manuela angeschaut, die nebeneinander auf einer Liege saßen, und in diesem Moment hatte er sich zum ersten Mal Kinder gewünscht. Vielleicht hatte Manuela seine Gedanken gelesen, denn sie hatte seinen Blick erwidert, hatte ihm direkt in die Augen gesehen und gelächelt.

An sie, und nur an sie hatte er gedacht, als er ihre Mörder erschoss. Der Letzte von ihnen – Cyrus Newbury – war nicht schweigend aus der Welt gegangen. Er hatte gejammert und geflennt und um sein Leben gebettelt, hatte Gebete und Kirchenlieder rezitiert, die er nur halb auswendig konnte. Max hatte ihn betteln lassen, bis er müde war, bis er die Stimme verloren hatte. Dann hatte er ihn abgeknallt.

Der Rum hatte eine beruhigende Wirkung. Er erstickte seinen Kummer, ließ ihn von dannen schweben zu einem Ort, an dem für eine Weile nichts mehr wirklich wichtig war. Guter Stoff, süßes Schmerzmittel.

Zwei Nutten mit glatten, schwarzen Perücken pirschten sich an ihn heran und nahmen ihn mit breitem Lächeln in ihre Mitte. Zwei fast identische Zwillinge. Max schüttelte den Kopf und schaute weg. Eine von beiden flüsterte ihm etwas ins Ohr. Er verstand es nicht, die Musik war so laut, dass er nur die Zischlaute hören konnte. Als er mit den Schultern zuckte und ein »Ich verstehe kein Wort«-Gesicht zog, lachte sie und zeigte auf die Tanzfläche. Max schaute in die tanzende Menge – Jeans, Turnschuhe, T-Shirts, Strandhemden, Westen –, aber ihm war nicht klar, was es da zu sehen geben sollte. Dann leuchtete ein Kamerablitz auf. Einige Tänzer drehten sich überrascht um und hielten nach dem Fotografen Ausschau, dann widmeten sie sich wieder ihren Tanzschritten.

Max schaute sich von seinem Platz aus nach dem Fotografen um, aber er sah ihn nicht. Die beiden Mädchen gingen weg. Er trat auf die Tanzfläche und schob sich durch die Menge zu der Stelle, von der der Blitz gekommen war. Er fragte die Tänzer in der Nähe, ob sie den Fotografen gesehen hätten. Nein, sagten sie, sie hatten, genau wie er, nur den Blitz gesehen.

Max ging nach drinnen in die Bar, um die beiden Mädchen zu suchen. Sie unterhielten sich mit zwei Marines. Max ging auf sie zu und wollte sie gerade nach dem Blitz fragen, als er auf den zweiten Blick feststellte, dass es nicht die beiden von eben waren. Er murmelte eine Entschuldigung und schaute sich weiter in der Bar um, aber sie waren nicht mehr zu sehen. Er fragte den Barmann, aber der zuckte nur mit den Achseln. Er sah in den Waschräumen nach: niemand. Er ging nach draußen und schaute nach rechts und links, aber die Straße war verlassen.

Drinnen genehmigte er sich noch ein paar Rum. Er kam mit einem Sergeant Alejandro Diaz aus Miami ins Gespräch. Diaz war überzeugt, dass Max von der CIA sei. Max spielte eine Weile mit, indem er den Verdacht des Sergeanten weder bestätigte noch dementierte. Sie redeten über Miami und wie sehr sie die Stadt vermissten. Diaz eröffnete ihm, dass viele der Läden, von denen Max erzählte – Clubs, Restaurants, Plattenläden, Discos –, längst dichtgemacht hatten. Er empfahl ihm einen neuen Club nur für Mitglieder namens TWLM – *Three Writers Losing Money* –, dessen Tänzerinnen angeblich allesamt einen Uniabschluss hatten. Er gab Max eine Karte mit dem Namen und dem Logo des Clubs – ein Alligator mit breitem Grinsen, schwarzer Sonnenbrille und Melone, einem Federkiel in der einen und einem Champagnerglas in der anderen Hand –, darunter stand eine Telefonnummer. Diaz meinte, man würde ihn nach einem Passwort fragen, wenn er dort anrief, aber auf Max' Nachfrage musste er zugeben, dass er das leider vergessen hatte.

Gegen drei Uhr morgens machte sich Max auf den Heimweg und stand zwanzig Minuten später vor seinem Tor.

Er ging ins Wohnzimmer, nahm das Holster ab und ließ sich in einen Sessel fallen. Er sah, dass das Holster nicht gesichert war. Er ließ es nie offen – niemals –, seit ihm als Neuling einmal ein Jugendlicher die Waffe weggeschnappt hatte.

Er nahm die Beretta heraus und begutachtete sie. Die Patronen waren vollzählig. Es war nicht damit geschossen worden.

Anscheinend wurde er vergesslich. Es war ein langer Tag gewesen, ein bedeutungsvoller Tag.

Er spielte mit dem Gedanken, aufzustehen und die Reise ins Bett zu vollenden, aber das schien ihm viel zu anstrengend. Viel zu weit.

Er schloss die Augen und schlief ein.

57

Am nächsten Tag rief Allain bei ihm an. Er wollte ihn noch am Nachmittag sehen.

Allain war bleich, seine leichenfahle Haut hatte einen bläulichen Schimmer, er sah wächsern aus. Auf der unteren Hälfte seines Gesichts hatten sich Stoppel breit gemacht, und die tiefen Ringe unter seinen Augen zogen sich bis zu den Wangenknochen. Max sah, dass er in seinen Kleidern geschlafen hatte. Er trug ein Jackett, um das arg zerknitterte Hemd mit dem zerknautschten Kragen zu verbergen, dessen Ärmel er nicht heruntergerollt hatte. Die Krawatte hing schief, der oberste Hemdknopf stand offen. Er hatte sich das Haar nach hinten gekämmt, aber es fehlte eindeutig an Brillantine, einige Strähnen lösten sich bereits aus dem Schopf und standen an den Seiten in alle Richtungen ab. Es war, als hätte jemand den alten Allain genommen, den ersten, dem Max begegnet war, und mit einer Drahtbürste bearbeitet. Es war noch immer alles da, aber der Glanz war verloren gegangen, die Bügelfalten waren geplättet und sämtliche Kanten stumpf geworden.

Sie saßen sich in einem Besprechungszimmer in der obersten Etage an einem runden Tisch gegenüber. Durch das graue Rauchglasfenster bot sich ein wunderbarer Blick auf das

Meer. Max glaubte, dass in der Karaffe, die vor ihm stand, Wasser war. Doch als er sich einschenkte, schlugen ihm Alkoholdämpfe entgegen. Er probierte. Purer Wodka. Allain hatte sein Glas schon fast geleert. Es war drei Uhr nachmittags.

»Verzeihung«, sagte Allain verlegen. »Ich vergaß.«

Er war nicht betrunken.

Max wollte herausfinden, was Allain von den Aktivitäten seines Vaters gewusst hatte. Dazu wählte er den sanften Weg, den Polizisten bei manchen Verdächtigen anwandten, indem sie sie in eine scheinbar lockere, informelle Unterhaltung verwickelten. Der Trick bestand darin, im Laufe des Gesprächs immer wieder auf unterschiedliche Art die gleichen Fragen zu stellen.

Allain hatte Max' Flugticket auf dem Tisch bereitgelegt. Er würde am nächsten Tag mit dem 11:30-Uhr-Flieger nach Miami zurückkehren.

»Chantale wird Sie fahren«, sagte Allain.

»Wo ist sie?«

»Ihre Mutter ist am Dienstag verstorben. Sie hat ihre Asche in ihr Heimatdorf gebracht.«

»Das tut mir leid zu hören«, sagte Max. »Weiß sie, was passiert ist?«

»Ja. Teilweise«, sagte Allain. »Ich habe ihr nicht alle Einzelheiten erzählt. Und ich wäre Ihnen dankbar, wenn auch Sie die für sich behalten könnten.«

»Natürlich.«

Max lenkte das Gespräch auf das Gebäude in La Gonâve. Allain erzählte ihm, was dort gefunden worden war, und sein Gesicht spiegelte blankes Entsetzen, während er die Einzelheiten herunterleierte. Irgendwann konnte er nicht mehr weiterreden und brach weinend zusammen.

Als er sich wieder gefangen hatte, führte Max seine Befragung fort. Hatte sein Vater ihm gegenüber nie von La Go-

Nav gesprochen? Nein, nie. Hatte sein Vater ihm je auf der Klarinette vorgespielt? Nein, aber er wusste, dass er Klarinette spielte. Er war auch ein halbwegs talentierter Trompeter. Hatte er sich je gefragt, warum sein Vater über all diese weit verzweigten Geschäftskontakte verfügte? Nein, warum sollte er? Die Carvers waren wichtige Leute in Haiti. Er erinnerte sich, dass er Jimmy Carter kennengelernt hatte, bevor der zum Präsidentschaftskandidaten gekürt worden war. In Haiti? Nein, in Georgia. Sein Vater hatte mit Carter ein Geschäft abgeschlossen. Er wollte Carters Erdnüsse importieren, nachdem es in Haiti eine Missernte gegeben hatte. Carter hatte sogar bei ihnen vorbeigeschaut, um Hallo zu sagen, als er wegen der Verhandlungen über eine friedliche Kapitulation der Militärjunta im Lande gewesen war. Max ging mit seinen Fragen immer wieder vor und zurück, und je mehr er fragte und je mehr Allain antwortete und Max dabei mit traurigen, blutunterlaufenen Augen ansah, die immer mehr vom Alkohol und vom Herzschmerz vernebelt wurden, umso mehr war Max davon überzeugt, dass er wirklich keine Ahnung gehabt hatte, was da vor seiner Nase vor sich gegangen war.

»Er hat mich gehasst«, platzte Allain heraus. »Er hat mich gehasst für das, was ich war, und für das, was ich nicht war.«

Er fuhr sich mit den Händen durchs Haar, um es glatt zu streichen. Er trug keine Uhr. Max bemerkte eine dicke rosa Narbe am linken Handgelenk.

»Und Sie, Allain? Haben Sie ihn gehasst?«

»Nein«, antwortete er unter Tränen. »Ich hätte ihm verziehen, wenn er mich je darum gebeten hätte.«

»Auch jetzt noch? Bei allem, was Sie jetzt wissen?«

»Er ist mein Vater«, erwiderte Allain. »Das entschuldigt nicht, was er getan hat. Das bleibt bestehen. Aber trotzdem ist er mein Vater. Wir haben hier doch nicht mehr als uns selbst und unsere Familie.«

»Hat er seine Psychotechniken auch mal bei Ihnen angewandt?«

»Was? Hypnose? Nein. Er wollte einen Seelenklempner engagieren, der mich auf Kurs bringen sollte, aber Mutter hat das nicht zugelassen. Sie hat immer zu mir gestanden.« Allain betrachtete sein verschwommenes Spiegelbild auf der Tischplatte. Er leerte sein Glas und wischte sich mit dem Handrücken über den Mund.

Dann schnipste er plötzlich mit den Fingern und klopfte sich aufs Jackett.

»Das ist für Sie.« Er zog einen verknitterten, aber zugeklebten Umschlag heraus und hielt ihn Max mit zwei Fingern hin.

Max öffnete ihn. Drinnen lag der Beleg über eine Überweisung auf sein Konto in Miami.

$ 5 000 000.

Fünf Millionen Dollar.

Max war sprachlos.

Ein Riesenhaufen Geld auf dem Servierteller.

Morgen würde er nach Miami zurückfliegen. Er hatte ein neues Leben zu beginnen. Das Geld würde ihm eine riesige Hilfe sein, vielleicht alles, was er an Hilfe brauchte.

Dann legte sich ein Schatten über seine Zukunftsvisionen.

»Aber...«, hob Max an und schaute von den vielen Nullen hoch.

Er musste an Claudette Thodore denken, deren Kaufpreis ins Carver-Imperium geflossen war, ein Imperium, das man auf dem Fleisch und Blut von Kindern errichtet hatte. Einen Teil dieses Geldes hielt er nun in Händen, und dieses Geld war seine Zukunft.

»Nicht genug?« Auf einmal sah Allain verängstigt aus. »Ich zahle Ihnen gerne mehr. Nennen Sie die Summe.«

Max schüttelte den Kopf.

»Ich bin noch nie für einen Auftrag bezahlt worden, den ich nicht zu Ende gebracht habe«, sagte er schließlich. »Ich weiß immer noch nicht mit Sicherheit, was mit Charlie passiert ist.«

»Vincent hat die Suche wieder aufgenommen«, sagte Allain. »Er hat Sie gemocht, mein Vater, wissen Sie das? Er sagte, Sie seien ein ehrenwerter Mensch.«

»Ach ja? Nun, ich mag ihn nicht«, entgegnete Max. »Und ich kann sein Geld nicht annehmen.«

Er legte den Überweisungsbeleg auf den Tisch.

»Aber es ist schon auf Ihrem Konto. Es gehört Ihnen.« Allain zuckte mit den Achseln. »Geld weiß nicht, woher es kommt.«

»Aber ich weiß es. Und das ist das Problem«, sagte Max. »Ich überweise es Ihnen zurück, sobald ich kann. Bis dann, Allain.«

Sie gaben sich die Hand, dann ging Max aus dem Vorstandszimmer Richtung Aufzug.

Er parkte den Wagen neben der pastellrosafarbenen katholischen Kathedrale in Port-au-Prince und ging los Richtung Stadtzentrum.

In der Nähe des Marché de Fer blieb er vor einem Gebäude stehen, das von sich behauptete, eine Kirche zu sein, obwohl es von außen eher wie ein Lagerhaus aussah.

Er drückte die Tür auf, trat ein und fand sich in der schlichtweg außergewöhnlichsten und schönsten Kapelle wieder, die er je gesehen hatte.

Am Ende des Mittelgangs, hinter dem Altar, prangte ein Wandgemälde, das die komplette Wand vom Boden bis zu den drei verrammelten Fenstern unter dem Gewölbe einnahm, es war gut sechs Meter hoch. Max ging zwischen den einfachen Holzbänken hindurch nach vorn und setzte sich in die zweite Reihe. Gut ein Dutzend Menschen – hauptsächlich Frauen – saßen oder knieten an verschiedenen Plätzen.

Die Jungfrau Maria im gelben Kleid mit blauem Umhang beherrschte das Tafelbild von der Geburt Christi. Mit vor dem Herzen gefalteten Händen kam sie auf den Betrachter zu, gefolgt von zwei Engeln, die den Saum ihres Umhangs hielten. Hinter ihr war eine offene Scheune mit Strohdach zu sehen, eine Art überdachte Hütte ohne Wände, nicht unähnlich denen, die er in der Umgebung von Pétionville durch seine Autofenster gesehen hatte.

Neben und über den Flügeln des Tafelbilds schwebten Engel, die Instrumente spielten oder Girlanden in die Szene unter sich hielten, um anzudeuten, dass das Leben Jesu von der Geburt bis zur Auferstehung ein einziger Akt war.

Was jetzt? Wohin sollte er jetzt gehen?

Ganz unmittelbar sah er sich mit den gleichen Problemen konfrontiert, die schon vor seinem Ausflug nach Haiti da gewesen waren: Er musste in sein Haus zurückkehren und sich all den glücklichen Erinnerungen stellen, die hinter der Tür auf ihn lauerten und ihn von allen Seiten anspringen würden, sobald er das Haus betrat, eine Willkommensparty der Geister. Wieder dachte er an Sandra, und die Trauer stieg ihm als heißes, feuchtes Brennen in die Augen und die Nase.

Mit der Rückkehr nach Miami würde seine Karriere als Privatdetektiv beendet sein. Alles, was er konnte und was er irgendwie immer noch weitermachen *wollte* – trotz allem, was er gesehen hatte, trotz all der Gefahren, denen er begegnet war –, würde vorbei sein. Und trotz der Angst, dass er vielleicht nicht mehr so gut war wie früher, dass er in diesem Fall vielleicht etwas übersehen hatte.

Was würde er aus Haiti mitnehmen? Was hatte er gewonnen? Geld nicht, und auch nicht die Zufriedenheit über einen erledigten Auftrag, denn zum ersten Mal in seiner Karriere hatte er einen Fall nicht gelöst. Er ließ eine unerledigte Aufgabe zurück. Das Gesicht des kleinen Jungen würde ihn bis ans Ende seiner Tage verfolgen. Er hatte keine Ahnung, was mit ihm geschehen war, im Grunde war er genauso schlau wie am Anfang. Alles nur Spekulationen, Mutmaßungen, Gerüchte. Armer Junge. Ein doppelt Unschuldiger.

Er hatte dazu beigetragen, einen internationalen Kinderschänderring zu sprengen – oder zumindest hatte er den Anstoß dazu gegeben. Er hatte zahllosen Kindern das Leben gerettet und ihren Eltern den Vorgeschmack des Todes zu Lebzeiten erspart, hatte sie davor bewahrt, mit einem vermissten Kind weiterleben zu müssen. Aber was würde aus den Kindern werden, die sie finden und befreien würden? Konnten sie je geheilt werden? Konnte der Prozess umgekehrt werden, konnte man ihnen zurückgeben, was ihnen genommen worden war? Abwarten und Tee trinken.

Abwarten und Tee trinken: Nicht mehr und nicht weniger hatte er ab jetzt von seinem Leben zu erwarten. Der Gedanke erschreckte und deprimierte ihn.

Eine Stunde später ging er aus der Kirche heraus, fing in der Eingangstür eine Frau ab, die gerade hereinkam, und fragte sie nach dem Namen der Kirche.

»*La Cathédrale Sainte-Trinité*«, lautete die Antwort.

Draußen wurde er von der Sonne geblendet, die Hitze und der Lärm verwirrten ihn, während er durch die Straßen wanderte und sich immer weiter und weiter von der kühlen, ruhigen, immer währenden Dunkelheit der Kirche entfernte.

Er fasste sich wieder und ging zurück zu seinem Wagen. Der war weg. Glasstücke auf dem Gehweg verrieten ihm, was passiert war.

Es war ihm egal. Genau genommen war es ihm sogar scheißegal.

Er ging zurück zum Marché de Fer, vor dem eine lange Reihe von Tap-Taps stand und auf Kundschaft wartete: Leichenwagen, Coupés und Limousinen aus den 1960ern mit voodoolastigen psychedelischen Malereien auf der Karosse. Er fragte den Fahrer ganz vorn in der Reihe, ob er nach Pétionville fahre. Der nickte und bedeutete ihm einzusteigen.

Sie warteten ganze vierzig Minuten, bis der Wagen voll war und die Leuten ihre Körbe mit Gemüse, Reis und Bohnen, lebenden Hühnern und nassen, toten Fischen verstaut hatten. Max wurde in die Ecke der Sitzbank gedrängt, eine dicke Frau saß ihm praktisch auf dem Schoß, er war begraben unter dem halben Dutzend Menschen, das sich auf die Rückbank zwängte.

Als der Fahrer so weit war, ging es los. Auf Schleichwegen, wo ihm nur Menschen und Viehzeug die Straße streitig machten, fuhr er aus der Hauptstadt hinaus. Im Wagen ging es hoch her, jeder schien jeden zu kennen, und alle plauderten mit allen – alle bis auf Max, der nicht ein einziges Wort verstand.

Er packte seinen Koffer und aß in einem Restaurant unweit vom La Coupole zu Abend.

Er bestellte Reis, Fisch und gebratene Kochbananen und gab ein ordentliches Trinkgeld, dann winkte er dem hübschen jungen Mädchen, das ihn bedient hatte, mit einem Lächeln zu und ging aus dem Laden.

Auf dem Heimweg beobachtete er die verdreckten, mageren Kinder mit den aufgeblähten Bäuchen, die in dreckige Fetzen gekleidet mit ihren Freunden die Müllhaufen durchsuchten. Manche spielten, andere lungerten an den Straßenecken herum, wieder andere stolperten barfuß hinter ihren Eltern her. Er fragte sich, ob er sie tatsächlich gerettet hatte.

58

»Das mit Ihrer Mutter tut mir leid, Chantale«, sagte Max auf dem Weg zum Flughafen. Sie waren schon fast da und hatten kaum ein Wort miteinander gewechselt.

»Mir nicht, in gewisser Weise«, sagte sie. »Sie hat ziemlich gelitten in den letzten Tagen. Sie hatte große Schmerzen. Kein Mensch sollte so etwas durchmachen müssen. Ich hoffe wirklich, dass sie jetzt an einem besseren Ort ist. Ihr ganzes Leben lang hat sie an ein Leben nach diesem hier geglaubt.«

Max wusste nichts dazu zu sagen, was aufrichtig und in seiner Ehrlichkeit tröstlich gewesen wäre. Nach Sandras Tod hatte er das Gleiche durchgemacht. Ihr Tod war für ihn das Ende gewesen, ein plötzlicher Stopp, nach dem nichts mehr kommen konnte. Das Leben war ihm durch und durch sinnlos erschienen.

»Was werden Sie jetzt tun?«, fragte er.

»Mal sehen. Allain möchte, dass ich noch bleibe und ihm unter die Arme greife. Im Moment führt er alle Geschäfte allein. Ich glaube nicht, dass er damit fertigwird. Es hat ihn alles ziemlich hart getroffen.«

»Ja, ich weiß. Und ich bin Ihnen dankbar, dass Sie mich fahren. Sie hätten das nicht tun müssen.«

»Ich konnte Sie doch nicht abreisen lassen, ohne mich zu verabschieden.«

»Es muss ja kein Abschied sein«, sagte Max. »Es könnte auch ein ›wir sehen uns‹ oder ›bis bald‹ sein. Rufen Sie mich doch an, wenn Sie nach Miami kommen.« Er wollte seine Nummer aufschreiben und kam bis zur Vorwahl, dann musste er sich eingestehen, dass er die Nummer vergessen hatte. »Ich werde Sie anrufen müssen.«

Sie sah ihn an, sah ihm direkt in die Augen. Und ließ ihn

tief in ihre Traurigkeit schauen, auf einen Schmerz, der so tief war, dass er nicht auf den Grund sehen konnte, und so stark, dass er ihn fast überwältigte. Er kam sich dumm und ungeschickt vor. Falscher Text zur falschen Zeit am falschen Ort.

»Tut mir leid.«

Sie schüttelte den Kopf, und er wusste nicht, ob das ein Ausdruck des Verzeihens oder der Fassungslosigkeit war.

Sie hielten vor dem Flughafen.

Chantale berührte ihn am Arm.

»Max, rufen Sie mich nicht an. Sie sind noch nicht so weit. Nicht für mich und nicht für jemand anderen«, sagte sie und bemühte sich mit zitternden Lippen um ein Lächeln. »Wissen Sie, was Sie tun sollten, wenn Sie nach Hause kommen? Begraben Sie Ihre Frau. Trauern Sie um sie, weinen Sie, lassen Sie alles raus, spülen Sie ihren Geist aus Ihrem Herzen. Dann können Sie etwas Neues anfangen.«

Fünfter Teil

59

Wieder in Miami, wieder im Dadeland Radisson Hotel. Sie hatten ihm nicht das gleiche Zimmer gegeben wie beim ersten Mal, trotzdem sah es genauso aus wie seine Erinnerung an das letzte: zwei Einzelbetten mit braungelb karierten Tagesdecken, eine Gideon-Bibel im Nachtschränkchen, ein Schreibtisch mit Stuhl und ein stumpfer Spiegel, der mit etwas mehr Nachdruck poliert werden wollte, ein mittelgroßer Fernseher und ein Sessel mit Beistelltisch vor dem Fenster. Sogar der Blick war der gleiche: Starbucks, Barnes & Noble, ein Eiscafé, ein Teppichgeschäft und ein billiger China-Imbiss, dahinter die ruhigen Häuser von Kendall, die ein gutes Stück von der Straße zurückversetzt lagen, hinter Bäumen und Büschen verborgen. Das Wetter war schön, der Himmel von einem tiefen, flüssigen Blau, die Sonne nicht halb so stechend wie die, an die er sich in Haiti gewöhnt hatte.

Im Taxi vom Flughafen hatte er nicht einmal versucht, den Weg nach Hause einzuschlagen, sondern hatte dem Fahrer gleich das Hotel genannt. Die Entscheidung hatte er im Flugzeug getroffen, gleich nach dem Start, als die Räder gerade von der Rollbahn abgehoben hatten und sein Magen durch den Sitz nach unten gerutscht war. Er wollte Weihnachten und Silvester 1996 nicht zu Hause verbringen, in jenem Museum seines vergangenen Lebens, seines vergangenen Glücks. Er würde erst danach nach Hause zurückkehren, am 2. Januar. Bis dahin hatte er das Zimmer gebucht.

Es war noch nicht vorbei.

Charlie Carver ging ihm nicht aus dem Kopf.

Wo war der Junge?

Was war mit ihm geschehen?

Aus genau diesem Grund hatte er alle seine Aufträge zu Ende gebracht: Unerledigte Fälle hielten ihn die halbe Nacht wach, verfolgten ihn, ließen ihn nicht los.

Er fuhr nach Little Haiti. Geschäfte, Bars, der Markt, Clubs. Er war der einzige Weiße weit und breit. Niemand belästigte ihn, viele sprachen ihn an. Mehrmals glaubte er, das eine oder andere Gesicht aus Port-au-Prince oder Pétionville zu kennen, aber es war jedes Mal ein Irrtum.

Jeden Tag aß er in einem haitianischen Restaurant namens *Tap-Tap* zu Abend. Das Essen war hervorragend, die Bedienung launisch, die Stimmung rau, aber herzlich. Er saß immer am gleichen Tisch, direkt vor einem schwarzen Brett, an dem ein Vermisstenplakat mit Charlies Foto hing.

Ein ums andere Mal ging er den Fall im Kopf durch, chronologisch von vorn bis hinten. Er analysierte alle Beweise, fügte alles noch einmal zusammen. Dann baute er neue Details ein: Hintergrundinformationen, Geschichte, Leute.

Irgendetwas passte da nicht.

Da war etwas, das er nicht gesehen oder übersehen hatte, oder das er nicht hatte sehen sollen.

Er wusste nur nicht, was.

Es war noch nicht vorbei.

Er musste wissen, was mit Charlie Carver geschehen war.

60

Einundzwanzigster Dezember. Um kurz nach acht Uhr morgens rief Joe ihn an, um ihm mitzuteilen, dass Claudette Thodore befreit und Saxby verhaftet worden war. Saxby hatte sich die Seele aus dem Leibe gesungen, kaum dass sie ihm die Handschellen angelegt hatten, hatte mit allen, vom verhaftenden Polizeibeamten bis zum Sanitäter, einen Deal machen wollen und versprochen, ihnen im Gegenzug für eine Strafmilderung von einem Privatclub in Miami und Leichen in den Everglades zu erzählen.

Pater Thodore war auf dem Weg nach Fort Lauderdale, um seine Nichte zu sehen.

Joe fragte Max, warum um alles in der Welt er im Radisson abgestiegen sei. Max fiel keine auch nur halbwegs intelligente Antwort ein, und so sagte er seinem Freund die Wahrheit. Zu seiner Überraschung bekundete Joe Verständnis und riet ihm, sich alle Zeit zu nehmen, die er brauchte. Wozu sich in etwas stürzen, mit dem man noch für den Rest seines Lebens zu tun haben würde.

Sie verabredeten sich für den nächsten Abend in der L-Bar. Es war ihr erstes Treffen seit Max' Rückkehr. Joe war schwer beschäftigt gewesen: Zu Weihnachten kamen die Verrückten aus ihren Löchern gekrochen.

»Darf ich Sie einladen, Lieutenant?«, fragte Max Joes Spiegelbild in der Fensterscheibe der Sitzecke.

Joe stand auf, streckte die Hand aus und grinste von einem Ohr zum anderen. Sie umarmten sich.

»Du siehst gut aus, Max«, bemerkte Joe. »Nicht mehr, als hättest du die letzten zehn Jahre kopfüber in einer Höhle gehangen.«

»Und du, abgenommen?«, fragte Max. Neben Vincent Paul konnte kein anderer Mann mehr groß aussehen, aber Joe hatte definitiv mehr verloren als nur seinen Platz in Max' Hitliste. Seine Augen waren größer, die Wangenknochen zu erahnen, der Kiefer sah eine Spur kantiger aus und der Hals ein klein wenig dünner.

»Ja, bin ein paar Pfunde losgeworden.«

Sie setzten sich. Der Barmann kam. Max bestellte einen doppelten Barbancourt ohne Eis, Joe einen mit Cola.

Sie unterhielten sich, ein Gespräch unter alten Freunden, leicht und ohne Eile. Sie fingen im Kleinen an und arbeiteten sich zu den großen Themen vor. Sie bestellten einen Drink nach dem anderen. Max erzählte seine Geschichte ziemlich gerade herunter, dröselte alles Stück für Stück auf, so wie es passiert war, angefangen bei seinem Treffen mit Allain Carver in New York bis hin zu Vincent Paul in Pétionville. Joe hörte ihm schweigend zu, aber Max sah, wie das Leuchten im Gesicht seines Freundes langsam erstarb, als er ihm in allen Einzelheiten von seinen Erkenntnissen berichtete. Joe wollte wissen, was mit Gustav Carver geschehen würde.

»Ich nehme an, man wird ihn den Eltern der entführten Kinder ausliefern.«

»Gut. Ich hoffe, dass die alle eine Scheibe von ihm abkriegen. Eine für jedes Kind«, brummte Joe. »Ich hasse diese Schweine, Mann! Ich hasse sie!«

»Was passiert mit dem Ring?«

»Um die Perversen in Florida kümmern wir uns. Wir haben eine Sonderkommission eingerichtet, die sie festnehmen wird. Das wird alles in den nächsten Tagen über die Bühne gehen«, sagte er. »Bei den anderen bin ich gerade dabei, die Fälle an Freunde von mir in den anderen Bundesstaaten zu übergeben, und das FBI wird auch zu tun kriegen. Das wird ein ziemlich großes Ding. Mach dich drauf gefasst, dass noch lange über diese Sache geredet wird.«

Sie stießen an.

»Ich hab auch noch was für dich. Es wird dir jetzt nicht mehr viel nützen, aber du hast mich darum gebeten und ich hab's mal mitgebracht«, sagte Joe und reichte Max einen braunen Briefumschlag. »Erstens: Darwen Medd. Er ist tot.«

»Was? Seit wann?«

»Seit April dieses Jahres. Die Küstenwache hat auf der Suche nach illegalen Einwanderern ein Boot aus Haiti geentert und Medd im Laderaum gefunden. Nackt in einer Tonne, an Händen und Füßen gefesselt, die Zunge rausgeschnitten. Laut Autopsiebericht steckte er schon mindestens zwei Monate in dem Fass. Und er war noch am Leben, als ihm die Zunge rausgeschnitten wurde, und auch noch, als man ihn in das Fass eingeschweißt hat.«

»Gott!«

»Das müssen nicht unbedingt die Gleichen gewesen sein, die Clyde Beeson aufgeschlitzt haben. Ich hab ein bisschen gegraben. Als Medd wegen diesem Fall nach Haiti gegangen ist, war das FBI kurz davor, ihn wegen Drogenhandels zu verhaften. Er hat einem ehemaligen Klienten geholfen, Stoff aus Venezuela einzuschmuggeln. Viele Leute, mit denen ich geredet habe, sind der Meinung, dass das deren Arbeit war. Das Fass trug Schriftzüge aus Venezuela, und das Boot hatte auf dem Weg nach Haiti dort angelegt.«

»Ist ihm die Zunge sauber rausgeschnitten worden?«

»Mit einem Skalpell. Professionell gemacht – bis auf die Tatsache natürlich, dass sie ihn haben bluten lassen.«

Max genehmigte sich einen großen Schluck Rum.

»Das waren die gleichen Leute, die Beeson aufgeschnitten haben«, sagte Max.

»Nicht unbedingt...«, hob Joe an.

»Was hast du sonst noch?«, fiel Max ihm ins Wort.

»Erinnerst du dich an die Beweise, die du mir geschickt hast? Mithilfe eines Fingerabdrucks auf der Videokassette konnten wir einen alten Fall lösen.«

»Ach?«

»Bevor du losgeflogen bist, hattest du mich doch gebeten, sämtliche Akten über die Familie Carver rauszukramen. Das Einzige, was ich gefunden habe, war der Einbruch in ihrem Haus hier, bei dem nichts weggekommen ist, aber der Einbrecher einen extragroßen Scheißhaufen auf einem noblen Porzellanteller hinterlassen hat.« Joe lachte. »Jetzt zieh dir das rein: Die Fingerabdrücke, die das Labor auf der Videokassette gefunden hat, sind die gleichen wie auf dem Teller mit dem Scheißhaufen.«

»Echt?«

»Hmhm. Und das Beste kommt noch.« Grinsend beugte Joe sich vor. »Wir haben hier nichts über den Täter, nur die übereinstimmenden Fingerabdrücke. Zumindest nicht hier in den USA. Wenn wir uns aber die Mühe machen würden, bei unseren kanadischen Freunden anzufragen, dann wüssten wir jetzt genau, wer der Scheißer ist.«

»Und?«

»Der andere Typ, den ich für dich überprüfen sollte: Boris Gaspésie«, sagte Joe.

Max spürte, wie sein Herz schneller schlug und ihm ein kalter Schauer über den Rücken lief.

»Erzähl schon.«

»Wird in Kanada wegen zweifachen Mordes gesucht.«

»Was hat er getan?«

»Boris ist wohl eines dieser Carver-Kinder gewesen, er wurde nämlich von einem gewissen Jean-Albert LeBoeuf adoptiert, einem Arzt. LeBoeuf war ebenfalls pädophil. Ist ständig nach Haiti gereist.

Boris hat ihn umgebracht, als er zwölf war. Mit über fünfzig Messerstichen. Der Kerl war praktisch im ganzen Zimmer verteilt. Der Junge hat ihn von oben bis unten aufgeschlitzt. Ziemlich präzise Schnitte. Den Beamten, die ihn verhört haben, hat er erzählt, dass sein so genannter Adoptivvater ihn gezwungen hat, sich Videos seiner Operationen anzusehen. Er hat ihm gedroht, das Gleiche mit ihm zu machen, wenn er irgendwem erzählen sollte, was zwischen ihnen lief.

Boris hat den Beamten auch seinen richtigen Nachnamen gesagt, Gaspésie, und dass er in Haiti entführt und einer Gehirnwäsche unterzogen worden war. Den ersten Teil haben sie ihm abgenommen, den zweiten nicht. Die Adoptionspapiere waren alle in Ordnung.

Das Gericht war ziemlich nachsichtig mit dem Jungen. Er wurde in eine Klinik in der Nähe von Vancouver gesteckt. Da war er ungefähr sechs Monate, hat sich tadellos benommen, keine Beschwerden, ein Musterpatient. Dann eines Tages liefert er sich plötzlich einen Kampf mit einem der anderen Jungs. Zeugen haben ausgesagt, der andere habe ein Messer gezogen, und Boris habe sich gewehrt. Nur dass er es ein bisschen zu weit getrieben hat, wenn du weißt, was ich meine. Hat den Angreifer ins Koma geschickt.

Ab da wird alles etwas seltsam. Boris wird in den Sicherheitstrakt der Klinik verlegt. Und wieder angegriffen, nur diesmal von einem der Mitarbeiter, einem Pfleger, der gerade mal einen Monat im Dienst ist und mit einer Spritze voll Adrenalin auf ihn losgeht.«

»Carver hat seine Leute geschickt, um Boris zu töten«, sagte Max.

»Genau danach sieht es jetzt aus, ja. Aber damals, wer sollte das ahnen? Nur Boris, schätze ich, als Nächstes ist er nämlich abgehauen. Es gab eine Fahndung, aber er wurde nie gefunden.«

»Wann war das alles?«

»Neunzehnsiebzig bis -einundsiebzig«, sagte Joe.

Der Kellner kam. Sie orderten Nachschub.

»Wie gesagt, Boris wird in Kanada wegen zweifachen Mordes gesucht. Einer ein Banker namens Shawn Michaels, der andere ein Geschäftsmann namens Frank Huxley...«

»Sag das noch mal! Die Namen!«, bat Max, und sein Puls wurde wieder schneller.

»Shawn Michaels und Frank Huxley«, wiederholte Joe. »Sagen die dir was?«

»Weiß nicht genau«, sagte Max. »Erzähl weiter.«

»Die Leichen waren voll von Boris' blutigen Fingerabdrücken. Er hat sie mindestens drei Tage lang gequält, bevor er sie umgebracht hat.«

»Wie?«

»Hat ihnen die Luftröhre mit einem Skalpell durchgeschnitten.«

»Passt«, sagte Max. Er öffnete den Umschlag und zog einen Packen Fotokopien heraus, die von einer dicken Büroklammer zusammengehalten wurden. Die erste Seite war der Bericht über den Mord. Max überflog die Seiten und schlug eine nach der anderen nach hinten um, bis er, ungefähr in der Mitte, auf eine Kopie von Boris Gaspésies Foto stieß. Es war keine gute Kopie, dennoch erkannte er in dem ernsten Jungengesicht eine frühere Version des Mannes, den er als Shawn Huxley kennengelernt hatte.

Huxley war Boris Gaspésie.

Huxley hatte die Videokassette in der Hand gehabt, die er in Faustins Haus gefunden hatte.

Faustins Haus hatte er mit Hilfe der Telefonbuchseite aus der Dose gefunden, die ihm der Typ mit den Dreadlocks in Saut d'Eau in die Hand gedrückt hatte.

Dreadlocks Gesicht hatte er nicht sehen können.

War Boris Gaspésie auch Dreadlocks?

Warum war er überhaupt nach Saut d'Eau gefahren?

Huxley hatte ihm erzählt, dass Beeson und Medd dort gewesen waren.

Huxley hatte ihn die ganze Zeit mit Hinweisen gefüttert.

Huxley hatte Charlie entführt.

Die Erde öffnete sich unter seinen Füßen, und er stand am Rande eines gewaltigen Abgrunds.

»Da ist noch was, Max«, sagte Joe. »Boris und du, ihr habt was gemeinsam.«

»Was?«

»Einen Bekannten: Allain Carver. Ungefähr zu der Zeit mit dem Scheißhaufen auf dem Teller ist ein gewisser Shawn Huxley auf der US1 betrunken angehalten worden. Er wurde festgenommen und in die Besoffenenzelle gesteckt. Seinen Beruf hat er als Journalist angegeben. Und er hat einen Telefonanruf getätigt. Er hat Allain Carver angerufen. Der ist gekommen und hat ihn innerhalb von zwei Stunden auf Kaution rausgeholt.

Ich hätte das fast übersehen. Es war schon ziemlich spät am Abend, und ich wollte nur noch die Namen von Gaspésies Opfern checken, falls er vielleicht ihre Identität benutzte. Shawn Huxley habe ich nur aus Versehen eingetippt.«

»Du kannst der schlechteste Polizist in der Geschichte der Gesetzeshüter sein und der größte Glückspilz der Welt, dann wird dich dein Glück immer durchbringen. Wenn es andersrum ist, wirst du beschimpft und gefeuert«, sagte Max.

»Wie wahr«, grinste Joe, dann wurde sein Gesicht wieder ernst. »Was wirst du jetzt unternehmen, Max?«

»Wie kommst du darauf, dass ich was unternehmen werde?«

»Wenn ich denken würde, dass du nichts tust, hätte ich dir auch nichts erzählt.«

61

»Vincent? Hier ist Max Mingus.« Die Verbindung war schlecht, reichlich Knistern und Knacken.

»Wie geht's Ihnen, Max?«

»Gut, Vincent, danke. Ich glaube, ich weiß, wer Charlie entführt hat.«

»Wer?«

»Ich komme morgen an.«

»Sie kommen wieder her?« Er klang überrascht. »Was? Hierher? Nach Haiti?«

»Ja. Morgen. Mit dem ersten Flieger, den ich kriegen kann.«

»Das müssen Sie nicht, Max«, sagte Vincent. »Ich kann das allein erledigen. Wirklich. Sagen Sie mir, wer es ist.«

»Auf keinen Fall«, sagte Max.

»Was schlagen Sie vor?«, fragte Vincent.

»Lassen Sie mich meinen Job zu Ende bringen. Geben Sie mir eine Woche, höchstens, ab Landung. Wenn ich nicht weiterkomme, erzähle ich Ihnen, was ich weiß, und verziehe mich wieder hierher. Für den Fall, dass mir bei der Suche etwas passiert und ich nicht lebend rauskomme, habe ich alle Informationen hier bei Joe Liston hinterlegt. Er hat Ihre Nummer. Wenn er bis morgen in einer Woche nichts von mir gehört hat, wird er Ihnen alles erzählen.«

»Okay. Einverstanden.«

»Ein paar Dinge müssten Sie für mich tun: Erstens möchte ich so leise wie möglich zurückkommen. Nur Ihre engsten Vertrauten sollen wissen, dass ich wieder im Land bin.«

»Ein paar meiner Leute werden Sie auf dem Rollfeld in Empfang nehmen und durch den Militärausgang rausbringen.«

»Gut. Zweitens: Ich brauche einen vernünftigen Wagen.«
»Okay.«
»Und eine Waffe.«

Am Morgen seiner Abreise hatte er die Beretta auseinandergeschraubt und die Einzelteile in den offenen Gullys von Pétionville versenkt.

»Betrachten Sie das als erledigt.«
»Danke. Ich rufe Sie an, bevor ich hier losfliege.«
»Okay.«
»Und noch was, Vincent: Das ist immer noch meine Veranstaltung. Sie lassen mich die Sache machen.«
»Verstanden«, sagte er.
»Bis bald.«
»Allerdings, bis bald«, sagte Vincent. »Ach, Max?«
»Ja?«
»Danke.«

Sechster Teil

62

Chantale hatte soeben zwei Koffer in ihrem Fiat Panda verstaut und die Haustür abgeschlossen, als er sich von hinten anschlich und ihr auf die Schulter tippte.

»Max!« Sie zuckte vor Schreck zusammen und schnappte nach Luft, als sie ihn sah, und ein verwirrtes Lächeln huschte über ihre Lippen. Sie trug Jeans und eine hellblaue Bluse, kleine goldene Ohrstecker, eine dünne Halskette und sehr dezentes Make-up, alles in allem ein Look legerer Förmlichkeit. Reisen, so schien es, war eine ernste Sache für sie.

»Wo ist Allain?«

»Weg. Er hat das Land verlassen«, sagte sie, und ihr Gesicht nahm einen besorgten Ausdruck an. Er hatte sich zwischen sie und den Wagen gestellt. »Ich reise auch ab. Mein Flugzeug geht in ein paar Stunden, und man weiß nie, wie der Verkehr ist, deshalb ...«

»Sie reisen nirgendwo hin, Chantale.« Max zog die Glock, die Vincent Paul ihm am Flughafen gegeben hatte.

Sie wurde panisch.

»Hören Sie, ich wusste von nichts, bis gestern«, sagte sie. »Allain ist frühmorgens zu mir gekommen. Ich war gerade aufgewacht. Er hat mir gesagt, ich bräuchte nicht mehr in die Bank zu gehen, er würde mich aus dem Arbeitsverhältnis entlassen. Er meinte, es sei etwas passiert, und er müsse mit den Anwälten der Familie in New York sprechen. Er wusste nicht, wann er zurück sein würde. Er hat mir einen Beleg über eine Überweisung auf mein Konto in Miami gegeben. Er meinte, das sei mein goldener Handschlag.«

»Haben Sie versucht herauszufinden, was passiert ist?«

»Natürlich. Ich habe ein paar Freunde in der Bank angerufen, aber die wussten von nichts – noch nicht einmal, dass ich nicht mehr kommen würde.«

»Wie viel hat er Ihnen gegeben?«

»Nicht so viel wie Ihnen.«

»Wie viel?«, beharrte er.

»Eine Million.«

»Das ist viel Geld, Chantale.«

»Allain ist ein großzügiger Mensch.«

»Was haben Sie sonst noch für ihn getan, abgesehen von dem Job als persönliche Assistentin?«

»Nichts!«, zischte sie. »Wie können Sie es wagen...«

»Wo ist Charlie?«

»*Charlie?* Keine Ahnung!«

Sie sah verängstigt aus, aber anscheinend log sie nicht. Hatte sie überhaupt eine Ahnung, dass Allain schwul war?

»Was wissen Sie?«, fragte Max. »Was hat Allain seit meiner Abreise getrieben?«

Sie musterte ihn prüfend, versuchte ihn zu durchschauen, versuchte herauszufinden, was er ihr unterstellte. Er klopfte sich ungeduldig mit der Pistole gegen das Bein.

»Er hat sehr viel Geld verschoben. Einmal habe ich gehört, wie er am Telefon jemanden angeschrien hat, weil ein paar Überweisungen ziemlich lange gedauert haben. Ich habe mehrere Anrufe von Banken auf den Kaiman-Inseln, aus Monaco und Luxemburg angenommen...«

»Wissen Sie, wie viel Geld?«

»Nein. Was ist hier los, Max?«, fragte sie.

Max hielt ihr eine Kopie des Fotos von Gaspésie als Jugendlichem unter die Nase.

»Haben Sie den je zusammen mit Allain gesehen?«
»Das ist ein Kind.«
»Er ist älter geworden. Sehen Sie genau hin. Sein Name könnte...«
»Shawn Huxley sein?«, fragte sie.
»Sie kennen ihn?«
»Ja. Er hat gesagt, er sei Journalist und ein alter Freund von Allain.«
»Wie oft haben Sie die beiden zusammen gesehen?«
»Zwei oder drei Mal, höchstens. Er ist zu Allain in die Bank gekommen. Gerade letzte Woche war er noch da. Er hat mich gefragt, ob ich mit ihm am Wochenende Wasserski fahren will. Er hat Allains Strandhaus gemietet.«
»Wo ist das?«, fragte Max.
Sie sagte es ihm. Es lag drei Stunden entfernt. Er ließ sich von ihr eine Wegbeschreibung geben.
»Was wissen Sie sonst noch über Huxley? Haben Sie je gehört, worüber die beiden gesprochen haben?«
»Nein. Aber ich weiß, dass sie beim letzten Mal ziemlich viel gelacht haben«, sagte sie, dann verdüsterte sich ihre Miene. »Haben die beiden Charlie entführt?«
»Was glauben Sie, warum ich zurückgekommen bin?«
»Aber das ist unmöglich!«
»Wie gut kennen Sie Allain?«, fragte er. Als sie nicht antwortete, erzählte er ihr, was er mit Sicherheit wusste. Dabei sah er zu, wie sich in ihrem Gesicht zunächst Verwunderung über Allains sexuelle Ausrichtung und Huxleys wahre Identität spiegelte, dann Unglauben darüber, dass Vincent Charlies Vater war – und schließlich völliges Entsetzen über alles zusammen.
Schwankend lehnte sie sich an die Hauswand, als wäre sie kurz davor, in Ohnmacht zu fallen. Max gab ihr Zeit, sich wieder zu fangen.

»Ich weiß nichts von alledem, Max. Das schwöre ich.«
Sie sahen sich in die Augen.

»Ich würde Ihnen gern glauben«, sagte er. Von Allain, Huxley und Gustav hatte er sich an der Nase herumführen lassen. Er wollte sie nicht auch noch auf diese Liste setzen müssen.

»Ich habe Ihnen alles gesagt, was ich weiß. Ich will nur hier raus. Ich will meinen Flug kriegen. Bitte.«

»Nein.« Er schüttelte den Kopf und fasste sie beim Arm. »Den Flug werden Sie wohl verpassen – genau wie alle weiteren Flüge, bis das hier aufgeklärt ist.«

»Aber ich weiß nichts.«

Er führte sie auf den Gehweg und winkte in Richtung des Wagens, der hinter seinem parkte. Vom Rücksitz stiegen eine Frau und ein Mann aus und kamen auf sie zu.

»Halten Sie sie im Haus fest, bis Sie wieder von mir hören«, sagte Max. »Behandeln Sie sie gut. Tun Sie ihr nicht weh.«

63

Carvers Strandhaus überblickte ein winziges Stück Paradies: einen kleinen, aber wunderschönen weißen Sandstrand in einer tiefen, dunklen Felsbucht, auf der einen Seite die Berge, auf der anderen der postkartenperfekte blaue Ozean.

Von oben auf den Felsen hatte Max zugesehen, wie Huxley mit zwei Frauen in ein Schnellboot gestiegen war, das am Anleger lag, um Wasserski zu fahren. Dann war er zum Haus gegangen.

Die Villa im spanischen Stil von der Art, wie sie mittelreiche Auslandsamerikaner als Altersruhesitz oder Ferienhaus in Miami kauften, war von einer dicken, sieben Meter hohen Betonmauer mit Eisendornen, Glasscherben und Stacheldraht umgeben. Doch als Max gegen das Metalltor drückte, öffneten sich die Flügel auf einen gepflasterten Hof mit Swimmingpool und Sonnenstühlen. Unter normalen Umständen gab es keinen Grund, das Tor abzuschließen. Das Haus lag vollkommen isoliert inmitten von niedrigen weißen Kalkfelsen, Büscheln wilder Gräser, Kakteen und dürren Kokospalmen mit gelblich grünen Blättern.

Er trat ein und zog das Tor hinter sich zu.

Es gab einen Menschen, den Allain Carver genauso sehr oder vielleicht sogar noch ein wenig mehr liebte als sich selbst: seine Mutter. In einer Ecke des Wohnzimmers stand eine Art Altar mit einer glänzend polierten Granitscheibe, in die ein Schwarzweißfoto von ihr eingelassen war, ein professionelles Studioportrait, auf dem sie glamourös und unerreichbar wirkte, ein Star in einem eigenen Universum. Unter dem Foto waren ihr Name und ihre Lebensdaten eingraviert und mit Blattgold ausgekleidet. Davor eine Schale mit Wasser, in der mehrere runde, tiefrote Kerzen schwammen.

Alle anderen Bilder im Haus – an den Wänden oder auf Möbelstücken – zeigten Allain im Alter von etwa zwanzig an aufwärts. Max war überrascht, jenen Mann, der gemeinhin den Anschein erweckte, als sei die größte körperliche Anstrengung, die er je verrichtet hatte, der Gang zum Wagen, beim Surfen, Rafting, Paragliding, Bergsteigen, Fallschirm- und Bungee-Springen und Klettern zu sehen. Auf jedem Foto zeigte Carver ein breites Grinsen, offensichtlich war er bei all seinen Aktivitäten ganz in seinem Element, kostete das Leben voll aus und bewegte sich so nah am Abgrund wie irgend möglich.

Max wurde klar, wie wenig er seinen Auftraggeber kannte, wie sehr er sich von ihm hatte täuschen lassen und mit wem er es zu tun hatte. Dies war eine Seite, von der kaum jemand wusste oder auch nur etwas ahnte. Nur hier war Allain Carver wirklich er selbst gewesen.

Ansonsten war das Wohnzimmer minimalistisch möbliert. Vor dem Fenster stand ein Esstisch mit Blick auf die Veranda und das Meer, der ideale Platz für romantische Abendessen bei Sonnenuntergang. Es gab nur zwei Stühle, die einander an den Kopfenden des Tisches gegenüberstanden. Am anderen Ende des Zimmers, zum Tor und zum Pool hin, stand ein Ledersofa vor einem Fernseher, der an der Wand befestigt war, dazwischen ein niedriger Couchtisch aus Chrom und Holz. Vier Regalbretter mit ledergebundenen Enzyklopädien und erotischer Schwulenliteratur nahmen eine ganze Wand ein. In der Mitte des Zimmers stand eine einsame Insel aus zwei Liegesesseln, einer Lampe und noch einem Tisch. Außerdem ein CD-Spieler und ein geschwungenes Regal voller CDs, hauptsächlich Klassik.

Es stank nach altem Zigarettenrauch, kalten Joints und Parfüm.

Max suchte das Zimmer nach Waffen ab und fand einen Smith&Wesson-Revolver mit acht Schuss Munition, der unter den Esstisch geklebt war. Er leerte das Magazin und steckte sich die Patronen in die Tasche.

Dann nahm er die Küche in Augenschein, die zur Linken lag. Es gab einen Kühlschrank und einen Eisschrank, beide gut bestückt, im Kühlschrank hauptsächlich Frisches: reichlich Salat und Obst. Er entdeckte eine Flasche Wasser und trank sie halb leer. Auf einem Regal in der Ecke standen mehrere zerlesene Kochbücher und ein Ordner mit Rezepten, die aus Zeitschriften ausgeschnitten worden waren. Der Geschirrspüler lief.

Auf dem Kühlschrank fand er einen zweiten Revolver. Auch den leerte er.

Durchs Wohnzimmer ging er zurück in den Flur. Das Badezimmer war geräumig, mit eingelassener Badewanne und Dusche und reichlich Kosmetika für Männer und Frauen. Danach ging er ins Schlafzimmer, das von einem riesigen Bett mit Messinggestell beherrscht wurde. Es bot den gleichen spektakulären Blick aufs Meer und den Horizont wie das Wohnzimmer. Er sah das Schnellboot, das einen Wasserskifahrer hinter sich herzog. Das Bett war ungemacht. Auf dem Fußboden lagen Kleider verstreut, hauptsächlich Frauenkleider.

Im Nachtschrank ein Revolver. Die Patronen fügte er seiner Sammlung hinzu.

Dann ging er ins erste Gästeschlafzimmer, das bis auf einen blauen Globetrotter-Koffer mit passender Reisetasche, die Seite an Seite neben der Tür standen, komplett leer war. Am Koffer hing ein Schloss. Max öffnete die Reisetasche und fand ein One-Way-Ticket erster Klasse mit British Airways von Santo Domingo nach London, datiert auf den nächsten Tag. In einer Seitentasche entdeckte er einen britischen Pass, ausgestellt auf einen gewissen Stuart Boyle.

Das Passfoto zeigte den Mann, den Max als Shawn Huxley kennengelernt hatte.

Huxleys Erscheinungsbild hatte sich leicht verändert: Der Schnauzbart war weg und das Haar zu einem kurzen Afro gewachsen. Er sah älter aus. Er lächelte in die Kamera.

Das Haus fühlte sich leer an. Es war sehr still. Er konnte nicht einmal die Wellen hören.

Im zweiten Gästezimmer standen zwei Reisetaschen, die den Frauen gehörten, mit denen Huxley unterwegs war. Außerdem beherbergte es einen dreckig aussehenden Fotokopierer und einen Karton mit Papier. Der Stecker steckte nicht. Max öffnete den Deckel. Nichts. Er schaute in den Karton. Leer.

Er sah sich im Zimmer um. Nichts weiter zu sehen.

Er starrte den Kopierer an. Er zog ihn von der Wand weg. Eine Staubschicht und zwei tote Insekten.

In beiden Zimmern keine Waffen.

Max ging zurück ins Hauptschlafzimmer und beobachtete das Boot, das mitten im Fenster durch die Wellen brauste.

Nach einer Stunde Wasserski kehrte es zurück Richtung Land.

64

Die Frauen kamen zuerst herein. Kreolische Satzfetzen, Gelächter.

Dann Huxley. Er schloss die Tür hinter sich, redete.

Noch mehr Gelächter.

Max wartete im ersten Gästezimmer, zusammen mit Huxleys Koffer und seinem falschen Pass.

Dann fiel ihm plötzlich die Wasserflasche ein, aus der er getrunken hatte. Es war eine neue Flasche gewesen, er hatte sie angebrochen. Sobald sie in die Küche gingen, würden sie wissen, dass jemand im Haus war.

Scheiße!

Nebenan im Schlafzimmer ein Rumsen, gefolgt von Stimmen, dann kurzes Gelächter.

Im Flur Schritte, Flip-Flops, direkt vor der Tür.

Der Türgriff bewegte sich, ging nach unten.

Max trat einen Schritt zurück, die Waffe im Anschlag.

Stille.

Die Klimaanlage ging an.

Max wartete.

Die Flip-Flops gingen weiter.

Dann wieder Schritte, barfuß, sie gingen durch den Flur in Richtung Wohnzimmer.

Die Toilettenspülung. Den nackten Füßen folgten Flip-Flops.

Der verspielte Schrei einer Frau, ein Knurren von Huxley, dann Stöhnen.

Die Stimme der zweiten Frau. Sie war im Schlafzimmer, Gelächter.

Max horchte. Es war nichts mehr zu hören. Er dachte an die Wasserflasche. Er musste etwas tun.

Die Hand, mit der er die Glock hielt, schwitzte. Er wischte sie am Hemd ab. Glocks waren nicht seine Lieblingswaffen. Er zog Pistolen mit mehr Gewicht und Format vor, Berettas oder Colts. Glocks fühlten sich an wie Spielzeug, und sie sahen auch so aus. Vincent Paul hatte ihm eine neue .45 Glock 21 mit 13-Schuss-Magazin gegeben. Joe hatte die gleiche. Er liebte Glocks, weil er, so sagte er, kaum spürte, dass sie da waren, wenn er eine trug.

Flip-Flops, gefolgt von nackten Füßen, kamen aus dem Wohnzimmer zurück und gingen ins Schlafzimmer.

Stimmen, Kichern.

Max ging leise zur Tür und wartete.

Er hörte Huxley leise reden. Bewegung auf den Matratzenfedern.

Max öffnete die Tür. Stille.

Auf Zehenspitzen trat er in den Flur.

Dann Huxleys Stimme.

Mehr Keuchen und Stöhnen, diesmal lauter.

Max machte sich bereit. Sein Kopf war klar. Er war wegen Charlie hier. Er wollte herausfinden, wo sie ihn festhielten oder wo sie ihn begraben hatten. Er war nicht hier, um Rache zu nehmen. Er wollte nur seinen Auftrag zu Ende führen und dann seinen Beruf an den Nagel hängen. Das Überraschungsmoment war auf seiner Seite. Sie rechneten nicht mit ihm.

Wieder Huxleys Stimme.

Jetzt.

Leise trat Max ins Schlafzimmer.

Was für ein Anblick.

Die drei waren so mit sich beschäftigt, dass sie Max' Anwesenheit gar nicht bemerkten.

Die beiden Frauen auf dem Bett, nackt, den Kopf zwischen den Oberschenkeln der anderen vergraben. Davor Huxley im Sessel, gelbes Triumph-T-Shirt, himmelblaue Flip-Flops, die Shorts auf den Fußknöcheln, der Mund offen, die Erektion in der Hand, die er mit langsamen Bewegungen bearbeitete.

Max richtete die Waffe auf seinen Kopf.

Huxley war so fasziniert von der Show, dass er nicht bemerkte, dass Max auf Armeslänge vor ihm stand.

Max räusperte sich.

Die Frau, die unten lag, schaute zu ihm auf, befreite ihren Kopf und stieß einen Schrei aus.

Huxley sah Max an, als wäre er eine Halluzination. Sein Gesichtsausdruck war normal und entspannt, als warte er darauf, dass sein Gehirn den Wahnsinn-Schalter wieder umlegte und die Vision verschwand.

Als das nicht passierte, wurde er panisch. Er gab sich Mühe, sich nichts anmerken zu lassen, aber die Farbe wich aus seinem Gesicht, seine Nasenflügel blähten sich, er riss die Augen noch weiter auf, seine Lippen öffneten sich noch weiter und blieben offen.

Nun fing auch die zweite Frau an zu schreien. Beide setzten sich auf und rissen das Oberbett hoch, um sich zu bedecken. Dunkle Haut, hohe Wangenknochen, volle Lippen, zwei Schönheiten. Huxley hatte einen exzellenten Geschmack.

Max legte sich den Finger an die Lippen, um sie zum Schweigen zu bringen, und trat vom Bett weg, falls sie auf die Idee kommen sollten, sich auf ihn zu stürzen.

»Charlie Carver«, sagte er zu Huxley. »Tot oder am Leben?«

Huxley rang sich ein Lächeln ab.

»Ich habe Allain gesagt, dass Sie zurückkommen würden«, entgegnete er und klang beinahe zufrieden. »Erst recht, nachdem Sie ihm das Geld zurückgeschickt hatten. Er konnte es nicht fassen. Aber spätestens da wusste ich, dass Sie uns auf der Spur waren. Ich wusste, dass es nur noch eine Frage der Zeit war, bis Sie kommen würden, um Ihren Auftrag zu Ende zu bringen. Ich wusste es. Ich habe noch nie jemanden so schnell rennen sehen. Allain hat die Beine in die Hand genommen, als stünde sein Arschloch in Flammen.«

»Antworten Sie mir.«

»Charlie ist am Leben.«

»Wo habt ihr ihn?«

»Er ist in Sicherheit. In der Nähe der Grenze zur Dominikanischen Republik.«

»Wer hat ihn?«

»Ein Ehepaar«, sagte Huxley. »Sie haben ihm nichts getan. Sie behandeln ihn wie ihren eigenen Sohn.«

»Fahren wir hin«, sagte Max.

65

Huxley saß am Steuer. Neben ihm Max, der ihm die Waffe auf die Hüfte richtete.

»Wann haben Sie den Jungen das letzte Mal gesehen?«, fragte Max.

»Vor drei Monaten.«
»Wie ging es ihm?«
»Sehr gut. Er ist gesund.«
»Und, seine Sprache?«

»Was?«

»Kann er sprechen?«

»Nein. Tut er nicht.«

Es war Nachmittag. Huxleys Beschreibung zufolge mussten sie zurück nach Pétionville fahren und die Straße hinauf in die Berge nehmen, vorbei am Anwesen der Carvers, und würden so nah an die Grenze fahren, dass man die Lichter in den Häusern der Dominikanischen Republik sehen konnte. Er hoffte, am späten Abend dort anzukommen.

»Erzählen Sie mir von den Leuten, die Charlie haben.«

»Carl und Ertha. Ältere Herrschaften, beide über siebzig. Das gefährlichste Objekt, das sie im Haus haben, ist eine Machete, und die ist nur für Kokosnüsse. Carl war früher mal Priester...«

»Noch so einer«, bemerkte Max.

»... er stammt aus Wales. Er war sehr gut mit Allains Mutter bekannt. Er hat Allain zur Seite gestanden, als er als Teenager herausgefunden hat, dass er schwul ist.«

»Ist Carl auch schwul?«

»Nein. Sein Ding sind Frauen und alles Geisthaltige, das man in Flaschen kaufen kann.«

»Ist er deshalb aus der Kirche geflogen?«

»Er hat sich in Ertha verliebt, sein Hausmädchen, und hat von selbst gekündigt. Mrs. Carver hat die beiden unterstützt. Sie hat ihnen das Bauernhaus in der Nähe der Grenze gekauft. Allain hat dafür gesorgt, dass es ihnen nie an etwas fehlt. Das sind herzensgute Menschen, Max. Sie sorgen für Charlie wie für ihren eigenen Sohn. Er ist sehr glücklich da, ist regelrecht aufgeblüht. Es hätte sehr viel schlimmer kommen können.«

»Und warum ist es das nicht? Warum haben Sie ihn nicht umgebracht? Warum sich die ganze Mühe machen und das Risiko eingehen, erwischt zu werden, nur um den Jungen am Leben zu lassen?«

»Wir sind keine Monster, Max. Das war nie Teil des Plans. Außerdem mögen wir Charlie... das, wofür er steht. Gustav Carver mit seiner ganzen Macht und seinem Geld und seinen Beziehungen... und der alte Trottel wusste nicht einmal, dass das Kind nicht von ihm war, geschweige denn, dass es von Vincent Paul ist, seinem Erzfeind.«

Huxley halbierte die Geschwindigkeit, als sie nach Pétionville hineinfuhren. Im übervölkerten Ortskern, wo die Grenze zwischen Straße und Gehsteig unter den Menschenmassen nicht mehr zu erkennen war, verlangsamte er auf Kriechtempo. Schließlich fuhren sie den Berg hinauf, vorbei am La Coupole.

»Wie sind Sie auf uns gekommen?«

»Das ist mein Job«, sagte Max. »Erinnern Sie sich an das Video, das Sie in Faustins Haus deponiert haben? Das war der große Fehler. Ihre Fingerabdrücke waren drauf. So eine winzige Spur reicht meist schon, den fetten Fisch zu fangen.«

»Soll heißen, wenn das nicht gewesen wäre...?«

»Ganz genau«, sagte Max. »Sie hätten den Rest Ihres kümmerlichen Lebens damit zubringen können, an Ihrem Schwanz herumzuspielen... zumindest die Zeit, die Ihnen noch geblieben wäre. Nachdem Allain so fluchtartig das Land verlassen hat, wäre es nur eine Frage der Zeit gewesen, bis Vincent Paul Ihnen auf die Schliche gekommen wäre.«

»Morgen wäre ich weg gewesen«, sagte Huxley verbittert und packte das Lenkrad so fest, dass seine Fingerknöchel hervortraten. Kämpferhände, dachte Max. »Vincent Paul wäre nie auf mich gekommen. Kaum jemand hat uns je zusammen gesehen. Und nur Chantale wusste meinen Namen... zumindest einen.«

»Steckt sie mit drin?«

»Nein«, sagte Huxley. »Ganz und gar nicht. Allain hat sie jeden Tag interviewt, wo Sie gewesen sind und mit wem Sie gesprochen haben. Aber sie hatte keine Ahnung, was wirklich dahinter steckte ... Sie wusste nicht mehr als Sie.«

»Dann erzählen Sie mir doch mal, was wirklich dahinter steckte. Schön von Anfang an.«

»Was wissen Sie?«, fragte Huxley. Sie waren auf der tückischen Straße den Berg hinauf und fuhren gerade an einem Suzuki-Jeep vorbei, der im Graben lag. Auf dem Wagen spielten Kinder.

»In groben Zügen so viel: Allain und Sie haben Charlie entführt. Motiv: Gustav Carver schaden. Allain hat in erster Linie wegen des Geldes mitgemacht, aber auch aus Rache. Sie vor allem aus Rache und erst in zweiter Linie wegen des Geldes, aber vor allem aus Rache. Wie mache ich mich?«

»Nicht schlecht«, grinste Huxley. »Und wo soll ich anfangen?«

»Wo immer Sie wollen.«

»Okay. Dann erzähle ich Ihnen als Erstes von Tonton Clarinette, ja?«

»Nur zu. Ich bin ganz Ohr.«

66

»Meine Schwester hieß Patrice ... ich habe sie immer Trice genannt. Sie hatte wunderschöne Augen, grüne Augen, wie Smokey Robinson. Katzenaugen und dunkle Haut. Die Leute sind stehen geblieben und haben sie angesehen, weil sie so schön war.« Huxley lächelte.

»Wie alt war sie?«

»Höchstens sieben. So etwas wie Alter und Datum und solche Sachen wusste damals keiner so genau, weil wir nicht lesen und nicht rechnen konnten. Genauso wenig wie unsere Eltern und deren Eltern, und wie alle Leute, die wir kannten.

Wir sind in Clarinette aufgewachsen, und wir waren richtig arm. Sobald wir laufen konnten, haben wir unseren Eltern dabei geholfen, etwas zu essen auf den Tisch zu bringen. Ich bin mit meiner Mutter Obst pflücken gegangen. Ich habe Körbe mit Mangos und Quenepa gefüllt, und dann haben wir uns an den Straßenrand gesetzt und die Früchte an Pilger verkauft, die auf dem Weg nach Saut d'Eau waren.«

»Und Ihr Vater?«, fragte Max.

»Vor dem hatte ich Angst. Er war ein sehr aufbrausender Mensch. Hat mich wegen nichts verprügelt. Ich musste ihn nur falsch angucken, und er hat seinen dünnen Stock rausgeholt und mir den kleinen Arsch versohlt. Zu Trice war er allerdings nicht so. Nein. Sie hat er vergöttert. Hat mich ganz schön eifersüchtig gemacht.

Ich erinnere mich noch an den Tag, als die Lastwagen ins Dorf gekommen sind, riesige Dinger, Zementmischer. Ich habe geglaubt, das wären Monster, die uns auffressen wollten. Von meinem Vater habe ich gehört, die Fahrer hätten gesagt, sie würden große Häuser bauen und alle im Dorf reich machen. Mein Vater hat auf der Baustelle gearbeitet. Damals gehörte die noch Perry Paul. Soweit ich weiß, hatte er vor, eine billige Unterkunft für die Pilger zu bauen, die nach Saut d'Eau wollen. Die meisten kommen von weit her und finden keine Bleibe. Den Tempel hat er auch gebaut. Er wollte wohl so eine Art Mekka des Voodoo schaffen.

Nachdem Gustav Carver Paul in den Ruin getrieben hatte, hat er das Projekt übernommen. Die Bauleitung wurde ausgetauscht. Alles lief anders. Dann kam eines Tages dieser Mann ins Dorf ... der seltsamste Kerl, den ich je gesehen hatte, ein Weißer mit orangefarbenen Haaren. Arbeiten hat man den nie gesehen. Er hat immer nur mit uns Kindern gespielt. Hat sich mit uns angefreundet. Wir haben Fußball gespielt, er hat uns einen Ball gekauft.

Er war ein lustiger Kerl, er hat alle Kinder zum Lachen gebracht. Er hat uns Geschichten erzählt und uns Sachen geschenkt, Süßigkeiten und Kleider. Er war wie ein ganz toller Vater und ein großer Bruder in einem. Und er hat uns ständig mit seiner Super-8-Kamera gefilmt. Es sah aus, als würde dieser hässliche schwarze Apparat mit dem vorstehenden runden Glasauge zu seinem Gesicht gehören ... irgendwie gruselig, aber auch lustig. Trice hat er am häufigsten gefilmt.

Eines Tages hat er Trice und mich zur Seite genommen und uns erzählt, er müsse weggehen. Wir waren wirklich traurig. Meine Schwester hat geweint. Aber er meinte, kein Problem, wir könnten mitkommen, wenn wir wollten. Wir sagten ja. Wir mussten ihm versprechen, unseren Eltern nichts davon zu erzählen, weil er uns sonst nicht mehr würde mitnehmen können.

Wir haben es versprochen. Wir sind noch am gleichen Nachmittag weggegangen, ohne irgendjemandem davon zu erzählen. Wir haben unseren Freund ein ganzes Stück die Straße abwärts getroffen, er wartete mit dem Auto auf uns. Es war noch ein anderer Mann bei ihm, den wir noch nie gesehen hatten. Trice meinte, wir sollten vielleicht doch besser umkehren. Da ist dieser Fremde aus dem Wagen gestiegen, hat sie gepackt und auf die Rückbank geworfen. Das Gleiche hat er mit mir gemacht. Als er losfuhr, haben wir beide angefangen zu weinen. Dann haben sie uns eine Spritze gegeben. Danach weiß ich praktisch nichts mehr ... wie wir zu dem Haus auf La Gonâve gekommen sind und so weiter.«

Sie fuhren am Grundstück der Carvers vorbei und folgten der holprigen Straße voller Schlaglöcher den Berg hinauf. Einmal mussten sie anhalten, weil ein Lastwagen liegen geblieben war, eine Weile später, weil ihnen ein Mann mit einer Herde abgemagerter Ziegen entgegenkam.

»Sie haben das Videoband gesehen, oder? Das ich für Sie hinterlegt habe? Haben Sie es sich angesehen?«

»Woher hatten Sie es?« Max nahm die Waffe in die andere Hand.

»Das erzähle ich Ihnen später. Haben Sie gesehen, was auf dem Band war... das mit dem Trank, den die uns gegeben haben?«

»Ja.« Max nickte.

»Der ganze ›Indoktrinationsprozess‹ hat mein Gedächtnis ziemlich durcheinander gebracht. Im Zeugenstand wäre ich zu nichts zu gebrauchen, denn was immer ich hier oben habe«, Huxley tippte sich an die Schläfe, »mein Gehirn ist wie Spaghetti. Alles, woran ich mich erinnere, ist wie aus einem Traum. Ich weiß nicht, wie viel davon Dissoziation ist und wie viel ich dem Zombietrank zu verdanken habe, den die uns eingetrichtert haben.

Das Zeug war nicht so stark wie das Gebräu, mit dem die Voodoopriester die Leute in einen Erstarrungszustand versetzen, aber es reichte, dass wir jegliche Kontrolle über unseren eigenen Verstand verloren haben. Jeden Tag haben die uns das Zeug verabreicht. Wie eine Kommunion. Wir sind der Reihe nach vorgetreten, man hat uns die grüne Flüssigkeit in einer Tasse gereicht, und wir haben sie getrunken.

Dann kam die Hypnose mit der Klarinette. Gustav Carver hat in der Mitte dieses komplett weißen Raumes gesessen, wir haben im Kreis um ihn herum gestanden und uns bei den Händen gehalten. Er hat die Klarinette gespielt. Und während er spielte, haben wir unsere ›Anweisungen‹ gekriegt.«

»Was ist mit Ihrer Schwester passiert? Wo war sie da?«, fragte Max.

»Ich weiß es nicht. Das letzte Mal, dass ich sie gesehen habe, war in diesem Auto, als wir entführt wurden.« Huxley schüttelte den Kopf. »Höchstwahrscheinlich ist sie tot. Es war uns nicht erlaubt, älter zu werden.«

»Woher wollen Sie das wissen?«

»Dazu kommen wir auch noch«, sagte Huxley und fuhr mit seiner Geschichte fort. »Ich wurde an einen kanadischen Schönheitschirurgen namens LeBoeuf verkauft. Der hat mich immer angeguckt, als würde er mich bis auf die Knochen bloßlegen wollen. Er hat mich gezwungen, mir seine Operationen anzusehen. So habe ich gelernt, wie man Menschen aufschneidet. Irgendwann konnte ich ziemlich gut mit Messern umgehen. Ich habe mir selbst das Lesen beigebracht, aus medizinischen Büchern.

Als ich ihn umgebracht hatte, war Justitia auf meiner Seite. Aber sie steckte auch in Gustav Carvers Geldbeutel, er wurde nämlich nie mit LeBoeuf in Verbindung gebracht. Kein Mensch hat mir geglaubt, was ich über meine Entführung in Haiti erzählt habe, über die Gehirnwäsche, über Tonton Clarinette, über meine Schwester. Warum auch? Schließlich hatte ich soeben einen Menschen in Stücke zerlegt und sein Haus mit seinen Innereien dekoriert.«

»Hat die Polizei das Haus nicht durchsucht, nachdem die Leiche entdeckt worden war?«

»Sie haben nichts gefunden, das eine Verbindung zu Carver hergestellt hätte ... oder wenn sie etwas gefunden haben, hat es nie das Licht der Öffentlichkeit erblickt. Der Alte hat seine Tentakel überall«, sagte Huxley. »Ich bin aus der Klinik abgehauen, in die sie mich eingewiesen hatten, weil Gustav mich dort umbringen lassen wollte. Kein Mensch hat mir ein Wort geglaubt. Kein Wunder, es war eine Irrenanstalt. Als sie dann doch langsam auf die Idee kamen, dass da vielleicht was dran sein könnte, war ich weg, auf der Flucht, ein gesuchter Mörder.

Ich habe auf der Straße gelebt. Bin auf den Strich gegangen. Ich habe getan, was nötig war. Es hat mir nicht immer gefallen, aber das war nun mal das Leben, das mir zugeteilt worden war. In der Zeit habe ich angefangen, eins und eins zusammenzuzählen. Ich habe mir zusammengereimt, was passiert war, wer dahintersteckte. Mir fiel dieser Mann wieder ein, den LeBoeuf kannte. Keiner aus seiner Schönheitsklinik, sondern ein Freund. Shawn Michaels. Ein Banker.

Ich habe ihn ausfindig gemacht und ihn dazu gebracht, mir von Carvers Geschäften zu erzählen, wie das alles lief, die ganze Geschichte.«

»Und dann haben Sie ihn umgebracht«, sagte Max.

»Ja.« Huxley nickte. »Und ich habe sein Adressbuch an mich genommen. Er kannte viele Pädophile, denen er Carvers Service empfohlen hatte.«

»Und die haben Sie aufgesucht?«

»Ich habe nur einen gekriegt.«

»Frank Huxley.«

»Genau. Er hatte einen ganzen Stapel Videos über La Gonâve und die Arche Noah. Das Band, das Sie gefunden haben, habe ich daraus zusammengeschnitten... eine Vorschau auf den Horror.«

»Und was war mit den anderen Leuten in dem Adressbuch?«

»An die war nicht so leicht ranzukommen.«

»Und Allain, wann kommt der ins Spiel?«

»In Kanada habe ich die meiste Zeit auf der Straße gelebt. Ich kannte ziemlich viele Stricher«, sagte Huxley. »Genau wie Allain. Er hat die frequentiert, für harten Sex. Wir hatten einige gemeinsame Bekannte. Zwei Jungs, die ich kannte, haben ständig mit diesem reichen Haitianer angegeben, der sich von ihnen ficken ließ. Das hat mich neugierig gemacht. Ich habe herausgefunden, wer das war.

Ich bin in die Bar gegangen, in der Allain immer seine

Jungs aufgabelte. Wir sind ins Gespräch gekommen. Als ich mitkriegte, dass er seinen Alten genauso sehr hasste wie ich, waren wir im Geschäft.«

»Sie haben also einen Plan geschmiedet, um den Alten fertig zu machen.«

»Wenn man es so nennen will, ja. Auch wenn unsere Motive ziemlich unterschiedlich waren. Allain war ein kleiner, verwöhnter reicher Junge, der von seinem Papa nicht geliebt wurde, weil er schwul war. Damit hätte er noch leben können. Aber er hatte einen Liebhaber, der für die Anwaltskanzlei der Familie in Miami arbeitete. Der hat Allain erzählt, dass der Alte ihn aus seinem Testament gestrichen hat. Er wollte alles seinen Schwiegersöhnen und seinen engsten Vertrauten vermachen.

Das Carver-Imperium ist so organisiert, dass automatisch der nächstälteste Carver in Haiti die Geschäftsführung übernimmt, wenn der Alte krank wird oder dringend irgendwohin muss. Allain hatte das schon vorher gemacht, wenn sein Vater mal weg gewesen war. Er kannte sich also aus. Er wusste, dass auf mehreren Kassenkonten über eine halbe Milliarde Dollar lagen, ›für schlechte Zeiten‹. Als Führer des Carver-Imperiums konnte er mit dem Geld machen, was er wollte ...«

»Aber dazu musste er den Alten erst aus dem Weg schaffen«, bemerkte Max.

»Richtig«, sagte Huxley. »Allain hatte nicht die leiseste Ahnung, wie er an das Geld herankommen sollte. Der Mann ist nicht blöd, aber clever ist er auch nicht, und viiiiieeel zu emotional. Mein Gefühlsleben dagegen ist so gut wie abgestorben.«

»Es war also Ihre Idee, den Jungen zu entführen?«

»Selbstverständlich«, bestätigte Huxley stolz. »Es war praktisch alles meine Idee. Wir wollten den Jungen entführen, ihn irgendwo an einem absolut sicheren Ort unterbringen, einen Ermittler von außen holen und ihn Richtung Gustav lenken.«

»Mit ›lenken‹ meinen Sie, ihm eine Spur von Hinweisen zu legen.«

»Genau.«

»Oder ihm die Hinweise buchstäblich in die Hand zu drücken, wie Sie es ...«

»... bei den Wasserfällen gemacht haben? Richtig. Das war ich mit der Perücke.«

»Stand Ihnen gut«, bemerkte Max trocken.

Es war dunkel geworden. Huxley fuhr nur noch im Schneckentempo. Sie waren die Einzigen auf der Straße. Max hatte sich mehrmals umgedreht, um zu sehen, ob Vincent Pauls Eskorte noch hinter ihnen war. Sie waren Max zum Strandhaus gefolgt und wieder zurück nach Pétionville. Jetzt sah er niemanden mehr.

»Natürlich war es wichtig, dass Sie mit Vincent Paul auf einer Wellenlänge waren. Er musste Ihnen vertrauen, musste sich Ihnen öffnen. Bei Beeson und Medd hat er das nicht getan.«

»Haben Sie die beiden deshalb umgebracht?«

»Ich habe die beiden nicht *umgebracht*«, sagte Huxley. »Ich habe ein Exempel statuiert.«

»Sie haben Medd die Zunge rausgeschnitten und ihn in ein Fass gesteckt – tolles Exempel!«

»Er ist erstickt«, belehrte ihn Huxley. »Wie auch immer, ich gebe zu, dass das vielleicht ein bisschen ... extrem war ... barbarisch sogar. Aber bei der hohen Belohnung konnten wir es uns einfach nicht erlauben, dass alle möglichen Spinner und Abenteurer herkommen und ihr Glück versuchen. Und als Abschreckung hat das prima funktioniert. Wenn die Leute Wind davon kriegten, was mit Beeson passiert war, hatten sie plötzlich bessere Angebote irgendwo in Alaska.

Ihre Welt ist klein, Max. Ihr Privatdetektive kennt euch doch alle.«

»Aber was haben sie falsch gemacht?«

»Beeson war dem Alten viel zu nah. Er hat direkt Gustav Bericht erstattet, an Allain vorbei. Und er hat bei Vincent Paul versagt. Die beiden konnten sich nicht ausstehen. Damit war er für uns praktisch nutzlos«, erklärte Huxley. »Und Medd... der war schon fast am Ziel, aber dann wurde er misstrauisch wegen der vielen Hinweise, die ihm zugespielt wurden. Allain gegenüber meinte er, es sei alles viel zu offensichtlich, zu einfach. Es war nur noch eine Frage der Zeit, bis er uns auf die Schliche gekommen wäre. Also habe ich Vorsorge getroffen.«

»Und was war mit dem Haitianer?«

»Emmanuel? Emmanuel war ein fauler Sack. Zu sehr mit dem Vögeln beschäftigt, um sich ernsthaft an die Arbeit zu machen. Ich hätte ihm selbst den Schwanz abgeschnitten, wenn nicht vor mir einer auf die Idee gekommen wäre.«

»Und dann haben Sie mich engagiert«, sagte Max.

Die Straße verlief jetzt eben. Der Belag war ungewöhnlich glatt, der Wagen schien dahinzugleiten, der Motor gab ein beruhigendes Brummen von sich. Am Himmel waren die ersten Sterne zu sehen, die Galaxien waren so nah, dass sie aussahen wie Wolken aus Strass. Während der ganzen Fahrt war Huxley ruhig und selbstsicher gewesen. Nicht ein Mal hatte er Max gefragt, was er mit ihm vorhatte. Max war der Gedanke gekommen, dass sie womöglich gar nicht auf dem Weg zu Charlie Carver waren, dass Huxley ihn vielmehr zu dem Ort brachte, an dem er Beeson und Medd aufgeschlitzt hatte. Sollte das der Fall sein, würde ihm jedenfalls nicht das Gleiche passieren. Bei dem kleinsten Verdacht, dass etwas nicht so lief, wie es sollte, würde er Huxley abknallen. Dabei glaubte er im Grunde nicht, dass Huxley so etwas im Sinn hatte. Huxley hatte praktisch sein Leben damit verbracht, sich und seine Schwester zu rächen. Jetzt, wo er sein Ziel erreicht hatte, war ihm wohl mehr oder weniger egal, was als Nächstes geschah.

»Ich wollte von Anfang an Sie für den Job«, sagte Huxley. »Ich habe Ihren Prozess verfolgt, Tag für Tag. Ich habe alles über Sie gelesen. Ich habe Sie aufrichtig respektiert für das, was Sie getan haben. Ich hatte das Gefühl, dass Sie auf meiner Seite stehen, dass Sie, wenn wir uns je begegnen sollten, einer der wenigen Menschen wären, die zumindest verstehen würden, wer ich bin, was ich durchgemacht habe.«

»Das Gleiche denken die Leute über ihren Lieblingsrockstar«, ließ Max die Seifenblase platzen. »Treiben Sie das ein paar Schritte weiter, und man nennt es Stalking.«

»Das Leben hat auch aus Ihnen einen harten Hund gemacht, wie?«, lachte Huxley.

»Mein Leben ist ein einziger Reinfall«, sagte Max. »Egal, von welcher Seite man es betrachtet. Was ich getan habe, hat nichts geändert... außer für mich. Es hat die Opfer nicht wieder lebendig gemacht, hat die Zeit nicht zurückgedreht und ihnen ihre Unschuld nicht wiedergegeben. Den Eltern und Familien hat es auch nichts genützt. Nicht auf lange Sicht. Mit so etwas abschließen zu wollen ist Blödsinn. Von so einem Verlust erholt man sich nie. Man nimmt die Tränen mit ins Grab.

Aber es freut mich zu hören, dass Sie glauben, mein Leben hätte Ihnen geholfen – mir hat es nämlich nicht geholfen. Ich habe das einzig wirklich Gute verloren, das es in meinem Leben gab: meine Frau. Sie ist gestorben, während ich im Knast saß. Ich habe sie nie wieder in den Arm nehmen können, sie berühren oder küssen, bei ihr sein... ich habe ihr nie wieder sagen können, wie sehr ich sie liebe. Und das alles wegen dem Leben, das ich gelebt habe. Ich habe geglaubt, dass ich etwas Gutes tue, aber rausgekommen ist am Ende nur eine dicke, fette Null. Ich bin im Gefängnis gelandet. Wenn das kein Reinfall ist, weiß ich es auch nicht.«

Max schaute durch die Windschutzscheibe in die Dunkelheit.

»Na ja. Wie kam es, dass Gustav es Allain überlassen hat, die Leute zu engagieren?«, fragte er.

»Hat er nicht. Man hat Sie doch zum Abendessen eingeladen. Das war Ihr Vorstellungsgespräch bei Gustav. Wenn er Sie nicht hätte leiden können, hätte man Sie mit dem nächsten Flieger zurück nach Miami verfrachtet«, sagte Huxley.

»Ist das je passiert?«

»Nein. Allain und ich haben eine gute Auswahl getroffen.«

Eine Weile fuhren sie schweigend durch die Nacht. Max steckte die Glock ins Holster. Fürs Erste würde er sie nicht brauchen.

»Erzählen Sie mir von Eddie Faustin.«

»Den einzuspannen war auch meine Idee«, sagte Huxley.

»Wie haben Sie ihn rumgekriegt? Ich dachte, er war dem Alten gegenüber loyal.«

»Jeder hat seinen Preis.«

»Und was war der von Eddie?«

»Francesca. Sie ist die Frau seiner feuchten Träume. Ich habe ihm gesagt, er könne sie haben, wenn er uns hilft ... über die *Bokor*, Madame Leballec. Sie war eine gute Freundin meiner Mutter«, erklärte Huxley.

»Moment mal«, sagte Max. »Sie haben Mrs. Leballec gesagt, sie soll Eddie sagen, er könne Francesca haben? Sie ist also nicht echt?«

»Ja und nein. Sie hat durchaus gewisse Kräfte, aber sie ist eine Schwarzmagierin, eine Hexe. Bei denen gehört lügen zum Repertoire«, erklärte Huxley. »Viele Leute glauben an sie.«

»Das heißt also, als wir bei ihr waren und Eddies ›Geist‹ uns gesagt hat, wir sollten zum Tempel gehen...«

»... wo Sie mich getroffen haben und ich Ihnen die Dose mit Eddies Adresse gegeben habe, wo Sie wiederum das Video gefunden haben...«

»Sie haben sie bezahlt, damit sie uns da hinschickt?«

»Ja. Und übrigens, sie ist nicht behindert, und Philippe ist ihr Liebhaber, nicht ihr Sohn. Und bitte fragen Sie mich nicht, wie sie das mit der Séance angestellt hat, ich habe nämlich keinen Schimmer«, sagte Huxley und lachte.

»Scheiße!«, sagte Max. »Okay... zurück zu Faustin.«

»Eddie war schwer in Sorge. Er hatte eine Heidenangst, dass all die Schrecklichkeiten, die er und sein Bruder als Macoutes begangen hatten, ihn irgendwann einholen würden. Er ist einmal im Monat zu Madame Leballec gegangen, um sich seine Zukunft vorhersagen zu lassen.

Und an der Stelle haben wir uns eingehakt. Allain hat Madame Leballec viel Geld dafür gegeben, dass sie Faustin eine maßgeschneiderte Zukunft verkündet: Er kriegt die Frau seiner Träume, und sie leben glücklich bis ans Ende ihrer Tage.

Sie hat Faustin erzählt, ein Mann, dem er noch nie begegnet ist, werde wegen eines hochgeheimen Auftrags auf ihn zukommen. Und sie hat gesagt, er müsse den Auftrag ausführen, wenn seine Träume Wirklichkeit werden sollen.«

»Also haben Sie sich mit ihm getroffen.«

»Ja, eines Abends vor dem Tafia-Schuppen, seiner Stammkneipe. Als er von meinem Plan hörte, wollte er erst nichts davon wissen. Er ist schnellstens wieder zu Madame Leballec geeilt, womit wir gerechnet hatten. Sie hat noch einen draufgelegt. Sie hat ihm erzählt, Charlie Carver sei in Wirklichkeit ein Geist, der Baron Samedi entkommen und in den Jungen gefahren war. Der Junge musste unbedingt dem Gesandten des Baron Samedi übergeben werden – also mir.«

»So ein Schwachsinn!«

»Er hat's geglaubt.«

»Gott!«

»Faustin war so blöd, dass es praktisch ein Talent war. Dazu noch der Aberglaube, dass jedes komische Geräusch in der Nacht ein verrückter Geist ist, und man hat den perfekten Spinner.«

»Okay, erzählen Sie mir von der Entführung. Die Aktion verlief nicht ganz nach Plan, oder?«

»Inwiefern?«, fragte Huxley.

»Die Unruhen«, erklärte Max.

»Nein, die waren geplant. Faustin hatte viele Feinde. Einigen von denen haben wir Geld gegeben, damit sie sich da einfanden, wo wir Faustin hingeschickt hatten. Er hat geglaubt, ich würde zu ihm kommen und den Jungen mitnehmen.«

»Das Kindermädchen, Rose, hat dabei ihr Leben verloren.«

»Das waren nicht wir, das war Faustin.«

»War es geplant, dass Faustin sterben sollte?«

»Ja.«

»Wer hat Charlie mitgenommen?«

»Ich. Ich war verkleidet, in der Meute, die den Wagen angegriffen hat. Ich habe mir den Jungen geschnappt und bin abgehauen.«

Sie fuhren durch ein kleines Dorf mit strohgedeckten Hütten. Es sah ausgestorben aus, bis auf eine kleine Ziege, die im Scheinwerferlicht auftauchte. Sie war an einen Pfahl gebunden und knabberte an einem Busch.

»Und wer ist nun Tonton Clarinette? Carver oder Codada?«

»Beide. Codada hat die Kinder gefilmt und auf Bestellung entführt. Carver hat ihnen die Seele gestohlen und ihre Körper verkauft.«

»Und woher kommt das Symbol? Das gekrümmte Kreuz mit dem gebrochenen Querbalken?«

»Haben Sie das nicht erkannt?«

»Nein.« Max schüttelte den Kopf.

»Manets *Der Pfeifer*. Erinnern Sie sich nicht an das Gemälde? Der Soldatenjunge mit der Flöte? Das war das Markenzeichen der Organisation, so haben sie einander erkannt. In dem Club, in dem Sie sich mit Allain getroffen haben, hängt eines. Er hat Sie so platziert, dass Sie es sehen mussten. In Codadas Büro hängt auch eines. Allain hat Sie da hingeführt, um Sie mit Codada bekannt zu machen. Und noch eins in der Arche Noah, direkt vor dem Klassenzimmer von Eloise Krolak. In jedem Club hängt eins. Das Symbol ist von den Umrissen des Pfeifers abgekupfert. Sollte unterschwellig wirken.« Huxley grinste. »War vielleicht etwas zu unterschwellig.«

»Sie hätten das alles doch auch viel leichter haben können. Sie hätten mir einfach einen anonymen Hinweis zukommen lassen müssen, auf wen ich mich einschießen soll.«

»Nein«, sagte Huxley. »So einfach ging das nicht. Sie hätten wissen wollen, von wem der Hinweis kam, und so wären Sie auf uns gekommen.«

»Aber hätten Sie Carver nicht einfach auffliegen lassen können?«

»Hier? Das wäre ungefähr so, als wollte man einem Tauben was ins Ohr flüstern. Und Sie wissen ja, was in Kanada passiert ist. Nein, das wäre nicht gegangen«, sagte Huxley.

Sie fuhren schweigend weiter. Max wollte nicht darüber nachdenken, wie er sich von Anfang bis Ende hatte an der Nase herumführen lassen. Stattdessen versuchte er sich auf das erfreuliche Ergebnis zu konzentrieren, dass er Charlie in Kürze aus den Händen seiner Entführer befreien und zu seinen wahren Eltern zurückbringen würde. Das war die

Hauptsache, das Wichtigste, das einzig Wichtige. Deshalb war er hier.

Was er mit Huxley tun würde, wusste er nicht.

»Was ist mit Allain?«, fragte Max. »Wo ist er hin?«

»Da kann ich auch nur raten, genau wie Sie. Er hat es mir nicht erzählt. Wir haben abgerechnet, und danach habe ich ihn nicht mehr gesehen. Ich glaube nicht, dass er je gefunden wird.«

»Sie haben also Geld verdient an der Sache?«

»Ja, natürlich. Ich wollte nicht zurückkehren und mich wieder auf die Jagd nach lüsternen Schwuchteln machen müssen«, sagte Huxley. »Wir sind gleich da.«

Max sah auf die Uhr. Es war acht Uhr abends. In der Ferne sah er die Lichter einer Stadt. Er vermutete, dass sie in der Nähe der Dominikanischen Republik waren.

»Im Gegensatz zu Ihnen, Max, bereue ich nichts. Mein Leben war vielleicht nicht besonders toll, ziemlich mies sogar ... aber es ist mein Leben. Es gehört nicht denen, es gehört mir. Und auch meine Schwester hatte ein Leben. Es war unsere Aufgabe, unser Leben zu leben und zu bewahren. Und die haben es uns genommen. Sie haben mir meine Schwester genommen. Also habe ich denen alles genommen.

Allain waren diese Kinder scheißegal. Er war entsetzt und angewidert von dem, was sein Vater getan hatte, klar. Aber im Grunde ging es ihm immer nur um sich selbst. Um niemanden sonst. Er wollte es seinem Vater heimzahlen, wollte ihm ins Gesicht pissen und ihm sein Geld stehlen. Er hat immer gesagt, das Einzige, was sich im Leben lohnt, ist das, was einem Geld einbringt. Ich habe diese Einstellung nie verstanden.

Sie haben gesagt, Ihr Leben sei sinnlos gewesen, ein Reinfall. So etwas sollten Sie nicht denken, Max. Sie haben Monster zur Strecke gebracht und vielen Kindern das Leben gerettet, die sonst von diesen Monstern gefressen worden wären. Genau wie ich.«

Die Straße führte jetzt abwärts Richtung Grenze. Auf der Kuppe eines Berges zur Linken sah Max die Lichter eines Hauses.

»Da drüben ist Charlie«, sagte Huxley und bog von der Straße ab.

67

Carl und Ertha warteten an der Tür auf sie. Ertha, die ein weites braunes Kleid und Sandalen trug, war eine korpulente kreolische Frau unbestimmbaren Alters mit einem freundlichen und sanften Gesicht, das man sich unmöglich wütend vorstellen konnte. Carl war halb so groß wie sie und wirkte neben ihr regelrecht ausgehungert. Sein Kopf war entschieden zu groß für seinen Körper, ein Kürbis auf einem mit Kleidern behängten Besenstiel. Der ihm verbliebene Haarschopf, der ihm als grauer Kranz mit haselnussbraunen Schattierungen bis auf die Schultern fiel, ließ den Kopf noch größer erscheinen. Sein faltiges, wettergegerbtes Gesicht war pockennarbig, aufgedunsen und hochrot. Eine klassische Säufervisage, wie Max nur je eine gesehen hatte: Eine Million Geschichten mit ganz gewöhnlichem Anfang, außergewöhnlichem Mittelteil und vergessenem Ausgang spiegelten sich darin. Seine Augen jedoch waren bemerkenswert klar und von einem stechenden Blau, was Max vermuten ließ, dass er die Flasche erst kürzlich beiseite gestellt und gerade noch rechtzeitig für den Rest seines Lebens trocken geworden war.

Beide lächelten dem Wagen und Huxley entgegen, als er ausstieg. Dann sahen sie Max, und ihr Ausdruck veränderte sich. Traurigkeit erfüllte ihre Züge und ihre Körper, ihre Haltung drückte nicht mehr Gastfreundschaft, sondern Unwillen aus.

Max stieg aus, und sie sahen ihm mit einem Blick voller Verachtung entgegen. Sie wussten bereits, weshalb er gekommen war. Sie musterten ihn von oben bis unten, als er auf sie zuging. Und sie waren nicht erfreut.

Huxley spürte, was da vor sich ging, und machte sich nicht die Mühe, sie einander vorzustellen.

Das Paar ging voran ins Haus und führte sie zu einem Zimmer, dessen Tür offen stand. Sie traten zur Seite. Huxley bedeutete Max mit einem Nicken, vorzugehen.

Charlie, inzwischen fünf Jahre alt, saß in der Hocke auf dem Fußboden und zog Dosenringe auf einen langen Schnürsenkel. Das Erste, was Max an ihm auffiel, waren seine Augen, die er schon von den Fotos her kannte, die aber noch ein wenig größer waren und vor Intelligenz und Misstrauen funkelten. Er war ein schönes Kind, ein unschuldiger Cherubim, dem der Schalk im Nacken saß. Vom Gesicht her kam er mehr nach seinem Vater als nach seiner Mutter. Max war davon ausgegangen, dass Charlie mittlerweile auf seinen Haaren saß oder dass es sich, zu einem langen Zopf geflochten, in einer Spirale auf seinem Kopf türmte. Aber offensichtlich hatte sich Charlie inzwischen Schere und Kamm ergeben. Sein Haar war kurz geschnitten und ordentlich mit Mittelscheitel frisiert. Er trug eine kurze blaue Hose, weiße Socken, glänzend schwarze Schuhe und ein rot-weiß gestreiftes Matrosenhemd mit einem Anker auf der rechten Brust. Er sah glücklich aus, gesund und sehr gut, wenn nicht gar liebevoll umsorgt – kein Vergleich mit all den anderen Entführungsopfern, die Max je gefunden und befreit hatte.

Max ging in die Hocke und stellte sich dem Jungen vor. Verwirrt und hilfesuchend blickte Charlie zu Huxley hoch, der hinter Max stand. Huxley ging ebenfalls in die Hocke und sprach auf Französisch mit dem Jungen – zweimal hörte Max seinen Namen –, dann wuschelte er ihm durchs Haar, hob ihn hoch und wirbelte ihn durch die Luft. Charlies Augen leuchteten auf, und er lachte, aber er gab kein Wort von sich. Sprache war sein Medium nicht.

Nachdem Huxley ihn wieder abgesetzt hatte, brachte Charlie sein zerzaustes Haar wieder in Ordnung, bis es ganz genauso aussah wie zuvor. Dann machte er sich wieder daran, die Dosenringe aufzuziehen, indem er immer einen aus einem kleinen Haufen auf dem Fußboden auswählte und auf die Kette zog, an der er gerade arbeitete. Max ignorierte er vollkommen. Er tat so, als wäre er gar nicht mehr im Raum.

Huxley ging aus dem Zimmer, um mit Carl und Ertha zu reden, die im Türrahmen stehen geblieben waren. Er legte ihnen beiden einen Arm um die Schultern und führte sie außer Hörweite.

Max trat in den Flur, um sie zu beobachten. Ertha hatte sich weggedreht, sie stand mit dem Gesicht zur Wand vor einem Schwarzweißfoto von Priestern in schwarzen Soutanen, von denen einer vermutlich der junge Carl war. Sie biss sich auf die Hand, um ihre Tränen zu unterdrücken.

Carl zog Huxley von ihr weg zur Haustür und redete ihm leise ins Ohr, dabei ließ er Ertha nicht aus den Augen, die sich mittlerweile an der Wand abstützen musste.

Huxley kam zurück zu Max und sprach flüsternd mit ihm.

»Carl meint, wir sollen Charlie am besten jetzt gleich mitnehmen, solange es noch geht. Je länger wir bleiben, umso schwerer wird es Ertha fallen, ihn gehen zu lassen.«

Huxley ging ins Zimmer und nahm Charlie so unvermittelt vom Fußboden hoch, dass der Junge seine Kette fallen ließ. Die Dosenringe rutschten vom Schnürsenkel und prasselten auf den Boden. Charlie lief hochrot an, und er sah auf einmal sehr wütend aus, als er aus dem Zimmer getragen wurde. Er gab tiefe, klagende Laute von sich, als wollte er die Hilfeschreie eines gefangenen, verwundeten Tieres nachahmen.

Charlies Gesichtsausdruck wechselte von Wut zu Verwirrung, als er an Ertha und Carl vorbeigetragen wurde, die jetzt wieder beieinander standen. Ertha hatte den Kopf an Carls Schulter vergraben und klammerte sich an ihm fest, die Arme um seinen schmalen Körper gewickelt. Sie wollte nicht sehen, was da geschah. Auch Carl sah Charlie nicht an, er streichelte Ertha am Hinterkopf. Noch nie hatte Max zwei so tieftraurige, niedergeschmetterte Menschen gesehen.

Charlie streckte die Arme nach den beiden aus, als Huxley ihn zur Tür hinaustrug. Er öffnete den Mund, und sein Blick schoss in wilder Panik und Entsetzen zwischen Max und Carl und Ertha hin und her. Max machte sich innerlich auf das berüchtigte Geschrei des Jungen gefasst, doch es kam nicht. Stattdessen fing Charlie an zu heulen wie alle anderen kleinen Kinder auch, laut und hysterisch, aber nicht anders als ein normales Kind.

Sie gingen aus dem Haus, und Max zog die Tür hinter sich zu. Sie war kaum ins Schloss gefallen, als Ertha ihrer Trauer freien Lauf ließ. Und schon das Wenige, das er von ihrem Schmerz zu hören bekam, traf ihn so tief ins Mark, dass er sich für einen kurzen Augenblick fragte, was um alles in der Welt er sich dabei dachte, den Jungen von hier wegzuholen; aus einer gesunden Umgebung, von diesen herzensguten, liebevollen Menschen, um ihn an den Rand einer Abwasserkloake zu seinem Vater, einem Drogenbaron, zu bringen.

Max öffnete die Wagentür und bat Huxley, den Jungen auf den Rücksitz zu setzen.

Huxley tat, wie ihm geheißen, und warf die Tür zu.

»Und jetzt?«

Max hielt ihm die Hand hin. Huxley schüttelte sie.

»Halten Sie sich von den Straßen fern«, sagte Max. »Vincent Paul kann nicht allzu weit sein.«

»Danke, Max«, sagte Huxley.

»Dann Adieu, Shawn... oder Boris... oder wie auch immer.«

»Passen Sie auf sich auf, Max Mingus«, sagte Huxley, als er vom Wagen weg in die Dunkelheit trat, die ihn schon bald verschluckt hatte.

Max stieg in den Wagen, ließ den Motor an und fuhr ohne einen Blick zurück den Berg hinunter.

Er bog auf die Hauptstraße ein und fuhr davon.

Er wusste, dass es nicht lange dauern würde, bis Vincent Paul ihm auf der Straße entgegenkam.

Keine fünf Minuten später sah er die Scheinwerfer eines Konvois auf sich zukommen.

68

Früh am nächsten Morgen kamen Vincent Paul, Francesca und Charlie, um ihn abzuholen.

Paul saß am Steuer, Max auf dem Beifahrersitz, Francesca und Charlie hinten. Sie plauderten belangloses Zeug, das nur dazu diente, von einem Augenblick zum nächsten zu kommen und das Schweigen zwischen ihnen zu übertünchen: das Wetter, politische Gerüchte, Witze über Hillary Clinton und ihre geschmacklosen rosa Kostüme.

Charlie schenkte ihnen keinerlei Beachtung. Er presste die Stirn an die Fensterscheibe und starrte in die verbrannte Landschaft hinaus, die in einem trockenen Sandbeige vorüberbrauste. Er trug neue Jeans, ein blaues T-Shirt und Turnschuhe. Max fiel auf, wie lang seine Beine waren. Er kam nach seinem Vater. Er würde ein großer Mann werden.

Francesca streichelte ihm mit langen, sanften Bewegungen über den Rücken und die Schulter. Beim Sprechen schaute sie ihn von Zeit zu Zeit an und ließ den Blick auf ihm ruhen. Sie hörte nicht auf zu lächeln.

Max würde in einem UN-Flugzeug zurück nach Miami fliegen und den Flughafen am Zoll vorbei verlassen. Plötzlich schoss ihm der Gedanke durch den Kopf, Vincent könnte ihn bitten, Drogen für ihn zu schmuggeln. Aber im gleichen Moment meldete sich die Stimme nüchterner Vernunft zu Wort: Paul würde wohl kaum einen Kurier brauchen, wenn ihm die UN zur Verfügung standen.

Sie fuhren durch eine Seiteneinfahrt abseits des Hauptterminals auf das geflickte Rollfeld, wo eine militärgrüne DC10 wartete. Die Passagiertür stand offen, davor eine Treppe. Ansonsten war das Rollfeld verlassen.

»Bin ich die einzige Fracht?«, fragte Max.

»Nein. Sie sind der einzige Passagier«, berichtigte ihn Paul und stellte den Motor ab. Sie saßen da und betrachteten das Flugzeug.

»Was ist mit Chantale?«

»Die habe ich laufen lassen. Sie wird in ein paar Stunden in einen Flieger nach Miami steigen.«

»Gustav Carver, Co-dada, Eloise Krolak? Was ist mit denen passiert?«

»Was glauben Sie?«, fragte Paul mit unbewegter Miene. »Die Welt braucht ein Gleichgewicht, Falsches muss berichtigt werden. Sie wissen doch, wie das ist.«

Max nickte. Er wusste es.

»Und was werden Sie mit sich anstellen, daheim in Miami?«, fragte Paul.

»Es gibt auch in meiner Welt einiges ins Gleichgewicht zu bringen, einiges zu berichtigen«, sagte Max.

»Na ja, Gaspésie ist davongekommen.« Paul sah Max aus den Tiefen seiner tief liegenden Augen an. »Und Allain Carver ist auch noch auf der Flucht. Wollen Sie den Job?«

»Nein.« Max schüttelte den Kopf. »Wissen Sie, Vincent, Sie sollten es gut sein lassen. Es ist doch alles gut ausgegangen für Sie drei. Sie haben Charlie gesund und wohlbehalten zurück. Sie haben einander. Sie sollten dankbar sein. Meistens geht es anders aus.«

Paul antwortete nicht, er starrte schweigend aufs Rollfeld.

»Was ist mit Ihnen?«, fragte Max. »Was werden Sie tun?«

»Ich spiele mit dem Gedanken, ein paar Dinge in meinem Leben zu ändern.« Paul schaute sich zu seiner Familie um und lächelte.

»Na ja, das Wirtschaftsimperium der Carvers steht Ihnen ja jetzt offen«, sagte Max. »Eine Schande, dass der alte Drecksack das nicht mehr erleben durfte.«

»Glauben Sie an Gott, Max?«

»Ja, ich denke schon.«

»Dann sieht Gustav alles, was jetzt geschieht... von seinem Wohnhaus in der Hölle aus.«

Sie lachten beide gleichzeitig los. Francesca stimmte nicht mit ein. Charlie starrte weiter aus dem Fenster.

Sie stiegen aus dem Wagen.

Zwei Jeeps mit Pauls Leibwächtern, die ihnen zum Flughafen gefolgt waren, rollten heran. Paul ging zu ihnen und ließ Max mit Francesca und Charlie allein zurück.

Max wurde klar, dass er seit jener Nacht, als sie ihn in seinem Haus aufgesucht hatte, kein Wort mehr mit Francesca gewechselt hatte. Er vermutete, dass sie von Vincent Paul dort abgesetzt worden war, kurz bevor der ihm auf der Straße das Leben gerettet hatte.

»Und was ist mit Ihnen?«, fragte er sie.

»Was soll mit mir sein?«

»Ist es das jetzt? Bleiben Sie hier?«

»Warum nicht? Das ist mein Zuhause. Im Guten wie im Schlechten.« Lachend legte sie Charlie die Hände auf die Schultern. Dann wanderte ein Schatten über ihr Gesicht. »Werden Sie etwas sagen? Über mich?«

»Machen Sie sich darüber keine Sorgen«, sagte Max.

Er sah Charlie an. Charlie schaute zu ihm hoch, den Blick auf sein Kinn gerichtet. Max ging in die Hocke, um auf Augenhöhe mit ihm zu sein.

»Bis bald, Charlie Carver«, sagte Max.

»Sag Max auf Wiedersehen«, sagte Francesca und winkte mit Charlies Hand.

Max lächelte ihn an.

Charlie lächelte zurück.

»Pass auf dich auf.« Max zerzauste ihm das Haar. Sofort hob Charlie die Hände und brachte seine Frisur wieder in Ordnung.

Francesca umarmte ihn und drückte ihm einen Kuss auf die Wange.

»Danke, Max.«

Max ging auf das Flugzeug und auf Paul zu, der zweien seiner Männer dabei zusah, wie sie je eine schwere Armeetasche die Treppe hinauftrugen.

»Ist das das, was ich glaube?«, fragte Max.

»Nein«, entgegnete Paul. »Würde mir nicht im Traum einfallen. Das ist für Sie.«

»Was ist es?«

»Zwanzig Millionen Dollar – zehn Millionen im Namen der Thodores, weil Sie Claudette zurückgebracht haben, und der Rest von uns, für Charlie.«

Max war sprachlos.

»Ursprünglich sind Sie wegen des Geldes hergekommen, aber zurückgekommen sind Sie wegen unseres Sohnes – und dafür kann man gar nicht genug Geld drucken.«

»Ich weiß nicht, was ich sagen soll«, sagte Max nach einer Weile.

»Sagen Sie *au revoir*.«

»*Au revoir*.«

»*Au revoir, mon ami*.«

Sie gaben sich die Hand.

Paul drehte sich um und ging zu Francesca und Charlie hinüber.

Max stieg die Treppe hoch. Oben drehte er sich um und winkte den dreien noch einmal zu. Dann sah er Charlie an und winkte nur ihm. Der Junge hob ganz leicht den Arm, dann überlegte er es sich anders und ließ ihn wieder fallen.

Max warf einen letzten Blick auf Haiti – die niedrigen Berge, den tiefhängenden Himmel, die knochentrockene Landschaft, die dürre Vegetation. Er wünschte dem Land alles Gute, nur das Beste. Er glaubte nicht, dass er Haiti je wiedersehen würde. Und ein großer Teil von ihm hoffte, er möge Recht behalten.

Epilog

In der Luft betrachtete er das Geld: 20 000 000 US-Dollar in 100-Dollar-Noten.

Er konnte nicht widerstehen. Er musste es anfassen.

Er nahm einen Packen Scheine heraus. Er riss die Banderole ab, und die Scheine ergossen sich über den Fußboden.

Er war viel zu benommen, um zu reagieren. Noch nie zuvor hatte er so viel Geld auf einem Haufen gesehen, nicht einmal bei einer Drogenrazzia.

Er steckte sich ein paar Hunderter ins Portemonnaie, den Rest hob er auf und stopfte ihn wieder in die Tasche. Dann sah er in der anderen nach.

Noch mehr Geld... und ein weißer Briefumschlag mit seinem Namen drauf.

Er riss ihn auf.

Ein Polaroidfoto. Er erkannte es erst nicht, wusste nicht, wo und wann es aufgenommen worden war. Dann erinnerte er sich an seinen letzten Besuch im La Coupole: das Blitzlicht.

Er schaute direkt in die Kamera, ein Rumglas in der Hand, er sah müde aus und betrunken. Links neben ihm, ziemlich dicht, stand eine der Nutten, die ihn angesprochen hatten, die andere war nicht mehr im Bild.

An ihrer Stelle stand ein Mann, eine Waffe in der Hand, die auf Max' Kopf gerichtet war, ein breites Grinsen im Gesicht: Solomon Boukman.

Max drehte das Bild um.

»DU GIBST MIR GRUND ZU LEBEN«, stand dort in Boukmans unverwechselbaren Blockbuchstaben, genau wie auf dem Zettel, der in der Gefängniszelle gefunden worden war.

Max' Herz fing an zu rasen.

Er erinnerte sich, wie er überrascht festgestellt hatte, dass sein Holster nicht gesichert gewesen war. Er betrachtete das Foto genauer. Boukman hielt ihm seine eigene Beretta an den Kopf. Er hätte abdrücken können. Warum hatte er es nicht getan?

DU GIBST MIR GRUND ZU LEBEN.

Ein kalter Schauer lief ihm über den Rücken, eine Eiseskälte fuhr ihm in die Eingeweide.

In dem Umschlag war auch eine Notiz von Paul.

»Max – dies haben wir in der Villa gefunden, in der Du gewohnt hast. Auf dem Kopfkissen. Er ist uns entwischt. Ich habe es Dir damals nicht gesagt, weil so viel anderes passierte. Wir suchen ihn. Mach Dir keine Sorgen. Der entkommt uns nicht noch einmal. Pass auf Dich auf. VP.«

Nein, ihr kriegt ihn nicht. Ihr werdet ihn nicht kriegen, dachte Max. *Ihr hättet ihn abknallen sollen, als ihr die Chance dazu hattet.*

Max betrachtete das Foto genauer, studierte Boukmans Gesicht. Sie würden sich wiedersehen, das wusste er – nicht morgen, vielleicht nicht einmal bald, aber irgendwann. Es war unausweichlich, wie manche Dinge eben sind. Sie hatten noch eine Rechnung offen.

Heiligabend.

Max marschierte aus dem Flughafengebäude von Miami und nahm sich ein Taxi. Er hievte die Taschen in den Kofferraum und stieg ein.

»Wohin?«, fragte der Fahrer.

Max hatte noch nicht über seine nächsten Schritte nachgedacht. Ganz kurz spielte er mit dem Gedanken, wieder ins Radisson in Kendall zu gehen, vielleicht für eine Woche, um den Kopf klar und ein paar Dinge sortiert zu kriegen.

Dann überlegte er es sich anders.

»Nach Hause«, sagte Max und gab dem Fahrer seine Adresse in Key Biscayne. »Bringen Sie mich nach Hause.«

Danksagung

Mit ganz besonderem Dank an meine Agentin Lesley Thorne für ihr unglaubliches Engagement und ihre Unterstützung und an Beverley Cousins, meine inspirierende Lektorin.

Und an alle, ohne die...

Dad; The Mighty Bromfields: Cecil, Lucy, Gregory, David, Sonia, Colin, Janice, Brian und Lynette; Novlyn, Errol und Dwayne Thompson; Tim Heath, Suzanne Lovell, Angie Robinson, Rupert Stone, Jan und Vi, Sally und Dick Gallagher, Lloyd Strickland, Pauli und Tiina Toivola, Rick Saba, Christine Stone, Robert und Sonia Philipps, Al und Pedro Diaz, Janet Clarke, Tomas Carruthers, Chas Cook, Clare Oxborrow, Michael und die Familie Schmidt, Georg und die Familie Bischof, Haarm van Maanen, Bill Pearson, Lindsay Leslie-Miller, Claire Harvey, Emma Riddington, Lisa Godwin, Big T, Max Allen, Alex Walsh, Steve Purdom, Nadine Radford, Simon Baron-Cohen, Marcella Edwards, Mike Mastrangelo, Torr, Seamus »die Legende« und Cal de Grammont, Scottish John, Anthony Armstrong Bruns von E2, Shahid Iqbal, Abdul Moquith, Khoi Quan-Khio, mon frère Fouad, Whittards und Wrigley's.

... Danke!

Außerdem steht der Autor tief in der Schuld der Verlagsleitung und der Mitarbeiter von Tres Escritores Que Pierden Dinero, Calle Ocho, Miami, Florida. Danke, Jungs – es ist schön, zu Hause zu sein.